商务印书馆（上海）有限公司 出品
The Commercial Press (Shanghai) Co. Ltd.

云南大学中文学科建设丛书

段炳昌 李森 主编

中国古代文学卷

（下册）

段炳昌 编

浩然斋读诗偶记

赵浩如

发　　现

古者诗人多以秋写愁,以春写乐。"多"者,并非全部也。当然有以春写愁者:

　　闺中少妇不知愁,
　　春日凝妆上翠楼。
　　忽见陌头杨柳色,
　　悔教夫婿觅封侯。

——王昌龄《闺怨》

因春色喜人,才上楼赏景。然而见了杨柳着色,反生怨悔之愁。自然的风物本无情思,却感发了人的心中的隐痛;又因为心境的殷忧,使自然的春景黯然。这正如李笠翁所说:"景书所睹(陌头杨柳色),情发欲言(夫婿觅封侯);情自中生(悔教),景由外得(忽见)。"(《闲情偶寄·词曲部》)这与唐代画家张璪所说的"外师造化,中法心源"是一个道理。大自然的"造化"为实境,心绪中的情思为虚境。若只罗列景象,以为一切境界都来自客观外物,有实无虚,写出来的诗必然浅语杂陈,有言无味;但若只顾一味地抒发思想,无所兴寄,又难免失于直露,难以启人联想,动人情愫。所以诗必须"化景物为情思"(范晞文《对床夜语》)。

"淡淡长江水"必与"悠悠远客情"化而为韵,方见诗味。清人方士庶说:"山川草木,造化自然,此实境也。因心造境,以手运心,此虚境也。"(《天慵庵随笔》)中国古代哲学家认为宇宙的构成就是一个阴阳结合、虚实相生的过程,所以许多艺术理论家都把虚实互见作为艺术创作的一个重要美学法则。明朝人谢榛说:"作诗本乎情景,孤不自成,两不相背。"这就是说"情(虚)"和"景(实)"缺一不可,必须情景相谐,才能虚实生白。他又说:"景乃诗之媒,情乃诗之胚;合而为诗,以数言而统万形,元气浑成,其浩无涯矣。"举例说,"举头望明月"是观于外,"低头思故乡"是感于内,内外如一,出入无间,此所谓"本乎情景"。类似的例子如"不知何处吹芦管,一夜征人尽望乡"(李益《夜上受降城闻笛》),是"芦管"引发了"征人"之情。"晴空一鹤排云上,便引诗情到碧霄"(刘禹锡《秋词》),"便引诗情"一句说得再好不过,诗情全在一个"引"字中得来。"春风又绿江南岸,明月何时照我还"(王安石《泊船瓜洲》),正是江南岸"绿"而使人生怀乡之情;"夜阑卧听风吹雨,铁马冰河入梦来"(陆游《十一月四日风雨大作》),卧听而感梦,这正是诗境的由来。若诗乃梦幻,则托梦者景(风吹雨)也。"远近生寒云,愁恨不知数"(谢榛《古意》),是因"寒云"而"愁恨"也。要而言之:有景有情,方能言境;情与景偕,境界始出;情景交融,境界则佳。反之,"繁采寡情,味之必厌"(刘勰《文心雕龙·情采》),若只在字句上寻藻绘彩是不会产生意境的。情深意切,方能触景生情。如果只是为景造情,强写愁泪,则内外不一,无病呻吟,这样的例子在古诗总集中太多了,恕不多举。古诗云:"今日山川对垂泪,伤心不独为悲秋。"(李益《上汝州城楼》)山川破裂,英雄垂泪,岂止悲秋而已。老杜诗曰:"江碧鸟逾白,山青花欲燃。今春看又过,何日是归年。"(《绝句》二首·其一)客地之景,青绿红白,何等富于色彩,然而正如前人所评:"老杜多欲以颜色字置第一字,却引事实来。"(范晞文《对床夜语》)事实就是眷念家人,愁怨难归。"当君怀归日,是妾断肠时"(李白《春思》),事实是何等的凄凉和哀伤。平平数语,春色恼人,道出了万千思绪。可见诗境并不是任何富于色彩的外景的重现,而是饱和着人生苦乐的人的心灵的发现。心灵中的情,正如胚芽,是内在的实体,一遇到客观的媒介——景,萌发而破土,于是我们有了诗的意境。瑞士思想家阿米尔说:"一片自然风景是一个心灵的境界。"(转引自宗白华《中国艺术意境之诞生》)所以好的诗,不仅是大自然的实景所呈现出来的美的发现(大自然并非全是美的),同时也是人的心灵的情致的美的发现(人的心灵的美并不是自流的)。如果我们对于宇宙,对于人生充满了爱,饱和着感情,那么"登山则情满于山,观海则意溢于海"(《文心雕龙·神思》)。主观的情致和客观的景致交融渗透,一旦达到了高度和谐的程度,便结晶——或者说"忽然发现了"诗人梦寐以求的"境"。与此同时,诗人的高超的素养和娴熟的技巧又使这种"境"焕发出色相——语言、比兴、想象、文采、节奏、韵律乃至于理性的折光等,从而有了美的创造,有了美的意境,有了诗。

美是发现。诗的意境又何尝不是美的发现!

心　　造

被誉为千古悲秋之句的宋玉《九辩》,是这样描写秋的境界的:

悲哉秋之为气也!

萧瑟兮草木摇落而变衰。

如果说,诗人因秋天的草木摇落而产生了"悲哉"之情,那么按逻辑应写作"草木摇落而变衰,萧瑟兮;秋之为气也,悲哉!"因为以物起兴,应该是客观世界的变化——春天的妩媚和夏天的繁茂都过去了,代之而来的是"草木摇落"的秋天的萧瑟。正因为有了客观的"秋之为气",方能使人的情绪受到感发,才有所谓"悲哉"的感情的波动。正如杜甫说的"摇落深知宋玉悲"(《咏怀古迹》),是先"摇落"而后知"悲"也。然而宋玉却先写"悲哉",而后述"摇落",这绝非思维逻辑的颠倒。谁也不会赞成把宋玉的诗倒过来读的。

秋天草木的摇落,是乃大自然的规律之使然,古往今来,年年如是。科学家视寒来暑往为自然的物候,岂必动情;哲学家识新陈代谢之哲理,应无伤感。人生百年,岁岁经秋,世间苦乐,因人而殊,未必个个伤悲、处处萧瑟的。就是诗人,吟到秋风的也并非个个一般情怀。李白有诗曰:"我觉秋兴逸,谁云秋兴悲?"(《秋日鲁郡尧祠亭上宴别杜补阙范侍御》)与宋玉之诗恰好反其意而用之,秋天倒增加了这位豪情跌宕的浪漫主义诗人的飘逸之兴,他竟至视别人之"悲秋"为无谓了。杜牧诗有句:"停车坐爱枫林晚,霜叶红于二月花。"(《山行》)这不是悲秋,简直是爱秋了,火红的枫叶秋色在这位晚唐诗人的笔下,仿佛比春天更富于诗意,更令人神往。可见宋玉写《九辩》时的"悲哉"之情,是属于他自己的,是他在特定时间,特定环境中的个人心境的一种反映,是他彼时彼地的主观思想感情的流露。

应该说,诗人内心先有了悲伤之情,所以才会落叶伤秋,飞花惜春。情生意象,景因情异,所以不同的诗人和不同的诗作有不同的意境。宋玉正因为心中早有"悲哉"的情绪,才会有感于"秋之为气也",萧瑟之感,出自内心,寄托于客观世界的物候变幻,遂因草木摇落和自然衰朽而动容。有人说,文学艺术是客观世界的反映的产物,犹如一面镜子,映照出大自然的影象来。我以为这说法至少是不全面的。如果只限于对客观世界的纯粹的描摹,而没有人的思想情感的移入融汇,哪里还有什么意境? 又哪里还有真正的诗!古人说"言为心声",信有以也。梁任公有言:"境者,心造也。一切物境皆虚幻,惟心所造为真实。"(《饮冰室专集》之二《自由书·惟心》)如果从强调诗境中必不可少的主观情感的作用而言,这说法是对的。

不能把"惟心所造"理解为唯心主义(这里且不探讨哲学概念)。任公所言"心造"者,诗境也,也就是诗学中常说的"意境"。仅有客观存在的亘古不易的"物境",未必有意境,亦未必有诗。故必先有"心造"之境,方能寄情于物,托辞悲秋。刘勰说:"春秋代序,阴阳惨舒,物色之动,心亦摇焉。"(《文心雕龙·物色》)钟嵘说:"气之动物,物之感人。"(《诗品序》)可见心之悲也,才会有感于"物色之动",才会感发于秋气,才会有千古悲秋之句,才会有耐人玩味的"境界"。否则,物色永远在动,悲喜哀乐又为何因人而异呢? 此之谓"心造之境"。

情　　语

宋代词人晏殊《蝶恋花》词有句：

明月不谙离恨苦，

斜光到晓穿朱户。

客观的景（明月）是无知的，它不懂人的主观情思（离恨）。换句话说，"离恨苦"是存在于人的思想中，人们的生离死别，本与明月无关。然而奇怪的是，这"明月"却又总是与人的"离恨苦"纠缠在一起，整夜困扰离人，天明仍不肯他去，还在"转朱阁，低绮户，照无眠"（苏轼《水调歌头》）。不错，明月应该是"无情"的，碧海一轮，九州同皓。然而人的胸臆却总是因月光而辗转。"月出皎兮，佼人僚兮，舒窈纠兮，劳心悄兮！"（《诗经·月出》）这是一个坠入情网的青年人在月下怀想恋人而心劳忧伤的感情。"明月何皎皎，照我罗床帏。忧愁不能寐，揽衣起徘徊"（《古诗十九首》），这是一个思妇怨苦丈夫远行的烦恼之情。失意之士见到的是"明月皎夜光，促织鸣东壁"（同上）。孤凄寂然中有愤愤不平。踌躇满志的统帅写到"月明星稀，乌鹊南飞。绕树三匝，何枝可依？"（曹操《短歌行》），悲歌慷慨中寄托着思贤之心。归田隐居的诗人说"晨兴理荒秽，带月荷锄归"（陶潜《归园田居》），赞美躬耕自适的生活，淡泊平和。仕途失意的诗人说"暝还云际宿，弄此石上月"（谢灵运《石门岩上宿》），寄情山水，规避现实。又如浪漫主义诗人李白诗"俱怀逸兴壮思飞，欲上青天览明月"（《宣州谢朓楼饯别校书叔云》），何等的神情飘逸，何等的自由奔放。现实主义诗人杜甫诗"永夜角声悲自语，中天月色好谁看！"（《宿府》）又是何等的思绪凝重，何等的忧国深沉。再如"曲终收拨当心画，四弦一声如裂帛，东舟西舫悄无言，唯见江心秋月白"（白居易《琵琶行》），读之令人神往。"明月几时有，把酒问青天！不知天上宫阙，今夕是何年？"（苏轼《水调歌头》），读之令人神驰。"今朝酒醒何处，杨柳岸，晓风残月"（柳永《雨霖铃》），读之令人神伤。"明月别枝惊鹊，清风半夜鸣蝉"

(辛弃疾《西江月》),读之令人神怡。有时同一人同一诗,花前月下,也会缘情移景,景因情殊:

> 十五年前花月底,
>
> 相从曾赋赏花诗。
>
> 今看花月浑相似,
>
> 安得情怀似往时。

——李清照《偶成》

> 去年元夜时,花市灯如昼。月上柳梢头,人约黄昏后。　今年元夜时,花市灯依旧。不见去年人,泪湿春衫袖。

——欧阳修《生查子·元夕》

这正是"移情于景""心匠自得"的"情语"。清人王夫之说过:"诗以道情,道之为言路也。情之所至,诗无不至;诗之所至,情以之至。"(《古诗评选》)同一明月,九州一景,然而诗人各有所寄,是"情"不同也。情因人异,故境界万殊;情因时变,故忧乐不同。诗境之感人肺腑,就因为在一个"情"字上作出了大千世界。王夫之说:"含情而能达,会景而生。"(同上)这才称得上是诗境。

观堂有言:"昔人论诗词,有景语情语之别,不知一切景语皆情语也。"(《人间词话》)情之于诗,犹如气之于人,土之于木,水之于鱼,失之而无境也。

景　　语

顺手撷来几首诗:

> 飒飒秋雨中,
>
> 浅浅石溜泻。
>
> 跳波自相溅,
>
> 白鹭惊复下。

——王维《栾家濑》

两个黄鹂鸣翠柳，

一行白鹭上青天。

窗含西岭千秋雪。

门泊东吴万里船。

——杜甫《绝句四首》之一

茅檐长扫静无苔，

花木成畦手自栽。

一水护田将绿绕，

两山排闼送青来。

——王安石《书湖阴先生壁》

  这些诗，几乎全都是用的"景语"，不似前面所引的诗，或"先景后情"，或"即景生情"。前者为"景中情"后者为"情中景"。所谓"情中景"者，即通篇只作"景语"，"而情寓其中矣"（王夫之《姜斋诗话》）。王夫之认为那种"上景下情"（即先著"景语"而后写"情语"）的诗法并不见得高妙，反倒是"古人绝唱句多景语"。好的诗，其意境"只在藏情于景，间一点入情，但就本色上露出，不分涯际"（见《明诗评选》）。通观古人佳作，一味抒情的作品并不多见，除少数名家外，一般的诗人集中，不见"景语"者，反为下品。古诗《结发为夫妻》《客从远方来》已属罕见。这些诗若以意境论，仍远不如陶、谢、李杜和唐、宋篇什。因为"一味从情上写，更不入事"（王夫之《古诗评选》），此其一。读唐宋人诗词，一景一情的造境比比皆是。好的篇什"情景一合，自得妙语"。"举头望明月，低头思故乡"，妙合无痕；"夜来风雨声，花落知多少"，流而不滞；"我寄愁心与明月，随君直到夜郎西"，字字关情；"晴空一鹤排云上，便引诗情到碧霄"，神情高扬；"晚来天欲雪，能饮一杯无"，自然流走；"三十六陂春水，白头想见江南"，感触真切。如此等等，举不胜举。这些佳构，既不"撑开说景"，也不"一味写情"，而是"景中生情，情中含景"（王夫之《唐诗评选》），"其言情也必沁人心脾，其写景也必豁人耳目，其辞脱口而出，无矫揉妆束之态"（王国维《人间词话》）。又例如：

枯藤老树昏鸦,

小桥流水人家,

古道西风瘦马。

夕阳西下,

断肠人在天涯。

——马致远《天净沙·秋思》

全诗四句皆用"景语",只末句以"情语"点化,致使一切景物都带上了孤独寥落凄寂伤感之情,真是景语连珠而情寓其中矣。又如"昔我往矣,杨柳依依;今我来思,雨雪霏霏"(《诗经·采薇》),因情写景,以景托情,妙合天成,意境极佳。此其二。第三种情况,便是我们所说的"语有全不及情,而情自无限者"了。除上举例诗外,又如:

隐隐飞桥隔野烟,

石矶西畔问渔船。

桃花尽日随流水,

洞在清溪何处边?

——张旭《桃花溪》

秀丽迷人的春天景色暗含着游人高远的怀抱。又如:

黄师塔前江水东,

春光懒困倚微风。

桃花一簇开无主,

可爱深红爱浅红。

——杜甫《江畔独步寻花七绝句》之一

新迁草堂的喜悦欢快,不言而更见乐境。又如:

千山鸟飞绝,

万径人踪灭。

孤舟蓑笠翁,

独钓寒江雪。

　　　　　　　　　　　　　　　　——柳宗元《江雪》

被贬谪独栖避地而又孤高不折之情,含藏在诗中,是很深微的。风霜雨雪,山高月小,大漠古道,梧桐夕照,所以有情,是乃人的"愁眼",于是我们见到了"情景交融"的诗。然而"江晚正愁予,山深闻鹧鸪",正是这景中的鹧鸪,一声"行不得也哥哥",才引出了无边的惆怅和九曲的愁肠。于是我们受到感染,我们因之浮想联翩,我们从而得到了深深的诗境。所以诗人"偶遇枯槎顽石,勺水疏林,都能以深情冷眼,求其幽意所在"。这样方能够"以追光蹑影之笔,写尽通天尽人之怀"。苏轼诗曰:"却从尘外望尘中,无限楼台烟雨濛。山水照人迷向背,只凭孤塔认西东。"(《虔州八景图》)这"孤塔"自是景语,但它正是我们驰向诗的意境的灯塔。

理　　趣

　　苏东坡在庐山西林寺题壁的一首绝句,已经几乎是童叟皆知了:

　　横看成岭侧成峰,

　　远近高低各不同。

　　不识庐山真面目,

　　只缘身在此山中。

横看成岭,侧看成峰,山的远、近、高、低呈现出不同的姿态形状,难道这不就是"庐山真面目"吗? 为什么诗人竟"不识"呢? 如果这些不算"真面目",那么,庐山的"面目"又应该是什么样? 诗人说,"不识庐山真面目"的原因是"身在此山中",那么,如果在山外或山下,岂不是更难识其真面目了吗? 除了不值一游的小丘外,试问有哪一座山可以一览无余、顿识全豹的呢? 这样说,并不是苛求古人。因为许多人读此诗,都为它所含蕴着的一种哲理所吸引,从而忽略了对它的意境的领悟。以理性的概括取胜的诗,古人称之为"理高妙",其特点是"碍而实通"(姜夔《白石道人诗说》)。以诗而言,仿佛滞碍难通,然而其味有余,又似理趣无穷。任何人游山,除非住上几年,要不然,匆匆登临,又怎么能识其真面目呢?可见,以理而言,"不识庐山真面目"几乎是古往今来一切偶游者的普遍的真切的实感。"其间折高折远,自有妙理",只是一时说不具体。苏轼这里一语道出,怎不令人一唱三叹,余味无穷呢!苏东坡自己就说过:"言有尽而意无穷者,天下之至言也。"这便是哲理意趣之境。

写出来的,是"岭"是"峰",是"远近高低"之所见;没有写出来因而更令人神往的,是整个的庐山面目……是春水迷津的桃源洞,是广袤无垠之境界,甚至是宇宙和人生。以有限之景,状无限之情;以可数之言,写无穷之境,这便是诗的美学中的一格——理趣。袁宏道说:"趣如山上之色,水中之味,花中之光,女中之态,虽善说者不能下一语,唯会心者知之。"(《袁中郎全集》卷三)"水光潋滟晴方好,山色空濛雨亦奇",这是水光山色,是"目之观物";"若将西湖比西子,淡妆浓抹总相宜",这便是意趣和理性,是"心之观物"。宋人邵雍说:"夫所以谓之观物者,非以目观之也,非观之以目而观之以心也,非观之以心而观之以理也。"(《皇极经世全书解》)若仅以目观景,往往堆石垒山,积水绘河,铺采垛藻,有实无虚,易于浅淡浮薄。反之若只一味写事理,意无所托,兴无所寄,趣无所兴,想无所由,正如严羽说的"尚理而病于意兴"(《沧浪诗话》),又常把诗写成说理教条,味同嚼蜡。所以,好的诗,必是寓理趣于情景,景以兴趣,情以发理。例如:

红豆生南国,春来发几枝。愿君多采撷,此物最相思。(王维《相思》)

千里黄云白日曛,北风吹雁雪纷纷。莫愁前路无知己,天下谁人不识君。(高适《别董大》)

胜日寻芳泗水滨,无边光景一时新。等闲识得春风面,万紫千红总是春。(朱熹《春日》)

这种理趣高妙的诗,每使人读之不忘,余音绕梁,偶有感触,呼之即出,是很能脍炙人口的神品。

理胜的诗,其写法多为一虚一实,虚实相生,推近及远,妙在含糊。写景起兴,不必求真,过于惟妙惟肖,反失理趣;说理也不能求全无余,什么都写尽了,读者没有联想的余地,其味反觉浅近,于是哲理的深长隽永之味便没有了。明人谢榛说得好:"凡作诗不宜逼真,如朝行远望,青山佳色,隐然可爱,其烟霞变幻,难于名状;及登临非复奇观。惟片石数树而已。远近所见不同,妙在含糊,方见作手。"(《四溟诗话》卷三)试想把庐山踏遍,西湖游尽,每一景每一处都自然主义地写出,岂不堆垛累赘,冗长拖沓,既无情趣感染读者,又无理趣发人深思,诗就无味了。反之,若只写身在山中湖上,只见树木水波,不见森林岸柳,写峰岭如顽石,绘湖光如盆景,读之也一样会令人索然的。贾岛《寻隐者不遇》诗中,"松下问童子,言师采药去"是"目观"的实景,是画面的形象;而"只在此山中,云深不知处"是"观之以心"的想象,是用"烟云模糊"法隐去的画外之境。而读完全诗,推近及远,由外而内,则使人产生一种远避现实尘俗与烦恼的隐情和化境,这其中所蕴藏着的一种哲理性的向往是耐人寻味的。但是在字里行间,在画意诗情之中,这种明哲的理趣并没有直接写出,甚至可以说有点含糊。也正是这种虚实生白的含糊,给人以无穷想象的余地和追求的欲望,这正是诗歌意境隽永的韵味所在。又王之涣的《登鹳鹊楼》诗中,"白日依山尽,黄河入海流",是在有限的视野中绘其所见;而"欲穷千里目,更上一层楼",则推其所观,化其所趣,高其所想,远其所思,从而产生了理趣无穷之妙境,"如空中之音,相中之色,水中之月,镜中之像,言有尽而意无穷"(严羽《沧浪诗话》)。古诗中这种理趣高妙的意境,可以俯拾即是。

原载云南大学中文系编《语言文学论文集》,
1983年编印,第342—356页

"无声诗"与"无形画"的现象直观

张 毅

在中国文艺批评史上,有画为"无声诗"和诗是"无形画"的换位言说,以为画家可以造响于应物象形之际而成就"无声"之诗,诗人能成象于吟咏之间以为"无形"之画。这种说法建立在对诗画的韵律及意境的现象直观之上,包括"听之以气"的静观,"色即空"的般若空观和"六根互用"的通观,与之相对应的是中国画之气韵、山水诗的声色和诗画本一律的视听圆融之美。诗与画的融合,是人与自然的契合,心与物的交融,听觉和视觉的圆通。诗人和画家原天地之大美、通万物之情理,其气感于物、神会于心和目闻耳见的现象直观,除了"闻声悟道、见色明心"外,还可洞悉绘画的"无声"之乐,欣赏诗歌的"无形"之象。但需要追问的是,这种现象的直观和视听的美感何以可能?

一

将画称为"无声诗",在于中国画是一种讲究线韵的造型艺术,其经营位置的空间美要通过用笔的线条运行节奏来体现,并由勾勒物象进入到借景言情的意境创造。这意味着要在属于空间艺术的绘画里融入时间艺术的因素,具备一种音乐性的诗歌表达方式,而这一切缘于中国绘画所追求的"气韵"生动的审美观。

"无声诗"与"无形画"的现象直观

在中国古代,一切自然现象和生命现象均被视为"气"活动的结果,人在气中,气在人中,天地万物皆赖气以生。老子云:"道生一,一生二,二生三,三生万物。万物负阴而抱阳,冲气以为和。"(《老子·第四十二章》)以为"道"通过阴阳二气化生万物。他又说:"道之为物,惟恍惟惚。惚兮恍兮,其中有象,恍兮惚兮,其中有物。窈兮冥兮,其中有精。"(《老子·第二十一章》)这种似有似无的"道",老子用"大音"和"大象"加以形容,以为"大音希声,大象无形"(《老子·第四十一章》)。所谓"大音"和"大象",以无声形的窈冥体现道的精神,已超越了具体的声音和形象,无法用听觉和视觉感知,有赖于虚静心灵的直观。老子说:"致虚极,守静笃,万物并作,吾以观复。夫物芸芸,各复归其根,归根曰静,是谓复命。"(《老子·第十六章》)这种思想为自然元气论者庄子所继承,他认为"通天下一气耳"(《庄子·知北游》),故"言以虚静推以天地,通于万物"(《庄子·天道》)。精神的虚静与道相通,"夫昭昭生于冥冥,有伦生于无形,精神生于道,形本生于精,而万物以形相生"(《庄子·知北游》)。关于闻道,庄子是这么说的:"视乎冥冥,听乎无声。冥冥之中,独见晓焉;无声之中,独闻和焉。"(《庄子·天地》)此乃心与物冥的直观。对于"听乎无声"的精神状态,庄子这么说:"若一志,无听之以耳而听之以心,无听之以心而听之以气!听止于耳,心止于符。气也者,虚而待物者也。唯道集虚。虚者,心斋也。"(《庄子·人间世》)道法自然,庄子的自然观反映在对"天籁"的重视上,而吹万不同的"天籁"是最能体现天地之大美的无声之乐,只有在虚静的精神状态下才能直观地加以把握。游心于淡,合气于漠,如此成就的人生是虚静的人生,也是艺术的人生。徐复观先生认为中国历史上伟大的画家和画论家,发扬光大了庄子的这种纯艺术精神。他说:"在中国艺术活动中,人与自然的融合,常有意无意地,实以庄子的思想作其媒介。而形成中国艺术骨干的山水画,只要达到某一境界时,便于不知不觉之中,常与庄子的精神相凑泊。甚至可以说,中国的山水画,是庄子精神不期然而然的产品。"[1]之所以如

---

[1] 徐复观:《中国艺术精神》,华东师范大学出版社2001年版,第80页。

此,在于收视返听后"听之以气"的现象直观,成为画家人格修养和艺术创造的起点,要把握被称为"无声诗"的中国画,无法听之以耳,只能依靠"唯道集虚"的审美静观。

与西洋油画用油彩和块面造型不同,中国绘画是以线条造型的艺术,要化静为动,寓时间的节律和生命的动感于空间画面之中,一线穿空若有声。东晋大画家顾恺之以擅长"传神写照"闻名于世,后人这样论其用笔:"顾恺之之迹,紧劲联绵,循环超忽,调格逸易,风趋电疾。意存笔先,画尽意在,所以全神气也。"①所谓"紧劲联绵",指线条劲利绵密而气脉贯通,"风趋电疾"则是形容其笔势的飞动。从传为顾恺之所作的《女史箴图》和《洛神赋图卷》来看,其线描如春蚕吐丝,又似流水行云,在用流畅的线条勾勒形状和体积的同时,以其起伏的动感赋予图像生气和神韵。这种画法与其论画时说的"以形写神"②的标准相吻合,为"六法"说的出现奠定了基础。谢赫在《古画品录》里提出的绘画"六法",涉及从临摹、布局、色彩的运用到写生、用笔等各方面的内容,而以"气韵生动"说影响最大,成为历代中国画家所信奉的艺术准则。根据谢赫对画家的品评,可知"气韵生动"与"骨法用笔"互为表里而形神相随。如他说顾骏之:"神韵气力不逮前贤,精微谨细有过往哲。始变古则今,赋彩制形皆创新意。"又评戴逵:"情韵连绵,风趣巧拔。"谓晋明帝:"虽略于形色,颇得神气,笔迹超越,亦有奇观。"③他所讲的神韵、情韵和神气,与气韵一样皆取象于人的生命活动,能赋予绘画的形象、色彩和线条以生气和动感。相对于制形和用色,"气韵"更为根本,是精神活力的体现。谢赫说卫协:"虽不该备形妙,颇得壮气,陵跨群雄,旷代绝笔。"评张墨和荀勖:"若拘以体物,则未见精粹;若取之象外,方厌膏腴,可谓微妙也。"④如此说,气韵是中国画的生命精神,作画有气即活泼,无韵则死板,概莫能外。

---

① 张彦远:《历代名画记》,卢辅圣主编:《中国书画全书》,上海书画出版社1994年版,第126页。
② 同上书,第141页。
③ 谢赫:《古画品录》,《中国书画全书》,第1—2页。
④ 同上书,第2页。

由于绘画的线条和书法的笔画均要由气来注入活力,遂形成了"书画用笔同法"的观念。在"叙画之源流"时,唐朝著名画论家张彦远认为书画在功能和性质方面没有什么不同,两者所用笔法是相同的。他说:"昔张芝学崔瑗、杜度草书之法,因而变之,以成今草书之体势。一笔而成,气脉通连,隔行不断。……其后陆探微亦作一笔画,连绵不断,故知书画用笔同法。"画圣吴道子早年曾向草书名家张旭学习书法,"授笔法于张旭,此又知书画用笔同矣。张既号'书颠',吴宜为'画圣'"①。书画家的用笔在抽象的书法艺术中有极完美的发展,其体势的演变由篆隶、真书到行书、草书,笔画由直线变为曲线,结体由凝固变为飞动,运笔由迟缓变为迅速,重在一笔贯穿的风骨和气势,神采飞扬而真情流露。孙过庭《书谱》说:"真以点画为形质,使转为情性;草以点画为情性,使转为形质。"②真书是以形和势反映作者的情性,而草书的创作是先有激情,再"因情成体,即体成势",充满了情驰神纵的感动。张怀瓘《书议》说:"然草与真有异,真则字终意亦终,草则行尽势未尽。或烟收雾合,或电激星流,以风骨为体,以变化为用。有类云霞聚散,触遇成形;龙虎威神,飞动增势。"③草书的极致为狂草。怀素狂草的代表作《自叙帖》引诗云:"粉壁长廊数十间,兴来小豁胸中气。忽然绝叫三五声,满壁纵横千万字。"④草书强烈的抒情性和动感,增强了书画创作的文学性,使之具有诗的意境。

绘画中抽象写意的书法因素的介入和强化,突出了气韵和笔墨的重要性,而形似和物象则退居其次。张彦远《历代名画记》说:"夫象物必在于形似,形似须全其骨气。骨气、形似,皆本于立意而归乎用笔。故工画者多善书。"他指出人物画要有生动之状,"须神韵而后全。若气韵不周空陈形似,笔力未遒空善赋彩,谓非妙也"。他认为"古之画或能移其形似而尚其骨气,以形似之外求其画,

---

① 张彦远:《历代名画记》,《中国书画全书》,第126页。
② 孙过庭:《书谱》,杨素芳等编:《中国书法理论经典》,河北人民出版社1998年版,第82页。
③ 张彦远:《历代名画记》,《中国书法画全书》,第96页。
④ 怀素:《自叙》,《中国书法理论经典》,第201页。

此难可与俗人道也。今之画纵得形似而气韵不生,以气韵求其画,则形似在其间矣"①。与张彦远主张求画于形似之外相同,荆浩在《笔法记》里提出"贵似得真"的看法。他说:"夫画有六要:一曰气,二曰韵,三曰思,四曰景,五曰笔,六曰墨。曰画者华也,但贵似得真。……气者心随笔运,取象不惑。韵者隐迹立形,备遗不俗。思者删拨大要,凝想形物。景者制度时因,搜妙创真。笔者虽依法则,运转变通,不质不形,如飞如动。墨者高低晕淡,品物浅深,文采自然,似非因笔。"②将绘画"六法"提炼为"六要",突出了气韵在运思和表现过程中的作用,以为气韵关乎"取象"和"立形",与思者的凝想和景者的搜妙创真有直接关系。描摹物象要有生气,仅得其形似是不够的,只有物象和景色里蕴含气韵,方可谓之"真思"。荆浩说:"张璪员外树石,气韵俱盛,笔墨积微;真思卓然,不贵五彩;旷古绝今,未之有也。"又谓:"王右丞笔墨宛丽,气韵高清,巧写象成,亦动真思。"③气韵贯通而动真思,才会有笔的飞动和墨的文采,才能任运成象而无迹。

绘画由唐朝经五代至宋朝,山水画取代人物画占据了画坛的主导地位,并产生了合山水画与水墨画为一体的文人画,使追求"画中有诗"成为普遍的共识。山水画论者,多以庄禅的自然观为思想基础,主张以笔墨表现自然造化的生动气韵和作者的通天情怀。托名王维撰的《山水诀》说:"夫画道之中,水墨最为上,肇自然之性,成造化之功。"④荆浩则认为山水画家师法造化,要先知体用之理,"其体者,乃描写形势骨格之法也,运于胸次,意在笔先。远则取其势,近则取其质"⑤。取其势须远而观之,感受山川整体的形势气象;取其质是近看,以见溪水林石云雾组成的景色。物象的体积结构与气韵节奏的动静关系,在人物画中不容易处理,但在山水画里却不成问题。山体本静,水流则动,何况山水的

---

① 张彦远:《历代名画记》,《中国书画全书》,第124页。
② 荆浩:《笔法记》,《中国书画全书》,第6页。
③ 同上书,第7页。
④ 王维(托名):《山水诀》,《中国书画全书》,第176页。
⑤ 荆浩:《画山水赋》,《中国书画全书》,第8页。

气象、景色常随四时的不同而有变化,本身就能反映自然的气运节律。郭熙《林泉高致》说:"真山水之烟岚四时不同,春山艳冶而如笑,夏山苍翠而如滴,秋山明净而如妆,冬山惨淡而如睡。画见其大意而不为刻画之迹,则烟岚之景象正矣。"①他认为"山以水为血脉,以草木为毛发,以烟云为神采,故山得水而活,得草木而华,得烟云而秀媚"②。又谓山有三远:高远、深远、平远,均是就远观山水的气象而言。韩拙《山水纯全集》言山之三远为:阔远、迷远、幽远。他认为通山川之气以云为总,云"升之晴霁,则显其四时之气;散之阴晦,则逐四时之象"。作者"能因性之自然,究物之微妙,心会神融,默契动静于一毫,投乎万象,则形质动荡,气韵飘然矣"③。以为凡用笔先求气韵,而山水画的气韵本乎自然造化,是一种反映物色变化的行气节奏。

如果以感受自然造化的气韵为画之体,那么笔墨则为其用。荆浩《画山水赋》云:"其用者,乃明笔墨虚皴之法,笔使巧拙,墨用轻重,使笔不可反为笔使,用墨不可反为墨用。"④在山水画中有水墨山水一派,推动了笔墨技法的进步。就使笔而言,除勾勒白描外,发明了披麻皴、斧劈皴等各种各样的皴法,用能体现凹凸纹理和阴阳向背的笔画,表现山石林木的形态和体积。在用墨方面,讲究渲染,通过焦、浓、重、淡、清的色调变化,暗示山水景色的光和影。郭熙说:"运墨有时而用淡墨,有时而用浓墨,有时而用焦墨,有时而用宿墨……用淡墨六七加而成深,即墨色滋润而不枯燥。用浓墨焦墨,欲特然取其限界,非浓与焦则松棱石角不了然故尔。"⑤如果将气韵分为"气"与"韵",相对应的表现技法就是"笔"与"墨"。韩拙说:"默契造化,与道同机,握笔而潜万象,挥毫而扫千里。故笔以立其形质,墨以分其阴阳,山水悉从笔墨而成。"⑥阴阳与光的作用有关,

---

① 郭熙:《林泉高致》,《中国书画全书》,第498页。
② 同上书,第499页。
③ 韩拙:《山水纯全集》,黄宾虹等编:《美术丛书》,江苏古籍出版社1997年版,第1136、1139页。
④ 荆浩:《画山水赋》,《中国书画全书》,第8页。
⑤ 郭熙:《林泉高致》,《中国书画全书》,第501页。
⑥ 韩拙:《山水纯全集》,《美术丛书》,第1137页。

由明暗对比构成的色调变化可通过运墨表现。论笔迹有筋、骨、皮、肉四势,言墨色分干、湿、淡、浓、白、黑六彩。笔势的巧拙能表现山川的形势气象,用墨的轻重可渲染景色的韵致。

宋代流行的以水墨画山水竹石的文人画,不仅明确了以气韵为先、笔墨为主的创作原则,还增强了绘画抒情写意的文学功能。士大夫文人在写意画里直接融入书法用笔的气势,以诗为魂而以书立骨,不重取色而专注于自然,不论形似而专讲神韵,于是如苏轼说的"诗画本一律,天工与清新"①。文人画的出现彻底改变了中国绘画的性质,使其由画工写实的技艺变为传情达意的高雅艺术,"画中有诗"的山水画也一跃成为中国画的正宗,其类似于诗的"音乐性"由无声的气韵来体现。

二

诗为"无形画"的说法,凸显了诗歌创作成象于吟咏之间的意象之美,使原本诉诸听觉的抒情艺术也具有美如画的视觉效果。从山水诗、咏物诗的巧构"形似"之言和绘声绘色的意象组合,到格律诗情景交融的意境构成,中国诗歌艺术在追求诗情与画意相结合的过程中,完成了从古体到近体律绝的演变。这种诗美与诗体相互促进的演化,涉及声与色和情与景的关系处理,有一个逐步完善和成体的过程,而佛教看空声色的般若"空观"在此过程中起了关键性的作用。

除使用比喻和象征手法外,诗歌的形象性主要通过物象摹写来实现,这也是古代以植物、动物、自然天象和景物,以及日常生活器物为题材的"咏物"诗能蔚为大观的原因。早期具有记游性质的山水诗,与以自然天象和草木为描写对象的咏物诗,在写景状物方法上十分相似,都有追求"形似"的倾向。如刘勰称

---

① 苏轼:《书鄢陵王主簿所画折枝二首》其一,《苏轼诗集》,中华书局1982年版,第1525—1526页。

"无声诗"与"无形画"的现象直观

《古诗十九首》里的《孤竹》诗:"婉转附物,怊怅切情,实五言之冠冕也。"又说:"宋初文咏,体有因革,庄老告退,而山水方滋;俪采百字之偶,争价一句之奇,情必极貌以写物,辞必穷力而追新:此近世之所竞也。"①无论是咏物(竹)诗的"婉转附物",还是山水诗的"极貌以写物",都在写气图貌的过程中追求穷形尽相,巧为形似之言成为诗歌创作的一时风会所在。刘勰说:"自近代以来,文贵形似,窥情风景之上,钻貌草木之中。吟咏所发,志惟深远;体物为妙,功在密附。故巧言切状,如印之印泥,不加雕削,而曲写毫芥。"②钟嵘《诗品序》也指出当时五言诗之所以有滋味,"岂不以指事造形,穷情写物,最为详切者邪!"他还认为谢灵运山水诗创作的特点是"故尚巧似"③。

以大、小谢为代表的山水诗的兴起,极大地丰富了诗歌的状物写景技巧,尤以物色的描绘见长。"物色"由客观物象和自然景色组成,除静态的形状象貌外,还包括具有动感的色彩和声响,后者更能触动诗人的情感。如谢灵运在《石壁精舍还湖中作》里说:"昏旦变气候,山水含清晖。清晖能娱人,游子憺忘归。出谷日尚早,入舟阳已微。林壑敛暝色,云霞收夕霏。"④最令诗人难以忘怀的是山谷景物的光影色泽,那一片水光映照的山林冥色。谢灵运在山水诗创作中多采用绘声绘色的以画入诗手法,偏重于描绘光度、色彩和声响交融的色感和音调。如《从斤竹涧越岭溪行》:"猿鸣诚知曙,谷幽光未显。岩下云方合,花上露犹泫。"⑤猿声与曙光相伴,谷间岩下的光线变化闪烁于花露之上,光的明暗变化衬托出花色的清幽。再如《石门岩上宿》:"暝还云际宿,弄此石上月。鸟鸣识夜栖,木落知风发。异音同致听,殊响俱清越。"⑥夜色里清越的声响,显出了光的幽暗和山林的寂静,诗人对光感和音响的把握已到了"体物为妙"的地步。尤其

---

① 刘勰:《明诗》,范文澜:《文心雕龙注》,人民文学出版社1958年版,第66—67页。
② 刘勰:《物色》,《文心雕龙注》,第694页。
③ 钟嵘:《诗品》,曹旭:《诗品集注》,上海古籍出版社1994年版,第36、160页。
④ 《谢康乐诗注》,黄节注,中华书局2008年版,第98页。
⑤ 同上书,第117页。
⑥ 同上书,第113页。

是《登池上楼》里的"池塘生春草,园柳变鸣禽",写满目春色闻啼鸟,堪称声色交响的千古名句。陆时雍《诗镜总论》说"诗至于宋,古之终而律之始也。体制一变,便觉声色俱开。谢康乐鬼斧默运,其梓庆之镰乎?"①,认为大谢对景物声色描绘的关注,开辟了诗歌创作的新体制。

谢灵运山水诗创作的声色描绘,与其对物色的心灵感应是分不开的,作为受佛教思想影响很深的诗人,其声色描绘与般若空观和涅槃佛性之间,有一种隐秘的本质联系。声色不仅是自然物象的客观反映,也是传达诗人情绪和感受的手段。如刘勰所言:"物色之动,心亦摇焉。……是以诗人感物,联类不穷,流连万象之际,沉吟视听之区;写气图貌,既随物以宛转;属采附声,亦与心而徘徊。"②谢灵运在《游名山志序》中说"夫衣食,人生之所资;山水,性分之所适",认为自然美景有怡情养性的作用。其《拟魏太子邺中集诗八首》序云:"天下良辰、美景、赏心、乐事,四者难并。"③他对能"以形媚道"的自然美景持赏悟态度,"赏心"一词屡屡现于诗中。如《田南树园激流植援》:"赏心不可忘,妙善冀能同。"《游南亭》:"我志谁与亮?赏心惟良知!"《永初三年七月十六日之郡初发都》:"将穷山海迹,永绝赏心晤。"④以为山水的形质蕴含某种道理,所以物色的赏会与玄理的感悟相关,欣赏美景的目的在于悟理。谢灵运在《石壁立招提精舍》中说:"禅室栖空观,讲宇析妙理。"⑤他以心之赏会的般若空观来看待物色,以求性灵之真奥。色既可以指现象界的一切,也包括人对外界现象的感受,般若"空观"的作用就是把色看空,即把色理解为空的现象。如倡导"即色论"的支道林集《观妙章》所言:"色不自有,虽色而空。故曰'色即为空,色复异空'。"⑥色空对举开辟出了中国人审美观照的新领域,使声色大开的审美经验与对自然现象的

---

① 丁福保辑:《历代诗话续编》,中华书局1983年版,第1406页。
② 刘勰:《物色》,《文心雕龙注》,第693页。
③ 《谢康乐诗注》,第146页。
④ 同上书,第92、64、50页。
⑤ 同上书,第97页。
⑥ 徐震堮:《世说新语校笺》,中华书局2001年版,第121页。

佛理感悟联系在一起。当时竺道生有顿悟成佛说,以佛性为悟理之本。谢灵运在《与诸道人辩宗论》里为竺道生孤明先发的顿悟说辩护,以般若性空的否定方法探讨到达涅槃境界的佛性觉悟方式,强调悟贵在一次返本。其《从斤竹涧越岭溪行》云:"情用赏为美,事昧竟谁辨。观此遗物虑,一悟得所遣。"[①]悟是对空的直观,要透过现象看到象外的真奥,那是一种"至象无形,至音无声"的空明寂静之境。

对声色的空观是山水诗能取代玄言诗的思想因素,也对诗的体制演变有影响。最明显的是谢灵运绘声绘色的山水诗多骈偶之句,如"野旷沙岸静,天高秋月明"(《初去郡诗》)、"近涧涓密石,远山映疏木"(《过白岸亭》)、"白云抱幽石,绿筱媚清涟"(《过始宁墅》)。这些描绘物色的景语多由对仗工整的偶句组成,声韵谐合,已有律句的意思。但更一步的是谢朓,他提出"好诗圆美流转如弹丸"(语见《南史·王融传》)的主张。陆时雍《诗镜总论》说:"诗至于齐,情性既隐,声色大开。谢玄晖艳而韵,如洞庭美人,芙蓉衣而翠羽旗,绝非世间物色。"[②]从大谢(谢灵运)的"声色俱开"到小谢(谢朓)的"声色大开",除了以华艳的辞藻表现极富感官印象的色泽之美外,还具有对偶精切、声律宛转的特点。如小谢诗"天际识归舟,云中辨江树"(《之宣城郡出新林浦向板桥诗》)、"余霞散成绮,澄江静如练"(《晚登三山还望京邑诗》)、"鱼戏新荷动,鸟散余花落"(《游东田诗》)、"大江流日夜,客心悲未央"(《暂使下都夜发新林至京邑赠西府同僚诗》)、"红药当阶翻,苍苔依砌上"(《直中书省诗》)[③]。用对句写景,物色的描绘与诗的辞采和声韵融为一体,语尽清丽而声渐入律,对五言诗的律化起了推动作用。小谢的山水诗多写"望"中的景色,对风景的秀美有细腻的感受,体察细致入微,当他把视点聚焦在具体的落花、筱竹等细物上时,写了一些近于律体的咏物诗。

[①] 《谢康乐诗注》,第117页。
[②] 陆时雍:《诗镜总论》,《历代诗话续编》,第1407页。
[③] 逯钦立辑校:《先秦汉魏晋南北朝诗》,中华书局1983年版,第1429、1430、1425、1426、1431页。

如《咏蔷薇诗》："低枝讵胜叶,轻香幸自通。发萼初攒紫,余采尚霏红。新花对白日,故蕊逐行风。参差不俱曜,谁肯盼薇丛。"①除了在巧构形似、极貌写物方面继承了山水诗的表现手法外,更在诗体的律化方面有了长足的进展。诸如化单行为排偶的对法趋于多样和工整,严格入律的句子增多,采用五言八句(或五言四句)的体式,使五言诗的结构趋于凝练完美。从篇有定句、句有定字、字有定声,押平声韵,体式力求精整、简短,中间四句多排偶对仗等方面看,谢朓等"永明体"诗人的咏物诗已非常接近律体了。

就景物描写技巧的进步和诗体演进的角度而言,山水诗的成熟过程与近体律诗的形成过程是同步的。谢灵运五言八句的诗有十五首,其中入律的诗句不到两成,平仄的协调还限于单句而非联。谢朓五言八句的诗歌作品里,严格入律的句子占了一半,不仅对仗工整,而且声调符合律联平仄,甚至有全篇近律者。到了王维时代,其山水诗的代表作全为五言八句或五言四句的近体律绝。在王维的五言律山水诗里,由平仄的安排形成抑扬顿挫的回旋声调,中间两联的对仗组合使诗的抒情节奏转为意象画面在空间平行展开,写美景而情在景中。如《山居秋暝》里的"明月松间照,清泉石上流。竹喧归浣女,莲动下渔舟"②。再如《汉江临泛》中的"江流天地外,山色有无中。郡邑浮前浦,波澜动远空"③。在景物的剪裁、情景的交融、表现的凝练等方面,都较二谢的诗更胜一筹。王维的近体山水诗写得色、声、态俱佳而兴象玲珑,尤其是他的五言绝句,善于表现山林里声色变幻的空静之美,将山水诗的景色描写推至完全成熟的境界。如《鸟鸣涧》"人闲桂花落,夜静春山空。月出惊山鸟,时鸣春涧中"④,用物色渲染情绪,以鸣声烘托意境,对声色的空观在这类精美绝伦的小诗里达到出神入化的境地。

---

① 《先秦汉魏晋南北朝诗》,第1451页。
② 王维:《王右丞集笺注》,赵殿成笺注,上海古籍出版社1984年版,第122页。
③ 《王右丞集笺注》,第150页。
④ 同上书,第240页。

从声色俱开的景物描绘到情景交融的意境创造，是山水诗创作趋于成熟的标志，反映到理论批评上，便是由"物色"说到"意境"论。王昌龄《诗格》云："诗有三境：一曰物境，欲为山水诗，则张泉石云峰之境，极丽绝秀者，神之于心，处身于境，视境于心，莹然掌中，然后用思，了解境象，故得形似。二曰情境，娱乐愁怨，皆张于意，而处于身，然后驰思，深得其情。三曰意境，亦张之于意，而思之于心，则得其真矣。"所谓"思之于心"，相当于他讲的"取思"，即"搜求于象，心入于境，神会于物，因心而得"①。在收视返听的想象活动中，心是纯粹的直观，境仍纯粹的现象，心入于境，可以直观美的形象，亦可以生成超越色空有无的意象，构成兴象玲珑的纯美诗境。由山水诗得其形似的物色描写，到心物冥合、情景交融的意境创造，对色界的空观成功地渗透进中国人的自然观里，将山水虚灵化和情致化了。其关键是把声色现象看作不真的幻象，而不真就是空。王维在《荐福寺光师房花药诗序》里说："心舍于有无，眼界于色空，皆幻也，离亦幻也。至人者不舍幻，而过于色空有无之际。"②以为寂静空明的心境才是真正的存在，视觉感知的物色不过是幻象，要用心之直观把自然看空，将其心境化，成为一种亦幻亦真的意境。空是对现象的谛观和超越，是一种透彻的觉悟，空观的禅悟成就了王维那些精致的山水小诗的空灵意境。

三

与诗歌和绘画由相互渗透而走向融合的历程相适应，有关诗画的现象直观也有一个由分到合的发展过程。如果说"听之以气"的静观决定了画家追求"画中有诗"而以山水画为正宗的审美取向，色即空的般若空观对"诗中有画"的山水诗的兴盛有决定性影响，那么"诗画本一律"的审美观念的形成，则建立在六

---

① 王利器：《文镜秘府论校注》，中国社会科学出版社1983年版，第285页。
② 《王右丞集笺注》，第358页。

根互用的通感和视听圆融的通观之上,涉及视觉与听觉的沟通、色法与心法的集合,以及虚实相生的审美原理。

近代德国启蒙思想家莱辛在《拉奥孔——论画和诗的界限》里提出"诗画异质"说,认为雕塑和绘画通过块面和色彩再现并列于空间的具象物体,诗歌则用语言声音叙述持续于时间中的事情,画长于象形状物,诗长于传情达意。按照这种说法,画有形而无声,需通于眼睛来欣赏,诗有声而无形,多借声音入于人耳,两者分属不同的艺术门类,是不可能相通的。但是,画与诗的这种区别在中国古代似乎不存在。由于把传达自然变化和生命律动的"气韵"生动作为绘画的标准,中国画家一直设法把时间的动感纳入空间艺术,通过线条的运动和淡墨的渲染使视觉形象蕴含抒情写意的韵律,使绘画具有类似于诗歌的音乐性,到了山水画占据画坛主导地位的宋代,便有了画乃"无声诗"的说法。如钱鍪《次袁尚书巫山十二峰二十五韵》云:"终朝诵公有声画,却来看此无声诗。"[1]黄庭坚《次韵子瞻子由题〈憩寂图〉二首》其一说:"李侯有句不肯吐,淡墨写出无声诗。"[2]后来明人姜绍书将自己的画史著作题为《无声诗史》,"无声诗"成为中国画的别称。与画为"无声诗"的观念相关联,诗则被为"有声画"和"无形画"。苏轼《韩幹马》云:"少陵翰墨无形画,韩幹丹青不语诗。"[3]称杜甫诗为"无形画",而以韩幹画为"无语"(无声)诗。画家郭熙在《林泉高致》里也说:"更如前人言,诗是无形画,画是有形诗。"[4]虽然画是再现视觉印象的空间艺术,诗是表现听觉感受的时间艺术,但诗画是可以换位言说的。属于听觉艺术的诗歌在发展过程如何增强其美感的形象性,化内在情韵为鲜明的景象,也一直是诗人创作时要考虑的问题。钱锺书先生曾举宋祁的名句"红杏枝头春意闹"为例,说明宋人常用"闹"字形容无"声"的景色。他说:"在日常经验里,视觉、听觉、触觉、嗅觉、味觉

---

[1] 厉鹗:《宋诗纪事》,上海古籍出版社 1983 年版,第 1486 页。
[2] 黄庭坚:《黄庭坚全集》,四川大学出版社 2001 年版,第 212 页。
[3] 苏轼:《苏轼诗集》,第 2630 页。
[4] 郭熙:《林泉高致》,《中国书画全书》,第 500 页。

往往可以彼此打通或交通,眼、耳、舌、鼻、身各个官能的领域可以不分界限。颜色似乎会有温度,声音似乎会有形象,冷暖似乎会有重量,气味似乎会有体质。"①在欣赏诗歌时通过想象把握诗里的景色描写,似乎是在从视觉的角度来观看诗歌,也就是说视觉与听觉可以转换或挪移,钱先生把这种文艺现象称之为"通感"。在日常经验里,类似于视觉与听觉移位的"通感",属于现象直观中的视听联觉,常令人感到有点不可思议。

以耳观画和以目听诗,属于耳中见色,眼里闻声,与佛教六根互用而六境圆通的通观不无关系。流传于中国的大乘佛教是菩萨乘,以眼、耳、鼻、舌、身、意为六根,而人的眼识、耳识、鼻识、舌识、身识和意识,缘于色、声、香、味、触、法六境。所谓"六根互用",指六根中的任何一根都能具他根之用,以求六根清净。玄奘翻译的《成唯识论》说:"若得自在,诸根互用,一根发识缘一切境。"②六根与六境之间有一种因缘互动的关系,与六根互用相对应的是六境圆通,如观世音菩萨又称观自在菩萨,由闻思修获圆通证得无上正等正觉。这种大乘佛学的通观对天台宗、华严宗和禅宗都有影响。法眼宗文益禅师的《三界唯心》颂云:"三界唯心,万法唯识。唯识唯心,眼声耳色。色不到耳,声何触眼。"③禅者的自然观和审美观,反映在如何观色、如何听声上,除了看空声色,还要心境圆通。若能将与六根相对应六境(亦称六尘)视为虚空,那么以眼观声和以耳听色都一样,不必妄加分别了。参禅者的过于常人之处在于能眼闻、耳见,这种视听对声色的自在通观,显示出感官和心灵对视听现象的高度敏感,而对自然的审美体验也随之意味深长起来。如宋代的宗赜禅师所言:"眼耳若通随处足,水声山色自悠悠。"④

六根的互用以眼耳的沟通最为重要,视觉与听觉的通感是"诗画本一律"的

---

① 钱锺书:《钱钟书散文》,浙江文艺出版社 1997 年版,第 255 页。
② 玄奘:《成唯识论校释》,韩廷杰校释,中华书局 1998 年版,第 333 页。
③ 普济:《五灯会元》,中华书局 1984 年版,第 565 页。
④ 同上书,第 1072 页。

基础,可以用来解释"画中有诗"和"诗中有画"。苏轼在《书摩诘蓝田烟雨图》中说:"味摩诘之诗,诗中有画。观摩诘之画,画中有诗。"①在一般情况下,人们观画用眼,听诗用耳,若在观画时看到了诗,就属于视听联通的"目听";同样,若在听诗时产生视觉经验的联想,亦可称为"耳视"。目可听到声,耳能看见色,属于诸根互用的幻觉经验,在收视反听的心灵状态下于声色有圆通的观照。苏轼是深谙此道的诗人兼书画家,其《法云寺钟铭》云:"汝闻竟安在?耳视目可听。当知所闻者,鸣寂寂时鸣。"②声色只是现象,耳视目听为六根互通的妙用。六根及其相对的六境俱为"色法",而"五蕴皆空"里的色、受、想、行、识,除色之外,其余的感受、想象、行为和意识均与人的心理活动相关,是为"心法"。视听联觉而声色俱开的通观,是色法与心法的集合,一方面要看空声色,另一方面空观就在色相里,要以色证空、吐露心声。所谓"有大开士,倚栏微笑。以眼闻色,以耳观鸟,石屏玉立,泉以佩鸣。乃知解空,不离色声"③。眼闻指眼也有听的功能,耳观是说耳也可以看见什么,含有诸根互用而心境圆融的意思。惠洪在《涟水观音像赞》中说:"凡有声音语言法,是耳所触非眼境。而此菩萨名观音,是以眼观声音相。声音若能到眼处,则耳能见诸色法。若耳实不可以见,则眼观声是寂灭。见闻既不能分隔,清净宝觉自圆融。"④一切音声必须用耳听,观音却以眼观,此观是瞑目谛观,于眼境无所取,即眼界寂灭,所以六根也寂灭了。心境清净空寂,六根才能互用,才能以眼闻声、以耳见色。心法的空寂与色法的生动是一体的,以声色现象展示心体的空寂,于空寂中见生气流行,才是通感和通观的圆融妙用所在。如华镇《南岳僧仲仁墨画梅花》所说:"大空声色本无有,宫徵青黄随世识。达人玄览彻根源,耳观目听纵横得。禅家会见此中意,戏弄柔毫移白黑。"⑤识是连接六根与六境的桥梁,"六识"中以眼识居首,故佛教把"眼"分得

---

① 苏轼:《苏轼文集》,中华书局1986年版,第2209页。
② 同上书,第561—562页。
③ 惠洪:《解空阁铭》,《石门文字禅》,《四部丛刊》本,卷二十。
④ 惠洪:《涟水观音像赞》,《石门文字禅》,卷十八。
⑤ 华镇:《云溪居士集》,影印文渊阁《四库全书》本,卷六。

较细,能分辨颜色的"世识"是肉眼,能透过现象看本质的是慧眼,达人"玄览"所用的法眼和道眼,则能于根源之地通观声色,以至于色即是空,声归于寂。本来就什么都没有,有的只是幻觉和假象,空寂心体与声色现象之间的联系竟如此微妙。

眼见为实,耳听为虚。建立在六根互用基础上而归于空寂的通观,不仅可以"闻声悟道,见色明心",还奠定了诗画创作虚实相生的美感原理,有助于我们领会中国画的"无声"韵律,以及构成诗歌意境的"无形"之象。

中国自古就有歌诗的传统,诗是有声的艺术,但画中之诗却是"无声"的,可称之为"无声"之声。黄庭坚《题阳关图二首》其一云:"断肠声里无形影,画出无声亦断肠。想得阳关更西路,北风低草见牛羊。"①《阳关图》是宋代著名画家李公麟根据王维诗《渭城曲》创作的一幅画,以渭城的柳色为景物,画面虽然"无声",却能让人感受到断肠声的存在,以至观画时如闻其声。王原祁《麓台题画稿》说:"声音一道,未尝不与画通。音之清浊,尤画之气韵也;音之品节,尤画之间架也;音之出落,尤画之笔墨也。"②从画的气韵流布、空间架构和笔墨技法等方面,说明绘画与声音相通而具有音乐性。在古人看来,天地有大美而不言,自然的变化和生命的存在都建立在气的运行上,如音有清浊之别,气也分阳气与阴气,由阴阳二气融合而成的冲虚之气,流布于山水万物而气象万千,或隐或现,似有却无。天地间冥冥中有气,窈窈中有神,气是鼓动万物的象外之神韵,神是冲虚之气的精华形态。落实在画面空间上,冲虚之气常借云雾和空景来表现,云雾由水气凝结而成,又可变幻出各种山的形状,其动感赋予山水以生机。笪重光《画筌》云:"空本难图,实景清而空景现;神无可绘,真境逼而神境生。位置相戾,有画处多属赘疣;虚实相生,无画处皆成妙境。"③中国画讲究笔墨,凡作画笔以立其形质,墨以分其阴阳,而阴阳不测谓之神,可表示光照色调的明暗变

---

① 黄庭坚:《黄庭坚全集》,第1176页。
② 王原祁:《麓台题画稿》,《美术丛书》,第73页。
③ 笪重光:《画筌》,《美术丛书》,第9页。

化。惟其分阴阳明暗,故笔墨有虚实,画面的气韵多通过虚的水墨和空景来表现。方士庶《天慵庵笔记》说:"山川草木,造化自然,此实境也;因心造境,以手运心,此虚境也。虚而为实,是在笔墨有无间,衡是非定工拙矣。……故古人笔墨具见山苍树秀、水活石润,于天地之外别构一种灵奇。"①音乐中的虚由"无声"来表达,而绘画中的虚与气、阴阳、空景相关联。左思的《招隐》诗说得好,"何必丝与竹,山水有清音!"山水画的生动气韵,是一种由虚空中传出动荡的"无声"之声,是得山川灵秀之气的天籁之音。

相对于以形写形、以色写色的绘画艺术,诗歌的形象性要差一些,倘若"诗中有画"则能得到一定程度的弥补。在今天的语境里,形与象意思差不多,常组合成一个词语使用;但在古代是有区别的,"形"实而"象"虚,形指固定的形状,而象则可以无形。如老子论道所说的"恍兮惚兮,其中有象",指的是"无形"的大象,视之不见,听之不闻,"是谓无状之状,无物之象,是谓恍惚"(《老子·第十四章》)。也就是后来诗论家讲的"象外之象"。诗歌创作中的象作为视觉对象,多指物象、景象和境象,其实是呈现于作者心中的意象。刘勰《文心雕龙》在谈"神与物游"时说:"独照之匠,窥意象而运斤。"又谓:"神用象通,情变所孕。"②所以"意象"又可称"兴象",如殷璠《河岳英灵集》评陶翰诗"既多兴象,复备风骨",称孟浩然诗"无论兴象,兼复故实"③。意象可以包容诗人的各种感觉,而具有空间感的视觉是形象性最强的,在空间并列是视觉印象的结构法则,也是山水诗和近体诗里的景象描写要多用对句的原因。但在诗歌的意境构成中,景象已充分心灵化和情致化了。严羽《沧浪诗话》论唐诗唯在"兴趣"时说:"其妙处透彻玲珑,不可凑泊,如空中之音,相中之色,水中之月,镜中之象。"④以不可凑泊形容诗歌的妙处,其水月镜花的意境突显了意象的虚幻性质。由意象组合到意境

---

① 方士庶:《天慵庵笔记》,《中国书画全书》第八册,第875页。
② 刘勰:《神思》,《文心雕龙注》,第493、495页。
③ 傅璇琮:《唐人选唐诗新编》,陕西人民教育出版社1996年版,第142、172页。
④ 郭绍虞:《沧浪诗话校释》,人民文学出版社1983年版,第26页。

生成，即由象到境，体现了佛学对诗学的影响。在佛学中，"境"包括色、声、香、味、触、法等多种感受，较之作为视觉感受的"象"更能体现心灵感受的复杂深邃，其主观性和虚幻色彩也更为显著。在意境构成的诸要素中，如声与色、情与景、境与象，前者相对较虚幻，后者则实在一些。诗歌意境中的境象乃心象，是诉诸想象的"无形"之象。不过，意境深远，还须景象鲜明，诗歌创作也必须遵循虚实相生的美感原理，否则就难以产生赏心悦目的诗情画意。

归根结底，诗歌和绘画都是心灵的艺术，诗言心声，画为心画。优秀的诗人善于即景抒情，杰出的画家不但要画眼睛看到的形体，更要画心灵感觉到的东西。元好问在《论诗三十首》中感叹"心画心声总失真"，希望诗人向画家学习，他说："眼处心生句自神，暗中摸索总非真。画图临出秦川景，亲到长安有几人？"①其中"秦川景"，指著名山水画家范宽所画的《秦川图》。以收尽奇峰打草稿的"一画"法闻名天下的石涛说："我有是一画，能贯山川之形神。"②这神奇的"一画"，指表现作者心灵感受的画法，感受不同，画法也随之变化，笔墨跟着感觉走。所谓"立一画之法者，盖以无法生有法，以有法贯众法也。夫画者，从于心者也"③。石涛说："夫画，天下变通之大法也，山川形势之精英也，古今造物之陶冶也，阴阳气度之流行也，借笔墨以写天地万物而陶咏乎我也。"④他不仅善画，而且能诗，自称"予拈诗意以为画意，未有景不随时者。满目云山，随时而变，以此哦之，可知画即诗中意，诗非画里禅乎？"⑤石涛不愧为解衣盘礴的大艺术家，对精神现象的审美观照极具洞察力，将人与自然的亲近，心与物的交融、诗与画的圆通，要言不烦地做了总结。

原载《北京大学学报（哲学社会科学版）》2012年第3期

---

① 元好问：《元好问全集》，山西人民出版社1990年版，第338页。
② 石涛：《苦瓜和尚画语录·山川章第九》，《美术丛书》，第15页。
③ 石涛：《苦瓜和尚画语录·一画章第一》，《美术丛书》，第13页。
④ 石涛：《苦瓜和尚画语录·变化章第三》，《美术丛书》，第14页。
⑤ 石涛：《苦瓜和尚画语录·四时章第十四》，《美术丛书》，第17页。

存在的澄明：中国古典美学的人文意蕴

蒋永文

无论中国还是西方，审美活动都与人类存在的状态及其目的联系在一起。美学是人的一种存在方式，美学与人相互不能摆脱和逃避。美学所关注的始终是人的精神发展，是人生命的意义。只不过我们在西方审美文化中看到的是，西方人始终寄希望于宗教信仰并把它作为人超脱现实的立足点，西方文明的主流是古代的希腊文化和希伯来文化，而源于希伯来文化的基督教对西方人的精神生活影响尤大。西方人文化心理深层结构中对人类矛盾的认识，对人类文明、生活、命运的悲观态度来源于基督教。基督教关于人类存在和人类行为的悖论式的描述，放弃对一切现实手段和现实存在的幻想而寻求一种否定当中的超越精神，成为西方审美文化精神的基础。中国的诗人、艺术家则将人生赋予一种诗意，提倡一种审美的人生态度，通过审美活动塑造人的灵魂，用审美的态度去把玩、去体验、去享受人生，在审美体验中追求有限生命与无限宇宙融合为一的恬然澄明的境界。中国古典美学所关注的不是审美的客观知识或外在有效性，甚至也不是"富贵不能淫，贫贱不能移，威武不能屈"之类的道德修养，而是人内在灵性的复苏，生命的自由创造，生存意义的体认和对精神家园的复归。因而我们可以说，中国古典美学的独特追求赋予中国文化以诗的灵魂和诗的境界，根植于民族文化精深处的中国古典美学人文意蕴显示了中华民族审美文化的独特品格。

诗意的栖居：人与自然——"感应"的审美发生论

人类最早的审美对象是其赖以生存、繁衍的宇宙自然。中华民族由于其特殊的自然生存环境，很早就进入了农耕时代。这时人类生产力水平还不高，天地之序对于先民的农业生产乃至生存都非常重要，这就使他们留心观察宇宙自然四时交替，风云变幻，日出而作，日入而息，春耕夏播，秋收冬藏，一切都顺应着自然的变化。作为中华民族文明摇篮的黄河、长江流域良好的自然条件为人们的农耕生产提供了便利，于是在长期的劳动与生存活动中，人们逐渐形成了与宇宙自然相依存的一种文化心态，在内心深处，对待自然不是恐惧对立的，而是感恩亲和的。人自觉地体认到人与自然在生命本源和形上本体的同一。《周易·说卦》云"有天地然后有万物，有万物然后有男女"，表示人类生命起源于自然。《中庸》说"天命之谓性"，表示人性同于天道。这并不是把人与自然混为一谈，而是既肯定"惟人万物之灵"(《尚书·泰誓》)，把人与自然相区别，又肯定人"与天地合其德"(《周易·乾·文言》)，即肯定人与自然的联系与和谐一致。因此，在中国古人看来，宇宙自然既不是一个机械的物质系统，也不是狰狞恐怖、支配人、奴役人的神秘异己的力量，而是在时间和空间上极为悠远的一个充满了情感色彩和情感节律的生命体，其中包含着永不衰竭的生命运动。《周易·系辞传》说："天地之大德曰生"，"生生之谓易"。宇宙自然的生命鲜茂蓬勃，生生不息，在波澜壮阔的创造过程中，一个生命滋生出另一个生命，生养万物，惠泽人类，因而令人赏心悦目，流连忘返。

  顾长康从会稽还，人问山川之美，顾云："千岩竞秀，万壑争流，草木蒙笼其上，若云兴霞蔚。"(《世说新语·言语》)

  郭景纯诗云："林无静树，川无停流。"阮孚云："泓峥萧瑟，实不可言，每读此文，辄觉神超形越。"(《世说新语·文学》)

宇宙自然向人们展示了一个灿烂多姿、万物含生、流动不居、浩荡不竭的天地大美;而人抑制了征服欲和占有欲,以虚静之心、清宁之怀对待宇宙自然,将其看作一个自我圆成的生命。

周茂叔窗前草不除去,问之,云:"与自家意思一般。"(《宋元学案》卷十二《濂溪学案》下)

司马公时至独乐园,危坐读书堂,尝云:"草妨步则薙之,木碍冠则芟之,其他任其自然。相与同生天地间,亦各欲遂其生耳。"(王应麟《困学纪闻》卷二十二)

宇宙天地,鸢飞鱼跃,充满生机,以活跃的生命向人间发出诗意的微笑。中国古典美学所突出的是一种与功利的、认识性的理解自然的方式完全两样的审美把握方式,它不把自然看成一个僵死的存在物,看成一个可资利用的对象,而是看成一种有灵性的生命。人们"赞天地之化育",用审美的态度参与天地化育万物,欣赏自然生机的活泼流畅。宇宙自然和人感通呼应,流衍互润,作为主体的人完成了从一般主体到审美主体的超越。宇宙万物也非实用对象而是审美对象,物我双方构成了一种审美关系。中国古典美学中"感应"的审美发生论由此而形成:

遵四时以叹逝,瞻万物而思纷;悲落叶于劲秋,喜柔条于芳春。(陆机《文赋》)

若乃登高极目,临水送归,风动春潮,月明秋夜,早燕初莺,开花落叶,有来斯应,每不能已也。(萧自显《自序》)

山沓水匝,树杂云合。目既往还,心亦吐纳。春日迟迟,秋风飒飒。情往似赠,兴来如答。(刘勰《文心雕龙·物色》)

这里,人不是作为和万物对立的主宰者,更不是作为宇宙自然秩序的赋予者来面对宇宙自然。宇宙自然绵邈深远,情脉悠悠,与审美者的情感韵律总是这样蕴藉芊绵、和谐温馨。中国文人在与宇宙自然的感通体认中达到一种自由的快感,而这种自由的快感就是美感。

这种纵身大化、俯仰自得的审美情怀同西方人对待宇宙自然的态度显然大异其趣。早在古希腊时期，自然哲学家们就把自然看成是一个先于人、外在于人、与人对峙的纯客观存在物。以后，经过17世纪笛卡尔哲学对心与物的严格区分，人与宇宙自然的对立更加突出。18世纪出现的牛顿物理学更是把宇宙自然看成是无生命的机械的物理对象。西方工业文明和科学技术的迅速发展使人面临着一个与自身分离异在的世界，用英国诗人托马斯的话说，天空不过是一块尸布，地球不过是柴炭和灰烬的混合物。不论是古典主义野心勃勃企图征服自然，还是现代主义悲观绝望对待自然，自然都是僵死的存在物。人们都是将其作为斗争、占有的对象从而将自身置于与自然相疏离、相冲突的窘迫境地之中。几个世纪发达的工业文明已经表明人类对自然的征服取得了巨大成功，历史不应倒退，文明将进一步发展，然而它带来的环境污染、资源破坏、生物灭绝，不是也同样令人触目惊心吗？如果人失去了赖以生存的唯一家园，人类审美意识得以确立的最后根基——人与自然的和谐也必然受到侵害。人应该摒除有限狭隘的自我，在协助宇宙顺利进行造化养育的活动中彰显自己的灵性。在人类心灵与宇宙自然极深致精微的和谐共鸣中，让整个世界罩上富有柔情的、充满韵味的光环，使宇宙自然显出诗意般的神奇光彩，就像海德格尔反复吟哦的荷尔德林的名句那样，"人诗意地栖居在大地上"。在这方面，诗人与宇宙自然恒有一心心相通的生命联系并相互感应、引发审美的中国古典美学可以给人以深刻而独到的启示。

感性的解放：人与自我——"妙悟"的审美体验论

人的存在本身是感性与理性的合一，只是在不同的思维领域中，作为两种不同性质的人类需要、不同方向的主体目的，它们之间是相对独立的，各自具有对方所无法取代的价值。长期以来，人们的观念中普遍存在着理性至上的偏见，即理性对人类是至高无上的，人之所以为人根本就在于其具有理性；相比之下，感性似乎只是一般动物都具有的低等能力。实际上，感性是人类生命的基本形式，人的感性存在是人全部生存赖以建立的基础。人不仅是一个个具有认识能力、实践能力的主体，更是一个个充满着感性需要并时刻感受着外界变化、体验着自我存在的有血有肉的生命体。人不仅通过理性逻辑去分析认知世界，而且必须通过活生生的个体的灵性去感受世界。这就是艺术创造之所以魅力永存的基本理由，也是审美活动何以成为现代人类生活不可分割部分的真正原因之所在。因为在审美活动中，一切理性的思考与知识的判断最终都要还原为充分的感性，所有先期预成的素养在审美体验触发的一瞬间都要化为主体感受的一部分。审美并不排斥理性，但是感性体验作为审美活动的出发点和最终实现的结果却是不会改变的。中国古典美学对审美创造中的感性特质予以充分的重视，特别是庄禅美学对审美活动的心理特征有深刻的把握。

"道"是老庄哲学思辨的最高范畴，在老庄看来，唯有体悟并顺应了"道"，人的精神才能得到彻底的解脱和无限的自由。而"道"作为宇宙本体是"惟恍惟惚"的难以名状之物（《老子·第廿一章》），是"可传而不可受、可得而不可见"的精神本体（《庄子·大宗师》）。因此，对"道"的认识并非是一种逻辑推理的知识；而是一种诉之于直观内省的体悟。

"悟"的重要作用在禅宗中被发挥到了极致，成为禅的根本。正如日本现代著名禅学大师铃木大拙所说："禅如果没有悟，就像太阳没有光和热一样。禅可以失去它所有文献、所有寺庙以及所有行头，但是，只要其中有悟，就会永远存在。"[①]禅宗是以"顿悟"为旗帜、为核心的宗教，它认为佛性真如不能靠经籍文字、概念思维、理性方式明白说出而只能靠禅门师徒"以心传心""心心相印"的直觉领悟方法来进行整体体验。禅的体验和审美体验是相通的，这个契合点不是别的，就是一个"悟"字。我国文人士大夫历来都借"悟"来探寻审美创作和欣赏的幽微，恰如严羽《沧浪诗话》所指出的："禅道惟在妙悟，诗道亦在妙悟。"

---

① ［日］铃木大拙：《禅与生活》，光明日报出版社1988年版，第67页。

中国古代美学家们指出了悟的产生具有个体性、偶然性、瞬时性和模糊性的特点。《诗人玉屑》卷一引吴可《学诗》诗说："学诗浑似学参禅,头上安头不足传。跳出少陵窠臼外,丈夫志气本冲天。"

"头上安头"出自《黄檗断际禅师宛陵录》希运语:"语默动静、一切声色,尽是佛事。何处觅佛?不可更头上安头,嘴上加嘴。"就是说顿悟本心即能随处证道,不必求佛觅祖。诗人对前人作品的学习不是为了因循沿袭,而是要将其化作自己的审美经验,当面对审美对象时应该具有自己独特的体验感受。

王庭珪《卢溪文集》集六《赠曦上人》云:"学诗真似学参禅,水在瓶中月在水。夜半鸣钟惊大众,斩新得句忽成篇。"

戴复古《古屏诗集》卷七《论诗十绝》云:"诗本无形在窈冥,网罗天地运吟情。有时忽得惊人句,费尽心机做不成。"

张镃《南湖集》卷九《觅句》云:"觅句先须莫苦心,从来瓦注胜如金。见成若不拈来使,箭已离弦怎么寻。"

这些都很容易使我们想起禅家公案里那些悟道的故事,如《五灯会元》卷九说香岩智闲禅师"一日,芟除草木,偶抛瓦砾,击竹成声,忽然省悟"。显然,禅悟具有突发性和偶然性的特点,在出其不意的瞬间能突然领悟到佛性的永恒和普遍。诗悟也如此,在瞬间领悟到无形窈冥或瓶水天月中普遍存在的诗意,并且在瞬间生成与此诗意相对应的审美意象。

邓允端在《题社友诗稿》中说:"诗里玄机海样深,散于章句领于心。会时要似庖丁刃,妙处应同靖节琴。"

徐瑞《雪中夜坐杂咏》十首之一写道:"文章有皮有骨髓,欲参此语如参禅。我从诸老得印可,妙处可悟不可传。"

禅悟是超绝语言名相的,诗人的"悟"在于心灵对事物的直接感受,这也是超越逻辑语言的,其实就是个体的审美直觉,二者在思维的模糊性方面有一致之处。本来,由人类个体经验、感受经过复杂转换而形成的语言、逻辑是人类生存、理解的理性基础,是人类保存文明成果、储存共同经验的工具,但是,人一旦把自身工具化便回避了自我,回避了内心深处具有不可通约性的体验和感受。"妙悟"的审美体验则使主体超越了外在的抽象理性,回到了主体的血肉之躯和生命本体,用主体的全部生命去体验整个世界的生命价值。正是在深刻的体验过程中,个体作为人的本质被触动而倏然生成了,这是主体自身的涌现和到场。因而"妙悟"的审美体验引导人们穿越种种现实的理性屏障,从而去重新诗意地理解世界、理解生命。《诗人玉屑》卷一引龚相《学诗》诗说:"学诗浑似学参禅,悟了方知岁是年。点铁成金犹是妄,高山流水自依然。"卷九十引方北山诗云:"舍人早定江西派,句法须将活处参。参取陵阳正法眼,寒花乘雾落毵毵。"所谓"点铁成金",犹执于文字概念,拘泥于句法,即执着理性知解,都是未"悟"。"高山流水自依然""寒花乘雾落毵毵"则是悟后所见,一切都是那样新鲜、奇妙、完整、具体。"妙悟"使审美主体对世界永远保持一种亲近感和新鲜感,保持一种盎然的兴致和高度的敏感性。

在科学高度发达的今天,人类忙于对纷繁事物的认识而无暇去感觉,人类的感官濒于麻木、被废黜的境地。如何唤醒被工业文明所淹没了的人的内在灵性?如何调剂被数学性思维浸渍了的属人的思维方式?席勒为此大声疾呼"活生生的感觉也有发言权","感受能力的培养是时代最急迫的需要"[①]。在审美体验中,感性的生成真正保存了人对事物的敏感性,充分发挥了人的想象力和创造性,重新肯定了人在宇宙中独特的位置和价值。深刻的体验过程就是个体自身存在本质与意识潜能的激动和焕发过程。感性和理性,人类心智的两极,也是我们这个时代最为分裂抵牾的两极,在审美体验中融合为一了。强调主体对于对象整体悟化并在审美体验中心往神驰于对象世界的内在生动性、丰富性和深邃性的中国古典美学已经提醒我们,审美心理并不仅仅是一个审美心理学问题,更重要的还在于它是一个人的哲学问题,是人的感性的审美超越问题。

---

① [德]席勒:《美育书简》,中国文联出版公司1984年版,第43、60页。

精神的家园：人与现实——"意境"的审美意义论

"意境"作为我国古典美学中的一个核心概念，应该说是最为人们所熟知的了。何谓"意境"？如何恰如其分地阐述和说明它？前人已经见仁见智，做出了许多富有成果的探索。然而，我们认为，从诗化人生的角度出发，将"意境"放到人与现实的关系中考察将为"意境"的诠释提供新的视角。

首先，我们要指出，把"意境"问题仅仅看作是一种艺术创作层面的问题实在是一大失误，实际上它更是人的生存问题，即人的有限生命如何存在和超越的问题。人不仅是有意识和理性、寻求意义和价值的存在物，而且也是一种自己设定理想目标、具有无限发展可能性的存在物。人绝不会满足于一个既存的现实世界，他要通过一种不断的选择、设计，创造一个理想的完美世界来代替贫乏、干瘪、缺少意义的现实存在世界，并以此作为精神的寄托，获得生命力的充续。它是生命创造的切入，是意义的凝聚和升华，是永恒的瞬间生成。18世纪德国著名浪漫派诗人诺瓦利斯说过："哲学原就是怀着一种乡愁的冲动到处去寻找家园。"①艺术、美学也是如此。艺术家从终极关怀出发，从自己的内在生命体验出发去寻找一块真正属于自己的生命空间。这是饱受创伤的心灵的故乡，是疲惫灵魂栖息的精神家园。它使生命个体摆脱了现实的羁绊，进入到一个回绝世尘、超旷空灵、羚羊挂角、无迹可求的诗意世界。它给人以安宁，给人以温馨。这就是意境。

德国诗哲谢林在《论造型艺术与自然关系》中指出："当艺术把持住了人的消逝着的流年时，当艺术把成年时期那阳刚毅力的与萌春年华那阴柔的娇媚结合在一起时，当艺术以完满健动的美来表现一位已把女儿抚养成人的母亲时，艺术难道不是把非本质的东西——时间，给取消了么……完满的定在（dasein）

---

① 转引自赵鑫珊：《科学、艺术、哲学断想》，生活·读书·新知三联书店1985年版，第4页。

也只有一刹那。在这一刹那之中,具有在整个永恒之中所具有的东西。"①优秀的艺术,本质中具有某种超越时间的永恒性的特征,它可以超逾时间与空间而长存,而人也由此而获得某种永恒性。

中国古代诗人、艺术家无不把神领与表现自我生命和宇宙韵律的和谐运迈作为艺术创作的最高境界。陶渊明《饮酒》诗云:"采菊东篱下,悠然见南山。山气日夕佳,飞鸟相与还。此中有真意,欲辨已忘言。"王维《终南别业》诗云:"行到水穷处,坐看云起时。"杜甫《江亭》诗云:"水流心不竞,云在意俱迟。"这些将自己的情感融入宇宙运动永恒无限的韵律中,意会到"万古长空"与"一朝风月"的等值性,体悟主体生命与宇宙生命本体冥契浑融的化境,从而将人类生存的有限性融进了世界的无限性之中。

中国古典美学"意境"论的意义在于它力求创造出一种审美的人、充实的人、诗化的人,一种不为外部世界所累,却能创造出一个有意味世界的人。美是自由的象征,人类对美的执着与追求正是对自由的执着与追求,人类进行美的创造与欣赏正是创造和观照自身的自由。在当今普遍忙于营造的时代,全社会像一部开足马力的机器尽其所能地为物质利益奔波,不少人不同程度地忽视了人生的价值和意义,审美意义在社会生活中的地位被淡化了,美的理想往往被片面地理解为物质功利和生活实用。在这种情况下,审美活动急需满怀着对人类终极价值的关怀去寻找人类的生存之根,创造人生的意义,使社会的发展更符合人性,使人生在世更富有内在的依持和归向。

中国古典美学诗化人生的独特追求在近现代西方浪漫哲学中有如雷的回响。他们共同的思路是期望通过深层心理学来解决深层历史学的问题。海德格尔就对沉溺在物质欲望中的世人大声疾呼:只有审美活动才是人类生存的家园,只有诗意地栖居在大地上,才是人类的终极目标,只有一个上帝还能救度我

---

① [德]谢林:《论造型艺术与自然关系》,转引自刘小枫:《诗化哲学》,山东文艺出版社 1986 年版,第 39 页。

们,这就是诗。马尔库塞也认定审美活动是社会变革的"阿基米德点",要求通过审美活动恢复或重建生命的创造性、具体性、超越性。人生问题、价值问题在这里最终以审美的方式求得终极的解决。中国古典美学的人文意蕴构成了人类思想史上一种真正富有诗意光辉的财富,只要经过现代文化视野的过滤、转换和提升,完全有可能在未来焕发生命力。

原载谭君强、李森主编《文艺美学与文化》,云南大学出版社
2002 年 10 月版,第 59—71 页

宣 南 杂 志

刘文典

清内阁大库——宣南杂志之一

清之内阁大库,犹明之文渊阁也。初,明成祖既定都于燕,永乐辛丑,北京大内新成,敕翰林院:凡南京文渊阁藏书,各取一部送北京。修撰陈循如其数取进,得一百柜。督舟十艘(依明姚福《清溪暇笔》十舟之说,顾起元《客座赘语》作一舟,百柜书非一舟之所胜载,一必十之误也)。载以至京,贮之文渊阁中。其书什九皆宋刊精本也。历年既远,书多人为盗出,至神宗时已略尽。相传杨升庵曾入其中攘窃之。虽其事靡征,而文渊阁中典籍散佚,则固事实也。正统己巳,南内大火,藏书皆化灰烬。内府藏书,遂唯北京文渊阁中觊存一线。斯实近代图书一大灾厄也。明亡,宫殿又火,书之遭焚毁散佚者尤多。清人初入关,濡染华风未深,不知贵中土文籍,故世祖、圣主、世宗三朝皆未遑广收书籍;以先朝秘殿珍藏图书与档册、表章、塘报、试卷杂置内阁大库中,不复过问,徒饱蠹鼠。高宗时,广求四方秘书古籍,修纂四库书,在事诸臣,亦鲜有奏请清查内阁大库者。乾隆中,仿天一阁式改建文渊阁,以贮四库全书。旧日所藏,悉归内阁大库。至宣统中,始有人建言宜加查点。库本数百年老屋,窗棂晦暗,积尘厚数寸,虽白昼亦须爇烛始能见物。又其中书籍档册文移,纷然堆积,充塞栋宇。欲加整理,其事至难。诸曹郎乃随手翻检,见有古籍,即径携以出。久之,精刊书攘取略尽。主其事者亦稍稍厌倦,不复留意及之。会有清覆亡,民国肇建,益无人肯事清理。乃以麻袋八千盛之,运出售之贾人,将煮之为浆,更制新纸。且有建议焚之者。时领教育部事者及诸曹郎,尚多老师硕学,知其中不乏有关文献之秘笈,未可毁弃。都人士又力争之,乃复自贾人手赎归。展转送上庠史学科,使加理董。国学诸生,日事检讨,时于其中发见世所未睹之文籍:若清太祖侵明时,自称金国汗之檄文;世祖时追尊墨尔根王多尔衮为成宗义皇帝之恩诏;皆可解肇求清史者稽疑。而崇祯中诸边将奏报攻战状之札子,于明清争战之事言之尤详。虽其中不无欺饰,未可尽信,然以方清代官私载籍为稍近确矣。明代阁中藏书,亦时时检得,惜多断简残编耳。余所见阁中书不少,其足珍者有三:一,宋刊《水经注》残本,虽仅一册,且蟫食之者过半,已为海内孤本;一,宋刊《朱文公名臣言行录》,版匡绝小,其非完帙,而字句与世间传本颇有异同,盖当时元刻未经后人改削者也。尤可爱者,为宋装本《文苑英华》,纸墨之精,固不待言;以黄绫为书衣,天水碧色帛为书签,题字亦出宋人手,书法颇似米友仁,首叶有御府图书九叠文水印,书尾有缉熙殿印,书衣褶中有裱褙臣某印,简端复有明晋府藏印;纸墨犹新,如未触手,盖当时进御之本也。元伯颜破临安,尽收其图籍,辇致燕京,藏于秘阁。明太祖荡定江表,命将北征,大军进次通州,顺帝仓卒奔上都,宫中藏书,一无所携,明人又复载归南京。及分封诸王时,以晋藩雅爱文术,遂以赐之。明亡,又流入内阁大库。令并归藏园先生。双鉴楼藏书之富甲天下,宋金元本插架数千万卷,然足以使人意夺神骇者要不得不推此书也。

宋元人笔记——宣南杂志之二

宋元人好作笔记,多至不可胜读。大抵皆芜杂无纪,荒诞不实,自来为肇求朴学之士所不道。然其间亦往往有足资采撷者,是在学者之善读之尔。如《淮南子·道应篇》"伋非瞋目勃然攘臂剑拔",王石臞先生《读书杂志》(《淮南子·杂志卷》十二)校云:"瞋目与勃然攘臂,事不相类。瞋目当为瞋目。"其说虽至精当,然仅由文字意谊上推之,未有确证也。刘昌诗《芦浦笔记》引《淮南子》此文,字正作"瞋目"与王说若合符节。昌诗,宋人。所见必古善本,可证王氏之说。又《荀子·劝学篇》"于越夷貉之于","于"字宋本作"干"。王氏念孙、刘氏台拱、俞氏樾,皆谓当依宋本。元李冶《敬斋古今黈》云:"市本荀子书,又以于字作干、鱼鲁帝虎之舛,晚生后进,何所适从。"是作干者,特当时市本讹字,王、刘、俞诸师之繁征博引,皆为误本所惑耳。若此之类,不胜枚举。《庄子·达生篇》:"孔子顾谓弟子曰:用志不分,乃凝于神。"俞氏樾据《列子·黄帝篇》,谓"凝"字当作"疑"。其说诚是,然宋张淏"云谷杂记"中所载苏东坡语,固已明言蜀本大字书《庄子》,此文本作"乃疑于神"矣。(俞说详《诸子平议》,惟其后所为"曲园杂纂"中之通李已道及"云谷杂记"中此条矣。)即礼经阙文,宋人亦有依古写本补茜之者。虽在治经家法,未敢遽相冯依,然亦可见宋元人笔记固颇有益于校理古书,非仅足以广异闻,资谈助也。唯学者读书,终当致力于其大者远者,若唯在此类短书中探讨,是不贤者识小而已。

蒙古文学——宣南杂志之三

清超勇亲王策凌,立功朔漠,拓地千里,皆其帐下侍卫绰克浑向导之力。及事定,策凌赐之千金,而亲饮之酒。绰克浑曰:"请王侍姬为奴舞剑,奴请为王歌。"歌曰:"朔风高,天马号,追兵夜至天骄逃。雪山旁,黑河道,狭途杀贼如杀草。安得北斗为长弓,射陨欃枪入酒钟。"圣祖亲征噶尔丹,凯旋,驻跸归化城,大飨士卒。俘虏有老人,善吹笳,通汉语。上赐之卮酒,使之歌。老人歌曰:"雪花如血洒战袍,夺取黄河当马槽。灭吾名王兮,虏我使歌。我欲走兮无骆驼。呜乎,黄河以北奈若何!呜乎,北斗以南奈若何!"乃伏地谢。帝大笑。二歌音辞壮伟,读之令人起舞,绝非中国儒生所能企及,真斛律金《敕勒歌》之嗣音也。令之言清代蒙古文学者,皆称道法悟门、倭艮峰,是舍和璧随珠而宝瓦砾也。(斛律金《敕勒歌》,黄山谷书韦深道诸帖,误以为斛律明月作,实为失考,《北齐书》《北史》可证。郭茂倩《乐府》称为无名氏作,亦非。《乐府广题》云:其歌本鲜卑语,易为齐言,故其句长短不齐。绰克浑与老人歌,亦本蒙古语而译为华言者也。)

宣大女乐——宣南杂志之四

宣化、大同,自古为缘边雄镇。余往岁避暑塞上,屡过宣化,见其井干楼橹之固护,仅下燕京一等。大同为拓跋氏故都,城郭逵衢之壮阔,亦允称帝王之宅。唯地近朔漠,山川之美,阛阓之盛,不逮中原都会远甚。人物风俗,亦至朴野,无足观者。窃怪明武宗固尝豫游江南,多见佳丽者,何独流连荒亡于此穷边绝塞?且宠幸太原乐工刘良女,至赐号威武大将军夫人,恩礼俨然敌体耶?明季人稗史谓:万历天启时,大同娼家犹多有朱髹其户,以夸正德时曾邀游幸者。如颇未解其故;近岁稍治明代史籍,始知明初列帝,既为防胡计,置重兵于宣、大,又虑幕府谋臣,私从才士,苦其荒寒,不乐久居也,乃帅"女闾三百"遗意,征选名倡姝丽,移置塞上;天下豪俊,乃乐处其地,以赞边帅军谋,而胡马不敢南牧也。此中盖有深谋远虑存焉。故明代大同之繁华,不减江南。其妇女之美丽,什物之精好甲天下。至季年犹有"蓟镇城墙,宣府教场,大同婆娘"之谣。故武宗数幸其地,乐而忘归也。观刘美人《从上游温泉题壁》诗,清丽可诵。风流文采,诚有大过人者。其承武宗异宠,非偶然也。及清,深知朔漠沙碛之地,难以力征,乃一意以宗喀巴遗教驯扰蒙古,致其部落携离,豪酋昏溃,无复有南侵之心。重镇岩疆,不烦设守,过其地者,但见老兵退卒,披裘闲坐于荒城古堞之中,当年之佳丽繁华,不可复睹矣。

燕都风俗——宣南杂志之五

燕京虽为辽、金、元、清诸北国所都,其民亦渐染胡俗,然市肆饮食之名号,大抵传自宋之东都临安。如售针线手帨脂粉之肆曰绒线铺,见宋人耐得翁所著《都城纪胜》;售果瓜之肆曰果局,见四水潜夫之《武林旧事》;今四方皆无此名,独燕京犹沿宋代旧称。内外城庙会,百货毕陈,车马阗集,则与汴京相国寺每月五次开放,万姓交易无异。花市、米市、肉市、茶市,各有坊巷,亦皆规枕宋京也(珠宝市、珠市口在临安谓之珠子市,售鲜鱼处临安曰鲜鱼行,在候潮门外,燕京正阳门外有鲜鱼口,名虽小异,专市则同也)。即市上所售点心果饵之属,其名色亦多有仍宋代之旧,至今无改者。如干果铺中有一种蜜渍小果,形色略如含桃,香鲜甘美,最宜点茶醒酒。余初入燕京时,有以相饷者,食而甘之,询其名,市人以"文波"对,后乃知其为《梦华录》中之"楄柍"也。他若灌肠、糕干、蜂糖糕诸食品及喝故衣之类亦皆见之宋人记载(五季江淮间谓蜜为蜂糖,避吾邑杨行密嫌名也。今池州人犹仍而未改)。尝推原其故,盖金将粘罕陷汴京,既尽取宋之重器法物,又驱掠百工技艺之人北来;元将伯颜破临安亦如之。金元初虽不粒食及其入主华夏,乃效法中国,厚自奉养,故饮食服用,颇师汉法。北人性厚重,于事物不轻改易,故历时八九百载犹仍其旧名也。宋代自德寿过江,从臣多自北来,行在饮食肆遂有北食南食之分。及元人饮马之江,杭州初遭掳掠,后又屡离火灾,无复当年之盛,士非仕宦,罕至燕蓟,东都行在之旧俗,乃荡然无存矣。(又影戏在宋代为最盛行,南渡后乃益工巧。所演大抵皆烟粉神怪事,今燕都犹多有之,而以滦州影戏为最著名。滦固元代都会,此疑亦元人得之临安者也。)

居庸关石壁造像——宣南杂志之六

居庸天下雄关,为古九塞之一。地居太行第八陉,攒青叠翠,峭崿峥嵘,山岳之神秀,岩壑之幽美,冠于缘边诸郡,非徒以险偶也。关城三重,经南口、中关,以至八达岭北口。危坂磴道,凡四十里,中有弹琴峡,青龙桥诸胜。崇山绝巘间,变化万千。云霞建标,激湍界道,景物之壮丽,令人目不暇给。每律中宾,野棠花发,士女游赏者相望于道。诚燕郊胜境也。峡中石壁上,有造像数躯。观其刻工之古朴,疑是元魏时遗物。像当时皆有屋覆之,今虽已圮,石上凿穴以安梁栋之迹犹存。余每春秋佳日,辄乘驴驰走峡中,真有"耳后生风、鼻端出火"之乐(用《南史》语)。倦则坐磬石上,听仆夫野老说此关故事,无不指此三关为宋将杨延昭征战之地,指石壁上所刻为杨五郎、六郎像也。杨氏兄弟,名著史册有延朗、延浦、延训、延环、延贵、延彬六人。延朗更名延昭,尤著威望,《宋史》有传,附其父《杨业传》后。镇边二十年,契丹深惮之,目为杨六郎,事绩固甚著明。然宋初燕云皆为契丹所窃据,未入中国版图。延昭所守三关,远在雁门代郡,非居庸也。委巷编氓,以市本小说《杨家将演义》中有杨六郎镇守三关事,而居庸一塞适有关城三重也,遂妄指其地以实之,又不知石壁上造像为何代遗物,乃谓是杨六郎兄弟。昔韩退之肥而少髭,熙载清臞美冉,后人以江南亦谥熙载为文公,熙载遗像遂长误为退之矣。流言不实,传为丹青,古人已深概叹,史官学士,记事载言,犹多讹踳,村竖野人之言,何足深辩。独怪前京绥铁道局,既于石壁上大书延昭兄弟之名,又置邮设驿,俾游人得停车谛观焉。此关之凿山通道,历已年久,边塞仕宦国学诸生,过其下者,日无虑数千百人。何至今未闻有正其误者耶?是或因《宋史》固家有其书,斯语又荒诞显然,夫人而知其妄,本无待于辩正尔。

暹罗在日本之北——宣南杂志之七

有清既入主中夏,女真人得官甚易,而满缺御史为尤易。故三百年中,满人言官罕有建白。间亦假手草封事,疏上往往为九列笑。光绪甲午,东事急。有满御史上疏,言日本之北有强国曰暹罗,财力雄富,士马精强,日本畏之如虎。乞遣一介之使,通聘藉兵,必能与我并力。如是则日本不足平,而朝鲜之急可纾也。疏上,德宗震怒,将夺其官。赖时相护持之,谓如此则辽沈旧人,将益为汉儿所轻。乃止。一时都下传以为笑柄。实则此满御史固犹是读书人。明代日本寇朝鲜甚急,有无赖子程鹏起者,欲招致暹罗,发兵捣其王庭,为围魏救赵之计。礼部尚书于谷峰久官春曹,亦竟不识暹罗在何方位。既讪笑程鹏起之策,谓大海茫茫,不知暹罗安在,何从征调;又虑暹罗兵入内地,将生他患。为沈德符所讥。此满御史盖能读于氏书者,始有此疏。其失但在不悉四裔形势,不在不能识字读书也。(于谷峰名慎行,东阿人,著《笔尘》十八卷,于历代典章考之甚备,旁及经史诗文,亦多胜解,非愚暗不学者也。而昧于宇内大势一至于此,晚明之政治可知矣!)

原连载于《云南大学人文科学杂志》1957年第1期第34—35页、第2期第94—95页

论山谷诗之渊源

游国恩

《虞书》:"诗言志。"《诗·大序》:"诗者志之所之。"《左传》:"言以足志,文以足言。"是诗文皆所以言志也。志者何？情思之谓,包括情感、思想,二者言之,通谓之志。顾中唐以前之诗,大抵多偏于情感,虽不谓其全无意思,但以意为主之诗则极鲜见。盖中唐以前之诗人,其作诗之态度为随便的,其诗之出发点为情感的,其根据为性灵的,其文词为平易的,其意义为明显的,其音节为自然的,其形式为韵文的(此自其大概言之)。中唐以后因文学之自然趋势及反动,诗之形质渐起变化,而与前比迥异。《国史补》云:"元和之后,文章则学奇于韩愈,学涩于樊宗师;歌行则学放于张籍;诗则学浅于白居易,学矫激于孟郊。大抵天宝之风尚党,大历之风尚浮,贞元之风尚荡,元和之风尚怪。"(按:又见《锦绣万花谷》后集卷十九引。)其间作者如:

一、韩愈

《调张籍》云:"散落人间者,太山一豪芒。"《寄崔立之》云:"且吾闻之师,不以物自鬻。"《孟生诗》云:"子其听我言,可以当所箴。"《符读书城南》云:"木之就规矩,在梓匠轮舆。人之能为人,由腹里诗书。"又云:"欲知学之力,贤愚同一初。由其不能学,所入遂异闾。"又云:"三十骨骼成,乃一龙

>一猪。"又云："问之何因尔,学与不学欤。"《病鸱》云："群童叫相召,瓦砾争先之。"又云："于吾乃何有,不忍乘其危。丐汝将死命,浴以清水池。"《泷吏》云："不知官在朝,有益国家否。"又云："凡吏之所诃,嗟实颇有之。"又《示儿》云："辛勤三十年,以有此屋庐。"又云："有藤娄络之,春华夏阴敷。"又云："问客之所为,峨冠讲唐虞。"又云："以能问不能,其蔽岂可祛。"又云："安能坐如此,比肩于朝儒。诗以示儿曹,其无迷厥初。"《寄卢仝》云："玉川先生洛城里,破屋数间而已矣。"又云："先生固是余所畏,度量不敢窥涯涘。放纵是谁之过欤,效尤戮仆愧前史。"又《谁氏子》云："神仙虽然有传说,知者尽知其妄耳。"又云："罚一劝百政之经,不从而诛来晚耳。"又《石鼓歌》云："石鼓之歌止于此,呜呼吾意其蹉跎。"

韩公为文务去陈言,必于己出。其诗则"横空盘硬语,妥贴力排奡"(《荐士》)二句,不啻自为评赞。但古诗句法典前人不同。山谷谓其以文为诗,实非虚语。《临汉隐居诗话》《冷斋夜话》并载,沈括曰:"韩退之诗,乃押韵之文耳。"观《南山》《泷吏》《符读书城南》《寄卢仝》《石鼓歌》《月蚀诗》等篇尤可见也。

二、卢仝

>《月蚀诗》起云："新天子即位五年,岁次庚寅,斗柄插子,律调黄钟。"《寄萧二十三庆中》起云："萧乎萧乎,忆萧者嵩山之卢。"又《出山作》云："出山忘掩山门路,钓竿插在枯桑树;当时只有鸟窥觑,更亦无人得知处。家僮若失钓鱼竿,定是猿猴把将去。"

卢仝为中唐诗家一大怪杰,好为险怪语。其《月蚀诗》,韩愈称其工而效之。其《叹昨日》第一首有云："昨日之日不可追,今日之日须臾期,如此如此复如此,壮心死尽生鬓丝。"第二首有云："天下薄夫苦耽酒,玉川先生也耽酒;薄夫有钱恣张乐,先生无钱养恬漠。"卢《自咏》诗亦有"低头难有地,仰面辄无天"之句。

三、孟郊

《乱离》有云:"泪下无尺寸,纷纷天雨丝。"《赠郑夫子鲂》云:"天地入胸臆,吁嗟生风雷。"《章仇将军良弃功守贫》起云:"钦君江海心,讵能辨浅深;揖君山岳德,谁能齐崟岑。"《自叹》云:"愁与发相形,一愁白数茎。有发能几多,禁愁日日生。古若不置兵,天下无战争。古若不置名,道路无欹倾。太行耸巍峨,是天产不平。黄河奔浊浪,是天生不清。四蹄日日多,双轮日日成。二物不在天,安能免营营。"

孟郊为中唐一苦吟诗家,其思苦奇涩,《夜感自遣》云"夜学晓未休,苦吟鬼神愁,如何不自闲,身与心为仇"者,盖可见矣。唯其诗思奇涩,故钩深索隐,多有理致,有想入非非者。如《罪松》诗末云:"天令设四时,荣衰有常期。荣合随时荣,衰合随时衰。天令既不从,甚不敬天时。松乃不臣木,青青独何为。"设想甚奇。《尧歌》起云:"山色挽心肝,将归尽日看。"

四、贾岛

《全唐诗》小传云:"诗思入僻,当其苦吟,虽逢公卿贵人,不之觉也。"(按:下句本《新书》。)《全唐诗话》三:"能诗,独变格入僻,以矫艳于元白。"《全唐诗话》载韩公赠岛诗云:"孟郊死葬北邙山,日月星辰顿觉闲,天恐文章中断绝,再〔故〕生贾岛在人间。"(或曰非韩诗。)《临汉隐居诗话·贾岛》云:"'独行潭底影,数息树边身。'其自注云:'二句三年得,一吟双泪流,知音如不赏,归卧故山秋。'不知此二句有何难道,至于三年始成而一吟泪下也。"《哭孟郊》云:"身死声名在,多应万古传。寡妻无子息,破宅带林泉。冢近登山道,诗随过海船,故人相吊处,斜日下寒天。"又《朝饥》云:"市中有樵门,此舍朝无烟。井底有甘泉,釜中乃空然。我要见白日,雪来塞青天。

坐门西床琴,冻折两三弦。饥莫谐他门,古人有拙言。"又《客喜》云:"客喜非实喜,客怨非实怨。百回信到家,未当一身归。未归长嗟愁,嗟愁填中怀。开口吐愁声,还却入耳来。常恐泪滴多,自损两目辉。鬓边虽有丝,不堪织寒衣。"又《三月晦日赠刘评事》云:"三月正当三十日,风光别我苦吟身。共君今夜不须睡,未到晓钟犹是春。"《题李凝幽居》云:"闲居少邻并,草径入荒村。鸟宿池边树,僧敲月下门。过桥分野色,移石动云根。暂去还来此,幽期不负言。"《北梦琐言》:"贾岛诗思迟涩,杼轴方得。如'鸟从井口出,人自岳阳来',乃经年方遂偶句。"按:此又见《摭遗》《锦绣万花谷》前集卷二十一"诗律"门引之。

贾岛亦一苦吟诗家,观其在京因斟酌"推""敲"二字,以致冲犯大尹一事(见《隋唐嘉话》),盖亦东野之徒。《升庵诗话》记晚唐一派学张籍,一派学贾岛。其诗不过五言律,起结皆平平,前联俗语,十字一串带过;后联谓之腹联,极其用工,最忌使事,谓之"点鬼簿"。唯搜眼前景,深刻思之。故曰:"吟成五个字,撚断数茎须。"其于诗也狭矣。

五、李贺

杜牧序其文集,有云:"鲸呿鳌掷,牛鬼蛇神,不足为其虚荒幻诞也。"《金铜仙人辞汉歌》末云:"衰兰送客咸阳道,天若有情天亦老。携盘独出月荒凉,渭城已远波声小。"《秋来》末云:"思牵今夜肠应直,雨冷香魂吊书客。秋坟鬼唱鲍家诗,恨血千年土中碧。"又《湘水》云:"筼竹千年老不死,长伴秦娥盖湘水。蛮娘吟弄满寒空,九山静绿泪花红。离鸾别凤烟梧中,巫云蜀雨遥相通。幽愁秋气上青枫,凉夜波间吟古龙。"

《新书》(二〇三)谓贺每旦日出,骑弱马,从小奚奴,背古锦囊,遇所得,书投囊中,及暮归,足成之。母使婢探囊中,见所书多,即怒曰:"是儿要呕出心肝乃已耳!"辞尚奇诡,所得皆惊迈,绝去翰墨畦径,当时无能效者。

由此数家观之,共为诗之态度,乃非随便的而为认真的;其出发点多非情感的而为理智的;其根据多非性灵的而为学问的;其特征多为逻辑的而非形象的;其文词多非平易的而为险仄的;其意义多非明显的而为艰深的;其音节多非自然的而为生拗的;其形式多非韵文的而为散文的。此诗之极变,与前此大不相同者也。若以言志一义绳之,中唐以前之诗,只能做到"情"字,中唐以后之诗,则兼做到"思"字,实诗学一大进步时期也。

宋初之诗,多效唐人语,虽著若王禹偁、陈从易之学白乐天,杨亿、刘筠之学李义山,号为"西昆体"(见《六一诗话》《蔡宽夫诗话》及《沧浪诗话》)。又有潘阆、魏野等之专学晚唐(见《后村诗话》),其病或失之浅易(平弱),或失之雕砌,或失之促狭。例如王禹偁《清明独酌》云:

一郡官闲惟副使,一年冷节是清明。春来春去何时尽,闲恨闲愁触处生。漆燕黄鹂夸舌健,柳花榆荚斗身轻。脱衣换得商山酒,笑把《离骚》独自倾。

又如杨亿《汉武》云:

蓬莱银阙浪漫漫,弱水回风欲到难。光照竹宫劳夜拜,露漙金掌费朝餐。力通青海求龙种,死讳文成食马肝。待诏先生齿编贝,那教索米向长安。

又如魏野之《书友人屋壁》云:

达人轻禄位,居处傍林泉。洗砚鱼吞墨,烹茶鹤避烟。闲惟歌圣代,老不恨流年。静想闲来者,还应我最偏。

此三派中,西昆一体最盛。其体大抵以对偶隶事为工,藻思绮合,清丽芊眠。但过于浮艳纤巧,缕雕堆砌,专以近体为主。优伶"挦撦"之戏,徂徕《怪说》之讥,实为此体反动之先声。及欧阳公出,力矫其弊,宗法昌黎古体,以豪健恣肆为尚。谓退之才力无施不可,其发谈笑,助谐谑,叙人情,状物态,一寓于诗,而曲尽其妙。

荆公语录亦谓欧公诗如韩愈而工妙过之。《延漏录》亦谓欧公论唐诗,谓杜子美才出人表,不可学,学必不至,徒无所成。故未始学之。韩退之才可及而每学之。故今欧诗多类韩体。(以上见《竹庄诗话》卷九引)今观欧公《庐山高》起云"庐山高哉,几千仞兮,根盘几百里,截然屹立乎长江",《明妃曲》起云"胡人以鞍马为家,射猎为俗",《鬼车》起云"嘉祐六年秋,九月二十有八日……天昏地黑,有一物,不见其形,但闻其声。其初切切凄凄,或高或低……既而伊伊呦呦,若轧若抽"等篇,皆极似韩之以文为诗也。欧公之文,时人仰之若山斗。山谷为公之后辈,而又其乡人也。故其平日之所谓句法者,大抵远祖韩而近宗欧。王荆公则又其间接所师者也。兹分述之:

一、苕溪渔隐曰,永叔《送原甫出守永兴诗》云:"酌君以荆州鱼枕之蕉,赠君以宣城鼠须之管。酒如长虹饮沧海,笔若骏马驰平坡。"黄鲁直《送王郎诗》云:"酌君以蒲城桑落之酒,泛君以湘累秋菊之英,赠君以黟川点漆之墨,送君以阳关堕泪之声。酒浇胸中之磊落,菊制短世之颓龄,墨以传千古文章之印,歌以写从来兄弟之情。"近时学者以谓此格独鲁直为之,殊不知永叔已先有也。(《苕溪渔隐丛话》前集二十九)

二、荆公本出欧公门下,其古体学韩欧,而近体学老杜(参阅《石林诗话》《东轩笔录》《冷斋夜话》)。山谷诗又多直接间接从荆公来。《观林诗话》载,山谷云"余从半山老人得古诗句法",此其证也。又按,山谷《黄氏二室墓志铭》曰:"庭坚十七岁时,从舅氏李公择学于淮南,始识孙公,得闻言行之要,启迪奖劝,使知问道之方。孙公怜其少立,故以兰溪归之。及庭坚失兰溪,谢公方为介休择对,见庭坚之诗曰:'吾得婿如是足矣!'庭坚因往求之。然庭坚之诗,卒从谢公得句法。"又按,《艇斋诗话》云:"山谷诗妙天下,然自记得句法于谢师厚,得用事于韩持国。"李公择,李常也。孙公,孙觉也。谢公,谢师厚景初也。持国,韩维也。此四人者,皆荆公诗友也。故山谷之诗,受荆公影响无疑也。

三、山谷尝有诗称杨大年若霜鹄,其不废西昆明甚。故陈丰《黄诗辨疑》云:"公早年亦从事于玉溪生,故集中流丽芊绵者亦复不少。"《风月堂诗话》亦云:"黄鲁直用昆体工夫而造老杜浑全之境,禅家所谓更高一着。"《载酒园诗话》亦云:"鲁直好奇,兼好使事,实阴效钱刘,而变其音节。"叶梦得《石林诗话》云:"杨大年、刘子仪皆喜唐彦谦诗,以其用事精巧,对偶亲切。黄鲁直诗虽不类,然亦不以杨刘为过。盖山谷早年犹得及昆体余势,受其渐染。故虽逮其自成一家,犹暗中用其使事之法。"比可见山谷与西昆之微妙关系。

至于晚唐诗,非山谷所好。《与赵伯充书》云:"学晚唐诸人诗,所谓'作法于凉,其弊犹贪,作法于贪,弊将若何'。"然此派苦吟之精神,如潘逍遥《叙吟》诗所谓"发任茎茎白,诗须字字清。搜疑沧海竭,得恐鬼神惊"者,实山谷所尚。但山谷之苦吟冥搜,不专限于近体,更不专限于五律耳。若夫山谷之宗杜甫,人而知之。陈后山《答秦观书》云:"仆之诗,豫章之诗也。豫章之学博矣,而得法于少陵。其学少陵而不为者也。故共诗近之,而进则未也。"魏衍《后山集记》:"初,先生学于曾公,誉望甚伟,及见黄庭坚诗,爱不舍手,卒从其学。"即山谷自言,亦谓"学老杜诗,所谓刻鹄不成,犹类鹜也"(《与赵伯充书》)。唯山谷所以学杜之故,亦非偶尔。盖其父庶能诗,独嗜少陵,句律奇绝,世所传山魈水怪之体也。《咏怪石》云:"山魈水怪著薜荔,天禄辟邪眠莓苔。钩帘坐对心语口,曾见汉唐池馆来。"故《后山诗话》云:"唐人不学杜诗,惟唐彦谦与今黄亚夫庶、谢师厚景初学之。鲁直,黄之子,谢之婿也。其于二父,犹子美之于审言也。"《洪驹父诗话》亦云:"山谷父亚父诗自有句法。山谷句法高妙,盖渊源有自。山谷《黄氏二室墓志铭》亦云:'庭坚之诗,卒从谢公得句法。'"又《观林诗话》尝载:"山谷云:'余从半山老人得古诗句法。'"盖荆公诗亦学杜者也。然余以为山谷诗学杜者有二事可指:一为法杜之读破万卷,一为法杜之语必惊人。非必从字句篇章间之迹象以求之也。

原载西南联大《黄山谷诗讲录》,选自《游国恩学术论文集》,中华书局 1989 年版

论 宋 词
——《宋词选》序

刘尧民

一

词是从中唐以后发展起来的民间的抒情诗,它和民间的叙事诗或史诗——变文,是唐五代这个阶段同时发展起来的民间现实主义文学的两大主流。为民间的抒情诗的词,是上承汉魏六朝以来的民间乐府诗,下接宋以后的盛大繁荣的南北曲及民歌"俗曲",在文学发展史上,是一个重要阶段。它的形成的原因,是因为中唐以后社会经济的发展,促进中外商业交通的繁荣,引起了民族文化的大量交流,在中国音乐和西域音乐相结合中,产生了这种新形式的歌曲。它以长短参差的口语形式,冲破了整齐的五七言诗的格律,随着音乐的节奏变化,更能深刻曲折地从各方面反映现实,自由活泼地发抒人民的思想感情和生活的愿望。所以它是适应着社会经济的发展和文学发展的规律,在中唐以后掀起来的一次文学革命。在唐末五代时,也影响了一部分文人,他们采取了民间词的形式来抒情,即是以"花间集"为代表的一派词人。但他们所抒写的是有闲阶级的生活感情,把词的题材局限在狭小的闺阁脂粉、伤离惜别、莺花风月的天地里。形式是民间词的形式,而思想内容是继承六朝唐以来的反现实主义的宫体诗的传统,对后来的词人影响很大。这种倾向,元好问早就指出过"唐歌词多宫体,又皆极力为之"(《遗山文集》)。因此在唐五代时,为宫体的统治阶级的文人词,和以敦煌词为代表的民间词就分开了两条道路的发展。

到了宋代,通过了两宋的特殊的政治的社会的环境——北宋初年的统一的和相对的和平安定的局面;南宋的苟且偷安,偏安一隅,民族危机深重,阶级矛盾尖锐化的局面,词从唐五代词的基础上,继续发展,而呈现出不同时代的各种形态,达到词的全盛时代。它的作者,上自皇帝、皇亲国戚、达官贵人、文士武将,以及广大的中下层社会的不同身份、不同职业的各种人物。从这个时代起,词的专集总集开始发达起来了,词成为各阶级各阶层的普遍的抒情形式。它的作者之众,派别之多,方面之广,风格的多种多样,实已概括了后代词人的创作。因此,两宋词的作品,在数量上的收获,既异常丰富,而优秀杰出的作品,亦不在少数。现在我们必须遵照毛主席关于接受古典文学遗产所指示的原则"吸取其精华,剔除其糟粕",把两宋词人的优秀作品,选录出来,并加以简明的注释,供广大人民的阅读和研究,是有必要的。至于选择的标准,必须选择健康的,真实的反映现实的词,而不要粉饰现实、歪曲现实的词;选择适应人民的爱憎,表现人民的思想感情的词,而不要反人民的,表现剥削阶级的思想感情的词;选择鼓舞民族意识发扬爱国主义精神的词,而不要忘记民族的耻辱,苟且偷安,荒淫靡漫之词;选择能激发人的积极向上的热情的词,明亮开朗的词,真挚的抒情的词,而不要那些消极悲观的词,阴郁晦涩的词。同时也要有优美的艺术性,有明朗的语言,流丽的音节,丰富多彩的表现形式,结合着健康的思想内容的词。就是说,要选录既适合政治标准,又适合于艺术标准的词,才能为广大人民所能理解能欣赏,能引起人的积极向上的情绪。更重要的一个目的是:研究宋词,是为着发展新诗的前途,帮助新诗的创作。党指示我们:新诗必须在民歌和古典诗词的基础上发展起来,才能保持民族形式和民族风格,才能继续历史的发展,为广大人民所喜闻乐见。接近现代的长短参差的清新生动的口语形式的词曲,更可为新诗创作的营养和参考。因此,为推广词的阅读和研究,贯彻党的文艺创作的方针,两宋词的选录工作,是更有其必要性的。我们一方面要慎重地掌握选录的标准，同时必须明确宋词发展的历史内容，和它表现的各个方面，才能具体地确定选录的对象，下面我们就简要地介绍宋词的发展情况。

二

上面说过：词已成为宋代各阶级各阶层的普遍的抒情形式，但总的可以分作两大部分，即民间词和文人词，它是唐五代以来的两条道路发展的继续。

在两方面的宋词中，原则上是要以民间词为主流之一，因为它是直接继承人民的现实主义的口头创作的洪流，在思想内容上，是从多方面反映现实，抒写人民的思想感情。它的作者，是包括广大的社会中下层人物，绝大部分是大中城市的市民阶层，基本上是属于被统治阶级的作者：他们从不同的集团，不同的人物，从不同的角度来朴实率直地反映现实。所以它的题材是非常广泛的，它的形式是多种多样的。不像文人们的词，局限在狭小的题材范围内。也正如敦煌民间词一样，有征夫怨妇反对战争劳役，诉说离别之词；有反映强烈的民族意识，抒写爱国热情之作；有被压迫被摧残者的呼声；有对统治阶级尖锐的讽刺无情的打击的作品；也有大量的真挚动人的情歌。因此，宋代的民间词，在数量上的收获，也必是非常丰富的。因为宋代三百年的长时间，人民所受的灾难是极其深重，阶级斗争和民族斗争是非常复杂而尖锐，而又是词的发展成熟的阶段，所以宋代民间词的收获，必然是超过唐五代。非常遗憾的是：两宋的民间词流传到现在的却是非常之少，这是不足奇的，因为：一、民间的词是一种口头创作，它是合乐的歌词，流传在口耳之间，人民并不想写成什么"词集""词钞"等类书面的东西，它是随着音乐和歌声而变化而消逝，不必要记录出来。二、文人们对词是看为一种"小道""末技"不加以重视，更看不起民间的创作。在宋元这个时代，还没有像明代的冯梦龙、李开先这一类爱好民歌、重视民歌的文人出来，收集民歌，编纂成册，向民歌学习。宋代的文人们只是偶然发现几首民间词，触着他们某方面的兴趣，以一种游戏的态度，记录在他们的随笔一类的东西里面，作为茶余酒后的谈资,并不是以严肃的态度来对待民间创作。因此,丰富的宋代民间词,流传到现在的是这样的少,只是在文人们的笔记小品中留下这一点点零章碎句,然而仅就这一些零章碎句,也如豹之一斑、龙之一爪,使我们可以想象出整个民间词的面貌。它的真挚朴实的抒情,露骨的反映现实的精神,仍然辉煌地闪耀出民间现实主义文学的光彩,和文人们的词是有不同的面貌的,即如无名氏的一首《柘枝引》:

> 将军奉命即须行,塞外领强兵。闻道烽烟动,腰间宝剑匣中鸣。

这是一首非常雄壮的尚武爱国的词,也如敦煌民间词中的一首《望远行》:

> 年少将军佐圣朝,为国扫荡狂妖。弯弓如月射双雕,马蹄到处阵云消。……

同样的表现出杀敌卫国的英雄气概,和士大夫阶级的吞吞吐吐、萎靡颓唐的词,成为鲜明的对比。

《水浒传》上有一首宋江的《西江月》:

> 自幼曾攻经史,长成亦有权谋,恰如猛虎卧荒丘,潜伏爪牙忍受。
> 不幸刺文双颊,那堪配在江州。他年若得报冤仇,血染浔阳江口。

这是不是宋江作的词,不能断定,但确是一位农民起义英雄的口吻。他的朴直豪迈的气概,强烈无比的阶级仇恨,跃然纸上,决不是文人们所能拟作的。还有《瓮天脞语》上记载着宋江的一首《念奴娇》词,已录入选中,兹不具述。

在前人的笔记中,可以找出好几首很珍贵的露骨的讽刺统治阶级的民间词,如《词苑丛谈》记载一首《南乡子》讽刺出使金国的洪迈:

> 洪迈被拘留,稽首垂哀告敌仇。一日忍饥犹不耐,堪羞,苏武争禁十九秋。　厥父既无谋,厥子安能解国忧?万里归来夸舌辩,村牛!好摆头时且摆头。

洪迈出使金国,才被金人禁闭着一天,断绝饮食,立刻向金人屈膝,这首词讽刺得很尖锐。

《古杭杂记》载有一首《沁园春》词,讽刺南宋末年宰相贾似道清丈田亩的事:

山道过江南,泥墙粉壁,右具在前。述何州何县?何乡何里?住何人地?佃何人田?气象萧条,生灵憔悴,经界从来未必然。为何甚,为官为己,不把人怜! 思量几许山川?况土地分张又百年。西蜀巉岩,云迷鸟道;两淮清野,日鹜狼烟。宰相弄权,奸人罔上,谁念干戈未息肩?掌大地,何须经理,万取千焉。

南宋末年,贾似道清丈田亩,实行"经界批准法",不只对农民的掠夺,也影响了一般地主,加深了阶级矛盾和统治阶级内部的矛盾,成为南宋王朝灭亡的重要原因之一(参看尚钺《中国历史纲要》)。这首词反映当时偏安一隅,兵挫地削,民族危机深重,统治阶级加紧剥削人民的罪恶,表现出人民深切的痛苦和愤怒的情绪。词的写作手法也非常纯熟精练。

在《江湖纪闻》上有一首《一剪梅》词,也是同样的讽刺清丈田亩事件,描写出当时各级官吏迎合宰相意旨,奉上行下,进行危害人民的具体的罪恶形象:

宰相巍巍坐朝堂,说着经量,便要经量,那人臣僚上一章,头说经量,尾说经量。 轻狂太守在吾邦,闻说经量,星夜经量。山东河北又抛荒,好去经量,胡不经理?

这些贪官污吏为什么不去清丈河北山东一带地方?言外便指斥腐朽无能的"小朝廷",苟且偷安,忘记国耻,不敢去收复失地,而加紧剥削人民,压榨人民。这几调词,一面反映出尖锐的阶级斗争,一面也反映了强烈的民族斗争的情绪,都是朴实率直的抒情,不加以雕斫装饰,显示出人民的现实主义的特色,必须选出,作为重要的作品阅读。

以外还有一些无名人的词,如《词林纪事》所载的一调《长相思》,讽刺贾似道:"吴循州、贾循州,十五年间一转头,人生放下休。"以及无名太学生作《沁园春》词,哀挽被宰相史嵩之害死的徐元杰。又有太学生作《沁园春》词,讥御史陈伯大,这些词的作者,都是属于知识分子层。当一个统治政权到了垂死没落的时期,一般青年知识分子目击这些现实的罪恶,再也忍不住,用他们的笔,用他们的口,代表人民说话,打击统治阶级,这些词都是属于人民的,我们都把它选注出来,附在民间词的系统里面。

民间词除了政治斗争的作品以外,还有好多优美的情歌,特别是妇女的作品占多数,我们也选录了一些。关于词中的妇女问题,在后面还要谈到。

宋代的民间词,一定是很丰富的,它的题材一定是很广泛的,由于材料的缺乏,我们所能谈到的只有这一小部分,因此,无法做全面的分析。假如将来宋代的民间词能够像敦煌民间词的发现,那就是奇迹。但虽是这样寥寥的几首,如上面说的,也可以看出民间词的特色,我们必须把民间词看为宋词的主流之一。

民间词所以要被认为词的主流,不仅是在它的思想内容方面,在艺术方面,它是源远而流长的一种艺术。它是随着音乐歌舞的演奏,不断地变化发展,不断地创造新声,创造新的组织形式,注入新的思想内容。从小令到大曲,到诸宫调以及赚词,一直到南北曲。从单词到组合词,从抒情词到叙事词,从叙事词到代言词,从歌舞词到讲唱词,从讲唱词到剧词,虽然在形式上有词曲的分界,而实际是不能截然划分的一贯的发展。其中千头万绪,脉络复杂,蔚为近古以来多彩多样、光辉灿烂的民间现实主义文学的一股洪流,宋代的词,只是这一股洪流的一段。关于这些源流变化,自有文学史诸书详细去研究,这里不能多谈。

以上是宋词的一个方面,民间词的方面。

三

宋词的另一个方面是文人词,而流传下来的宋词,绝大部分是文人词,有总集,有别集,说明文人词创作的繁荣。总的说来,文人词是取民间词的形式来抒写自己的思想感情(也有少数文人的自度曲),跳不出个人的圈子以外,转变立场来为人民的歌手,在弦索鼓笛声中,对着人民大众来歌唱人民所喜闻乐见的东西。当然对这些文人词家不能做过高的要求,就是他们所用的词的形式,也赶不上民间词的发展,只是用小令慢词的形式来做个人的抒情。不能更进一步随着民间词的各种组合的形式,如大曲、法曲、转踏曲及诸宫调等的形式来作叙事词(也有少数文人利用这些形式来作叙事词的,如赵德麟的《商调蝶恋花》,史浩的《鄮峰真隐大曲》等),广泛采取词的题材,扩大词的社会作用。因此,文人词在思想内容上,在艺术的形式上,都是受到了局限,不能和民间词相比。但是,也不能一笔抹煞,丰富的文人词,虽然不出小令慢词的个人的抒情形式,它也还是多种多样,形成多少派别。有精华也有糟粕,有进步的健康的词,也有不少有毒的不健康的词,有人民性反现实主义的词,也有不少的反人民的反现实主义的词。用旧的名词来说,宋词不外两大派,一为"豪放派",一为"婉约派"。这不仅是风格上的差别,实际是思想内容上的两条道路的斗争。但这两派词并不是截然划分,各不相涉地分道发展,而是互相影响,互相渗入,循着文学发展的规律,表现出许多复杂曲折的变化形态。就中历来词评家都以"婉约派"为词的"正宗","豪放派"是词的"旁门""左道"。现在我们就开始从北宋的"婉约派"的词谈起,看看所谓"婉约派"词的创作内容。

　　北宋正统派的词人,以晏殊、欧阳修为代表。重要的词人,有张先、柳永、晏几道、秦观、黄庭坚、贺铸、李清照、周邦彦等。后面两人我们要在另一部分去介绍,现在先就其余几家的词来谈谈。这几家的词虽然也有所不同,但总体来说,北宋词是直接承继了民间五代词的传统,演"花间"的余波,还没有发挥出宋词的特色。尤以晏殊、欧阳修两巨头的词,南唐五代词的气味,特别浓厚。刘攽《中山诗话》说晏殊是:"喜冯延巳词,其所自作,亦不减延巳",《词林纪事》引陈质斋说:"欧阳公词多有与《花间》《阳春》相混。"正见欧阳修词的风格和《花间》相同,所以才会相混。以晏欧两人为代表的"婉约派"的北宋词,即是承继着花间五代的词"以清切婉丽为宗"(《四库提要》语),词的题材是局限在男女艳情、伤离惜别、莺花风月的小天地里。词不过用来在酒筵舞榭间,调戏风情,流连光景,并不反映什么现实。在北宋末年以前,虽然号称太平,相对的统一安定,但并不是真正的太平,阶级矛盾并没有减轻。太宗真宗时有王小波、李顺的农民起义,仁宗时有王伦的兵变,虽然先后被镇压下去,但大大小小的农民起义并没有断绝,一直延续到北宋末年激起了各种大规模的爆发。外面又有辽夏连年不绝的民族斗争。这些严重的现实,在北宋人的词里并没有丝毫的反映。他们的词里,是一片歌舞升平的太平景象。譬如晏殊的词"长安紫陌春归早,舞垂杨,染芳草"(《迎春乐》)、"帝城春暖,御柳暗遮空苑"(《玉堂春》)、"太平无事荷君恩,荷君恩,齐唱望仙门"(《望仙门》)。这些词里是一片暖日和风,四方无事的"帝城春色"。特别是柳永的词,善于描写繁华,歌颂太平,粉饰现实,使"太平宰相"范镇都为之叹息,自恨不如说道:"仁宗四十二年太平,镇在翰苑十余载,不能出一语咏歌,乃于耆卿(柳永)词见之。"他们的词要说有什么作用,也如汉代辞赋家的辞赋一样,起了粉饰太平、掩盖矛盾的作用。要说他们反映什么现实,只有反映和暴露了士大夫阶级自身的荒淫靡曼生活的"现实"。晏殊的《浣溪沙》写道:

为我转回红脸面,向谁分付紫台心,有情须殢酒杯深。

《菩萨蛮》写道:

摘取承金盏,劝我千长算。擎作女真冠,试伊娇面看。

这一位"堂堂"的"太平宰相",拿起一顶女道士的帽子,加在一个女子的头上,试试好看不好看,这是什么情景!

欧阳修的《玉楼春》写道:"夜来枕上争闲事,推倒屏山塞绣被。……直到起来由自殢,问道夜来真个醉。大家恶发大家休,毕竟到头谁不是?"

这一位"堂堂"的"翰林学士""文章巨公"的私生活是这样的形态。这两位达官贵人,写出这样的词来,好像有些不相称。因此晏殊的儿子晏几道就替他老子掩盖,宣传他老子"不作妇人语"(见赵与时《宾退录》)。私淑欧阳修的人,也替他辩解,说他的词里的"鄙亵之语"是"仇人无名子所为"(《词林纪事》引陈质斋语)。其实是不容辩解的,这些大人先生们的生活形态,并不是一本正经、表里如一的。而且他们对词这一种文体,认为就是一种游戏的工具,描写私情私生活的形式。从唐五代有词以来,一般文人都以词为"末技小道",不用严肃的态度来对待词,这在《四库提要》的词曲类里就说得很明白:"词曲二体,在文章技艺之间,厥品颇卑,作者弗贵。"代表了历来文人对词曲的态度,他们认为诗体是尊严的,词体是卑下的,作诗要以严肃的态度来抒写"高尚"的思想感情,至于词只够得上描写纤艳柔靡的生活形态。李东琪的《古今词论》说"诗庄词媚,其体元别",诗与词的"分工",反映出文人们的两种态度。在诗文里,摆出大人先生高不可攀的一副虚伪的面孔,而在词里却暴露出娱情风月、玩弄女性的一副狎亵的原形。所以欧阳修在诗文里所表现的是一位维持"道统"的"文章巨公"的形象,在词里却表现出极不相称的一副轻薄面孔。相率成风,以为词体固当如是,这才是词之"正宗"。只有王若虚的《滹南诗话》很精辟地指出这一大错来:

> 诗词只是一理,不容异视。自世之末作,习为纤艳柔脆,以投流俗之好。高人胜士,亦或以是相胜,而且日趋于萎靡,遂谓其休当然,而不知流弊之至此也。

因此,在北宋时有好多名公巨卿、达官贵人,如寇准、韩琦、范仲淹、司马光等,会写出和他们的身份极不相称的艳词来,这是不足奇的。所以一些作家,不论他不能反映现实,在他的词里找不到现实的影子,即使他能反映现实,也只在诗里去抒写,而在词里只是表现"纤艳柔脆"的思想感情,虽如杰出的女词人李清照也打不破传统的束缚。所以"豪放派"的苏轼和辛弃疾,把诗词统一化,打破了诗词的界限,以诗为词,以词为诗,扩大了词的境界,在词里广泛地反映现实,实在是自有词以来大胆的革命,表现出宋词之特色,应该是词之"正宗"、主流。关于苏辛词,后面还要详谈。

对北宋的文人词,除了苏轼及李清照要在别方面来谈,和在下面要突出柳永来谈以外,对于以晏欧为代表的这一系列的"婉约派"的词人的作品,在这本词选里,要怎样来批判去取,做好选录的工作?是否这些作家的词完全不能入选?这也未必尽然,我们有以下两点看法:

一、从艺术的观点来看,他们绝大部分的词,都是用白描的手法,不堆砌典故,不用晦涩的字句,在抒情写景方面,和唐五代的特点一样,清新生动,能写出鲜明的形象。《古今词话》引王岱的话:"观唐以后,诗之芜累,不如词之清新,使人怡然适性。"这是五代及北宋词的特长。如欧阳修的描写西湖风景的几调《采桑子》,和柳永描写钱塘风景的《望海潮》,所谓"三秋桂子,十里荷花"等类的词,还是一定地反映了祖国锦绣山川的可爱。以及各家流传下来的一些脍炙人口的作品,如张先的"云破月来花弄影",晏几道的"落花人独立,微雨燕双飞""梦魂惯得无拘检,又踏杨花过谢桥",柳永的"今宵酒醒何处,杨柳岸,晓风残月",贺铸的"一川烟草,满城风絮,梅子黄时雨",黄庭坚的"老子平生,江南江北,最爱临风笛",秦观的"斜阳外,寒鸦千点,流水绕孤村"等类的作品,要说它反映了什么丰富的现实,或有什么深刻的思想性,当然谈不上,但要说它有什么毒害或怎样反动,也不能说。它虽是一些纤巧的情语景语,还能写得真实生动,在艺术的表现手法上,可供我们创作新诗的参考和欣赏,所以在这方面,适当地选录了一些作品。

二、这些作家创作思想的主流,是描写艳情,流连光景,题材既窄狭,而风格亦极其纤巧柔靡。但也有小部分的词,能超出艳情,扩大题材,读着还能引起人的积极的开阔的情怀。特别如秦观黄庭坚有少数的词,受到苏轼的影响,意境比较扩大,洗去了淫靡纤艳之风。如秦观的《望海潮》词,描写扬州的豪华壮丽的情景,《念奴娇》词,描写长江中的小孤山,独立狂澜,砥柱中流的形象,都有豪迈的气概,和他的一般词不同。黄庭坚的《念奴娇》词,描写在永安城楼上登临远眺的感触,有苏轼"大江东去"的意味,也和他别的词不同。贺铸的《六州歌头》的长调,音节悲壮,气象雄阔,《陌上郎》的小词,有古乐府的风味,这些词都和一般的艳词,判然不同,我们适当地选录了几首。

我们对北宋"婉约派"的词,根据以上两个观点来取材它,现在要谈一谈柳永。

柳永这个人和他的词,在宋代词人的队伍中,和宋代的词风中,确是一个很突出的例子。以人而论,他的世界观是"忍把浮名,换了浅斟低唱"。因此"不齿于士类",为一般达官贵人所看不起,断绝了"向上爬"的路线,只好走向乐工伎女的群体中去"浅斟低唱"。然而又不能完全变为民间艺人，像搞诸宫调的孔三传、董解元，搞赚词的张五牛大夫等。就这样不上不下而又偏向下的一种身份，便决定了他的艺术成就和他的艺术的各个方面。在艺术方面，他能尽量地使用通俗易晓的大众语言，委婉曲折地叙意达情，打破了"花间"以来的文士作风，使大众都能理解，都喜欢唱他的词，以至"天下咏之"（《后山诗话》），以至"凡有井水处，即能歌柳词"（《避暑录话》）。他能把从民间来的词，仍然归到民间去，这是第一点应当肯定的。第二，在柳永以前和他同时的文人词，都是词用"花间"以来的小令短调来写景抒情，寥寥短词不能畅所欲言，到柳永来，把在民间早已流行的慢词的形式拿来填词，开拓了词的领域。这两点是他在艺术上的成就，应当肯定的。

从表现的内容来说，他的词有三个方面：

第一方面，如前面所谈过的，他为着要做官，干求名利，不惜用词来夸大歌颂统治王朝的威权，描写宫阙的壮丽、都城的繁华、人烟的富庶，粉饰太平，掩盖了社会的矛盾，这一类的词，是应该批判的。

第二方面，因为"向上爬"不如意，便走向社会的中下层，投入在乐工妓女的队伍里边，纵情声色歌舞，写出许多极其淫亵不堪的词，如《慢卷䌷》《斗百花》《浪淘沙慢》《菊花新》等词，令人不堪卒读，这一类词是应该批判的。

第三方面，他沉醉在声色歌舞的生活中，并不是十分快意的。他是抱着满腔的悲愤、满腹的牢骚，对皇帝和一般达官贵人，痛恨已极，感到身世的渺茫，无处发泄，便从词里表现出另一方面充满了幽怨凄楚的情调。写成长篇的《戚氏》《夜半乐》《竹马子》《曲玉管》《轮台子》等词，展开了许多烟月迷茫，山川寥廓，虎啸猿啼，蝉吟蛩响的场面，反映出深刻的悲愤寂寥的情绪，读着真有点《九辩》及汉人的《士不遇赋》的神情，使苏轼对于他的《八声甘州》词，也不能不佩服（见《侯鲭录》）。所以王灼的《碧鸡漫志》载有当时人作诗称赞他说："《离骚》寂寞千年后，《戚氏》凄凉一曲终。"当然，柳永的不得志，和统治阶级的矛盾，完全属于个人的功名不遂，并没有什么大抱负不得施展，而发为悲愤，怎么能和屈原相比？但他虽遭到了挫折，并没有卑躬屈节，向那些权门去摇尾乞怜（当晏殊以轻薄的态度问他"贤俊颇作曲子么？"他还当面抵他："只相公亦作曲子。"还有气骨）。宁走向被社会所摧残所蹂躏流落风尘的人物的队伍中去找到同情；而这些妓女们也同情于他，所以他寂寞地死了，妓女们还合资葬埋了他，他这样的身世，是令人同情的。他这一方面的词，虽然充满了消极情绪，但他并不是无病呻吟，也没有淫荡纤艳的语句。通过如画一般的凉秋萧瑟的词面，反映出他身世的悲感和冷酷无情的封建社会的阴影，确有点《九辩》的意味，所以我们从这方面选录了他几首词。

总的说来，柳永的词，在宋词中是很突出的，《四库提要》说："自晚唐五代以来，以清切婉丽为宗，至柳永而一变。"这是正确的。他的词确是对"花间"传统的一种变革，把词的创作推进了一步，在宋词中是具有独特的作风。他在词里既真实地深刻地寄托了他的身世，映带出社会的阴影，和一般涂脂抹粉、流连光景的文人词不同；而在词的风格上，又带有浓厚的市民文学的气味，发展了词而又启发了曲，所以况周颐说："柳屯田《乐章集》，为词家正体之一，又为金元已还，乐语所自出。"（《蕙风词话》）这是正确的。因此，柳永这个人既为统治阶级所不容，而他的词也不合一般文人的口味，说他"骫骳从俗"（《后山诗话》），说他"浅近卑俗"（《碧鸡漫志》），在客观方面，隐然反映出社会的对立，柳词的现实主义，可以从此体会出来。

以上是北宋文人词的一个方面。

四

在承袭着"花间"词风的北宋人词中，未尝没有相反的音响。在苏轼之前和与苏轼的同时的少数词人，打破了纤巧柔靡的风格，冲出狭小的词境，从现实世界取题材，唱歌出苍凉豪壮的调子，开展了为"花间"以来所没有过的境界的，有如下的几个作者：

第一个是范仲淹,他写过几首《渔家傲》词,内中的一首是:

塞下秋来风景异,衡阳雁去无留意,四面边声连角起,千嶂里,长烟落日孤城闭。　浊酒一杯家万里,燕然未勒归无计,羌管悠悠霜满地,人不寐,将军白发征夫泪。

这词是他对西下用兵时写作的。写出西北边塞寥阔苍凉的景色和长期边防中的将士思家厌战的情绪,把唐人的长篇边塞歌行的诗意入于词里,是从来没有过这种词境的。因为和传统的词风不同,他便被欧阳修讥讽为穷"塞主"。我们把他选出,作为反"花间"的第一声。

其次有苏舜钦的一首《水调歌头》,描写太湖风景,和被贬谪时的"忧谗畏讥"的心理,气象雄阔,不是流连光景之作。所谓"丈夫志,当景盛,耻疏间。壮年何事憔悴,华发改朱颜。……刺棹穿芦荻,无语看波澜"。苏舜钦在诗方面是反"西昆体"的健将,他的词和诗一致,没有脂粉香艳的气味。

第二个是王安石,开始写凭高怀古之词,标志着词风的转变。他有名的金陵怀古的《桂枝香》词:"登临送目,正故国晚秋,天气初肃。千里澄江似练,翠峰如簇。征帆去棹斜阳里,背西风,酒旗斜矗。彩舟云淡,星河鹭起,画图难足。"前半阕写出金陵山水的壮丽空阔的景色,后半阕联想起六朝往事,引用唐人的"商女不知亡国恨,隔江犹唱后庭花"的成语作结,意想深远,艺术的表现手法又非常概括精练,在晏殊一派词人的作品中是找不出这样词的。刘熙载的《词概》批评他说:"王半山词,瘦削雅素,一洗五代旧习。"这是正确的。

由于范仲淹、苏舜钦,少数作者,初步扩大了词的意境,成为反"花间"词风的前奏。到了和王安石同时的苏轼出来,才大破"花间"五代和晏欧一派的藩篱,把词更推向广阔的天地,从各方面来取词的题材。可以说,从唐、五代以来,到苏轼的手中,文人词才得到了一个大解放。在他的词里,看见了许多山川云物的景色、凭高怀古的深远的境界、农村人物的生活、琼楼玉宇的幻想、许多社会人物的形象,以及抒写恋情,刻画事物。题材既丰富阔大,思想感情又豪放超脱,没有感伤纤艳的情绪,而又带有轻松幽默的调子,这是为从来没有过的作风。读他的词,不会使人消沉局促,而能开阔人的心胸,引起人的热爱生活、热爱现实的积极向上的感情。所以王灼《碧鸡漫志》说:"东坡先生非醉心于音律者,偶尔作歌指出向上一路,新天下耳目,弄笔者始知自振。"胡寅《酒边词序》说:"及眉山苏氏,一洗绮罗香泽之态,摆脱绸缪宛转之度,使人登高望远,举首高歌,而逸怀浩气,超乎尘埃之外,于是花间为皂隶而耆卿为舆台矣。"都是正确的评语。但柳永的词,如前所论,自有他另一方面的成就,不能贬柳而扬苏。

苏轼词的成就,在于从他的思想内容到表现的方式方法,都有一种独立创造的精神。他这种独立不拘的精神,从他的做人和政见,到诗文及词的创作,都是一贯的。他在当时的政治环境中,自有一套政见,既不合于王安石,也不合于司马光,他常常对这两人加以幽默的讽刺。姑不论他的政治见解的内容如何,但他不倚傍哪一方面,独立发挥自己的主张,这种态度是可贵的。在诗文词方面,能破除因袭模仿,不为一定的格律形式所拘束,而能把前人的成语故事,自由地驱使应用,自然成为自己的东西,没有痕迹可寻。在诗是这样,在词也是这样,因此,从前的人都说他"以诗为词"。在诗的方面,他不专主一家,对于唐代的名作家,从陈子昂、李白、杜甫、白居易、刘禹锡,到晚唐的温、李、皮、陆,他都能融合汇通,撷精取华。通过他思想的本质和主观创作的努力,镕铸成他自己的诗的风格。但必须指出,他的诗的愉快乐观,豪放超脱的情调和浪漫主义的精神,是近于李白的。他在诗里也不时提到李白,而表示赞扬向往的心情。当然,因着时代的色彩和他自己思想的倾向,也不能完全说是和李白相同,他不是因袭模仿的诗人。但他积极的浪漫主义的精神,在他诗里,是成为创作思想的主流,也贯穿在他的词里面。因着他的词,更使用了丰富的形象和一些通俗易解的大众语言,不像他的诗中大量使用典故,抽象地言理论事,因而这种浪漫主义的色彩,在他的词里,更为鲜明活跃地表现出来,使他的词比他的诗艺术性更强。如他有名的《水调歌头》词:

> 明月几时有?把酒问青天。不知天上宫阙,今夕是何年?我欲乘风归去,又恐琼楼玉宇,高处不胜寒。起舞弄清影,何似在人间? 转朱阁,

低绮户,照无眠。不应有恨,何时长向别时圆?人有悲欢离合,月有阴晴圆缺,此事古难全。但愿人长久,千里共婵娟。

这首词充分发挥出他的浪漫主义的精神。虽然有点感伤的情绪,但他从人间想到天上,追求美满的理想生活,有如李白的《梦游天姥吟》的想象。又终于回到人间,"起舞弄清影,何似在人间""但愿人长久,千里共婵娟",并不想离去现实,升仙上天;仍愿好好地生活下去,共同享受明月的清辉。他这首词是中秋赏月,怀念他的兄弟苏子由之作,反映出他们弟兄间真诚友爱的感情和追求圆满生活的愿望。前半阕驰骋幻想,归结下来,并没有脱离现实,有浪漫主义与现实主义结合的精神。

因为他有积极的浪漫主义的精神,所以有些词有很强烈的现实的意味,如《江城子》的打猎词:

老夫聊发少年狂。左牵黄,右擎苍。锦帽貂裘,千骑卷平冈。为报倾城随太守,亲射虎,看孙郎。 酒酣胸胆尚开张。鬓微霜,又何妨!持节云中,何日遣冯唐?会挽雕弓如满月,西北望,射天狼。

虽然年纪渐老,但是雄心犹在,还想驰骋塞外,杀胡立功。他又曾把这番壮志,勉励他的朋友,如《阳关曲》赠张士惠:

受降城上紫髯郎,戏马台前旧战场,恨君不取契丹首,金甲牙旗归故乡。

表现出民族斗争的豪迈英勇的气概,这在晏欧一派的词里是万不能想象的。

更难得的是他热爱农民,热爱农村生活,如几调《浣溪沙》词:

旋抹红妆看使君,三三五五棘篱门,相排踏破茜罗裙。

老幼扶携收麦社,乌鸢翔舞赛神村,道逢醉叟卧黄昏。

从词里流露出对农民的热爱关怀,这是很难得的。

苏轼对现实是不满的,他一生人浮沉宦海,飘泊天涯,他并不想追求名利,热中官缘。所以在《满庭芳》的词里说道"蜗角虚名,蝇头微利,算来底事干忙"。又在一首《南乡子》词说道"搔首赋归与,自觉功名懒更疏",《菩萨蛮》词说道"买田阳羡吾将老,从来只为西山好",都说明他对官僚生活的冷淡。苏轼的词是有多方面的表现,有雄壮开阔的如"大江东去,浪淘尽,千古风流人物"的怀古之作,有自然潇洒的如"家童鼻息已雷鸣,敲门都不应,倚杖听江声"之句,有细腻温柔的如"青衫犹是,小蛮针线,曾湿西湖雨"的抒情,也有生动活跃如"倒挂绿毛么凤""石榴半吐红巾蹙"对小动物小花小草的刻画,真是丰富多彩,无奇不有。他的词,使人心思开朗,愉快乐观,不像所谓"婉约派"的词,引人走向忧郁窄狭的境界,因此我们从各方面选录了他许多词。以他这样的胸襟气魄来填词,真如他自己的评语"如万斛泉源,不择地皆可出"(见《词林纪事》引),当然是"曲子中缚不住",冲破一切形式上的清规戒律,开辟出词的新天地。

但是,苏轼的词,也并不是圆满无缺的,他的词里面,还是有不健康的因素。因为他对于老庄的书和佛书看得很多,又常跟和尚们在一起游玩,因此在词中随时反映出些达观出世的思想。如《临江仙》的"此身如传舍,何处是吾乡?"、《行香子》的"叹隙中驹,石中火,梦中身"、《临江仙》的"人生如逆旅,我亦是行人"。在雄壮的《赤壁怀古》词的末尾,也写出"人生如寄"之语,这都是缺点,必须指出。但他的创作思想的主流是积极的,现实的,虽然有些词受到佛老的影响,也不会引人入于悲观消沉之路。他的雄放豪迈的词风,终于辉煌地震荡了当时的词坛,而影响了后来南宋辛弃疾一派的爱国词人。所以《四库提要》东坡词下说:"词自晚唐五代以来,以清切婉丽为宗,至柳永而一变,如诗家之有白居易;轼至而又一变,如诗家之有韩愈,遂开南走辛弃疾等一派。"这评语是正确的,但又跟着说:"寻源溯流,不能不谓之别格,然词之下工则不可。"这是传说的偏见,应该矫正。

以上是北宋文人词的又一个方面,是以苏轼为中心的现实主义的词派。

五

如上所说,词从唐五代到柳永而一变,到苏轼又一变,这两"变"都把词推进了一步。到北宋末年的周邦彦再一变,这一"变"可就变坏了,从此词就转入形式主义之路,到南宋时的姜夔、史达祖、吴文英等承袭着周邦彦的词风,一直到南宋末张炎、王圣与等,便把词葬送了。

这是适合文学发展的规律的,一种新的文学从民间来到文人的手里,起初还有一定的内容和清新生动的风格。逐渐发展,便走上形式主义之路,讲究格律,注重声调,雕斫字句,堆砌词藻,内容空虚贫乏,更谈不到反映现实、推进现实的要求。词从周邦彦起,便循着这一条规律,经过南宋姜夔、吴文英这一批"词匠",便把文人词送上末路,而民间词正发展变化而转入新的阶段。而且另一派文人词,正发挥出辉煌的现实主义的光彩,照耀词坛,和这一派形势主义的词对立,和民间词相呼应着,合为词之主流,在下面要分别叙述,这里只对形式主义的词,进行批判。

从周邦彦的词谈起:

北宋末年是社会极动荡的时代,民族危机深重,统治政权糜烂崩溃,人民处于水深火热之中,这种严重的现实,在周邦彦的词里,没有丝毫的影子。他的词里所表现的,只有寻访妓女、伤离惜别的一些情事。每一首词没有充实的内容和完整鲜明的形象,只是雕斫字句,堆垛词藻,强就声律,拉杂成篇,如这首《大酺》:

> 对宿烟收,春禽静,飞雨时鸣高屋。墙头青玉旆,洗铅霜都尽,嫩梢相触。润逼琴丝,寒侵枕障,虫网吹粘帘竹。邮亭无人处,听檐声不断,困眠初熟。奈愁极频惊,梦轻难记,自怜幽独。　　行人归意速。最多念,流潦妨车毂。怎奈向兰成憔悴,卫玠清羸,等时间,易伤心目。未怪平阳客,双泪落,笛中哀曲。说萧索,青芜国,红糁铺地,门外荆桃如菽,夜游共谁秉烛?

我们看这首词究竟里面有什么思想内容?只是用一些琐碎的事物,生涩的字句,杂凑成调。在这一大堆烟、雨、霜、愁、眠、梦、泪、憔悴、清羸、兰成、卫玠、帘竹、檐声、青芜、荆桃的垃圾里,简直看不出一个完整统一的形象。"花间"和北宋,虽然离不了闺阁脂粉的抒情,但他们还不堆砌词汇,雕刻字句,还自然生动,有一定的情感(不论他是什么情感)。到周邦彦来,完全变成这样干枯苍白的形象,只是一些五颜六色的词汇的堆积。最大限度,只有一些小景物的断片,如"新绿小池塘,风帘动,碎影舞斜阳""楚江暝宿,风灯零乱""半规凉月,人影参差",但这些小景物也找不出像晏几道的"落花人独立,微雨燕双飞"、柳永的"今宵酒醒何处?杨柳岸,晓风残月"等类的句子。他常常把前人的一些诗词的"名句""警语"拉来剪裁入词,反倒"点金成铁"。如他的《绮寮怨》的"上马扶残醉,晓风吹未醒"即是柳永的那几句的压缩,却弄得索然无味。我们真不了解为什么周邦彦在当时和后代会被人推崇备至。王国维至于把他说成"词中老杜",这说明形式主义在文学批评中支配势力之大。但也未尝没有人觉察到他的短处的,如王世贞的《艺苑卮言》说:"美成能作景语,不能作情语。"王国维《人间词话》说他"创调之才多,创意之才少"。所谓"不能作情语""创意之才少"都是意味着缺乏思想内容,只有干枯的形式存在着。我们只有选了他的一首咏柳的慢词《兰陵王》,还有点情趣。据说他这首词在南宋初年,曾经流行一时,"西楼南瓦皆歌之,谓之'渭城三叠'"(宋毛开《樵隐笔录》)。也不是无因的。

周邦彦开导了南宋形式主义一派词的作风,应当把他划入南宋词的范畴内。严沆的《古今词选序》说:"由是尧章(姜夔)、邦卿(史达祖)别裁风格,极其爽逸芊艳;宗瑞(张辑)、宾王(高观国)、几叔(黄机)、胜欲(蒋捷)、碧山(王圣与)、叔夏(张炎)继之,要其原,皆自美成出。"这即是说明了南宋形式主义一系列的代表作家,都是承袭着周邦彦的作风。但还说落了一个重要人物,即吴文英。下面我们就这一派的几个重要人物,略为分析。

南宋民族被蹂躏的耻辱,小朝廷的荒淫享乐,人民重重的灾难,和这些词人的创作是没有关系的。只有姜夔受到辛弃疾的影响,有些词也反映了一些现实。《扬州慢》描写扬州遭兵火以后的残破景象("渐黄昏,清角吹寒,都在空城"),《凄凉犯》描写合肥边关的萧瑟情况("绿杨巷陌,秋风起,边城一片离索"),《永遇乐》次韵辛弃疾,对中原失地,发抒感慨("中原生聚,神京耆老,南望长淮金鼓")。虽是一片消沉悲凉的情绪,而且只是惋惜过去的歌舞繁华,惋惜扬州的"豆蔻词工,青楼梦好",追念合肥的"小舫携歌,晚花行乐",而没有从人民和祖国的观点出发,引起昂扬的斗志,像辛弃疾一派爱国词人所表现的思想感情。但不管怎样,他的词里终还是反映了一些现实。因此,他的词的境界,比周邦彦开阔明朗一些,不像周邦彦的专门描写寻访妓女、流连小景物的郁促境界。如"二十四桥仍在,波心荡冷月无声""淮南皓月冷千山,冥冥归去无人管""最可惜一片江山,总付与啼䳏",周邦彦的词,还没有这些意境。所以黄升说他的词"其间高处,有美成所不及"。但是他的创作思想的主流和周邦彦是一致的,着重雕斫字句,缺乏自然之趣。他每喜欢在词前写一段小序,但他的序文远比他的本词生动流美得多,就因为词雕刻过甚,反不如小序信笔写出,还真实自然。

和姜夔齐名的史达祖,其人格既卑鄙不足道,做权臣韩侂胄的"省吏",夤缘固宠,贪恋碌位;而词的境界,亦复狭小局促。特别突出的是,从他以后,开始了词坛上"咏物"的作风。说明文人词发展到了末期,反映出没落阶级,不敢正视现实,没有阔大的胸襟和气魄,只有集中理想在一些小事物上,把词当作象牙琥珀的材料,雕刻出些小物件小玩意来消磨人生,借此逃避现实,这些东西对于人民大众没有什么好处。史达祖的词,有咏"春雨""春雪""梨花""蔷薇""桃花"等类的咏物词,里面并没有什么理想内容和什么象征性;都是些堆砌的典故,支离破碎的语句。我们只有选出他的一首《咏燕》的词,还能用白描的手法,写出生动的形象。如说:"还相雕梁藻井,又软语商量不定。飘然快拂花梢,翠尾分开红影""爱贴地争飞,竞夸轻俊。红楼归晚,看足柳昏花暝",确能描画出一双小燕的轻俊活泼的形象,但也只是为描写而描写,里面并没有什么深刻的思想性。同样咏燕子的作品,辛弃疾有一首《如梦令》:

燕子几曾归去?只在翠岩深处。重到画梁间,谁与旧巢为主?深许,深许,闻道凤凰来住。

写一双弱小的燕子,被强大的凤凰侵占了它的巢,把它赶到山岩里去,无可奈何,只得"深许,深许"表示同意。这一首小词思想性多深刻,回看史达祖的长调《双双燕》,只是一调自然主义的词,把它当作一幅燕子的图画看罢。

从前有人说:史达祖的词好用"偷"字,他词里确有不少"偷"字,如"偷黏草甲""偷理绡裙""偷拿莺爪""偷锁莺影"等。当然,诗词里的"偷",并不等于实际的小偷,但也反映出其人的思想意识的渺小窄狭。

南宋形式主义词的巨头,除了姜夔、史达祖而外,还有一个重要作家吴文英。吴文英的词也是周邦彦的一脉相传,而更变本加厉,雕刻到了顶点。尹焕说:"求词于吾宋,前有清真,后有梦窗,此非焕之言,天下之公言也。"(《花庵词选》引)沈义父《乐府指迷》说"梦窗深得清真之妙",这是宋人一致认为吴文英是周邦彦的嫡派。

吴文英的词,晦涩破碎,到了不能理解的程度,比周邦彦更进一层,我们看看以下这些词句:

正梦枕瑶钗燕股。障滟蜡,满照欢丛,簌蟾冷落羞度。(《宴清都》)

小娉婷,清铅素靥,蜂黄暗偷晕,翠翘欹鬓。(《花犯》)

珠络玲珑,罗裳闲斗,酴杯暖麝相倚。(《天香》)

这些东西你怎样来理解他？连张炎都批评他说:"吴梦窗词如七宝楼台,眩人眼目,拆下来不成片段。"(《词源》)

宋代形式主义的词家,有一种风尚,好肯把晚唐李贺、李商隐、温庭筠的诗句中的美丽的词汇,零敲碎割地,用来镶嵌在词里面,眩耀色彩,读不到什么思想内容。从北宋末年的贺方回、周邦彦开始,到南宋的姜夔、史达祖、吴文英都是这样成为一时的风尚,一贯的家法。张炎在《词源》里就指出:"如贺方回、吴梦窗,皆善于炼字面,多于温庭筠、李长吉诗中来。"沈义父的《乐府指迷》也说:"要求字面,看温飞卿、李长吉、李商隐及唐人诸家诗句中字面好而不俗者用之。"北宋的"西昆体"的诗已经有"挦撦李义山"之诮,南宋的词更变本加厉的"挦撦",到了吴文英愈发支离破碎,到了无以复加的地步。一首词简直是一些七破八烂,五颜六色的玻璃陶片组合而成,干枯得没有内容,晦涩得不能理解,有点像资产阶级没落时期的唯美主义、感觉主义、象征主义的意味。缺乏思想内容、色彩声音的感觉特强。晚唐温李诗有这一种因素,晚宋吴文英的词更有这种表现,这是在历史发展的过程中,统治阶级每到了一个腐朽没落的阶段,在文学艺术方面都或多或少的会反映出颓废的官能主义的东西。在晚清时候,一般填词家"家家美成""户户梦窗"也正说明这个问题。

南宋这一派词人,除了姜史吴三巨头之外,其余如高观国、蒋捷、周密、张炎、王圣与等,都打不出姜史的范围外。愈到后期,愈成为形式,专在字面和音律上做工夫,把词送入了坟墓。张炎著《词源》,更加上严酷的音律拘束,连周邦彦他都不满意,说周邦彦"于音谱间有未谐"。他主张"词中一个生硬字用不得,须是深加锻炼,字字敲打得响"。这些理论可以代表一般"词匠"的主张,从内容来说,张炎、王圣与等亡国遗民,他们在词里回恋故国的歌舞繁华的游乐,抒写出极消沉的亡国的哀音,如张炎的"空感怀,有斜阳处,最怕登楼"(《甘州》)、"危栏静倚,千年事都消一醉。漫依依,愁落鹃声里"(《西子妆慢》),没有一点激昂慷慨的音调。王圣与在许多咏物词里,表现出极难堪的消沉死灭的情绪,如咏蝉的"短梦深宫,向人犹自诉憔悴""病翼惊秋,枯形阅世,消得斜阳几度?"(《齐天乐》),简直是极凄凉的亡国的挽歌,消灭人的战斗意志。同是遭亡国之痛的,在张炎、王圣与的词里,却找不出像文天祥的"铜雀春情,金人秋泪,此恨凭谁雪?堂堂剑气,斗牛空认奇杰"(《念奴娇》)民族复仇的壮烈的语句,也找不出像汪无量的"清谈到底成何事?回首新亭,风景如此!楚囚对泣何时已?"(《莺啼序》)这样豪爽的调子。

对于南宋这派词人的作品,我们选录的不多,只是姜夔的多选了几首,以外史达祖、吴文英、张炎等人的词,只择其稍有内容,不十分消沉萎靡和晦涩难解,也有一定的艺术性的作品,选录几首,以备一格。

以上是南宋文人词的一个方面,是形式主义唯美主义的词派。

六

在上述南宋形式主义的词派以外,却有和他们对立的一派现实主义的词人,以辛弃疾为中心和在他之前后许多词人,采取现实的题材,扩大了词的境界,丰富了词的内容和形式,反映南宋一代的民族的危机,人民的灾难,揭发社会和政治上的黑暗,大声疾呼地以词来发抒爱国主义的热情,鼓舞民族斗争的精神,他们的词的歌声,和北方沦陷区的不绝的抗金的战鼓声相应,也和南方广大人民的抗敌复仇的意志相符。他们的词是北宋苏轼一派词的发展,因着时代的关系,更强烈集中地反映现实,从南渡初,一直到宋亡,形成一个巨大的流派,和"剪红刻翠""雕虫咏物"的词,成为鲜明的对照。

在辛弃疾以前,南渡初年,即已有几个爱国的文臣武将及少数的词人,写出了悲壮激昂的词,表现出坚强的民族斗争的意志和爱国主义的热情,一反传统的脂粉香泽、萎靡颓唐的作风。如李纲、岳飞、韩世忠、胡铨、张元幹、张孝祥等,都是辛弃疾的前辈,他们的词,做了辛弃疾的前奏。李纲有好几调《水龙吟》《念奴娇》《喜迁莺》词,歌咏汉唐战胜异族的许多英雄故事,寄托他抵抗金人,收复失地的希望。如《念奴娇》咏"汉武巡朔方":

> 追想当日巡行,勒兵十万骑,横临边朔。亲总貔貅,谈笑看,黠虏心惊胆落。

他希望宋高宗赵构,也能像汉武帝、唐太宗一样亲征杀胡的一番英武。在一首《喜迁莺》里,咏"真宗幸澶渊",更说出自己的抱负,像当年寇准一样,坚决主张抗敌杀敌。至如岳飞的《满江红》词,更是慷慨激昂,气吞胡虏。至今读着这首词还令人想见这位民族英雄当年的一番豪迈气概,因为万口传诵,这里不必详说了。

胡铨曾经抗疏反对赵构和秦桧对金人投降乞和,又作过一首《好事近》词骂秦桧,有"豺狼当辙"之语(此词或作高登作)。因此被贬到海外。词人张元幹,

作了一首《贺新郎》词送他的行,上半阕说道:

> 梦绕神州路。怅秋风,连营画角,故宫离黍。底事昆仑倾砥柱,九地黄流乱注。聚万落千村狐兔。天意从来高难问,况人情老易悲难诉。更南浦,送君去。

这首词充满了爱祖国的热情和正义感,因此,张元幹也得罪除名。稍后一点的,张孝祥在许多词里,怀念沦陷的中原失地,发抒爱国的悲愤,如《六州歌头》的末尾写道:

> 闻道中原,遗老常南望,翠葆霓旌。使行人到此,忠愤气填膺,有泪如倾。

音调苍凉悲壮,他在建康留守的宴会上赋此词,至使张浚为之罢席而入。他有好多调怀古游览之词,豪迈的气概,浪漫主义的作风,很像苏轼,如《满江红》的"咏玩鞭亭"。

> 千古凄凉,兴亡事,但悲陈迹。凝望眼,吴波不动,楚山丛碧。

《念奴娇》的过洞庭:

> 尽挹西江,细斟北斗,万象为宾客。叩舷独啸,不知今夕何夕?

这些词,境界空阔,胸襟开朗,艺术性与思想性都很高,比之苏轼的《念奴娇》的"赤壁怀古"等词,毫无逊色,而且没有苏轼"人生如寄"的颓唐之感。

以上所举的这几个词人,都是在辛弃疾之前,他们的词是辟开了北宋以来,在周邦彦的影响下,形式主义词的浓厚的雾围,而呈现出光明宏阔的天地,在思想内容上,在艺术的手法上都给以后来的辛弃疾很大的影响。

杰出的爱国词人辛弃疾,生在北方沦陷的祖国土地上。从小就亲身感受到异族残酷的统治,凭着他满腔的爱祖国爱民族的热诚,从北方沦陷区起义,打回南方的祖国。抱负着文武双全的本领和一腔抗敌的热望,而不为妥协投降的卖国政府所重视。壮志与雄才,不得施展。在他的政治生活中,一贯被歧视,被压抑,满腹的英雄悲愤和丰富的多方面的现实的思想感触,完全用词的形式来发泄和反映。他的词向来的人都承认他是苏轼的流派,以"苏辛"并称。他远绍苏轼,近在他的前辈,李纲、岳飞、张元幹、张孝祥等人的创作影响之下,更把词从思想内容的深度广度,以至于写作的技巧,表现的形式上发展到了自有词以来所没有的境界,取得了很大的成就。所以刘克庄说他的词:

  公所作,大声鞺鞳,小声铿鍧,横绝六合,扫空万古,自有苍生以来所无。其纤秾绵密者,亦不在小晏秦郎下。(《稼轩集序》)

虽有点过夸,而以他的成就之大,方面之多说来,也确有这种印象。但辛弃疾是一个具备多方面的才能的人,他是一个政治家,又是一个军事家,又是诗人。当时和他交往的有名的人如陆游、朱熹、陈亮、刘过等对他都是推崇备至,至比他为管仲、萧何、诸葛亮。以这样的一个历史人物,却以"词人"著称,似乎有人为他惋惜,认为"小就"。但政治军事的活动,已成过去,而他的词的艺术独有千秋,所以为艺术家的辛弃疾,比为政治家军事家的辛弃疾,贡献大得多,怎么能说他"小就"？但必须明确,他词的艺术成就之大,是和他的政治活动分不开的。他词里的丰富的社会内容和强烈的政治性、思想性、人民性和艺术性相结合,获得空前伟大的成就。不有丰富的社会内容和强烈的政治性,不能成就他的艺术;经过他的卓越的艺术,使他的政治家的人格和形象更鲜明突出,照耀历史,这是文学史上很少见的作家。

现在我们来看看他的词,在各方面的表现:

第一,他作品的中心思想,是强烈的爱国精神。他志清中原,扫荡胡虏。壮志雄才,不得施展,在词里常常发出爱国的悲愤,不忘情于"西北"。

《水调歌头·送杨民瞻》:

  长剑倚天谁问？夷甫诸人堪笑,西北有神州。

同调《送施圣与》:

  贱子亲再拜,西北有神州。

《鹧鸪天》:

  西北望长安,可怜无限山。

以外如《贺新郎》调"和陈同甫""别茂嘉十二弟",《鹧鸪天》的"有客慨然谈功名,因追念少年时事",直到晚年,爱国雄心,并未消灭。

第二,对偏安政权,怯敌辱国的讽刺,如《南乡子》的"天下英雄谁敌手?曹刘,生子当如孙仲谋"。《永遇乐》的"千古江山,英雄无觅孙仲谋处"。他很喜欢用孙仲谋的典故,希望统治者学孙仲谋的英雄。这是曹操称赞东吴孙权的一句成语:"生子当如孙仲谋。"但下一句是"刘景升儿子豚犬耳!"寓意很深刻。

他讽刺南宋的小朝廷,苟延残喘,运命正如西下的斜阳:

> 莫去倚危阑,斜阳正在,烟柳断肠处。(《摸鱼儿》)

这些讽刺都是很委婉深刻的。

第三个方面是他热爱农民和农村生活,特别在信州十年内,常和农民接近,写好几首描写农村生活的词,这些词很有苏轼词的风味。

《鹧鸪天》:

> 春入平原荠菜花,新耕雨后落群鸦,多情白发春无奈,晚日青帘酒易赊。　闲意态,细生涯,牛栏西畔有桑麻。青裙缟袂谁家女,去趁蚕生看外家。

《浣溪沙》的上半阕:

> 父老争言雨水匀,眉尖不似去年颦,殷勤谢却甑中尘。

以外如"清平乐"写"村居"等词,都表现出他对农村生活的热情爱好。

第四方面,辛词对自然的描写是非常出色的,他描写的方面最多,最深刻最真实。不像其他宋人词,只是限在莺燕风月的小境界的描写。而且不论是描写任何境界,都是结合着主观的思想感情,反映主观的人格,风景里也有人。所以谢章铤的《赌棋山庄词话》说:"读苏辛词,知词中有人,词中有品。"如《贺新郎》写西湖风景:

> 翠浪吞平野。挽天河,谁来照影,卧龙山下?烟雨偏宜情更好,约略西施未嫁。待细把江山图画。千顷光中堆滟滪,似扁舟,欲下瞿塘马。中有句,浩难写。……

写风景仍然反映出英雄豪爽的襟怀,和柳永的"三秋桂子,十里荷花"又自不同。

第五方面,辛词中也有许多细腻柔婉的表现,如《蝶恋花》的"燕语莺啼人乍远,却恨西园,依旧莺和燕。笑语十分愁一半,翠围特地春光暖",不减《敦煌词》的"燕语莺啼三月半,烟蘸柳条金线乱"等调的风味。至如"倩何人换取,红巾翠袖,揾英雄泪"虽是艳词,而仍是英雄的豪语。辛词的方面很多,他的六百多首词,真是森然武库,无奇不有。上面所举的几个方面只是略示其一斑,也就可以了解他词的成就。应该指出的是,他的创作才能这样的丰富,想象中,他的写作一定是非常容易,漫不经意地一挥而就,所以朱熹给他的启事也说道:"经纶事业,股肱王室之心;游戏文章,脍炙士林之口。"其实他的创作态度,是非常严肃的,并不是出于"游戏"的态度。他的词说"花余歌舞欢娱外,诗在经营惨澹中"。《古今词话》说岳珂对他的《永遇乐》提出意见,他"改其语,日数十易,累月未竟,其刻意如此"。可见他对词的创作态度是严肃认真的,并不像一般词人把词看为"小技""余事",抒写小情小景。他是把他的全部人生都用词来反映,以他这样强烈的爱国主义的精神,丰富的生活经历,英雄豪迈的气概,而又以严肃认真的态度来创作词,所以表现得那么有力量,那么生动奇横。真如刘克庄说的"大声鞺鞳,小声铿锵。横绝六合,扫空万古"。更必须指出的是,在他的强烈的现实主义的基础上,发挥出积极的浪漫主义的精神,在许多词里都表现出来,如《木兰花慢》的中秋词:"可怜今夕月,向何处,去悠悠。是别有人间,那边才见,光景东头。"王国维的《人间词话》说他已经有了地圆的知识,是否如此,不管他,他这首词也不亚于苏轼的《水调歌头》的中秋词,所以他的词和苏轼同样的有浪漫主义的风格。但辛弃疾的词是贯穿着高度的爱国主义和民族意识,使他的现实主义的基调特别强烈,而他的浪漫主义更显得有积极的力量。回视苏轼的词,还带得有点放浪颓唐,浸染着老庄的消极倾向,所以谢章铤的《赌棋山庄词话》说:"读苏辛词,知词中有人,词中有品,不敢自为菲薄,然辛以毕生精力注之,比苏尤为奇横。"这评语是非常恰当的。

因着他思想性之强,艺术创造力量之丰富,和苏轼同样,有"曲子中缚不住"之感。一切传统的词的形式、词的语言、词的音调,都不能束缚他创作的锋芒,所以他词的表现的方式方法是多种多样的,不拘于一格,为前人所没有。词的语言也是多样化,不但如苏轼的"以诗为词",而且是以文为词,以经史百家语为词,很多的成语故事,信手拈来,用在词里,无不自然如意,例子太多,不胜枚举,这真是自有词以来的大胆的革命。他丰富了词的语言,和词的变化,无怪乎一般保守家说他是"别调""非本色"。刘辰翁《辛稼轩词序》说:"词至东坡,倾荡磊落,如诗如文,如天地奇观,岂与群儿雌声学语较工拙?然犹未至用经史,牵雅颂入郑卫也。自辛稼轩前,用一语如此者,必且掩口,及稼轩,横竖烂漫,乃如禅宗棒喝,头头皆是;又如悲笳万鼓……词至此亦足矣。"然而因此在当时的批评家中,就指摘他"掉书袋",如《词林纪事》引刘克庄说:"放翁稼轩,一扫纤艳,不事斧凿;但时时掉书袋,要是一癖。"岳珂当面也批评他的《永过乐》说"用事多"。这当然是一种偏向。但要分别来看,辛词的用事,不能和周邦彦、姜夔、吴文英一类人的雕斫词藻、堆砌典故相提并论。辛词使用了很多的历史故事,是和现实有生命的联系的,他用历史来譬喻现实,批评现实,抒写个人的感慨和遭遇。以他的卓越的艺术才能,在他的笔端,把一些历史人物描写得活跃生动,在这些历史人物的身上,从正面从反面都反映出鲜明的形象,批评了现实,而又不是抽象的"史论",而是生动的艺术,这确是辛词的特色。即如这首《永遇乐》词:

> 千古江山,英雄无觅孙仲谋处。舞榭歌台,风流总被,雨打风吹去。斜阳草树,寻常巷陌,人道寄奴曾住,想当年,金戈铁马,气吞万里如虎。
> 元嘉草草,封狼居胥,赢得仓皇北顾。四十三年,望中犹记,烽火扬州路。可堪回首,佛狸祠下,一片神鸦社鼓。凭谁问,廉颇老矣,尚能饭否?

确实用了好几个历史人物,从最古的廉颇,其次孙仲谋、刘寄奴、佛狸,而集中在刘宋元嘉时事。他不是一般的咏史诗词,而是影射宋朝的南渡的情形。把历史与现实结合起来,而又以作者自己为中心,"四十三年,望中犹记,烽火扬州路",多少往事,多少历史人物与当前无限的江山和广大的人民,都在他热烈的想象中活动,这样艺术的概括集中,是为当时任何一个词人都学不到的,并不如岳珂说的"用事太多"。

辛词也不是没有缺点,晚年的词,也有许多颓唐的调子,如《行香子》的"奈一番愁,一番病,一番衰""算不如闲,不如醉,不如痴"。《卜算子》的"请看冢中人,冢似当年笔,万扎千书只凭书,且进杯中物",是很衰飒消极。但我们要想,一个英雄人物生在封建社会,怀抱着满腔的爱国热望,不得伸展,被压抑摧折,到了晚年,没有半点沦落迟暮之感,是不可能的。但他一方面并没有忘情中原,随时表现出"老骥伏枥,志在千里"的雄心,一直到死,如前所举的《鹧鸪天》追念少年时事之作。这一方面才是他思想的主流,前者是附属的。

在南宋偏安动荡的政治和社会的环境中,除辛弃疾以外,现实主义的词人,著名的有陆游、陈亮、刘克庄、刘辰翁,以至最后的文天祥等,以外黄机、吴潜、李曾伯、岳珂,以及杨万里、范成大等都有现实主义的成分。

爱国诗人陆游,同时在他的词里也发抒出爱国主义的精神,如《夜游宫》"记梦,寄师伯浑":

> 雪晓清笳乱起,梦游处,不知何地。铁骑无声望似水。想关河,雁门西,青海际。睡觉寒灯里。漏声断,月斜窗低,自许封侯在万里。有谁知,鬓虽残,心未死。

和《诉衷情》的"胡未灭,鬓先秋,泪空流"等词都表现出灭胡的雄心,到老未减;和他的"王师北定中原日,家祭无忘告乃翁"的绝笔诗,一样的激昂悲壮。

刘过是从辛弃疾游的门客,学辛弃疾的风格作词,只是皮毛,并没有真实的思想感情。他的本业,还是姜史一路,如《沁园春》的咏"美人足""美人指甲",就是暴露出原形。

陈亮是辛弃疾的好友,但留下来的词,还是"婉约派"的作风,如《贺新郎》词颇有豪语,但"九转丹砂牢拾取"一类修炼家的口吻,在辛弃疾的词中是没有的。正如刘辰翁说的"陈同父效之(效辛为词,同甫即亮)则与左太冲入群娼相似,亦无面而返"。

刘克庄的词,豪壮的气概,很接近辛叶疾,他很佩服辛弃疾,由他的《稼轩集序》可以看出。他的《贺新郎》词说道："粗识国风关雎乱,羞学流莺百啭,总不涉闺情春怨。"《玉楼春》词说道："男儿西北有神州,莫滴水西桥畔泪。"两词说明自己创作的态度和思想感情的倾向。所谓"西北有神州",和辛弃疾一样的志向。以外如《沁园春》(梦方孚若)、《贺新郎》(送陈真州子华)诸词,都表现出强烈的爱国主义精神。

刘辰翁也是崇拜辛弃疾的,于序辛词中可见。但他的词的作风,和辛弃疾、刘克庄等人不同。有《六州歌头》讥斥贾似道督师到太平州鲁港,未见敌即闻风而溃,已录入选中。宋亡后,很多亡国的哀音,情绪虽然消沉,但不像王圣与、张炎等人的衰飒,悲凉,也不像张炎、王圣与的局限在小事物小境界里面,他还是广泛地摄取词的题材,和张、王的派别不同。

最后说到文天祥。

文天祥遗留下来的八首词,无一首不是悲壮激昂的调子,反映出强烈的爱国主义的精神,和坚强不屈的民族气节,思想性和艺术性,都达到了极高度。他远绍北宋的苏轼,近承南宋的岳飞、辛弃疾以来的英雄豪迈的风格,以沉雄巨大的声音,结束了宋一代的现实主义的词,没有丝毫亡国的哀音,没有一点感伤的色彩。他的八首词,和他的《指南录》的诗,沸腾着民族的热血,怒吼着复仇杀胡的战斗号角,使燕语莺声的"婉约派"的词人,为之失色,《念奴娇》用苏轼"大江东去"的韵:

水天空阔,恨东风不借世间英物。蜀鸟吴花残照里,忍见荒城颓壁。铜雀春情,金人秋泪,此恨凭谁雪?堂堂剑气!斗牛空认奇杰。　那信江海余生,南行万里,属扁舟齐发。正为鸥盟留醉眼,细看涛生云灭。睨柱吞赢,回旗走懿,千古冲冠发。伴人无寐,秦淮应是孤月。

"睨柱吞赢"几句,死不降敌的壮烈精神,比苏轼的"大江东去"还豪壮得多,当然这是由于他特殊的遭遇。

南宋在深重的民族灾难的刺激下,在岳飞、辛弃疾的词风的号召下,南宋一代的爱国词人是很多的,上面只是举出几个重要的词人来谈谈。在这些词里反映出中国历史上民族意识空前高涨的时代,和东晋完全不同,这是有很重大的历史意义的。但必须知道,爱国主义的精神,是南宋现实主义词派的中心思想,而南宋的现实主义词的表现是多方面的,是丰富多彩的,以辛弃疾的词可以代表说明。因此,南宋的现实主义的词和形式主义的词,两派词是很鲜明的对立发展,和北宋的情况不同。北宋晏欧一派词的势力最大,虽然出了一个苏轼,还没有形成一股洪流,和"花间"的余波对抗。南宋现实主义的词是已经成为主流,把词推进到了新的阶段,发挥出时代的特色,在形式和内容方面,都超过了北宋。因此我们对南宋词选录的比北宋词特别多。

综合起来看,两宋词有民间词、文人词两方面的发展,文人词中又有现实主义的词派,和唯美主义与形式主义两派的发展,大体可做这样划分。而实际情形是很复杂,很曲折的;是互相影响,互相联系,不是截然对立的发展,民间词影响了文人词,如柳永一派词里的俗语方言,和许多慢词新调都是从民间来的。文人词也影响到了民间,如"有井水处,即能歌柳词";周邦彦的词也流传到民间。陈郁的《藏一话腴》说周邦彦"二百年来,以乐府独步……市侩妓女,皆知美成词可爱"。也如敦煌民间词的本子里有温庭筠、欧阳炯等人的词一样。然而民间词的广泛的题材和质朴的抒情、形式的发展变化,和文人词是不同的。在文人词方面,两派词更是互相影响,互相渗透。如北宋的黄庭坚、秦观受到苏轼的影响,南宋姜夔、刘过受到辛弃疾的影响,学辛弃疾的作风填词,而辛也有"效花间体""李易安体"的词,甚至《临江仙》的"被翻红锦浪"、《西江月》的"一川落日镕金",直用李清照的"被翻红浪""落日镕金"的原句。刘克庄有"生怕客谈榆塞事,且教儿诵花间集",可见两派是互相影响的,例子真多,举不胜举,这是文学发展中应有的规律,但要分析各个作家创作思想的主流,不能混为一谈。

七

上面已经就宋词发展的各个方面及重要作家,做了一些介绍和批判,决定我们选词的去取的对象，到此告了一个段落。但宋词中还有另一个方面，即许多优秀的妇女作家及作品，还应当提出来谈谈。因为在词的发展史上，宋代的女作家有她们的地位，她们许多词反映出封建社会下严重的妇女问题，在思想内容和艺术方面，都有研究的必要，所以我们单独提出妇女作家来，做最后一个方面来介绍。

在唐圭璋先生所辑的《全宋词》里，搜集了许多妓女的词，这是集中反映了妇女的被压迫被侮辱被玩弄的残酷的命运。旧社会把女子当作男子的玩物，特别是供作统治阶级的玩物，使妇女们以颜色和技艺来供男子们的荒淫享乐，在宋代特别突出。宋代养妓之风，比唐更盛，官有"官妓"，军营中有"营妓"，家有"家妓"，士大夫阶级，不论是做官居家，都有歌姬舞女随伴着，荒淫纵欲，恬不为怪。不论是"婉约派"或"豪放派"的词人及其作品，都有不少的和妓女有关系。柳永的词，大部分是在妓院中写的，不消说了；周邦彦许多伤离惜别的词都是为妓女而写的，最丑的是那首《少年游》（并刀似水，吴盐胜雪，纤指破新橙）据说是和妓女李师师有关系，他和宋徽宗赵佶，"君臣聚尘"，淫词流传，毫不为耻。所谓"婉约派"的词人，大部分的淫词艳曲都是狎妓调情之作。就是"豪放派"的苏轼，词中也有好多狎妓之作，如送潘大临的《蝶恋花》词，就是他的自供："回首长安佳丽地。三十年前，我是风流帅。为向青楼寻旧事，花枝缺处系名字。"狎妓是"风流韵事"，引以为自豪。

他们把女子当成玩物，词里面的一些伤离惜别的语句，那里是真正爱情的抒写，假如不如意就加以嘲讽，文人词里往往有"嘲妓"之作，如"申二官人"有一首《踏莎行》，嘲建康妓李燕燕，"葱草身才，灯心脚手。闲时与蝶花间走。有时跌倒屋檐头，蜘蛛网里翻筋斗"。甚至笞打，《温叟诗话》记"吕士隆知宣州，好笞妓。适杭妓到，喜之，一日欲笞宣妓……"，一个州县官，有各州县的妓女来奉承他，喜则爱，怒则打。

女子可以当成礼品，随意赠送与人，范成大把家妓小红送与他的好朋友姜夔，姜作诗："自制新词韵最娇，小红低唱我吹箫。"

女子又可以当作货币使用,辛弃疾把家妓"吹笛婢"拿去抵医账,还作一首词(见《清波别志》),这些事情都"传为美谈",毫不为怪。妇女们在士大夫级阶文人词客的手里,被糟蹋到了什么程度?

被蹂躏的妇女们,在黑暗罪恶的社会里找不出生路,一方面是希望"从良";一方面是无可奈何,听随命运的支配,茫茫无所归宿。如天台营妓严蕊,虽然流落风尘,而具有正义感,不愿诬枉好人,因而备受酷刑,终不屈招,作《卜算子》词,诉说自己的命运:

不是爱风尘,似被前缘误。花落花开自有时,总赖东君主。　　去也终须去,住也如何住?若得山花插满头,莫问奴归处。(见《癸辛杂志》)

这词真是声泪俱下,令人无限同情。她们一方面用词来诉说自己的悲剧的运命;一方面也有用词来揭发这些士大夫阶级的虚情假意,给以无情的打击的,如《齐东野语》载有陆游的家妓作的一首词:

说盟说誓,说情说意,动便春愁满纸。多应念得脱空经,是那个先生教底?不茶不饭,不言不语,一味供他憔悴。相思已是不曾闲,又那得工夫咒你。

揭发和指责一般文人善于作伤离惜别、海誓山盟的诗词,完全是虚假的,对妇女们的欺骗,是罪恶的语言。这些妓女们的词,完全用通俗的语言,自然抒出,如闻其声,如见其人,她们的艺术手法,也是很高的。

以上是妇女中被压迫被蹂躏得最惨酷的一层人——妓女,从双方面的词对照下来,可以看出妇女们悲惨的运命。还有一般的妇女们的被压迫被摧残的情况,在宋代的许多妇女作品中反映出来。如陆游的妻子唐氏为姑所恶,被迫逐出,陆游作"红酥手,黄滕酒"《钗头凤》词以寄恨,大家都知道。唐氏也作了一首《钗头凤》词,载在卓珂月的《词统》里面,下半阕是:"人成各,今非昨,病魂常似秋千索,角声尽,夜阑珊。怕人寻问,咽泪装欢,瞒瞒、瞒。"

南宋的一个诗人兼词人戴复古,遗弃他重婚的妻子,妻子写了绝命词送他,投水自杀,末句说道:"后回君若重来,不相忘处,把杯酒,浇奴坟土。"

读了以上两个妇女的词,使人对旧社会的恶姑和薄情男子,引起极大的愤怒。

在长期的民族斗争中,由于宋代的统治政权的软弱无耻,不能坚强地站起来反抗异族的侵略,使人民受到深重的灾难。而尤其不幸的是柔弱无力的妇女们,被异族被乱兵的蹂躏掳掠,家破人亡,牺牲生命的不知有多少。遗留在各种笔记中的一些片断的妇女们的词作,也可以看见千百年前,这些不幸的弱小者的悲惨的境遇。如妇女刘氏被金人掳掠北去,在途中作《沁园春》的绝命词,内中有句:

缺月疏桐,淡烟衰草,对此如何不泪垂?君知否?我于何处,死亦魂归。(《梅硐诗话》)

徐君宝妻,为乱兵所掠,被侮辱不屈,作《满庭芳》的一首绝命词。

破鉴徐郎何在?空惆怅,相见无由。从今后,断魂千里,夜夜岳阳楼。

她们只有以一死来反抗强暴的凌辱,表现出坚贞壮烈的高贵的女性品质。综合起来宋代遗留下来的妇女的词,数量是不少的。以她们的社会成分来说,从市民阶层的妓女乐工到一些上层的妇女,包括着许多不同身份不同方面的作品。所有的词都是从她们的自身出发,诉说自己的身世和命运,反映出妇女在封建社会里的地位的卑下,被玩弄,被侮辱,被遗弃,被摧残,她们在黑暗罪恶的社会下婉转地挣扎着自己的命运,而也不时对压迫和欺侮她们的人用她们的词来揭发和反抗。还有好多抒写爱情的词,都是出于真情的表出,不像许多念"脱空经"的文人们所写的"说盟说誓,说情说意"的词,都是用来欺骗妇女,满足他们的情欲的。这些妇女们的词,真实地抒写了她们的遭遇,反映了罪恶的社会和家庭。而在艺术方面,她们对于词的写作的技巧,多数是很纯熟的,她们能利用词的这种形式,自由地表达出她们的思想感情。特别如上面所举的严蕊和陆游的家妓两词,用自然的口语诉说自己的命运和讽刺文人们的虚情假意,形象刻画得很生动,感情亦表达极其沉痛动人,这些词可以说是现实主义的。她们有真情实感,掌握了熟练的技巧,不同于那些所谓的"婉约派"的文人词,空洞无物,只有干枯的形式存在。当然,也有部分上层的妇女作家,受到文人词的影响,一味地"剪红刻翠"无病呻吟的作品也不是没有。但总的说来,宋代许多妇女词人,在文学的发展上,是应当给她们一定的地位,特别是如李清照这样的一个女作家,我们在这里要谈一谈,以作结束。

李清照以她的人而论,她是上层阶级的妇女,生长在贵族家庭的环境里,但她一方面并没有像其他的贵族妇女的淫荡奢豪的作风;一方面也没有遵守封建妇女的清规戒律,诵习《女诫》《女训》等吃人的经典。她一生人都是在学术文艺方面活动,而且在各方面都有一定的成就,在这一点上,就不能忽视她,否定她。

若果就词论词,从思想内容来说,在她的全部词里,也确实没有反映什么严重的现实。她半生人生活在极动荡的时代,她亲身经历过国破家亡,兵戈乱离,风云剧变,流离转徙的生活。应该在她的词里有关于民族和人民的灾难的反映和家国悲愤的发抒,像辛弃疾一派爱国词人所表现的。然而没有,就连自己所遭遇的事变,也没有在词里具体地反映出来,所以要说她的词有什么深刻的思想意识,是不能说的。但要她的词怎样反动,或有什么毒素,也不能说。对她的词的指摘,不出两点:第一,说她的词有许多"海淫"的黄色的调子。早在王灼的《碧鸡漫志》里就说她用"闾巷荒淫之语,肆意落笔。自古缙绅之家,能文妇女,未见如此无顾籍也",王灼和她同一个朝代,所见她的词里有些什么作品,我们不知道。以现存的《漱玉词》看下来,也并没有什么"闾巷荒淫之语",最大限度,只如《浣溪沙》的:

绣面芙蓉一笑开,斜飞宝鸭衬香腮,眼波才动被人猜。

一面风情深有韵,半笺娇恨寄幽怀,月移花影约重来。

我们看诗经的《郑风》里,有"子惠思我,褰裳涉溱。子不我思,岂无他人?狂童之狂也且!"露骨的抒情,并不失其为好诗。只有维护礼教的道学先生说他是"淫诗",所以我们对李清照的这首《浣溪沙》,不应做严酷的批评,她还没有像柳永的一些极不堪的描写。

第二,说她的词消极感伤,不能引起人的向上昂扬的情绪,开阔人的心思。

是的,如《声声慢》的"寻寻觅觅,冷冷清清,凄凄惨惨戚戚",《永遇乐》的"中州盛日,闺门多暇,记得偏重三五……如今憔悴,风鬟霜鬓,怕见夜间出去。不如向帘儿底下,听人笑语"。这些词确是充满了消沉愁苦的情绪,反映出一个没落的上层妇女,经过大波大浪,家破人亡,到了晚年,寂寞无依,只有回忆往日的承平繁华的生活景象,来安慰自己,如此而已,这些词对于我们也不会起什么毒害。历史限制她,环境限制了她,我们对她的词不能做过高的要求,然而也不能做过高的估价,实事求是来处理她好了。

至于以她词的艺术来说,也确有可取的地方。正如王灼《碧鸡漫志》说她的:"你长短句,能曲折尽人意,轻巧尖新,姿态百出。"即意味着她能委婉曲折地抒情,能清新生动地写景叙事,这是她词的特点。如为一般人所爱好的一些句子:"莫道不消魂,帘卷西风,人比黄花瘦""此情无计可消除,才下眉头,却上心头""只恐双溪舴艋舟,载不动,许多愁"等,善于用客观的事物来刻画来象征主观的抽象的思想感情,刻画得非常形象,非常自然生动,清新可爱。这种技巧,在同时代的词人中是很少见的。因此,她对于以后的词家,起了一定的影响,如前面所说的,辛弃疾还学她的体裁,还用她的成语来作词,所以我们在词的发展史上,应该给她一定的地位。

以上是就词论词,我们对李清照的词,略做一些分析。至于她在其他方面的成就,我们不在这里谈了,如她的诗的思想内容和风格,与她的词不是同的。她的诗里反映了许多现实的感触,如"南渡尚怯吴江冷,北狩犹悲易水寒""南渡衣冠思王导,北来消息少刘琨"等诗句,对当时的政治时事,她并不是漠不关心,而且还有严正的批评和沉痛的家国之感,简直不像妇女的口吻。正如王灼说她的:"自少便有诗名,才力华赡,逼近前辈,在士大夫中已不多得。"可见李清照确是一个杰出的女作家,我们应该全面来评价她。

我对宋代许多女词人,除了前面所举的那些被压迫被摧残的作家,她们沉痛地诉说自己的遭遇强烈地反映现实的作品,我们择要地选录了一些以外,有名的作家如李清照、朱淑真等的作品,虽然她们的思想性不十分强,但是真挚的抒情,并不含什么毒素或反动的成分。而在艺术方面有她们的特点,可供我们创作的参考的,我们选录了若干首,以示宋词的另一个方面。

八

宋词的各个方面,如上面各段中都概略地谈过了。我们选录的对象,主要是在这几方面：民间词、北宋苏轼派的词、南宋辛弃疾派的词,以及一部分女作家的词。这一系列的词能从各方面反映现实,有丰富的思想内容。民间词是突出地反映阶级斗争及强烈的人民性；文人词中苏辛派广泛地采取题材,扩大词的境界,开拓人的心思,引起人的积极向上热爱生活的情绪。辛弃疾派的词,因着时代的关系,突出集中地表现爱国主义的精神和坚强的民族意识；一部分女词人的词,反映了严重的妇女们问题,倾诉封建社会的罪恶和对摧残侮辱女性者提出反抗的声音,这几部分词的思想的主流都是属于现实主义的。从北宋到南宋的苏辛派的词,他们虽都是从个人出发,发抒个人的感情,但他们的倾向和人民是一致的。他们的词和民间词结合起来,应认为词的主流,对后代的词曲创作有很大的影响,所以我们选词,以这几方面的词为主要的对象。另外,从北宋的晏、欧、周邦彦及南宋的姜、史、吴、张等人的词,是离开现实和人民的形式主义唯美主义的词,把词引导向僵化之路。这一方面的词,我们只择其稍有内容及一定的真情实感,没有毒素的作品,选录若干首,代表宋词的一方面。

选词要想完全如理想的标准,政治性、思想性、艺术性都圆满无缺,完全具备的词,那就一个时代选不出几人,一个人选不出几首。就一首好词中,有积极性的进步性的成分,也有一两句不健康的东西,像苏轼的"大江东去"末尾,有"人生如寄"的消极感慨；辛弃疾的词中,也有颓唐的调子。相反地,就如史达祖的词也还有"楚江南,每为神州未复,阑干静慵登眺"之句,这单直和他一贯的作风不类。因此,我们选词,绝不能"剥肤存液""去皮留核"。就是进步性的作家,他们究竟是千百年前封建社会的文人,他们的作品,无论如何要受到历史的局限、思想的局限,不能完全适合我们理想的标准。因此,这一部词选中有进步性的健康的部分,也难免有消极的不健康的部分。前者可以启发我们,作为我们创作的典范,后者可为我们借鉴。

其次,词既是一种文艺,它是不能脱离艺术性的,我们选词,当然以政治标准为第一,但是,也不能脱离艺术的标准,而专取干枯的政论式的作品(实际宋词中也没有这种作品)。或只是字面的粗豪叫嚣,而内容空虚贫乏的作品,这样就失去了丰富多彩的宋词面貌,流于庸俗,否定了艺术。因此,我们除了第一流的思想艺术性圆满具备的作品,尽量选录以外,其艺术性很强,具有多种多样清新生动的表现手法,它的思想性虽不及前者的强,但能真实地反映出一定的现实。读之使人愉快,而并不至于引起颓唐消极之感的,譬如许多描写自然风景,或生动的刻画事物形象的作品,我们还是适当的选录,揭示出宋词多方面的形态。

我们选宋词的大意如是,为我们的水平所限,不知这种标准是否适当?而所选的是否完全适合这种标准?又为我们的见闻所限,仅根据唐圭璋先生辑的《全宋词》,以外又参考了一些词的总集和别集,是否已经把全宋词的优秀的作品,网罗无遗?一定还有很多的精华,为我们所遗漏。又为时间所限,这部词选是我们云大中文系文学史教研组全组同志和语言学教研组的部分同志,以十天的工夫,集体突击选出,并加以注解,因时间仓促,有很多选词失据、注译错误、字句失校的地方,希望读者给我们指出和批评,使我们得到纠正。

原载《云南大学学报(人文科学)》1958年第1期

"诚斋体"简论

殷光熹

"今日诗坛谁是主？诚斋诗律正施行。"（姜特立《谢杨诚斋惠长句》）"文章有定价，议论有至公。我不如诚斋，此评天下同。"（陆游《谢王子林判院惠诗编》）这是宋人姜特立、陆游对杨万里诗的赞评。他们都是同时代人，对杨万里的诗如此推崇，从一个侧面可以看出杨在当时诗坛的影响和地位。

杨万里（号诚斋）的诗在当时的影响之所以如此之大，就因为他能够跳出江西诗派的框框套套，形成自己的独特风格。

从杨万里的自述中得知，他在诗歌创作上曾走过一段弯路：始学江西诗派，继而学陈师道五字律，学王安石七绝，晚年学唐人绝句，只是师法前人，缺少自己的创造。通过总结经验教训，他认识到应当注意在生活实际中观察事物，把自己的真实感情融注于作品中。这就是他说的要师法自然，不师法古人。创作实践使他认识到"点铁成金未是灵"，只有摆脱江西诗派的框框，才能写出具有自己特点和风格的作品来，成为比陶渊明、谢灵运更有成就的诗人。《跋徐恭仲省干近诗》就是最好的说明：

　　传派传宗我替羞，作家各自一风流；
　　黄陈篱下休安脚，陶谢行前更出头。

诗中明确表示自己有着不愿傍人篱下，拾人余唾的志气，要独辟蹊径，自成一家。经过他的努力实践，终于写出了一批与江西诗派诗风完全不同的作品。因此,南宋诗评家严羽称他的诗为"杨诚斋体"(《沧浪诗话·诗体》)。

"诚斋体"诗,从内容方面来看,除少数取材于社会生活,抒发自己的爱国热情,表现对时政的某些不满情绪外,多数是从自然景物方面选取题材,所谓"不听陈言只听天""不是风烟好,何缘句子新?""山中物物是诗题"。姜白石风趣地说:"年年花月无闲日,处处山川怕见君。"(《送朝天续集归诚斋时在金陵》)以上所引诗句说明,杨万里的诗能从各种角度去描摹自然,达到再现自然美的目的。

从艺术形式方面看,杨万里善于运用白描手法,以新奇、活泼、明快、直露、幽默、诙谐、层次曲折、变化多姿及雅俗共赏的语言等为其特征,形成别具一格的"诚斋体"。

由此看来,"诚斋体"既包括内容方面的问题,也包括形式方面的问题;而后者又是主导方面。因此,本文打算着重从艺术风格和表现手法方面来探讨杨万里的特色,发掘"诚斋体"的一些创作经验。笔者只是"诚斋体"的爱好者,并非这方面的专家,所以写这篇小文的目的不过是想起个抛砖引玉的作用。如有不妥之处,还望专家和读者指正。

杨万里诗给评家印象最深的是"活法"。张镃说:"罕有先生活法诗"(《南湖集》卷七);周必大说:"诚斋万事悟活法"(《平园续稿》卷一);方回说:"端能活法参诚叟"(《南湖集》卷首)。他们指出杨万里诗以"活法"见长,确有眼力。不过也应当承认,他的诗集中确有许多诗看不出什么明显的"活法",却与传统的诗风相差不多。因此,我们说,"活法"只是"诚斋体"特点之一,而不是"诚斋体"的全部特点,应当注意到别的特点还在起着作用,有些特点还与"活法"有着或多或少、直接间接的联系。下面我们不准备专门去谈诚斋诗的"活法",只谈其他的几个特点。

构思新颖,是"诚斋体"的特色之一。杨万里的诗,往往得到人们的称赞,就因为他的诗构思新颖,别出心裁。例如《暮热游荷池上》,其中有一首是这样写的:

细草摇头忽报侬,披襟栏得一西风。

荷花入暮犹愁热,低面深藏碧伞中。

以"细草摇头"来表现风;"忽报侬",又将"风"拟人化。接着写诗人敞衣袒胸承受凉风的快意,其神态跃然纸上。读到这里,使人想起宋玉《风赋》中也有类似的描写:"有风飒然而至,王(楚襄王)乃披襟而当之,曰:'快哉此风!'"杨诗的后两句,写荷花的神态可谓惟妙惟肖。入暮时,热气未消,荷花被热气困扰,萎靡不振,好像带着愁容,绿色荷叶好像是给荷花打着凉伞。描写荷花形态,可谓传神。在很大程度上得力于构思的新颖巧妙。

绝句如此,古体诗又怎样呢？先看五言古体诗《夏夜玩月》：

仰头月在天,照我影在地;
我行影亦行,我止影亦止。
不知我与影,为一定为二？
月能写我影,自写却何似？
偶然步溪旁,月却在溪里!
上下两轮月,若个是真底？
为复水是天？为复天是水？

这首诗的构思,新就新在水、天、月、人都有个虚实的问题,通过描写,妙趣横生。作者先写自己在月光下的人影,影儿随人行止,提出"我与影"是一个东西还是两个东西的问题。这个问题自然不难理解。接着又问：月亮既然能照出我的影子,那么,月亮能照出本身的影子吗？这就问得有点新鲜了,一时也确乎叫人难以回答。待他偶然来到溪水边,月亮的倒影映在水中,天上有个月亮,水中也有个月亮,到底哪个是真的？不仅如此,连水和天也有个虚实的问题。这种天水相映,物影相对,物我相随,若此若彼,若离若合,托出情景交融、物我皆一的新意。作者能在"影"字上作文章,翻出新意。

再看七言古体诗《钓雪舟中霜夜望月》：

溪边小立苦待月,月知人意偏迟出。
归来闭户闷不看,忽然飞上千峰端！
却登钓雪聊一望：冰轮正挂松梢上。

> 诗人爱月爱中秋？有人问侬侬掉头：
> 一年月色只腊里，雪汁揩磨霜水洗；
> 八荒万里一青天，碧潭浮出白玉盘；
> 更约梅花作渠伴，中秋不是欠此段？

先写诗人在溪边待月出，"月知人意偏迟出"。回到小书斋"钓雪舟"一看，"冰轮正挂松梢上"。写月夜的清幽景色和青松的挺拔姿态。转得活，接得好，采用了"直意曲一层说"（陈衍《石遗室诗话》卷十六）的手法。接着用问答体："诗人爱月爱中秋？"这一问，引出了诗人的答话："一年月色只腊里，雪汁揩磨霜水洗；八荒万里一青天，碧潭浮出白玉盘；更约梅花作渠伴，中秋不是欠此段？"腊雪和寒梅，正是中秋所欠缺的佳景。作者认为腊月里的月亮更可爱，因为它经过了霜雪的揩磨，光洁如镜，高悬天空，月亮的清辉更加媚人，加上数枝寒梅作伴，显得更清丽雅致，更诱惑人，更具有魅力。这首诗，在意境的构思方面确实很新颖。

想象奇妙，是"诚斋体"的第二个特点。

杨万里善于捕捉自然景物的特征和变化，通过奇妙的想象和拟人化的手法，将描写对象写得生动而饶有风趣。《羲娥谣》就是典型例子之一：

> 羲和梦破欲启行，紫金毕逋啼一声；
> 声从天上落人世，千村万落鸡争鸣。
> 素娥西征未归去，簸弄银盘浣风露；
> 一丸玉弹东飞来，打落桂林雪毛兔。
> 谁将红锦幕半天？赤光绛气贯山川；
> 须臾却驾丹砂毂，推上寒空辗苍玉。
> 诗翁已行十里强，羲和早起道无双？

诗人自注道："中秋夜宿辟邪市，诘朝早起，晓星已上，日欲出而月未落，光景万变，盖天下奇观也，作《羲娥谣》以纪云。"日月星辰在他的笔下显得奇妙无比。按理说，太阳应当"起"得更早，可是"诗翁已行十里强"，比太阳起得更早，所以结尾有"羲和早起道无双"的发问。可谓"卒章显其志"也。

月亮也常常引起诗人的联想,使他发出这样或那样的慨叹,抒发不同的感情,寄托自己的心愿。例如在"更深月始明"的夏夜,诗人由月光联想到嫦娥,用拟人化手法写道:"素娥欺我老,偏照雪千茎!"由"归到州桥月已升",想到"迎来送往鬓成雪"。其他如用"两堤杨柳当防夫"来联想边防战士守卫边境,用"拜杀芦花未肯休"来写狂风,用"一峰忽被云偷去"来写流云,等等,不仅想象十分丰富,而且奇妙有趣。

幽默诙谐,是"诚斋体"的第三个特点。

杨万里诗的幽默感,往往通过对自己的所见所闻的描写,并且带着主观色彩表现出来的。在他敏锐的目光下,任何自然现象和生活现象都可纳入他的笔下。随便什么东西,哪怕是琐碎、渺小、寒伧、卑微的东西,一旦进入他的诗,就会给人一种幽默感,或在善意的微笑中,或在温和的玩笑中,或在发人深省的微旨中,揭示其与一般常理相矛盾的问题和缺点。如《稚子弄冰》:

稚子金盆脱晓冰,采丝穿取当银钲;

敲成玉磬穿林响,忽作玻璃碎地声!

写儿童的天真幼稚,且有幽默感。你看那个孩童,把圆冰块取下来当锣敲,声如玉磬响彻林间,突然冰块碎裂,如同玻璃的碎声。这孩子的天真、幼稚和可笑的形象跃然纸上。又如《明发祈门悟法寺溪行险绝》六首中的二首:

已是山寒更水寒,酸风苦雨并无端。

诗人瘦骨无半把,一任残春料理看。(其一)

山行政好又逢溪,况是危峰斗下时!

知与此溪有何隙?遣他不去只相随!(其二)

诗人山行至绝险之处,心惊胆战,步履艰难,明知这是大自然的安排,却偏要在苦况中和无知觉的大自然开开玩笑:"知与此溪有何隙,遣他不去只相随!""诗人瘦骨无半把,一任残春料理看。"在温和的玩笑中,透露出耐人寻味的幽默感。

"不笑不足以为诚斋之诗!"(刘克庄语)诙谐风趣,在杨万里诗中时常出现,成为他诗中的一种特色。如《嘲稚子》:

> 雨里船中不自由，无愁稚子亦成愁。
>
> 看渠坐睡何曾醒，及至教眠却掉头！

你瞧那个小孩在船上闷得无聊，他明明坐着在打盹了，等到大人叫他躺下正式地睡时，他反而说不困、不睡！一种滑稽可笑之感钻入读者心里。又如《和王道父山歌》：

> 东家娘子立花边，长笑花枝脆不坚；
>
> 却被花枝笑娘子：嫁期已是蹉春前。
>
> ……

那姑娘长笑花的易于凋落，结果反被花枝笑她错过了嫁人的时机。写得很有风趣，很有生活气息。其他如《嘲蜂》《嘲蜻蜓》《戏嘲星月》《嘲淮风》等，直接在诗题上标明"嘲"字，这在别人的诗集里是不多见的。这类诗，多半写些小物小事，但有些诗颇具风趣，如"一鸦飞立钩栏角，仔细看来还有须"（《鸦》）。有些诗是小中见大，往往寓感愤和讽刺于诙谐嘲笑之中。如：

> 不去扫清天北雾，只来卷起浪头山！
>
> ——《嘲淮风》
>
> 微躯所馔能多少？一猎归来满后车！
>
> ——《观蚁》

诗中的狂风和蚂蚁，显然有影射现实的意思。这种诙谐风趣，带有嘲笑的性质、愤激的情绪；而较多的是表现在诗人乐观旷达的诗篇中，连坐轿行路，他也要开开心，风趣地写道：

> 闲轿哪知山色浓？山花影落水田中。
>
> 水中细数千红紫，点对山花一一同！
>
> ——《水中山花影》

万紫千红的花朵倒映水田之中，给人美的享受，这是符合一般常情的；有趣的是诗人还要把花和花影拿来一一核对，数目一点不差，这就显得分外有趣了。诗的首句暗用《梁书·曹景宗传》所载趣闻："景宗性躁动，不能沉默；请所亲曰：

'来扬州,作贵人,动转不得;路行开车幔,小人辄言不可,闲置车中,如三日新妇。遭此邑邑,令人无气!'"这里记载的滑稽事,到了杨万里诗里,变成了一种具有生活气息的东西,体现出诗人的开朗胸襟和诙谐风趣。这种"逢人说笑,寻事开心"的作风,使他的诗充满着幽默诙谐的情趣,呈现出一种新的表现手法和艺术格调。前人讥笑他这类诗,完全是一种误解和偏见。他们不了解幽默和诙谐,正是"诚斋体"的特色和生机所在。

"诚斋体"的第四个特点是个性鲜明。

杨万里诗作中,有一个突出的特点是诗人的"自我形象"时时出现,诗中所表现的个性相当鲜明。无论是绝句还是古体,都体现出这种特点。

"老子平生不解愁""自古诗人磨不倒",表现了他那刚强不屈和对生活的乐观态度。

> 风伯:劝尔一杯酒,何须恶剧惊诗叟!
>
> ——《檄风伯》

表现了他那蔑视困难的豪迈气概。

> 老子愁来只苦吟,一吟一叹为秋霖。
> 道他滴沥浑无赖,不到侯门舞袖边!
>
> ——《秋雨叹十解》

表现了他对穷人的担忧和对富人的不满。

> 吾生十指不沾泥,毛锥便得傲簑衣?
>
> ——《晚春行田南原》

内疚、自省之中闪现出诗人可爱的形象。

> 老子朝朝弄田水,眼看翠浪作黄云。
>
> ——《观稼》

丰收在望,一种喜悦的心情洋溢在眉间。

> 只爱杯中都是月,不知身上寸深霜!
>
> ——《迓使客夜归》

痴人痴情,形态生动,情真意深。

为人称道的《重九后二日同徐克章登万花川谷月下传觞》,最能体现诗人的"自我形象"。诗人写道:

老夫渴急月更急,酒落杯中月先入!
领取青天并入来,和月和天都蘸湿。
天既爱酒自古传,月不解饮真浪言;
举杯将月一口吞,举头见月犹在天!
老夫大笑问客道:月是一团还两团?
酒入诗肠风火发,月入诗肠冰雪泼;
一杯未尽诗已成,诵诗向天天亦惊。
焉知万古一骸骨?酌酒更吞一团月!

此诗很有李白诗的气势,表现了作者旷达的性格和惊人的想象力!你看"老夫渴急月更急,酒落杯中月先入!""举杯将月一口吞,举头见月犹在天!""焉知万古一骸骨,酌酒更吞一团月!"何等气魄!多么狂放!难怪作者十分得意,与友人亲诵此诗。据同乡晚辈罗大经《鹤林玉露》说:"余年十许岁时,侍家君竹谷老人谒诚斋,亲闻诚斋诵此诗,且曰:'老夫此作,自谓仿佛李太白。'"

从以上这类诗可以看出"诚斋体"的个性特点。诗人的"自我形象",在不同的画面中闪现出来。人是一个,但姿态多样,于变化中求和谐,于多样中求统一,诗人的"自我形象",既是完整的,又是鲜明的。这就是艺术的辩证法。

清新明快、雅俗共赏的语言,是"诚斋体"的第五个特点。

"箭在的中非尔力,风行水上自成文。"(姜白石《送朝天续集归诚斋时在金陵》)在语言方面能达到运用自如,纯朴自然的水平,确非易事,所谓"滴水穿石非一日之功"。杨万里对诗歌语言曾经下过一番苦功夫,经历过一段曲折的道路:由步人后尘到独辟蹊径,一旦功成,"试令儿辈操笔,予口占数首,则浏浏焉无复前日之轧轧矣"。能够欣然自如地写诗,诗句显得明快流畅,没有从前那种别扭的句子了。

他对诗歌语言的探索,大体采取这样的态度:学古人又不拜倒在古人脚下。学古人又着重学白居易、张籍、杜荀鹤等唐代诗人的传统,汲取他们诗中富有生命力和表现力的语言,却很少"取古人陈言入翰墨";同时又学习民歌平易浅近的优良传统,有选择地将民间俚语、歌谣、谚语中的语言加以提炼。这样,他在汲取文人书面语言和民间通俗语言营养的基础上,提炼出一种新鲜活泼、雅俗共赏的语言,形成"诚斋体"的一个特点。读着这种诗,给人一种清新流畅的感觉,与江西诗派的诗相比,显属两样。这些诗,虽不乏议论,但不乱用典故,不卖弄才学,不故作姿态,只是脱口而出,顺之自然,读来琅琅上口,如行云流水,既自然流畅,又富有诗情画意。且看《舟人横笛》:

长江无风水平绿,也无靴文也无縠;
东西一望光浮空,莹然千顷无瑕玉。
船上儿郎不耐闲,醉拈横笛吹云烟;
一声清长响彻天,山猿啼月涧落泉。
更打羊皮小腰鼓,头如青峰手如雨。
中流忽有一大鱼,跳破琉璃丈来许。

无论状物姿态,写人情意,均曲尽其妙。语言风格,独具特色,自成一体。

语言的口语化,在他的诗中也相当突出。且看他根据民歌加工而成的《竹枝歌》(其二):

月子弯弯照九州,几家欢乐几家愁?
愁杀人来关月事?得休休处且休休。

再看下面的诗,语言的明快凝练,富有诗情画意,又是多么令人叹服:

泉眼无声惜细流,树阴照水爱晴柔。
小荷才露尖尖角,早有蜻蜓立上头。

——《小池》

笔调的清新灵活,在杨万里诗集中触目皆是:

岭下看山似伏涛,见人上岭旋争豪。

>一登一陟一回头:我脚高时他更高!
>
>——《过上湖岭望招贤江南北山》
>
>沥血抄经奈若何,十年依旧一头陀。
>
>袈裟未著愁多事,著了袈裟事更多!
>
>——《送德轮行者》

谈感受,发议论,转难为易,灵活变化,出之以通俗语言。读这些诗,到口便消,痛快而有趣。

总的来说,上面所说的一些特点,不外乎是艺术风格和表现手法方面的问题,而杨万里诗歌创作的主要贡献也就在这里。

杨万里的诗在当时就有着广泛的影响。他的成就不仅得到著名诗人陆游、范成大、姜白石等人的称赞,而且深得广大读者的欢迎,有些文人学士景仰叹服,自愧不如,遂归之于杨万里的天才。对此,周必大在《跋杨廷秀石人峰长篇》中指出:杨万里诗的成就,主要来自他的勤奋好学,努力实践,而非"天生辩才"。我们姑且引周必大文中一段话,作为本文的结束语。文曰:

>今时士子见诚斋大篇钜章,七步而成,一字不改,皆扫千军、倒三峡、穿天心、透月窟之语,至于状物姿态,写人情意,则铺叙纤悉,曲尽其妙,遂谓天生辩才,得大自在,是固然矣。抑未知公由志学至从心,上规赓载之歌,刻意风雅之什,下逮左氏、庄、骚、秦、汉、魏晋、南北朝、隋唐以及本朝,凡名人杰作,无不推求其词源,择用其句法。五十年之间,岁锻月炼,朝思夕维,笔端有口,然后大悟大彻,句中有眼,夫岂一日之功哉!
>
>——《周益国文忠公集·省斋文稿》卷九

一九八二年十二月二十五日
于云大中文系古典文学教研室

原载云南大学中文系编《语言文学论文集》,1983年编印

论苏轼和辛弃疾的农村词

李 平

词史上,农村词极少。从唐代崔令钦的《教坊记》看,词之初,原是有些农村题材作品的。但到晚唐五代,农村题材却几乎完全被排斥在词苑之外了。

说"几乎",是因为那时也偶有例外。比如孙光宪的《风流子》:

> 茅舍槿篱溪曲,鸡犬自南自北。菰叶长,水蕹开,门外春波涨绿。听织,声促,轧轧鸣梭穿屋。

的确,他写得清新自然,在《花间集》中,亦属难得,但对农村生活的描绘相当表面化,更没有描绘农民的形象。他所感兴趣的,显然只是那种在文人看来别具一格的田园风光。

就今天所能见到的作品而言,第一个在词作中描绘农民及其生活场面的,应该说是苏轼。但以苏轼的影响,却也未能使北宋其他词人对农村题材产生兴趣。人们对词的题材的成见,实在是太深了。直到一个世纪以后,辛弃疾被迫闲居农村,带着复杂的心情歌咏农村生活时,苏轼对农村词的开拓,才算有了真正的继承者。当然,苏、辛的农村词又是有着明显差别的。

一

苏轼共有六首农村词:一首《望江南》(春已老),五首《浣溪沙》。人们经常提到的是后五首。这五首是一组,作于元丰元年(1078),苏轼时在徐州知州任上。是年春旱,苏轼往石潭求雨,后得雨,又往谢雨,途经农村,有所见闻,作词纪之。为一时一地之作,其生活场面及景物固非止一种,其事却总为一件:"使君"与民共喜雨谢神耳。

辛弃疾有十余首农村词,也不算很多。但既非一时一地之作,其事又各异,题材和内容都显得丰富多彩。论时序,有春——"陌上柔桑破嫩芽,东邻蚕种已生些";有夏——"明月别枝惊鹊,清风半夜鸣蝉";有秋——"西风梨枣山园,儿童偷把长竿"。论事件,有串亲戚——"青裙缟袂谁家女,去趁蚕生看外家";有农家嫁娶——"东家娶妇,西家归女,灯火门前笑语";有与邻居道上相逢——"鸡酒东家父老,一笑偶相逢";有被邀做客——"呼玉友,荐溪毛,殷勤枝野老苦相邀";有农妇们的嬉戏——"三三两两谁家妇,听取鸣禽枝上语";有少年的顽皮——"最喜小儿无赖,溪头卧剥莲蓬";还有人们对年景的谈论——"父老争言雨水匀,眉头不似去年颦"……

苏轼和辛弃疾的农村词,有数量多少之别,有题材内容广狭之别。造成这种差别的主要原因有二。一是苏轼虽屡遭贬谪,在"基层"的时间很长,也接触到农民,但他并没有真正做过田舍翁。而辛弃疾却先后在带湖、瓢泉闲居十八年,对农村生活的体验和观察更全面一些,可写的东西更多些。二是苏轼的主要精力是在诗文上,而辛弃疾则专力作词。假如苏轼把"我是朱陈旧使君,劝农曾入杏花村,而今风物哪堪画,县吏催钱夜打门"一类题材也写入词里,其农村词的数量,想来不见得会少于辛弃疾。

作农村词,苏轼有开拓之功,辛弃疾有继承发展之绩,故不可单以数量多少、题材广狭而定高下。

二

苏轼词云:"百舌无言桃李尽,柘林深处鹁鸪鸣。春色属芜菁。"(《望江南》)

辛弃疾词云："城中桃李愁风雨，春在溪头荠菜花。"(《鹧鸪天》)

二者相似处，一目了然。看来辛弃疾是受到了苏轼的启发。但是要注意，苏轼看到的"桃李"和"芜菁"，都是乡下景物；辛弃疾所写的"桃李"和"荠菜花"，一在"城中"，一在"溪头"(乡间)。苏轼是"城里人"看乡下风景(他是去搞"修禊舞雩"的)；辛弃疾则是闲居乡村，看见田野景物而想到城中。苏轼在"春已老"时，看到芜菁仍显着"春色"，感到欣喜；辛弃疾看到荠菜花开得正好，心里升起一种乡居的"优越感"。

这里，显现出苏、辛农村词的又一种差别。

就像在《望江南》中那样，苏轼在他的五首《浣溪沙》中，也是城里人看乡下风景。凭着一个诗人的敏锐感受力，他一下子就抓到了许多极富乡村气息的景物：

簌簌衣巾落枣花，村南村北响缫车，牛衣古柳卖黄瓜。

日暖桑麻光似泼，风来蒿艾气如薰。

初夏农村的光线、气味、音响、气氛，描绘得相当通真。如果仔细品味，就会感到，作者确乎"太"敏锐了。他那种欣喜的心情，透露出他是突然发现了"新鲜事物"，就像看到"春色属芜菁"一样；他的视觉、听觉、嗅觉都异常兴奋地捕捉各种微妙的信息。总之，你会感到他不仅是一个诗人，而且是"城里人"。

现在来看辛弃疾的描写：

鸡鸭成群晚未收，桑麻长过屋山头。(《鹧鸪天》)

陌上柔桑破嫩芽，东邻蚕种已生些。(《鹧鸪天》)

春入平原荠菜花，新耕雨后落群鸦。(《鹧鸪天》)

写农村风光，也很到家。尤其"桑麻长过屋山头"和"新耕雨后落群鸦"，极见村野之趣。不过可以发现，辛弃疾没有苏轼那么"敏锐"，他抓的东西比较"大"，比较"显"，而且不像苏轼那样热情、激动。诚然，这种差别与作家的个性及艺术风格有关。但不可忽视的是，辛弃疾这时是闲居乡下写自己身边的景物,苏轼则是偶然经过乡村,由于新奇而更易捕捉到很微妙的美。

辛弃疾又有这样的词句:

  稻花香里说丰年,听取蛙声一片。(《西江月》)

  酿成千顷稻花香,夜夜费一天风露。(《鹊桥仙》)

  北陇田高踏水频,西溪禾早已尝新。(《浣溪沙》)

  羊肠九折歧路,老我惯经从。(《水调歌头》)

这里有"乡下人"的感受和口气。初来乍到,走马观花,即使再"敏锐"也写不出来。

三

"使君元是此中人",这是苏轼五首《浣溪沙》中最后一首的结句,也是整组词的收束,其意与"少无适俗韵,性本爱丘山"略同。

但五首词中情感意绪,却并非尽皆如是。第三首道:"酒困路长惟欲睡,日高人渴漫思茶,敲门试问野人家。"看来像"元是此中人"的。他也看到了"捋青捣麨软饥肠,问言豆叶几时黄"的民间疾苦。然而他又写道:

  ……黄童白叟聚睢盱。麋鹿逢人虽未惯,猿猱闻鼓不须呼。

  旋抹红妆看使君,三三五五棘篱门,相排踏破茜罗裙。

黄童白叟,红妆罗裙,纷纷竞出,"瞻仰"——即"睢盱"——"使君",这就不是"此中人"了,而是居高临下的"父母官"。诚然,村民前来观瞻风采,以致"踏破茜罗裙",也说明"使君"不那么可畏,但字里行间透露出的自得之情,却也说明作者多少还是有些"俗韵"的。他两次自称"使君",这不能说是夸耀,但也显然不是平等待人的态度。

辛弃疾作农村词的时节,已是"此中人"了,没有了乌纱帽,使他有可能更接近农民。他称乡里老者为"父老"("父老争言雨水匀");称一对农民老夫妇为"翁媪"("白头谁家翁媪");称一个农民朋友是"野老"("殷勤野老苦相邀"),对人是平易尊重的态度。儿童"偷"他山园中的梨枣,他采取的态度是"莫遣旁人惊去,老夫静处闲看"。正因为如此,他在农村词中表现的与农民友好往来的情景,是可信的。

四

"归隐"这老题目,常与赞赏农村生活联系在一起,然而,赞赏农村生活的苏轼和辛弃疾,却不曾决意归隐。他们都不可能全身心地化入"忘却世事"的"闲云野鹤"境界,当然,这"不可能"的原因,又是各不相同的。

苏轼同王安石"新党"闹翻后,请求放外任,这样才到徐州做地方官。因此,"一肚皮不合时宜",心里不痛快是自然的。然而不痛快归不痛快,却并未下决心撂挑子不干而"归去来兮"。他做地方官时,也还颇有作为,没有放弃"兼济天下"的原则。所以,"使君元是此中人",确乎是夸张之辞。不过,要说他完全没有《浣溪沙》中"何时收拾耦耕身?"的念头,那倒也不尽然。看到农村某些朴素和谐的生活场面,勾起心中的不痛快,觉得做官也有许多不如人意处,比不得"野人家"自在,于是大发感慨,这在苏轼来说,决非作假。然而,"何时收拾耦耕身?",究竟还留有相当的余地,最多是"功成身退"吧,绝不是"悬崖撒手",否则便要"即刻收拾耦耕身"了。"何时"二字,实在是透露了苏轼内心深处的思想矛盾。苏轼是带有几分哲学家气质的诗人,在他的作品中,常渗透着对宇宙、人生的广大而又深刻的思索。但是,由于他对儒、道、佛思想杂糅吸收的态度,他的思索又常使他陷入难以自拔的内心矛盾,令人感到,他在"放达"与"执着"之间犹疑彷徨。他对世事好像一点儿不在乎,又好像很在乎。既然是"人生如梦",一切都归于虚幻,却又要热烈仰慕"小乔初嫁了,雄姿英发,羽扇纶巾。谈笑间,樯橹灰飞烟灭"。既是"也无风雨也无晴",都"等"了,"齐"了,可是又要"拣尽寒枝不肯栖"。苏东坡之所以为苏东坡,常常就在这些地方。说是苏轼之放达,乃是"以理化情",是有这类情况,如"但愿人长久,千里共婵娟"云云。但若说苏轼作品中反映出的彷徨,都是假的,都是执着得不能自已而转为放达,恐怕就不是公允之论了。

辛弃疾做官的时候,多数情况下也很不痛快。可是他说:"休说鲈鱼堪脍,尽西风,季鹰归未?求田问舍,怕应羞见、刘郎才气。"他是连想一想归隐田园也觉得羞愧的。于此可见辛弃疾的英雄气质。这种英雄气质也渗透在他的其他许多词作中。"倩何人、唤取红巾翠袖,揾英雄泪","凭谁问,廉颇老矣,尚能饭否?"其慷慨悲壮,非英雄不能为。

然而,他又偏偏被迫闲居农村,那痛苦和抑闷是可以想见的。不过,在他的农村词里,却总是充满着欢快和安宁的气氛。显然,他在自己创造的艺术境界中,找到了抚慰自己的痛苦,解释自己的郁闷的场所:

"鸡鸭成群晚未收,桑麻长过屋山头。有何不可吾方羡,要底都无饱便休。新柳树,旧沙洲,去年溪打那边流。自言此地生儿女,不嫁余家即聘周。"(《鹧鸪天·戏题村舍》)赞美简朴安定的农村生活,使辛弃疾在痛苦的"失落"之后,得到心理上的某种程度的"补偿"。"城中桃李愁风雨,春在溪头荠菜花",正显示出词人得到"补偿"后的充实和宽慰。

但这究竟是不得已。一个以收复中原为己任,渴望建功立业的英雄,如何能忘却世事?既不能忘记过去叱咤风云的战斗生活,也不能忘记现在困守田园的可悲处境:

壮岁旌旗拥万夫,锦襜突骑渡江初。燕兵夜娖银胡䩰,汉箭朝飞金仆姑。　追往事,叹今吾,春风不染白髭须。却将万字平戎策。换得东家种树书。(《鹧鸪天·有客慨谈功名……》)

要读辛弃疾的农村词,须先读这首不是农村词的词。

五

苏轼的五首《浣溪沙》,明显是追求古朴,但古朴中又有清新风雅:

谁家煮茧一村香?隔篱娇语络丝娘……垂白杖藜抬醉眼……问言豆

叶几时黄?

簌簌衣巾落枣花,村南村北响缫车,牛衣古柳卖黄瓜。

日高人渴漫思茶,敲门试问野人家。

软草平莎过雨新,轻沙走马路无尘。

"簌簌衣巾落枣花""牛衣古柳卖黄瓜",大约最能体现那种古朴而又风雅的韵味。

苏轼词作中的不少名篇,令人感到一种洒脱自然的气质,一种直奔人心的透彻力量。然而他的五首《浣溪沙》,却有不少板滞雕琢,甚至勉强成句的地方:

照日深红暖见鱼,连村绿暗晚藏乌。

麋鹿逢人虽未惯,猿猱闻鼓不须呼。

老幼扶携收麦社,乌鸢翔舞赛神村。

从造语上看,更像是"诗","以诗为词"固无不可,惜乎不是好诗句。也许,苏轼此次路过农村的感受,其分量与五首《浣溪沙》词的容量并不相称。

辛弃疾农村词的显著特色是清新、质朴。清新中又有活泼,质朴中充满情趣。

啼鸟有时能劝意,小桃无赖已撩人。梨花也作白头新。(《浣溪沙》)

闲意态,细生涯,牛栏西畔有桑麻。青裙缟袂谁家女,去趁蚕生看外家。(《鹧鸪天》)

无俗腐之气,无滞碍之语,色彩鲜明,感受新奇;情感随着视角的转换和声音、色彩的交替展示,随着人物的动态,轻快地跳跃,确实是清新而又活泼。

醉中忘却来时路,借问行人家住处。只寻古庙那边行,更过溪南乌桕

树。(《玉楼春》)

  醉里吴音相媚好,白发谁家翁媪？大儿锄豆溪东,中儿正织鸡笼,最喜小儿亡赖,溪头卧剥莲蓬。(《清平乐》)

所写之事如此普通,所用之语如此直白,正是洗尽铅华,毫无雕饰。但其中蕴含的情趣,却颇耐人寻味。

若以伤感、婉曲的所谓"正宗"词格来衡量,辛弃疾的农村词也是"别调",也是一种"以诗为词"。不仅如此,辛弃疾的农村词中还有"以文为词"的例子。前举《鹧鸪天·戏题村舍》中"有何不可吾方羡,要底都无饱便休"即是。不过,这比起"天下英雄新敌手？曹刘。生子当如孙仲谋"来,已显然是失败的;何况乎是夹在"民歌"式的上下词句中,更显得刺眼突兀。

在词史上,苏、辛农村词的首要价值,就在于冲破了传统的偏见和戒律,把普普通通的农民和农村生活带进词苑,从又一个新的方向开拓了词的境界。正因为如此,尽管农村词在苏、辛的作品中只占很小的分量,也不是他们最好的作品,它们还是值得后人重视的。

原载云南大学中文系编《学术论丛》第二辑,云南大学出版社 1990 年版

文学与地理空间的互动

——以《吴船录》《石湖诗集》与《方舆胜览》为例

段天姝

导　　言

20世纪末,文化地理学作为一门具有知识交叉性、综合性、系统性、整体性的学科在中国学界引起关注。纵观国外的文化地理学,颇有成绩,研究专著较多,主要以迈克·克朗的《文化地理学》较有代表性。书中着重研究了文化是怎样在人们的实际生活中起作用的,并将文化视为实际生活情景中可定位的具体现象。文化地理学研究的不断推进极大地丰富了中国文学研究者的学术视野,尤其是在中国古代文学的研究领域,将中国古代文学置放于丰富多彩的文化地理背景下,运用人文地理的相关理论确立新的研究视点,成为古代文学研究者的一个热点。

事实上,仅仅从地域性的角度而言,中国对于地域与文学的论述更为久远。《礼记·王制》中就记载了"王使太师陈诗以观民风"的做法,就是要通过各地诗歌的采集来体察各地的民风民情,说明上古时代人们就发现了诗歌和各地民风的联系以及诗歌具有的地域文化特征。《诗经·国风》按照15个地区收集诗歌,生动地表现出各个文化区域的不同民情风貌,是将文学地域性划分的先声。

而20世纪80年代中期金克木率先提出了"文艺的地域学研究"设想,认为可以从文艺的地域分布，文体和风格流传的地理轨迹，某种文学艺术地域学最初的研究模式和基本路向等，对文学进行全方位的综合研究。此后的文学地理研究模式基本符合这一设想，80年代中期以来的文学地理研究主要集中在以下方面：一是对文学家的地理分布的研究。如曾大兴的《中国历代文学家之地理分布》、胡阿祥的《魏晋本土文学地理》、梅新林的《中国古代文学地理形态与演变》等。二是对文学作品的地域特点与地域差异的研究。如严家炎主编的《二十世纪中国文学与区域文化丛书》、陶礼天的《北"风"与南"骚"》、曾大兴的《英雄崇拜与美人崇拜》、曹道衡的《南朝文学与北朝文学研究》、戴伟华的《地域文化与唐代诗歌》等。三是对地域性文学流派的研究。如杨义的《京派海派综论》、陈庆元的《文学：地域的观照》、沙先一的《清代吴中词派研究》等。四是对地域性文学史的研究，如陈永正主编《岭南文学史》、王齐洲和王泽龙的《湖北文学史》、吴海和曾子鲁主编《江西文学史》等。这一系列探索，不仅为传统的文学研究提供了新的视角和方法，也为人文地理学、历史地理学的发展提供了新的素材和思路。

然而，当我们再次回顾《礼记·王制》和《诗经·国风》中对文学进行地域性划分的朴素做法，不难发现，现有的文学地理学研究事实上仍未跳出这种地域性划分的局限。也即，上述现有文学地理学研究成果，仍只是主要将地理、地域性因素作为影响文学史发展的其中一种外部因素，单向、独立地考察地理、地域性因素对作品、作家、流派等的影响。事实上，文学的存在与发展都离不开时间与空间这两个维度，有如创作主体在文学发展的时间轴上以"影响的焦虑"这一形式与时间和时代产生互动及影响，创作主体与地理空间也存在着更紧密互动的联系：创作主体一方面受到地理空间的自然地理和人文地理因素激发，并在题材、情趣、风格等方面受到地理空间因素的影响；另一方面，创作主体也通过自身的创作反作用于空间，通过文学对人文地理与地域文化形成塑造作用。而文学与地理空间的这一双向互动关系，正是上述现有文学地理学研究成果中尚未得到充分发掘的，以下试以《吴船录》《石湖诗集》与《方舆胜览》中的相关内容为中心,对其展开讨论,以揭示文学地理的另一研究维度。

一、地理空间对文学创作的影响:以《吴船录》与《石湖诗集》为例

如上文所言,现有的文学地理学研究较多的是将地理、地域性因素作为影响文学史发展的其中一种外部因素,单向、独立地考察地理、地域性因素对作品、作家、流派等的影响。而不论是对文学家地理分布的研究,还是对文学作品的地域特点与地域差异的研究,或是对地域性文学流派的研究、对地域性文学史的研究,其所体现的地理空间对文学创作的影响,基本是滞后和笼统的。从创作主体的感受与反馈出发,最直接体现地理空间对文学创作影响的题材正是游记文学。

作为南宋"中兴四大家"之一,同时也是南宋官位最高、官声最好的诗人之一,范成大不论在南宋文学还是南宋士大夫文化方面都具有代表性。而在现存的范成大《揽辔录》《骖鸾录》《吴船录》三部纪行笔记中,《吴船录》以日记形式完整、详细地记录了范成大自蜀返吴途中的经历,字数最多,记录最为完整清晰、内容最为丰富多样、涉及《石湖诗集》的篇目也最多,因而选取《吴船录》作为研究对象具有代表意义。

首先,作为一种纪行笔记,《吴船录》的文学性直接体现了地理空间对文学创作的影响。较为突出的例子如卷上"癸巳发峨眉县"以下,对峨眉山中双溪桥的描写:

> 出院,过樟木、牛心二岭及牛心院路口,至双溪桥。乱山如屏簇,有两山相对,各有一溪出焉。并流至桥下,石堑深数十丈,窈然沉碧,飞湍喷雪,奔出桥外,则入岑蔚中,可数十步,两溪合为一,以投大壑。渊渟凝湛,散为溪滩。滩中悉是五色及白质青章石子。水色鞠尘,与石色相得,如铺翠锦,非摹写可具。朝日照之,则有光彩发溪上,倒射岩壑,相传以为大士小现也。

作者在游历峨眉山时对双溪桥溪流飞湍、水色与石色相得益彰的美景娓娓道来，写景生动，是自然地理景观激发文学创作之一例。又如卷上"甲戌。下山五里"以下：

> 下山五里，复至丈人观。二十里，早顿长生观，范长生得道处也。有孙太古画龙虎二君，在殿外两壁上。笔势挥扫，云烟飞动，盖孙笔之尤奇者。

以运笔之气、势论画，有文学批评的意味，也是作者对所见所感的人文地理要素做出的反馈和创作回应。

其次，由于《吴船录》与《石湖诗集》卷十八、十九的诗歌是范成大在同一时期内的创作，往往可以建立起直接对应关系。《吴船录》不仅有助于对《石湖诗集》的编次加以合理的调整，还以其互文性有助于对所涉104首诗歌的重新理解。这种重新理解，表现为《吴船录》对所涉诗作的具体创作环境、动机等的记录和补充，也表现为互文的《吴船录》与石湖诗之间详略取舍和情感倾向的差异。在此基础上，重新评价所涉的诗作与地理空间对文学创作的影响即成为可能。如《吴船录》卷上记云：

> 六月己巳朔。发拏累，舟下眉州彭山县，泊。单骑转城，过东、北两门，又转而西。自侍郎堤西行秦岷山道中，流渠汤汤，声震四野，新秧勃然郁茂。前两旬大旱，种几不入土，临行，连日得雨。道见田翁，欣然曰："今岁又熟矣。"

《石湖诗集》卷十八第一首《初发太城留别田父》（西蜀夏旱，未行前数日连得雨，父老云今岁又熟矣）：

> 秋苗五月未入土，行人欲行心更苦。路逢田翁有好语，竟说宿来三尺雨。行人虽去亦伸眉，翁皆好住莫相思。流渠汤汤声满野，今年醉饱鸡豚社。

题下自注及"流渠汤汤声满野"句，诗与笔记几乎完全一致，忠实地记录和反映了作者在旅行途中的所见所感，水利、农事、民俗、民情等当地的人文地理因素，直接成为作者游记和诗歌创作的素材与内容。

又如《石湖诗集》卷十八的《中岩》诗,题下自序云:

去眉州一程,诺讵罗尊者道场。相传昔有天台僧遇病僧,与之木钥匙云,异时至眉州中岩,扣石笋当再相见,后果然。今三石屹立如楼,观前两楼纯紫石,中一楼萝蔓被之,傍有宝瓶峰甚端正。山半有唤鱼潭,慈姥龙所居。世传雁荡大小龙湫亦诺讵罗道场,岂化人往来无常处耶。

诗云:

赤岩倚玲玢,翠逻森戍削。岑蔚岚气重,稀间暑光薄。聊寻大士处,往扣洞门钥。双撑紫玉关,中矗翠云幄。应供华藏海,归坐宝楼阁。无法可示人,但见雨花落。不知龙湫胜,何似鱼潭乐。夜深山四来,人静天一握。惊看松桂白,月影到林壑。门前六月江,世界尘漠漠。宝瓶有甘露,一滴洗烦浊。扣天援斗杓,请为诸君酌。

而《吴船录》对应的记载云:

壬午。发眉州。六十里,午,至中岩,号西川林泉最佳处。相传为第五罗汉诺矩那道场,又为慈姥龙所居。登岸即入山径,半里有唤鱼潭。水出岩下,莫知浅深,是为龙之窟宅。人拍手潭上,则群鱼自岩下出,然莫敢玩。两年前,有监司从卒浴其中,若有物曳入崖下。翌日,尸浮出江上。又半里,有深源泉。凡五里,至慈姥岩。岩前即寺也。凡山中岩潭亭院之榜,皆山谷书。山谷贬戎州,今叙州也。有亲故在青神,遂至眉,游中岩。自此不复西,盖元不识成都,疑有所畏避云。入寺,侧出石磴,半里余,有三石峰,平正如高楼巍阙,巖巢奇伟,不可名状。前二峰,后一峰,如品字。前二峰之间,容一径,可以并行。至中峰之下,有石室,诺矩那庵也。旧说有天台僧,遇病僧,与一木锁匙,曰:"异日至眉之中岩,以此匙扣石笋,我当出见。"已而果然。天台僧怃然,识为病僧。挐以赴海中斋会。既回,如梦觉。自此中岩之名遂显。三峰,土人谓之石笋。余观之,乃三石楼,笋盖不足道。傍又有宝瓶峰数百尺,上侈下缩,真一古壶,亦甚奇怪。送客复集山中,遂留宿。初夜,月出东岭,松桂如蒙霜雪,与诸人凭栏极谈。至夜分,散。

范成大在《吴船录》中用比较长的篇幅记载了唤鱼潭和二僧的传说,并对三峰被称为石笋发表了看法,特别是唤鱼潭恐有水鬼,"莫敢玩",宝瓶峰"真一古壶,亦甚奇怪"的感叹。然而反观诗作,却又有"不知龙湫胜,何似鱼潭乐""宝瓶有甘露,一滴洗烦浊"这样诗化的意象与描写。这种感想记录与诗作描写的差异,其原因参见游记所说"月出东岭,松桂如蒙霜雪,与诸人凭栏极谈。至夜分,散",诗作则是"扪天援斗杓,请为诸君酌"所说,是在与送客夜饮中所作,赠与众人罢了。无论是诗作中的诗化意象,还是游记中神异的记载,都直接反映了作者处在特定地理空间中时受到自然、人文地理因素激发,根据不同文体开展创作活动的创作机制。

二、文学创作对地理空间的塑造:以《吴船录》与《方舆胜览》为例

如前文所述,创作主体与地理空间也存在着更紧密互动的关系:创作主体一方面受到地理空间的自然地理和人文地理因素激发,并在题材、情趣、风格等方面受到地理空间因素的影响;另一方面,创作主体也通过自身的创作反作用于空间,通过文学对人文地理与地域文化形成塑造作用。

将这一互动关系投射到《吴船录》的文本上,则可以发现,由于《吴船录》作为游记的题材特殊性,作者范成大每到一地,常有对当地所见或相关前代诗歌的记录,而这些记录,正是作者游走于前代诗人作品塑造的文学地理空间的直观反映。如《吴船录》卷上"淳熙丁酉岁五月二十九日戊辰"下记载离成都,泊舟小东郭合江亭下的行程时,范成大记云:

蜀人入吴者,皆自此登舟。其西则万里桥。诸葛孔明送费祎使吴,曰:"万里之行,始于此。"后因以名桥。杜子美诗曰:"门泊东吴万里船。"此桥正为吴人设。余在郡时,每出东郭,过此桥,辄为之慨然。

此处杜子美诗当指杜甫辞幕府闲居草堂时所作的《绝句四首》之三:

两个黄鹂鸣翠柳,一行白鹭上青天。窗含西岭千秋雪,门泊东吴万里船。

正是因为有了杜甫"门泊东吴万里船"的诗句，合江亭登舟之处的万里桥对宋人范成大而言才有了特殊的意味，才从一座普通的桥梁成为"正为吴人设"，勾起身为吴人的范成大的乡愁；也被与杜甫"每欲南下"的壮志未酬相联系，使得范成大"在郡时，每出东郭，过此桥，辄为之慨然"。这正是唐诗名作通过名作效应塑造特定的人文地理空间，并对南宋创作者产生影响的实例。

其他类似的例子还有，卷上"辛未，登城西门楼"下云：

> 其下岷江。江自山中出，至此始盛壮。对江即岷山。岷山之最近者，曰青城山。其尤大者，曰大面山。大面山之后，皆西戎山矣。西门名玉垒关。自门少转，登浮云亭，李蘩清叔守郡时所作。取杜子美诗"玉垒浮云变古今"之句，登临雄胜。

玉垒山登临胜景本就因杜甫极目远眺，赋《登楼》诗而染上了一丝忧国忧民的色彩，李蘩守郡时更以造"浮云亭"的形式，将杜诗对当地人文地理空间的影响和塑造进一步固化，至范成大登浮云亭时，诗作与当地地理空间的联系已不言而喻。

又如卷上"壬寅，将解缆"下云：

> 嘉守王亢子苍留看月榭。前权守陆游务观所作，正对大峨，取李太白"峨眉山月半轮秋，影入平羌江水流"之句。郡治乃在山坡上。正堂之偏，有孙真人祠。祠前有丹井；又有石洞，亦有水声如东丁，号鸣玉洞。

李白《峨眉山月歌》对大峨人文地理空间的影响和塑造也被前权守陆游以"看月榭"的名称实质性地固化下来，而李白《峨眉山月歌》在大峨其地的名作效应和联想效果，不仅在《吴船录》的此处记载中，也在《石湖诗集》卷十八范成大写于差不多同时的《初入大峨》诗中体现出来，诗云：

> 烟霞沉痼不须医，此去真同汗漫期。曾歆上清临大面，仍从太白问峨眉。山中缘法如今熟，世上功名自古痴。剩作画图归挂壁，他年犹欲卧游之。

虽则《吴船录》中所记"看月榭"之名取自李白"峨眉山月半轮秋，影入平羌

江水流"之句,范成大此首《初入大峨》诗的诗境、诗情,却都似取自李白《峨眉山月歌送蜀僧晏入中京》诗,诗云:

> 我在巴东三月时,西看明月忆峨眉。月出峨眉照沧海,与人万里长相随。黄鹤楼前月华白,此中忽见峨眉客。峨眉山月还送君,风吹西到长安陌。长安大道横九天,峨眉山月照秦川。黄金狮子乘高座,白玉麈尾谈重玄。我似浮云殢吴越,君逢圣主游丹阙。一振高名满帝都,归时还弄峨眉月。

则可见李白峨眉山月诗二首对大峨地理空间的塑造,既是因陆游作看月榭等举动固化下来的关联,更是李白诗歌名作在传诵中固化了后世人们对大峨的审美认知的体现。《吴船录》中作者范成大每到一地,常有对当地所见或相关前代诗歌的记录或引用,这些记录,正是作者接受被唐诗名篇固化了的审美认知和地域想象的体现,也是作者游走于前代诗人作品塑造的文学地理空间的直观反映。

与这一结论相对应,范成大在自蜀返吴的途中,除了通过《吴船录》记录、引用、考证当地所见或相关的前代诗歌外,自身也在不断进行诗歌创作。如《吴船录》卷上"癸酉,自丈人观西登山"以下云:

> 五里至上清宫。在最高峰之顶,以板阁插石,作堂殿。下视丈人峰,直堵墙耳。岷山数百峰,悉在栏槛下,如翠浪起伏,势皆东倾。一轩正对大面山,一上六十里,有夷坦曰芙蓉平,道人于彼种芎。非留旬日不可登,且涉入夷界,虽羽衣辈亦罕到。雪山三峰烂银琢玉,阛出大面后。雪山在西域,去此不知几千里,而了然见之,则其峻极可知。上清之游,真天下伟观哉!

《石湖诗集》卷十八有《上清宫》(自青城登山所谓最高峰也)诗:

> 历井扪参兴未阑,丹梯通处更跻攀。冥濛蜀道一云气,破碎岷山千髻鬟。但觉星辰垂地上,不知风雨满人间。蜗牛两角犹如梦,更说纷纷触与蛮。

《吴船录》中以登山游览之序推移,记录了上清宫与最高峰的景物与自身观感,《上清宫》诗则是对登山观感的诗化抽象与表述,尤其"但觉星辰垂地上,不知风雨满人间"二句,形象生动地突出了山之"高",兼以暗寄忧国忧民之思。

南宋祝穆所编纂的《方舆胜览》卷五十五永康军"道观"类"上清宫"条收录了范成大此诗,云:

> 上清宫在高台山丈人祠之侧,晋朝立宫于上,夜则神灯遍空,其东北麓有天师手植栗十七株,仁宗践阼之六年,宫庭木生异花,曰太平瑞圣花。○范至能诗,但觉星辰垂地上,不知风雨满人间。○王叔瞻诗,神灯点点光可烛,星斗荧荧低欲扪。

此处王叔瞻诗所用"星斗荧荧低欲扪"句多少可以看出范成大诗"历井扪参兴未阑"的痕迹,"神灯点点光可烛"句,范成大在同一时期所写《玉华楼夜醮》诗中也有"化为神灯烛岩幽"句。可见诗人范成大在上清宫这一特定地理空间留下的名作,也与唐诗名作所产生的效应类似,在后人的传诵中不断塑造和构拟着当地的文学地理空间。

又如《吴船录》卷下"丙辰,泊夔州"下云:

> 早遣人视瞿唐水齐,仅能没滟滪之顶,盘涡散出其上,谓之滟滪撒发。人云如马尚不可下,况撒发耶!是夜,水忽骤涨,浸及排亭诸篁舍,亟遣人毁拆,终夜有声,及明走视,滟滪则已在五丈水下。或谓可以侥幸乘此入峡,而夔人犹难之。同行皆往瞿唐祀白帝,登三峡堂及游高斋,皆在关上。高斋虽未必是杜子美所赋,然下临滟滪,亦奇观也。

范成大行至瞿塘峡,游高斋时,因名作效应和文学作品对地理空间的塑造,很自然地就联想到杜诗名作。而《方舆胜览》卷五十七夔州"山川"类"瞿唐峡"条云:

> 瞿唐乃三峡之门,两崖对峙,中贯一江,望之如门。○杜甫瞿唐两崖诗,三峡传何处,双崖壮此门。入天犹石色,穿水忽云根。猱玃须髯古,蛟龙窟宅尊。羲和冬驭近,愁畏日车翻。○白居易夜入瞿唐峡诗,瞿唐天下险,夜上信难哉。岸以双屏合,天如匹练开。逆风惊浪起,挂帆暗船来。欲

识愁多少,高于滟滪堆。○又云,瞿唐呀直泻,滟滪屹中峙。未夜黑岩昏,无风白浪起。○范至能诗,不知滟滪在船底,但觉瞿唐如镜平。剑阁翻成蜀道易,请看范子瞿唐行。

此处《方舆胜览》将范成大作于《吴船录》同一时期的《瞿唐行》诗,与杜甫《瞿唐两崖》、白居易《夜入瞿唐峡》《初入峡有感》等唐诗名作放在同一序列中,范诗本身是唐诗名作对当地文学地理空间塑造影响下的产物,而范诗又与唐诗名作所产生的效应类似,在后人的传诵中不断塑造和构拟着当地的文学地理空间,并在《方舆胜览》这样的宋代地理总志中被记载和固定下来。

《方舆胜览》按府、州、军之地域分布罗列历代诗文创作的编纂手法,十分可贵地保留了一些特定地理空间之上诗文创作按朝代推移层累叠加的历史形态。而由于《方舆胜览》本身的编纂目的是为了士人为文创作之便,在《方舆胜览》各地名条目下通过历代诗文累积和构拟起来的文学地理空间又激发了新的创作。从以上例文中可以很清晰地看出,范成大《吴船录》中的相关记载和《石湖诗集》卷十八、十九中的相关创作,正处在这一文学地理空间构建的序列当中。

结　　语

从创作主体的感受与反馈出发,最直接体现地理空间对文学创作影响的题材正是游记文学。范成大的日记体游记《吴船录》与其《石湖诗集》卷十八、十九中的相关创作,都直接反映了作者处在特定地理空间中时受到自然、人文地理因素激发,并根据不同文体开展创作活动的创作机制,较为典型。《吴船录》中,范成大还常有对当地所见或相关前代诗歌的记录或引用,这些记录,正是作者接受被唐诗名篇固化了的审美认知和地域想象的体现,也是作者游走于前代诗人作品塑造的文学地理空间的直观反映。而诗人范成大在特定地理空间留下的名作,也与唐诗名作所产生的效应类似,在后人的传诵中不断塑造和构拟着当地的文学地理空间。

通过《吴船录》《石湖诗集》与《方舆胜览》中的相关内容的上述例证,可以明确,创作主体一方面受到地理空间的自然地理和人文地理因素激发,并在题材、情趣、风格等方面受到地理空间因素的影响;另一方面,创作主体也通过自身的创作反作用于空间,通过文学对人文地理与地域文化形成塑造作用。而文学与地理空间的这一双向互动关系,正是现有文学地理学研究成果中尚未得到充分发掘的,仍有待进一步的展开和探讨。

原载《云南大学学报(社会科学版)》2015年第14卷第6期

桐城派平议

汤鹤逸

有清一代各种文派中,对后来的文坛影响较大,传播较广,支配时间较长,第一似应数桐城派。桐城派自方、姚创始以来"一直到晚清的吴挚甫、马其昶、林纾",他们的流风余韵,还没有消歇。他们所以有这样大的影响和繁衍,也决不是偶然的事情,实由于他们在当时文坛上创造了一个较大的业绩。业绩所在;自该派出现,才澄清了自明代以来文坛上各种杂乱的作风。我们晓得明代二百余年的文学,其间曾出现种种逆流。有所谓宽衣博带,带有纱帽气的台阁派;有所谓文必秦汉,诗必盛唐,专以摹古为事,带有陈腐气的前、后七子;有所谓佻巧纤侧,求一句之奇,争一字之巧的竟陵派;又有专为豪商巨贾做帮闲,写几篇肉麻的小品文,堆砌典故的尺牍,以求残羹剩汁以自活,以陈继儒为首的山人派。此外,更加上最反动的时文——八股派,专为统治阶级做愚民工具,规律既严,束缚也多,更是拘束人的思想,销磨人的智慧,就是当时号称古文派也大都受着它的影响,跳不出它的范围。文坛上因为这些乖气,层见叠出,遂弄得乌烟瘴气,凝结不散。一般读者也被他们弄得头昏眼胀,很希望出现一种清粹的文体,一洗这些尘障。其间虽出现富有革命精神的李贽以及唐荆川、归震川,崛起于民间,想恢复唐宋以来优良的传统另创一派;但人少力微,没有发生多大影响。桐城派不迟不早正在康乾时代出现,真可说是应运而生,才在归、唐的基础上,收了摧陷廓清之功,另创出一种清疏雅洁的文体,正合当时上、中层知识分子中的读者及作者的需要。所以出现未久,便风靡了当时全国士大夫的阶层。并且他们为在文学上达到清疏雅洁的目的,汇集前人的经验,另创造出一套新的文学理论,即所谓"义法"。桐城派首先提出"义法"的,实始于方苞。方苞意中的"义法",据他说:

> 春秋之制义法,自太史发之。而后之深于文者亦具焉。"义"即《易》之所谓"言有物"也。"法"即《易》之所谓"言有序"也。义以为经而法纬之,然后为成体之文。

清代末叶该派姚永朴在《文学研究法》中更做出较详的分析,说:

> 《易》《家人》卦大象曰:"言有易",《艮》六五又曰:"言有序","物"即"义"也。"序"即"法"也。《书毕命》"辞尚体要"。"要"即"义"也,"体"即"法"也。《诗正月》篇曰:"有伦有脊","脊"即"义"也,"论"即"法"也。……

又方苞对他的弟子沈廷芳也说过:

> 南宋、元、明以来,古文义法不讲久矣!吴越间遗老(按系指当时钱谦益、龚鼎孳辈),尤放恣或杂小说语,魏晋六朝人藻丽绯语,汉赋中板重字法,诗歌中隽语,南北史佻巧语。……

后来汉奸曾国藩更为该派所谓"义法"做出一个简要的总结:

> ……就数家(按指方、姚等)之作而考其书,首私立禁约以为有必不可犯者,而后其法严而道始复。大抵剽窃前言,句摹字拟,是为戒律之首。称人之善,依于庸德,不宜褒扬溢量,动称奇行异征,邻于小说。……贬人之恶,又加甚焉。一篇之内,端绪不宜繁多……陈义芜杂,滋足戒也。识度曾不异人,或乃竟为僻字涩句,以骇庸众,斫自然之元气,斯乃才士之所同蔽,戒律之所必严。明兹数者,持守勿失,然后下笔,造次皆有法。……

若用现代的话归纳起来,即在内容上须文以载道(在桐城派眼中所谓"道"也就是儒家孔、孟、程、朱的道)、言必有物,在形式上须兼雅、洁,有条不紊。唯他们在实践方面,多在消极防弊方面做工夫,不但清简字句,清简意境,甚至还清简到辞藻,兢兢业业,规行矩步,不敢稍逾越范围一步。故他们的文章确做到

/511/

了清疏雅洁。在紊乱不堪的明代文学之后,一得接近他们这样的清疏雅洁的文体,若比吃菜,恰像在日饫腥膻之后,一尝山珍野蔬,却也清淡可口,既无浮辞滥调,也少剩义枝句。如方苞读经、史诸短篇及《狱中杂记》铭幽诸文、姚鼐的序跋,读来确是词雅气清,既不像字摹句拟的李(梦阳)何(大复),也不像字句佻巧的钟(惺)谭(友夏),实自成一派作风。

又他们于文论方面,也有较大的贡献,方于提倡义法之外,并主张文须有用于世,才有意义。姚更进一步,推广到义理、考据、词章三者都应并重。又于所选《古文辞类纂》序目中,更兼重到神理、气味、格律、声色。和他相前后的,更有刘大櫆的《论文偶记》、方东树的《昭昧詹言》、吴仲伦的《初月楼古文绪论》、林纾的《春觉斋论文》、姚永朴的《文学研究法》等著述,于文章作法,多有心得及独到的见解,用以沾溉后学,颇多受益。这也是桐城派对于文学的贡献,一种不可淹没的功绩。

所遗憾的,他们在创作实践上,却没有做到他们所理想的境地。他们所谓"义"原没有什么新的创造。既没有新的内容,也自没有新的形式,只不过抬出一块儒家大招牌,做他们的护身符,虽自谓上承孔、孟的传统,其实只是株守程朱的学说。不但对儒家学说没有新的发展,并且深闭固拒他人有新的见解。如方苞《再与刘拙修书》中说:

……自唐以来,以明道著书为己任者众矣!二十年来,于先儒经解之书,自元以前,所见者十七八,然后知生乎五子(按指周敦颐、张载、程灏、程颐、朱熹等),五人之前者,其穷理之学,未有如五子者也。生乎五子之后者,推其术而广之,乃稍有得焉。其背而驰者,浙以东,则黄君藜洲坏之,燕赵间,则颜君习斋坏之。……

他们这种文章上的义法,除应当时的社会需要外,尤深合当时统治阶级的口味,于促进桐城派的发展大有关系。一代文风的发展,固有它的社会原因,而上层阶级的提倡也不无影响。如宫体诗的形成,由于梁元帝(萧绎)、简文帝(萧纲)的爱好;唐代律诗的发达,由于科举制度用以取士。桐城派的兴起,也自不能例外。清代康乾以后,所谓"乾嘉盛世",早完成了帝国的大统一,又在大兴文字狱以后的正需要一种所谓"和平温厚"的文字,来点缀或粉饰太平。桐城派的文章正适合这种需要,内容既无革命气氛,形式又极柔软无力,自决不致起犯上或抗命的作用;于柔化人民的斗志,自是无上的妙品。重以当时的统治阶级正利用程朱理学,来作上层建筑,以巩固他们的政权。如当时科举制度的规定,凡应考的人所作文章,须一律遵照程朱的学说,甚至五经的注释,也不得引用别人的著述,否即违法,轻则禁考,重则处刑。当时程朱的地位,殆有过于孔孟。桐城派极力推崇有宋五子的理学,自更起着助纣为虐的作用(虽不是出自他们有意识的企图)。清统治者也自然要利用他们来歌功颂德,借以诱惑当时的知识分子,以便使他们同入彀中。我们试看当时戴南山的文字狱,只杀南山,而独赦免了方苞数人,并与方苞以高官,供奉内廷,决不是没有原因的。清统治者的用意所在,是可想而知的。一些无气骨的知识分子,见政府既这样看重他们,为迎合统治阶级的意旨,以图取得功名,也自然不得不争相摹仿,企图获得统治阶级的知遇。这种风气的流传,遂使桐城派的文章之在当时,遂几成为所谓"文章正宗",这也是促进他们成为一个宗派比较重要的原因之一。我们试看后来大汉奸曾国藩就极力推崇桐城派——尤其是姚姬传就很足证明这个中的关系。

故他们的文章虽有清疏雅洁的优点,澄清了当时的文风,而缺点也就随着清疏雅洁而产生。所产生的缺点据我个人初步的考查,略有次述各点:

一、规模狭小,窘于边幅

大凡文章过于清疏雅洁,规模就不免有些寒俭。桐城派的作风也不能免此。他们的寒俭作风可说和韩愈的兼收并蓄、博取众长的方法完全异趣。韩愈对古典文学遗产,凡是可以吸收、利用的,都是尽量吸收利用,他尝自称"贪多务得,细大不捐"。又能体会到庄、骚、史迁与子云、相如同工异曲的关联,故他的文章确做到"沉浸浓郁,含英咀华"。后人称美他的文章也说:"如长江大河,浑灏流转,鱼鼋蛟龙,万怪惶惑。"而桐城派不然,对于文学遗产,忌讳甚多,不敢轻于猎取,总是束才束脚,拘谨异常。方于《古文约选序例》里虽指出应读书目有三传、《国语》《国策》《史记》、唐宋八大家古文,但他自己,也只于诸经,略有探索,其他诸子、辞赋及魏晋文章似多不甚留意。故就他们所用的辞采说,也只是些"经"语。即在他们所祈响的八家中,也只是欧、曾及归有光。欧、曾的文章原本就清纯有余而气势不足,归氏自更不待说。而方、姚只以此三人为规模的对象,自更每下愈况,很难有所发展。故清代末叶就有人批评他们说:

  方文原从欧、曾入,虽有欧文之从容,曾文之端谨,但亦只貌似,学欧则无其风神,学曾则无其精深,甚至震川之一往情深,亦似尚隔一层。……

确属的评。故在方、刘、姚三家文集中,决找不出一篇气魄瑰伟的奥句奇词,像韩愈的《南海神庙碑》《徐偃王碑》及《平淮西碑》。或幽深峭削,刻画入微,像郦道元《水经注》、柳宗元山水记,气势蓬勃,一泻千里像苏东坡《志林》《上神宗万言书》,以及优游从容,余韵翛然像欧阳修的记序小品。而他们所有的只是些不满千字小品(方集中札子等类官样文章除外)。这在历代文集中也是一种少见的现象。就是短篇小品也是拘守绳墨,不敢稍用典丽的辞藻或意义较深刻的字词,以至描写景物既不精微,表达意境也欠深透,若严格地说,他们有些文章真是"好"既没有特征,"坏"也难以指出,几成誉之无可誉,毁之无可毁,等于一种乡愿文字。他们真是白读了多少书,等于宝山空还,所得甚微,所吸收的营养既已无多,故所作的文章也多是营养不够,无力自举其体,康有为批评董其昌的书法说:"香光俊韵有足多者。然局束如辕下驹,蹇怯如三日新妇,以之代统,仅能如晋元、宋高之偏安江左,不失旧物而已!"若以移赠桐城派,也许还要适当些。

二、学殖不厚,文多谬误

  文章与学问固是两回事,学问深厚的人未必能作出好的文章,文章作得好的人未必要有多深的学问。但两者间却有密切的关系。文原以达意为主,意须正确而有根据,才能对读者具有说服力及感染力。要具这两种力量,便非学殖不厚的人所能达到。方、刘、姚的文章,我们读来最深感不满的就是缺乏上述两种力量。所以缺乏的原因,似和他们的学殖有关。三人中以方的根柢较厚;也只于经学,似下了一番工夫,而于史的方面——尤其是史的义例,多未究明。如汉代的"太史公"原是官名。《史记》中"太史公曰"系司马迁自称。犹其他史书中的"史臣曰",及小说《聊斋志异》中的"异史氏曰"系蒲松龄自称一样。而方苞则误以《史记》中的"太史公曰"都是褚少孙后来加的。当时史学家钱大昕就批评过他①:

> ……"太史公"汉时官名,司马谈父子为之。故《史迁自序》云:"谈为太史公",《报任安书》亦自称"太史公",公非尊其父之称。而方(苞)以为称"太史公曰"皆褚少孙所加。《秦本纪》《田单传》别出他说,此史家存疑之说,《汉书》亦间有之。而方以为后人所附缀。韩退之《顺宗实录》载陆贽《阳城传》,此实录之体应尔,非退之所创。方亦不知而妄讥之。盖方所谓古文义法者,特世俗选本之古文,未尝博观而求其法也。法且不知,而于义何有?昔刘原父讥欧阳公不读书,原父博文,诚胜于欧阳。然其言未免太过。若方氏乃真不读书之甚者。吾兄特以其文波澜意度,近于古而喜之。予以为方所得者,古文之糟粕,非古文之神理也。……

至于小学,桐城派似亦不甚讲求,殊背韩愈"为文须略识字"之旨,如方苞所著《杂记》有一条,谓欧阳修《泷冈阡表》以为其中有"剑(按剑字,今坊本已改作抱)汝而立于旁"句,以为"剑当作纫,因为形相近而误"。他的弟子戴钧衡就驳正过他。

> 按《曲礼》"负剑辟咡诏之"。郑注:"负谓置之于背,剑谓狭之于旁。"
> 欧公盖用此,此《容斋随笔》已言之,先生盖未见也。

---

① 见《潜研堂文集》卷三三,《与友人书》及其附录。

又方《读书笔记》"左传"条下：

  昭元年"兹心不爽而昏乱百度"兹当作滋。（按，兹乃滋的假借字，本不误。）

又如姚鼐《老子章义序》中有：

  老子，老其氏也，聃其字也……然则老子其宋人"子"姓耶。"子"之为李之转而然，犹如姒姓之或为弋也。彭城近沛，意聃尝居之，故曰老彭，犹展禽称柳下也。晋穆帝名聃，字彭子，汉晋必有知老彭为聃之氏之说者矣。……

读后不觉令人失笑。老子姓李氏名耳字聃，迁史《老庄申韩列传》已有明白记载，史迁距老子年代较近，必有所据而云然，居两千载下而欲加以驳正，须有确实证据，而竟武断说"老子，老其氏也"。甚至汉学家所说的孤证，也没有举出一个。接着著者复自相矛盾，又以为老子姓"子"。既姓老，就不应姓子，既姓子，就不应姓老，不应一人有两姓。又说："彭城近沛，意聃尝居之，故曰老彭。"尤为荒谬。古代多以地为姓，从无以地为名的。如商鞅卫人，故又称卫鞅。韩非韩人，故曰韩非。即姚在文中所引的柳下，也是作展禽的姓，故曰柳下惠。也不是作展禽的名。汉以后，虽有孔北海、刘豫州的称谓。但都是称他们的官位，并不作他的名字①并且"彭城"乃汉代所设县名，在老子时并无此称。

三、因多创少，间有蹈袭

我们读桐城派方、刘、姚二家的文章，所得总的感觉，无论在意境方面或结构方面，总好像曾在哪里接触过它，很是眼熟。仅这一点，就很能说明他们的文章多陷入古人窠臼，不能自拔，常是陈陈相因，极少新创。三人里边姚鼐虽较雅

---

① 古人以地名作名字极为罕见，只《左传·文六年》有"续鞫居其人"，据阎百诗《潜丘札记》以"鞫居"原属地名，是否正确，仍待再考。

洁,但还是因多创少,没有多少创造。清陆心源《上吴子芯阁学论国朝古文书》曾批评他们说:"望溪之文厚,从欧、曾入,其失也窳;海峰之文峻,从韩、苏入,其失也儿(同貌);惜抱之文洁,从欧、柳(?)入,其失也柔……"也就是说他们的文章是袭取古人的外貌,而遗其精华,或剽窃古人的形式,而缺乏其内容。我们试看他们的文章,多未泯去摹拟的痕迹,就可证明。兹试引他们摹拟的文章和他们摹拟的蓝本,做一对勘,他们就无所遁形。如刘海峰的《綦自堂时文序》:

> 江水自巴蜀东注,而嶓冢沧浪,由秦之金牛,蜿蜒东南数千里,至大别入于江,江汉合流,当荆州之都会,逾岭而南,为百粤之地。而岭北诸水潇、湘、沅、澧、叙、酉、辰,无资渐东北,汇为洞庭,以合于江汉。洞庭之广八百里韬涵沉浸,喷云纳雾,君山峷撑于其中,衡岳巍峨于其上……故其气之所蒸,钟秀于人……

这篇的意境和形式全是摹拟韩愈的《送廖道士序》,试对勘如次:

> 五岳于中州,衡山最远,南方之山,巍然而大者以百数,独衡为宗,其神必灵。衡之南八九百里,地益高,山益峻,水清而益驶,其最高而横绝南北者岭……中州清淑之气,于是焉穷,气之所穷,盛而不过,必蜿蝉扶舆磅礴而郁积。衡山之神既灵而柳之为州,又当中州清淑之气蜿蝉扶舆磅礴而郁积,其水土之所生,神气之所感,白金、水银丹砂、石英、钟轧、橘柚之包,竹箭之美,千寻之名材,不能独当也,意必有魁奇忠信材德之民生其间而吾又未见也。……

又如刘的《海舶三集序》:

> ……人臣悬君父之命之心,大如日轮,响如霆轰,则其于外物也,视之不见其形,听之不闻其声,彼其视海水之荡潏,如重茵莞席之安,视崇岛之峿岘当前,如翠屏之列,几砚之陈,视百灵怪物之出没而浮沉,如佳花美竹奇石之星罗于苑囿。……

也是摹拟韩愈的《韦侍讲盛山十二诗序》

> 韦侯读六艺之文,以探周、孔之意,又妙能为辞章,可谓儒者。夫儒者

之于患难,苟非其自取之,其拒而不受于怀也,若筑河堤以障屋霤。其容而消之也,若水之于海,冰之于夏日。其玩而忘之以文辞也,若奏金石以破蟪蛄之鸣、虫飞之声。……

又姚鼐的《宝扇楼后记》也全是摹拟欧阳修的《仁宗御飞白记》:

姚作:"……都统公以笔墨文字遭逢圣祖知遇,内侍最久。其后乃出入宣力……今子颖之任用,略同于都统公,而且滋重矣。而回思昔日都统公依天日之辉光,侍清宴之闲暇,圣翰云章,璀璨怀袖,盖有邈然不可及之慕。况禹卿辞玉堂之庐,而飘摇江海者乎! 余于是书为后记。子颖既外任,家虽作是楼而未得以登,异日倘居阙庭近职,以休沐之余,俯仰斯楼,循玩吾言,感念国恩之无穷,将有濊然不知涕泣之陨落者。……"

欧作:"……子履曰:'囊者天子宴从臣于群玉而赐以飞白,(书)余幸得与赐焉。予穷于也久矣,少不悦于时人,流离窜斥十有余年,而得不老死江湖之上者,盖以遭时清明,天子响学,乐育天下之材而不遗一介之贱,使得与群贤并游于儒学之馆,而天下无事,岁时丰登,民物安乐,天子优游清闲,不迩声色,方与群臣从容翰墨之娱,而余于斯时,窃获此赐,非惟一介之臣之荣遇,亦朝廷一时之盛事也。'余曰:'仁宗之德泽,涵濡于万物者,四十余年,虽田夫野老之无知,犹能悲歌思慕于陇亩之间,而况儒臣学士得望清光,蒙恩宠,登金门而上玉堂者乎!'于是,相与泫然流涕而书之。"

王先谦就评它"摹欧阳公《御飞白记》太似"。篇中只不过将"遭时清明"易为"遭逢圣祖知遇","泫然"易为"濊然"。

此外如姚鼐的《快雨堂记》也是摹拟韩的《送高闲上人序》前的《朱子颖诗集序》,多不胜枚举。

四、徒重文字形式,缺乏真实内容

中国散文,自元明以来有一个共通弊病,常专在文字形式用工夫而不甚重视内容,所刻意讲求的,只是些文章上的起伏照应或起、承、转、合,以至声调上的抑扬亢坠,所谓文学几成为搬弄文字的一种游戏。这种弊病,实自韩愈所作赠序、杂记一类文字开其端,韩文如《送杨少尹序》《新修滕王阁记》,前者只将杨的退休和汉代疏广、受的退休,反复做了些比较。后者只说作者要想游滕王阁,屡牵于事而未得游的经过,胶胶扰扰就费去大半的篇幅。以及一些谀墓文,也多没有什么值得一说的内容,全是卖弄文字形式上的变化,以作酬应的工具。愈本人这类文字还不很多。到后来一些不事学问的文人,觉得这类文字,稍有才情,便可染笔,并可借以掩盖自己的无学,便大作特作,遂成为一种风气。明初如宋濂、解缙、刘基、李东阳,以及前七子中的李、何,一直到清初的侯方域、汪苕文、龚鼎孳等都是这一类的文人。桐城派虽然反对他们,还是没脱尽这种积习。就中尤以方、刘为甚,方文虽确具欧、曾的气脉,刘文也略有韩、苏的间架;但也只是气脉间架形式上的貌似,并没有欧、曾、韩、苏的内容。我们读他们的文章,令人最感不满的,就是他们文章的内容,对于当时的社会现实及政治情况都没有什么反映,更谈不到暴露统治阶级的罪恶及民间的疾苦,甚至反映一般自然风景及刻画山水的篇章也是很不多见。而反映政治黑暗的,在方、刘、姚三人文集中,只有方的一篇前引的《狱中杂记》及一些奏议札记。但这多是方的早年文字。到了晚年,也是和刘、姚一样,仅作些序、记、书牍及墓志一类的文字。这也是在历代文集中不多有的现象。所以这样如上所述因学殖不厚,以致营养不足,实为重要原因之一。即使稍有内容,也仅只是些儒家的三纲五常的教条及理学家宋五子的思想,别没有什么新义。我们试与当时的朴学派一相比较,如顾炎武、王船山、黄黎洲、戴东原他们又何尝不是儒家,但他们对儒家学说,都有所批判与发展。而桐城派不然,只是在文字形式上用工夫,到姚鼐虽提倡学问须"义理""考据""词章"并重;但所谓"义理",也还是作宋五子的范畴。故他们所作的文章多是软弱无力,不能使人有所激发或感动,更谈不到有新的内容。

姚的弟子方东树就批判过他的祖师说:

树读(方)先生文……而特怪其重滞不起,观之无飞动嫖姚跌宕之势,

诵之无锵铿鼓舞抗坠之声,即而求之,无玄黄彩色,创造奇词奥句,又好承用旧语。其于退之论文之说,未全当焉。……①

又他们的四传弟子汉奸曾国藩也说:

其(指姚鼐)不厌人意者,惜少雄直之气,驱迈之势。姚氏固有偏于阴柔之说,又尝自谢为才弱矣。……②

因为力弱,故虽摹拟也只能摹拟短篇,恰像庭院中盆景一样,剪裁虽然整齐,屈折虽带画意,但是,总拘限在大不盈尺的盆内,所赖以营养的也不过数捧的黄土和人工的灌溉,自难望有蓬勃的生气和盘根错节的雄姿。确如曾国藩批评归有光所说:"浮芥舟以纵送于蹄涔之水,不复忆天下有曰海涛者也。神乎!味乎!徒词费耳!……"③

五、一味散行,乏于情韵

明祝允明《罪知录》曾评曾、王文说:"曾、王既脱衣裳,并除瓜发,譬之,兽啮腊骨。"桐城派更又加甚,几到了洗髓伐毛的程度,故他们的文章,读来真教人感着像山无烟云,春无花草,一味的枯瘦。原因所在,他们似不甚了解骈散间同工异曲的关系,以及汉文高下相须、自然成对的作用。只以为散文应力求其散,凡义须并举,而务求其单行,词有可骈,而强使其孤立,以为不如此,便不高古,有时甚至将一整句,强分作三、四、五言,俾其犬牙相错,以至难以句读。不知倡始古文运动的韩愈就不废偶句,例如《答李翊书》中,就有很多的偶句,如:"养其根而竢其实,加其膏而希其光,根之茂者其实遂,膏之沃者其光晔。……笑之则以为喜,誉之则以为忧。……行之乎仁义之途,游之乎诗书之源,无迷其途,无绝其源。"又如《答窦秀才书》的"学成而道益穷,年老而智愈困……遁其光而不曜,

---

① 见方有树:《仪卫轩文集》《书方望溪先生集后》。
② 见曾文集:《复吴南屏书》。
③ 见上《书归震川文集后》。

胶其口而不传……稛载而往，垂橐而归。……"至于碑志，更多运偶句，如《南海神庙碑》全篇几全是四言韵语，并不害其为高古的散文。其他如柳宗元的山水记，欧、苏的记、序，篇中更多用四字有韵的句调以增韵致。如柳的"舟行若穷，忽又无际""竹树环合，寂寥无人，凄神寒骨，悄怆幽邃。……""振动大木，掩苒众草，纷红骇绿，蓊葧香气。……"欧阳的《醉翁亭记》几乎全篇都是韵语，至于东坡更打破偶散的界限，散中有偶的，如《石钟山记》《超然亭记》《筼筜谷偃竹记》；偶中有散的，如各种抒情小赋。此外，如他们所崇奉的归有光，规度虽狭小，但他的叙事文，于写家庭琐事之中，尝深寓着天伦乐趣，令人读来也情韵不匮。桐城派因不知道这些个中的要妙，故他们最不善于写刻画风景像游记一类的文章，方尚知藏拙，在他的文集中没有一篇游记。姚虽有几篇，但如他的最著名的《登泰山记》中间有写日出风景的一段，也多是淡而乏味。兹引于次：

　　……亭东自足下皆云漫，稍见云中白若摴蒱数十立者，山也。极天云一线异色，须臾成五采，上正赤如丹，下有红光动摇承之，或曰此东海也。回视日观以西峰，或得日与否绛缟异色，而皆若偻……山多石少土，石苍黑色，多平方，少圜，少杂树，多松，生石罅，皆平顶，冰雪无瀑水，无鸟兽音迹。至日观数里内无树而雪与人膝齐。

写得多么干瘪，刻画既不具体，句调亦半吞半吐，毫无音节与情韵。我想若叫郦道元用写《水经注》或柳宗元写山水记的笔法，自决不止至，大有形容及发挥的余地。至于刘海峰，更是难说，如他的《浮山记》简直是一篇流水账簿。想在里边找像柳宗元的"舟行若穷，忽又无际"、苏东坡的"山高月小，水落石出"的句子，一句也找不出来。方、刘、姚三人的作风，虽各不同，但缺乏情韵则是三人共同的特色。

综上所论，可见桐城一派的文学，在有清一代中比其他各派多有不如。朴厚凝重则不如朴学派，峭劲刻厉则不如阳湖派，典雅凝炼则不如常州派，精深富丽则不如汪（中）洪（稚存），以至恢奥恣肆的龚（定庵）魏（默深）、渊深广博的章（太炎）王（静安）他们更是望尘莫及。他们所以得名之故，实由于时代所使然。

除前述原因外,其他还有两个原因,一是他们这种雅洁的文体,对初学作文的人也颇起着教导作用,初学学得他们的雅洁,便可剔除多少剩义枝词,养成向前发展的基础。如该派三四传弟子林纾、梅曾亮、郭嵩焘等都是在这个基础上发展出来的作家。一是姚鼐选的《古文辞类纂》的流布。明代以来所通行的古文选本,好的很少,吕国谦的《古文关键》所选只是韩、柳、欧阳、曾、老苏、大苏、张耒等七人文章,篇目也仅六十余篇。真德秀的《文章正宗》更是站在道学家的立场,专以所谓"世教民彝"为主。文章本身实居次要地位。谢枋得的《文章轨范》篇目分为所谓"放胆文""小心文",只看篇目,就令人恶心,并且全为科举而作。下此如《古文观止》《古文释义》目的也全是为供作"八股文"简炼揣摹之用,甚至将先秦文章,随意割裂,尤为荒谬。在这一团糟的选本中,忽有姚选《古文辞类纂》出而问世,不但没有上述流弊,并且体例既较明晰,文章也多精选,极便于初学。故出版未久,即风行全国,随着该书的流布,桐城派的声誉也就随着日益播扬。更加上如前所述,后来该派的方东树的《昭昧詹言》等的文论著述,也都于桐城派的文学理论,有所发展,对于后学有所沾溉,更增加一般对桐城的信仰。

又同一桐城派也不能一概而论,即就创始的三家说,也各有不同,就好的一方面说,方较稳厚,姚较淡雅。就坏的一方面说,方较庸腐,姚较软弱。而刘最为肤浅,在科举时代也实不过一个能作策论的好手,决谈不到文学或学问。其所以在当时得享盛名的原因,也实由前有方的称誉,后有姚的推崇。清吴南屏(敏树)就鄙视他说"姚氏特吕居仁之流尔!刘氏更无所置之,其文深浅美恶,人自知之,不可口舌争也"①。曾氏也谓"……(姚)亟称海峰不免阿其私好。要之,方氏以后,惜抱固当为百年正宗,未可与海峰同类而薄之也……"②

至于他们的文章所以有上述缺陷,也不是偶然的,实和他们的阶级有关,阶级决定他们的思想,思想又决定了他们的创作。他们都是出身小地主阶级。这

---

① 见吴南屏:《泮湖集·与筱岑论文派书》。
② 见曾集:《复吴南屏书》。

个阶级多是偏于保守,其间虽然有斗争,也是地主与地主间为瓜分支配权,内部所起的矛盾和对立,但对于农民都是同一剥削与压迫,又一旦生活稍为富裕,便都安于现状。只遇着稍有往上爬的机会,却不惜为统治阶级效劳。我们试看方苞的一生,就可证明。他本人就是一个小地主。土地所入,不足维生,不得不跋涉大江南北,出外谋生,应科举,乞童馆,做幕友,他这时常是满腔不平,时常和当时的志士,如王崐绳、万季野、戴南山等接近;并为戴南山文集作序,曾被逮下狱。得赦出狱,授以参事府右春坊左中允,则"惊怖感泣,涕泗交流"(本方语)。人称他的晚年文章,更趋雅驯。所谓"雅驯"也就是说明他永远对统治阶级的驯服。刘、姚的晚年也是一样,偏于保守,刘则开馆授徒,姚则久任书院山长,学亦不拟深造,只作些小品文字,用以自娱。我们试持与当时的爱国学者、文人,不甘作人臣虏,至死不渝的顾、王、黄、傅(山)等高风亮节一相比较,真可说明两者间是有霄壤之别。他们的思想既是这样,故他们文学上的成就,也就仅止于此,不能再前进一步了。所以他们以后,勃起的常州派、阳湖派以及龚、魏、阮(元)、章(太炎)、王(国维)都可说是桐城派的反对派。因为他们的思想都较桐城派大大地前进了一步(龚、魏以下多属旧民主主义派),故他们的文学也较桐城派大大前进了一步。

原载云南大学编《云南大学学术论文集》(第二辑),
1963年,第35—45页

唐代俗讲考

向 达

本文初稿曾刊《燕京学报》第十六期。其后获见英法所藏若干新材料，用将旧稿整理重写一过。一九四〇年五月向达谨记于昆明。

一、叙言

光绪季叶，匈牙利人斯坦因（M. A. Stein）供职印度教育部，于吾国甘新一带，首先发见敦煌石室藏书，捆载而归。法国伯希和（P. Pelliot）闻风继往，亦劫去一部分。于是清学部始收拾残余，运归北平。斯坦因所掠古写本以及刊本约七千卷，今藏英京不列颠博物院（British Museum）[①]。伯希和所掠约二千余卷，今藏法京国家图书馆（Bibliotheque Nationale）[②]。我国所得残余约

[①] 不列颠博物院所藏敦煌遗书，素未公开，目录编制最近告竣，而尚待印行，是以入藏确数，不得而知。个人浏览所及，曾到六九六三号，外刊本二十余卷，非汉文写本二百余卷，则入藏总数当不下七千卷也。至于所掠敦煌壁画及画幡之属，率存于印度 New Delhi 之 Central Asian Antiquities Museum，F. H. Andrews 所编之 *Catalogue of Wall-paintings from Ancient Shrines in Central Asia and Sistan* 及 A. Waley: *A Catalogue of Paintings recovered from Tun-Huang by Sir A. Stein ... Preserved in the Sub-department of Oriental Prints and Drawings in the B.M. and in the M. of Central Asian Antiquities*。二书叙述甚详，可以参阅。

[②] 自来所传法京国家图书馆藏敦煌书目，自二〇〇一号起，至三五一一号止，凡一千五百余卷。尚有五百余卷，在伯希和家，王君重民编国家图书馆所藏敦煌书目，始得尽窥其藏。伯希和所掠敦煌绘画之属，则另庋于 Musée Guimet 及 Musée Louvre。

九千余卷①,今国立北平图书馆所藏,称为唐人写经者是也。至于私家收藏,以目录绝甚少传布,确数不得而知,约计当亦近千卷。敦煌石室藏书总数,宜在二万卷左右,绘画之类,尚不在内也。

石室藏书率为写本,刊本约居百分之一二。写本之时代,自公元后第五世纪至十世纪,绵历凡六百年。形式多属卷子,间见蝶装小册。

咸同间莫友芝获唐写本《说文》木部残叶,一时说者便诧为惊人秘笈②。今敦煌石室藏书近二万卷,多属晋唐旧写,莫氏所获,视此真微末不足道矣。石室书以佛经为多,其余四部诸籍亦复不少。四十年来以此二万卷新材料之发见,经史之考证,宗教史之研究,俱因而突焕异彩。时贤因为之特创一"敦煌学"之新名辞③。至其大概,则东西诸老宿之书具在,学者可以覆按,非区区此篇所能尽也。

顾在石室藏书中,尚有一种通俗文学作品,论体裁则韵散间出,其名称则变文、词文、押座文、缘起,不一而足;其内容则敷衍佛经,搬演史传。慧皎所谓"凡此变态,与事而兴"似正为此种作品而言。唯以作者之志在于化俗,是以文辞鄙俚,意旨浅显。敦煌学者之于此种作品,非意存鄙弃,即不免误解;研究通俗文学者又多逞臆之辞,两者俱未为得也。旧为《敦煌丛抄叙录》及《唐代俗讲考》④,于此一问题,曾稍参末议。年来所见略多,颇有足以证成前说,勘正旧失者。因重写一过,借以就正有道;至于论定,仍以俟诸博雅君子。

二、唐代寺院中之俗讲

梁慧皎《高僧传》卷十三《唱导》第十论曰:

---

① 国立北平图书馆所藏敦煌遗书目录,具见陈援庵先生所编《敦煌劫余录》,凡得八千六百七十九号。其后胡君鸣盛检阅未登记之残叶,又增编一千一百九十二号,都计九千八百七十一号。许君国霖《敦煌石室写经题记》与《敦煌杂录·序》述此甚详。私人度藏确数,无从推知,唯德化李氏旧藏四百余卷有简目流传,今已售诸日本某氏,非我所有矣。
② 曾国藩题莫氏所藏唐写本《说文》木部残叶诗云:"插架森森多于笋,世上何曾见唐本。"
③ 见陈寅恪先生《敦煌劫余录·序》。
④ 《敦煌丛抄叙录》见《国立北平图书馆馆刊》五卷六号。《唐代俗讲考》,初稿曾发表于《燕京学报》第十六期。

> 昔草创高僧,本以八科成传。却寻经导二伎,虽于道为末,而悟俗可崇,故加此二条,足成十数。

经者转读赞呗,符靡宫商,导者宜唱法理,开导众心。盖俱以化俗为务也。转经唱导之制,逮于唐宋犹未尽衰,其间大师,具见道宣赞宁所续《高僧传》中,顾敦煌所出通俗文学作品,有《禅门十二时》《太子十二时》《太子五更转》《太子入山修道赞》《两宗赞》《辞娘赞》等,类似今日之小曲者甚夥。而为张议潮使唐之沙门悟真且有《谨上河西道节度公德政及祥瑞五更转兼十二时》共十七首[①]。《乐府诗集》卷三十三伏知道《从军五更转》序引《乐苑》云:

> 《五更转》商调曲。按伏知道已有《从军辞》,则《五更转》盖陈已前曲也。

按《五更转》隶于《相和歌》,为清商旧曲,自能被诸弦管。则唐世僧人于转经唱导之外,并能度曲矣。然其时寺院中且流行一种"俗讲",社会上亦复乐闻其说,成为风尚,而《高僧传》既未著录,后来论究李唐一代史实者,亦多未措意及此。唐人书中时有记及俗讲之文,兹因加以钩稽,著其梗概如次。

俗讲之兴,始于何时,不得而知,唐书中纪及俗讲二字,而时次较先者,似为段成式之《酉阳杂俎》,《杂俎》续集卷五《寺塔记》述及长安平康坊菩提寺有云:

> 佛殿内槽东壁维摩变,舍利弗角而转睐。元和末俗讲僧文淑装之,笔迹尽矣。

"角而转睐"一语,不得其解,疑有讹误,又文淑乃文溆之误。张彦远《历代名画记》卷三记菩提寺画壁有云:

> 殿西东西北壁并吴画。其东壁有菩萨转目视人。法师文溆亡何令工人布色损矣。

[①] 敦煌本《禅门十二时》,《敦煌零拾》收一种,北平图书馆藏鸟字十号残本一卷。《太子五更转》等,法京国家图书馆有之,收入刘复先生之《敦煌掇琐》上辑三五至三八,又四二诸号。北平图书馆有乃字七四号《辞娘赞》文一卷,咸字一八号《南宗定邪五更转》一卷,俱收入许君国霖之《敦煌杂录》中。悟真所作《五更转》及《十二时》,见法京国家图书馆所藏 Pelliot 3554 一卷纸背,有序无词。北平图书馆周字七〇号《五更调》一卷,又露字六号《五更转》一卷,俱见《敦煌杂录》。

作文溆,不作文淑,与后引圆仁诸人书合可证。至于"转膝",明刊本《杂俎》如此,《学津讨原》本及《说郛》(商务本)卷三十六引段柯古《寺塔记》,俱作"角而转睐",则"膝"字乃是"睐"字之误。"角"字,吴君晓铃谓疑与"日角龙颜"之"角"同义,唯如此用法,却甚罕见,则仍不无可疑也。元和末有以俗讲著称之僧人,则其兴不始于元和可知。会昌初日本僧圆仁入唐,长安小住,亦曾数闻俗讲。其《入唐求法巡礼行记》中屡纪此事云[①]:

> 开成六年正月九日五更时拜南郡了,早朝归城,幸在丹凤楼,改年号,改开成六年为会昌元年。及敕于左、右街七寺开俗讲。左街四处:此资圣寺,令云花寺赐紫大德海岸法师讲《花严经》,保寿寺令左街僧录三教讲论赐紫引驾大德体虚法师讲《法花经》,菩提寺令招福寺内供奉三教讲论大德齐高法师讲《涅槃经》,景公寺令光影法师讲。右街三处:会昌寺令内供奉三教讲论赐紫引驾起居大德文溆法师讲《法花经》,城中俗讲,此法师为第一;惠日寺崇福寺讲法师未得其名。又敕开讲道教,左街令敕新从剑南道召太清宫内供奉矩令费于玄真观讲《南花》等经;右街一处,未得其名;并皆奉敕讲。从太和九年以来废讲,今上新开,正月十五日起首至二月十五日罢。

> 九月一日,敕两街诸寺开俗讲。

> 会昌二年正月一日……诸寺开俗讲。

> 五月奉敕开俗讲,两街各五座。

"从太和九年以来废讲,今上新开"一语如兼指俗讲而言,则其间中断,将近七载。至于何以废讲,以书阙有间,不易推知。今按《太平广记》卷二百四文宗条引《卢氏杂说》云:

> 文宗善吹小管。时法师文溆为入内大德,一日得罪流之。弟子入内收拾院中籍入家具辈,犹作法师讲声。上采其声为《文溆子》。

---

① 《入唐求法巡礼行礼》卷三,八四、八七、八八页(《大日本佛教全书游方传丛书》一)。

则会昌时俗讲第一之文溆法师,于文宗时曾因罪流废也。赵璘《因话录》卷四角部亦及文溆事,其辞云:

> 有文淑僧者,公为聚众谈说,假托经论,所言无非淫秽鄙亵之事。不逞之徒转相鼓扇扶树,愚夫冶妇乐闻其说,听者填咽寺舍,瞻礼崇奉,呼为和尚。教坊效其声调以为歌曲。其甿庶易诱,释徒苟知真理及文义稍精,亦甚嗤鄙之。近日庸僧以名系功德使,不惧台省府县,以士流好窥其所为,视衣冠过于仇雠。而淑僧最甚,前后杖背,流在边地数矣。

就上所引二则观之,俗讲之自太和九年以来废讲,与文溆之获罪流徙,或不无若干关系也。

至于《文溆子》一曲之起源,据上引《卢氏杂说》,谓为文宗所制,而段安节《乐府杂录·文溆子》条云:

> 长庆中俗讲僧文溆善吟经,其声宛畅,感动里人。乐工黄米饭依其念四声观世音菩萨,乃撰此曲。

又以为系乐工黄米饭依文溆吟经声调,撰成此曲。两说未知孰是。唯《乐府杂录》以及《卢氏杂说》所记之文溆法师,与《因话录》之文淑僧事迹大致相同,则文淑当即文溆之讹误;《酉阳杂俎》《因话录》之文淑,与《卢氏杂说》《乐府杂录》之文溆盖是一人,而假托经论云云,疑亦指俗讲而言也。

钱易《南部新书》戊云:

> 长安戏场多集于慈恩,小者在青龙,其次荐福永寿。尼讲盛于保唐,名德聚之安国,士大夫之家入道尽在咸宜。

此处所举慈恩、青龙、荐福、永寿、保唐、安国、咸宜七寺,全在长安城东,即所谓左街也。保唐寺原名菩堤寺,在平康坊,会昌六年,始改名保唐①,故钱氏所述,当属大中以后事。关于尼讲一辞,赞宁《僧史略》卷上"尼讲条"云:

---

① 据《旧唐书·宣宗纪》,菩提寺改名保唐寺在会昌六年五月,徐松《两京城坊考》卷三平康坊菩提寺条谓在大中六年,盖承宋敏求《长安志》而误。

> 东晋废帝太和三年戊辰岁,洛阳东寺尼道馨,俗姓羊,为沙弥时,诵通《法华》《维摩》二部。受大戒后,研穷理味,一方道学所共师宗,尼之讲说,道馨为始也。

是所谓尼讲者,指比丘尼之讲经而言。然菩提寺于会昌末易名保唐,为僧寺而非尼寺,故《南部新书》所云"尼讲盛于保唐"一语颇难索解。就文溆曾住锡菩提寺一事而言,所谓"尼讲"云云,或者系"俗讲"一辞之讹误耳。

圆仁所纪长安俗讲名家文溆法师,其活动时期之长,就上引诸家记载观之,亦至足惊异:元和末住锡菩提寺,即以俗讲僧见称当世;宝历时移锡兴福寺(见下引《通鉴·唐敬宗纪》);文宗时为入内大德,虽因罪流徙,开成、会昌之际,当又复回长安,是以圆仁至长安时,文溆依然执"俗讲"牛耳,为京国第一人。历事五朝,二十余年,数经流放,声誉未堕。《因话录》谓其"听者填咽寺舍,瞻礼崇奉,呼为和尚",圆仁谓"城中俗讲,此法师为第一"云云,皆可见其实有倾倒世俗之处,初非浪得虚誉。至于俗讲一科,以及文溆之名,竟未见于《僧传》,则《因话录》所谓"释徒苟知真理及文义稍精,亦甚嗤鄙之",实其主因也。

《通鉴·唐纪敬宗纪》亦及文溆事,其辞云:

> 宝历二年六月己卯,上幸兴福寺观沙门文溆俗讲。胡三省注:释氏讲说,类谈空有,而俗讲者又不能演空有之义,徒以悦俗邀布施而已。

以胡氏所释与《因话录》所记文溆一条合而观之,则俗讲宗旨,当可了然矣。

圆仁《入唐求法巡礼行记》卷一有云[①]:

> 又有化俗法师与本国导飞教化师同也。说世间无常空苦之理,化导男弟子女弟子,呼导化俗法师也。讲经论律记疏等,名为座主和尚大德;若衲衣收心,呼为禅师,亦为道者;持律偏多,名律大德,讲为律座主;余亦准尔也。

文溆当亦化俗法师之流,而其魔力足以倾倒世俗,故至欲尊为和尚也。赞宁《续

---

① 《入唐求法巡礼行记》卷一,一三页。

高僧传》卷下《释宝严传》述宝岩登座唱导有云：

> 每使京邑诸集，塔寺肇兴，费用所资，莫非泉贝。虽玉石适集，藏府难开。及岩之登座也，桑邑顾望，未及吐言，掷物云奔，须臾坐没。方乃命人徙物，设叙福门。先张善道可欣，中述幽途可厌，后以无常终夺，终归长逝。提耳抵掌，速悟时心。莫不解发撒衣，书名纪数，克济成造，咸其功焉。

宝岩所为，与文溆曾何以异！故俗讲之与唱导，论其本旨，实殊途而同归，异名而共实者尔。

三、俗讲之仪式

唐宋以来寺院讲经，率有定式，宋元照《四分律行事抄资持记》卷三《释导俗篇》记其略云①：

> 夜下明设座，或是通夜，不暇陈设，故开随坐。三中六法。初礼三宝，二升高座，三打磬静众今多打木，四赞呗文是自作，今多他作声，并秉炉说偈祈请等，五正说，六观机进止，问听如法，乐闻应说文中不明，下座合加续之，七说竟回向，八复作赞呗，九下座礼辞。《僧传》云："周僧妙，每讲下座，必合掌忏悔云：佛意难知，岂凡夫所测。今所说者，传受先师，未敢专辄。乞大众于斯法义，若是若非，布施欢喜。"最初鸣钟集众，练为十法。今时讲导，宜依此式。

赞呗云者，即慧皎《高僧传·经师》篇论所谓"赞法于管弦则称之以为呗"是也。大率以协谐钟律，符靡宫商为妙。

元照所述讲经仪式，科别十法，而仍语焉不详。日本僧圆仁于唐文宗开成三年入唐，四年六月至山东文登县，住清宁乡赤山院，曾预讲经之会。其《行记》

---

① 《大正新修大藏经》第四十卷，四○四页。

卷三记赤山院新罗僧讲经仪式云①：

> 辰时打讲经钟，打惊众钟讫。良久之会，大众上堂，方定众钟。讲师上堂，登高座间，大众同音，称叹佛名，音曲一依新罗，不似唐音。讲师登座讫，称佛名便停。时有下座一僧作梵，一据唐风，即云何于此经等一行偈矣。至愿佛开微密句，大家同音唱云，戒香定香解脱香等颂。梵呗讫，讲师唱经题目，便开题，分别三门。释题目讫，维那师出来，于高座前，设申会兴之由，及施主别名，所施物色。申讫，便以其状转与讲师，讲师把麈尾一一申举施主名，独自誓愿。誓愿讫，论义者论端举问。举问之间，讲师举麈尾，闻问者语，举问了，便倾麈尾，即还举之。谢问便答。帖问帖答，与本国同，但难仪式稍别，侧手三下，后中解白前卒尔指申难声如大瞋人，尽音呼诤。讲师蒙难，但答不返难。论义了，入文谈经。讲讫，大众同音，长音赞叹，语中有回向词。讲师下座，一僧唱处世界如虚空偈，音势颇似本国。讲师升礼盘，一僧唱三礼了，讲师大众同音，出堂归房。更有覆讲师一人，在高座南，下座便谈讲师昨所讲文至如会义句。讲师牒文释义了，覆讲亦读。读尽昨所讲文了，讲师即读次文。每日如斯。

圆仁尚记及新罗一日讲仪式及新罗诵经仪式②，与上引赤山院论经仪式大致不殊。唐宋寺院讲经仪式，参照元照圆仁诸人所述，当可得其梗概。讲经时讲师必登高座。苏鹗《杜阳杂编》卷下纪懿宗时事有云③：

> 上敬天竺教。（咸通）十二年冬，制二高座赐新安国寺，一曰讲座，一曰唱经座。各高二丈，研沉檀为骨，以漆涂之，镂金银为龙凤花木之形，编覆其上。

此所谓讲座，疑是讲经律论疏记等座主大德和尚号为法师者所用，而唱经座则

---

① 《入唐求法巡礼行记》卷二，三九至四〇页。
② 《入唐求法巡礼行记》卷二，四〇页。唐代新罗人流寓今江苏、山东一带者为数不少。楚州及泗州属涟水县俱有新罗坊；山东文登县亦有勾当新罗所；文登清宁乡赤山村新罗人聚居，成为村落，张宝高且建赤山法华院。新罗人在中国沿海一带之盛如此，是以赤山法华院讲经，参杂新罗语音，正无足怪也。
③ 《旧唐书·懿宗纪》亦及此事，唯系于是年五月，不如《杜阳杂编》之详，只云，"上幸安国寺，赐讲经僧沉香高座"。

特为唱释经题之都讲而备者耳。

"俗讲"虽假托经论利诱愚氓,辞意浅显,见讥大雅。然会昌时固曾奉敕开讲,宝历时人主亲临礼听,则其开讲时必有庄严仪式,不能草草,盖不待烦言。唯以前以无确证,说者只有依据讲经法式,悬测比傅而已。其后得见法京国家图书馆所藏 Pelliot 3849 号敦煌卷子一卷,正面为京兆杜友晋撰《新定书仪镜》及黄门侍郎卢藏用《仪例》一卷叙。纸背文字二段,一为《佛说诸经杂缘喻因由记》,一为俗讲仪式,后附虔斋及讲《维摩经》仪式。纪俗讲仪式一段,适足以解旧来之惑,其文云:

夫为俗讲:先作梵了;次念菩萨两声,说押座了;素旧二字不解《温室经》法师唱释经题了;念佛一声了;便说开经了;便说庄严了;念佛一声,便一一说其经题字了;便说经本文了;便说十波罗密等了;便念念佛赞了;便发愿了;便又念佛一会了;便回向原脱向字,今补发愿取散云云。已后便开《维摩经》。讲《维摩》:先作梵,次念观世音菩萨三两声;便说押座了;便素唱经文了;唱日法师自说经题了;便说开赞了;便庄严了;便念佛一两声了;法师科三分经文了;念佛一两声,便一一说其经题名字了;便入经说缘喻了;便说念佛赞了;便施主各发愿了;便回向发愿取散。

此处之讲《维摩》,当亦指俗讲中之开讲《维摩经》而言。俗讲仪式之作梵,礼佛唱释经题,说经本文,回向发愿诸法,与讲经无甚出入。唯说押座,则元照圆仁书俱未之及,不见于讲经仪式之中,盖为俗讲所特有者。汉魏以来释氏讲经,主讲者为法师,诵经论议者为都讲。谢康乐《山居赋注》所谓南倡者都讲,北居者法师是也。俗讲亦复具备法师都讲二者。上引圆仁书纪文溆诸人俱为俗讲法师,而巴黎藏《长兴四年中兴殿应圣节讲经文》(见附录一)亦有都讲之名,是其明证。都讲唱释经题,与正式讲经亦无以异也。时贤对于俗讲仪式多所猜测,观以上所引,可以释然矣①。

---

① 北京大学《国学季刊》六卷二号有孙楷第先生一文,专论俗讲仪式,推断甚详,读者可以比观也。

四、俗讲之话本问题

宋代说话人以及傀儡戏、弄影戏者,俱有话本[1]。而齐梁以来僧人唱导,亦各有所依据,如释真观著诸导文二十余卷,释法韵诵诸碑志及古导文百有余卷,《释宝严传》亦谓"严之制用,随状立仪,所有控引,多取《杂藏》《百譬》《异相》《联璧》,观公导文王孺案当作王僧孺忏法梁高沈约徐庾晋宋等数十家。包纳喉襟,触兴抽拔"[2]。至今《广弘明集》卷十五尚收有梁简文帝《唱导文》一篇,王僧孺《礼佛唱导发愿文》一篇。凡此皆所谓唱导之话本也。

据上引 Pelliot 3849 号一卷纸背论俗讲仪式,说押座乃俗讲所特有。所谓押座,即指押座文(或作枊座文)而言,法京国家图书馆藏 Pelliot 2187 号一卷为《降魔变枊座文》,下即为《破魔变》[3];《破魔变》即《降魔变》,盖述佛弟子舍利弗降六师故事者也。押座文与变文相联属,则变文之与俗讲有关,而即为俗讲之话本,从可知矣。

《敦煌零拾》中收有敷衍《维摩经》故事之文《殊问疾第》一卷一篇;北平图书馆藏有敷衍此经之《持世并》第二卷(光字九四号)一卷;法京藏 Pelliot 2292 号一卷,为敷衍此经之第二十;英京藏 S.4571 号一卷,亦属敷衍此经之作,顾不审卷第。英京又藏 S.2140 及 S.2430 两卷,俱属《维摩经押座文》。依《降魔变枊座文》之例推之,上举敷衍《维摩经》故事诸篇,其即为俗讲话本,当亦无可疑也。

敦煌所出俗讲文学作品,大别之可分为三类:标题为押座文者为第一类,以缘起为名者可归入此类。押座文其正确解释如何,不得而知,今按押座之押或与压字义同,所以镇压听众,使能静聆也。又押字本有隐括之意,所有押座文,

---

[1] 参看吴自牧《梦粱录》卷二十,百戏伎艺条。
[2] 参看道宣《续高僧传》卷三十,真观诸人传。
[3] 卷末题记云,"天福九年甲辰祀黄钟之月冀生十萊冷凝呵笔而写记。居净土寺释门沙(疑应作法)律沙门愿荣写"。

大都隐括全经,引起下文。缘起与押座文作用略同,唯视押座文篇幅较长而已,此当即后世入话、引子、楔子之类耳。

标题为变文者为第二类。如《目连变文》《降魔变》《王陵变》之属,其体制大概相同。他如《季布歌》,或《大汉三年楚将季布骂阵汉王羞耻群臣妭骂收军词文》之属,就体裁而言,亦可归入此类。

敷衍《维摩经》故事诸篇为第三类。此一类作品,大都引据经文,偈语末总收以"□□□□唱将来"之格式。敷衍全经者为多,摘述一段故事如《目连变》《降魔变》之所为者甚少。俗讲话本之正宗,大约即为此类作品也①。

俗讲之当如齐梁唱导,宋代说话人应有话本,话本之即为敦煌所出押座文变文一类通俗文学作品,因有 Pelliot 3849 号一卷纸背所记俗讲仪式一段文字,大致可以无疑。至于俗讲话本之名称如何,则议者纷纷犹无定论。罗氏《敦煌零拾》收俗讲话本三种,概名之为佛曲。按南卓《羯鼓录》有诸佛曲调之名。陈旸《药书》并特著佛曲一部,凡收婆陀调八曲,乞食调九曲,越调二曲,双调一曲,商调二曲,徵调一曲,羽调四曲,般涉调一曲,移风调一曲。陈氏所著录者,与《羯鼓录》之诸佛曲调以及食曲名目多有同者。是所谓佛曲,乃属燕乐系统之一种乐曲,与俗讲话本固为两事。罗氏混为一谈,谬甚。拙著《论唐代佛曲》一文②,辨之甚悉,兹不赘。

说者亦有谓俗讲话本应一律称为变文者③,试加复按,可以知其不然。《目连变》《降魔变》《王陵变》《舜子至孝变》等多以变文名,固矣。然《季布骂阵词文》固明明以词文或传文标题矣。而所谓押座文,缘起,以及敷衍全经诸篇,非自有名目,即体裁与变文迥殊。今统以变文名之,以偏概全,其不合理可知也。

《敦煌零拾》所收佛曲第二种为《文殊问疾》第一卷,文中杂引经文,韵散兼

---

① 本文第二节引圆仁《行记》会昌元年长安敕开俗讲,海岸文溆诸人所讲为《华严》《法华》《涅槃》诸经,敦煌所出此类作品,亦以演全经者为多,可证也。
② 《论唐代佛曲》一文,原载《小说月报》二十卷十号,见本文集第二七五页至第二九二页。
③ 郑振铎先生之说如此。参看其所著《中国俗文学史》上册第六章。

陈。其引经之一段云：

> 经云文殊师利乃至诣彼问疾。
>
> 此唱经文，分之为三，一文殊谦让白佛；二赞居士……三托佛神力，敢往问疾。

法京藏 Pelliot 2418 号一卷，大约敷衍《父母恩重经》故事，卷首一段有云：

> 经：佛告阿难，我观众生，虽沾人品，心行愚懜，不思耶娘，有大恩德，不生恭敬，况有人慈。
>
> 此唱经文，是世尊呵责也。前来父母有十种恩德，皆父母之养育，是二亲之劬劳。……

曩与孙楷第先生讨论俗讲话本名目，孙先生据上引诸篇，谓应称为"唱经文"。当时颇以为然。迩来反复此说，不无未安之处。所谓"此唱经文"四字，盖指上引经文而言，引经一段之后，下即随以偈语。偈语大都反复上引经文，出以歌赞，故云为唱。"此唱经文"之句读应为二二句，今云"唱经文"，断为一三句，以唱字属下读，未免有割裂原文之嫌。故以唱经文名俗讲话本，其依据不无可议也。

私意以为俗讲话本名称，第一类之为押座文或缘起，第二类可以变文统摄一切，大概可无问题，所不能决者唯第三类耳。一、二两类大都撷取一段故事，敷衍而成，而第三类则敷陈全经为多。法京藏 Pelliot 3808 号一卷，卷末题《仁王般若经抄》，盖演《仁王般若经》故事者，卷首标题作"长兴四年中兴殿应圣节讲经文"。文中偈语末收以"□□□□唱将来"，亦引"经云"，间注"念佛"二字，其体裁与演《维摩经》《父母恩重经》诸卷全同，则俗讲话本第三类之名称，疑应作讲经文，或者为得其实也。（参看附录一）

五、俗讲文学起源试探

俗讲一辞，不见于唐以前书。唐人记此，最早亦止于元和，然其兴于元和以前,似可以悬测而知也。顾其间自必有所秉承,而从来说者,于其渊源俱未之及。私意以为俗讲文学之来源,当不外乎两途:转读唱导,一也;清商旧乐,二也。今试申述之如次。

转读云者,即梵呗之谓也。齐梁以来相传,东土梵呗,创于陈思王曹植。慧皎《高僧传》卷十三《经师》论云:

> 自大教东流,乃译文者众,而传声盖寡,良由梵音重复,汉语单奇。若用梵音以咏汉语,则声繁而偈迫;若用汉曲以咏梵文,则韵短而辞长。是故金言有译,梵响无授。始有魏陈思王曹植,深爱声律,属意经音。既通般遮之瑞响,又感鱼山之神制。于是删治《瑞应本起》,以为学者之宗。传声则三千有余,在契则四十有二。

慧皎又云:

> 然东国之歌也,则结韵而成咏;西方之赞也,则作偈以和声。虽复歌赞为殊,而并以协谐钟律,符靡宫商,方乃奥妙。

梵呗所咏,即是偈语。上引圆仁纪赤山院讲经仪式,一僧作梵,即唱"云何于此经,究竟到彼岸。愿佛开微密,广为众生说"一偈,日本声明所谓《两界赞》者是也。而回向则多唱"愿以此功德,普及于一切。我等与众生,皆共成佛道。香花供养佛"一偈。圆仁并记及赤山院之新罗诵经仪式,会众导师齐唱佛菩萨号,药师瑠璃光佛及观世音菩萨。而俗满仪式中亦有念佛,念菩萨念观世音菩萨。此皆属于梵呗,与转读有关。慧皎论转读,曾举十六字以明之,所谓"起掷荡举,平折放杀,游飞却转,反叠娇哢"是也。梵呗之学,中土久佚,日本传此称为声明。讲声明之书,即称为《鱼山集》。大概偈赞之属,各隶于一定宫调,而一字之中,又复高下抑扬,自具宫商,协谐钟律。所用乐器为横笛、笙、筚篥、琴、琵琶。至今规律具存,不难复演也[①]。

[①] 关于日本声明,日本大山公淳之《声明の历史及じ音律》一书言之綦详,可以参阅。此处所举之《两界赞》及《回向段》,《菁花集》以之为半吕半律曲(见大山氏书,三三六页),金刚三昧院藏《吕律闻书》则以之属于黄钟宫中曲(大山氏书,三三六至三三七页)。所谓半吕半律曲,或者即中曲之异名耳。

今日传世之俗讲话本，如《敦煌零拾》所收之《有相夫人生天因缘变》中时注以"观世音菩萨""佛子"辞句，英京藏《维摩经押座文》亦有"念菩萨佛子""佛子"等辞句。凡此皆指唱至此等处所，须行转读，会众同声唱偈也。此俗讲话本杂有转读成分之明证也。

至于《维摩经讲经文》中之偈语常注以"平""侧""断"诸字，甚难索解。颇疑此等名辞，亦与梵呗有关。日本所传声明有十二调子，或名为十二律。所谓十二调子，即一越、断金、平调、胜绝、下无调、双调、凫钟、黄钟、鸾镜、盘涉、神仙、上无是也。然则讲经文之平、侧、断诸辞，或者即指平调、侧调、断金调而言欤？姑悬此解，以待博雅论定。

唱导本旨，亦可于慧皎《高僧传》见之。《高僧传》卷十三《唱导》论曰：

> 唱导者盖以宣唱法理，开导众心也。……至如八关初夕，旋绕周行，烟盖停氛，灯帷靖耀，四众专心，又指缄嘿。尔时导师则擎炉慷慨，含吐抑扬，辩出不穷，言应无尽。谈无常则令心形战栗，话地狱则使怖泪交零，征昔因则如见往业，覆当果则已示来报，谈怡乐则情抱畅悦，叙哀感则洒泣含酸。于是阖众倾心，举室恻怆，五体输席，碎首陈哀。各各弹指，人人唱佛。爰及中宵后夜，钟漏将罢，则言星河易转，胜集难留，又使惶迫怀抱，载盈恋慕。当尔之时，导师之为用也。

是唱导之用，盖在因时制宜，随类宣化。故"为出家五众，则须切语无常，苦陈忏悔。若为君王长者则须兼引俗典，绮综成辞。若为悠悠凡庶，则须指事造形，直谈闻见。若为山民野处，则须近局言辞，陈斥罪目。凡此变态，与事而兴"[①]。俗讲亦以化俗为务，与唱导同。唯唱导就近取譬，仍以说理为主，而俗讲则根本经文，敷衍陈篇，有同小说，为稍异耳。《广弘明集》卷十五有梁简文帝《唱导文》一篇，王僧孺《礼佛唱导发愿文》一篇。法京所藏《长兴四年中兴殿应圣节讲经文》

---

① 慧皎《高僧传》卷十三《唱导》论中语。

及英京所藏《回向文》，其体制与《广弘明集》所收，俱约略相似。则俗讲者，疑当溯其渊源于唱导，而更加以恢弘扩大耳。

唐代俗讲话本，似以讲经文为正宗，而变文之属，则其支裔。换言之，俗讲始兴，只有讲经文一类之话本，浸假而采取民间流行之说唱体如变文之类，以增强其化俗之作用。故变文一类作品，盖自有其渊源，与讲经文不同，其体制亦各异也。欲溯变文之渊源，私意以为当于南朝清商旧乐中求之，《旧唐书·音乐志》云：

清乐者，南朝旧乐也……隋平陈，因置清商署，总谓之清乐。遭梁陈亡乱，所存盖鲜，隋室已来，日益沦缺，武太后之时，犹有六十三曲。今其辞存者有……《明君》……《长史》……等三十二曲。

《长史》本名《长史变》，《宋书·乐志》以之隶于徒歌，《尔雅》所谓徒歌曰谣是也。《宋书·乐志》述《长史变》云：

《长史变》者，司徒长史王廞临败所制。……凡此诸曲，始皆徒哥，既而被之弦管，又有因弦管金石造哥以被之，魏世三调哥词之类是也。

又谓"六变诸曲，皆因事制哥"。则《长史变》者，亦六变诸曲之一也。《乐府诗集》卷四十四《吴声歌曲》序引《古今乐录》曰：

吴声歌旧器有篪、箜篌、琵琶，今有笙、笛；其曲有《命啸》《吴声》《游曲》《半折》《六变》《八解》。《命啸》十解，存者有《乌噪林》《浮云》《驱雁归》《湖马》《让皆》，余不传。吴声十曲：一曰《子夜》，二曰《上柱》，三曰《凤将雏》，四曰《上声》，五曰《欢闻》，六曰《欢闻变》，七曰《前溪》，八曰《阿子》，九曰《丁督护》，十曰《团扇郎》，并梁所用曲。……《游曲》六曲，《子夜四时歌》《警歌》，并十曲，中间游曲也。《半折》《六变》《八解》，汉世已来有之。《八解》者……今不传。又有《七日夜》《女歌》《长史变》《黄鹄》《碧玉》《桃叶》《长乐》《佳欢好》《懊恼》诸曲，亦皆吴声歌曲也。

是汉世已来，南朝旧乐，自有所谓变歌，及以变名之《子夜》《欢闻》《长史》诸曲，

合之《明君》,举属于清乐也。《乐府诗集》卷四十五《子夜变歌》序引《古今乐录》曰:

> 《子夜变歌》,前作持子送,后作欢娱我送。《子夜警歌》无送声,仍作变,故呼为变头,谓六变之首也。

由此可以推知变歌前后,俱有送声,唯今存于《乐府诗集》中之《子夜变》《欢闻变》,以及《长史变》,不过为五言古诗四句。辞存声亡,所谓送声者,已无由窥其梗概矣。《明君》本中朝旧曲,唐为吴声。《乐府诗集》卷二十九《王明君》序引各家乐书,论此甚悉,今撮录如次:

> 《古今乐录》曰:晋宋以来《明君》只以弦隶少许,为上舞而已。梁天监中斯宣达为乐府令,与诸乐工以清商两相间弦为《明君》上舞,传之至今。王僧虔《技录》云:《明君》有间弦及契注声,又有送声。谢希逸《琴论》曰:平调《明君》三十六拍,胡笳《明君》二十六拍,清调《明君》十三拍,间弦《明君》九拍,蜀调《明君》十二拍,吴调《明君》十四拍,杜琼《明君》二十一拍,凡有七曲。

> 《琴集》曰:胡笳《明君》四弄,有上舞,下舞,上间弦,下间弦。《明君》三百余弄,其善者四焉。又胡笳《明君别》五弄,《辞汉》《跨鞍》《望乡》《奔云》《入林》是也。

是《明君》亦有送声。至于间弦及契注声,则不知应作何解。《旧唐书·音乐志》又谓:

> 旧乐章多或数百言。武太后时,《明君》尚能四十言。今所传二十六言,就之讹失,与吴音转远。

《乐府诗集》卷二十九所收晋乐《王明君》一曲,犹存三十句,百五十言。凡此皆可以见南朝清商乐中,本有变名之一种。其组织亦相当繁复,所谓前后送声,或即后世之楔子与尾声,而《明君》之属,多至数百言,三百弄,则其规模之宏伟,亦似非普通乐歌所能仿佛者也。

唐代变文宜亦可以被诸弦管,是以唐末吉师老有《看蜀女转昭君变》一诗①,变文之音乐成分,由此似可推知。而其祖祢,或者即出于清商旧乐中变歌之一类也。

六、俗讲文学之演变

北平图书馆藏云字二十四号《八相变文》卷末有云:

> 况说如来八相,三秋未尽根原,略以标名,开题示目。今具日光西下,坐久迎时。盈场皆是英奇仁,阖郡皆怀云雅操,众中俊哲,艺晓千端,忽滞淹藏,后无一出。伏望府主允从,则是光扬佛日。恩矣!恩矣!

此为说唱以后之收场白。红日西下听众将散之际,讲师乃向施主以及听众致辞,冀其能听崇金言,光扬佛法。陆放翁诗:"斜阳古柳赵家庄,负鼓盲翁正作场。死后是非谁管得,满村听说蔡中郎。"其情景与《八相变文》后收场白所云,似乎并无二致也。

---

① 《全唐诗》第十一函第七册吉师老《看蜀女转·昭君变》诗云:"妖姬未著石榴裙,自道家连锦水濆。檀口解知千载事,清词堪叹九秋文。翠眉颦处楚边月,画卷开时塞外云。说尽绮罗当日恨,昭君传意向文君。"诗中"清词堪叹九秋文"一语,盖指转《昭君变》者所持之话本而言。当时之话本必为代图本,是以谓"画卷开时塞外云"也。传世诸敦煌俗讲文学作品,尚有可以见代图之迹者。法京藏 Pelliot 4524 号一卷,内容为《降魔变》,正面为变文六段,纸背插图六幅,与文相应(参看本文第一图)。张彦远《历代名画记》以及段成式《酉阳杂俎》纪述两京寺院壁画,多作种种变相,法京本《降魔变》纸背插图,当即变相之流耳。陈寅恪先生谓中国之变文与印度之所谓 Avadana 或者不无关系云云。案今人杨文瑛《暹罗杂记》僧讲经条云:"暹俗凡有喜庆及丧葬事必延僧诵经。不论在家在寺,又有登座讲经之举,大抵皆说佛家故事,侨俗谓为和尚讲古。开讲时一僧跌坐高座,前供香花蜡烛,男女席地跪坐以听。主讲者若善滑稽,则听来常哄堂。察其大意,非以法化指迷,引人同归正路,不过借此以博愚夫愚妇之欢心耳。盖讲经之僧,以座上蜡炬为敛财之法宝,凡善男子善女人环而听者,皆须纳纸币或士丹于烛台中,以为佛祖之香火费及该僧之茶果资,名曰贴蜡烛。故听者愈众,入款愈丰。每当听讲人归,只闻说今日所听如何有趣,如何可听,未闻有道及三乘五戒者,各处寺院,每因捐款修筑,亦派僧至各市镇讲经,借筹经费。与各高僧及中华佛教会所讲多佛门真谛者,不可一例看也。"(页十六)又明马欢《瀛涯胜览》爪哇国条有云:"有一等人以纸画人物鸟兽鹰虫之类,如手卷样,以三尺高二木为画干,止齐一头。其人蟠膝坐于地。以图画立地。每展出一段,朝前番语高声解说此段来历。众人圜坐而听之,或笑或哭,便如说平话一般。"(冯承钧《校注》本页十五)今日暹罗之讲经似乎即为《高僧传》论《唱导》及《续高僧传》《宝严传》所记一段文字之重演。而马欢记其在爪哇所见,与唐代转《昭君变》之情形,亦甚相仿佛。暹罗爪哇之文化以秉承印度者为多,上举二例,当亦不能例外也。

现存诸俗讲文学作品多写于五代，地点则自西川①以至于敦煌；可见俗讲至唐末犹甚盛行，并由京城普及于各地也。

宋朝说话人分小说、说经及说参请、讲史乃、合生商谜四科，为后来小说张本，至于说话人来源，则史无明文。今从敦煌所出诸俗讲文学作品观之，宋代说话人宜可溯源于此。记伍子胥故事、《汉将王陵变》、《季布骂阵词文》、《昭君变》，以及《张淮深变文》之类，即宋代说话人中讲史书一科之先声，而说经说参请，又为唐代诸讲经文之支与流裔。弹词宝卷，则俗讲文学之直系子孙也。

赵令畤《商调蝶恋花》于序末用"奉劳歌伴，先听格调，后听芜词"三句引起以下一首之《蝶恋花》词，以后引传之末，俱用"奉劳歌伴，再和前声"二句，然后继之以《蝶恋花》词一首。《清平山堂话本》中《刎颈鸳鸯会》一篇，正用此体。唐代变文如《降魔变》等说白将终，每用"当尔之时若为陈说"引起以下韵语。《商调蝶恋花》与《刎颈鸳鸯会》中之"奉劳歌伴，再和前声"，与唐人之"当尔之时若为陈说"功用神味相同，韵散相兼，亦复一致。话本中之入话似即出于俗讲文学中之押座文及缘起，而稍稍予以整齐简单。故由《商调蝶恋花》演至话本式之《刎颈鸳鸯会》，其线索虽难确知，而二者约略受有唐代俗讲文学作品之影响，则可以断言也。

至于由诸宫调演为院本杂剧，自应溯源于唐宋大曲，顾与俗讲亦不无些许瓜葛，如《文序子》即其一例。《文序子》即《文溆子》，据王灼《碧鸡漫志》，《文溆子》属黄钟宫，而在《刘知远诸宫调》及《董西厢》，则俱为正宫调。宋以后词及诸宫调中之《文溆子》，即当从唐代之《文溆子》嬗演而来。唯念观世音菩萨在梵呗中不知属何宫调，日本声明书亦未及此，致唐代《文溆子》之宫调无由推知，令人不无遗憾。又《因话录》纪文溆法师，谓"教坊效其声调以为歌曲"云云。颇疑唐代教坊歌曲中，除《文溆子》一曲而外，远承梵呗，近则俗讲，仿其声调，被诸弦管

---

① 法京藏 Pelliot 2292 号一卷，为《维摩经讲经文》第二十卷。卷末题记云："广政十年八月九日在西川静真禅院写此第二十卷文书，恰遇抵黑书了。不知如何得到乡地去！"又题云："年至四十八岁，于州中应明寺开讲，极是温热！"

者,当尚不乏也①。

宋朝说话人中之合生一科,唐已有之。《旧唐书·武平一传》云:

> 后宴两仪殿。……酒酣胡人袜子何懿等唱合生,歌言浅秽……平一上书谏曰……伏见胡乐施于声律,本备四夷之数。比来日益流行,异曲新声,哀思淫溺。始自王公,稍反闾巷。妖伎胡人,街童市子,或言妃主情貌,或列王公名质,咏歌蹈舞,号曰合生。

是合生原出于胡乐。而与讲史书、说经、说参请,以及杂剧有若干关系之俗讲,其中如变文之属,虽似因袭清商旧乐,不能必其出自西域,而乃大盛于唐代寺院,受象教之孕育,用有后来之盛。此为中国俗文学史上一有趣之现象,其故可深长思也。

俗讲一事,宋以后遂不见于史册,顾其痕迹未尽绝灭也。《佛祖统纪》卷三十九引《释门正统》曰:

> 良渚曰:准国朝法令,诸以二宗经及非《藏经》所载不根经文传习惑众者,以左道论罪。二宗者,谓男女不嫁娶;互持不语,病不服药,死则裸葬等。不根经文者,谓《佛佛吐恋师》、《佛说啼泪》、大小《明王出世经》、《开元括地变文》、《齐天论》、《五来子曲》之类。

二宗经指摩尼教经典戒律而言,《开元括地变文》,疑即唐代俗讲一类话本之遗存。良渚为南宋理宗时人,是俗讲至十三世纪时似尚未尽绝,唯以政治的原因,不幸与摩尼教等同其命运。殃及池鱼,俗讲有焉!

附录一　长兴四年中兴殿应圣节讲经文②

沙门△乙言:千年河变,万乘君生;饮乌兔之灵光,抱乾坤之正气。年□□日,彤

---

① 英京藏有道家所作变文一种,余未见到。王君重民以告余者。号码名目内容俱未详,据王君告语,则系完全摹仿佛家作风。唐代寺院中俗讲对于当时之影响,除教坊效其声调以为歌曲而外,此亦是一大事也。

② 此卷原本今藏巴黎,编号 Pelliot 3808(参看本文第二图)。案唐明宗生于九月九日,因以此日为应圣节。《旧五代史》卷三十七《明宗纪》三,天成元年秋九月"癸亥,应圣节。百僚于敬爱寺设斋,召缁黄之流于中兴殿讲论。从近例也"。正可为此卷证明。

庭别布于祥烟；岁岁重阳，寰海皆荣于嘉节。位尊九五，圣应一千。若非菩萨之潜形，即是轮王之应位。

　　　累劫精修□惠因　　方为人主治乾坤
　　　若居佛国名调御　　来往神州号至尊
　　　徒世界安兴帝道　　要戈鋋息下天门
　　　但言日月照临者　　何处生灵不感恩
　　　金秋玉露裛尘埃　　金殿琼阶列宝台
　　　扫雾金风吹塞静　　含烟金菊向天开
　　　金枝眷属围宸扆　　金紫朝臣进寿杯
　　　愿赞金言资圣寿　　永同金石唱将来

经　皇帝万乘……

以此开赞，大乘所生功功。谨奉上严尊号皇帝陛下，伏愿：圣枝万叶，圣寿千春。等渤澥之深沉，并须弥之坚固。　　奉为　　念佛

　　　皇后①伏愿：常新全范，永播坤风。隶万乘之宠光，行六宫之惠爱。

　　　淑妃②伏愿：灵椿比寿，劫石齐年。推恩之誉更言，内治之名唯远。

然后愿君唱臣和，天成地平。烽烟息而寰海安，日月明而干戈静。念佛适来都讲所唱经题，云《仁王护国般若波罗密多经·序品》第一者：仁者，五常之首，王者，万国之尊，护者，圣贤垂休，国者，华夷通贯；般若即圆明智惠，波罗密多即超渡爱河；经者，显示真宗；此即略明题目。然此经一释曰，大圣昔在灵山召集十六大国王，拥从百千诸圣众。尔时有菩萨天子波斯匿王，低金冠于海

---

① 明宗后夏氏薨于同光初。《旧五代史》卷三十九《明宗纪》五，天成三年春正月，"甲戌制，以楚国夫人曹氏为淑妃，以韩国夫人王氏为德妃"。又卷四十一，《明宗纪》七，长兴元年三月，"庚寅制，淑妃曹氏可立为皇后，仍令择日册命"；五月"丁丑，帝临轩命使册淑妃曹氏为皇后"。又卷四十二《明宗纪》八长兴二年四月，"辛卯制，德妃王氏进位淑妃"。此卷中之皇后淑妃，当即曹皇后王淑妃也。

② 明宗后夏氏薨于同光初。《旧五代史》卷三十九《明宗纪》五，天成三年春正月，"甲戌制，以楚国夫人曹氏为淑妃，以韩国夫人王氏为德妃"。又卷四十一，《明宗纪》七，长兴元年三月，"庚寅制，淑妃曹氏可立为皇后，仍令择日册命"；五月"丁丑，帝临轩命使册淑妃曹氏为皇后"。又卷四十二《明宗纪》八长兴二年四月，"辛卯制，德妃王氏进位淑妃"。此卷中之皇后淑妃，当即曹皇后王淑妃也。

会众中,礼慈。　于莲花台上。请宣《十地》,愿晓三空。希护国之金言,望安时之玉偈。于时①世尊宣扬外理,付嘱明君。远即成佛度人,近即安民治国。令行十善,以息三灾。心行调而风雨亦调,法令正而星辰自正。真风俗谛同行,而鱼水相须;王法佛经共化,而云龙契合。

意愿乾坤永晏清　净心求法志心听
国中不忒雨风候　天上无亏日月星
调御垂慈虽恳切　君王求法更丁宁
如来与说安邦法　故号仁王护国经
君王悲切礼花台　只望金言为众开
惠日照推心上恶　慈风吹散国中灾
殷勤敢望慈尊许　悟解方应翠辇回
未审此经何处须　甚人闻法唱将来

经

将释此经,大科三段:第一序分,第二正宗,第三流通。三分之中,且讲序分。序分之中,依佛地论,科为五种成就。如是我闻,信成就;一时两字,时成就;佛之一字,教主成就;住王舍城鹫峰山中,处所成就;与大比丘众千八百人俱听众成就。且第一如是我闻信成就者。如来说法,分付信心,或谈亿劫之因缘,动须河沙之功行。浅根难凑,深信方明。闻半偈而捐舍全身,求一言而祇供千载,若生信敬,方肯受持。信为入法之初机,智为究言之玄术。亦如我　皇帝翘心真境,志信空一,修持三世之果因,敬重十方之佛法。若不然者,曷能得每逢降诞,别启御筵。玉阶许坐于师僧,金殿高悬于睿像。躬瞻相好,自爇香烟。都由一片②信心坚,方得半朝闻法坐。

大觉牟尼化有缘　亲宣护国向灵山

---

① 案原本"于"字下脱一"时"字,今以臆补入。
② 案原本"片"下有"之"字,疑是衍文,今删。

万千徒众闻金偈　十六君王礼王颜
　　智惠宝舡希共上　菩提花树愿同攀
　　不因有信君王请　争得经文满世间
　　皇帝如今信敬开　每凭三宝殄微灾
　　君王听法登金殿　释道谭经宝台上①
　　寿等松椿宜闰盖　福如山海要添陪
　　直缘万乘君王信　天下师僧献寿来

第二一时两字时成就者。即世尊才江（?）徒众，使叩表然（?）所言无差，离师资之一相。人心渴望，佛口宣扬。如春风至而花开，似秋水清而月见。亦如我皇帝每年应圣，特展花筵，表八宏逢时主之时，歌万乘应流虹之日。一声丝竹，迎尧舜君暂出深宫；数队幡花，引僧道众高升宝殿。君臣会合，内外欢呼。明君面礼于三身，满殿亲瞻于八彩。牛香再惹，鱼梵虚徐。得过万乘之道场，亦是一时之法身。

　　佛每谈扬演大慈　人天随从愿除疑
　　花中既礼端严相　耳里还闻甘露词
　　佛以圣心观弟子　人将肉眼见牟尼
　　直解泛听无苟复　所以经文号一时
　　风慢香烟满殿飞　人人尽有祝尧词
　　君王乐引升龙座　释子宣来入凤墀
　　圣主净心瞻月面　凡人洗眼看尧眉
　　每年此日闻佛道　也似经中号一时

第三解佛之一字者，即是第三教主成就也。娑婆教主，大觉牟尼，一丈六身施，三十二般福相。圣凡皆仰，毁赞无摇，荡荡人天大尊师，巍巍法界真慈父。亦如我　皇帝万邦之主，四海之尊。入出公私尽礼瞻，卷舒贤圣皆呵护。当时法会，

---

① "释道谭经宝台上"，应作"释道谭经上宝台"。

四生调御为尊;今日道场,万乘君王为主。

　　　　当时法会佛为尊　　解启清凉解解解
　　　　心镜毫光含日月　　慈云法雨洒乾坤
　　　　身遇贤圣高低相　　法契人天深浅根
　　　　但有得超三界者　　思量还是法王恩
　　　　今朝法会帝王尊　　不掩羲轩治化门
　　　　普似云雷摇海岳　　明如日月照乾坤
　　　　慈怜解惜邦家本　　雨露能滋草木根
　　　　但是得居安乐者　　根基全是圣人恩

经王舍城鹫峰山中者,是第四处所成就也。佛宣护国,居在灵山。千重之翠嶂摩天,百道之寒溪喷雪。莓苔斑驳①,斗锦褥之花纹,松桧交加,盘龙鳞②之巨爪。山既高大,佛每经行。法王正坐于云岩,徒众来奔于烟树。亦如我　皇帝每逢金节回彤庭,见天颜于上界宫前,排罪会于九重殿内。当时调御说经,居灵鹫高山,今日君王听法,在龙宫宝殿。

　　　　巍巍佛像类金山　　烦恼枯来万劫开
　　　　妙展慈悲开国界　　巧将功功润人间
　　　　心灯不碍千门照　　善果长交万众攀
　　　　命说护国仁王法　　鹫峰顶上见慈颜
　　　　吾王福德重如山　　四海无尘心自闲
　　　　圣应君临千载内　　秋丰夏稔十年间
　　　　禹汤道德应难比　　尧舜仁颜稍可攀
　　　　每到重阳僧与道　　紫烟深处见龙颜

与大比丘众千八百人俱者,第五眷属成就也。世尊行化,徒众相随,梵王帝释及

---

①　"斑驳"原作"斑较",今臆改如此。
②　原作"盘黑龙鳞之巨爪","黑"字疑是衍文,今删。

龙神国主,天王兼士女端严菩萨拥从。如来头宝冠而足莲花,言悬河而心巨海。堂堂罗汉,落落真僧。两点眉头雪不消,一条陂上云长在。行随队仗,坐绕花台。如海涌于金山,若星攒于明月。亦如我　皇帝圣枝万叶,皇祚千人。出则百壁欢忻,入则六宫瞻敬。后妃宫主,俳徊于日月光中;太子王孙,围绕于銮舆影里。几生修福,多劫因缘。佛即有菩萨壹叩(?),王乃有金枝玉叶。

　　每遇慈尊转法轮　　圣贤围绕紫金身
　　慈风解热修来果　　甘露能清忘超尘
　　山似翠屏擎殿阁　　佛如明月统星辰
　　直解宿世修行到　　方得长随无漏人
　　皇帝临乾海内尊　　圣枝乘雨露唯新
　　宫围心似依冬月　　文武斑如拱北辰
　　舜殿俳徊千乘主　　尧天麻荫万重亲
　　总因多劫因缘会　　方得长时近圣人

臣闻:是知佛语为经,王言成敕。经若行而舍凡成圣,敕若行而远肃迩安,王恩及已命功商,佛惠布龙天释梵,佛心清净令神通之士度人;王意分明遣忠孝之臣佐国。当时佛会,已明四命之团圆;今日王宫,亦具五教之成就。

　　法会因缘及帝宫　　五教成就事应同
　　佛经是处皆看重　　王敕何人不敬崇
　　解禀宪章除祸害　　能依法治终神通
　　若非皇帝心如佛　　释子争能到此中

所以宋明帝谓求那跋摩曰:"弟子尝欲斋戒不煞,迫以身徇物,不获从志。法师何以教之?"

　　宋帝藏疑未决开　　问宣释子向瑶阶
　　强行王道知无傥　　每念慈心尚有乖
　　觚我国章难断煞　　处他王位不能斋
　　今朝敢请高僧说　　一语分明醒我怀

跋摩曰："帝王与匹夫所修各异。匹夫身贱名劣,言令无威,如不役以若躬,将何为益。帝王以四海为家,万民作子。出一嘉言,士女以悦,布一善政,人神以永。因当形不夭命,役无劳力。则风雨顺时,寒暄应节,百谷滋繁,桑麻郁茂。如此持斋,亦大矣。如此不煞,亦众矣。宁在阙半日之食,全一贪之命,然后方为弘济也耶!"帝抚几曰:"法师所云,真为开悟明达。百谭人天之际矣。懿哉若人,非独诱进于空门,抑亦俾兴于王化。是知四海皆永遣怀中履孝道广德新令力义亏仁者①,心惊胆懾。大鹏点翅,摩九万里之山河;玉兔腾空,照十千重之宇宙。至焉所化广大如斯。振摇而不异云雷,沃润而还如春雨。"

　　　佛行王心可以俦　　分明深广赞无休
　　　只将国主半朝善　　便抵几夫万劫修
　　　倏忽丝纶安大国　　滂沱雨露洒诸侯
　　　垂衣端拱深宫里　　一片慈心盖九洲
　　　圣主修行善不穷　　须知凡小香难同
　　　下为宇宙华夷主　　上契阴阳造化功
　　　四海丰登归圣德　　万邦清泰荷宸聪
　　　君王福是生灵福　　绾摄乾坤在掌中

我　皇帝欲清四海,先诫六宫。令知织妇之劬劳,交识蚕家之忙迫。貌无妆饰,手有胼胝。机梭抛处既辛勤,锦绮着时令爱惜。

　　　蚕家辛苦事难裁　　终日何曾近镜台
　　　叶似蝇头口得大　　蚕如蚁脚养将来
　　　半笼茧就新蝉叫　　一络丝成旧债催
　　　所以圣人诫宫女　　莫将罗绮扫尘埃

我　皇每临美膳,尝念耕夫。忧水旱之不调,恐赋租之难办。所以每宣品馔,不苦烹炮。重颗粒以如珠,惜生灵之若子。

---

① 此句原本疑有脱文。

每念田家四季忙　支持图得满仓箱
发于须上刚然白　麦向田中方肯黄
晚日照身归远舍　晓莺啼树去开荒
农人辛苦官家见　输纳交伊自手量

我　皇帝国奢示人以俭,国俭示人以礼。所以兢兢在位,惕惕忧民。操持契合于天心,淡素恭修于王道。意欲永尽图圉,长息烽烟。兴解网之仁慈,开结绳之政化。圣明两备,畏爱双彰。实为五运之尊,真是兆民之主。

招心平感国清平　赏罚皆依天道行
雨露洗来怨气尽　皇风吹□瑞烟开
经年不道干戈字　满耳惟闻丝竹声
□□嵩山无动转　万年常镇洛阳城

臣闻水流万派,终归四海之波,国列九洲,须贯中原之主。何以感东川之灾,息西蜀心回①,遥瞻日月而归龙楼,远降丝纶而抚安龟郡。

修德修仁事莫裁　山河荒鲩宛然在
从今剑阁商徒入　自此刁州进贡来
数道朝臣衔命去　几番□表谢恩回
圣人更与封王后　厌却西南多少灾

我　皇帝去奢去泰,既掩顿于八荒,无事无为,乃朝宗于万国。只如两浙,远隔苍□②,感大国之鸿恩,受明君之爵禄。长时有贡,志节宁亏。天使行而风水无虞,进贡来而舟航保吉。龙扶神助,通万里之沧波;帆展风生,表十年之圣德。

两浙宣传知几回　全无飘荡不虞灾
人攒丹阙千年至　风蹴轻帆万里开
鲸眼光生遥日月　蜃龙烟吐化楼台

---

① 此句原本疑有脱文。
② 原本"苍"下疑脱一字。

    还解知道贤明主　　多少龙神送过来

今则进加尊号重播天勋。显百辟之尽忠,表一人之实德。圣明之字,旌识见远之功;神武之言,称定辞安邦之业。法取则广道弘人弘人广于(?)取。①文德彰而肃静乾坤,恭孝厚而飨安宗庙。德过千古,美贯华夷。称一德而率土咸欢,添四字而普天皆贺。

    为见君王契上天　　进加尊号义周旋
    一身超越古今主　　四字包含造化玄
    已表国耻令俗阜　　方知主圣感臣贤
    法天广落称尊后　　更治乾坤万万年

我　皇帝贵安宗社,更固鸿基。维城之义方坚,盘石之心益壮。所以数州令哲,同日封王。尧风扇而金药芬芳,舜雨滋而玉潢澄湛。东西南北,列帝子以惊天;内外公私,贺皇亲而捧日。

    封王数郡里还强　　已表琼枝次第张
    湛湛玉潢滋大国　　巍巍金柱镇法方
    乍冬车辂恩知极　　重拜天书喜莫量
    何以效酬天地力　　只将忠孝报君王

我　皇帝言非枉启,愿不虚陈。感百灵之消殄灾祥,荷三宝之祷祈福祚。玉泉山上,圣人圣人②重饰宝莲宫,金谷河边,皇后经藏殿③上资宗庙,下福生灵。表日月之同明,显阴阳之合德。

    玉泉山上寺重新　　荷雨施功满国□
    晓日虹梁光已合　　青烟鸳瓦色宁分
    殿铺石地澄寒水　　堂烈仙僧拥乱云

---

① 此句原本疑有脱文。
② 原本疑重"圣人"二字。
③ 此句原本疑脱二字。

  释子力微何所建　重修愿遇圣明君

我　皇帝宫围西面,园苑新成①。斜分玉兔之光,平注金鹅之水。匠心台榭,安排起自于天机;御落弗峦,行烈全因于震期(?)。好花万种,布影而锦衬池中;瑞鸟千般,和鸣而乐陈弗里。皇居匪远,天步频游。撑舡而冲破莲荷,奏曲而惊飞鸳鹭。澄波似镜,影包万里之山河;瑞气如云,花捧千年之楼阁。

  异木奇花烈几层　一池常见绿澄澄

  戏游鱼动开轮面　赏玩人行绕镜棱

  秩后莲荷蜀地锦　夜深星月水仙灯

  人人尽指黄龙舫　愿见明君万遍升

今则四五叶之尧蕙,含烟袅娜;百千蘂之金菊,若露芬芳。当流虹应瑞之晨,是大电绕枢之日。君臣合会,僧道徘徊。谈经上福于龙图,持论用资于凤展。

  霜洒风驱众象清　鸾飞凤舞九霄明

  碧天才降千年主　嵩岳连呼万岁声

  每节幡花排御殿　今朝丝竹满寰瀛

  将知天补乾坤主　恰向登高节日生

此日是人庆贺,是处欢呼。上应将相王侯,下至士农工贾。皆瞻舜日,尽祝尧天。有人烟处,罗烈香花;有僧道处,修持斋戒。醮荫麻道广虔祷心同,唯希国土永清平,只愿圣人长寿命。

  今日多叩丝竹声　满乾坤贺圣人生

  恩同玉露家家滴　贵并金花处处呈

  宫上盘旋非雾重　天边摇拽称云轻

  臣僧祷祝资天算　愿见黄河百度清

  三载秦王差遣臣　今朝舜日进舜云

---

① 《旧五代史》卷四十四,《明宗纪》十,长兴四年六月丙午朔,"诏宫西新园宜名永芳园,其间新殿宜名和庆殿"。卷中所云"园苑新成",当指永芳园而言。

磨砻一轴无私语　贡献千年有道君
　　只把宣扬申至道　别无一路展功勋
　　又从今日帘前讲　名字还交四海闻

宋王①忠孝奉尧天,算得焚香托圣贤。未得诏宣魏入阙,梦魂长在圣人边。潞王②英特坐岐阳,安抚生灵称烈侯,既有英雄匡社稷,开西不在圣人忧。□□尽节奉明君,数片祥云捧日轮。自古诗书明有语,须知圣主感贤臣。几家欢乐梦先成,欠负官钱勾却名。烦恼之人皆快活,须交皇帝福田生。此时恩泽彻西东,功德河沙算不穷。不计诸州兼县镇,共惊牢狱一时空。既沾恩泽异寻常,夜对星辰焚宝香。何路再申忠孝意,开经一藏报君王。万生修种行无差,方得身过帝王家。皇帝忽然赐匹马,交臣骑着满京夸。何人不解爱荣华,猛利身心又好夸。堪延忠臣延广③,舍荣剃发报官家。圣慈如似日轮开,照烛光明遍九垓。都是皇恩契神佛,天感西僧赴道场来。程过十万里流沙,唐国来朝帝主家。师号紫衣恩赐与,揔交将向本乡夸。江头忽见小蛇虫,试与捻抛深水中。因此碧潭学养性,近来也解使雷风。闵见枯池少水鱼,流波涓滴与沟渠。近来稍似成鳞甲,便道群龙揔不如。见伊莺武语分明,不惜功夫养得成。近日自知毛羽壮,空中长作怨人声。可憎猲子色茸茸,抬举何劳喂饲浓。点眼怜伊图守护,谁知反吠主人公。鸭儿水上学浮沉,住性略无顾恋心。可惜憨鸡肠寸断,岂知他是负恩禽。蜘蛛夜夜吐丝多,来往空中织网罗。将为一心居旧处,岂知他意别寻窠。玉蹄红耳槽头时,喂饲直交称体肥。不望垂缰兼待步,近来特地却难骑。樗榆凡木远亭台,茂倒何须又却栽。只是一场虚费力,终归不作栋梁材。人间大小莫知闻,去就升堂并不存。既是下流根本劣,争堪取自伴郎君。

　　　　　　　　　　　　　　　　　　仁王般若经抄

---

①② 明宗第三子从厚,于长兴元年封宋王,后为闵帝。从珂为明宗养子,长兴四年五月封潞王,后为末帝。

③ 此句原本脱一字。

附录二　现存敦煌所出俗讲文学作品目录

敦煌所出讲经文变文一类俗讲文学作品,大都分庋于伦敦、巴黎、北平三处,私家收藏亦有若干。兹就所知列一简目,其有已经刊布者,并注出处。唯以囿于见闻,不免疏漏,尚祈大方指正,幸甚幸甚。

(1)《目连变文》(北平,成九六号,见《北平图书馆馆刊》五卷六号,又《敦煌杂录》。)

(2) 又　　　(同上,丽八五号,同上。)

(3) 又　　　(同上,霜八九号,同上。)

(4) 又　　　(同上,盈七六号,见《敦煌杂录》。)

(5) 又　　　(德化李氏旧藏。)

(6)《大目干连冥间救母变文》(伦敦 S.2614,收入《大正藏》八五卷。)

(7) 又　　　　　　(巴黎,P.2319。)

(8) 又　　　　　　(同上,P.3107。)

(9)《目连缘起》(同上,P.2193。)

(10)《八相变文》(北平,云二四号,收入《北平图书馆馆刊》六卷二号。)

(11) 又　　　(同上,乃九一号,同上。)

(12) 又　　　(同上,丽四十号。)

(3)《八相押座文》(伦敦,S.2440,收入《大正藏》八五卷。)

(14)《降魔变》(胡适)

(15) 又　　　(罗振玉,收入《敦煌零拾》。)

(16) 又　　　(巴黎,P.4542,带图。)

(17) 又　　　(伦敦;S.4398 纸背。)

(18)《降魔变押座文》(巴黎,P.2187,下即为《破魔变》。)

(19)《地狱变文》(北平,仁三三号,收入《北平图书馆馆刊》六卷二号,《敦煌杂录》作衣三三号,名《譬喻经变文》。)

(20)《舜子至孝变文》(巴黎,P.2721,收入《敦煌掇琐》上辑。)

(21)《舜子变》(伦敦,S.4654。)

(22)《汉将王陵变》(伦敦,S.5437。)

(23) 又　　　　(巴黎,P.3627a。)

(24) 又　　　　(同上,P.3627b。)

(20) 又　　　　(同上,P.3867。)

(26)《昭君变》(巴黎,P.2553,收入《敦煌掇琐》上辑,又《敦煌遗书》第二集。)

(27)《张淮深变文》(? 巴黎,P.3451。)

(28)《频婆娑罗王后宫彩女功德意供养塔生天因缘变》(伦敦,S.3491纸背。)

(29)《有相夫人生天因缘变》(?《敦煌零拾》。)

(30)《太子变》(? 北平,推七九号,收入《敦煌杂录》。)

(31)《大汉三年季布骂阵词文》(伦敦,S.1156纸背。)

(32) 又　　　　　　　(同上,5440。)

(33)《季布歌》(伦敦,S.5439。)

(34) 又　　(罗振玉,收入《敦煌零拾》。)

(35)《大汉三年楚将季布骂阵汉王羞耻群臣妭骂收军词文》(伦敦,S.2056纸背。)

(36)《捉季布传文一卷大汉三年楚将季布骂阵汉王羞耻群臣妭骂收军词文》(伦敦,S.5441。)

(37)《秋胡小说》(? 伦敦,S.133纸背。)

(38)《伍子胥小说》(? 伦敦,S.328。)

(39) 又　　　　(巴黎,P.2794。)

(40) 又　　　　(同上,P.3213。)

(41)《维摩经讲经文》第一卷(罗振玉,收入《敦煌零拾》。)

(42)又,第二卷(北平,光九四号,收入《北平图书馆馆刊》六卷二号,又《敦煌杂录》。)

(43)又,不知卷第一卷(伦敦,S.4571。)

(44)又第二十卷(巴黎,P.2292。)

(45)《维摩经押座文》(伦敦,S.2430,收入《大正藏》八五卷。)

(46)又　　　　　(同上,S.2140,同上。)

(47)《父母恩重经讲经文》(? 北平,河一二号,收入《敦煌杂录》。)

(48)又　　　　　(? 巴黎,P.2418。)

(49)《阿弥陀经讲经文》(? 北平,殷六二号,收入《敦煌杂录》。)

(50)又　　　　　(? 巴黎,P.2955,收入《敦煌掇琐》上辑。)

(51)《弥勒上生经讲经文》(? 巴黎,P.3093。)

(52)《法华经讲经文》(? 同上,P.2305。)

(53)《长兴四年中兴殿应圣节讲经文》(一作《仁王经抄》,巴黎,P.3808。)

(54)《身喂饿虎经讲经文》(? 郑振铎)

(55)《佛本行集经讲经文》(? 北平,潜八〇号,收入《北平图书馆馆刊》六卷六号。)

明代南戏五大腔调及其支流

叶德均

一、明代五大腔调

中国最早出现的正式戏曲,是宋代产生于温州(永嘉)的南曲戏文(简称南戏)。南戏萌芽于北宋的宣和间(1119—1125),南渡时(约 1127—1130 年左右)开始盛行,到绍熙间(1190—1194)已有较为成熟的《赵贞女》《王魁》了[1]。从南宋绍兴初年到庆元元年(1131—1195)的六十多年间,温州是对外贸易的通商口岸之一[2]。南戏就是在这个商业发达城市的经济基础上产生和发展的地方戏。它流传到手工业和商业极为发达的大城市——行在临安(杭州)以后,得到更大的发展。到了咸淳四五年间(1268—1269)连知识分子的太学生黄可道也采取

---

[1] 祝允明《猥谈》说:"南戏出于宣和之后、南渡之际,谓之温州杂剧。"徐渭《南词叙录》又说:"南戏始于宋光宗朝,永嘉人所作《赵贞女》《王魁》二种实首之。……或云宣和间已滥觞,其盛行则自南渡,号曰永嘉杂剧。"这三种南戏起源年代的不同说法,从最早的宣和间到最晚的光宗绍熙间,中间相距七八十年。这不同的说法并不矛盾,只是看的重点各不相同。南戏最初只是用"里巷歌谣"歌唱的较原始形态的地方戏,等它发展到产生较为成熟的《赵贞女》《王魁》等戏曲时,需要相当长的一段时间。因为这些南戏具有感人的力量,深为人民所爱好;然后才会被统治阶级的赵闳夫榜禁(见《猥谈》)。由于榜禁的事才引人注意,因而就有人以为南戏始于光宗时的《赵贞女》了。这样,在《赵贞女》之前,南戏还有一段发展过程。因此,"宣和间(1119—1125)已滥觞"的说法是有理由的,然而那时只是南戏的萌芽时期。到了南渡时(约1127—1130 年)才开始流行。绍熙间(1190—1194)已有比较成熟的《赵贞女》《王魁》了。

[2] 见宋濂等撰《宝庆四明志》卷六。

这种流行于民间的新形式,编撰《王焕》戏文了①。元代南戏虽然还不能和风行全国的北曲杂剧抗衡,但它始终不失为南方的地方戏。在天历到至正(1328—1367)的四十年间,还产生大批南戏作品,在《九宫正始》中保存着许多剧名和残文②。

南戏在宋元时,唱法还是简单、朴素的,到了明初洪武间,才开始有变化。明陆采《冶城客论·刘史二伶》条写道:

> 国初教坊有刘色长者,以太祖好南曲,别制新腔歌之,比渊音稍合宫调,故南都至今传之。近始尚渊音,伎女辈或弃北而南,然终不可入弦索也。③

徐渭《南词叙录》记载这次变化的具体情况是:

> (太祖)日令优人进演(《琵琶记》),寻患其不可入弦索,命教坊奉銮史忠计之,色长刘杲者遂撰腔以献。南曲、北调可于筝、琶被之,然终柔缓、散戾,不若北之铿锵入耳也。

这种由教坊乐曲伎师创制的新腔,是南戏正式用唱北曲乐器的筝、琵琶做伴奏的开始。《冶城客论》所说"终不可入弦索",并不是说南戏不能用弦索伴奏,而是说南戏虽用弦索伴奏,但不合弦索的音阶,并且始终是柔缓、散戾的。而南曲是如王骥德所说"南人第取按板,然未尝不可取入弦索"④,就说明南曲、南戏可以用弦索伴奏的。这种用筝、琵琶伴奏的南曲,就是所谓"弦索官腔"⑤。后来南、北两京教坊就用这弦索官腔唱南曲。弦索官腔的应用范围很狭小,它主要是用于统治阶级的宴乐和其他方面。而适应广大的人民需要的南戏,在明代中叶以前基本上还是不用弦索伴奏的(详下)。

---

① 见刘一清《钱塘遗事》卷六。
② 钮少雅《南曲九宫正始》首《臆论》写道:"兹选俱集大〔天〕历、至正间诸名人所著传奇、套数。"正始所收一百多种南戏虽然不全是那时所作,大体都是元末的作品。
③ 据一九四七年金陵秘笈征献楼刻本。
④ 见王骥德《曲律》卷三《论过搭》。
⑤ 明沈宠绥《弦索辨讹》说:"初时虽有南曲,只用弦索官腔。"

/ 557 /

在明代初年，南戏仍然是流行南方一隅的地方戏，那时北曲杂剧在全国范围内还占着支配地位。南戏开始传入北方，约在天顺年间(1459—1464)。陆采在他所辑的《都公谈纂》中写道：

> 吴优有为南戏于京师者，锦衣门达奏其以男装女，惑乱风俗。英宗（朱祁镇）亲逮问之。优具陈劝化风俗状，上令解缚，面令演之。一优前云"国正天心顺，官清民自安"云云。上大悦曰："此格言也，奈何罪之？"遂籍群优于教坊。群优耻之，上崩，遁归于吴。

按《明史》卷三百零七《门达传》，门达用事在英宗朱祁镇复辟以后。这时南戏开始传入北方，统治阶级看了还不习惯，才假借卫道名义逮捕演员们。那时昆腔还没有产生，吴优是演唱南戏的苏州伶人，所唱并不是昆腔。

南戏的兴盛是在明代中叶成化、弘治间(1465—1505)。此后它在全国范围逐渐地占着支配地位，压倒了北杂剧。陆容在《菽园杂记》卷十记浙江南戏流行情况写道：

> 嘉兴之海盐，绍兴之余姚、宁波之慈溪、台州之黄岩、温州之永嘉皆有习为优者，名曰"戏文子弟"，虽良家子亦不耻为之。

陆容是成化二年进士，曾任浙江右参政，他所说的事，大致是根据他在浙江的见闻，是成化中、末叶(约1476—1487)两浙戏文流传的盛况。其中除慈溪、黄岩两地情况不明外，温州、海盐、余姚三个地方都是明代流行腔调的发源地。又祝允明《猥谈》（陶珽《说郛续》卷四十六）"歌曲"条写道：

> 数十年来，所谓"南戏"盛行，更为无端。于是声音大乱。……盖已略无音律，腔调。愚人蠢工徇意更变，妄名余姚腔、海盐腔、弋阳腔、昆山腔之类。变易喉舌，趁逐抑扬，杜撰百端，真胡说也。若以被之管弦，必致失笑。

他是从重音律、管弦的保守观点出发，不明白民间创造新腔调的趋势，因此产生这样歪曲的结论。所谓"若以被之管弦，必致失笑"，可以说明那时民间演唱南戏基本情况仍然是不被之管弦的。按《明史》卷二百八十六，祝允明是卒于嘉靖五年(1526)。假定著《猥谈》的最晚年代算是嘉靖初年，上推二十年也是弘治末到正德初年(1506—1515)。但是"数十年"并不是确定年代,而各种腔调产生先后也不一致,像昆腔就是产生于正德间(详下)的最晚出现的一种。这里姑且用最晚的年代计算,视为正德间的事。在这时已经有四种腔调流行了。

这四种腔调到了嘉靖间(1522—1566)一般都得到很大的发展。徐渭在嘉靖三十八年(1559)著成的《南词叙录》中写道:

> 今唱家称弋阳腔,则出于江西,两京、湖南、闽、广用之。称余姚腔者,出于会稽(绍兴),常(常州,今武进)、润(润州,今丹徒)、池(池州,今贵池)、太(太平,今当涂)、扬(扬州,今江都)、徐(徐州,今铜山)用之。称海盐腔者,嘉(嘉兴)、湖(湖州,今吴兴)、温(温州,今永嘉)、台(台州,今临海)用之。惟昆山腔止行于吴中,流丽悠远,出乎三腔之上,听之最足荡人;妓女尤妙此。如宋之嘌唱,即旧声而加以泛、艳者也。

这四种腔调的地域分布情况是:流传最广的是弋阳腔,它从发源地的江西向四周发展:东至南京,西到湖广省南部,南至福建、广东两省,北到北京。其次是余姚腔,分布于南直隶的六府。再其次是海盐腔,只流行于浙江省内。最后是昆山腔,那时还局限于苏州一隅之地。然而,徐渭所说是静态的、不全面的,实际各种腔调在嘉靖间已经有了很大的变化(详下)。发展到后来,情况就完全不同了。

以上是明代各种腔调流行的基本情况,下面分别叙述五大腔调和它的支流。五大腔调是指嘉靖中叶各种支流未流行以前的五大主流,即温州腔、海盐腔、余姚腔、弋阳腔和昆山腔。

(一) 温州腔

宋代产生的南戏最初只是流行于温州的地方戏。它最初当是用温州地方的腔调来演唱的。到了明代成化间温州的永嘉还有"习为优者",至少那时温州腔还在当地流行。宋代南戏音乐、歌曲的特色,在徐渭《南词叙录》有简单的说明。《南词叙录》论南戏的情况写道:

> 其曲则宋人词而益以里巷歌谣,不叶宫调,故士大夫罕有留意者。

另一条又写道:

> 永嘉杂剧(南戏又一称谓)兴,则又即村坊小曲而为之,本无宫调,亦罕节奏,徒取其畸〔畴〕农、市女顺口可歌而已。谚所谓"随心令"者,即其技欤?间有一二协音律,终不可以例其余。

概括起来只有下面的两点:

第一是乐曲。南戏的歌曲是用当时流行的"里巷歌谣""村坊小曲"的民间曲调和宋代流行的词调为主的。在宋元南戏和明清人编撰的南曲谱中,都有"村坊小曲"的明显遗迹可寻,如产生于温州的《东瓯令》和产生于温州邻近地区的《台州歌》《福州歌》《福清歌》①都是民间流行的小曲。至于宋人的词调,在各种南曲谱更有不少的明显的证据。这类民间歌曲是人民大众共同创造的,所以那时的农民、妇女们都能"顺口可歌",随心出腔。这样,所有的歌谱,不是存在于纸面上的东西,而是存在于人们脑中的东西。因而这类歌曲,就不能以严格的节奏、音律来限制它。这不仅仅是原始南戏具有这种特质,而且一直到明代初、中叶还保存这种特质。明代中叶景泰、成化间邱濬作的《五伦全备》戏文第一出说白有这样的话:

> 今世南北歌曲,虽是街市子弟、田里农夫,人人晓得唱念。

这足以说明明代南曲戏文并不是如人们想象那样:一开始就像昆腔流行以后那样注意声调格律。南戏虽然沿用宋代词调(词牌)很多,然而决不可采用宋人唱慢词的方法来唱南曲,否则,"畴农市女"如何能够"顺口可歌"?

第二是宫调。初期南戏的音乐是南宋民间音乐,它和源出隋唐燕乐的北曲是各不相属的两个系统。南曲既是民间音乐,最初和燕乐并没有关系,也不可能采取燕乐系统的宫调。所谓"不叶宫调",正是因为它本来就没有宫调的缘故。它虽然大量采用宋代流行的词调,那只是采取或借用燕乐的曲子用民间清

---

① 《张协状元》有《台州歌》《福州歌》《福清歌》,《杀狗记》第十六出有《福清歌》,《荆钗记》第十四出有《福青歌》,第三十六出有《东瓯令》(明叶氏刊本)。《九宫正始》有《东瓯令》《福青歌》。

乐(这清乐不一定就是六朝的清商乐)来歌唱的。南戏采用词调的主要原因,是由于南戏本身曲调相当贫弱,在它发展过程中为了丰富自己的曲调而采用的。这种本无宫调的南曲,到了元代天历间《南九宫十三调谱》出现后,才开始宫调化了。

地方戏,特别是地方戏发展的最初阶段,为了适应人民大众的要求,必定要使人民大众听得懂;而大众如果自己会唱,才更容易接受。要是这样,演员和观众才能打成一片。这类"顺口可歌"不合宫调的歌曲,正是那时人民大众听得懂也会唱的曲子。当南戏还没有产生职业演员以前,只是作为农村、城市业余演出的时候,音乐、歌曲不可能有充分的发展,也只能采用"畴农、市女顺口可歌"的曲调来演唱。

南戏在宋代是它发展的初期,固然为宋代"士大夫罕有留意"。就是到了南戏得到很大发展的明代,由于封建士大夫集团既不明白南戏发展的倾向,又过分重视北曲的宫调,就产生了歪曲和否定南戏的论调。如祝允明《怀星堂集》卷二十四《重刻中原音韵序》写道:

不幸又有南宋温浙戏文之调,殆禽噪耳,其调果在何处?

南曲没有宫调,正和明清小曲、牌子曲的情况相同,是民间音乐的特色之一。明代的封建士大夫由于偏嗜北曲和轻视人民的创造,反而把人民大众创造的南戏认为是"不幸",是"胡说",这显然是有意的歪曲和诬蔑。但他所说"温浙戏文之调",却证实了有温州腔调的存在。

南戏的唱法问题,至今还没有完全解决。这里根据近人的一些研究[①]并参己意提出两点说明。

第一,早期南戏也和后来弋阳腔相同,原有"帮合"唱,至少一部分曲子是帮唱的。南戏中一部分曲文的后段,有注明"合""合前""合同前"或"合头"的,就

[①] 这是1951年春天和友人商谈的结果,并参证1952年11月13日《光明日报》一篇有关川戏的短文。

是"帮合"唱的主要证据。以前的人们都根据后来昆腔的众人同场大合唱的情形来解释"合前",以为这也是所有的当场人物的合唱。姑且认为这种解释是对的,也只能说明一部分情况,就是在当场人物较多的时候,还可解释为当场人物合唱曲文的后几句。但是有些戏文中的一出或半出只有一角当场,也还有注"合"和"合前"的,这类"合"和"合前"以下的几句曲词由谁和当场人物合唱?这类例证在宋元南戏中也有不少,如嘉靖本《琵琶记》卷上《吃糠》一出[①]的前半是:

(旦上唱)〔山坡羊〕乱荒荒不丰稔的年岁,远迢迢不回来的夫婿,急煎煎不耐烦的二亲,软怯怯不济事的孤身己。衣典尽,寸丝不挂体。几番要卖了奴身己,争奈没主公婆,教谁管取!(合)思之,虚飘飘命怎期?难挨,实丕丕灾共危!

◎(原书以◎表现前腔)滴流流难穷尽的珠泪,乱纷纷难宽解的愁绪,骨崖崖难扶持的病体,战钦钦难挨过的时和岁!这糠呵!我待不吃你,教奴怎忍饥?我待吃呵,怎吃得?(哭介)苦!思量起来不如奴先死,图得不知他亲死时。(合前)

下面是旦说白,又唱《孝顺歌》三首,然后才是外扮蔡公、净扮蔡婆上场。上面两首《山坡羊》是旦扮赵五娘一人当场独唱,并没有其他角色,这第一首的"合"和第二首的"合前"分明不是同场别人所唱。

又如《白兔记》卷下第六出《挨磨》[②],旦扮李三娘一人当场,先唱《于飞乐》一首,说白一段,下面又唱:

〔五更转〕恨命乖遭折挫,爹娘知苦么?哥哥嫂嫂你好横心做!赶出刘郎,罚奴挨磨。叫天不应地不闻,如何过!(合)奴家那曾——那曾识挨磨,挑水辛勤,只为刘大。

〔前腔〕向磨房愁眉锁,受劳碌也是没奈何。爹娘在日,把奴如花朵;死

---

① 据陆贻典抄校明嘉靖刊本,不分出,相当于通行本第二十一出《糟糠自厌》(《古本戏曲丛刊初集》影印本,以下各书同)。

② 所引《白兔记》均据《汲古阁》刊本。

了双亲,被哥嫂凌辱。爹娘死,我孤单如何过!(合前)

〔前腔〕挨几肩头晕转,腹膝遍疼腿又酸。神思困倦挨不转。欲待缢死在房中,恐怕耽阁智远。寻思起泪满腮,如何过!(合前)

〔前腔〕腹内疼欲分娩,有谁人来看管?阴空保祐——保祐奴分娩。但愿无虞,早得夫妻相见。思量起,我孤单如何过!(合前)

奴家神思困倦,不免就在磨房打睡片时。(丑上)好人不肯做,只要嫁刘大。刘大不回来,情愿去挨磨。(叫介)……

这四首《五更转》是旦角一人唱,当场也无别人。唱完以后,丑角李洪一妻才上场。这里的"合"和"合前"自然不会是同场人物所唱。又卷上第十二出《看瓜》,先演刘智远在瓜园降怪,后来旦扮李三娘上场时,刘智远已经隐藏起来,到李三娘唱完四首《醉扶归》后,他才出面。当旦唱《醉扶归》时,场上也只有一人,这"合"和"合前"也不会是刘智远合唱。《荆钗记》第十一出①旦扮钱玉莲唱《玉交枝》二首,也有"合唱"和"合前",唱完后外扮钱流行、丑扮张姑才出场。由此可知,这类"合"和"合前""合同前"决不是同场人物的大合唱,而是后行的合唱。当南戏发展的初期阶段,可能还有台下观众的合唱。上面所说的合唱,就是"帮合"唱(借用《在园杂志》卷三语),也就是现在地方戏中的"帮腔""接后场"。

这种帮合唱,还不仅用于一角当场,而且也用于许多人物同场的演出中。这些例证在南戏中是相当普遍存在的,这儿只举出一个显著的例证。《张协状元》戏文最后团圆的一出,先由生扮张协、丑扮王德用、外(旦)扮王夫人、后扮野方养娘、旦扮贫女先后登场,然后才是"净作李大婆上唱":

〔红绣鞋〕状元与婆婆施礼,(合)不易!(生)婆婆忘了你容仪,(合)谁氏?(净)李大公那婆婆,随娘子去,弃了儿女施粉朱。来到此处,如何认不得?

下面是旦唱《越恁好》。这里合唱的"不易"和"谁氏"两处,如果认为是当场人物

---

① 明姑苏叶氏刊《新刻原本王状元荆钗记》,无出目。

合唱的冷语，除了丑角以外，和别人的身份、口吻都不符合；如果认为是后行的帮合唱，恰好符合第三者的身份、口吻。这在现在还保存着帮腔唱法的地方戏中，也存在同样情形。由此可知，早期南戏的大同场也用着帮合的唱法。因此可说，南戏中全部的"合"和"合前"，不只是同场人物的合唱，而且还有后行的帮合唱。

《永乐大典》本戏文三种，是见存南戏作品中保存本来面貌最多的几种，它们在许多地方也保存了帮合的唱法。《宦门子弟错立身》注"合"唱的只有三处，《遭盆吊没兴小孙屠》却有四十五处。最多的是《张协状元》，注"合"的有一百二十一处，而确实知道是同场合唱的十处并不包括在内。这一百六十九处的"合"，也是帮合。由此可见，宋元南戏帮合的唱法，不仅是确实的事实，而且是广泛的应用。除了上述一百六十九处帮合后段以外，还有帮合中间唱句的腹部帮合。在《张协状元》中，有一些曲文中间的两三句，也注着"合"的，如《上堂水陆》四首，《浆水令》三首，《滴漏子》《金牌郎》《金莲花》《鹅鸭满渡船》《越恁好》各二首，《犯樱桃花》《夜游湖》《林里鸡》《红绣鞋》各一首。这二十一处的特别形式的"合"唱，说明了当时后行帮合的频繁。这类腹部帮唱，在现在川戏的高腔戏中还继续保存着，这又是南戏腹部帮合最好的佐证。明代戏文和经过明人修改过的元代戏文，经常是在唱两支、四支同一曲牌的时候，才有"合"与"合前"，形式是整齐划一的。但在宋元南戏中还不是划一的，如《张协状元》中就有一首也用帮合（《薄媚令》《卜算子》等）或几首中只帮合一部分（《上马踢》《浆水令》等），这也正是南戏帮合的本来面貌。

帮合的唱法，到了明代，除弋阳腔外，都逐渐废除了。在昆腔戏中连少数的"合"和"合前"也改为同场合唱，只是保存着帮合唱的暗淡的痕迹。

第二，早期南戏是以干唱为主。《猥谈》说："若以被之管弦，必致失笑。"杨慎在嘉靖写成的《升庵诗话》卷九也说："南方歌词不入管弦。"可知明代初、中叶南戏基本上还是不合管、弦乐的。崇祯间沈宠绥在他著的《度曲须知》上卷《弦律存亡》条写道：

> 慨自南调繁兴，以清讴废弹拨，不异匠氏之弃准绳。

这是说：自从各种南曲声腔兴盛以后，清唱代替了用弦索伴奏的北曲，他以为这是废弃了规矩准绳。我们的看法"清讴"就是干唱。如果昆腔以前的清唱也和昆腔一样用箫管，就和实际情况不符合了（详后）。三人所说虽是指明代的情况，而明代以前南戏唱法的基本情况，也可据此看出它的轮廓。又王世贞《艺苑卮言》（嘉靖三十七年，1558年自序）卷九附录（一）写道：

> 北宜和歌，南宜独奏。北气易粗，南气易弱。①

按和歌有两种解释，就是众人合唱的和歌及有乐器伴奏的和歌。元代北曲的基本情况是一人独唱，经常不用众人合唱的办法，可知这不是指合唱，是指有乐器伴奏的而言。这种和歌，也和六朝的《相和歌》一样。宋郭茂倩《乐府诗集》卷二十六说《相和歌》是"丝竹更相和"，就是指有伴奏的和歌。又引陈释智匠《古今乐录》的记载："凡《相和》，其器有笙、笛、节歌、琴、瑟、琵琶、筝七种。"由此可知，这里的和歌正是指伴奏的和歌，和元代唱北曲用筝、琵琶的具体情况也是一致的。元夏庭芝《青楼集·于四姐传》说："尤长琵琶，合唱为一时之冠。"又《金莺儿传》说："挡筝合唱，鲜有其匹。"元人所谓"合唱"也是由配合乐器歌唱而得名。夏庭芝所谓"合唱"，王世贞所谓"和歌"，虽然使用的名称不同，实际都是指配合乐器的歌唱。和歌是这样，独奏又是什么？

独奏也有两种意义，就是单独用一种乐器的演奏（如琵琶独奏之类）和干唱两种解释。按照明代两项用乐器伴奏唱南曲的情况来考察，弦索官腔是用筝和琵琶等唱南曲（详下海盐腔项），昆腔是用箫管等唱南曲。所以这里的"独奏"并不是指琵琶独奏的那一类情况。它是指没有乐器伴奏的干唱，就是明人沈德符《野获编》卷二十五所说的"单喉独唱"。不用乐器伴奏的干唱，本是南曲唱法的特色之一。到了昆腔产生以后，虽用管、弦乐器伴奏，但是还很重视这种单喉独唱。《野获编》卷二十五有一条记载说明这件事，大意是：开始学唱昆腔时如果

---

① 明人刊印的丛书有改名为《曲藻》的，即《艺苑卮言》的附录。这条后来又收入魏良辅《曲律》中。

用管乐伴奏，以后再离开乐器干唱就有不谐音律的毛病。他主张先学干唱的方法，到了"学唱将成"时再"教以箫管"，这说明昆腔重视独唱是继承南曲干唱传统的。这样，就可了解王世贞、魏良辅强调"独奏"，是基于历史条件而产生的见解。

根据上面的解释，王世贞的意思是：由于北曲用弦索伴奏，曲调严格，所以说"宜和歌"。它能以歌声配合乐声，有相得益彰的好处；但由于北曲拍子紧凑，唱得快，不免流于粗豪。由于南曲单靠干唱，纯是人声自然的音律，不受伴奏乐器的限制（鼓板只是节拍），较为自由，所以说"宜独奏"。它能够发挥声乐的长处；但也由于无器乐伴奏，单靠人的歌喉，气力容易衰弱。

总结上文，原始南戏的唱法是"清讴""独奏""不被之管弦"的，所以才能"顺口可歌"，虽是街市子弟、田里农夫，人人都晓得唱念。如果早期南戏不是干唱，上面几项文献资料就无法说明了。这里所说并不是结论，只是个人的看法，这自然还有待于进一步的深入探讨。

虽然早期南戏基本上是干唱的，但也不是完全没有管弦乐伴奏的，事实刚刚相反，南戏确有用管弦伴奏的。《张协状元》末白：

但咱门〔们〕虽宦裔，总皆通弹丝品竹，那堪咏月与嘲风。若会插科使砌，何吝搽灰抹土，歌笑满堂中。

这是明有管弦伴奏的。又生上场后问答有：

后行子弟，饶个《烛影摇红》断送。（众动乐器。踏场调数。）

下面生又唱《烛影摇红》曲。这是生上场后踏歌时，由后行子弟吹或弹奏《烛影摇红》，作为"断送"（赠送）之用，也可见有管弦伴奏。但这个仅见的例子只是"宦裔子弟"演出的情况，并不是所有南戏的演出都是这样，这个别例证并不影响南戏干唱的基本情况的说明。

南戏既然出于温州，所以从宋代到明代都有温州演员。现存最早的戏文《张协状元》开场时末白说道："状元《张协传》，前回曾演，汝辈搬成。这番书会，要夺魁名，占断东瓯盛事。"东瓯原是温州旧名。这些正是温州演员自我表扬的口吻。他们所唱是用地方腔调,就是祝允明所说的"温浙戏文之调"。据《菽园杂记》的记载,在明代成化间温州还有"习为优者",那时温州腔至少还在当地流行。到了嘉靖间各种腔调盛行以后,温州腔就湮没无闻,连温州当地也唱海盐腔了①。

(二) 海盐腔

海盐在宋元时曾经几度为通商口岸,海盐所属的澉浦在元至元十四年(1277)就设立对外贸易的市舶司机构②。元代澉浦杨氏就是以海运起家的豪门。海盐又是浙江重要产盐区之一。所以海盐也是商业和手工业发达的地区。宋元时海盐地方就以善唱歌曲著名。明李日华《紫桃轩杂缀》卷三写道:"张镃字功甫,循王(张俊)之孙,豪侈而有清尚。尝来吾郡海盐,作园亭自恣,令歌儿衍曲务为新声,所谓海盐腔也。"南宋中、晚叶海盐张镃歌童们所唱歌曲(唱慢词可能性为最大),和明代流行海盐腔曲调中间虽没有直接关系,但就音乐、歌曲的传承来说,南宋传唱的歌曲,至少也是后来海盐腔的先行条件之一。海盐在宋代既然以善唱歌曲著名;到了元代,随着南北曲的流行,又以善唱南北曲著名于当时。元姚桐寿《乐郊私语》(至正二十三年,即1363年自序)写道:

> 州(海盐)少年多善乐府,其传出于澉川杨氏。当康惠公梓存时,节侠风流,善音律,与武林阿里海涯之子(应作孙)云石交。云石翩翩公子,无论所制乐府、散套,骏逸为当行之冠;即歌声高引,可彻云汉。而康惠独得其传。……其后长公国材、次公少中复与鲜于去矜(名必仁)交好,去矜亦乐府擅场。以故杨氏家僮千指,无有不善南北歌调者。由是州人往往得其家法,以能歌名于浙右云。

按海盐歌曲发达的原因,是在手工业和商业发达的社会基础上产生的,并不是

---

① 见《南词叙录》。
② 《宝庆四明志》卷六载南宋绍熙元年以前曾经有蕃舶到澉浦,绍熙元年禁之。这是由于澉浦未设立市舶司,还未成为法定的通商口岸的缘故。但那时事实上已有商舶出入了。元代设立市舶,始于至元十四年,见《元史》卷九十四《食货志》(二)。

单由于杨氏的家乐。由于社会的需要,才形成"州少年多善乐府"。另一方面,海盐在宋代既以歌曲著名,到元代"以能歌名于浙右",正是进一步的发展。杨梓是著作《敬德不伏老》等三种杂剧的元代戏曲作家。他家世以海运为业:杨梓的父亲杨发是"于番邦博易珠翠、香货等物",以富商而为蒙古统治者的福建安抚使兼两浙市舶总司事。杨梓曾为杭州路总管,也因海运关系在海外做过事。他的次子杨枢是松江等处海运千户,航海贸易一直到波斯的忽鲁模思①。这样的富商、豪门才能养着数以百计的家僮。元代海盐人唱南、北曲,虽然不是单纯受了杨氏家乐的影响,但也产生客观效果,就是杨氏歌僮的"家法"对海盐歌曲的发达也有一定的作用,即是推进海盐南、北曲的发展。姚桐寿记杨家度曲的事,是指至正十年(1357)杨元坦卒前的情况,这时海盐少年已经是"以能歌名于浙右"。明代海盐腔最晚在成化中、末叶已经流行(见前),上距元至正十年,虽有一百二三十年之久,然而两者不可能没有历史渊源。清王士禛《香祖笔记》卷一在引《乐郊私语》后写道:"今世俗所谓海盐腔者,实发于贯酸斋,源流远矣。"他把创造海盐腔归功于贯云石个人,显然是不恰当,也不符合事实。但他从历史渊源来说明海盐腔的萌芽时代,确可注意(谈迁《枣林杂俎》和集"南曲"条说略同)。元代海盐流行的南、北曲和明代海盐腔的具体关系,由于史料不足难以说明。即使由于历史发展两者有所不同,元代海盐的南、北曲和海盐腔必有血缘关系,不妨视为海盐腔最近的来源。因此,海盐腔的萌芽时代,可以上推到元至正间。

明代成化间海盐腔已经流行,到了嘉靖间得到重大的发展,成为当时流行的三大腔调之一,据《南词叙录》的记载,那时它流传于嘉兴、湖州、台州、温州各地。其实还不仅如此。杨慎《丹铅总录》(明刊本有嘉靖三十三年梁佐序)卷十四"北曲"条写道:

---

① 杨发事见《元史》卷九十四《食货志》(二)及《乐郊私语》,杨梓事见《元文类》卷四十一引《经世大典》,杨枢事见《金华黄先生文集》卷三十五《杨君墓志铭》。

> 近日多尚海盐南曲,士大夫禀心房之精,从婉娈之习者,风靡如一。甚者北土亦移而耽之,更数十〔年〕北曲亦失传矣。(此条又见杨氏《词品》卷一)

又顾起元《客座赘语》卷九"戏剧"条写道:

> 南都万历以前,公侯与缙绅及富家,凡有宴会小集,多用散乐,或三四人,或多人唱大套北曲。……大会则用南戏,其始止二腔:一为弋阳,一为海盐。弋阳则错用乡语,四方士、客喜阅之。海盐多官语,两京人用之。

足见当时不仅流行于两浙,而且流行于南、北两京和北方一带。在万历以前,它和弋阳腔是对峙的两种南戏剧种。但在社会上却远不及弋阳腔势力雄厚,因为它是以封建统治阶级的官僚、士大夫为服务的主要对象。

到了万历间(1573—1619)又有很大的变化。一方面,当时的南方由于昆腔的兴盛,海盐腔的地位就被昆腔代替了。《客座赘语》卷九记载那时南京的情况是"见海盐等腔已白日欲睡"。王骥德《曲律》(万历三十八年自序)卷二也写道:"旧凡唱南调者,皆曰海盐。今海盐不振,而曰昆山。"可见它在南方的地位是一落千丈了。另一方面,它在北方还保持着一定地位。万历间成书的《金瓶梅词话》记载那时海盐子弟演戏和清唱南曲的就共有八处。沈德符《野获编补遗》卷一记那时内庭演唱南戏,有弋阳腔、海盐腔、昆山腔三种。可见它在北方地位还没有被昆腔代替。但它基本上已趋于衰亡了。

海盐腔的唱法,近人论著中涉及的虽然不少①,但结论还不一致。这里姑就已经发现的资料,考察这个问题。前引祝允明《猥谈》说余姚、海盐等四种腔调"若以被之管弦,必致失笑"。他的说法显然有夸大的地方,如昆腔就是有管弦伴奏的,并不是所有各种声腔的戏曲都不用伴奏。可是明代初、中叶民间演唱南戏不用管弦乐伴奏,基本是可信的。海盐腔是否也有管弦伴奏呢?明林希恩

---

① 《中国近世戏曲史》第 168 页推论三海盐腔"除鼓板外,疑或用笛,然尚未见可据之明文"。《中国戏曲论丛》34 页据《金瓶梅词话》断定是"兼有丝竹相和"。《中国戏剧史》第 372 页以为是"所用皆为弦乐"。

《诗文浪谈》(《说郛续》卷三十三)论集诗用唱曲做比喻道：

集诗者概以其句之骈丽而耦之，自以为奇矣。虽云双美，其如声之不相涉入何哉？不谓之海盐、弋阳之声而并杂于管弦之间乎？

这是说：集前人成句为诗，即使词句骈丽，但格律未必吻合，也正如把海盐、弋阳两腔的唱法夹在有管弦伴奏的歌曲中难于合律一样。按照他的意思，海盐、弋阳两腔也是无伴奏的干唱，这就和《猥谈》的说法相同了。弋阳腔是无管弦乐伴奏的，早已经成为定论。海盐腔的唱法如何，单凭这两条记载还不够说明，必须有具体例证才有足够的说服力。《金瓶梅词话》记海盐子弟唱曲的共有八处，可分为两类。一是拍手清唱散曲和戏曲，如第四十九回的情况是：

西门庆交海盐子弟上来递酒，蔡御史分付："你唱个《渔家傲》我听。"子弟排手（拍手）在旁唱道：……（下面清唱《渔家傲》"别后杳无书"一套）

又第三十六回西门庆宴蔡状元、安进士，苏州戏子苟子孝和书童先后拍手清唱《朝元歌》《锦堂月》各二首（前二首见《香囊记》第六出，后二首见第二出），及《画眉序》二首（见《玉环记》第十三出）。（按这回虽说苟子孝是苏州戏子，但没有指明唱昆腔。而第七十四回又说苟子孝是海盐子弟。疑苟子孝是唱海盐腔的苏州籍贯的伶人。）第七十四回记安郎中宴蔡九知府，海盐子弟清唱《宜春令》一套（《南调西厢记》第十五折），但未拍手。

另一类是演唱戏曲，用锣、鼓、板打击乐器，如第六十三回李瓶儿首七晚演戏的情况是：

叫了一起海盐子弟，搬演戏文。……下边戏子打动锣鼓，搬演的是《韦皋玉箫女两世姻缘玉环记》。……不一时吊场，生扮韦皋，唱了一回下去。贴旦扮玉箫，又唱了一回下去。……下边鼓乐响动，关目上来。生扮韦皋，净扮包知水，同到勾栏里玉箫家来。……西门庆令书童催促子弟，快吊关目上来，分付拣省热闹处唱罢。须臾，打动鼓、板，扮末的上来〔向〕西门庆请问："小的《寄真容》的那一折唱罢？"西门庆道："我不管你，只要热闹。"贴旦扮玉箫唱了一回。……那戏子又做了一回。（第六十四回记次日晚继续演唱,也是"打动鼓、板"。)

第六十四回海盐戏子演《刘智远红袍记》是"子弟鼓板响动,递上关目揭帖"。第七十六回海盐子弟唱《四节记》是"下边戏子锣鼓响动,搬演《韩熙夜宴邮亭佳〔佳〕遇》"。此外第七十四回海盐子弟演《双忠记》及第七十六回海盐子弟演《装〔裴〕晋公还带记》二处,却未明说用鼓、板(其他非海盐子弟演唱戏曲都未列入)。以上几处只是说明用鼓、板或锣、鼓、鼓乐,没有一处说到管弦伴奏。也许有人提出这样问题:这会不会原有管乐或弦乐伴奏,作者略去不说呢?或者说用锣、鼓等只是开场前的情形,中间或许还有管弦伴奏的?对于第一个问题的回答是:全书还有十八处用弦索伴奏唱南曲的弦索官腔(详下)和许多处用弦索唱北曲,都说明所用的乐器,为什么单独略去海盐子弟清唱和演唱的伴奏乐器呢?书中所以不说伴奏乐器,正是由于没有伴奏,只用拍手或鼓、板来节拍。关于第二个问题的说明是:全书记载演唱戏曲的共计十一处,全部没有说明伴奏乐器,内中非海盐子弟演唱的六处①连鼓、板节拍的说明也没有,而记载海盐子弟演唱的还有三个地方指明是用鼓、板,这正说明用鼓、板是海盐腔特色的缘故。总之,截至现在为止,还没有发现海盐腔用管乐或管、弦乐伴奏的可靠的记载②,最低限度是:暂时的小结可以说海盐腔是无伴奏的干唱。

海盐腔的唱法是用拍板或拍手节拍。汤显祖《玉茗堂文集》卷七《宜黄县戏神清源师庙记》写道:"南则昆山之次为海盐,吴浙之音也。其体局静好,以拍为之节。"又顾起元《客座赘语》卷九《戏剧》条记万历以前南京宴会清唱写道:"后乃变而尽用南唱,歌者只用一小拍板,或以扇子代之,间有用鼓、板者。今则吴人益以洞箫及月琴。"按"今则吴人益以洞箫及月琴",是指昆腔,上文的"南唱"

---

① 除海盐子弟演唱五次外,还有其他伶人演唱六次:三十二回教坊演四折《升仙记》,四十二回王皇亲家乐演《西厢记》,四十三回演《留鞋记》四折(未演前有"鼓乐响动"),五十八回演《升仙会》,六十五回教坊演《还带记》,七十八回王皇亲家乐演《半夜朝元记》,都没有伴奏的记载。至于清唱戏曲概不列入。

② 明人著述中说到南曲用管弦的虽然很多,但多数是指昆腔,如臧懋循《元曲选序》第二篇,沈德符《野获编》卷二十五的三条。何良俊《四友斋丛说》卷三十七论南北曲写道:"管笛稍长短其声,便可就板。弦索若多一弹,少一弹,则合拍矣。"何氏所说是嘉靖间事,这里用管笛的南曲,未知所指。

是指海盐腔。下文又有昆腔较海盐腔更为清柔的话,那个用鼓板或拍板的,明是指海盐腔了。探索顾氏的意思是:清唱时以用拍板或扇子为主,用鼓、板是偶然的事。演唱戏曲时要面对较多的听众和适应演出需要,小拍板或扇子都不适用,就非用鼓、板不可了。上面所引《金瓶梅词话》三次演唱都用鼓、板,正是这个缘故。

清唱时也可不用拍板或扇子,改用手拍,像上面所引《词话》两处所说那样。此外还有拍手唱南曲的记载:第三十五回书童拍手唱《玉芙蓉》四首,第四十九回书童拍手唱《玉芙蓉》四首(以上散曲),第六十七回春鸿拍手唱《驻马厅》二首,第二十七回西门庆排手(即拍手,见第十二回)众人齐唱《梁州序》一套(以上清唱戏曲)。这些虽然未指明是唱海盐腔,但拍手唱南曲也和海盐腔的节拍方法相同。其中第四个例子,除拍手外,还用琵琶、月琴伴奏,显然和上面干唱三个例子不同,但这不是海盐腔,而是"弦索官腔"。

为了免除误会,简单说明一下海盐腔和弦索官腔的区别①:

《词话》中除拍手干唱外,还有不少用弦乐伴奏清唱南曲和南北合套的。所用乐器有筝、琵琶、阮、月、琴、弦子、瑟(?)六种;以琵琶独用的为最多,其次是筝和琵琶(或加入其他弦乐)合奏。其中没有一处用管乐,可证绝对不是昆腔。这种例子全书中共有十八处,计伎女和小优儿唱的九处,民间歌女、家庭妇女(包

---

① 最早误会的是近人姚华,他在《菉漪室曲话》卷三写道:"弦索官腔虽无确名,大抵海盐、弋阳两调皆是。"弋阳是既不用管乐,也不用弦乐伴奏的干唱,无待说明。海盐腔用弦索伴奏,迄至现在也还没有发现可靠的明人记载。《曲话》的结论是想当然的推断(这条不可靠的说法已引起写剧种调查人们的误会)。《中国戏曲论丛》虽据《金瓶梅词话》立论,但没有引证实例,大约是根据全书所有南北曲的概括推论。就《词话》全书所有记载海盐子弟唱曲的八处考察,没有一处有丝竹相和的明文。书中虽然有用弦索伴奏唱南曲的,但那是"弦索官腔",并非海盐腔。至于用管乐的仅有两处:一是李惠等小优儿用琵琶、箫、管唱北曲小令(第五十四回),一是阶下(戏子)用弦乐和笙、箫、管、笛吹打,唱南曲《画眉序》一套(第四十三回),都不是海盐子弟所唱。《中国杂居史》说海盐腔全是用弦乐,也显然是把弦索官腔和海盐腔混而为一,而所引例证又与事实不符。书中所举的"叫了一起海盐子弟"和"又预备下四名小优儿",是准备宴蔡九知府的,见《词话》第七十二回(正式宴会在第七十四回)。下面接着又引邵铭等小优儿用筝、琶在席前弹唱,是替孟玉楼上寿的家宴,见第七十三回。两件事分见前后三回,并不是一事。小优儿弹唱的陈铎《集贤宾》套是北散曲,非南曲,更不是海盐子弟所唱。

括使女)九处①。下面摘录第四十三回一段,以见一斑:

> 李桂姐、吴银儿、韩玉钏儿、董娇儿四个唱的,在席前锦瑟(?)、银筝、玉面琵琶、红牙象板,弹唱起来,唱了一套"寿比南山"。(按:原书未引全文,据首句即南曲《春云怨》套,《雍熙乐府》卷十六题《庆寿》。)

在原书中李桂姐等人都是属于教坊司三院的伎女,李铭等小优儿也是隶属于教坊司的小乐工,这两种人所唱的都是流行于北教坊的弦索官腔的唱法。它既是教坊传唱的弦索官腔,因此也就不难理解书中伎女、小优儿们唱南曲和南北合套都用弦索伴奏的原因了。教坊所唱的弦索官腔影响社会以后,民间歌女和家庭妇女也就采用这种唱法。这种用弦索伴奏唱南曲,也就是冯惟敏所说的"南词北唱"②。

上面十八处用弦索官腔唱南曲和南北合套的都不是海盐子弟,海盐子弟清唱散曲和戏曲及演唱戏曲的八处,也没有一处用弦索或管、弦合奏的。由此可知,《金瓶梅词话》中的弦索官腔和海盐腔是不同的两种唱法,虽然所唱的都是南曲。总之,直到现在,我们还没有发现海盐腔用管、弦乐伴奏的记载或具体例证。

海盐腔具有清柔的特色,正适合封建地主、官僚们的口味,为他们所爱好(见上引《丹铅总录》)。所以,海盐腔是以地主阶级为服务的主要对象。如嘉靖间大官僚谭纶厌恶乐平腔、徽州腔,喜欢海盐腔,特地从浙江把唱曲的人带回他的故乡宜黄,教当地子弟唱海盐腔③,就是一个具体例子。唱海盐腔的伶人为了适应他们的需要,在南京、北京就用官话(见上引《客座赘语》)。海盐腔之所以为官僚、地主所爱好,除了歌曲本身具有清柔特色的原因之外,还有另一方面的

---

① 伎女所唱的七处是:第四十三回二处,第四十四、五十二、五十九、七十四、九十六回各一处;小优儿所唱的二处是:第四十六、第七十三回;民间歌女唱的四处是:第四十六、第七十五回各一处,第六十一回二处;家庭妇女和使女所唱五处是:第二十七回二处,第二十一、三十、三十八回各一处。
② 见《海浮山堂词稿》卷三《玉抱肚·赠赵今燕》之二。
③ 见《玉茗堂文集》卷七《宜黄县戏神清源师庙记》。

恶劣原因。我们从上引《丹铅总录》所说的"士大夫禀心房之精，从婉娈之习者，风靡如一"，已经略知轮廓。又明姚士麟《见只编》卷中写道："吾盐有优者金凤，少以色幸于分宜严东楼（世蕃）侍郎。东楼昼非金不食，夜非金不寝也。"①在《词话》第六十四回中，更有露骨的说明。这是封建统治阶级玩弄、侮辱艺人的最恶劣的行为。而这种恶劣现象的产生，是和那时具体的社会情况和历史条件分不开的②。

后来由于"较海盐又为清柔而婉折"③的昆腔盛行，海盐腔就一蹶不振了。昆腔继承海盐腔清柔婉折的特色，发展为更婉转、清细的"水磨调"，又配合了管、弦乐，终于代替了较朴素的海盐腔。海盐腔后来也受了流行"滚唱"等腔调的影响，采用滚唱的办法。清刘廷玑《在园杂志》（康熙五十四年，即1715年自序）卷一写道："旧弋阳腔……则多带白，作曲以口滚唱为佳。……江西弋阳腔、海盐浙腔，犹存古风。"可见在清康熙间弋阳、海盐两腔都还保存着滚唱的古风。然而这时已经是海盐腔的尾声。康熙以后，它就湮没无闻了。

（三）余姚腔

余姚腔的产生时代，现在还不明白。据前面征引陆容、祝允明的记载，它在成化、正德间（1465—1521）已经流行，其起源当在成化以前。清顾景星《白茅堂诗文全集》卷三十五《传奇丽则序》写道："康陵初（武宗朱厚照），变余姚为弋阳。"但顾氏序文所说各种腔调流行的年代很不可靠，如说海盐腔是万历间流行的"新声"，就和事实显然不符。再据前引《南词叙录》所说，余姚腔在嘉靖间还流行于常州等地，而在正德初年已经为弋阳腔代替的说法，更不符合事实。但顾氏的口吻是意味着余姚腔的流行早于弋阳腔，这和现在获得的史料是一致的，因为在成化间余姚已有"习为优者"，而弋阳腔的出现是在正德间。

---

① 清人《因树屋书影》卷九、《香祖笔记》卷二、《坚瓠广集》卷三、《茶余客话》卷十八、《剧说》卷六所载，并出此书。

② 主要原因是统治阶级以艺术、艺人为玩物来摧残它，而狎优的历史又和宣德间禁官伎后兴"小唱"的事有关。

③ 见《客座赘语》卷九"戏剧"条。

在嘉靖间海盐、弋阳两腔对峙的情况下,余姚腔虽然分布于长江南北的常州、润州、池州、太平、扬州、徐州六府,但不及弋阳腔传布广远。也就在嘉靖间,连原来流行余姚腔的池州、太平两地也产生了新的腔调(详后)。此后仅一见其名目于明末的著述中。《想当然》传奇①首茧室主人《成书杂记》写道:

> 俚词肤曲,因场上杂白混唱,犹谓以曲代言,老余姚虽有德色,不足齿也。

这种"杂白混唱"就是指曲文中夹着许多以七字句为主的"滚白",用流水板迅速地快唱,它又叫"滚唱"或"滚调"。这是从嘉靖到崇祯间(1522—1644)的一百二十多年在各个地区广泛地流行的唱法,为当时人民大众最喜爱的戏曲。唱老余姚腔的对于"杂白混唱"既有德色,那么两者必有相同的地方,才能引起共鸣。这就间接说明余姚腔在明末一段时间也用滚唱。问题是它从什么时候用滚唱。如果它原来确用滚唱,池州、太平两地本是余姚腔流行地区,池州腔、太平腔的滚唱正是从余姚腔蜕化而出;而余姚腔是首创滚唱的。但这项资料还只能说明明末的情况。因此,在余姚腔史料还很缺乏的情况下,暂时还不能下断语。

余姚腔用通俗的滚唱,而流水板又有明快的特色,人人都能听懂,成为当时人民大众爱好的戏曲之一。相反的是封建统治阶级,他们认为余姚腔是粗鄙的东西。张牧《笠泽随笔》②写道:"万历以前,士大夫宴集,多用海盐戏文娱宾客。……若用弋阳、余姚,则为不敬。"这两种被他们鄙视的戏曲,正是多数的人民所喜悦的。余姚腔和弋阳腔虽同是人民的戏曲,但弋阳腔由于传播广远和历史悠久,还保存一部分资料,而余姚腔由于历史较短和流传范围不大,连基本情况都还不明白,这是戏曲史上很大的损失。近年来在浙江绍兴发现的"调腔"戏,论者以为它就是余姚腔③,但由于余姚腔后半段历史非常模糊,中间又牵涉

---

① 《想当然》题卢柟作,祁彪佳在崇祯间作《曲品》中已经怀疑是"近时人笔"。清周亮工《书影》卷一就指明是他的门人扬州王光鲁所作,托名于卢柟的。

② 张牧《笠泽随笔》保存了明代成化间《百二十家戏曲全锦目录》,是有关戏曲的一部重要笔记。书为吴县潘氏所藏,后不知下落。

③ 见《华东戏曲剧种介绍》第五集《从余姚腔到调腔》。

到崇祯间流行的"本腔""调腔"戏的问题,因此,且留到下节再谈。

(四)弋阳腔

弋阳腔是明代流传最广,最受各地广大人民欢迎的戏曲。它本是江西的地方戏,后来才传到南北各省。据祝允明的记载,它在正德间(1506—1521)已经流行,其起源最晚也是那个时候。《南词叙录》说它在嘉靖间(1522—1566)就流传于南、北两京和湖广(今湖北、湖南)、福建、广东三省。流传地域既很广阔,可证它必有相当长久的历史和广大的群众基础。

在嘉靖间,弋阳当地已有"四方流民寓其间"的横峰窑。明代嘉靖前后造磁业基地浮梁县景德镇是:有官私窑二三百座,其容量较元代扩大三四倍,主客籍的人口"无虑十万余",市肆有十三里许的巨镇。在万历间雇佣工人不下数万人,佣工是来自乐平等地的①。弋阳腔本是以农民和其他劳动人民为服务的主要对象,而劳动人民自己也会歌唱②。它在省内很可能是以景德镇为发展的基地。这里只是把问题提出,留待以后证实。

汤显祖《玉茗堂文集》卷七《宜黄县戏神清源师庙记》写道:"自江以西为弋阳,其节以鼓,其调喧。"所谓"其调喧"是说这种一人唱众人和的帮合唱具有喧哗的特色。如果是一人独唱没有别人帮合,还有什么喧哗可说呢?何况后二句一是指乐器,一是指唱法,并非都指乐器。这种帮合唱是像清李渔《闲情偶寄》卷一《音律》所说那样:"一人启口,数人接腔者,名为一人,实出众口。"(按李渔所指是清初弋阳腔的具体情形。因为弋阳腔本身变化不止一次,这里只是借用。)

弋阳腔也是不用管、弦乐伴奏的干唱,上引《诗文浪谈》曾间接说明。又杨慎《升庵诗话》卷九写道:"南方歌词,不入管、弦,亦无腔调,如今弋阳腔也,盖自

---

① 《历史研究》一九五五年第三期《中国资本主义生产因素的萌芽及其增长》,第六期《明末城市经济发展下的初期市民运动》,《史学》双周刊第七十九号《从明代景德镇磁业看资本主义因素萌芽》,上海人民出版社《鸦片战争以前中国若干手工业部门中的资本主义萌芽》。

② 明袁中道《珂雪斋文集》卷八《采石度岁记》记舟人少年"能唱弋阳腔者,亦自流利可喜"。

唐、宋已如此。"如果第一节所说早期南戏用帮唱、干唱没有错误,弋阳腔用帮唱、干唱正是继承早期南戏原有的唱法。这不只是弋阳腔独有的特色,而是弋阳腔多保存一些早期南戏原有的成分而已。明冯梦龙增订四十回本《三遂平妖传》首《张誉》序写道:"如弋阳劣戏,一味锣鼓了事。"它既是用锣、鼓帮衬和以鼓节制,就具有金鼓喧阗的特色。帮合唱已经很热闹了,再加上锣、鼓,更加强了喧阗、热闹的气氛。这正适合面对多数观众的广场演出,而喧阗、热闹的气氛又正是广大人民所喜悦的。弋阳腔在清代又叫高腔,清严长明《秦云撷英小谱》说当时高腔是"七眼一板"(最快的),这或是沿袭明代弋阳腔原有的办法。七眼一板是行腔迅速的八拍子的快曲子,比四拍子曲子要快得多。唱的时候,每句都听得清楚,这又有明快的特色。

下面根据弋阳腔几项特色考察它的起源。

第一是帮合唱。帮合唱是起源于劳动歌。当人们从事共同劳动的时候,特别是规模较大的劳动,经常是一面劳动一面唱着歌。先是由一人领头唱一句或一段,然后众人帮和。如各地的吆号子、打夯歌、船夫歌等等劳动歌,都是这样唱法。在古代也是这样;《淮南子·道应训》写道:"今夫举大木者,前呼'邪许',后亦应之,此举重劝力之歌也。"明王三聘《古今事物考》卷七写道:"今人举重出力者曰'人倡',则为号头,众人和之,曰'打号'。"这类劳动歌都是用一人唱众人和的方式。作为劳动歌之一的秧歌,也是如此。弋阳腔的帮合唱法,就是导源于劳动歌,但它不是渊源于打号子一类的歌,而是源出秧歌。秧歌的一唱众和的具体情况,可用四川秧歌为例。四川的秧歌唱法,每当到了末尾,众人帮唱着"儿郎乐"的和声[①]。其他地方也有帮唱着歌辞的。从一般唱秧歌的基础发展到秧歌队舞、秧歌戏的形式以后,经常是继续保存帮合唱的方式。秧歌队舞的帮合唱,人们的记忆犹新,无待赘述。秧歌戏的帮合唱的例子,如河北定县的秧歌戏在它发展的初期原有帮合唱,后来虽然废除,还保存帮合唱的残余痕迹,就是

[①] 见黄芝岗:《从秧歌到地方戏》。

末句最后三字本是帮唱人唱的,后来废除了帮合唱,就应该由当场的人单独唱才对;可是当场人也不唱,末句就只剩了四个字的不完整的句子了[①]。由浙江嵊县的秧歌发展到"的笃戏"(又称小歌戏)的戏曲形式时候,还保留着秧歌的帮合唱的"接后场";当它发展到大都市快接近现在越剧形式时,才废除了帮合唱。弋阳腔的基本性质,和这类秧歌戏相同。它们发展过程的基本规律是:(一)先有秧歌,然后在秧歌的基础上发展为集体歌舞的秧歌队舞(名称不一定都叫秧歌),再由秧歌队舞发展为秧歌戏;(二)或是由秧歌直接发展为秧歌戏。弋阳腔戏曲的形成,也不出这两项规律以外。弋阳地方的秧歌形成正式戏曲以后,除一度用滚唱外(详后),基本上是保持帮合唱,传入城市和大都会以后也没有完全改变它的性质(后来部分地区的改变不在此范围以内)。

第二是锣、鼓帮衬。当农民集体在田中插秧合唱秧歌时,一般是用锣、鼓节歌、送歌,经常是不用管、弦乐器。因此,锣、鼓和秧歌有不可分割的联系;而且在往日农村的具体环境中,用锣、鼓的打击乐器才能把音响传到远方,使参加插秧的人们都听到响亮的声音。由秧歌发展到秧歌队舞时,仍然用锣、鼓(它的形式和数量可以改变)节制舞蹈的动作,它和锣、鼓的关系还是非常密切。到了形成秧歌戏以后,情况就不一致了。在农村演高台戏时,锣、鼓的节奏仍然是主要的,不论有无管、弦乐伴奏。它流入了城市后,一般情况是锣、鼓的地位有显著的改变,而管、弦却占了主要地位,因为单纯的打击乐器不能满足城市的市民们音乐需要。这是一般秧歌戏的基本情况,然而弋阳腔的情形却不相同。它发展为正式戏曲进入城市后,还继续用锣、鼓,不加入管、弦乐器,因而也就继续用干唱方式。总之,它是没有改变原始面貌,这是它的特点,也是它主要的缺点。所以,后来清代的京腔和一部分高腔就不得不改弦易辙,加入了伴奏乐器。

根据上面的考察,虽然阐明了弋阳腔的本质,但它是否真出于秧歌呢?回答是肯定的。最显著的是:弋阳腔流传到清代乾隆间还保存"秧腔"的别名。清

[①] 见李效庵:《定县秧歌》,《文艺复兴·中国文学研究专号(中)》。

李调元《剧话》①卷上写道："弋腔始弋阳,即今高腔,所唱皆南曲。又谓'秧腔','秧'亦'弋'之转声。"这解释并没有解决问题。如果只是一声之转而毫无意义的关系,为什么秧腔和弋阳腔都用干唱、帮合唱和锣、鼓节奏呢?既然两者具有共同的特质,不可能是完全独立的、各不相关的两种东西。而弋阳腔正是从秧歌和它的唱腔(秧腔)发展变化而来,才能有"秧腔"的别名。李调元的解释,是从封建地主阶级的轻视那不登大雅之堂的秧歌的观点出发,企图抹煞了两者共同的特质和弋阳腔起源于秧歌的客观事实,因而采用极其形式的解释掩盖事物的真象。又《缀白裘》第十一编首载乾隆三十九年(1774)许道衡序,序文写道:"然则戏之有'弋阳梆子秧腔'(按,这是指昆腔化的弋阳腔,故又名昆弋腔,它和"乱弹梆子"是对待的两种名称,见乾隆三十五年刊《缀白裘六编凡例》),即谓戏中之变、戏中之逸也,亦无不可。"这是相当承认弋阳腔的价值。其实"秧腔"就是"秧歌腔"的简称,从它的来源和唱腔而得名。既然弋阳腔有秧腔的别名,更可说明它是导源于秧歌。总之,从它的本质和现象两方面考察,都可证明弋阳腔源出于秧歌。

弋阳腔在嘉靖间虽然很发达,也就在那时就有了不小的变化。汤显祖《宜黄县戏神清源师庙记》写道:

> 至嘉靖而弋阳之调绝,变而为乐平,为徽、青阳。

这里的"弋阳之调绝",曾经引起近人不少的误会,其中最显著的是青木正儿《中国近世戏曲史》所说"弋阳腔在嘉靖间成绝响"(第172页)。这说法显然和事实不符。弋阳腔在明代始终没有绝响,从后面征引的明代文献可以得到充分证明,这里暂不一一列举。可是,弋阳腔在嘉靖间并不是没有改革,而是确有不小的变化。按汤显祖的原文是说这时乐平腔等声势浩大,弋阳腔也就有变化,原来的旧调就绝响了(详下)。这时全部情况是:在江西省内有新兴的乐平腔、宜

---

① 《剧话》收于乾隆四十七年原刻本《函海》中,嘉庆、道光、光绪本《函海》均不收。《新曲苑》所收即从原刻本《函海》出,但改名为《雨村剧话》,易与《雨村曲话》相混。

黄腔（详后）；省外也有新生的徽州腔、青阳腔等；而老腔调中的昆山腔正逐渐发展着，余姚腔虽开始没落还有一定的影响，和弋阳腔对峙的海盐腔这时还有相当雄厚的力量。在这样客观形势下，那简单朴素的弋阳腔就有一蹶不振之势。它为了生存，就非改革不可了。它是如何改革呢？范濂《云间据目钞》卷二《风俗》记松江演戏情况写道：

> 戏子在嘉隆交会时（约为嘉靖四十一年至隆庆六年，即1562—1572的十年间），有弋阳人入郡（松江）为戏。一时翕然崇高，弋阳人遂有家于松者。其后渐觉丑恶，弋阳人复学为太平腔、海盐腔以求佳，而听者愈觉恶俗。故万历四、五年（1576—1577）来，遂屏迹，仍尚土戏。

明代中、晚叶松江府是棉纺织业的中心，有棉布号几百家。所产棉布远销秦、晋、京、边各地。富商到松江贩布的，少则万两，多则十万两[①]。在这手工业和商品经济发达的城市中，手工业作坊主人、商人及手工业的劳动者等市民阶层的人们都有娱乐的需要，因而松江地方的戏曲就相应的繁荣了。由于弋阳腔具有通俗的特色，正适合劳动人民和商人、作坊主人的兴味，所以弋阳腔才能够在松江流行。弋阳的伶人最初在松江是唱弋阳腔，后来为适应当时具体情况，也就非改革不可。一方面，由于松江和海盐接壤，为适应地区的情况，就改唱海盐腔。一方面，由于弋阳腔本身有单调的缺点，不能适应那时城市的需要，也就改唱新兴的太平腔。海盐腔暂不论。他们改唱太平腔，就非用太平腔的唱法不可。太平腔的唱法，据王骥德《曲律》卷二《论板眼》条所说是：

> 今至弋阳、太平之衰唱，而谓之流水板，此又拍板之一大厄也。

《曲律》有万历三十八年（1610）自序，可证那时弋阳腔是用滚唱。但它用滚唱并非始于万历中叶，而最晚也是如范濂所说的"嘉隆交会时"。在嘉靖间产生的徽州、青阳、太平等新腔都是用滚唱，旧弋阳腔采用这些新剧种滚唱的办法是很自然的。因为新兴的各种滚唱的戏曲势力相当雄厚，它们和弋阳腔同是以劳动人

[①] 见顾公燮《销夏闲记摘钞》及叶梦珠《阅世篇》卷七《食货五》。

民与市民为服务的主要的对象,弋阳腔如果不能适应社会的客观情况的变化,还是保持固有的唱法,就有被淘汰的可能。弋阳腔为了适应客观情况的变化,保存自己,争取观众的目的,就改用滚唱。当它改革以后,那原有的简单朴素的旧调子、旧唱法就湮没了。汤显祖所说的"弋阳之调绝",不是说弋阳腔完全灭亡,而是说弋阳之旧调绝。由于它改用滚唱,就和徽州、青阳、太平等腔趋于一致,所以汤显祖说"变而为乐平,为徽、青阳"。据汤氏所说这种变化是在嘉靖间,由此可知,弋阳腔改用滚唱还不是始于"嘉隆交会",而是要提早到嘉靖间的。

弋阳腔加滚唱的实例,见于万历二十三年至三十八年间(1595—1610)叶宪祖作的《鸾䴊记》①第二十二出:

> (丑)他们都是昆山腔板,觉道冷静。生员将《驻云飞》带些滚调在内,带做带唱何如?(末)你且念来看!(丑唱弋阳腔带做介)〔下曲词略〕(末笑介)好一篇弋阳!文字虽欠大雅,到也热闹可喜。

所唱滚调,不说它是太平腔、青阳腔,而说是弋阳腔,可见滚调也成为弋阳腔特色之一。由于弋阳腔吸收流行的新兴腔调,才能继续发展。到了天启间(1621—1627)还能深入昆腔发源地的昆山②。

弋阳腔除吸收滚唱外,又吸收了北曲做它的附庸。嘉靖以来,北曲的杂剧在南方虽渐渐消沉,但北曲仍然是存在着的。因此,弋阳腔也兼演唱北杂剧,和万历间陈与郊《义犬记》杂剧第一出记弋阳伶人演"旧杂剧"有《鸿门宴》《仪凤亭》《黄鹤楼》三种,就是明证。清李渔《闲情偶寄》卷一《音律》记清初弋阳伶人还能兼唱《西厢记》杂剧,清孔尚任《桃花扇》续四十出《余韵》用弋阳腔唱北曲《双调·新水令》"山松野草带花挑"一套,都是继承明代兼唱杂剧和北曲的遗

---

① 黄宗羲《南雷续文案·吾悔集》卷一《六桐叶公改葬墓志铭》记叶氏万历二十三年中乡试,至四十七年始成进士,"《鸾䴊》借贾岛以发二十余年公车之苦";但此记已著录于万历三十八年成书的吕天成《曲品》中,由此推知,当作于二十三年至三十八年之间。

② 见明张大复《梅花草堂笔谈》卷十四。

风。由于北曲和弋阳腔同是行腔迅速,两者容易接近,所以用弋阳腔唱北曲也能胜任。

总之,弋阳腔在嘉靖间的变化是:主要为吸收了滚唱,可能在一些地区演出曾一度废除帮合唱(见下),可是始终没有加入管、弦乐改变干唱方式。

到了明末清初,又有第二次的变化。清刘廷玑《在园杂志》(康熙五十四年,即1715年自序)卷三写道:

> 旧弋阳腔乃一人自行歌唱,原不用众人帮合;但较之昆腔则多带白作曲,以口滚唱为佳。而每段尾声仍自收结,不似今之后台众和作"哟哟啰啰"之声也。江西弋阳腔、海盐浙腔犹存古风,他处绝无矣。

那种不用帮合唱而由一人带白滚唱,刘氏称它为"旧弋阳腔",就是指明代嘉靖以来弋阳腔改革后的唱法,这时是用滚唱。在清代康熙间还保存在江西当地。滚唱的办法到清代初年已经基本衰亡,只有少数地区还保存着,所以刘廷玑视为"古风"。至于明代弋阳腔是否完全废除帮合唱,却值得考虑,可能是在某些地区演出曾一度废除。所谓"今之后台众和作'哟哟啰啰'之声",是指弋阳腔在清初(约1644—1715)滚调基本衰亡以后,弋阳腔也不用滚唱,又继续用原有的帮合唱时的情况。这第二次的变化,就是取消了滚唱,继续用帮合唱。

概括以上所说,明代弋阳腔发展的历史是:(一)弋阳腔起源于秧歌,后来才发展成戏曲,最晚在正德间(1506—1521)已经流行。它只用锣、鼓节制,不用管、弦乐。又继承秧歌一唱众和的帮合唱,由后行众人帮和。(二)当嘉靖间青阳、太平等腔滚唱兴盛时,弋阳腔随着也用滚唱,因而得到发展。这一阶段约起于嘉靖中叶到崇祯末(1547左右—1644)的一百年。(三)后来由于滚唱衰微,它又继续用帮合唱。这阶段约开始于清初(1644左右)直到现在的高腔戏,共约三百年。它虽经过两次变化,除了清代后期以外,基本上都没有改变干唱方式。

弋阳腔发展到清代,由于它的声音高亢,被称为"高腔"。从清初到乾隆末(1644—1795)的一百五十年间,它普遍地流行于全国各地,是和昆腔对峙的两大剧种。又从康熙中叶到嘉庆末(约1684—1820)约一百四十年间,弋阳腔传入北京以后产生的一个支派,改称京腔,还继续用滚唱。

高腔在现在虽然不是独立的剧种,可是在若干地方戏中还保存着高腔的成分,有的还是重要成分。这类地方戏中的高腔和弋阳腔确有历史渊源的有:川戏、江西饶河戏和乐平班、湘戏长沙班及祁阳班、山东梆子戏的高腔成分,和浙江东阳三合班中的侯阳高腔、衢州三合班中的西吴高腔。至于河北高阳的高腔班(兼演昆剧),大致可视为京腔的一个支派。其中一部分,由于受了其他剧种影响,已经改变了干唱方式,如侯阳高腔加入了笛子、二胡等伴奏。这有四百五十年历史的弋阳腔,它不仅是现在地方戏中起源较早的一种,而且是各个时代为广大人民所喜爱的戏曲。

(五) 昆山腔

昆山腔(简称昆腔)的起源年代,过去一般说法是据《度曲须知》断定在嘉靖、隆庆之间,由曲师魏良辅所创造。据上引《猥谈》,它在正德间(1506—1521)已经开始流行,不会迟到嘉靖、隆庆才产生。近人对于昆腔起源年代的探讨,已经证实《度曲须知》说法不确,结论也相当接近[①]。魏良辅的年代虽然不很清楚,但轮廓是:其人约生于正德间,嘉靖间已成名,万历初大约还在世[②],嘉靖、隆庆间是他主要活动时期。在他之前已经有许多前辈。明张大复《梅花草堂笔谈》卷十二写道:"良辅自谓勿如户侯过云石,每有得必往咨焉。过称善,乃行;不,即反复数校勿厌。"清余怀《寄畅园闻歌记》(《虞初新志》卷四)写道:"吴中老曲师如袁髯、尤驼者,皆瞠乎自以为不及也。"这三人既是他的先辈,魏良辅不过是

[①] 《文史杂志》第四卷第十、十一期合刊,钱南扬《戏剧概论》:"应在嘉靖之前,弘、正之际。……嘉庆间乃始盛行,故后人误以为起于嘉、隆也。"其说较允。又同一杂志第六卷第一期同人的《跋汇纂元谱南曲九宫正始》又以为:"祝氏卒于嘉靖五年,昆山腔之起当早于此。魏良辅盖为弘治、嘉靖间人。"但还没有把魏氏年代和昆腔起源分别开来。《中国戏剧史》以为魏氏是嘉、隆间人,又说"早在魏良辅生前已渐流行"。赵景深的《魏良辅创始昆曲的商榷》也以为魏良辅生前昆腔已渐流行。

[②] 清叶梦珠《阅世编》卷十《纪闻》记张野塘在太仓和魏良辅相会时,魏氏年已"五十余",《本事诗》卷十二引陈其年诗说张野塘和魏氏相遇是"嘉隆之间"。由此可知,魏氏约生于正德间(约1506—1517)。李开先在嘉靖末成书的《词谑》《词乐》中已有关于魏氏的记载,那时他已成名。毛奇龄《西河词话》卷二说魏氏于万历间在洞庭山还能奏提琴"一月不辍,提琴以传",如所说是事实,他在万历初还存在,那时已六七十岁。

/583/

后起之秀。和魏氏同时的吴中歌人有昆山陶九官,苏州周梦谷、滕全拙、朱南川(上见《词谑》《词乐》)、张小泉、季敬坡、戴梅川、包郎郎、陆九畴(上见《笔谈》卷十二)、宋美、黄问琴(上见潘之恒《亘史》)、周梦山、潘荆南(上见《闻歌记》)。又围绕在梁辰鱼左右的有郑思笠、唐小泉、陈楳泉五七辈,和以张新为首的昆腔别派有赵瞻云、雷敷民(并见《笔谈》卷十二)。魏良辅在二十多人中是有创造性的成功人物,所以潘之恒称他为"曲之正宗"。在他之前及和他同时吴中既有许多歌人,足见吴中歌曲之盛。而在天顺间吴中既有演南戏的伶人(见上引《都公谈纂》卷下),又说明吴中戏曲之盛是有历史渊源的。昆腔的产生决不是偶然,而是具有历史条件的。昆腔的创始和许多像袁髯、尤驼之类的不知名的前辈歌人有十分密切关系,是他们集体创造,不能完全归功于魏良辅个人。魏氏的特长虽是"能喉啭音声"①,但也不是他个人独有的,据《笔谈》卷十二说,同时的歌人陆九畴是"亦善转音",不过技巧不及魏氏精深而已。魏良辅是在吴中歌曲发达的历史条件下和正德间已经流行的昆腔基础上,大力地创造了一套完整的新唱法,产生了婉转曲折的"水磨调",大大推进了昆腔的发展,然而他决不是唯一的昆腔创造者。

当正德间昆腔产生时,其他三腔都相当兴盛了。到嘉靖时,余姚腔还流行,弋阳、海盐两腔占着重要地位,而新兴的各种滚唱的腔调刚刚露头角。昆腔和它们的关系是怎样呢?这主要是和海盐腔的关系。海盐腔本来就以婉转曲折见长。而昆腔是如《客座赘语》卷九所说那样:

> 今则吴人益以洞箫及月琴,益为凄惨,听者殆欲堕泪矣。……今又有昆山,较海盐又为清柔而婉折;一字之长,延至数息。士大夫禀心房之精,靡然从好,见海盐等腔已白日欲睡。

它是继承海盐腔"清柔婉折"的特色,又发展了一步。从而,它又以绝对优势压倒了海盐腔。所以到万历间昆腔流行范围扩大以后,海盐腔在南方就衰微了。

---

① 见朱彝尊《静志居诗话》卷十四。

这时其他的南曲，如《寄畅园闻歌记》所说是"平直无意致"，像弋阳腔就是这样。而魏良辅又是如《九宫正始自序》所说"厌海盐、四平等腔，而自制新声"，因而就针对着它们少曲折的缺点，向婉转的一方面发展。最后是像《静志居诗话》卷十四所说："变弋阳、海盐故调为昆腔。"①总之，它是继承了其他南曲腔调的一面，也扬弃了别一方面。

昆腔和南方流行的北曲支派的"弦索"有极其密切的关系。据余怀《寄畅园闻歌记》，魏良辅曾学过北曲，而绌于北人王友山，但这还不是主要的。重要的是：从嘉靖、隆庆间起，以江南太仓为中心创造了一种昆腔化的北曲弦索，从而又反转过来影响昆腔。这种北曲支流的南方弦索的产生，先是通过双方曲师关系，然后形成的。清叶梦珠《阅世编》卷十《纪闻》记载：

> 考弦索之入江南，由戍卒张野塘始。野塘河北人（《野获编》卷二十五谓寿州人），以罪谪发苏州太仓卫；素工弦索。既至吴，时为吴人歌北曲，人皆笑之。昆山魏良辅者，善南曲，为吴中国工。一日至太仓闻野塘歌，心异之，留听三日夜，大称善，遂与野塘定交。时良辅五十余，有一女亦善歌……至是遂以妻野塘。吴中诸少年闻之，稍稍称弦索矣。野塘既得魏氏，并习南曲，更定弦索音，使与南音相近。并改三弦之式……名曰弦子。其后杨六者（均按：即杨仲修）创为新乐器，名提琴。……提琴既出，而三弦之声益柔曼婉扬，为江乐名乐矣。……分派有三，曰太仓、苏州、嘉定。……太仓近北，最不入耳；苏州清音可听，然近南曲，稍失本调；惟嘉定得中。

---

① 文献中所说各种声腔的"变"有几种不同情形，主要的是：（一）是同一系统的两种腔调的"变"，就是从旧腔中变化出另一种新腔，如《客座赘语》卷九所说："后则又有四平，乃稍变弋阳而令人可通者。"因为四平腔和弋阳腔确有血缘关系，可以确定是系统性的变化。（二）是非系统性的，只是演唱现象的变化，就是新剧种、新腔调在演出、歌唱上代替了旧剧种、旧腔调，而两种东西并没有血缘关系，如本文所引昆腔是"变弋阳、海盐故调"。因为昆腔和海盐腔虽同具有清柔特点，但并非一个系统，和弋阳差别更大，不能认为是系统性的变化。这儿"变"的意义是指改变了以前唱弋阳、海盐的情况，而以昆腔来代替它们。这并不是"从海盐腔变出"的。

这是弦索北曲在南方衰微后产生的别派。它是为适应江南人歌唱而大加改革，就与"南音相近"。后来得到发展，是由于江南人也应用这种新北曲。最后的结果是如《度曲须知》上卷"弦索题评"条所说"皆以磨腔规律为准"（即昆腔规律），及"曲运隆衰"条所说"以字清腔径之故，渐近水磨，转无北气"了。这种"北词之被弦索，向来盛自娄东（太仓）"（同书"弦索题评"条）的新弦索，它不但是昆腔化了的北曲，而且是依附着昆腔流传的。据清毛奇龄《西河词话》卷二所说，新弦索伴奏乐提琴的流行，也和魏良辅提倡有关系，更可阐明它和昆腔的关系。它产生以后，昆腔也采用三弦、提琴伴奏①。昆腔所唱的北曲，也就是采用这种新唱法的北曲。由于相互影响，昆腔和昆腔化了的南方新弦索就更加接近和融洽了，虽然新北曲弦索仍然保持七音阶的特色。这种弦索北曲又是和昆腔相始相终，没有断过关系。

嘉靖间，昆腔虽创造成功，但流行地域还不广。徐渭在嘉靖三十八年（1559）成书的《南词叙录》中写道：

> 惟昆山腔止行于吴中。流丽悠远，出乎三腔（弋阳、余姚、海盐）之上，听之最足荡人。

它的盛行和推广要到隆庆至万历初年（1567—1577）。徐树丕《识小录》卷四《梁姬传》写道：

> 吴中曲调，起魏氏良辅。隆、万间精妙益出。四方歌曲必宗吴门，不惜千里重资致之，以教其伶、妓，然终不及吴人远甚。

由于它本身的改进，收到了"精妙益出"的效果，因而得到更大的发展，就推广到吴中以外的各地去。万历元年（1573）刊行、汝川（临川）黄文华编选的《鼎镌昆池新调八能奏锦》，是池州腔和昆山腔的戏曲选本。它把昆、池两腔并列，又选录昆腔的第一部戏曲作品《浣纱记》二出。由此可知，在万历元年以前，昆腔就发展到吴中以外的其他地区了。沈宠绥《度曲须知》作于崇祯间，他不明白昆腔

---

① 见沈德符《野获编》卷二十五，姜绍书《韵石斋笔谈》卷下"晚季音乐"条。

发展历史,误以嘉、隆间昆腔开始兴盛时期为昆腔创始时期。后来论昆腔起源的又据沈氏说法,断定昆腔创始于嘉、隆之间,显然是不恰当的。

昆腔最初只用于清唱散曲和戏曲。张牧《笠泽随笔》记万历以前宴会时唱曲情况写道:"间或用昆山腔,多属小唱。"那时的优童小唱是清唱戏曲和散曲,而非演唱。魏良辅创造的"水磨调",本是专供清唱之用。沈宠绥《度曲须知》上卷《曲运隆衰》特别指出这一点:

  (良辅)生而审音,愤南曲之讹陋也,尽洗乖声,别开堂奥。调用水磨,拍捱冷板。……功深镕琢,气无烟火。启口轻圆,收音纯细。所度之曲,则皆"折梅逢使""昨夜春归"诸名笔。采之传奇,则有"拜新月""花阴夜静"等词。要皆别有唱法,绝非戏场声口。腔曰昆腔,曲名时曲。

上面所举四套曲的首句,前两种是散曲,后二种是戏曲①,都是采用传唱较久的著名曲文,用缓慢的水磨调唱法清唱的,所以和唱得较快的"戏场声口"迥别。把昆腔水磨调的清唱方法应用到戏曲上去,第一个是梁辰鱼,他为了用水磨调唱戏曲而创作《浣纱记》。这样,就把昆腔应用范围大大扩充了,奠定了用昆腔唱戏曲的基础。此后到万历间,昆腔又获得更大的发展。

昆腔的特色,主要是在音乐、歌唱两方面:(一)是音乐,昆腔所用的伴奏乐器,最初只有笛、管、笙、琵琶,从嘉、隆间起又加入了三弦、提琴和筝、阮②,成为众乐合奏,其中笛子是主乐。昆腔以前的南曲,多半是不用管、弦乐伴奏的干唱,昆腔用管、弦伴奏,就大大地加强了南曲的音乐力量,也改变了弦索官腔以弦乐为主体的情况。(二)是唱法,它特别注重抑扬顿挫,具有清柔、曲折、婉转的特色;而用喉转音到细若游丝的地步,更是精致、细腻。咬字又分为几个音

---

① "折梅逢使"是《石榴花》套首句,《吴骚集》卷四、《南音三籁》散曲上卷并题梅禹金(鼎祚)作,何大成编《六如居士集》卷四属唐寅之作。"昨夜春归"是《步步娇》套首句,《词林摘艳》乙集、《吴骚合编》卷四并属无名氏作,《吴骚集》二卷题王雅宜(宠)作(以上散曲)。"拜新月"是《拜月亭》第三十五折《二郎神》套首句。"花阴夜静"为《雁过沙》套首句,《南音三籁》戏曲上卷题《南西厢》,今崔李本《南调西厢记》、陆采作《南西厢记》无此套,疑《三籁》误以其他传奇为《南西厢》(以上传奇)。

② 笛等四种见《南词叙录》,三弦等二种见《阅世编》卷十及《韵石斋笔谈》卷下,筝、阮见《亘史》。

节,就是顾起元所说的"一字之长,延至数息"。由于它特别重视音节、旋律,唱得更加缓慢。这样,它又改变了以前南曲平直少曲折的情况。这种缓慢的水磨调是它的优点,也是它致命的缺点。当它刚产生时就潜伏着后来死亡的因素(关于昆剧的人民性、舞蹈及其表演艺术的特点,暂不涉及)。

昆腔用笛子做主要伴奏,笛子是可以随着歌声的长短而长短,事实上可以随着歌声往后延长,这就造成慢唱的有利条件。又单纯追求旋律、音节、咬字,唱时格外迂缓,使听众感到有声无字,广大的人民都听不懂。这些情况,使昆腔的发展受到极大限制,也因此不得不趋于衰亡。然而这只是它衰亡的表面原因。

昆腔衰亡的根本原因是:它以那时官僚、地主为主要对象,一切都要适合他们的兴趣,因此,它的发展是有一定限度,终于不得不衰亡。据下述的具体事实可以得到证明。

昆腔是起源于昆山、太仓,而以苏州府属为主要根据地。明代苏州,一方面是丝、棉纺织业和商业的中心;另一方面,由于强豪侵占官田、民田的结果,到了明代中、晚期就成为江南大地主集中地区。昆腔最初是清唱,清唱主要是为适应官僚、地主宴会的需要而流行的,虽然清唱不是始于明代。由清唱发展到戏曲的演唱,它的服务对象并没有改变。由此可知,昆腔从刚产生时,就以地主、官僚、贵族为基本听众、观众。张大复《梅花草堂笔谈》卷五记昆腔推广者梁辰鱼事写道:

> 艳歌清引,传播戚里间。白金、文绮、异香、名马、奇技淫巧之赠,络绎于道。

同书卷十二又写道:

> 谱传藩邸、戚畹、金紫熠爚之家,而取声必宗伯龙氏(辰鱼字),谓之昆腔。

这班贵族、官僚所以重视昆腔,不惜重资馈赠种种贵重礼物,正是因为昆腔适合他们府邸的需要。明代的贵族、官僚、大地主们本有家乐,昆腔流行以后,他们的家乐也多半能唱昆腔。如万历间首辅王锡爵,退休御史钱岱都有唱昆腔的家乐[1]。而传播和推广昆腔的,也正是这班官僚、地主们。如昆腔别派——"南马头调"的创始者太仓张新,就是万历五年进士,官工部都水司郎中[2]。不仅这样,万历间一般昆腔的戏曲作者,多数也是地主阶级,他们作曲是为了自己或别人家乐演唱;同时,他们自己也能度曲。如《青衫记》等戏曲作者顾大典,官至福建提学副使,钱谦益《列朝诗集》丁集卷八说他:"妙解音律,自按红牙度曲。今松陵(吴江)多蓄声伎,其遗风也。"《红拂记》等戏曲作者张凤翼是苏州的老举人、老缙绅,《列朝诗集》同卷说他:"好度曲,为新声。"又《鸾鎞记》等戏曲作者余姚叶宪祖是广西按察副使,黄宗羲《续南雷文案·吾悔集》卷一《六桐叶公改葬墓志铭》说他是:"花晨月夕,征歌按拍。一词脱稿,即令伶人习之,刻日呈伎。"正因为昆腔适合他们的需要,他们为了自娱和娱人,才度曲、作曲。由此更可证实,昆腔是以地主阶级的官僚、贵族、知识分子为服务的主要对象。昆腔的低回婉转的音调,"一字之长,延至数息"和一唱三叹的度曲法,正适合他们的兴趣,结果是如顾起元所说:"士大夫禀心房之精,靡然从好。"这种低音调和缓慢的度曲法,不能适应较大的场面演出,只能用于府邸的厅堂。这婉转曲折的音调,又配合典雅、纤巧的曲文,更适合他们口味。一部分骈俪派的作品,不仅曲文对仗工稳,一句一曲(如《玉合记》《水浒记》),音律和谐、铿锵,甚至于连脚色上场的说白也用骈文,这也是为了适应他们的需要和迎合他们兴趣的。这样,昆腔的戏曲就成为地主阶级厅堂艺术和他们的欣赏品。昆腔从开始到衰亡,一直没有改变它的性质。这样,就和人民大众有极大的距离,也就决定它必然失败的命运。

当万历间昆腔还是兴盛的时候,已经暴露出它的主要缺点。冯梦龙《双雄记自序》论南曲(专指昆腔)之弊写道:

---

[1] 王锡爵家乐,见朱彝尊《静志居诗话》卷十五;钱岱家乐,见无名氏《梦笔》叙。
[2] 见《野获编》卷二十四,参证《梅花草堂笔谈》卷十二、钮少雅《九宫正始》自序。

> 余独以为不然,北音幸而衰,南音不幸而盛也!……今箫管之曲反以歌者之字为主,而以音肖之,随声作响,共曲传讹,虽曰无箫管可也。然则箫管之在今日,是又南词之一大不幸矣!

冯氏所说的"反以歌者之字为主,而以音肖之,随声作响",就是上面所说的笛子随着人声的长短而长短。既然伴奏的乐器不能节制歌声,反被歌声所牵制,这就予昆腔向慢唱发展以便利条件,逐渐形成越唱越慢的趋势。不用说,这就是那时地主、官僚、知识分子欣赏的一唱三叹的度曲法。冯梦龙所说虽是从现象出发,但他也确实看到昆腔的危机了。

另外,产生于嘉靖间的各种滚唱腔调,它们在万历间汇合为一条巨大的洪流,成为风行全国的戏曲。由于它们有广大的群众基础,昆腔只拥有少许"上层"人物的听众,无法和它们对抗。王骥德《曲律》卷二"论腔调"条写道:

> 今则石台、太平梨园几遍天下,苏州(昆腔)不能与角什之二三。……而世争膻趋痂,好靡然和之,甘为大雅罪人。

当时的梨园演唱太平腔等滚唱腔调的戏占十分之七八,而演唱昆腔戏的还不足十之二三,这是鲜明的对比。以前一般认为万历间是昆腔最兴盛时期,只是指它在那时"上层社会"狭小范围内流行的情况,不能代表万历间戏曲发展的全貌。然而就在昆腔兴盛的时候,连昆腔发源地的昆山县也曾被弋阳腔、四平腔侵入。《梅花草堂笔谈》卷十四说昆山当地情形写道:

> 腔右昆山,有声容者多就之。然五十年来伯龙(梁辰鱼字)死,沈白他徒,昆腔稍稍不振。乃有四平、弋阳诸腔,先后擅场,然自新安汪姬、上江蔡姬而后,寥寥矣。

《笔谈》所记虽只是天启间(1621—1627)昆山一隅的情况,但昆腔发源地既然如此,其他各地更可想而知。这一个例子是有代表性的。这现象产生也决非偶然。因为昆腔即使在根据地的苏州府属也是以封建地主阶级为主要对象,而人民大众并不一定爱好它,他们需要自己能够欣赏的别的东西,这就是弋阳等腔能够深入昆腔根据地的主要原因。它们有了群众基础,才能够向东发展到苏州、松江等地。弋阳腔传到苏州以后,包括作坊主人、商人和手工工业的劳动者的市民阶层,也很欢迎这种通俗戏曲,因此,弋阳腔才能在苏州发展。这样,就使唱昆腔的职业伶人、歌女,有时也要兼唱弋阳腔。冒襄《影梅庵忆语》记崇祯十四年(1641)在苏州观女伶陈姬演唱弋阳腔《红梅记》,就是明显例证。这些重要例证说明了:从万历以来,不论在苏州或其他各地,昆腔都不能和弋阳腔抗衡。

如上所述,昆腔在万历间的兴盛,只是局限于"上层社会"的狭小范围以内。那么,以前一般所说,从明万历到清代乾隆(1573—1795)二百二十年的昆腔鼎盛时期,事实上也是极其表面的。因为就在那二百二十年间,它远不及弋阳腔等势力雄厚,拥有多数观众。

昆腔虽然传播范围局限于"上层社会",很早就显露出它主要缺点,无力和弋阳腔抗衡并争取观众;然而它在明代并没有衰亡,到了清代还继续流行约一百三十年,直到乾隆中叶(约在 1775 前后)各地地方戏汇合以后,它才基本衰亡。它在明代没有衰亡的主要原因是:尽管它是以地主阶级为服务的主要对象,但究竟还拥有一些观众,虽然为数不多;而它本身也还没有到连封建知识分子都不易了解的地步。

小　结

明代南戏的五大腔调都是明代以前和明代人民创造的。温州、海盐二腔是由明代以前的歌曲、戏曲发展、变化而来,余姚、弋阳、昆山三腔是明代人的创造。除温州腔消灭很早外,余姚、弋阳两腔是当时人民大众,首先是劳动人民,最喜爱的戏曲,特别是弋阳腔有深厚的群众基础。海盐、昆山具有婉转、曲折的特色,是以封建地主阶级为服务的主要对象。因此,形成人民大众戏曲的余姚腔、弋阳腔和以地主阶级为主要对象的海盐腔、昆山腔两个壁垒。

它们变化的情况是以万历前后为分水岭:当正德、嘉靖间(1506—1566)是四腔并存,主要是形成弋阳、海盐两腔对峙的局面;而昆腔还局限于苏州一隅之地。到了万历间(1573—1620)海盐腔开始衰亡,这时是弋阳腔和其他滚唱的戏曲与昆腔对峙的局面，而滚唱的戏曲占绝对优势。滚唱的各种腔调兴起于嘉靖间(1522—1566)，后来弋阳、余姚、海盐三腔受了它的影响，也先后用滚唱。到了清初，滚唱基本衰微以后，弋阳腔又取消了滚唱。

二、各种滚唱腔调的戏曲

明代中叶以来，沿江、沿海一带地区，特别是江南各地的城、镇，以丝织业、棉织业、陶磁业等为主的手工工业空前发达。在手工工业的作坊、工场中已经产生了资本主义因素的萌芽，就是：一方面是拥有生产资料、生活资料和商品的剥削者的作坊或工厂主人，另一方面是被剥削得一无所有、靠着出卖劳动力的手工工业的雇佣工人。这种新的生产关系，个别地区早在成化间已经开始了；而普遍的出现是在正德、嘉靖间，到了万历、崇祯间更为显著。随着手工工业的发达而来的是，国内市场扩大和发展了，海外市场开拓，商品经济、货币经济的繁荣。早在宣德间形成的三十三个工商业的城市，这时更加繁荣了。在一些重要城市中，手工工业的作坊主人、工厂主人，各种商业资本家和若干雇佣劳动者都出现了。这些市民等级中的各个集团的人们都有了不同程度的物质生活和文化生活的要求，特别是那些工厂、作坊主人们和商人们的享乐、娱乐的要求也更为提高。由于他们的倡导，社会风习就起了很大的变化，这就是正德、嘉靖间的风尚由朴素而趋向浮华、奢侈的主要原因。到了万历间又得到进一步的发展，表现在文化娱乐方面的格外清晰，如音乐、歌曲的发达，各种新调时曲的产生和风行，新的剧种的产生，都是明证。明陈与郊《隅园集》卷十三《安国寺重建大悲阁记》写道：

> 吾邑（浙江海宁）其地僻，不通商贾。……正德、嘉靖间……而里巷亦无优伶之音。世降俗移，犹不改其俭。

由于海宁地方偏僻不通商贾，才没有"优伶之音"。反过来看，其他手工工业和商业发达的通都大邑，戏曲发达可想而知。在文化娱乐的需要高涨的情况下，戏曲繁荣是必然的现象。因此,在嘉靖间不仅旧剧种海盐、余姚等腔流行,在长江以南的江西东部、浙江东部、南直隶南部还产生许多新剧种。它们产生的地区,正是那时城市经济发达的地方,两者关系显然可见。这些新剧种主要是下面将要说明的徽州腔、池州腔等八种,此外在嘉靖间福建泉州和广东潮州已有潮泉调①,万历间湖广省有楚调②。那些产生于嘉靖间,流行于嘉靖至明末的一百二十余年的新剧种,除了声腔、方言、方音等差别外,其中有代表性的徽州、池州、太平等腔,有一个共同特点——用通俗词句的滚唱。这些剧种汇合以后成为一条巨大的洪流,迫使旧剧种的弋阳腔也采取滚唱;它们和有深厚基础的弋阳腔结合以后,力量就更为雄厚了。它们所以采取通俗词句的滚唱,正是为了适应劳动人民和工商业的资本家的需要,针对着他们理解力的缘故。这是明代戏曲发展史上一个重大的变化,变化开始于嘉靖,到了万历间迫使那时保守的知识分子也不得不承认这项显著的变化。王骥德《曲律》卷二"论腔调"条写道:

> 世之腔调,每三十年一变。由元迄今,不知经几变更矣。

从"每三十年一变"的结论中反映出:嘉靖到万历的约一百年间各种戏曲的变化、消长极其迅速的事实。由于这一事实才引导出王氏的结论。至于元代到明嘉靖间的变化并没有嘉靖以后那样重要和复杂,王氏的臆测是没有根据的。

据汤显祖《宜黄县戏神清源师庙记》说,嘉靖间已有乐平腔、徽州腔、青阳腔三个新剧种产生。此后又陆续产生了一些新的地方戏。《曲律》卷二"论腔调"条写道:

> 数十年来,又有弋阳、义乌、徽州、乐平诸腔之出。今则石台、太平梨园几遍天下,苏州不能与角什之二三。其声淫哇妖靡,不分调名,亦无板眼。

---

① 《北平图书馆馆刊》第十卷第五期向达《瀛涯琐志》记牛津大学藏明余氏新安堂刻本《重刊五色潮泉插科增入诗词北曲勾栏荔镜记戏文全集》,书尾题:"……□寅年。"日本薄井恭一《明清插图本图录》记日本藏本书尾末五字是——"嘉靖丙寅年"(四十五年),可知嘉靖间已有潮泉调的戏曲。

② 袁中道《游居柿录》卷十记万历四十三年秋在江陵观剧,有用"楚调"唱的《金钗》(南戏《刘孝女金钗记》?)。

又有错出其间,流而为"两头蛮"者,皆郑声之最。

《曲律》有万历三十八年(1610)自序,这"数十年来",参证汤显祖《庙记》所说嘉靖间弋阳变为乐平、徽州、青阳三腔的话,以五十年计算,大致是嘉靖末到万历初情况。又崇祯间沈宠绥《度曲须知》上卷《曲运隆衰》总论南曲写道:

> 腔则有海盐、义乌、弋阳、青阳、四平、乐平、太平之殊派,虽口法不等,而北气总已消亡矣。

综合各书记载,这类新兴的地方戏计有乐平腔、徽州腔、青阳腔、太平腔、四平腔、义乌腔,见于其他书籍的还有宜黄腔、越调,共计八种。至于石台,今江西、安徽无此地名①,殆即石埭之讹。石埭隶池州,"石台梨园"所唱当以池州腔、青阳腔本地腔调为主。这八种支派产生于嘉靖间的为多,晚于海盐、余姚、弋阳等腔;而且直接、间接和弋阳、余姚两腔有血缘关系。这样,它们事实上是弋阳等腔干流的支派,虽然它们在明代后一百二十年声势浩大。它们主要的特色是滚唱,因此用滚唱来概括。这些支流是:

(一)乐平腔。产生于江西饶州府乐平县。汤显祖《庙记》说弋阳腔在嘉靖间"变为乐平",虽然史料缺乏,不明白具体变化情况,但乐平和广信府的弋阳是近邻,而这"变"又意味着系统性的变化,乐平新腔和弋阳旧调之间必有血缘关系。它和徽州、青阳并肩,也是那时人民喜爱的通俗性的戏曲之一。以后除《曲律》和《度曲须知》曾涉及其名外,未见其他记载。现在江西赣戏的乐平班还保存着高腔成分,两者有无历史渊源,还有待于进一步证实。

(二)宜黄腔。产生于江西抚州宜黄县。汤显祖《玉茗堂文集》卷七《宜黄县戏神清源师庙记》写道:

> 至嘉靖而弋阳之调绝,变而为乐平,为徽、青阳。我宜黄谭大司马纶闻而恶之,自喜得治兵于浙,以浙人归范其乡子弟,能为海盐声。

---

① 查李贤等纂《大明一统志》卷之十五、十六南直隶太平、池州各府,卷之四十九至五十八江西省各府都没有石台地名。

又明郑仲夔《冷赏》卷四"声歌"条写道:

> 宜黄谭〔大〕司马纶,殚心经济,兼好声歌。凡梨园度曲皆亲为教演,务穷其妙,旧腔一变为新调。至今宜黄子弟咸尸祝谭公惟谨,若香火云。

这种新调就是宜黄腔。谭纶是嘉靖间和戚继光共同抵抗倭寇侵略的将领。据谭纶生平事迹推知,他从浙江回宜黄"以浙人归范其乡子弟",约在嘉靖四十年至四十二年间(1561—1563)①,也就是宜黄腔创始的年代。谭纶把唱海盐腔的伶人带到故乡宜黄去,是由于他厌恶流行的乐平、徽州等通俗戏曲,而爱好清柔婉折的海盐腔,而海盐腔也正适合官僚们的兴味。他主观上虽是为了声色之娱,但客观上对宜黄腔戏曲的形成有一定的推动作用。宜黄腔虽是源于海盐腔,但经过宜黄子弟传唱,就会和原有海盐腔有出入。而早在江西本省流行的弋阳腔、乐平腔和它也不可能完全绝缘。最初只是谭纶家乐演唱,可以不必顾虑一切,等到宜黄子弟唱出以后,如果不和当地流行戏曲相结合,就很难得到发展。从万历间它盛行的情况考察,宜黄子弟是以海盐腔为基础,结合当地弋阳等腔而创造为新戏曲。宜黄县是"处在万山之中,不通商贾,亦别无物产可以贸迁"②的地方,因此它后来的发展是在省内临川和省外地方。

宜黄腔的盛行是在万历中叶。汤显祖《庙记》说:"大司马死二十余年矣,食其技者殆千余人。"谭纶死于万历五年(1577)③,二十多年后是万历三十年(1602)左右。从嘉靖间创始时起,到这时只有四十年,宜黄子弟已发展到一千人,可见它发展的迅速和有一定的观众基础。

明代戏曲作家汤显祖的作品,在当时就被人用昆腔的尺度来衡量,说他的

---

① 谭纶在嘉靖三十四年(1555)任浙江台州知府,三十七年(1558)以抵抗倭寇功升浙江按察副使,三十九年(1560)任浙江参政,四十年(1561)丁父忧归里,是年冬即起复原职理江西军事,至四十二年始至福建巡抚任。此后任四川巡抚、两广总督,终兵部尚书,未尝为官于浙。以此推知,"以浙人归"约在四十年至四十二年之间。以上据《明史》卷二百二十二《谭纶传》,参欧阳祖经《谭襄敏公年谱》。

② 见谭纶《与江西抚台止高安县分派书》,原文指宜黄、乐安两县而言。又《宜黄县新城记》说宜黄是"其地僻""人不知商贾末作"。上两文并据《谭襄敏公年谱》引《遗文汇集》。

③ 见《明史》卷二百二十二《谭纶传》。

曲辞不合规律,唱起来会拗折人们的嗓子。又有根据这说法推测他是按弋阳腔唱法谱曲①,这显然和事实不符。明范文若《梦花酣传奇》序写道:

> 且临川(按指显祖)多宜黄土音,腔、板绝不分辨,衬字、衬句凑插乖舛,求免拗折人嗓子。②

虽然也是以昆腔标准批评,但他确实看到汤显祖和宜黄腔的关系。按汤氏《玉茗堂全集》涉及宜黄子弟的至少有六处。他曾替宜黄伶人的祖师祠写庙记,两次介绍宜黄演员给别人③。重要的是,《玉茗堂尺牍》卷六《与宜伶罗章二》,嘱咐他演《牡丹亭》要依原本;《诗集》卷十五《寄生脚张二恨吴迎旦口号》二首,是寄给唱《紫钗记》的两个宜黄伶人;又卷十五《唱二梦》:

> 半学侬歌小梵天,宜伶相伴酒中禅。缠头不用通明锦,一夜红氍四百钱。

由此可知,汤氏《牡丹亭》等"四梦"是供宜黄演员演唱的脚本,也是按照他们唱南曲具体情况作曲、度曲的,这自然和昆腔的唱法不同。《牡丹亭》经过吕玉绳、沈璟、钮少雅几次改订,才能供昆腔演唱,它在演出方面的推广,主要还是靠着昆腔。

据范文若所说,宜黄腔的特色是:行腔迅速,拍子较快,又多衬字、衬句和土音,和青阳腔情况相同,可能在明代已经用滚唱了。

它在清初康熙间还流行于浙江。清若耶野老徐冶公《香草吟》传奇(书成于康熙十七年左右)第一出《纲目》眉批道:

> 作者惟恐入俗伶喉吻,遂堕恶劫,故以"请奏吴歈"四字先之。殊不知是编惜墨如金,曲皆音多字少。若急板滚唱,顷刻立尽。与宜黄诸腔,大不相合。吾知免夫。

---

① 见凌濛初《南音三籁》首附载自著《谭曲杂札》。
② 见崇祯博山堂原刻本(影印《古本戏曲丛刊》第二集)。
③ 《玉茗堂诗集》卷十六《遣宜伶汝宁为前宛平令李袭美郎中寿》,卷十八《九日遣宜伶赴甘参知永新》。

这是说：《香草吟》专供昆腔演唱的作品，所以音多字少。如果用宜黄腔等流水板的滚唱，立刻就唱完了。可证宜黄腔至少在清初是用滚唱的。《二簧来源考》①转述清枕月居士《金陵忆旧集》，证明宜黄腔在清代曾盛行于江浙一带。据清昭梿《啸亭杂录》卷八所记，知道在他著书时的嘉庆间，宜黄腔还存在。

（三）徽州腔、（四）池州腔（青阳腔）。徽州腔产生于徽州府（今歙县）。池州腔产生于池州府（今贵池）。青阳县隶池州府，池州可以概括青阳，正如苏州可以概括昆山一样。汤显祖《庙记》说："弋阳之调绝，变而为乐平，为徽、青阳。"徽、池两腔也是由弋阳变化而来的两种新戏曲。当嘉靖间弋阳旧调兴盛时，远到北京、湖广、福建、广东各地，它传入距离江西较近的徽州、池州、太平一带有很大的可能。就是它向北发展到徽州，向东发展到池州、太平。由于各个地区情况不一，和当地流行的戏曲结合或多或少，地方演员也有不同的加工创造，因而声腔和其他各方面都会有一些变化，就和原有弋阳腔不同。不久，这些地方就各自形成新的剧种、新的声腔了。弋阳和余姚两腔都具有通俗性的特质，彼此原有融洽可能。当弋阳旧调传到余姚腔流行地区的池州、太平两地，两者互相结合，再经过加工创造，于是产生了不同于弋阳、余姚的新腔。弋阳、徽州、池州三腔都是行腔迅速，具有明朗、通俗特性的戏曲，弋阳和青阳又同是干唱。基于这两项理由，可以证明徽、池两腔是由弋阳变化而来的新戏曲。它们和太平腔与原有弋阳腔也有所不同，就是增加了流水板的滚唱（见下）。

徽、池两腔都产生于嘉靖间（见《曲律》和《庙记》）。到了隆庆至万历初，青阳腔得到很大的发展。万历元年（1573）福建书林叶志元已刻成青阳戏曲选本《新刻京板青阳时调词林一枝》，可见那时传播的速度，而青阳腔至迟在嘉靖末已开始流行。

---

① 《剧学月刊》第三卷第八期。

徽、池两腔在万历间(1573)发展最迅速，从两腔戏曲选本流行，可以窥见一斑。徽州腔的选本有万历三十九年(1611)刊行、龚正我辑《新刊徽板合像滚调乐府官腔摘锦奇音》。徽、池腔的合选本有：程万里、朱鼎臣辑《鼎锲徽池雅调南北官腔乐府点板曲响大明春》，熊稔寰辑《精选天下时尚南北徽池雅调》，都编、刊于万历间。而池州腔(青阳腔)力量特别强大，当万历初昆腔兴盛时，青阳腔能够和它并肩。万历元年刊行、黄文华辑《鼎镌昆池新调乐府八能奏锦》，万历初刊行、黄儒卿辑《新选南北乐府时调青昆》，都是昆腔和池州腔合选本，可以证明。事实还不仅如此，由于池州腔具有通俗的特质深为人民大众所爱好，它的发展还大大超过昆腔。到了万历中、晚叶，池州的石埭(石台)和太平的梨园"几遍天下"，占了全国戏曲的领导地位。

《摘锦奇音》题"滚调"，《词林一枝》题"海内时尚滚调"，《大明春》题"徽池滚唱新白"，书内一部分或大部分曲文加了滚白，可知两者同用滚唱。青阳腔也是无伴奏的干唱，明龙膺《纶㵎全集》卷二十二《诗谑》有句说：

何物最娱庸俗耳？敲锣打鼓闹青阳。

这两种腔调都有通俗、明快、热闹的特色，最适合人民大众的需要，才得到他们的支持和爱好。而徽州伶人又以杂技、武技擅长[①]，更为人民所爱好，因而也更能吸引多数观众。

青阳腔到清代虽然不见踪迹，但它并未死亡，直到现在山东曲阜一带流行的柳子戏中还保存青阳腔的成分，保留十一个单独唱青阳腔戏目及一些高腔和青阳腔混合的戏目，但其中一部分戏已加入三弦、笛、笙伴奏[②]。

(五) 太平腔。明代南直隶有太平府，太原、台州、宁国三府又各有太平县[③]。清刘銮《五石瓠记》记农民革命领袖李自成的部队占领洛阳时，福王(朱常洵)妹随太平府伶人逃亡。由此可知，太平腔是产生于太平府(今当涂)，而非其

[①] 见明张岱《陶庵梦忆》卷六"目连戏"条。
[②] 见《华东戏曲剧种介绍》第四集《柳子戏介绍》。
[③] 见《明史》卷四十、卷四十一、卷四十四《地理志》(一)(二)(五)。

他太平县。《云间据目钞》说在嘉靖、隆庆间在松江的弋阳伶人已唱太平腔,那么,太平腔最晚在嘉靖间已经产生了。和弋阳、余姚两腔也有渊源,是弋阳系统的一个支派。到了万历中、晚叶得到很大的发展,和池州腔的梨园"几遍天下",占了极重要的地位。《曲律》卷二说:"今至弋阳、太平之衮唱,而谓之流水板",证明也是唱滚调的。

（六）四平腔。据现在仅存的几种接近原始形态四平腔调查的结果,证实是由节拍得名,"四平"是指格律较宽、速度较快、句尾落四拍子的板式①。顾起元《客座赘语》卷九《戏剧》记万历以前南京戏曲写道:

> 其始止二腔:一为弋阳,一为海盐。……后则又有四平,乃稍变弋阳,而令人可通者。

四平腔在嘉靖、隆庆间已经由发源地传入南京,最晚也是嘉靖间的产物。它和青阳等腔产生时代大致相同,而晚于弋阳腔。清刘廷玑《在园杂志》卷三也说:"近且变弋阳腔为四平腔、京腔、卫腔。"两人都认为四平腔是由弋阳腔变化而来。根据近年调查所得的结果是:四平腔确是源出弋阳,增加伴奏的笛子,唱腔变得活泼自然②。由于加伴奏和改变唱腔,就和弋阳腔稍有不同,使顾起元认为"令人可通"。

四平腔在清初还保持着原有唱法,李渔《闲情偶寄》卷一《音律》写道:"弋阳、四平等腔,字多音少,一泄而尽;又有一人启口,数人接腔者,名为一人,实出众口。"这两种都是行腔迅速,"字多音少",又同用帮合唱的腔调。四平腔到了清代发生两次变化:先是取消了帮唱,加入小过门,形成徽调声腔主要骨干的"吹腔"③,仍旧用笛子伴奏,声调委婉,接近昆腔。这变化约在乾隆末叶以前,因为乾隆末李调元《剧话》卷上曾说:"又有吹腔,与秦腔相等,亦无节凑〔奏〕,但不用梆而和以笛为异耳。此调蜀中甚行。"乾隆末既传入四川,吹腔产生当早于

---

① 见《华东戏曲剧种介绍》第二集《婺剧》、第三集《徽戏的成长和现状》。
② 见《徽戏的成长和现状》。
③ 见《徽戏的成长和现状》。

此。后来吹腔的一部分曲调变化为四平调，改用胡琴伴奏，如皮簧戏的四平调就是。少数的还用笛子，如川戏四平调就是①。所以，后来皮簧戏的四平调和明代四平腔是有历史渊源和血缘关系的两种不同的唱腔。

现在也还保存着接近原来形态的四平腔：浙江衢州流行的"西安高腔"，又叫"四平高腔"，全部用笛子、二胡伴奏，有帮腔，少数地方有小过门，曲调委婉又多变化，接近高腔，也近昆腔②。其中弦乐伴奏和少数小过门是后起的。浙江绍兴一带的调腔戏中也保留四平腔的成分，用笛子（吹孔和膜孔较接近，与昆腔用的笛子不同）、板琴伴奏，一部分戏有帮合唱，即只帮最后一个字，它比高腔柔和，较昆腔简单③。此外浙江、江西的目连高腔也有四平的成分。

（七）义乌腔。产生于金华府义乌县。仅一见其名于《曲律》，情况不明。据《曲律》所说年代推算，也约产生于嘉靖间。

（八）越调。产生的时代不详，明末的杂剧中曾经涉及越调。崇祯十五年傅一臣作的《苏门啸》杂剧集卷二《卖情札囤》第三折《阻约》，叙述河内桃枣客人尹柏亭（净）和广西药材客人余浙水（丑）在京师妓丁惜惜家唱曲事道：

（丑）柏亭兄我和你各把土腔唱一曲，满浮大白而散何如？（下略）（丑）做便免做。我你总是越调，不比昆腔。取音律全要腔板紧凑，唱和接换，锣鼓帮扶，最忌悠长清冷。我唱你接，你唱我接。

（净）劳小惜打一打板，拿锣来，我打锣。

这种用"土腔"唱的越调明是一种腔调，而非南北九宫调的"越调"。它是用"锣鼓帮扶"，以板节拍，没有管弦乐伴奏的干唱，又用"唱和接换"的帮合唱，基本和弋阳腔相同。全书曲牌都按昆腔唱法点板，只有《驻马听》二首未点板，眉批说："此中吕调用越腔唱，故不拘板之正。"可见越腔或越调也是行腔迅速、拍子紧凑的唱腔，所以不能用昆腔唱法点板。它只有帮合唱，无滚唱，与青阳等腔不同。

---

① 见《徽戏的成长和现状》。
②③ 见《华东戏曲剧种介绍》第二集《婺剧》、第五集《从余姚腔到调腔》。

据说清初襄阳调的产生和宜黄腔、越调有关,因此越调的产地和渊源尚有待其他史料证实。

(附调腔)从明末崇祯间起,调腔就流传于绍兴。张岱《陶庵梦忆》卷四"不系园"条写道:

> 是夜彭天锡与罗三、〔杨〕与民串本腔戏,妙绝;与〔朱〕楚生、〔陈〕素芝串调腔戏,又复妙绝。

又卷五"朱楚生"条:

> 朱楚生女戏耳,调腔戏耳。其科白之妙,有本腔不能得十分之一者。……虽昆山老教师细细摹拟,断不能加其毫末也。

骤然看来,"本腔"好像就是昆腔,仔细思考就不然了。因为直到现在为止,谁也没有见到昆腔又称"本腔"的记载。即使退一步承认它就是昆腔,可是为什么只有明末一段时期而又只有在绍兴一个地方称昆腔为"本腔"呢?因此,就很难断定"本腔"便是昆腔。上面两个例子都是以"本腔"和"调腔"对举,可知是两个对待的名称。先看"调腔"是什么。清姚燮《今乐考证缘起》说:"越东人呼弋阳腔曰调腔。"这是说绍兴一带的人早已经称弋阳腔为调腔(虽然《陶庵梦忆》卷七"及时雨"条另有弋阳腔,但两个名称可以同时使用)。《清稗类钞》戏剧类也称调腔为"高调戏"。现在绍兴当地也以"调腔"为"高腔的俗称"[①]。因此,可以说调腔是声高调锐用假嗓唱的腔调。现在某些地方戏中称用本腔唱的叫"本腔",称用假嗓唱的叫"二本腔"。张岱所指的"本腔",大致也是指用本嗓唱的曲调。如所说不误,调腔也是弋阳腔的一个支派,本腔可能就是余姚腔,这还有待于进一步探讨。现在绍兴、新昌一带,还保存着调腔,但其中已夹有昆腔和四平腔的成分。它的帮合唱(接后场)较为细致、复杂。但现在也只剩一个职业剧团,维系着调腔的一线生命[②]。

---

① 见《华东戏曲剧种介绍》第一集《绍兴乱弹简史》。
② 见《从余姚腔到调腔》。

小　　结

　　以上八种新腔调、新剧种，除越调年代不明外，其余都是产生在：城市手工工业、商业发达，国内外市场巩固和加强，资本主义因素萌芽已经显著的时期，为适应城市市民阶层文化娱乐的需要，它们在嘉靖间就先后形成新的地方戏。到万历间，徽州、宜黄、四平、池州、太平腔几种发展成为重要剧种，特别是后二种在万历中、末叶成为全国戏曲的重心。

　　它们的历史渊源和系统，除义乌腔、越调二种不明外，大致是：（一）直接属于弋阳腔系统的是乐平、四平、徽州、池州、太平五种，而池州、太平两腔和余姚腔也有渊源；（二）弋阳腔等和海盐腔结合后产生的宜黄腔。这些直接间接都和弋阳腔有关，应属于弋阳系统。越调虽别有来源，但它和弋阳同用干唱、帮合唱，也是弋阳系统。

　　它们的伴奏是：四平腔用管乐，青阳腔和越调是无伴奏的干唱，其他的几种干唱的可能性较大。

　　唱的方式是：四平腔和越调用帮合唱，徽州、青阳、太平三腔都用滚唱，宜黄腔至少在后期也用滚唱，乐平、义乌两腔虽然不清晰，大抵也不出帮合唱、滚唱两种唱法以外。滚唱是这些新兴剧种主要的特色。

　　滚唱是产生于嘉靖间的各种新戏曲所创造的新唱法，为了发抒剧情、加强演唱效果，适应听众理解力而创造的。它们除了创作一部分新作品外，主要是在传唱很久深为人民大众所喜悦的各种戏文的曲辞中间或后面增加滚唱的句子，就是在长短句的曲文中加入了以七字句为主的唱辞。它具有发挥剧情，解释原有曲辞的作用，特别是对原有深奥难懂的曲辞用通俗的七言句来解释，又用近于朗诵的流水板唱，使听众容易理解，就产生很大的作用，加强演出的效果。这种明朗、通俗的滚唱，受到人民广泛的欢迎，不久它们就发展为流行"几遍"全国的戏曲了。各种滚调的戏曲，当它们在发展的初期，是各自独立发展的。稍后,这许多各自发展的支流汇合起来就形成一条巨大的洪流。

当滚唱在嘉靖间产生时,可能不止是一两种剧种、声腔使用。由于史料本身的片段性,现在知道应用滚唱较早的是青阳腔(池州腔),在万历元年就出现了戏曲选本,可证不会晚于嘉靖以后。徽州腔、太平腔采用可能也不太晚。当许多剧种用滚唱以后形成一道洪流时,就影响了以前的旧剧种。首先是弋阳腔,它在嘉靖间滚唱各腔调力量开始壮大时,就采用滚唱。后来余姚腔、海盐腔也采用了(见前)。就是以音律谨严、节拍固定著名的昆腔,个别曲调也采用滚唱。如反对滚唱最激烈的昆腔戏曲作家王骥德,他在《韩夫人题红记》中为了加强场面热闹的气氛也用滚唱三次[1],这是最突出的例证。由于滚唱力量的壮大,才会产生这许多影响。由嘉靖起到崇祯为止(1522—1644)的一百二十年间是滚唱的各腔调兴盛时代,特别是嘉靖到万历(1522—1620)的一百年间是它的黄金时代。就是清代初年在部分地区还继续流行一百四十年(1684—1820左右)。其中四平腔等对清代地方戏,特别是徽调有显著影响。皮黄戏中个别剧目也还有用滚唱的。

万历间是明代南戏发展的高峰,这时形成了两个敌对的壁垒:一方面是以弋阳腔为首的各种用滚调的人民大众的戏曲,另一方面是以地主阶级为主要服务对象的昆腔。而最后结果是人民大众的滚调戏曲战胜了从属于地主阶级的昆腔,取得了池州石埭和太平的梨园"几遍天下"的辉煌战果。

---

[1] 《韩夫人题红记》第二十六场得胜后场面的《黄龙滚》、第三十三出结婚场面的《节节高》、第三十六出封官场面的《大环着》三曲,牌名下都注明"众滚",是为增加热闹场面的气氛,由众人按滚唱办法大合唱的。

附　明代南戏声腔源流系统表

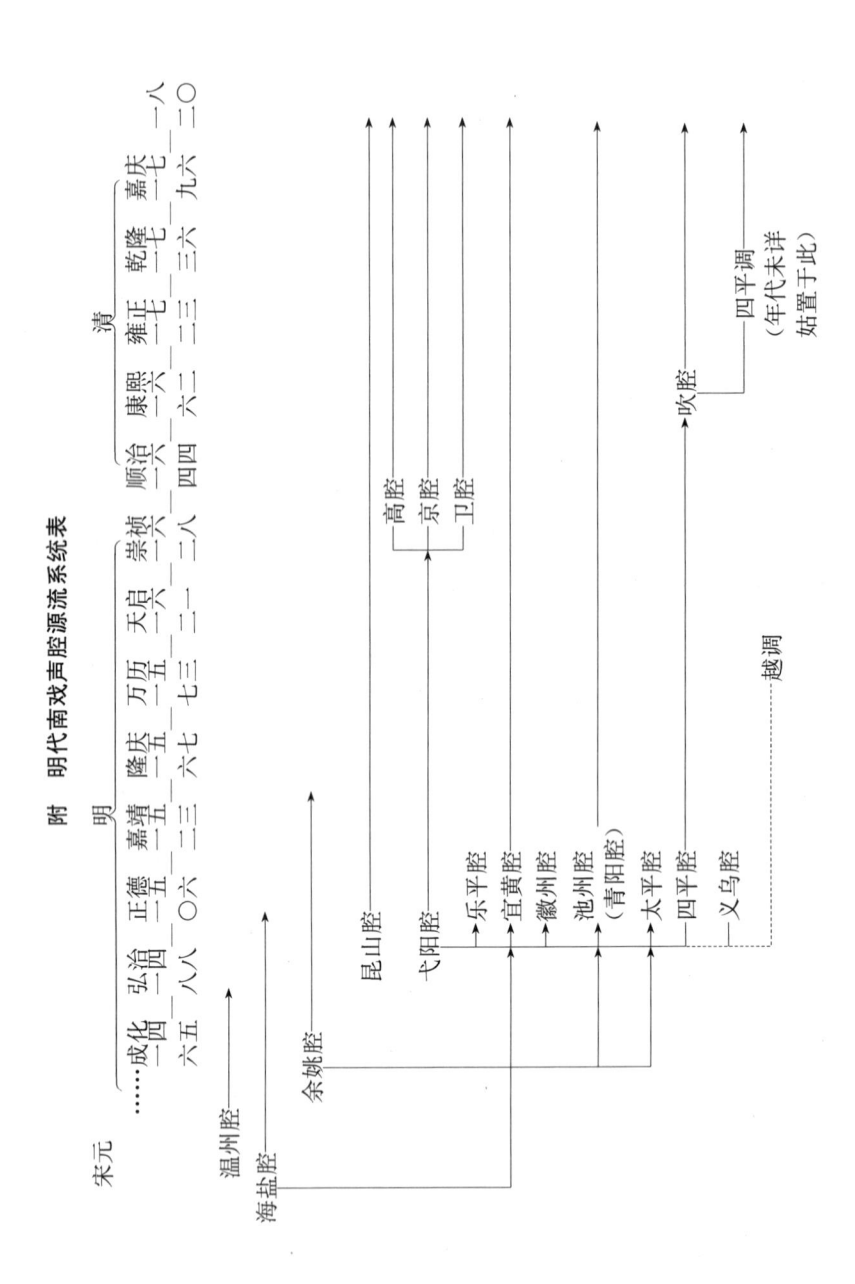

	明							清		
成化	弘治	正德	嘉靖	隆庆	万历	天启	崇祯	顺治	康熙	雍正	乾隆	嘉庆
一四六五	一四八八	一五〇六	一五二二	一五六七	一五七三	一六二一	一六二八	一六四四	一六六二	一七二三	一七三六	一七九六	一八二〇

宋元……

温州腔 →

海盐腔 →

余姚腔 →

昆山腔 →

弋阳腔 →
　→ 乐平腔
　→ 宜黄腔
　→ 徽州腔
　→ 池州腔（青阳腔）
　→ 太平腔
　→ 四平腔
　→ 义乌腔

→ 高腔
→ 京腔
→ 卫腔

→ 越调

→ 吹腔 ── 四平调（年代未详，姑置于此）

原载《戏曲小说丛考》，中华书局1979年，第1—67页

董西厢和王西厢

傅懋勉

我们现在都知道王实甫的《西厢记》是一部伟大的现实主义作品,但对于董解元的《西厢记》却很少有人注意了。我们为了更好地了解王西厢,把王西厢和董西厢做一比较研究,是很必要的。

宋代赵德麟的《崔莺莺商调蝶恋花鼓子词》,虽基本上维持了元稹《会真记》的结局,但在内容方面也有一些改进。如《会真记》原有"忍情""补过"之文,在《商调蝶恋花鼓子词》中都删去了。我们觉得这样的做法是很好的。这就是说,作者是有意识地想把张生这个人物加以改造,使他也和莺莺一样成为人民群众所热爱的形象。这个工作,赵德麟虽然做得并不太多,但已经为后来《西厢记》故事的进一步发展,埋伏下了一条重要线索。

董西厢的一个最大贡献是它把元稹《会真记》乃至赵德麟的《崔莺莺商调蝶恋花鼓子词》的悲剧结局改成喜剧的结局。这一发展对于《西厢记》这部伟大著作的完成是十分重要的。因为不管张生的"忍情""补过"是有着怎样的个人苦衷或社会原因,这些东西对于反封建的主题思想都是有妨害的;另一方面,人民群众对于被压迫者的解放斗争一向是非常同情的,他们都愿意看到男女主人公的斗争胜利和团圆结局。作为群众艺术的讲唱文学的董西厢或演唱戏剧的王西厢之走向这一发展,是完全符合人民群众的要求的。

王西厢主要是以董西厢为蓝本的。但在结构和情节方面却有不少的创造和发展。首先是王西厢把董西厢这部讲唱的诸宫调改编为演唱的戏剧。这样，就不能不在对白方面付出很大的精力。我们看，王西厢的对白部分比起董西厢的讲说部分来，它的进步是十分明显的。这虽然和它们的体材不同有关，而作者卓越的艺术才能也是非常重要的因素。

王西厢的另一个重要贡献是把莺莺塑造成一个主动的大胆的追求爱情自由的形象。王西厢第一本"楔子"莺莺唱《幺篇》道：

可正是人值残春蒲郡东，门掩重关萧寺中；花落水流红，闲愁万种，无语怨东风。

时间一天一天的过去，一种寂寞无聊的情绪不时的在侵袭着她。在她看到了张生之后，特别是在从红的口中知道了张生对她的爱慕之后，她慢慢的为爱情所苦恼了。接着是月下吟诗唱和，以及做道场时的互相倾慕，她越发不能自持了。在王西厢二本一折莺莺唱《仙吕·八声甘州》云：

恹恹瘦损，早是伤神，那值残春。罗衣宽褪，能消几个黄昏？风袅篆烟，不卷帘，雨打梨花深闭门；无语凭栏杆，目断行云。

又唱《混江龙》云：

落红成阵，风飘万点正愁人。池塘梦晓，兰槛辞春；蝶粉轻沾飞絮雪，燕泥香惹落花尘，系春心情短柳丝长，隔花阴，人远天涯近。香消了六朝金粉，清减了三楚精神。

她没有躲闪，并不矫揉造作，大胆地说出了自己对张生的爱慕之情。在董西厢则主要是张生主动。董西厢第一卷在张生莺莺吟诗唱和之后，有一段散文说道：

自兹厥后，不以进取为荣，不以干禄为用。……夜则废寝，昼则忘餐，颠倒衣裳，不知所措，盖慕莺莺如此。

又张生唱《正宫·虞美人》云：

霎时雨过琴丝润，银叶笼香烬，此时风物正愁人；怕黄昏，忽地又黄昏，花憔月悴罗衣褪，生怕旁人问；寂寂书舍掩重门，手卷珠帘，双目送行云。

又唱《应天长》云：

两眉无计解愁颦,旧愁新恨,这一番愁又新;掩不断眼中泪,揾不退脸上痕,处置不下闲烦恼,磨灭了旧精神。

《虞美人》这支曲子正是前面所引王西厢的《八声甘州》之所本,《应天长》一曲则是前面所引王西厢《混江龙》之所本。但是在王西厢却改为莺莺的唱词了。由此可见王西厢是怎样的在有意识的想把莺莺刻画成一个大胆的追求爱情自由的女性了。王西厢的这一发展是很有意义的。因为在封建社会中,一个男子追求一个女子是很平常的,而一个女子敢于大胆的爱慕一个男子,才是难能可贵的哩。又如在王西厢中莺莺是把爱情放在第一位的,功名利禄在莺莺眼中是算不了什么的。王西厢四本三折莺莺唱《幺篇》云：

年少呵,轻远别,情薄呵,易弃掷。……你与俺崔相国作女婿,妻荣夫贵;但得个并头莲,强煞如状元及第。

又唱《朝天子》云：

暖溶溶玉醅,白冷冷似水,多半是相思泪。茶饭怕不待要吃,恨塞满愁肠胃。蜗角虚名蝇头微利,拆鸳鸯在两下里。一个这壁,一个那壁,一递一声长吁气。

又唱《二煞》云：

你休爱文齐福不齐,我则怕你停妻再娶妻。你休要一春鱼雁无消息,我这里青鸾有信频须寄,你却休金榜无名誓不归。此一节君须记!若见了那异乡花草,再休似此处栖迟。

在莺莺看来,只有爱情是最可宝贵的;至于什么金榜题名,什么状元及第,都不过是蜗角虚名、蝇头微利。这些话出自一个封建社会的相国小姐之口,确实不是一件很容易的事。因为她并不是不知道状元及第是很"荣耀"的,可贵的是她能不顾这种"荣耀"而看重爱情。请问在封建社会中究竟有多少有才华有地位的女子能有这样的怀抱呢?我们不是看过《红楼梦》吗?林黛玉就是这样的。我们再看董西厢中的崔莺莺是怎样的呢?董西厢卷四唱《斗鹌鹑》云:

嘱咐情郎：若到帝里，帝里酒酽花浓，万般景媚。休取次共别人便学连理。少饮酒，省游戏，记取奴言语，必登高第。专听着伊家好消好息，专等着伊家宝冠霞帔。妾守空闺，把门儿紧闭。不拈丝管，罢了梳洗。你咱是为把音书频寄。

这个崔莺莺便不免有些势利之见了。她是希望着爱人做状元，自己做状元夫人了。王西厢和董西厢同是写一个莺莺，但她的思想性格却判若两人，这是不能予以特别注意的。

其次，在王西厢中是把崔老夫人这个形象特别地强调了她的反面作用。而董西厢对于崔老夫人则不免有轻描淡写之嫌。董西厢在张生和老夫人谈到婚姻问题时老夫人说：

……莺莺女子，容质粗陋。如若委身足下，其幸有三。一则谩塞重恩，二则身有所托，三则佳人得配才子，妾甚愿也。言未已，生起谢曰：无状竖子，敢继良姻。夫人急起谓生曰：先相公秉政朝省；妾兄郑相幼子恒，年今廿，郑相以亲见嘱，故相不获已，以莺许之恒。莺方及嫁，相公逝去，故未得成亲。若非故相先许郑相，必以莺妻君。……

像这样的谈话，就会使我们觉得老夫人之变卦，是出于不得已的。并且后来老夫人答应了张生的婚姻之后，也并未提任何条件；进京赶考的事反而由张生自己提出。如：

夫人曰：然莺未服阕，未可成礼。生曰：今蒙文调，将赴省闱，姑待来年，不为晚矣。夫人曰：愿郎远业功名为念，此寺非可久留。生曰：倒指试期，几一月矣，三两日定行。

在王西厢就不是这样了。王西厢四本二折：

夫人云：好秀才呵！岂不闻"非先王之德行，不敢行"。我待送你去官司里去来，恐辱没了俺家谱。我如今怕莺莺与你为妻，则是俺三辈儿不招白衣女婿。你明日上朝取应去，我与你养着媳妇。得官呵，来见我。驳落呵，休来见我。

多厉害的老婆婆！她心目中只懂得门地家世和功名富贵；如果没有这些条件，她可以马上翻脸。因此我们又可以知道，老夫人以前之翻悔，并不是因为什么先有婚约，而是因为郑恒是相国之子，有钱，门当户对。这本质上是一个阶级的问题。王西厢五本三折红娘唱《紫花吮序》云：

……当日三才始判，两仪初分，乾坤：清者为乾、浊者为坤，人在中间相混。君瑞是君子清贫，郑恒是小人浊民。

又唱《圣药王》云：

这厮乔议论，有向顺。你道是宦人则合做宦人，信口喷，不本分。你道是穷民到老是穷民，却不道"将相出寒门"。

在红娘看来，一个人是否有前途，并不决定于他的穷富，而是要看人才如何。这种看法是和老夫人的看法完全对立的。

总起来说，董西厢和王西厢都是以反封建为主题的。但在董西厢中，人物性格和情节中的矛盾却是不突出的，而王西厢则反是。如老夫人和莺莺、张生间的对立是很尖锐的。一方面代表的是封建枷锁，一方面代表的是爱情自由。王西厢由于在人物性格和情节方面的改进，因而全书的主题也更为突出了，更为明显了。这是董西厢所不及的。王西厢虽然在许多方面就董西厢做了巨大的改进，但是董西厢的巨大成就，仍然是不可磨灭的。它不但创造性地发展了《西厢记》的故事，也创造性地塑造了红娘这个生动活泼的形象。特别是在曲子方面所表现的高度艺术才能是不能不令人惊佩的。现在我们再谈一下董西厢的曲。董西厢卷四《仙吕调·点绛唇缠令》云：

美满生难，据鞍兀；难肠痛，旧欢新宠，变做高唐梦。○回首孤城，依约青山拥；西风送戍楼寒重，初品梅花弄。

"回首孤城，依约青山拥"，多么巧妙而有力的词句！才不过短短的九个字，就把张生的怅然若失的心情刻画无余了。这两句话的好处，全得力于这个"拥"字。我们从这个"拥"字，可以看出这是一座富有画境和诗意的山城。用这样的环境来象征莺莺的美丽，是很适当的。又接唱《瑞莲儿》云：

衰草凄凄一径通,丹枫索索满林红;平生踪迹无定著,如断蓬;听塞鸿哑哑的飞过暮云重。

这支曲子的精神主要表现在末一句——"听塞鸿哑哑的飞过暮云重"。这句词的内容太丰富了,形象太生动了。张生正在为自己的身世飘零而感到悲伤的时候,飞鸿的叫声,突然把他的注意力唤回了,并把它送到很远很远的天际。这是一种由静而动,由萎靡而清醒的境界。又如《仙吕调·赏花时》云:

落日平林噪晚鸦,风袖翩翩催瘦马,一径入天涯,荒凉古岸,衰草带霜滑。○瞥见个孤林端入画,篱落萧疏带浅沙,一个老大伯捕鱼虾,横桥流水,茅舍映荻花。

《尾》云:

驼腰的柳树上有鱼槎,一竿风旆茅檐上挂;澹烟潇洒,横锁着两三家,历历落落,萧萧疏疏。

正写出一片秋天景色。有跋涉之苦,有山野之趣。音节是响亮的,有抑扬的。其遣词似俗而实雅,似雅而又不绝俗。这是董曲的不可及处。第四卷《越调·水龙吟》写莺莺爱慕张生之情云:

露寒烟冷庭梧坠,又是深秋时序,空闺独坐,无人存问,愁肠万缕;怕到黄昏后,窗儿下甚般情绪;映湖山侧左,芭蕉几叶,云阶净散疏疏雨。○一自才郎别后,尽日家凭栏凝伫,碧云黯淡,楚天空阔,征鸿南渡,飞过蒹葭浦;暮蝉噪,烟迷古树,望野桥西畔,小旗沽酒,是长安路。

又如《应天长》写张生在京思念莺莺之情云:

经霜黄菊半开谢,折花羞戴,寸肠千万结,卷帘凝泪眼,碧天外乱峰千叠,望中不见蒲州道,空目断暮云遮。○荒凉深院古台榭,恼人窗外,琅玕风欲折,早是离人心绪恶,阁不定泪啼清血,断肠何处砧声急,与愁人助凄切。

像这样的曲子不是具有很高的文学水平吗?恐怕就是放在宋代名家的作品中间,也毫无愧色吧,可是像这样的曲子在董西厢中是俯拾皆是的。董西厢

的曲子可以说是雅俗共赏的,它不但有文释优美的曲子,并且还等于把活的语言融入曲中。卷一《商调·玉抱肚》云:

……张生觑了,先声约道:果然好。颠颠的稽首。欲待问是何年达,见梁文上明写着:垂拱二年修。

又同卷《仙吕调·绣带儿》云:

……那清河君瑞也是个风魔汉,不防更被别人见;高声喝道:怎敢戏弄人家宅眷。

又卷三《仙吕调·绣带儿·尾》云:

如还没事书房里走,更着闲言语把我挑斗;我打折你大腿缝合你口。

像这样的曲子是既有语言的美,也有音乐的美,在运用语言的艺术上应该说是很成功的。

从词章的观点来看,过去对于董王二家的评价是有分歧的。有抑王扬董的,也有说王是青出于蓝的。我认为这些看法都不是很全面的。董的贡献在于开创,王的贡献在于继承和发展。我们不能说王的曲子是如何超过董,也不能说王的曲子是如何不及董。王的曲子是有它的特点的,这就是说,他虽然基本上以董曲为蓝本,却并未陷于抄袭的恶趣。如董西厢卷一《大石调·玉翼蝉·尾》云:

莫道男儿心如铁,君不见满川红叶尽是离人眼中血。

王西厢四本三折《正宫·端正好》云:

碧云天,黄花地,西风紧,北雁南飞。晓来谁染霜林醉,总是离人泪。

如清焦循就以为泪与霜林不及血字好。其实像这种情形,如果一定要说血字比泪字好是不恰当的。如果把这两支曲子来做一全面的比较,那么,我们就会觉得王曲实在并不劣于董曲。又如董西厢卷四《仙吕调·尾》云:

驴鞭半袅,吟着双从耳,休问离愁轻重,向个马觉上驼也驼不动。

王西厢四本三折《收尾》云:

四围山色中,一鞭残照里。遍人间烦恼填胸肌,量这些大小车儿如何载得起?

这和上面的情形是相同的,我们很难说哪一个的好些。像上面这两个例子,我们还可以很清楚地看出王和董的关系,有一些情况就如羚羊挂角,无迹可求了。如董西厢卷一《仙吕调·风吹荷叶》云:

  生得于中堪美,露着庞儿一半,宫样眉儿山势远;十分可喜,二停似菩萨,多半是神仙。

又《醉奚婆》云:

  尽人顾盼,手把花枝捻;琼酥皓腕,微露黄金钏。

又《尾》云:

  这一双鹘鸰眼,须看了可憎的千万,兀的般媚脸儿不曾见。

又《散文》云:

  手捻粉香春睡足,倚门立地怨东风;髻绾双鬟,钗簪金凤;眉弯远山不翠,眼横秋水无光;体若凝酥,腰如弱柳。……

王西厢把这几支曲和一段散文融化为四支曲。《元和令》云:

  颠不剌的见了万千,似这般可喜娘的庞儿罕曾见。则着人眼花撩乱口难言,魂灵儿飞在半天。他那里尽人调戏,𩥇着香肩,只将花笑捻。

《上马娇》云:

  这的是兜牵宫,休猜作了离恨天。谁想着寺里遇神仙!我见他宜嗔宜喜春风面,偏宜贴翠花钿。

《胜葫芦》云:

  则见他宫样眉光新月偃,斜侵入鬓云边。未语人前先腼腆,樱桃红绽,玉粳白露,半晌恰方言。

又《幺篇》云:

  恰便是呖呖莺声花外转,行一步儿可人怜。解舞腰肢娇又软,千般袅娜,万般旖旎,似垂柳晚风前。

王把董的曲和文打碎了,融入自己的曲中,如果不留神便会被他瞒过了。这一套本事是很不简单的。如果不是把董西厢读得烂熟,如果不是具有非凡的艺术才能,是难以达到这种成就的。除了点化和改造的功夫以外,他还有一些独出心裁的创作。如在一本三折莺莺烧香,张生突然出现,莺莺和红娘蓦然去后,张生唱《幺篇》道:

> 我忽听、一声、猛惊。原来是扑剌剌宿鸟飞腾,颤巍巍花梢弄影,乱纷纷落红满径。

虽然不过短短数语,却把张生的一种怅惘的神情写得十分逼真。又如在四本三折长亭送别时莺莺唱《滚绣球》云:

> 恨相见得迟,怨归去得疾。柳丝长玉骢难系,恨不得倩疏林挂住斜晖。……听得道一声"去也",松了金钏,遥见十里长亭,减了玉肌。此恨谁知!

又唱《快活三》云:

> 将来的酒共食,尝着似土和泥;假若便是土和泥,也有些土气息泥滋味。

这种描写一点都不夸张,都不过分,我们只觉得它的深刻生动。不过我们应该承认,王西厢在曲子方面,改的工作是做得比较多的。因为王的工作主要是在把董西厢这部诸宫腔调改编为戏剧;虽然在很多方面它并不以改编为满足,但是这种限制是很难完全避免的。

以上所论,仅限于几个主要方面。在结构和情节上,董西厢也还有不少的优点。如老夫人第二次许婚时,红娘力劝张生下定。这对于反复多变的老夫人也未始不是一种细心处。至于王西厢对于董西厢的改进处,也不止于上面所说的这一些。如董西厢中张生、莺莺最后双双上吊的事,张生和莺莺双双出走的事,以及老夫人二次悔婚,张生表现得犹豫动摇等情节,在王西厢中都删掉或修改了。总之,在结构和情节上,王西厢对于董西厢的改进方面是主要的。在曲子方面则二家互有短长,未可一概而论了。

原载《云南大学学报(人文科学)》1957年第3期

《西厢记》的写作艺术与其主题思想

王兰馨

崔莺莺、张君瑞的恋爱故事,一直传播在民间,故事的本身,缠绵悱恻,而它的结局则是千古遗恨。

崔张故事,最早见于元微之的《莺莺传》,这是一个恋爱悲别。它之所以成为悲别,是有其社会基础的。

崔莺莺和《赵贞女》中的赵五娘、《张协状元》中的贫女同样的命运,所不同处,后二人则名分已定,而莺莺则名分未定,没人同情,只好"没身永恨,含叹何言"。

宋初,《莺莺传》被收入《太平广记》中,而当时的文人学士,认为崔张故事,哀感顽艳,争相传咏。晏殊的"一向年光有限身"《浣溪沙》及词末句云"不如怜取眼前人",苏轼的《雨中花慢》词"今夜何人,吹笙岭北,待月西厢",都是借用莺莺故事的。继苏轼之后,秦观、毛滂分别写成了《调笑转踏》,但秦观只写到"月下私期",而毛滂也只写到"答书寄环",内容都没有超出《莺莺传》的范围,只是形式上从传奇变成一种舞曲罢了。

尽管如此,但崔张故事,通过各种文学形式在社会上传播开了,赵令畤曾说:"今士大夫极谈幽玄,访奇述异,无不举此(崔张故事)以为美谈;至于倡优女子,皆能调说大略。"而赵本人又以崔张故事"不能播之声乐,形之管弦"为憾,于是他"被以音律",写成十二首《商调蝶恋花》。《商调蝶恋花》是用鼓子词的形式

/614/

写成的,是一种说说唱唱的形式,说的部分用散文,根据《莺莺传》删节概括而成;唱的部分用韵文,便是他自己作的十二首《蝶恋花》。这样就便于演唱,扩大了它的社会影响。问题还不在赵令畤是宋代作艳词的名手,这种风流韵事落在他的手中,写得热情洋溢,写得绘影绘声,重要处在于他对崔张故事有了明确的态度。他没有诋毁莺莺,也没有跟着《莺莺传》"文过饰非"。他对负心的张生表示不满,对遭遇不幸的莺莺,寄予深切的同情。文中说:"张之于崔,既不能以理定其情,又不能合之于义,始相遇也,如是之笃,终相失也,如是之遽。"赵令畤又在词中描写了莺莺坚贞的爱情。

> 尺素重重封锦字,未尽幽闺,别后心中事。佩玉彩丝文竹器,愿君一见知深意。

而对张生则谓之"才多情浅",笔伐之意,寄于言外。最后作者用"天长地久有时尽,此恨绵绵无绝期"的感慨,写下了结尾的词意:

> 弃掷前欢俱未忍,岂料盟言,陡顿无凭准。地久天长终有尽,绵绵不似无穷恨。

以上所说崔张故事的这个发展经过,十分重要。从《莺莺传》到赵令畤的《商调蝶恋花》,虽仍以悲剧结束,但倾向性已明:同情莺莺,谴责张生。这就为以后写作崔张故事的人做了启示,打下了基础,开辟了道路。怎样使不圆满的故事成为圆满,怎样使不幸的人得到幸福,这就需要向封建势力进行不调合的斗争。

本诸以上的现实意义,董解元的《西厢记诸宫调》,确定了反封建的主题。这一伟大成就,其功不可没,王实甫的《西厢记》杂剧是在董西厢的基础上发展起来的。董西厢内把张生写成正面人物,这是极为重要的改动,这样一改,主要的矛盾,成为追求爱情幸福的男女青年和封建礼教势力之间的矛盾,他们站在一起向封建制度封建家长进行了剧烈的斗争,一直到斗争胜利。明胡应麟说:

> 《西厢记》虽出唐人《莺莺传》,实本金董解元。董曲今尚行世,精工巧丽,备极才情,而字字本色,言言古意,当是古今传奇鼻祖。

这段话肯定了董西厢的写作技巧，又说王本实出于董。王实甫虽得助于董解元，《西厢记》以董西厢为蓝本，不是照搬，而是在那基础上创造加工，使故事更合理更缜密，人物更丰满更完整。更主要的是主题更深刻更鲜明了。《西厢记》第五本是"张君瑞庆团圆"，姑不论其是否为关汉卿所续，但在结尾它明确提出："成就了怨女旷夫"，"愿普天下有情的都成了眷属"。这一写作时的指导思想极为明确，和前面四本是衔接无间的，这是作者的本意，也反映了广大人民的愿望。

　　王实甫《西厢记》杂剧，既以"愿普天下有情的都成了眷属"为全剧要旨，因此，这反封建斗争胜利的主题，就好像一根红线一样，一直贯穿到底，他一切安排，都是围绕着这一有着重大现实意义的主题。王实甫是词章妙手，有高度的艺术才能，作品主题思想很明确，在封建社会中有反封建的积极主义。二者结合无间，相得益彰，使《西厢记》成为文学史上一大杰作。现在就其雕塑人物、安排关目、创作气氛等三个方面来加以说明。

一

　　《西厢记》有了明确的主题，那么，评价人物，也就有了标准，反抗封建婚姻制度，和旧势力做不屈的斗争的，是正面人物。维护封建礼教，维护封建婚姻制度的是反面人物。现在我们首先谈谈当事人莺莺：

　　王实甫写莺莺这个人物形象，突出了封建礼教对她的影响和她追求自由幸福的矛盾冲突。随着情节的发展，这矛盾冲突越来越尖锐，人物的性格和行动，也随着变化发展，最后完成其叛逆性格。

　　《西厢记》在第一本楔子里莺莺一出场就给读者留下了深刻的印象。她唱道：

　　　　可正是人值残春蒲郡东，门掩重关萧寺中；花落水流红，闲愁万种，无语怨东风。

虽是长仅卅一字的短曲,可是情意隽永,这是以后美妙文章的开始。这个描写,叫我们初步认识了莺莺,她多情善感,有血有肉:她不是光有躯壳的泥美人,也不是被封建礼教摧残得如死灰槁木,那种麻木不仁的人。她外貌矜持,内心激动;水流花落,时值残春,她是万感交加的。在封建社会的闺阁秀女,独处幽闺,无异拘囚,多是貌美如花,命薄如叶,好像空谷幽兰,自开自落。那真是"三春好处无人见",所以"如花美眷,似水流年",良辰美景,徒唤奈何,多情的莺莺,也属此类。莺莺在花园内烧夜香的时候,插第一炷香,她说:"愿化去先人,早升天界。"插第二炷香她说:"愿堂中老母,身安无事。"第三炷香,敛衽再拜,没有祷词。但她说:"心中无限伤心事,尽在深深两拜中。"结果红娘说:"我替姐姐祝告,愿俺姐姐早寻一个姐夫。"这些地方都真实而深刻地表现了莺莺的内心,在当时的社会环境,也只好将自己追求幸福生活的愿望,默祝于渺茫的神灵。当时风轻云淡,星月在天,莺莺听得张生吟诗,她的和韵,是内心真诚的吐露:

兰闺久寂寞,无事度芳春;料得行吟者,应怜长叹人。

这是直抒胸臆的诗句,充满了热情,没有躲闪,没有含蓄,这是平日郁积压抑的感情的流露。其实这时她对"行吟者"并无深刻的了解,只是爱其诗之"清新"而已。"月下联吟"之后,又在"闹道场"时见了张生一面,便种下了情根。这时他们爱情的基础,还是不离"貌"和"才"。不过,通过剧情,莺莺的性格,有了进一步的发展。可以这样说,第一本才出场时的莺莺,表现了"闲愁万种"没个安排处的情况;第二本"夜听琴"中的莺莺,不再是无名的烦恼,而是心中已有"人"在,而且为那人"情思不快","茶饭少进"了。她这烦恼是由当时不自由的环境而产生的满腔的深情,无从表达,到了"恹恹瘦损"的程度。神牵梦绕,咫尺天涯,因有"系春心、情短柳丝长,隔花阴,人远天涯近"之叹。她希望有人"把针儿将线引,向东邻通个殷勤",在无可奈何中"睡又不安,坐又不宁,登临又不快,闲行又闷",只好"每日价、情思睡昏昏"。在这种难以抛撒的情怀下,她开始感到她是在被"监视",被"拘禁",她对每日伴随她的红娘都起了反感,感到她"但出闺门,影儿般不离身"。她更埋怨她母亲"好没意思","这些时直恁般提防着人"。她意识到了这种"提防",也终于冲决了这种"提防"。

《寺警》一折中的莺莺又有了发展,作者"闹道场"中写了她的美貌,在"月下联吟"时写了她的才情,今在"寺警"中写了她善良的内心。在这折中,她表现得不再是深情郁抑、哀怨缠绵,而是表现得当机立断、勇于牺牲。她陈了"五便""三计"之后,如不得已,不惜自己"白练套头寻个自尽"。自然第一、二计都是下策。最后她提出"不拣何人,建立功勋,杀退贼军,扫荡妖氛;倒陪家门,情愿与英雄,结婚姻,成秦晋"。当她知道有退兵之策的人正是张生时,她是多么喜悦呵!不由得对红娘说:"难得此生这一片好心!"接着唱道:"张生呵,则愿你笔尖儿横扫了五千人。"退兵之后,莺莺对张生的感情与前不同,不仅爱其才貌,而且钦佩他济人之难,感谢他救己之危;了解他不仅是个"文章士",而且是个"君子人"。他们爱情的根苗,便在这基础上,茁壮繁茂起来。偏偏在这时候,遭到了意外的挫折,就是老夫人的"赖婚"。为了追求幸福生活,为了有情人都成眷属,张生、莺莺、红娘对老夫人的宴请,都表现了不同的喜悦。尤其是莺莺,她说:"若请张生,扶病也索走一遭。"下面是心满意足,春风满面的唱词:

> 若不为张解元识人多,别一个怎退得干戈。排着酒果,列着笙歌,篆烟微,花香细,散满东风帘幕。救了咱全家祸,殷勤呵正礼,钦敬呵当合。

打扮得千娇百媚的去接待张生,万没想到老夫人成竹在胸,不动色声地叫道:"小姐近前,拜了哥哥者。"这晴天霹雳,把莺莺震昏了,不禁惊叫道:"呀!俺娘变了卦也!"由于这个意外事情的发生,莺莺表现得愤怒,反抗,万分痛苦。王实甫在这一折里,写感情复杂的莺莺,极为细致,层次分明。突出了她有情有义,加深了对她母亲的反抗,也就是对封建维护者的反抗。

出闺作陪的时候,她是多么喜欢,她母亲的安排,使她如坠无底深渊,这时她懂得了"即即世世老婆婆"的用意所造成的后果:

> 白茫茫溢起蓝桥水,赤邓邓点着袄庙火。碧澄澄清波,扑剌剌将比目鱼分破。

她愤怒地咒骂"这席面儿畅好是乌合",夫人叫她与"哥哥"把盏,张生辞以

"量窄",莺莺把台盏掷给红娘,并且以同情的眼光去看张生,从自己的痛苦,深深地体会到张生的痛苦,恼恨她母亲背信弃义。她知道张生:

　　他其实咽不下玉液金波。谁承望月底西厢,变做了梦里南柯。

一对情人被那"即即世世老婆婆"摆布得尴尬不堪,于是她又自怨自艾起来,"佳人自来多命薄,秀才每从来懦!""俺娘把甜句儿落空了他,虚名儿误赚了我"。这是由怨生恨。

在《闹简》一折里的莺莺,内心极为矛盾,思想上引起剧烈的斗争,因为事情的发展,迫使她必须表示态度,采取行动。她一方面憧憬着幸福的生活;一方面又受着礼教的影响,出身的限制。她在妆台上发现了简帖儿,先达"颠来倒来不耐心烦",继而:"忽的波低垂了粉颈,氤的呵改变了朱颜。"

莺莺说:"小贱人,这东西是那里将来的?我是相国小姐,谁敢将这简帖儿来戏弄我?我几曾惯这东西?告过夫人,打下你个小贱人下截来。"及等红娘说:"姐姐休闹,比及你对夫人说呵,我将这简帖儿去夫人行出首去来。"莺莺又揪住红娘说:"我逗你耍来。"她的酬简明明是约张生,而张生来了,她又把张生"教训"了一顿,她两次口是心非,弄虚作假,一方面是她挣不脱旧礼教的束缚,另一方面是她对红娘还信不过。后来张生病重,莺莺对张生既有深厚的爱情,同时也心存内疚,经过了红娘的帮助,突破了礼教藩篱,完成了佳期。

我们说莺莺两次口是心非,弄虚作假,其实,这正是莺莺的真实,这正是作者写人物写得最深刻的地方。假如不是这样写,就有两个可能:一是莺莺毫无顾忌,直截了当地和张生幽会;一是干干脆脆、老老实实,拒绝张生,作相国"家谱"中的好儿女,但这两个写法,都不成其为莺莺,《西厢记》也就不成其为《西厢记》,也就没有什么意义了。闹简、酬简,以至幽会,故事上曲曲折折,情节上波澜起伏,无非写莺莺思想感情上的矛盾和自我斗争,这种矛盾和自我斗争,表面上看来弄虚作假,骨子里却真真实实。因为,这正是反映了两种力量的斗争,就是反对封建礼教的力量对礼教束缚的激烈的斗争,斗争的结果,当然是胜利了,但以后又来了新的波澜。红娘是个聪明鬼,她最懂得莺莺,莺莺虽然说要告夫人提防打下她下截来,在红娘心里只是好笑而已。作者写红娘处,正通过红娘活画出一个莺莺来。

  他们经过一系列斗争,逼得老夫人放弃相国"家谱",允了这头亲事,但她又以"俺三辈儿不招白衣女婿"为辞,逼张生上京应试求官。可是莺莺想的和她母亲完全不同,她看重的是爱情,而不是功名。在这一折中,描写莺莺细致而深刻。在筵席间有老夫人和长老在座,使莺莺意态举止十分拘谨,她偷看张生"酒席上斜签着坐的,蹙愁眉死临侵地"样子,她体会到他的痛苦,她自己则是"阁泪汪汪不敢垂,恐怕人知。猛然见了把头低,长吁气,推整素罗衣"。她感到这别离是:"蜗角微名,蝇头微利,拆鸳鸯在两下里。"在她的想法是:"但得个并头莲,煞强如状元及第。"

  等夫人、长老回去以后,长亭上只剩下张生、莺莺和红娘了,张生问她:"有甚言语嘱咐小生咱?"她于是把藏在心灵深处的话吐了出来:

    你休忧文齐福不齐,我则怕你停妻再娶妻。你休要一春鱼雁无消息,我这里青鸾有信频频寄,你却休金榜无名誓不归。此一节君须记:若见了那异乡花草,再休似此处栖迟。

  这一段话,一字一泪,句句真情,说得凄婉动人。崔张好合之初,莺莺怎么想到这些问题上来呢?莺莺的顾虑是有着社会的根据的。封建社会中的男子,应试求官是唯一的出路,功名不遂,则终生落魄,功名成就,则又成了达官显贵选婿的对象,而那些做官的,"停妻再娶妻"的比比皆是。作者突出了这一点,结果剧情按着她的愿望去发展,这也是加强反封建的意义。

  我们再看作者是怎样塑造了男主人张生的。

  张生是一个忠实于爱情的人,是一个能文章的穷秀才。他自见莺莺以后,不禁为之倾倒,为了追求爱情和幸福,采取了一系列的积极行动,"借厢""带斋"都是为了找接近莺莺的机会。他热情、率真,但他表现得傻里傻气,见了红娘竟自我介绍:"小生姓张名珙,字君瑞,本贯西洛人也,年方二十三岁,正月十七日子时建生,并不曾娶妻……"又问小姐常出来么,竟被红娘抢白了顿。张生在西厢住下后,他憧憬着未来的幸福,觉得这段姻缘再美满不过,他说:"非是咱夸奖:她有德言工貌,小生有恭俭温良。"张生在莺莺烧夜香的时候,墙角吟诗,表达了自己的情意,莺莺的和韵更点燃了他的爱情的火焰,他们已经心心相印,他感到了这是无比的幸福,认为这是"惺惺的自古惜惺惺",最好是"隔墙儿酬和到天明"。

"寺警"中的张生与"西厢记诸宫调"中的张生不同,他挺身而出,急人之难,是极为主动的。当长老在法堂上高叫:"两廊僧俗,但有退兵之策的,倒陪房奁断送,莺莺与他为妻。"张生鼓掌而上,"我有退兵之策,何不问我?"可是在老夫人赖婚一场中,这个志诚的秀才,就对付不了那个"即即世世"的老婆婆了。红娘请他赴宴的时候,他说:"便去,便去,敢问席上有莺莺姐姐么?"老夫人变了卦,张生惊呼"呀!声息不好了也!"当敬酒的时候,他只说了一句"小生量窄",表示不肯接受以兄妹之礼敬的那杯酒。他愤怒,他悲痛,忍无可忍时,他说:"前者贼寇相迫,夫人所言:'能退贼者以莺莺妻之'。小生挺身而出,作书与杜将军,庶几得免夫人之祸。今日命小生赴宴,将谓有喜庆之期,不知夫人何见,以兄妹之礼相待?小生非图餔啜而来,此事果若不谐,小生即当告退。"这段话虽然表示了对老夫人的质问,但终究是软弱的。老夫人又施展伎俩,许以金帛,张生说:"既然夫人不与,小生何慕金帛之色,却不道'书中有女颜如玉'。则今日便索告辞。"这些话只起到赌气的作用,对老奸巨猾的老夫人无可奈何。见了红娘,才吐露了真情。经过红娘提醒,张生才借了琴声,倾诉衷肠,表达了愿望。

第三本里病中的张生,作者在第一折里通过红娘的眼写他的病情,写他的凄惶和孤零。

> 我将这纸窗儿润破,悄声儿窥视,多管是和衣儿睡起,罗衫上前襟褶祍。孤眠况味,凄凉情绪,无人伏侍。觑了他涩滞气色,听了那微弱气息,看了这黄瘦脸儿。张生啊,你若不闷死多应是害死。

作者在第二折里通过红娘之口向莺莺回报了张生的病情:

> 张生近间,面颜,瘦得来实难看。不思量茶饭,怕见动弹;晓夜将佳期

盼，废寝忘餐。黄昏清旦，望东墙淹泪眼。

作者用了大量的描写，无非写张生对莺莺是如何的钟情。

在佳期后，张生被迫上京，作者在"长亭送别"里突出地写了莺莺，而在"草桥店惊梦"中，则突出地写了张生：

你是为人须为彻，将衣袂不籍，绣鞋儿被露水泥沾惹，脚心儿管踏破也！

作者要把张生写得有情有义，高中之后，仍然不忘莺莺，在唱词中也说明他是被迫应试，猎取功名，实非本意。

这天高地厚情，直到海枯石烂时，此时作念何时止？只到烛灰眼下才无泪，蚕老心中罢却丝。我不比游荡轻薄子，轻夫归的琴瑟，折鸾凤的雄雌。

对于张生，作者是分为两部分写的，佳期之前是热恋着莺莺，大胆地追求。别后的张生，则魂思梦绕地想念着莺莺，求得功名之后，更是表现得钟情不渝，作者特别加强了这一部分的描写，这样一来，张生的形象就比较完整了。

红娘这一形象，在反封建的斗争中，极为重要。《莺莺传》里的红娘并不重要，只是传书递简，起到了穿针引线的作用。作者没怎么写她的性格，形象也不鲜明，给读者的印象不深。秦观的《调笑转踏》只提到"夜半红娘拥抱来"，"红娘夜半行云送"，说明红娘曾送莺莺去幽会，也看不出红娘是怎样的一个人物。赵令畤的《商调蝶恋花》形式上除了概括成能唱的"蝶恋花"外，叙述部分，仍照《莺莺传》，对于红娘，没有更多的描写。到了董解元的《西厢记诸宫调》，才赋她以活泼伶利、勇敢机智等特征。到了王实甫的《西厢记》，这个人物就在原有的基础上发展得更加丰满了。这是一个聪明智慧侠义热肠的人物，她主要的表现，在于对崔张恋爱的帮助，对他们婚姻的看法，和对老夫人及郑恒的斗争。对老夫人表现了她无畏的精神，不畏权势，不畏家法，舍己为人。对郑恒表现了极端轻蔑的态度，她坚决反对莺莺和郑恒结婚。

起初，她对张生并没有什么好感，她嘲笑他是世上少有的"傻角"，斥责他

"今后问得的问,问不得的休胡说"。她是在张生献策退贼之后,因为"俺一家儿死里逃生",才觉着"张君瑞合当钦敬"的。她认为张生能急人之难,"一缄书倒为了媒证",完全应该,当老夫人赖婚,红娘非常同情他们,她曾对莺莺说:"姐姐这烦恼怎生是了!"当张生向她跪求,痛苦得要自杀的时候,她说:"街上好贱柴,烧你个傻角。你休慌,妾当与君谋之。"这千斤重诺,一身承担起来。"弹琴""递简",以至撮合他们,都是她的主意。她往返奔走,穿针引线,传达到了彼此的情意,舍自为人,做到了任劳任怨。《拷红》一折,是红娘性格的集中表现。她是早有思想准备的,欢郎说老夫人叫她,她就知道是为什么事了。她对莺莺说:"姐姐,事发了也!"她又设想老夫人问她的情况说:"我到夫人处,必问:小贱人!"

  我着你但去处行监坐守,谁著你迤逗的胡行乱走?

  她见了老夫人后,毫不隐瞒地说了事情的经过,第一步她肯定这是美满的婚姻,劝老夫人不必追究,应当成全他们。

  他每不识忧,不识愁,一双心意两相投。夫人,得好休,便好休,这其间何必苦追求?常言道"女大不中留"。

  第二步她责备老夫人言而无信,事情是自己招来的,不能怪张生和莺莺。她更抓住老夫人怕辱没"家谱"的弱点,与其惊官动府,不如成全他们。第三步她更进一步肯定这姻缘,赞美这姻缘,认为是天造地设的良缘,二人十分匹配,这是难逢难找的。她说:

  秀才是文章魁首,姐姐是仕女班头;一个通彻三教九流,一个晓尽描鸾刺绣。

  第四她劝老夫人不能恩将仇报,过河拆桥,说得老夫人理屈辞穷,无言对答了。

  红娘再一突出的表现,是她对郑恒的斗争。这说明她赞成崔张的自主的婚姻,而反对郑恒那种"父母之命,媒妁之言"的婚姻。郑恒表现得很恶劣,他仗着"门第",依赖"父命",先是造谣破坏,再是动野蛮要抢亲;失败后,触树而死。作者分三个步骤写了这个反面人物。红娘则和他针锋相对,使他志不得逞。红娘对崔张有着深切的同情,也就对郑恒十分厌恶,尤其憎恨他那种恶霸行为,当郑恒露了流氓本相的时候,红娘一点没让步,用机智对付他,用道理说服他。当郑恒骂张生是"穷酸饿醋",自夸是"仁者能仁""亲上做亲"的时候,红娘是不能容忍的,她说:"他倒不如你,嚛声!"于是斩钉截铁地说:

卖弄你仁者能仁,倚仗你身里出身;至如你官上加官,也不合亲上做亲。

接着她说出对张、郑二人的看法:"君瑞是君子清贫","郑恒是小人浊民"。对张、郑的看法,也就是对这婚姻的看法,那就是不能讲门第,贪富贵,嫁坏人。张生虽穷,人品好,就是良缘。她又进一步说明张生不但有人品,也有才学。"他凭著讲性理,齐论鲁论,作词赋,韩文柳文。"若是和郑恒比的话,"你值一分,他值百十分,萤火焉能比月轮?""他凭师友君子务本","你倚父兄仗势欺人"。最后她教训郑恒不要夸雄门第吧,这是靠不住的,穷人也有翻身的日子。"你道官人则合是官人?信口喷,不本分,你道穷民到老是穷民?却不道'将相出寒门'。"这些见解都很好,这都是针对当时门第观念说的。

郑恒说:"我要娶,我要娶。"红娘回他说:"不嫁你,不嫁你。"红娘觉得莺莺就该嫁张生。对这美满姻缘,她看了也高兴,她明白地告诉郑恒:"佳人有意郎君俊,我待不喝采其实怎忍!"下一步作者施展了他的才华,真是绝妙的文字。郑恒说:"你喝一声我听。"红娘认为他不配听,他这种人只好认输。

作者塑造红娘这一形象,立场坚定,性格鲜明,伶牙俐齿,勇敢机智,丰满,生动,十分光辉。尤其是在反面人物面前,更显得光芒四射,咄咄逼人,纵横自如,胜利在握。红娘对老夫人的斗争,是婚姻自主的思想与家谱观念的斗争。与郑恒的斗争,是对门第观念、统治阶级恶霸的斗争。胜利属于崔张一面,这就加深了反封建的主题。

我们再看反面人物老夫人。她是郑相国之女、崔相国之妻,出身贵族家庭,又是封建贵族的家长。一个十足的维护封建礼教、封建社会制度的人。

她的主要表现是:"治家严肃,有冰霜之操。内无应门五尺之童,年十二三者,非呼召不敢辄入中堂。"对莺莺的管教是:不准不告而出闺门,若被人私窥,应知自耻。把个活泼泼的女孩子,要管得如同木偶,甚至"怪黄莺儿作对,怨粉蝶儿成双"。希望她女儿心如古井,微波不生。

她对女儿的婚姻主张门当户对,亲上做亲,为了维护"家谱",置女儿幸福于不顾。

她另一特征则是充分利用别人,随机权变,背信弃义,过河拆桥。

她还十分虚伪,据红娘说,她"心眼多,性情歹"。有以上封建社会贵族妇女种种特征,于是具体反映在以下问题上:在《寺警》一折中,她和莺莺形成鲜明的对照。莺莺陈"五便"之后,处处为他人着想,不惜牺牲自己,老夫人所想的是怎样维护她相府之尊,哭着说:"俺家无犯法之男,再婚之女,怎舍得你献于贼汉,却不辱没了俺家谱。"当莺莺提出不拣何人,能退兵者结为婚姻的时候,她则说:"此计较可,虽然不是门当户对,也强如陷于贼中。"杜确兵来退贼之后,老夫人安排酒宴,款待杜确,杜确曾说:"张生建退贼之策,夫人面许结亲;若不违前言,淑女可配君子也。"老夫人竟说:"恐小女有辱君子。"这不是一句客套谦词,她已经准备赖婚了。可见当初迫于形势,有言在先,不得不将莺莺许配张生,本无诚意,而是一时的权变。她心中是"权且应允,总比陷贼好些"。这一折充分写出了老夫人的狡狯。赖婚时她的真面目就出现了。安排"小酌","单请张生酬劳",不是许亲。她企图以一席酒筵,酬报救命之恩,将许婚的诺言轻轻赖过。她更施展狡狯,"着小姐近前,拜了哥哥者!"将他们的名分肯定,是兄妹,不是夫妻。待张生责问她,被围之日曾说"能退贼者,以莺莺妻之",前言在耳,奈何以兄妹之礼相待?她只好支吾莺莺曾许郑恒,这明明是遁词,难道求退贼之人时忘了不曾?她又想多酬张生金帛,使他别求美女。在她想来,多酬金帛,就可以报答救命之恩,有了金帛,也就不乏美女娇妻。这些地方,充分露暴了她的阶级本性,当张生表现得十分愤怒,而要和她讲理的时候,她自知理屈,她说:"你且住者,今日有酒也,红娘扶将哥哥去书房中歇息,到明日自别有话说。"老练沉着地应付了过去。"赖婚"充分写了老夫人的阴谋诡计。她利用了张生,欺骗了张生,她成竹在胸,不慌不忙地摆布了这一对青年人。"着小姐近前,拜了哥哥者!"这是她多日以来深思熟虑的事情,只是没到时候不说出口来罢了。这一句话的厉害,真好像神话传说中的王母一样,拔下金钗,轻轻一划,就在这痴男怨女中间划了一道银波浩渺的天河。

作者在"送别"和"捷报"中写了老夫人的冷酷与凶恶。

佳期之后红娘认为完成了一桩大事,成就了一段美好姻缘。老夫人则以"礼教"斥责张生,本要把他送到当官,只是怕辱没了家谱才不送他。勉强将莺莺与他为妻,可是要他马上去京应试,并说:"得官呵,来见我。驳落呵,休来见我。"

在长亭宴上,老夫人表现得十分冷酷。她虽说:"张生,你向前来,是自家亲眷,不要回避。"可是她并没以"亲眷"来待张生。接着她说,"俺今日将莺莺与你,到京师休辱没了俺孩儿,挣揣一个状元回来者",表现了她心中只是"得官""状元""家谱"等等。

当她听到郑恒来到,她对许了张生的婚事,又生翻悔,觉得还是给郑恒才对,这才"不违先夫的言语"。郑恒造谣破坏,她也抓住了"理由",她又企图赖掉曾许张生的婚事,仍许郑恒。她出尔反尔,表现得背信弃义,翻脸无情,把她的家谱抬了出来震慑张生,她说:"我一个女孩儿,虽然妆残貌陋,她父为前朝相国。若非贼来,足下甚气力到得俺家。"把威风凛凛的相国夫人面貌摆了出来。

作品中的人物都为了自己的目的而积极活动着。

张生,是为了得到莺莺。

莺莺,是为了得到张生。

在封建社会里,以一相国小姐,竟能如此大胆求爱,所以可贵。

至于红娘,她倒是为了什么呢?她站在张生、莺莺一边,反对老夫人,更看不起,而且坚决地反对郑恒。她千方百计,不怕挨打受骂,成全张生和莺莺,说她只为了莺莺小姐,当然也可以,但那未免小觑了她。真正是坚决反对封建婚姻,可以算得起反封建斗士的,是红娘。《西厢记》无红娘,就不成其为《西厢记》,《西厢记》的成就也不会这样光辉了。《西厢记》的主角,与其说是张生与莺莺,不如说是红娘,张生与莺莺不过是当事人而已。作者王实甫写其他人物容有弱笔,但贯彻始终,一个红娘写得最突出,最有力,作者把红娘成功地塑造成了一个最聪明、最勇敢、最乐观、最侠义,也最叫人喜欢的人物。写老夫人文字不多,先是赖婚,以后又听信了郑恒的无耻谎言,实在是令人讨厌。郑恒固然可恶,老婆婆比郑恒更可恶,可是,这也正是作者的成功处,他把个"即即世世老婆婆"确也写活了。

关目安排,气氛烘染,对于突出作品主题,阐明作者思想,当然都很重要,但最主要的是写人,是用高度的艺术手法刻画出人物的语言行动,是把人物写成典型环境中的典型人物,写出人与人之间的矛盾,人物自身思想感情中的矛盾,经过内部的外部的斗争,终于得到解决,作者也就完成了创作目的。王实甫《西厢记》的成功处在此,而剧中人物,勇于在爱情上求解放的莺莺、笃于爱情的张生,特别是为了别人幸福,挺身而出,勇于和封建代表人物老夫人等做斗争的红娘,就都栩栩如生,永久活在读者心中了。

二

现在我们谈一谈《西厢记》安排的关目。

李笠翁在《闲情偶寄》中谈戏曲的部分里说"立主脑",也就是我们今天说怎样确定主题,体现主题了。李笠翁说:"古人作文一篇,定有一篇之主脑。主脑非他,即作者立言之本意也。传奇亦然。""一部《西厢记》为张君瑞一人,而张君瑞一人,又止为'白马解围'一事。其余枝节,皆从一事而生——夫人之许婚,张生之望配,红娘之勇于作合,莺莺之敢于失身,郑恒之力争原配而不得,皆由于此。是'白马解围'四字,即作《西厢记》之主脑也。"我们说一部《西厢记》倒不是"止为张君瑞一人",而是因为张君瑞的愿望代表了封建社会千千万万的青年人。他们有一个共同的愿望,希望婚姻自由,美满幸福,愿天下有情人都成了眷属。

关于关目的安排不仅为了结构严,"针线密",仅仅体现作者的写作技巧主要的目的,还是为了体现主题。关目若是安排不好,就会削弱主题,必要的不必要的都羼在一起,就会玉石不分,甚至喧宾夺主,起了以瑕掩瑜的坏作用。例如洪昇的《长生殿》后二十五出,就没有前二十五出好。"禊游""驿备"等出有许多庸俗的插科打诨,这些东西,良莠不齐,破坏气氛,对全剧没有好处。假如后半部只就"献饭""骂贼""闻铃""弹词"做重点描写,删去庸俗烦琐的关目,问题将更集中,主题将更鲜明,可见安排关目,甚为重要。这都需要作者精心"镕裁"。情节、关目应当受制约于主题思想,甚至决定于主题。刘勰论文章说:"规范本体谓之镕,剪截浮词谓之裁,裁则芜秽不生,镕则纲领昭畅,譬绳墨之审分,斧斤之斫削矣。"戏曲亦通此理。在戏剧上确定主题,安排关目,舒布词藻,却要经过这样过程——"履端于始,则设情以体位;举正于中,则酌事以取类;归余于终,则撮辞以举要",以做到"情周而不繁,辞运而不滥"。不能为关目而关目,也不能为词藻而词藻。现在我们着重谈谈《西厢记》中《寺警》《送别》及第五章中诸关目。有人说:《寺警》来得突然,但也不能说就不可能发生,指出这"戏"的"不理合"。这一折确乎很重要,其重要处不在解围救了莺莺,而在撮合了莺莺和张生。造成戏剧的矛盾冲突,当时摆在面前有两条道路:一是将莺莺献给贼人,还是在普通人中择配?二者老夫人都不愿意,但是权量利害她选择了后者。这一关目,确是关键性的关目。它在全剧安排中,起到了承上启下的作用,在主题思想上,起到叫老夫人不得不放弃家谱观念的作用。在那样一个封建社会里,不是这么一个"偶然"机会,莺莺怎会提出"不拣何人,建立功勋"就和他结婚?这是重"英雄"而不重"门第"了。这一段反封建的意义,极为重要。而献策退贼之人偏偏就是张生,使莺莺不仅爱慕,而且钦敬。这样一来,使她藏在心灵深处的爱情,得到发展,而取得"合法"地位。但是,道高一尺,魔高一丈,反封建的胜利,和封建势力的迫害互为消长,一直在斗争。戏剧告诉我们,不要看老夫人迫于形势,不择门第,允下婚事,就风平浪静了,这斗争并没有结束。果然,当一对情人满心欢喜的时候,变生意外,老夫人赖了婚。莺莺由悲成怨,由怨成恨,反抗性格随之发展,这是第二本的高潮,埋下第三本中的《病探》《闹简》《佳期》。佳期说明有情人了了心愿,该没戏了吧?偏偏又出问题,老夫人提出他家三辈不招白衣女婿,逼着张生分离。"长亭送别"说明封建势力生生要把这对恩爱夫妻拆开,若是张生落第,老夫人根本不准他回来相见,若是高中得官,在当时社会,还是潜伏着"停妻娶妻"的危机的,身不由己,也不能回来了。

从关目安排上看,第五本"张君瑞庆团圆"极为重要。作者为了突出反封建斗争的胜利,对关目做了缜密的安排,杜绝了造成不幸的可能,使他们美满幸福。在封建社会里,科举得中是读书人唯一的出路,张生中了状元,"今朝三品贵,昨日一寒儒",这个安排,正符合红娘"将相出寒门"的看法,也有力地回击了郑恒骂张生是"穷酸饿醋",和老夫人不招白衣女婿的打算,使一对有情人踌躇满志。作者在这本第四折中歌颂了他们的胜利:"玉鞭骄马出皇都,畅风流玉堂人物。""莺莺有福,稳请了五花官诰七香车。"我们不能一看"大团圆"就认为是"难脱窠臼",要具体分析,看作者写的什么,又是怎样写的。假如没有斗争过程,为团圆而团圆,那是没有意思的。元杂剧中石子章的《秦修然竹坞听琴》、武汉臣的《李素兰风月玉壶春》,都是"大团圆"结局。前者写老少两尼姑双双还俗;后者写妓女从良,都具有反封建的积极意义,"大团圆"亦无不可。《西厢记》的结尾和《平山冷燕》《五女兴唐传》等才子佳人的小说不同,例如山黛嫁燕白额,冷绛雪嫁平如衡,作者写道:"真个是天子赐婚,宰相嫁女,状元探花娶妻,一时富贵,占尽人间之盛。"强调了这一面,这和作者写书本意是分不开的。我们看《西厢记》是怎样写的,他不是写的"一时富贵,占尽人间之盛",而是写张生对莺莺的爱情是多么专一。前面说过,张生走后有两个可能:一是功名不遂,落魄不归;一是功名成就,招赘贵人。而作者对以上问题,做了有力的回答。为了加强反封建的主题,作者把张生写成了一个有情有义、有始有终的人物。在这一本的楔子里写张生怕莺莺挂念,修书一封,使她知道张生高中,"以安其心"。他对下书的琴童说:"与我星夜到河中府去,见了小姐时说:'官人怕娘子忧,特地先著小人将书来。'"这是多深厚的情意!可见,"得中"与否,关系着他们的婚姻和幸福。第一折里张生在信中写得一往深情,说"上赖祖宗之荫","下托贤妻之德","重功名而薄恩爱者,诚有浅见贪饕之罪,他日会面,自当请谢不备"。"祖宗之荫"和"贤妻之德"并提,可见他是多么尊重莺莺,也就是多么深爱莺莺,这和《莺莺传》中骂莺莺为"妖孽"的张生根本不同了。他又觉得重功名,轻离别,对不起莺莺,将来好好地补报她,这点和老夫人逼着他去应试,是遥遥相对的。

第二折写张生卧病驿亭,太医院着人看视,他自己说:"自离了小姐,无一日心闲也呵!"莺莺带给他的几件东西,他都能体会到莺莺的意思,不愧是莺莺的知心。他问琴童,莺莺说些什么?琴童说:"著哥哥休别继良姻。"张生说:"小姐,你尚然不知我的心哩!"这是作者特别强调的地方。下面写张生在冷清清的客舍里,雨丝丝,风凄凄,无时不思念莺莺。他觉得莺莺的顾虑是多余的,他心里只有莺莺,绝不会心变情移。他说:"其间或有个人儿似尔,那里取那温柔,这般才思!"可见他不光是爱莺莺的容貌,纵有莺莺的容貌,也没有莺莺的才思和性情。这种心的交融,说明他们坚贞的爱情,是有其稳固的基础的。张生对莺莺带给他的东西,睹物思人,爱护备至。

则在书房中倾倒藤箱子,向箱子里面铺几张纸。放时节须索用心思,休教藤刺儿抓住绵丝。高抬在衣架上怕风吹了颜色,乱穰在包袱中恐剉了褶儿。

在第四折里,郑恒阴谋失败触树而死,老夫人"著唤莺莺出来,今日做个庆喜的茶饭,著他两口儿成合者"。这一对情人的胜利,使读者感到多么的不容易,更珍惜他们的幸福。

最后是"毕生愿足","好夫妻似水如鱼","新状元花生满路","成就了怨女旷夫","愿天下有情的都成了眷属"。作者以歌颂作为结束,完成了反封建斗争的主题。

明人卓珂月有《新西厢》,他在"自序"中说:"崔莺莺之事以悲终,霍小玉之事以死终,小说中如此者,不可胜计。……《紫钗记》犹与传合,其不合者止复苏一段耳,然犹存其意。《西厢》全不合传,若王实甫所作,犹存其意;至关汉卿续之,则本意全失矣。余所以更作《新西厢》也,段落悉本《会真》。"殊不知"本意全失"正是另有"本意"之处,圆满结束,鼓舞了后世多少青年反封建的斗争。

明都穆《南濠诗话》说《西厢记》是关作王续,《点鬼录》则说是王作关续,问题不在谁作谁续,关目的好坏,不仅要看它表现的技巧,更要看它是否有助于主题。

三

《西厢记》除了以上问题外,作者为了突出主题,在创造气氛方面,取得了很大的成就。《西厢记》共五本二十一折,第一本的楔子提挈全剧,我们看他怎样开端:先由老夫人介绍了剧前的人物和情节,〔仙吕宫〕的《赏花时》,曲调同内容不同。"子母孤孀""伶仃凄苦",全篇笼罩了愁云惨雾,而莺莺一出场,雾散云消,透露了春的消息,下面是花团锦簇的文字,源源而来。

"闹道场"第四折"梵王宫殿月轮高,碧琉璃瑞烟笼罩。香烟云盖结,讽咒海波潮"。法鼓、金铙、钟声、佛号,响成一片,这是我们常见的佛殿。在这折里,作者把个"庄严肃穆"的佛殿,写得热闹非凡,这里静穆的气氛,为莺莺的美貌所扰乱:"大师年纪老,法座上也凝眺;举名的班首真呆僗,觑着法聪头做金磬敲""老的小的村的俏的,没颠没倒,胜似闹元宵""击磬的头陀懊恼,添香的行者心焦。烛影风摇,香霭云飘,贪看莺莺,烛灭香消"。

作者把佛殿写得香烟袅绕,云气迷雾,莺莺的出现,大家真要认为"南海水月观音"来到了。以上作者用了《陌上桑》的写法,衬托出莺莺的美貌。

作者又在《听琴》第五折,以烘托的手法,描写了莺莺心中的不平。

那晚是"云敛晴空,冰轮乍涌;风扫残红,香楷乱护";而莺莺偏是"离恨千端","闲愁万种"。她埋怨她母亲是"靡不有初,鲜克有终"。害得一对有情人一个做了"影儿里的情郎",一个做了"画儿里的爱宠"。

恰好那晚上有月阑,红娘说:"姐姐,你看明日敢有风也?"莺莺满腔幽怨,意味深长地说:"风月天边有,人间好事无。"这样一来,作者很巧妙地把天上人间联系在一起了。莺莺唱:

> 人间看波!玉容深锁绣帏中,怕有人搬弄。想嫦娥、西没东生有谁共?怨天公,裴航不作游仙梦。这云似我罗帏数重,只恐怕嫦娥心动,因此上围住广寒宫。

莺莺从自己的处境,设想嫦娥的孤独,用了一系列双关优美的词句。作者以环境气氛,配合了内心活动,把莺莺安置在这个典型环境中,衬托得这个典型人物越加鲜明。莺莺正在看天边月阑,惹起无限感慨的时候,微风阵阵,送来了玎玲的琴声。张生借琴声传达了对莺莺的感情,莺莺心领神会,所以她说:"其词哀,其意切,凄凄然如鹤唳天,故使妾闻之,不觉泪下。"作者又写了疏帘风细,烛影摇摇,两人心心相印,就是"隔着一层红纸,几棵疏棂"。莺莺听得凝思出神,忘其所在的时候,红娘走来轻轻地喊了她一声,竟把她吓坏了,下面是她责怪红娘的一段唱词:

> 则见他走将来气冲冲,怎不叫人恨匆匆,唬得人来怕恐。早是不曾转动,女孩儿家直恁响喉咙。……

以上这种描写,都是作者写得深刻细致的地方,气氛屡变,人物栩栩如生,不仅使读者见其形影笑貌,甚至闻其謦欬。

《赖婚》一折,作者用了对比的手法,创造了气氛。先是写张生、莺莺、红娘三人,从不同角度,满怀喜悦,认为好事必成。这是虚写,把场面写得喜气洋洋,反衬下文的突然变化。张生闻请之后,精心着意地打扮,还对红娘说:"小生客中无镜,敢烦小娘子看小生一看如何?"红娘看了以后形容他:"来回顾影,文魔秀士,风欠酸丁。下功夫将额颅十分挣,迟和疾擦倒苍蝇,光油油耀花人眼睛,酸溜溜螫得人牙疼。……"

当红娘问莺莺,老夫人为什么不安排筵席,会亲戚朋友?安排小酌为何?莺莺不知是老夫人诡计,要变卦翻悔,她一心一意向好处想,没虑到其他,所以她说,这是:"省人情的你你忒虑过,恐怕张罗。"作者所以这样写,都为了说明变起非常,以三人的心地纯良,来反衬老夫人的世故、狡狯。待老夫人命以兄妹相见,三人才如梦初觉,差不多是同时同声惊呼起来:

张生说:"呀,声息不好了也!"莺莺说:"呀! 俺娘变了卦也!"红娘说:"这相思又索害也!"

在《送别》和《惊梦》里,作者用了优美的诗句,创造了苍凉的气氛,通过情景交融的描写,揭示了人物的内心世界。

作者先是将一路景物写来:"碧云天,黄花地,西风紧,北雁南飞。"句子是这样的精炼,写景是这样的自然,文字已把读者带入了画一般的境界。离人是凄苦的,景物是萧索的,使我们不禁忆起吴文英的名句:"何处合成愁,离人心上秋,纵芭蕉不雨也飕飕。"真使我们听到了纸上飒飒的秋声,分担了当事人的离情和秋意。作者通过离人模糊的泪眼,远望疏林丹枫、满山红叶,作者比成醉后的酡颜,且说是用泪染成,这就把董西厢的"莫道男儿心似铁,君不见满川红叶,尽是离人眼中血"用活了。王实甫的写法,更比较含蓄浑脱。

莺莺看到长亭秋柳,她感到"柳丝长玉骢难系";望到疏林,"恨不得倩疏林挂住斜晖"。作者写天空,写地下,由近及远,由远而近;写人物内心而外貌,再由形态及内心,词藻绚烂,色泽鲜明,构成了画面,创造了气氛,与人物的情绪十分和谐,增加了诗的效果。

在离筵边是:"下西风,黄叶纷飞,染寒烟,衰草凄迷",已是暮秋时节,一个"蹙愁眉",一个"长吁气",想到他们别后的光阴,张生一路上"夕阳古道无人语,禾黍秋风听马嘶",旅途孤独凄凉的景况,跃然纸上。到了黄昏日暮,投宿草桥,离蒲东越来越远了,可是张生的心并没有离开蒲东。"望蒲东萧寺暮云遮,惨离情半林黄叶。"

张生梦醒之后的一段描写,作者充分运用了词曲的特色,烘托气氛,〔雁儿落〕〔得胜令〕两曲都连用叠字,起到绘影绘声的作用,不但有强烈的感人魅力,且是增强了音乐效果。演唱起来,观众如身临其境,耳闻目睹。

绿依依,高墙柳半遮,静悄悄,门掩清秋夜,疏剌剌、林梢落叶风,昏惨惨、云际穿窗月。

惊觉我的是颤巍巍竹影走龙蛇,虚飘飘庄周梦蝴蝶,絮叨叨促织无休歇,悠悠砧声儿不断绝;痛熬煞伤别,急煎煎好梦儿应难舍;冷清清的咨嗟,娇滴滴玉人儿何处也?

作者用了俯仰即是的高柳、落叶、窗月、虫声、砧声……,平日习见的景物,注入了当事人的情感,使它们都有了生命,而且把读者带进了当时的环境,分担了当事人的喜怒哀乐。

《西厢记》之所以可贵,当然首先是由于作品的思想内容,它的反映社会现实的主题。但是,如果作者艺术技巧没有达到应有的高度,作为一部杂剧,而没有充分显示出词曲的特色,它不可能有这样感人的力量,也不可能传之久远。"缺乏艺术性的艺术品,无论政治上如何进步,也是没有力量的"。从另一方面说,如果《西厢记》只具有这样的高度艺术性,而思想性很差,或作者在作品中宣传了一种坏思想,那当然就不足取。高度的思想性必须用高度的艺术性来传达,艺术技巧只有当它为思想内容服务得最好的时候,才有意义。这个真理,在王实甫的《西厢记》中又一次地得到了证明。

原载云南大学编《云南大学学术论文集》(第二辑),
1963年,第19—34页

谢天香、杜蕊娘、赵盼儿

——关汉卿杂剧人物论之一

武显漳

关汉卿是善于塑造众多的女性典型人物的剧作家,在现存的十多种杂剧中,除《单刀会》《西蜀梦》《裴度还带》《玉镜台》和《鲁斋郎》外,其余各剧主角都是女性。这决非偶然,同他所处的时代有着密切的关系。元代很长一段时间废除了科举制度,知识分子断了进身之道,但关汉卿也不愿像写出了几个神仙道化剧的马致远那样,无官做就走仙路,而是以创作杂剧为业,面对现实,反映现实;还有同他的社会地位、个人情趣也有着直接的关系,当时人被分为十等,所谓八妓九儒,妓儒的社会地位相近,关汉卿又是一个"躬践排场,面付粉墨,以为我家生活,偶倡优而不辞"(臧晋叔《元曲选序》)的人。由于他生活在倡优之间,对她们非常熟悉,相识久了,自然就想把她们写下来,并搬上舞台,让她们自己演自己。凡是杰出的作家,必然在他塑造的人物形象中,倾注自己的爱和恨,表达自己的理想和愿望。高尔基在《论剧本》中说:

> 剧作者把握了这些任何一种品质,有权把它加深和扩大,使它具有尖锐和鲜明性,使剧本某个人物成为一个具有突出和明确性格的人。

关汉卿笔下的女性形象,堪称"具有突出和明确性格的人",达十人以上,从典型化达到的高度及对后代文学产生的影响来看,可以和《金瓶梅词话》《红楼梦》媲美。

本文所论谢天香、杜蕊娘和赵盼儿三个女性,是关氏三个喜剧中的主角,身份全是妓女,但各有不同的素质和遭遇,不同的教养和性格。但又共同反映了妓女的生活,婚姻的纠葛和矛盾的解决,描绘了元代社会现实生活的一个横断面,因此把她们放在一块来谈。

一

　　《钱大尹智宠谢天香》中的谢天香,是一个聪慧多才的妓女,她操着这种特殊职业,磨练成一个"讲论诗词,笑谈讦市"的行首。正如她所说:"咱会弹唱的,日日官身;不会弹唱的,倒得些自在。"对这种妓女生涯,早已感到厌恶,时刻在想"怎能勾(够)除籍不做娼,弃贱便从良,渴望找到一个如意郎君,以便托付终身,同白衣卿相的柳耆卿相识后,就想嫁给他,从此做个自在人"。"弃贱从良"是妓女的普遍愿望,但"弃贱"后能否"从良",那就不一定了。谢天香举目无亲,孤苦伶仃,一旦失足,就会造成终身之恨。生活的阅历使她懂得必须万事小心。当柳耆卿要离开她去求取功名,初次请钱可(大尹)在他走后对她有所照顾,她对钱可便产生了戒心和疑心,见到钱可后,给她的印象是"这爷爷好冷脸子也",因为她在柳耆卿归来之前要过寄人篱下的生活,她对钱可的看法是完全合乎她性格的逻辑发展。

　　关氏在塑造谢天香这个女性时,通过几个戏剧性很浓的细节来展示她的聪慧多才、灵机应变。

　　柳耆卿即柳永,是北宋有名的词人,但在本剧中,关氏将他同谢天香对比才华,使他逊于谢一筹,突出了谢的聪慧多才。当柳几次乞求钱可照顾谢时,钱回答他说:"你种的桃花放,砍的竹竿折。"柳不解其意,误认为钱在夸他,还对钱说:"多谢了哥哥。"谢天香得知后,立即用开导口吻对柳解释钱可的话,所谓"种桃花砍折竹枝,则说你重色轻君子"。柳听后顿开茅塞,方知被钱可揶揄了一番。

当柳离开谢天香后,钱可以娶天香作妾为名,实际上不与天香亲近,使天香不被别人欺负,用这种特殊手段保护天香,激励柳耆卿上进,望他早日得中归来与天香团聚。天香未能窥察出钱可的良苦用心,采取以退为进,以封建道德观念之矛,攻封建道德观念之盾,保持自己的贞操。天香对钱可说:"相公名誉传天下,妾身乐藉在教坊",表明两人门不当户不对;"妾身是临路金丝柳,相公是架海紫金梁",说明两人社会作用有天壤之别。正所谓"此不当妇兮,彼不当夫",一个妓女同一个相公是不能匹配的。可是,她不应允钱可的要求,又往哪里去呢?柳耆卿一去无消息,钱可也没有蹂躏过她,寂寞的日子何日是个尽头!通过反复考虑,终于应允了婚事。又谁知过了三年,竟然不知道钱的铺盖儿是横放着还是竖放着,过着有名无实的小夫人生活。谢天香虽然聪慧多才,但现实逼使她不得不改变初衷。

在"掷骰罚诗"和"避讳改韵"两个细节中,谢天香灵机应变的性格得到充分的展示。

她同姊妹们掷骰子玩耍,被钱可发觉,要罚她以骰盆中显示的色数为题赋诗,她随手写了四句:"一把低微骨,置君掌握中,料应嫌点涴,抛掷任东风!"语意双关,表面在写骰子,实际在写自己。"抛掷任东风",透露出自己的身世飘零。

当柳耆卿和谢天香离别时,作了《定风波》词一首给天香,被暗中奉了钱可之命来相送柳耆卿的张千抄得,转告钱可,全词用的是"歌戈"韵,头两句是:"自春来惨绿愁红,芳心事事可可。"这个"可"字,犯了钱可的讳,于是他心生一计,叫谢天香唱此词,若唱出可可二字,就以犯讳为罪名,杖责四十,幸蒙张千暗示,把全词改为"齐微"韵,"芳心事事可可"改为"芳心事事已已",免了责罚。

后来,柳耆卿中了状元,与谢天香结合。本剧以喜剧的形式结束,但从谢天香这个一般妓女所经历的生活中,我们看到了喜中有悲。谢天香虽然才华过人,应付自如,甚至能化险为夷,但她的命运却掌握在他人手中。名为钱可的小夫人,实际上是受着不同于妓女的另一种折磨,"到早起过洗面水,到晚来又索铺床叠被",天天如此,无限循环,好似一个"孤鬼",钱可虽然没有玷污她,可也没有尊重她的人格,随时借机找岔子,甚至调戏取乐。他保护谢天香纵然有好心的一面,但不能说明他是正人君子。当谢天香改了词韵,就"不由的也动情"。假如柳耆卿名落孙山,就很可能将谢天香占为己有。谢天香像一个皮球,随时都可能成为别人玩弄戏耍的对象;稍不留意,都可能挨棍棒。谢天香遇到钱可这样在当时还算得并未完全丧失人性的人,尚且不幸,若遇到纨袴子弟,地痞流氓,其结果更不堪设想。谢天香这个喜剧人物却带有很大成分的悲剧性。从她的遭遇使我们认识到妓女的辛酸,进而看到封建社会纵容设置这一特殊"行业",给多少善良妇女葬送自己的青春和生命!

二

谢天香与《杜蕊娘智赏金线池》中的杜蕊娘,有一些相近之处,如都渴望"弃贱从良",挑选对象都重才轻钱,杜蕊娘和韩辅臣的爱恋方式,同谢天香和柳耆卿一样都是一见倾心的,都是经过一番波折后结为秦晋……然而我们不会将蕊娘和天香相混。关氏善于在刻画阅历相近的人物中,着重写出她们的不同之处,这是颇见功夫的。

对妓女生涯的看法,蕊娘比天香的认识就高深得多,天香对妓女生活厌恶,只感到自己的不幸,而蕊娘却觉察到凡是妓女都不幸,把个人的不幸同整个社会联系起来,对这个"特殊行业"进行诅咒,她说:"我想这一百二十行,门门都是求衣饭,偏俺这一门却是谁人制下的,好低微啊。"按自然情况看,蕊娘有亲生母李氏,论理说比天香孤寂一人要好点,又谁知亲母在那个社会的丑恶思想的毒害下,母女关系成了赤裸裸的金钱关系,蕊娘在亲母心中,只是棵摇钱树而已。因此,蕊娘要嫁韩辅臣,必然遭到亲母从中阻挠和破坏,背着蕊娘把韩辅臣赶出杜家门外,辅臣出于一时气愤,对蕊娘不辞而别,蕊娘遇到鸨儿心肠的亲母。不仅得不到母爱的温暖,且对自己的"从良"受到板隔,这样的亲母宁肯没有,从这点上说,反而不如谢天香没有亲母为好。而蕊娘已经到了"不老也非嫩"的年纪,青春即逝,希望获得一个幸福家庭的强烈欲望,促使她勇气倍增,敢于当面提出要求,"母亲,嫁了你孩儿罢,孩儿年纪大了也",显示出她泼辣大胆的性格。

同谢天香比,杜蕊娘的思想就较为复杂和深沉。

在韩辅臣离开蕊娘家后,半月未见面,也和谢天香一样对对方产生了疑心,但谢天香只是想想而已,而杜蕊娘就想到对付的办法,并充满了信心说:"若还遇着箇(个)强似我的无话说,都是我手下教过的小妮子。"这种猜测和想念对方的思维活动,不由得使她自己感到害羞,"东洋海洗不尽脸上羞,西华山遮不了身边丑,大力鬼顿不开眉上锁,巨灵神劈不断腹中愁"。这种害羞与贵族千金、大家闺秀和将门虎女的害羞迥然不同,带有风尘人物的色彩。怀念、疑心、猜测,和"还指望他天长地久",归根结底要待现实来做结论。杜母佯告她韩辅臣另有"粉头",正触动蕊娘的中枢神经,陷入了理智和感情的矛盾斗争,当韩辅臣走而复回看她时,妇女的人格尊严驱使她与韩辅臣绝交,不愿再理睬无情的其实是有情的韩辅臣,连碰他一下也不愿意,"甘分做跌了弹的斑鸠",比喻蕊娘在感情受了创伤后的精神状态。同韩辅臣绝交,是饱含着眼泪的,"你不肯冷落了杯中物,我怎肯生疏了弦上手?"体现了蕊娘是一个洁身自守、不可侵犯的姑娘。但另一方面,她是多么爱韩辅臣啊!在《金线池》一折戏里,韩辅臣请杜蕊娘的姊妹们出面约她喝酒,借以规劝她和韩言归于好,在酒席筵前,自己订的"休题着韩辅臣"的酒令却是自己首先犯了两次,此时再也抑制不住内心感情,面对韩倾诉出来:"试金石上把你这子弟每(们)从头儿画,分两等上把郎君子细秤","我和你半年多衾枕恩,一片家缱绻情,交明春岁数三十整。你且把这不志诚的心肠与我慢慢等"。这些唱词是爱与恨的交织,爱半年多衾枕恩,恨对方心肠不志诚;对韩辅臣还需要再了解,再考验;表达了杜蕊娘对恋爱婚姻的严肃态度,生活的教训使她日趋成熟。最后,石府尹以"失误官身"的"莫须有"罪名对蕊娘施加压力,致使蕊娘应允婚事,二人言归于好。

石府尹官断婚姻,虽出于撮合杜、韩的好心,却反映了像杜蕊娘这样的下层妇女缺乏人身安全的保障，同谢天香一样，《金线池》中的杜蕊娘，在得到"从良"以后，同样使我们看到喜中见悲。

三

在关氏喜剧中所塑造的女性形象，首推《赵盼儿风月救风尘》中的赵盼儿最光彩照人，绚丽夺目。

在对待妓女生涯和"从良"问题的看法上，杜蕊娘认为"十度愿从良，长则九度不依允"。比生活阅历较浅的谢天香要高一筹，但她毕竟有追求，找到了一个韩辅臣，而赵盼儿比杜蕊娘则更上一层楼，丰富的生活阅历使她独具慧眼，洞察一切。她不同于谢天香、杜蕊娘那样急于嫁人，但决不意味着她不需要爱情的暖流滋润她寂寞的心田，只是觉得周围环境的人靠不住，找一个老实的要被欺侮，难以终身相守；找一个聪俊的往往喜新厌旧，半路抛弃，遭受打击还是自己惹来的祸，怨不得谁。因此发出了"万种恩情，到如今一笔都勾"的感叹。她的认识水平远远超过杜蕊娘，更高于谢天香，然而最痛苦的也正是她，因为她对此已经失去追求。

赵盼儿性格中闪闪发光的东西，不仅在于她老练沉着，行侠仗义，气度过人，智慧超群。最可贵的是：她对姊妹的爱甚于爱自己，为了营救失足的宋引章，甘心冒风险；她对纨袴子弟的恨则恨之入骨，只身入虎穴，制服风月老手周舍，为下层妇女扬眉吐气。谢天香、杜蕊娘的命运操纵在有财有势的人手里，而赵盼儿却不以我行我素、不受别人钳制为满足，而是反过来要操纵周舍之流的命运，让他俯首认罪，大快人心。

关氏塑造赵盼儿这个动人心弦的形象，是采用陪衬和寓较量于对比等手法来完成的。

剧中宋引章这个人物，我认为是为刻画赵盼儿而设置的，她的思想境界不高，幼稚中含有轻佻，天真中夹着庸俗。幼稚容易上当受骗，走向邪路，她本来同贫穷老实的安秀实相好,但遇着夏天为她打扇、冬天为她温被的周舍时,就为这种小殷勤所迷惑,轻率地许身周舍,赵盼儿劝她也无济于事。天真也往往要翻跟斗,她嫌贫爱富,喜新弃旧,贪图享受,不知己也不知彼,入陷阱而不能自拔,她爱财不爱人的庸俗恋爱观,必然要吞苦果。同是一个周舍,在宋引章的心目中是可意的对象,而在赵盼儿的眼下却是一个十足的恶棍,实践证明赵盼儿是正确的,高下之分不言自现。宋的幼稚衬托出赵的老练;宋的轻佻衬托出赵的沉着;宋的天真衬托出赵的胸有成竹;宋的庸俗衬托出赵的何以会看破红尘。通过宋的陪衬,突出了赵盼儿性格中的某些特征。

为了使赵盼儿的性格得到全面的展示,关氏为她在营救宋引章的过程中,安排了一个劲敌,在风月场鬼混了二十年的周舍。玩弄、蹂躏、抛弃、寻新欢,是他在风月场中练就的"残害妇女的本领";狡猾、欺诈,又是他为了满足淫欲而派生的恶劣惯性。尽管周舍和赵盼儿是旗鼓相当的对手,但周是流氓群中的一个邪恶小丑,而赵是正义力量的化身,正与邪较量,前者终究要战胜后者。赵盼儿不记旧怨,果断地决定营救宋引章,就因为她自信制服周舍是正义的行为。当然除自信之外,还要设计周密而又可行的具体方案,并附有见机而行的具体步骤。赵盼儿要救出宋引章,正如戴不凡所指出的,"无异是一只蚂蚁想把一块木头施上岸来"(《戏剧论丛》第五辑,第52页)。这说明赵盼儿此举难度很大,面对困难的赵盼儿并不退却,经过深思熟虑终于制订出一个锦囊妙计,抓住周舍好色这个致命伤,以毒攻毒,用风尘烟月手段达到营救宋引章、惩治周舍的目的。

赵盼儿的行动计划,表面看来很"冒失",实际是稳妥的。"破亲"一折戏,是同周舍的初次交锋,当周舍认出她是"破亲"的赵盼儿后,她立即顺水推舟,言自己有意于他,因他弃己择宋,才想破亲,并言此行是为了嫁他。麻痹诱惑了周舍,打开了缺口,首次告捷。"赚休书""换休书"和"官判"一折戏,是同周舍较量的第二个回合,预设宋引章当周舍面骂她,以此为口实,要驾车回去,使周舍造成她是真心嫁他的错觉,并逼周舍休退宋。周舍担心休了宋后赵又翻悔,两头落空,叫赵发誓吃羊喝酒,赵都允诺,周舍回家便写了休书。后来发现上当,立即从宋手中夺回休书,当场咬碎。周舍恼羞成怒质问赵曾向他发誓,并吃他的羊,喝他的酒,接受他的红定,是他的老婆。赵爽快地回答,发誓不过是逢场作戏:"若信这咒盟言,早死的绝门户",因此不能算数。我自带来一只熟羊、十瓶好酒,还有大红罗,怎么是你的?至此,周舍只剩下一块王牌,那就是自认为休书已咬碎,要将宋引章带走,赵言他咬碎的是假休书,真休书在她手里,"便有九头牛也拽不出去"。周舍输红了脸,孤注一掷,同宋、赵一齐扭到公堂官判。结果周舍被杖责六十,与民一体当差,宋引章仍归安秀实为妻,赵盼儿回去安分守己过日子。

通过赵、周的几个回合的较量,赵盼儿的性格得到充分的表现:周舍越狡猾越显示出赵盼儿的干练,周舍越诡谲越显示出赵盼儿的机智,周舍越举止无措越显示出赵盼儿的沉着稳健。真所谓魔高一尺,道高一丈,赵盼儿像一株多刺的野玫瑰,刺得"花星整照二十年"的周舍鲜血直流,遍体鳞伤。

赵盼儿营救宋引章,惩治周舍的目的达到了,为此,她付出了巨大的牺牲。她能营救别人,成全别人,但难于救己。她的青春、她的幸福,在风月场中消逝了,丧失了。她的遭遇远非谢天香、杜蕊娘可比,正因此,更能深刻地揭示妓女这一行给妇女带来的痛苦和灾难。

赵盼儿敢于反抗,善于反抗强暴势力,侠肝义胆又富有蜡烛精神。在她身上,闪耀着关氏理想和愿望的光芒。

赵盼儿这一典型人物的出现,在元杂剧的百花园里,增添了一株永不凋谢的玫瑰花。最近由王季思、黄秉泽编辑出版的《中国十大古典喜剧集》中,就收了《救风尘》,这是很有见识的。

原载云南大学中文系编《语言文学论文集》,
1983 年编印,第 331—341 页

《春阳曲》与《牡丹亭》

——兼论声诗与戏曲之间的关联性问题

曾 莹

汤显祖《牡丹亭》第一出《标目》中有《汉宫春》一首,开篇即云:"杜宝黄堂,生丽娘小姐,爱踏春阳。"①历来观者读至这三句,大概都不会太过在意,以为前两句无非是对女主人公杜丽娘身世背景的扼要交代,至于"爱踏春阳"云云,亦不过是遥指剧中所写杜丽娘后花园游春这么一节。相形之下,徐朔方先生于此处所注,便可称得上是独具只眼。

其注有云:"踏春阳——踏青。唐人传奇邢凤昼寝,梦见美人授给他诗卷。第一篇《春阳曲》有云:'长安少女踏春阳,何处春阳不断肠!'见唐沈亚之《异梦录》。"②诚如徐先生所注,《牡丹亭》中"爱踏春阳"一语,恰便与《春阳曲》这一声诗格调的本事密切相关。作者汤显祖此处借"踏春阳"三字所欲表达的内容,显然就不仅仅只是"踏青"一事这么简单。

事实上,这一句看似再寻常不过的"爱踏春阳",恰是包蕴了汤显祖作为一位不世出的剧作家,其于传奇写作上的苦心孤诣、特设匠心。同样的,这也正是能够彰显前人所称道的"临川尚趣,直是横行,组织之工,几与天孙争巧"③这一

---

① (明)汤显祖著,徐朔方、杨笑梅校注:《牡丹亭》,人民文学出版社1963年版,第1页。
② 同上书,第2页。
③ (明)王骥德著,陈多、叶长海注释:《曲律注释》,上海古籍出版社2012年版,第308页。

特点之所在。

一

俞平伯先生在《杂谈牡丹亭惊梦》一文中曾就《惊梦》中的杜丽娘如是宣告："她在惆怅，而不在欢笑。她是伤春，而不是游春。"①实际上，所谓"惆怅与伤春"，这样一种深植于杜丽娘身上、萦绕了整本《牡丹亭》的标签式情绪，并不是传奇行进至第十出《惊梦》方才骤然而至的。

汤显祖作为剧作家的高明就在于，他差不多是在传奇的开篇伊始就预告了这一情绪的存在，进而设定了剧本的大致氛围。具体地，"爱踏春阳"四个字在传奇开端的出现，正是这一预设之举的关键所在。这么简单四个字，却能够如此不动声色地完成这一预设，这与"春阳"二字所指向的《春阳曲》，可谓直接相关。

所谓《春阳曲》，根据任半塘先生在《唐声诗》中的考述，乃是唐代一百五十四种声诗格调的其中之一。它最初的本事记载，就是徐注当中提及的唐沈亚之《异梦录》所载录的"邢凤"故事。《太平广记》卷二百八十二《梦七》中即有《邢凤》一则，其文如下：

> 元和十年，沈亚之始以记室从事陇西公军泾州，而长安中贤士皆来客之。五月十八日，陇西公与客期宴于东池便馆。既半，陇西公曰：余少从邢凤游，记得其异，请言之。客曰：愿听。公曰：凤帅家子，无他能，后寓居长安平康里南，以钱百万，买故豪洞门曲房之第。即其寝而昼偃，梦一美人，自西楹来，环步从容，执卷且吟，为古妆，而高鬟长眉，衣方领，绣带，被广袖之襦。凤大悦曰：丽者何自而临我哉？美人曰：此妾家也。妾好诗，而常缀此。凤曰：幸少留，得观览。于是美人授诗。坐西床。凤发卷，视首篇，题之曰《春阳曲》。终四句。其后他篇。皆类此数十句。美人曰：君必欲传，

---

① 见《俞平伯全集》第四卷，花山文艺出版社1997年版，第543页。

无令过一篇。凤即起,从东庑下几上,取彩笺,传《春阳曲》。其词曰:长安少女玩春阳,何处春阳不断肠。舞袖弓弯浑忘却,罗帷空度九秋霜。凤卒吟,请曰:何谓弓弯?曰:妾昔年父母使教妾此舞。美人乃起,整衣张袖,舞数拍,为弯弓状以示凤。既罢,美人低头良久,即辞去。凤曰:愿复少留。须臾间竟去。凤亦寻觉,昏然忘有所记。及更,于襟袖得其辞。惊视,复省所梦。事在贞元中。后凤为余言如是。是日,监军使与宾府郡佐。及宴陇西独孤铉、范阳卢简辞、常山张又新、武功苏涤,皆叹息曰:可记。故亚之退而著录。①

就上引文字中笔者加了着重号的部分来看,则《春阳曲》的本事和《牡丹亭》之间,确实存有那么一些不容忽视的相似之处。第一,二者都有一个虚幻的"梦"之框架来作为具体的依托;第二,二者都可见能诗的美人和美人留下的诗;第三,二者也都与少女相关,与明媚的春光相关。不过至为关键的一点,则在于此二者都与伤、逝撇不开关系,那与"春阳"相对应、本应指向熙春之乐的大好春光,在此都径然指向了"断肠"由此可见,《春阳曲》作为声诗格调,《牡丹亭》作为传奇,二者虽则文体与故事差异较大,但在情境模式上却无疑是十分之相似的。故而,《牡丹亭》传奇开篇即点缀"爱踏春阳",一定意义上,便能够借助声诗《春阳曲》与传奇大略相似的情境来建构某种相辉映的关联。

这其中,《牡丹亭》与"断肠"的密切无需多言。因为此部传奇所结撰的,本身就是一个因梦而生情、因情而生死的"断肠"故事;即便有后来的回生定配来完成结局上的所谓圆满,但那出入生死方才得以实现的爱情却自始至终都和强烈的哀戚与悲怆相裹挟。

---

① 见《太平广记》卷二百二十八,中华书局 1961 年版,第 2247—2248 页。相较《太平广记》所记,任半塘《唐声诗》著录的那首《春阳曲》歌辞则略为有些不同:一是其首句作"长安少女踏春阳",二是其末句作"罗衣空换九秋霜"。当然,这样的两处相异,对于我们探寻汤显祖"爱踏春阳"这一设辞的构思意图并不会造成太大偏差。只不过,"踏春阳"与"爱踏春阳"明显更为接近,所以这一种表达所呈现的相关性要更为直观一些。

至于《春阳曲》，任半塘《唐声诗》在考订其"名解"时即称其为"惜春，伤逝"①。就其具体歌辞来看，确实也可说直指"断肠"——"长安少女踏春阳，何处春阳不断肠。舞袖弓弯浑忘却，罗衣空换九秋霜"②。而《春阳曲》这一声诗格调，于唐代可谓风靡一时。任半塘先生在《唐声诗》一书中，就曾据其异辞颇多的现象得出结论——"观于歌辞异文如此之多，可见其歌曲流传之广"③。来至后世，就算作为声诗的《春阳曲》，其声如何已湮没无闻，但其所涉本事，尤其那股自诗句间倾泻而出、难于遮掩的"断肠"凄怨却仍旧在流传的统绪中"可得而闻也"——所以一般情况下，只须言其题名、举其字句，就已足够令观者心生相类之感触。

故此，汤显祖在《牡丹亭》开篇即道"爱踏春阳"，显然意在借助《春阳曲》这一著名声诗格调——以其所包蕴的故事素材及情感内涵，大致勾勒出传奇故事的一个淡淡轮廓——有梦、有诗、有美人，同时也埋伏下一个情绪的基调——揭示出此间姹紫嫣红开遍的春光乃与欢畅全无关涉，反而是遥遥地指向了"断肠"。

相形之下，向被视作《牡丹亭》蓝本的《杜丽娘慕色还魂话本》，其故事的开篇就看不到任何情感的铺垫，杜丽娘后花园游春一事，乃是在一派祥和愉悦之中自然发生的。

忽一日，正值季春三月中，景色融和，乍雨乍晴天气，不寒不冷时光。这小姐带一侍婢，名唤春香，年十岁，同往本府后花园中游赏。④

如此顺理成章，则话本中杜丽娘与春香此番后花园游赏之举也就和一般意义上的踏青游春没有太大的区别，其情绪的发生发展也与一般性的伤春悲秋大体相类。于是我们不难发现，汤显祖《牡丹亭》中意欲塑造的那位"惆怅与伤春"的杜丽娘，拟要构建的那份透着巨大悲怆，"不知所起，一往而深""生者可以死，死可以生"⑤的人间至情，在这一话本当中却是影迹全无的。

---

① 任半塘：《唐声诗》（下编），上海古籍出版社2006年版，第539页。
②③ 同上书，第540页。
④ 《杜丽娘慕色还魂话本》，(明)汤显祖著，徐朔方、杨笑梅校注：《牡丹亭》，第314页。
⑤ 语出《牡丹亭记题词》，徐朔方笺校：《汤显祖诗文集》卷三十三，上海古籍出版社1982年版，第1093页。

所以说,汤显祖《牡丹亭》传奇开篇即特意设下"爱踏春阳"之伏脉,正是他不同于一般俗手,匠心独具的地方。声诗《春阳曲》在《牡丹亭》开头部分的出现,其意义就在于它完成了一个大体相近的情境预设。通过这样一番设定的功夫,可以令观者在甫一进入作品之初,即能够对故事可能的走向、剧中情绪的特质充满各色合理的揣想。同时,这一暗含梦境、遥指断肠的预告,与《牡丹亭》后来故事情节的发展,以及具体人物关系的走向,也自然构成了一套遥相呼应、浓淡相间的笔墨。很显然,自第一出《标目》开始,整部传奇便统摄在一副架构、一种情愁当中——任这故事情节再曲折离奇,人物内心世界再复杂多变,也自可在这精心结撰中摇漾生姿,演出各色盎然之趣。是以,就某种层面上而言,声诗《春阳曲》与《牡丹亭》传奇之间所建立的这样一份关联,正是汤显祖"尚趣"一事的绝佳注脚。

二

另外,声诗《春阳曲》与汤显祖《牡丹亭》之间的关联,不是仅仅存在于传奇开头的昙花一现,也并非仅仅只是"预设情境"这么一端。纵览整本传奇,我们会发现,在第一出《标目》"爱踏春阳"四字而外,还有不少地方存在着与声诗《春阳曲》相关的点滴踪迹。这些点滴踪迹的频频闪现,自然就和开端部分的"爱踏春阳"形成了一个相映成趣的画面。可以说,声诗《春阳曲》在《牡丹亭》一剧中,除却预设情境的功用之外,亦不乏特定元素的穿插与点染。这份穿插点染,主要就体现在"断肠"二字的频繁闪现之上。

如前所引,《春阳曲》歌辞的第二句即"何处春阳不断肠",这是《春阳曲》中最广为人知的一句,同时也是直接指向"断肠"意绪的一句。据此而论,则"断肠"二字显然已成为声诗《春阳曲》最为人熟知的标签之一。是以,《牡丹亭》传奇中不断出现的"断肠"字样,某种程度上,就是在与《春阳曲》,与作者在第一出《标目》中所埋下的情感伏线遥相呼应。

稍做梳理之后，不难发现这样一个事实，《牡丹亭》传奇中所安排设置的"断肠"字样，基本都以女主人公杜丽娘为中心——杜丽娘自己的内心独白，几乎皆可冠之以"断肠"；柳梦梅念及丽娘，也往往以"断肠"呼之；老夫人遭逢丧女之痛，断肠；春香眼见旁观之丽娘，断肠；就连与之相关的上下场诗，也都在极力凸显着所谓"断肠"。是以整本《牡丹亭》，贴着"断肠"标签贯穿终始的人物，杜丽娘一位而已。换句话说，在《牡丹亭》传奇中，与《春阳曲》所指向的情感最为契合，与之构成呼应最多的人物，亦非杜丽娘莫属。

以杜丽娘自身为例，其"断肠"之征可谓斑斑在目。比如，传奇第十出，经历了一番游园惊梦之后，旦角所念的下场诗就为"春望逍遥出画堂，间梅遮柳不胜芳。可知刘阮逢人处，回首东风一断肠"①，道出一梦过后的无尽虚空与怆然。至第二十出《闹殇》，病旦一上场，所唱《鹊桥仙》一曲，最末就有"世间何物似情浓？整一片断魂心痛"②，哀戚满纸，令人难于直视；接下来《尾声》一曲，则又唱道："怕树头树底不到的五更风，和俺小坟边立断肠碑一统"③，亦是哀绝，读之令人倍感痛切。到得第二十三出《冥判》，胡判官一句答语，称"这事情注在断肠簿上"④，则是为杜丽娘所经历的这一切寻到了出处，可见杜丽娘与"断肠"这份命定的渊源。第二十七出《魂游》，魂旦所唱《小桃红》一曲，开篇即云："咱一似断肠人和梦醉初醒"⑤，亦是在应和着"断肠"。至于最能道明杜丽娘心事的那支《江儿水》，"这般花花草草由人恋，生生死死随人愿，便酸酸楚楚无人怨"⑥三句，更可谓将女主人公的满腹凄楚刻画殆尽，这不是断肠又是什么？

再看柳梦梅。第二十四出《拾画》，这位卧病梅花观的书生，在初至后花园游赏时，就径然唱出了"敢断肠人远、伤心事多？待不关情么，恰湖山石畔留著

---

① （明）汤显祖著，徐朔方、杨笑梅校注：《牡丹亭》，第53页。
② 同上书，第98页、101页。
③ 同上书，第103页。
④ 同上书，第125页。
⑤ 同上书，第148页。
⑥ 同上书，第十二出《寻梦》，第62页。

你打磨陀"①这样的词句,既遥遥地指称着当日那位游春断肠的杜丽娘,也让我们看到了二者心灵世界所存有的那份天然契合。第四十四出《急难》,面对担忧父母、心急而泣的杜丽娘,柳梦梅所唱又有"直恁的活擦擦、痛生生,肠断了。比如你在泉路里可心焦"②,足见断肠一事,乃是贯穿了杜丽娘出入生死的整个途程,而柳梦梅的理解与懂得,则是令人分外的动容。到得第四十九出《淮泊》,柳梦梅思及杜丽娘时直接便有"冷落我断肠闺秀"③的指代,由此可知,杜丽娘于柳梦梅心目中所拥有的各种特质里,最突出的一件,莫过"断肠"。

其余人等,像是从来天真顽劣、不谙世事的春香,作者亦借她的眼,让我们看到了"断肠春色在眉弯"④的杜丽娘,借她的口,道出了"赏春香还是你旧罗裙"⑤的痛切。至于甄氏,每思及爱女夭亡,辄呼"割断的肝肠寸寸"⑥,"肝肠痛尽"⑦,"肠断三年"⑧,"哭的我手麻肠寸断"⑨。就连那位平素"执古妆乔"⑩的杜太守,在第二十出《闹殇》的下场诗中,也难掩"一叫一回肠一断"⑪的伤恸异常。甚至此前与杜丽娘并无太多交集的石道姑,在述及其亡故事由时,亦有"欲话因缘恐断肠"⑫的喟叹。可以说,作者将这些皆因杜丽娘而起的"断肠"刻画得如此真切而频密,无疑强化了杜丽娘这一人物身上"断肠"的特性,同时也让"断肠"这样一种情感基调在一部《牡丹亭》里萦绕始终。

很大程度上,这"断肠"二字在杜丽娘身上的不断强化,就是声诗《春阳曲》在汤显祖《牡丹亭》中最为引人瞩目的穿插,同时也是这一穿插所导致的必然结

---

① (明)汤显祖著,徐朔方、杨笑梅校注:《牡丹亭》,第136页。
② 同上书,第225页。
③ 同上书,第251页。
④ (明)汤显祖著,徐朔方、杨笑梅校注:《牡丹亭》,第十四出《写真》,第69页。
⑤ (明)汤显祖著,徐朔方、杨笑梅校注:《牡丹亭》,第二十五出《忆女》,第139页。
⑥⑦ (明)汤显祖著,徐朔方、杨笑梅校注:《牡丹亭》,第二十五出《忆女》,第138页。
⑧⑨ (明)汤显祖著,徐朔方、杨笑梅校注:《牡丹亭》,第四十八出《遇母》,第248页。
⑩ (明)汤显祖著,徐朔方、杨笑梅校注:《牡丹亭》,第四十四出《急难》,第226页。
⑪ (明)汤显祖著,徐朔方、杨笑梅校注:《牡丹亭》,第105页。
⑫ (明)汤显祖著,徐朔方、杨笑梅校注:《牡丹亭》,第二十七出《魂游》,第149页。

果。当然,与《春阳曲》相关的穿插点染,不止"断肠"一端——尚有梦有诗有庄肃之美人,等等。不过,此数事都显得略有些泛泛,不似"春阳——断肠"那样直指声诗本事,是以此处便不复赘言。另外,值得一提的是,汤显祖在《牡丹亭记·题词》当中交代其师法对象时,仅仅只是说"传杜太守事者,仿佛晋武都守李仲文、广州守冯孝将儿女事。予稍为更而演之。至于杜守收拷柳生,亦如汉睢阳王收拷谈生也"①,丝毫未及真真等事,更不用说《春阳曲》种种。很多读者也许会因此生发疑虑,其实,这正是作者的狡狯之处——既有和盘托出的承继关联,也有不予交待的暗地里自行穿插,如此一来,这一副笔墨方才变化多端,影影绰绰,情味盎然。

不妨说,汤显祖在戏曲结构组织上的那份自觉与用力,正是在声诗《春阳曲》于《牡丹亭》传奇中的这份穿插点染上展露无遗。

三

如前所述,声诗《春阳曲》曾于唐代风行一时。这不仅表现在《春阳曲》那众多的歌辞异文之上,甚至就连与《春阳曲》本事相关的一些记载,其文字也称得上大相径庭——有的仍与邢凤相关,有的却干脆已经更换了故事的主体。这其中,有一个新异的变化最值得我们注意,那就是某些故事版本出现了所谓"屏上画妇人",并且增设了由"屏上画妇人"演唱《春阳曲》的环节。

比如,《道藏》第 32 册有《三洞群仙录》一书,其书卷二有"商唱阳春张吟白雪"一题,在涉及"商唱阳春"的部分,《三洞群仙录》引《诗史》称:

  商七七有异术,过润州与客饮,云"某有一艺为欢",即顾屏上画妇人曰:"可歌《阳春曲》。"妇人应声遂歌,其音清亮,似从屏中出。歌曰:"愁见

---

① 徐朔方笺校:《汤显祖诗文集》卷三十三,第 1093 页。

唱《阳春》,令人离肠结。郎去未归家,柳自飘香雪。"如此者十余曲。①

参照任半塘先生《唐声诗》所考,《阳春曲》乃为声诗《春阳曲》的别名,二者均为伤春之声。而《三洞群仙录》中的这一种记载,显然便无关乎邢凤,也无关乎梦境,美人与诗亦不再是重点,重点乃在屏上画妇人唱《阳春》一事。与之相类的,还有段成式《酉阳杂俎·前集》卷十四《诺皋记》所记"元和士子"之事。其文如下:

元和初,有一士人失姓字,因醉卧厅中。及醒,见古屏上妇人等悉于床前踏歌,歌曰:"长安女儿踏春阳,无处春阳不断肠。舞袖弓腰浑忘却,蛾眉空带九秋霜。"其中双鬟者问曰:"如何是弓腰?"歌者笑曰:"汝不见我作弓腰乎?"乃反首,髻及地,腰势如规焉。士人惊惧,因叱之,忽然上屏,亦无其他。②

同样无梦,无邢凤,重点同样也是屏上妇人歌春阳。值得一提的更有,此处所述"屏上画妇人"踏歌的内容正是前文所论及的《春阳曲》歌辞,而且可以看到,此间"屏上画妇人"已经不单单只有发声清唱而已,她们的活动范围甚至已不再为屏所限——不仅可以"悉于床前踏歌",还能够"忽然上屏",全然来去自如。

对于这样一种有着新异之处的《春阳曲》故事,汤显祖显然并不陌生。因为,语涉"屏上画妇人"的相关笔墨,我们一样可以在《牡丹亭》传奇中不期而遇。最显著的例子,莫过于《牡丹亭》第三十出《欢挠》中的那些字句段落。

这一出中,杜丽娘的魂魄为躲过石道姑的搜检,匿在了那一轴美人图之下,她的唱词即有"便开呵须撒和,隔纱窗怎守的到参儿趖!柳郎,则管松了门儿。俺影著这一幅美人图那边躲"③,而石道姑进门之后一无所获,也大感不解,于是

---

① 《道藏》第 32 册,文物出版社、上海书店出版社、天津古籍出版社 1988 年版,第 246 页。
② (唐)段成式辑,方南生点校:《酉阳杂俎》,中华书局 1981 年版,第 136 页。
③ (明)汤显祖著,徐朔方、杨笑梅校注:《牡丹亭》,第 165 页。

便有这么几句念白,称:"分明一个影儿,只这轴美女图在此。古画成精了么。"①接着又立马喝道——"画屏人踏歌,曾许你书生和"②。这三段文辞,前两段显然是意在将杜丽娘与美人图联系起来,顺理成章地建立起画中人能够自由来去的猜测,而"画屏人踏歌"一句,则分明是直接指向了《酉阳杂俎》中关于《春阳曲》的那则故事。所以不妨说,《牡丹亭》第三十出《欢挠》所展现的这些与"屏上画妇人"相关的字句,其实亦是在与开篇那句"爱踏春阳"遥相呼应着。只不过,是换用了另一种类型的故事模板而已。是以,它们所凸显的特质因子便也不复相同。

除此而外,传奇中还有一些不甚分明的印迹,也能令人隐约生发出与"屏上画妇人"相关的联想。比如说,作为剧中与《春阳曲》关系最密之人,杜丽娘在第五出《延师》中的一番自况,就很是耐人寻味。其时,对于自己的容貌,杜丽娘是这等形容的——"添眉翠,摇佩珠,绣屏中生成士女图"③。这一多少令人有些意外的形容方式,除了与传奇后来自写春容的情节构成呼应之外,便似乎也跟记载了"屏上画妇人"环节的《春阳曲》故事存有关涉。

另外,"屏上画妇人"这一要素,显然还和杜丽娘写真、柳梦梅玩真等环节有着不同程度的关联意味存在。这样一来,故事的照应更为细密,而由"屏上画妇人"所引发的穿插与辉映,更可谓妙趣横生。

总之,由"断肠"的穿插,再到"屏上画妇人"的出现,足见声诗《春阳曲》在《牡丹亭》传奇结构之本末中的好一番穿插点染。这一穿插点染的具体存在,或明晰,或闪躲,却无时无刻不让你感觉到剧作家汤显祖在结构组织上勤力经营的那份苦心。作为明代传奇最为杰出的作品,《牡丹亭》的过人之处,除却人物塑造的精彩纷呈,曲辞的灵奇高妙,同样也表现在这结构的浑成自然上。而构建这份浑成自然的,显然就有声诗《春阳曲》的一分力量。

---

①② (明)汤显祖著,徐朔方、杨笑梅校注:《牡丹亭》,第165页。
③ 同上书,第18页。

四

声诗与戏曲,都可称得上是盛极一时的音乐文学,声诗流行于唐代,而戏曲独步于元明。就其发生影响的时间来看,声诗与戏曲之间似乎并不可能存在太多的关联。然而,从《春阳曲》与《牡丹亭》的关系来看,这一关联却又是分明存在的。而且,这一关联并非只为汤显祖《牡丹亭》所独有。

比如《墙头花》,根据任半塘《唐声诗》的考订,这也是一个著名的声诗格调。任半塘先生释其【名解】为"因墙头所见之花,以兴墙内之人"[1];而于【杂考】当中则称:"《墙头花》调名本意,不在布景,而在缘情。三字乃唐人习用情辞,对墙头所见之花,兴起墙内所恋之人。即五代所标'隔墙花'、宋人所咏'出墙花'、元剧所演《墙头马上》——意境一贯,不发不明。"[2]

白仁甫《裴少俊墙头马上》,是元代著名的爱情戏。在杂剧第一折,至洛阳采办花木的裴少俊,偶然间与后花园赏花的李千金四目相投,于是墙头马上,电光火石,成就了一段周身洋溢着喜剧色彩的轰轰烈烈的爱情。在这本杂剧当中,男女主人公的感情就是发生在"是这墙头掷果裙钗,马上摇鞭狂客"[3]乍一相逢的瞬间;而类似"这一堵粉墙儿低,这一带花阴儿密"[4]的隐喻在杂剧中也屡屡可见;就连最后秘密恋情败露,也是跟"夜来两个小使长把墙头上花都折坏了"[5]有关。作者正是以墙头之花,来兴墙内之人,以墙内墙外的那份对峙,成功营造了那份情思的旖旎与氤氲。显然,任半塘先生所称声诗与戏曲"意境一贯"的特性,在这里是能够成立的。

---

[1] 任半塘:《唐声诗》(下编),第81页。
[2] 同上书,第82页。
[3] (元)白仁甫:《裴少俊墙头马上》,王季思主编:《全元戏曲》第一卷,人民文学出版社1990年版,第523页。
[4] 同上书,第519页。
[5] 同上书,第527页。

再看《拜新月》。同样地,这也是一著名的声诗格调,为"唐教坊曲,玄宗开元间人作"①,所歌咏的,一般皆是调名本意,也就是民间拜新月的风俗——"唐之此曲,因民间拜新月之风俗而产生。大都妇孺所为,旨在乞美,乞巧,乞遂人事"②。《唐声诗》下编所录《拜新月》之格调,其歌辞即为:

开帘见新月,便即下阶拜。细语人不闻,北风吹裙带。③

而在元代四大爱情戏中,便有一本关汉卿所作的《闺怨佳人拜月亭》杂剧。这本杂剧就涉及了拜月的习俗。在第三折中,作者描写了一个佳人拜月的具体场景——正旦所饰演的王瑞兰打发了蒋瑞莲,吩咐梅香设下香桌,就开始独自祝祷,烧香拜月——"你靠栏槛临台榭,我准备名香爇。心事悠悠凭谁说?只除向金鼎焚龙麝。与你殷勤参拜遥天月,此意也无别"④。这一独自拜月的场景,就与"细语人不闻"一句所描绘的情境,即有着如出一辙的妙处。这其间,那份凝神的虔诚,那种萦怀的牵挂,都叫人可以透过文字有所领略。此处所表现出来的声诗与戏曲之间的关联,亦是和意境相关,虽然说不上在多大程度上做到了"一贯",但至少是相似,或者说相近的。当然,关汉卿杂剧《拜月亭》的写作,不见得就一定借鉴了声诗《拜新月》,但是《拜新月》作为一流传甚广的声诗格调,其为人熟知的程度,无疑能够使人们更好地感知杂剧所塑造的与拜月风俗相关的种种。

从上述两个例子所展现的关系来看,再结合前文所论《春阳曲》与《牡丹亭》的具体关联,我们不难发现这么一个共性特点:虽然都是某一时段音乐文学的主流,但声诗与戏曲之间所存在的关联性问题,也有脱离音乐发生的可能。比如上述三例,就都是如此。这样的情况,或许大多发生在其中一方音乐背景已不再清晰的情形之下。以上所举声诗三调,于唐代均可谓流行曲,可是唐代以降,其声便渐告湮没。是以来到戏曲占据主流的时段,人们仍然能够有所了解、

---

① ③ 任半塘:《唐声诗》(下编),第 84 页。
② 同上书,第 85 页。
④ (元)关汉卿:《闺怨佳人拜月亭》,王季思主编:《全元戏曲》第一卷,第 437 页。

《春阳曲》与《牡丹亭》

不致全然无闻的,就只有与声诗相关的本事和歌辞本身了。这一状况下,声诗与戏曲关联的建立,更多的自然就会依托于内容本身,同时多数情况亦只作用于内容,与音乐反倒不大相关了。而这种依托于内容的关联,大多指向情境。

综上所述,声诗与戏曲之间确实能够生发出相似的情境关联。因为存在着相似的情境,所以剧作家在创作剧本时,便可以借助于曾经流传甚广的声诗格调,以其本事和歌辞穿插点染,从而取得事半功倍的表达效果。《牡丹亭》与《春阳曲》之间的情境关联,《春阳曲》在《牡丹亭》一剧中的穿插点染,便充分说明了汤显祖在结撰剧本时的良苦用心、眼光独具。"爱踏春阳"四字在传奇开端的出现,某种意味上即不啻一部剧情预告片;之后,声诗《春阳曲》各色特质有如穿花蛱蝶一般的穿梭点缀,则使得整部传奇呈现出组织精工、妙趣无边的显著特质。

需要指出的是,汤显祖善用声诗笔墨来设定情境,结构剧本,并非仅仅见于《牡丹亭》与《春阳曲》之间。《牡丹亭》之外的那四种传奇作品,也时见有诸。比如,在《紫钗记》第三十四出《边愁写意》里,作者就独具匠心地用曲词櫽括了李益那首著名的声诗——《夜上受降城闻笛》,也就是所谓《征人歌》[1]的主要内容。这一举动,分明就是以声诗来进行氛围的渲染、情境的设定——甚至还不厌其烦地连番櫽括,以递进的形式来结构剧情。而借由那些再熟悉不过的字句与画面,剧中男主人公李益戍边时所见的独特景象,所生发的无限乡情,便已溘溇纸上,焕然目前。这样一来,第三十四出《边愁写意》也自然成了《紫钗记》中最富诗情,亦是能够幸免于"语多琐屑,不成篇章"[2]之病的那么一出。这些,都和声诗笔墨在其中的出演密切相关。

简言之,声诗与戏曲之间,基于情境相似而构建的这样一种关联,主要即表现为两方面的努力,一是情境之预设——令读者可以在陌生中遭逢熟悉,同时亦在熟悉中体味陌生,作者自可轻松利用相似情境的重叠与呼应强化需要渲染

---

[1] 任半塘《唐声诗》(下编)于《婆罗门》一调下录是诗,称"李益此辞,一称《征人歌》,取末句辞意。教坊与民间皆取之,一时传唱甚遍",任半塘:《唐声诗》(下编),第441页。

[2] (明)王骥德著,陈多、叶长海注释:《曲律注释》,第307页。

/655/

的特质和效果;二则是线索之穿插——那些点染与呼应或明或暗,富于变化,在其摇漾辉映之下,戏曲的整个结构便自然而然呈现出浑然天成的特质,恰如前人所称,"几与天孙争巧"是也。

最后,众所周知,汤显祖之论戏曲,最为强调的就是"意趣神色"这么四端——以为"凡文以意趣神色为主"[①]。而上文所反复阐发论述的,这一声诗《春阳曲》在《牡丹亭》传奇当中完成的情境预设与各色穿插,无疑便称得上是作者汤显祖对于"意趣神色"这份追求的具体表现。

所以,声诗《春阳曲》与《牡丹亭》传奇之间所构建的这份关联,看上去隐微闪烁,却显然有着不同寻常的深长意蕴——不但深于戏,而且更深于心,深于情,深于趣——正所谓"其中驰荡淫夷,转在笔墨之外耳"[②]。

原载《文化遗产》2014 年第 6 期

[①] 《答吕姜山》,徐朔方笺校:《汤显祖诗文集》卷四十七,第 1337 页。
[②] 《答凌初成》,徐朔方笺校:《汤显祖诗文集》卷四十七,第 1345 页。

中国长篇白话小说起源

徐嘉瑞

一、长篇小说是变文的演变

中国的小说,在宋以前,只有短篇小说,例如唐人的传奇,是短篇小说的典型。但是为什么到了宋代,便产生"平话"这一类的长篇小说呢?这是值得研究的一个问题。

我以为中国的长篇小说,产生在宋代的原因,是受佛曲变文的影响。佛曲变文在唐代已经大量的产生。到了北宋,这一种通俗文学,已经普遍的流行,并且在体裁上,快要分裂成两大体系:第一体系,是直接由佛曲变文演进,成为后来的弹词;第二体系,是由佛曲变文演变,成为后来的长篇小说。今列表于下:

中国小说 { 短篇的文言的——唐代传奇——宋以后的笔记小说属之
           长篇的白话的——宋代平话——长篇小说属之

变文 { 第一系统——韵文为主——弹词、大鼓书、唱本之类属之
       第二系统——散文为主——平话、诗话、词话及长篇小说属之

小说和弹词原来都是一家,是由变文分派出来的,韵文部分发达的是弹词;散文部分发达,韵文部分缩小的是平话、诗话、词话。到了后来,韵文部分缩得太小,只是用骈文或韵文来装饰的,是后来的长篇小说,如《西游记》中的诗和骈文,又如《三国演义》中的"髯翁有诗叹曰"云云。这是韵文部分残存在小说中的化石。

二、变文和长篇小说的关系

梁任公说:"马鸣佛本行,实一首三万余言之长歌。"又说:"近代一二巨制,《水浒》《红楼》之流,其结体运笔,受《华严》《涅槃》之影响者实多。即宋元明以降,杂剧、传奇、弹词等长篇歌曲,亦间接汲佛本行赞等书之流。"(《翻译文学与佛典》)

胡适之说:"《普曜经》《佛所行赞》《佛本行经》,都是伟大的长篇故事,不用说了。其余的经典,也往往带着小说或戏曲的形式,须赖经一类便是小说体的作品,《维摩诘经》《思益梵天所问经》,都是半小说体半戏剧体的作品。这种凭空结构的体裁,都是古中国没有的,与弹词、平话、小说、戏剧都有直接间接的关系。"

鲁迅先生说:"宋一代文人之为志怪,既平实而乏文采,其传奇又多托往事而避近闻。拟古且远不逮,更无独创之可言矣。然在市井间,则别有艺文兴起,即以俚语著书,叙述故事,谓之平话,即今所谓白话小说者是也。然用白话作书者,实不始于宋……敦煌千佛洞之藏经……内有俗文体之故事数种……如《唐太宗入冥记》《孝子董永传》……则在伦敦博物馆……京师图书馆所藏,亦尚有俗文《维摩》《法华》等经,及《释迦八相成道记》《目连入地狱故事》也。"

梁任公说:"《水浒》《红楼》,受《华严》之影响实多。"鲁迅先生把平话和俗文相提并论,虽然他未明说平话和俗文有关系,但我们认为平话是由俗文演变而来的。

鲁迅先生的《小说史略》在叙述到平话的时候,有许多字句是很重要的文献。如《新编五代史平话》,讲史之一,梁唐晋汉周,各以诗起,次入正文,又以诗终"。又云:"一涉细故,便多增饰,状以骈丽,证以诗歌。又杂诨词,以博笑噱。"又叙《京本通俗小说》云:"《碾玉观音》,因欲叙咸安郡王游春,则辄举春词至十余首。"又云:"大抵诗词之外,亦用故实。"又叙宋元之拟话本云:"今尚有《大唐

三藏法师取经记》,及《大宋宣和遗事》,皆首尾与诗相始终。"中间以诗为点缀。(《中国小说史略》)

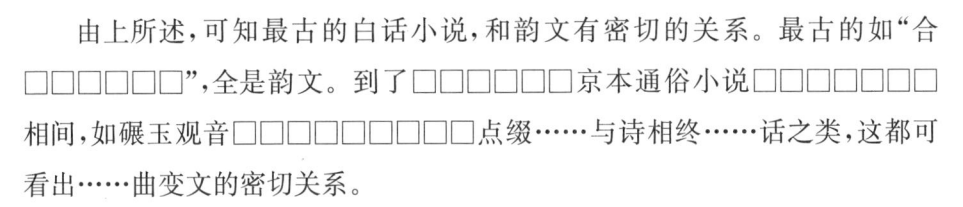

由上所述,可知最古的白话小说,和韵文有密切的关系。最古的如"合□□□□□",全是韵文。到了□□□□□京本通俗小说□□□□□□相间,如碾玉观音□□□□□□□□点缀……与诗相终……话之类,这都可看出……曲变文的密切关系。

由此,我们可以明白小说为什么叫诗话又叫词话了。

郭箴一《中国小说史》说:"《大唐三藏取经诗话》,凡三卷,分九章,今所见小说之分章回的,开始于此。每章末必以诗结,故曰诗话,但与后来章回小说中所引诗句不同。盖本书的诗句,皆吟自书中人物的口中,类于戏曲中的下场诗,并不像章回小说中有诗为证的诗句,与书中人说话无关。"

至于平话二字,不知道他的来历如何?也许因为是变文中的"平诗"和"说话"组织而成,所以叫平话(详见下节)。

三、变文的组织

要说明小说和变文的关系,须要把变文的组织分析清楚,然后把"平话"和"京本通俗小说"的组织拿来加以比较研究,那么两者的关系便可以明白了。现在先把维摩诘经所说变文加以分析如下:

(A)维摩诘变文组织。

《维摩诘所说经变文》(北平图书馆藏 光字九四号)

许国霖《敦煌杂录》

持世卅卌第二(按:卌卌为菩萨之省文)

经云:"时魔波旬,从万二千天女,状帝释鼓乐弦歌,来来旨我所。"

是时也,波旬设计,多排彩女嫔妃,欲恼圣人,剩烈奢化,艳质希奇。魔女一万二千,最异珍珠,千般结果。出尘不易恼他,持世上人,如何得退？……其魔女者，一个个如花菡萏，一人人似玉无殊，身软柔兮新下巫山，貌娉婷兮才离仙洞。尽带桃花之脸，皆分柳叶之眉……或擎乐器，或即或哦，或施窈窕，或即唱歌。休夸越女，莫说曹娥。任伊持世坚心，见了也须退败。大好大好，希哉希哉！如此丽质婵娟，争不妄生动念。……

以上一段是演绎经文而成。经文只有二十一字，而演文有五百四十九字，演绎成二十倍以上的说话。我想小说所以叫演义，叫说话，是由变文中的说白部分产生出来的。又变文的说白部分，是骈散相间。小说中如《西游记》中忽然来上一段骈文加以描写的，也是从变文中的说话部分蜕化来的。

（吟）魔王队杖利天宫，欲恼圣人来下界。

广设香花申供养，更将音乐及弦歌。

清冷空界韵嘈嘈，影乱云中声响亮。

以上一段是由七言诗、二十四句组成，叫作"吟"。小说中有诗即是由变文中的"吟"蜕化而来。小说所以叫诗话，也是起源于此。如《大唐三藏取经诗话》，猴行者因留诗曰（七言四句），三藏法师答诗曰（七言四句），后面一段很长的散文（以上行程遇猴行者处第二）。这和变文很在相似，不过变文的诗很长，而诗话中的诗很短。我们可以假想："韵文部分长，说白部分短的是变文，反之，说白部分长，韵文部分短的是诗话，是小说。"

（韵）波旬是日出天来，乐乱清霄碧落排。

玉女貌如花艳折，仙娥体是月宫开。

妖桃强逞魔菩萨，美美质徒恼圣怀。

鼓乐弦歌千万队，相随捧拥竞徘徊。

夸艳质，逞身才，窕窕如花向日开。

十指纤纤如削玉，双眉隐隐似刀裁。

以上一段叫"韵"，共有四十句，除了前六句是七字外，以下三十四句都是三、三、七、七、七，很像【鹧鸪天】。【鹧鸪天】的上半阕即是一首七言诗，而下半阕是三、三、七、七、七。京本通俗小说《碾玉观音举春词》十余首中有【鹧鸪天】云：

山色晴岚景物佳，暖回烘雁起平沙，东郊渐觉花供眼，南陌依稀草吐芽。堤上柳，未藏鸦，寻芳趁步到山家。陇头几树红梅落，红杏枝头未着花。

这与变文中的三、三、七、七、七的"韵"很接近了。小说之所以叫词话，即是由此而来。

以上是《维摩诘所说经变文》第一段的分析。现在再分析第二段：

(经)云与其眷属，稽首我足，合掌恭敬，及至而修坚法。

时波旬有偈：

(诗)为重修禅向此居，我今时固下云衢。

(以上共七言诗八句)

(白)尔时魔波旬语持世曰：上人修行日久，禅定时多。

(以上一段共一百零八字，是说白部分，即等于小说的说白。)

魔王又偈：

(平诗)暂抛五欲下天来，要礼师兄禅坐台。

(以上共七言诗八句)

《五代史平话》和《武王伐纣书》等，何以叫平话呢？这是值得讨论的问题。我以为"平"字，即是变文中"平诗"，"话"，即是变文中的"白"。平诗只有八句，比较的短，插入说白之中，即等于小说中的七言律诗。

(B) 文殊问疾佛曲组织 1 白，2 断诗，3 白，4 断，5 平侧，6 断，7 白，8 侧，9 断，10 侧吟，11 经平。

断诗多为七字句八句，平侧即是《维摩诘变文》中的"平诗"。"经平"也是变文中的"平诗"。"侧吟"即是变文中的"古吟"。

(C) 欢喜王夫人佛曲组织 1 白(俳句)，2 断(七字句)，3 白，4 断(五言八句)，5 白，6 断(六言八句)，7 断(七言八句)，8 白。

欢喜王夫人佛曲，也是一段说白，一段诗，一段说白，一段诗。和《大唐三藏取经诗话》,很是接近。

(D)《佛本行经变文》之组织。

《佛本行经变文》(北平图书馆)潜字八十号。

开头一部分,散文和韵文相间,而散文部分特多,几乎和小说无异。今分析于下:

(一)"散文"五百六十一字,(二)"诗"四十句,(三)"散文"九十九字,(四)"诗"四句,(五)"散文"二百三十六字,(六)"诗"十二句,(七)"散文"二百四十六字,(八)"诗"四句,(九)"散文"二百五十三字,(十)"诗"四句,(十一)"散文"三百九十九字,(十二)"诗"八句,(十三)"散文"一百七十四字,(十四)"诗"四句(五言),(十五)"散文"一百八十字,(十六)"诗"四句,(十七)"散文"四十七字,(十八)"诗"四十句,(十九)"散文"五百一十七字(阙文尚多不计),(二十)"诗"八句。

以上是《佛本行经变文》的组织,散文特别的多,和小说更为接近。尤其是《京本通俗小说》中散文部分,所夹的诗特别的多,和《佛本行经变文》,相差不远。

(E)《八相成道变文》之组织。

《八相成道变文》云字二十四号

《八相成道变文》乃字九十一号

以上两种,也和《佛本行经》一样散文部分很多,都和小说很近。

《譬喻经变文》衣字三三号

《目莲救母变文》丽字九十五号

《目莲救母变文》霜字八十九号

《目莲救母变文》盈字七十六号

《目莲救母变文》成字九十六号

《父母恩重变文》问字十二号

《太子变文》推字七十九号

以上七种是韵文部分多,散文部分少,是弹词的直系祖先。

《阿弥陀经变文》殷字六十二号

只残存韵文十八句,兹不论。

我们把佛曲变文加以分析,分析的结果,知道变文的本身已经有两种不同的倾向。

(1) 散文部分特别多,韵文部分较少的如《佛本行经变文》等是。

(2) 韵文部分特别多,散文部分较少的如《譬喻经变文》等是。

第一种是小说的远祖。

第二种是弹词的远祖。

现在我们再把《京本通俗小说》的组织详细分析,然后把它拿来和变文做一个比较。

四、《京本通俗小说》的组织

(甲)《拗相公饮恨半山堂》全文不长,但已用诗十四处,骈文说白一处。

(乙)《陈可常端阳仙化》已用诗词十三处,而全文仅五页。

(丙)《崔待诏生死冤家》全文仅有七页而已。用诗词二十二处,骈文说白二处。

(丁)《范鳅儿双镜重圆》用诗甚多。

五、《京本通俗小说》和变文的比较

我们把《拗相公饮恨半山堂》拿来和《佛本行经变文》《维摩诘经变文》一比,可以知道两者之间,没有多大分别。

小说中有七言绝,有七言律,有词,有白,有骈文,有三、三、七、七、七的诗,有【鹧鸪天】。变文中也有七言诗(八句的名平诗),有白,有骈文,有三、三、七、

七、七的诗,很像【鹧鸪天】。而《京本通俗小说》中,如《碾玉观音》中也用【鹧鸪天】,这不是一样吗?

那么小说是由变文演变而成,已经不是假想,而是事实了。中国从汉到唐,从唐到宋,一千多年只有短篇笔记体传奇体的小说。到了宋代,突然产生长篇小说,除了用变文来做他突变的因素外,找不到其他的解释。因此我们想到印度文化对中国的影响实在太大了。第一,由于印度的音乐输入中国,变成小令、大曲、杂剧、院本、诸宫调、北曲等。第二,由于印度的佛曲输入中国,变成后来的弹词、大鼓书、合笙、诗话、词话、平话和长篇小说。今列表于后:

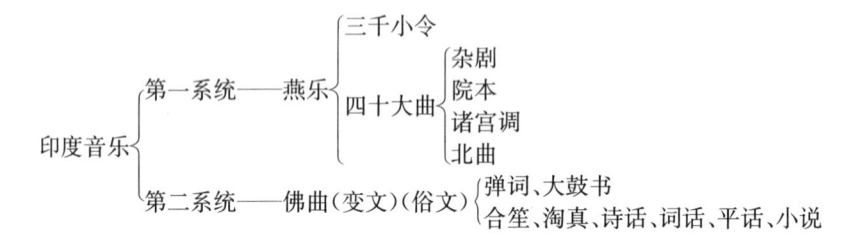

```
              ┌ 三千小令
     ┌第一系统──燕乐┤        ┌杂剧
     │            │        │院本
     │            └四十大曲┤诸宫调
印度音乐┤                    └北曲
     │                       ┌弹词、大鼓书
     └第二系统──佛曲(变文)(俗文)┤
                             └合笙、淘真、诗话、词话、平话、小说
```

六、中国欧洲小说同源印度说

不只中国长篇小说,受印度的影响,欧洲的小说,也有起于东方(印度)之说。

青木正儿在民国三十二年(胜利前二年)出版的《中国文学艺术考》中有一篇"敦煌本佛曲三种"(原本一七一),他的意见如下:敦煌遗书《目莲缘起》《大目乾莲冥间救母变文》及《路魔变押座文》三卷,东北帝国大学教授冈崎文夫在巴黎游学中,就伯希和氏所赍来之敦煌遗书誊写持归,实为重要之新资料。三篇皆以鄙俗之叙事文说出,随处插入七言或六言之鄙俚叙事诗。其体裁以其说近于平话小说,不如说更近于鼓词弹词。

此体与宋元平话小说之类比之,韵文之用法不同,即平话中间,插入韵文,仅为修饰叙述之用。上述佛曲三篇,韵文与散文相对待,分担叙述之一部,占重要之位置。此与后世弹词鼓词极相类似,可想象其为且说且唱也。东北大学居光知教授云:"欧洲物语之起源(按:物语二字,青木正儿在此文中特指弹词鼓词之类,然在欧洲当指小说),由东方来。"所谓东方不知何处?中国最古之物语,如上所述与佛国有关系,其起源想在印度方面,分别传播于欧洲与中国也。(《中国文学艺术考》弘文堂印)

青木正儿谓佛曲变文,比较与弹词鼓词接近,这是对的。因为弹词鼓词,总是佛曲变文的嫡系。但一种文体总有变化,如同是一样的变文,《目莲救母变文》《太子变文》等,韵文的部分很多。而《佛本行经变文》《八相成道变文》等,散文的部分就多。青木正儿根据《目莲缘起》《大目乾莲冥间救母变文》研究,自然接近弹词。若再把《佛本行经变文》加以研究,可以发现变文和平话诗话相接近了。

他又说:"目莲等变文,其内容为宗教的,自不待言。《都城纪胜》'瓦舍众伎'条:'说话有四家……说经谓演说佛书。'不是属于此类吗?"

青木正儿引说话四家中的说经,说明变文的类别,又引居光知的《小说起源于东方》(印度)来说明弹词之类起源于印度,足见他也不能不承认小说和佛曲变文有关系了。何况诗话、词话、平话的名称,都暗示小说是韵文散文相杂,所不同的,只在韵文部分的多少和重要不重要而已。

佛曲变文,影响后来的白话小说。刘大杰先生在《中国文学发展史》中,曾经有许多的发现,今列举于下,以供参证。

(一)《维摩诘经变文》:持也菩萨卷,有一段美丽的骈文。他对这一段骈文加以批评说:"这种热闹华丽的描写,影响中国后代的长篇小说。我们读《水浒传》《金瓶梅》《西游记》的时候,每逢战争风景的场面,或是宫殿美丽的描写,总是突如其来的加入一段争奇斗艳的骈文。我们总觉得这种体裁放在白话小说里,有些奇怪。其实他们是从变文里取法去的。"

(二)这些演述佛事的变文,在民间极为流行,因此有人依其格式,换其内容,将古代的历史故事演述进去,因此非佛教故事的变文,就因之而起了。如

《舜子至孝变文》《列国传》《明妃传》诸篇都是。

（三）变文对于中国文学的影响，有几点重要的事实：

（1）宝卷弹词一类的民间通俗的作品，是变文的嫡派儿孙。

（2）在中国的长篇小说中，时时杂着一些诗词歌赋，或是骈文的叙述，是变文体裁的转用。

（3）中国的戏曲，由于散白兼用，在演剧的艺术上，始得一大进步。这是体裁的形成自然是受变文的启示和影响。由鼓词、清宫调，而至于杂剧，其演进的痕迹，是很显然的。

以上所引刘大杰的见解，很可以作为本篇的印证，所以节录于此。

我的结论是：

1. 佛曲变文，是弹词、鼓书、小说、平话的祖先。

2. 弹词鼓书，是佛曲变文的嫡系子孙。

3. 长篇小说，是佛曲变文的一支，是变文的变体。

4. 长篇小说，是远道源于印度。

原载1948年4月2日武汉《中央日报》

关于水浒二三事

刘尧民

《水浒》这书,它的故事的来源,大家都知道,是由宋元的平话戏剧里面综合修改而成,不完全是由作者的杜撰。但除了大套的本事以外,其他的细节小事,多半都是有来历、有根据的。元明人的小说戏剧,虽是大众化的东西,但它的作者多是学问渊博的人,所以他们每用一事,多半都是有来历、有出处。即如元杂剧《汉宫秋》里有"兔起早迎霜"一语,后人不得其解,改为"草已添黄色早迎霜",据王得臣《麈史》"迁官则为迎霜兔",可知"霜兔"实为宋以来的故实(见王国维《观堂别集》)。这是说戏剧,在小说如《水浒》一书有多少故事,都和唐宋人的笔记小说有关系,可知作者见闻的广博。我在平常读书时有所见,曾随手记入笔记,兹由笔记里面摘出数事,汇成此篇,以作读《水浒》的参考。

一、天 王 堂

林冲发落看守草料场,到天王堂里面和老军交割。又施恩重霸孟州道,武松在天王堂面前试举大石。两处都有天王堂,这却是宋时军营中的制度,不是作者信笔胡诌的。据宋庞元英的《谈薮》说:"今军营中有天王堂,按《僧史》,天宝初,西番寇安西,奏乞援兵,明皇诏不空三藏诵《仁王护国经》,帝见神人带甲荷戈在殿前。不空云:此毗沙门天王第二子独健往救安西也。后安西奏,有神人长丈余,被金甲,鼓角大鸣,蕃寇奔溃。斯须城上天王现形,谨图上进。因敕诸节镇兵在州府,于城西北隅,各立天王形象,佛寺亦利院安置,但不知何时流入军营耳。"大约因为天王显神,帮助军队杀败敌人,所以军营中才建立天王堂乞神默佑,这是《水浒》的纪实。

二、看 佛 牙

海阇黎引诱潘巧云去看佛牙,了其心愿。原来"看佛牙"是有典故的,唐王保定《摭言》记当时进士游燕有九种品名:"燕名有九,一曰大相识,主司有具庆者,二曰次相识,主司有偏侍者,三曰小相识,主司有兄弟者,四曰闻喜敕下宴,五曰樱桃,六曰月橙,七曰牡丹,八曰看佛牙,九曰开宴,最大即离筵也。""看佛牙"为第八种节目。佛牙的来历,按郑綮的《开天传信记》说:"宣律师谓哪吒太子。太子威神,自在西城,有可以作佛事者,愿太子致之。太子曰,某有佛牙,实事虽久,然头目犹舍,敢不奉献。宣传得之,即今崇圣寺佛牙是也。"是看佛牙为唐以来的故事,到宋时还存在。

三、呼 保 义

《水浒》上宋江的绰号叫作"呼保义",人多不晓其义。按:"保义郎"是宋时的一种职官,《宋史·职官志》里属于武阶的有"成忠郎""保义郎""承节郎""承信郎"等类,都是属于武阶中的"小使臣",五年一转,可以至武功大夫。大约因为他的官职卑小,当常被人当作奚落人的称呼,也如清朝时候的武官的"小把总"也是位卑职小,称呼起来都觉得有点寒酸猥琐的意思。按宋庄季裕《鸡肋编》云:"金人南牧,上皇逊位⋯⋯与蔡攸一二近侍⋯⋯小舟东下,人皆莫知。至泗上,徒步至市中买鱼,酬价未谐,估人呼为'保义',上皇顾攸笑曰,这汉毒也。"可知"保义"已成为奚落人之词。《夷坚志》(卷一)有"吴皋保义",吴皋是一个无赖,又有"解俊保义"(卷三十五),都是些无聊之辈。但"保义"是名词,"呼"是动词,宋江的绰号连着这个动词变成一个名词了,这也有来历。宋龚明之《中吴纪闻》云:"宣和初,予在上庠时,有旨,令士人系结带巾,否则以违制论,当时有谑词云,'头巾带,难理会,三千贯赏钱,新行条制。不得向后长垂,胡服相类。法甚严,人甚畏,便缝阔大带,向前面系。称我太学先辈,被人呼保义'。"因为呼为保义,"呼"字常肯连着保义使用,便渐渐连为一名词了。由《中吴纪闻》这段故事,可以仿佛宋时保义郎的服制,隐隐地想象出一位宋江的人物来。

四、李逵二事

"黑旋风"李逵在平话和戏曲中已有其人,但平话中只有人名而没有事实,戏曲中的李逵和《水浒》里的李逵个性不同。以外在《三朝北盟会编》中也有李逵其人,不知是《水浒》中的李逵不是?《北盟会编》一百三十五卷:"金人犯明州,张俊命王进、党用、邱横以兵迎敌,用与横皆被杀(这位王进似乎就是《水浒》上的王进,因为也是延安人。"王进者,延安人,少为军卒,是役也身先士卒,独立奇功,骤加正使,赐金带俊,拔用为将")。"当时有"散军头领"李逵、吴顺两人参加作战,所谓"散军头领"大概就是"招安"的"土匪头子",后来是降金了,他的行动也和《水浒》上的李逵不合。

《水浒》上的李逵,最精彩的两幕喜剧是"真假李逵"和"独劈罗真人",我发现他的蓝本都是出于《夷坚志》,我们且把他摘录出来。

《夷坚志》卷十七"朱四客"条:

> 婺民朱四客,有女为吴居甫侍妾,每岁必往视,常以一仆自随。因往襄阳,过九江境山岭下,逢一盗,躯干甚伟,持长枪,此朱使任而发其箧。朱有健勇,有智,因乘间自后引足蹴之,坠于崖下。朱遂投宿一媪家,曰其事;媪愕然和有所失。将就枕,所谓盗者跛曳从外来,发声长叹曰:"我今日出去,却输了便宜,反遭一客困辱。"欲细述所以,媪摇手止之曰,莫要说,他正在

此宿，乃具饭饷厥夫，且将甘心也。朱大惧，割壁而窜，与仆屏伏草间。盗束火求宿，至二更弗得，夫妇追蹑于前途十数里。朱度其去已远，遽出，焚所居之屋。未几，盗归，仓黄运水救火，不暇复访，朱遂尔得脱。

这段故事的发展，完全像《水浒》的真假李逵一样，不过《水浒》上把李鬼假冒李逵，后来李逵把李鬼杀了，只是这两点不同。

《夷坚志》卷二十"陈靖宝"条：

绍熙甲子岁，河南邳徐间，多有妖民，以左道惑众，而陈靖宝者为之魁杰，官立赏格捕之甚峻。下邳樵夫蔡五，采薪于野，劳悴饥困，衣食不能自给，尝叹喟于道曰："使我捉得陈靖宝，有官有钱，便做得一个快活汉，如今存济不得，奈何！"念弗已。逢一白衣人荷担，上系苇席，从后呼曰："蔡五，汝识彼人否？"答曰不识。白衣曰："汝不识，如何捉得他，我却识之，又知在一处，恨独力不能胜耳。"蔡大惊，释担以问。白衣取苇席铺于破垣之侧，促坐共议所以蹑捕。斯须起，便于路东，回顾蔡，厉声一喝，蔡为席载起，胜入云霄，遡空而飞，直去八百里，堕于益都府廷下。府帅震骇，疑为巨妖，命武士执缚，荷械狱犴，穷诘所由。蔡不知置词，但言正在下邳村下砍柴，不觉身已忽然飞来，实是枉苦。府移文下邳，即其居访逮邻左。验为平民，始获免。靖宝竟亡命，疑白衣者是其人云。

这即是《水浒》里黑旋风李逵被罗真人用手帕把他卷上空中，跌下蓟州府衙屋脊滚下来的故事的蓝本。《水浒》作者对于《夷坚志》的这段故事的取裁，只取中间的这一节，不像"朱四客"的全段取用。这也像一位善于取材现实的作家，他对于现实的题材，或取它的全段，或取它的头或尾，或内中的一小段，这要在作者有灵活的权衡，到笨伯的手里，便完全地依样画葫芦，那就要大大的失败。

原载《云南论坛》1948年4月第1卷第4期

《水浒传》中所反映的庄园和矛盾

李 埏

引 言

伟大的现实主义的文学杰作是可以当作历史名著让我们学到很多东西的。恩格斯在其致哈克纳斯的信中[①],举巴尔扎克的《人间喜剧》为例说道：

> ……在他的"人间喜剧"里,给予了我们一部法国"社会"的卓越的现实主义的历史,他用编年史的方式,从一八一六年到一八四八年,一年一年地描写日益得势的资产阶级对于贵族社会的日甚一日的压迫……他描写贵妇人……怎样让位给那些为着金钱或衣饰而嫁人的资产阶级妇女。在这个中心图画的四周,他安置了法国社会的全部历史,从这个历史里,甚至在经济的细节上（例如法国大革命后不动产和私有财产之重新分配）,我所学到的东西也比从当时所有专门历史家、经济学家和统计学家的全部著作合拢起来所学到的还要多……

这一段宝贵的名言给我们很大的启发,使我们能用更广阔的眼界去欣赏一切伟大的文艺著作。像我国的《水浒传》——这样一部珍贵的文学遗产,可以说在一定程度上也是给予了我们一部宋代社会的"卓越的现实主义的历史"。并

---

① 见《马克思、恩格斯、列宁、斯大林论文艺》,人民文学出版社1953年版,第18—22页。

且可以说,从这个历史里,甚至在经济细节上,我们所学到的东西也比从当时所有专门历史家的全部著作合拢起来所学到的还要多。试看,从高踞庙堂的帝王将相,以至于引车卖浆的役夫走卒;从车马填溢的繁华都市,以至于人踪罕见的古渡荒村;一切骄奢淫佚、作奸犯科,以及被侮辱与损害的人们,一切打家劫舍、劫夺法场和千军万马、斩将搴旗的种种反抗斗争……都栩栩如生地跃然纸上,而且把当时社会生活的各个侧面,有机地互相联系着,历历如绘地呈现于我们的眼底。这真是一部卓越的现实主义的作品,同时也是一部卓越的现实主义的历史!有一位文学史家曾这样说:"《水浒传》决不是少数人的生活的历史,也不是佳人才子的爱情的表现,它所表现的范围最为广大,时代最为长久,在中国许多长篇小说里,再没有其他一部,能具有这种特色。"①这话是一点也不错的。

当然,《水浒传》中所描写的并非真人实事。然而由于它的高度的现实主义成就,它逼真地给我们提供了剖视当时社会的最好标本。它描写存在于当时社会上的许多社会力量及其相互间的种种矛盾和斗争。我们可以从它里边,了解当时社会经济发展的状况以及人们的思想意识等。但是,其中最根本的一个问题乃是庄园的问题。本文作者认为,只有从这个问题出发,才能了解"水浒传"的主题。

什么是"水浒传"的主题呢?许多人都一致指出,是农民起义斗争。这当然是正确的。可是问题还不这样简单,只要问一问"水浒传"里有那么多的庄园,每个庄园都有庄主、庄客和庄户;毫无疑问,庄主是地主,而庄客、庄户则是受庄主剥削和统治的农民;那么,为什么没有一个庄园的庄客、庄户起而反抗他们的庄主?相反,却总是和庄主一道反抗来自庄园以外的敌人?在梁山泊的好汉们中,不少就是庄主出身的人物,那是什么缘故呢?对于这类的问题,假如不把《水浒传》所反映的各种社会力量当作一个有机整体来全面加以观察,假如不把对《水浒传》本身的分析和它所反映的时代结合起来研究,那就很难理解,从而

---

① 刘大杰:《中国文学发展史》下。

就会使《水浒传》是描写农民起义斗争的这一结论,不易令人心折。反之,假如我们能够这样地进行观察和研究,那么,我们便可以理解上述的疑问,便可以更深刻地领略《水浒传》的艺术的真实性,向它学到很多东西,而且借它之助,进而通读那时的历史纪录。当然,这是一个艰巨的研究工作。本文作者虽有志于此久矣,可是直到而今,尚未能跨过开蒙的阶段;因之,他所悬的目标和他所做的实际努力,在这篇初步探索的文章中,会表现出多么辽阔的距离,那是很自然的事情。

可是,"不积跬步,无以至千里",还是让我们从《水浒传》里庄园的分析,开始我们的工作吧。

上篇 《水浒传》里的庄园

在开始进行分析之前,应该说明两点:

第一,本文作者无缘得睹《水浒传》的任何珍奇古本,即近代石印铅印的,所见也极为有限。本文概以人民文学出版社 1954 年出版的《水浒全传》为依据。以下或省称《水浒》,或省称《全传》,以及注中所举回数,都是指的这一版本。

第二,关于《水浒传》何时成书的问题,说者纷纭。本文作者从某些文学史家之说,认为《全传》120 回中,第 82 回以上和第 111 回以下两部分成书较早,可以反映宋代的社会;第 83 回至第 110 回部分显系后成,未便引以为据。因此,本文所论仅限于前两部分。

1. 庄园的普遍存在

《水浒传》所反映的世界,可以说,是一个庄园的世界,故事中首先引人注目的是庄园的大量存在。举其名计有:

1) 史家庄 ·· 第 2、3 回
2) 赵家庄 ·· 第 4 回
3) 桃花庄 ·· 第 5 回

4) 柴进庄 ……………………………………… 第 9、10、11、12 回
5) 晁家庄 ………………………………………………… 第 14、18 回
6) 宋家庄 …………………………………………… 第 18、22、36、118 回
7) 张太公庄 …………………………………………………… 第 32 回
8) 穆家庄 ……………………………………………………… 第 37 回
9) 公孙胜庄 …………………………………………………… 第 42 回
10) 曹太公庄 ………………………………………………… 第 43 回
11) 祝家庄 …………………………………………………… 第 46—48 回
12) 李家庄 …………………………………………………… 第 47、48 回
13) 扈家庄 ……………………………………………………… 第 47 回
14) 毛太公庄 ………………………………………………… 第 49 回
15) 孔太公庄 ………………………………………………… 第 32、57 回
16) 曾家庄[①] ………………………………………………… 第 68 回
17) 刘太公庄 ………………………………………………… 第 73 回
18) 狄太公庄 ………………………………………………… 第 73 回
19) 陈将仕庄 ………………………………………………… 第 111 回
20) 榆柳庄 …………………………………………………… 第 113、119 回

单就以上所录,已足见庄园为数的繁夥了。在总共 92 回的书中,这 20 个有名可指的庄园即已出现 34 回次,占回数 37％。但这还不足尽庄园的全部。从以下几点看来,庄园的数量远比上面的统计和比例多得多。

第一,传中所反映的社会,有都会(如东京),有城市(如江州、沧州),有镇寨(如清风镇),有村落(如石碣村),以及其他等。其中以"强人"所占据的山林和我们所讨论的庄园占最大的比重。所谓占最大的比重是这样的意思:一方面,

---

[①] 曾头市主曾长官,传中未明言其有庄园,但据其有庄客一事,可推知是一个庄主。第 1154 页云:宋江进军曾头市,"曾头市探事人探知备细,报入寨中。……曾长官便差庄客人等,将了锄头铁锹,去村口掘下十数处陷坑。……"

它们的数量很多,不用说大大超过都会和城市,而且也超过镇寨和村落;另一方面,它们在故事中的地位和作用居于首要位置;许多故事都以它们为中心而展开;它们成为最重要的背景,如柴进的庄园、晁盖的庄园、史进的庄园……都是显著的例子。

其次,从传中所描绘的整个图景看去,庄园占最广大的空间。自东徂西、自南至北,几乎无处不有庄园,而且像数不完的疏星似的,一个个散布在广漠的原野和崎岖的山间。例如王进子母,"在路上不觉错过了宿头。走了这一晚,不遇着一处村坊,那里去投宿是好。正没理会处,只见远远地林子里闪出一道灯光来。……当时转入林子里来看时,却是一所大庄院"(第2回)。又如桃花庄刘太公不情愿招赘小霸王周通,用鲁智深计,把女儿藏了,智深"问道:'太公,你的女儿躲过了不曾?'太公道:'老汉已把女儿寄送在邻舍庄里去了。'"(第5回),又如李逵在沂岭杀了四虎,"众人扛抬下岭,就邀李逵同去请赏。一面先使人报知里正上户,都来迎接着。抬到一个大户人家,唤做曹太公庄上"(第43回),又如祝家庄"西边是扈家庄,东边是李家庄"(第47回),诸如此类的描绘,给人这么一种印象,就是——处处都是庄园。

又其次,从传中对庄园的描写方式,也可看出庄园是当时最普遍而习见的。通观全书,我们可以替它抽象出这么一条体例来,就是,传中凡对平常多见的事物,总是用一段骈语,做千篇一律的叙述。例如,对于两军对阵时双方阵容的描写,对于敌对双方战将仪容的描写,对于山川形势的描写……都是。对于庄园的描写也是如此(详下)。这说明庄园是当时一种普遍存在的、极为平常的东西。

最后,假如我们把《水浒传》当作一个整个的故事看,那么,它的发生、发展和结束都未曾离开了庄园。如以"王教头私走延安府"作为开端吧,史家庄便是故事展开的中心;若以"吴用智取生辰纲"才是故事的真正开始,则晁家庄便是一切事情围绕着发生的源地。以梁山泊为中心的那股反抗斗争力量,就是在这样的源地聚集起来的。在故事发展的过程中,柴进等庄园成了不可缺少的环节;而故事的顶点,如是梁山泊和祝家庄的战争,到故事结束的时候,传中又写了庄园。它说:主人公宋江和他的弟弟宋清,"在马上衣锦还乡,回归故里。……自来到山东郓城县宋家村,乡中故旧,父老亲戚,都来迎接。宋江回到庄上……家眷庄客,都来拜见宋江。庄院田产家私什物……亦如旧时。……宋江将庄院交割与次弟,宋清虽受官爵,只在乡中务农,奉祀宗亲香火"(第119回)。这样,梁山泊的那样一股反抗斗争力量,便最后消失于庄园里,而宋江于是不得不成为宋廷上一个无足轻重的"匹夫",被奸臣轻而易举地将他谋害了。可以说:在整个故事中,庄园像一根红线似的,从始至终地贯穿着。

综合以上几点看来,传中庄园的普遍性是显而易见的。我们说,那是一个庄园的世界,似乎并不为过。

2. 庄园的景象和规模

现在我们来看看庄园的样儿吧。

(1) 史家庄。王进子母"转入林子里来看时,却是一所大庄院,一周遭都是土墙,墙外却有二三百株大柳树。看那庄院,但见:

前通官道,后靠溪冈。一周遭杨柳绿阴浓,四下里乔松青似染。草堂高起,尽按五运山庄,亭馆低轩,直造倚山临水。转屋角牛羊满地,打麦场鹅鸭成群。田园广野,负佣庄客有千人。家眷轩昂,女使儿童难计数。正是:家有余粮鸡犬饱,户多书籍子孙贤。"——(第2回)。

(2) 穆家庄。宋江发配江州,和两个公人,到了揭阳镇,不得投宿,只好继续赶路,"三个人当时落路来,行不到二里多路;林子背后,闪出一座大庄院来。宋江看那庄院时,但见:

前临村坞,后倚高冈。数行杨柳绿含烟,百顷桑麻青带雨。高陇上牛羊成阵,芳塘中鹅鸭成群。正是:家有稻粱鸡犬饱,架多书籍子孙贤。"——(第37回)。

(3) 柴进西庄。林冲"过得桥来,一条平坦大路,早望见绿柳阴中,显出那座庄院。四下一周遭一条阔河,两岸边都是垂杨大柳。树阴中一遭粉墙。转湾来到庄前看时,好个大庄院。但见:

门迎黄道,山接青龙,万株桃绽武陵溪,千树花开金谷苑。聚贤堂上,四时有不谢奇花;百卉厅前,八节赛长春佳景。堂悬敕额金牌,家有誓书铁券。朱甍碧瓦,掩映着九级高堂,画栋雕梁,真乃三微精舍。仗义疏财欺卓茂,招贤纳士胜田文。"——(第9回)。

(4) 柴进东庄。宋江弟兄投奔柴进,柴进时在东庄,"庄客慌忙便领了宋江、宋清,径投东庄来。没三个时辰,早来到东庄,宋江看时,端的好一座庄院,十分幽雅。但见:

门迎阔港,后倚高峰。数千株槐柳疏林,三五处招贤客馆。深院内牛羊骡马,芳塘中凫鸭鸡鹅①。仙鹤庭前戏跃,文禽院内优游。疏财仗义,人间今见孟尝君。济困扶倾,赛过当时孙武子。正是:家有余粮鸡犬饱,户无差役子孙贤。"——(第22回)。

(5) 李家庄。"杜兴便引杨雄、石秀来到李家庄上。杨雄看时,真个好大庄院。外面周回一遭阔港粉墙,傍岸有数百株合抱不交的大柳树。门外一座吊桥,接着庄门。入得门,来到厅前,两边有二十余座枪架,明晃晃的都插满军器。"——(第47回)。

(6) 祝家庄。这是最大的一个庄园。杨雄、石秀、时迁投宿祝家店,店小二对石秀说道:

"前面那座高山,便唤做独龙冈山。山前有一座另巍巍冈子,便唤做独龙冈。上面便是主人家住宅。这里方圆三百里,却唤做祝家庄。"——(第46回)。

后来杨雄、石秀跟李应去祝家庄索取时迁,来到独龙冈前,作者道:

"原来祝家庄又盖得好,占着这座独龙山冈,四下一遭阔港。那庄正造在冈上。有三座城墙,都是顽石垒砌的,约高二丈。前后两座庄门,两条吊桥。墙里四边,都盖窝铺。"——(第47回)。

梁山泊和祝家庄的战争爆发后,宋江亲自做先锋,"于路着人探路,直到独

---

① 《全传》校勘云:"全传本、芥子园本作'转屋角牛羊满地,打麦场鹅鸭成群'。"

龙冈前"。宋江勒马看那祝家庄时,果然雄壮。古人有篇诗赞,便见那祝家庄气象。但见:

独龙山前独龙冈,独龙冈上祝家庄,绕冈一带长流水,周遭环匝皆垂杨。墙内森森罗剑戟,门前密密排刀枪。飘扬旗帜惊鸟雀,纷纭矛盾生光芒。强弓硬弩当要路,灰瓶炮石护垣墙。对敌尽皆雄壮士,当锋都是少年郎。……"

"宋江转过独龙冈后面来。看那祝家庄时,后面都是铜墙铁壁,把得严整。"——(第48回)。

这是一个中世纪碉堡的典型形象。看样儿,在这个碉堡的四周,在方圆三百里的范围内,还有着不止一个的村落:祝家店所在地是一个,钟离老人所在的又是一个,传里写道:

且说石秀挑着柴担先入去。行不到二十来里,只见路径曲折多杂,四下里湾环相似,村落丛密,难认路头。……石秀又挑了柴,只顾望大路走。

见前面一村人家,数处酒店、肉店。石秀挑着柴,便望酒店门前歇了。……

石秀在这里遇见了钟离老人。"老人道:'……我说与你:俺这里唤做祝家庄,村冈上便是祝朝奉衙……'"——(第46回)。

可见这个庄园的规模非常广大,简直像是一个小小的王国。当然,这样的庄园是不多的,最多的是史家庄、穆家庄、孔家庄[1]那样规模的庄园。

庄院的内部,传中没有细致的描写。综合在各庄院中所见,一般都有草堂、后园、打麦场;有的还有书院、西轩、客房;有的有中堂后堂之分,有的有前院后院之别;有的有阁儿、亭子,有的有小房,门房;像祝家庄那样的大庄院,里面还有特设的监房。何心先生所著《水浒研究》一书,对这些都有分类的记述,可以参看。

在庄院内部,除庄主外,还有他所役属的庄客;在外部,则聚居着庄户。通

---

[1] 第32回,第496—497页:孔亮们提了武行者回庄,"转过侧首墙边一所大庄院,两下都是高墙粉壁,垂柳乔松,围绕着庄院"。情景类似。

常情况是,一个庄园就是一个村落,如史家庄、穆家庄、宋家庄,等等。史家庄有三四百庄户,三四十个庄客(第 2 回),大概是一般的规模。祝家庄特别大,店小二说它"方圆三百里",钟离老人说它"有一二万人家"(第 47 回),杜兴说它"有一二千了得的庄客"(第 47 回)。传中庄园的景象和规模大致如此。

3. 庄园内部的生产关系

一个庄园的组成者主要是这样的三种人:(1)庄主;(2)庄客;(3)庄户。这三种人以外,有的庄园有"主管",如晁盖庄(第 14 回)、柴进庄(第 22 回)、李应庄(第 47 回);有的庄园有"门馆先生",如李应庄(第 47 回);有的庄园有"针工",如柴进庄(第 23 回);但都不必备。因此,我们现在分析庄园内部的生产关系只论述前三者之间的关系。

先说庄主。

庄主,如名所示,是一庄之主。综合传中对各个庄主的描述,可以看出他们具有这样的特点:第一,他们都是地主;占有土地,并剥削庄客等人。正如骈语中所说的,他们一方面是"田园广野",另一方面拥有"负佣庄客"。庄客之外,受他们剥削统治的还有庄户和佃户。庄户不一定有土地的租佃关系,佃户则是佃种庄主土地的农民(均详下)。第二,在户等上,庄主是负担职役的上户。如晁盖,传说"原来那东溪村保正,姓晁名盖,祖是本县本乡富户"(第 14 回);当生辰纲事发,何观察到郓城县捉拿晁盖等人时,宋江敷衍他道:"晁盖那厮,奸顽役户……"(第 18 回)上户才能充保正,保正是一种职役,所以说是役户。又如宋江,当郓城县知县要捉拿他时,对朱同、雷横说:"你等可多带人,去宋家村宋大户庄上,搜捉犯人宋江来。"(第 22 回)而宋江所任的"押司"本来也是一种职役。史家庄史太公在华阴县当"里正"(第 2 回);史太公死后,史大郎仍继续当下去,所以当和陈达见阵时,他说:"我家见当里正,正要来捉拿你这伙贼。"(第 2 回)此外如李逵在沂岭杀了四虎,"众人扛抬下岭,就邀李逵同去请赏。一面先使人报知里正上户"(第 43 回)。后来,他和燕青闹了东京,来到荆门镇刘太公庄时,对燕青说:"这大户人家,却不强似客店多少!"(第 73 回)诸如此类,都说明庄主的身分是服职役的上户,是当时的庶人地主。《全传》中,只有柴进、祝朝奉等是例外。第三,特别值得注意的是,每一庄只有一个庄主。这是庄园之所以为庄园,异于一般村落的一个重要特征。

其次,说庄客。

每个庄园都有庄客。其数自数十、数百以至数千不等(如史家庄、赵家庄、毛太公庄……有庄客数十;扈家庄、李应庄有数百;祝家庄有一二千)。他们直接役属于庄主,为庄主服各种劳役。试举史家庄为例:

"……王教头来到〔史家〕庄前,敲门多时,只见一个庄客出来。王进放下担儿,与他施礼,〔说了来意〕……庄客道:'既是如此,且等一等,待我去问太公去……'……庄客入去多时,出来说道:'庄主太公,教你两个入来。'王进……随庄客到里面……子母两个直到草堂上来见太公。……太公道:'……你母子二位,敢未打火?'叫庄客安排饭来。没多时,就厅上放开条桌子,庄客托出一桶盘,四样菜蔬,一盘牛肉,铺放桌上。……二人吃了。……王进告道:'小人母亲骑的头口,相烦寄养……'太公道:'这个亦不妨。我家也有头口骡马。教庄客牵去后槽,一发喂养,草料亦不用忧心。'王进谢了,挑那担儿,到客房里来。庄客点上灯火,一面提汤来洗了脚。太公自回里面去了。王进子母二人,谢了庄客,掩上房门,收拾休息。次日,〔王进母亲心疼病发〕……太公道:'……我有个医心疼的方,叫庄客去县里撮药来,与你母亲吃……'王进谢了。……

"〔史进既拜王进为师〕太公大喜,……叫庄客杀一个羊,安排了酒食果品之类,就请王进的母亲一同赴席。……留住王教头子母二人在庄上。……

"不觉荏苒光阴,早过半年之上。〔王进〕相辞,要上延安府去。……史进并太公苦留不住,只得安排一个筵席送行。……次日,王进收拾了担儿……望延安府路途进发。史进叫庄客挑了担儿,亲送十里之程。……

"〔史进听得少华山来了一伙强人〕,便叫庄客拣两头肥水牛来杀了,庄内自有造下的好酒,先烧了一陌顺溜纸,便叫庄客去请这当村里三四百史家庄户,都到家中草堂上,序齿坐下。教庄客一面把盏劝酒。史进对众人说道:'……倘若那厮们来时,各家准备。……递相救护,共保村坊。……'众人道:'我等村农,只靠大郎做主。梆子响时,谁敢不来。'……

"且说史进正在庄内整制刀马,只见庄客报知此事〔陈达来打史家庄〕。史进听得,就庄上敲起梆子来。那庄前庄后,庄东庄西三四百史家庄户,听得响梆子,都拖枪拽棒,聚起三四百人,一齐都到史家庄上。……庄客牵过那匹火炭赤马,史进上了马,绰了刀,前面摆着三四十壮健的庄客,后面列着八九十村蠢的乡夫,各史家庄户,都跟在后头,一齐呐喊,直到村北路口摆开。……

"〔史进擒了陈达,又将他放了,朱武等一再备礼物为谢〕,史进寻思道:'也难得这三个敬重我!我也备些礼物回奉他。'次日,叫庄客寻个裁缝,自去县里买了三匹红锦,裁成三领锦袄子,又拣肥羊煮了三个,将大盒盛了。委两个庄客去送。史进庄上有个为头的庄客王四。……史进教他同一个得力庄客,挑了盒担,直送到山下。……荏苒光阴,时遇八月中秋到来。史进要和三人说话。约至十五夜来庄上赏月饮酒。先使庄客王四赍一封请书,直去少华山上请朱武、陈达、杨春来庄上赴席。……不觉中秋节至。……三个头领……径来到史家庄上,史进接着……便叫庄客把前后庄门拴了,一面饮酒。庄内庄客轮流把盏,一边割羊劝酒。……

"〔正饮酒间,华阴县尉〕引着两个都头,带着三四百士兵,围住庄院。……庄里史进和三个头领,全身披挂,……庄客各自打拴了包裹。……呐声喊,杀将出来。……史进引着一行人,且杀且走,……都到少华山上寨内坐下……史进住了几日,定要去〔寻王进〕。朱武等苦留不住。史进带去的庄客,都留在山寨,只自收拾了些少碎银两,打拴一个包裹。……辞别朱武等三人。

"众多小喽啰都送下山来。朱武等洒泪而别……"(第2—3回)

根据上面节录的史家庄的故事看来,庄客为庄主所服的劳役是十分繁琐的。把这些繁琐的劳役大致加以类别,可得这么样的两种:一种是供庄主家内役使,如开门、安排饭食、托盘看菜、杀羊杀牛,以至撮药、挑担……几乎里里外外,无一事不是庄客在那里做。见于其他章回中的,还有抬轿子(第5回)、看米囤(第10、23回)、看船只(第37回)……之类,不必一一枚举。另一种是构成庄主武装力量的中坚,这不独史家庄为然,其他各庄也完全同样。如孔家庄:

武松打了孔亮,吃得大醉"只见远远地那个吃打的汉子,换了一身服,手里提着一条朴刀,背后引着三二十个庄客,都是有名的汉子。怎见的?正是叫做:

长王三,矮李四,急三千,慢八万,

笆上粪,屎里蛆,米中虫,饭内屁,

鸟上刺,沙小生,木伴哥,牛筋等。

这一二十个,尽是为头的庄客。余者皆是村中捣子。都拖枪拽棒,跟着那个大汉吹风胡哨来寻武松。……"(第32回)

又如陈将士庄:

宋江征方腊,燕青"问到陈将士庄前。见其家门首二三十庄客,都整整齐齐,一般打扮。但见:

攒竹笠子,上铺着一把黑缨。细绒衲袄,腰系着八尺红绢,牛膀鞋登山似箭,獐皮袜护脚如绵。人人都带雁翎刀,个个尽提鸦嘴挪。"(第111回)

又如晁盖庄:

朱同、雷横等去捉拿晁盖,"朱同道:'……倘或一齐杀出来,又有庄客协助,却如何抵敌他?'……"(第18回)

至若在祝家庄故事中所见的:祝家庄有"一二千了得的庄客";李应庄有"三百悍勇的庄客";扈家庄有"三五百庄客";更足见庄客之为庄主武装。

除以上两种劳役外,应该还有从事耕种生产的劳役,这由大多数庄主都是"庄农",以及庄院生活的环境可以想见。但是由于《水浒》故事主要是描写阶级斗争,特别是武装斗争,所以很少叙及。

特别引人注意的是庄主和庄客的关系。这种关系,从上面的引证看来,是剥削和被剥削、统治和被统治的矛盾关系。但是在《全传》中的任何庄园里,却完全看不出有矛盾激化的情形。相反,庄客总是跟庄主站在一边,维护庄主的利益,可以说没有例外。如刘唐既见晁盖,在晁盖庄上后轩,将告以劫取生辰纲的消息时说:"这里别无外人,方可倾心吐胆对哥哥说。"晁盖道:"这里都是我心腹人,但说不妨。"(第14回)后来,劫生辰纲事发,许多庄客都和晁盖逃往石碣村去了,有两个不曾跟去的,被郓城知县拿去,"当厅勘问时,那庄客初时抵赖,吃打不过",才招了出来(第18回),可见晁盖的庄客是和他站在一边,维护他的利益的。又如李逵打死了殷天锡,柴进向知府高廉诳称:"被庄客李大救护,一时行凶打死。"高廉道:"他是个庄客,不得你言语,如何敢打死人?你又故纵他走了。……"柴进叫道:"庄客李大救主,误打死人,非干我事……"(第52回)这也可见庄客和庄主总是站在一边,所以柴进才用这话来欺骗高廉。而且不仅晁盖、柴进的庄客是如此,就是反面人物如曹太公、毛太公的庄客也并不无不同。这是什么缘故呢?为什么庄客和庄主之间的矛盾关系呈现这样一种状态呢?对于这一问题,单求之于《水浒传》而不联系到社会背景,是难得到充分的解答的。这里姑不论列,留待下篇再述。

最后,略说一说庄户。

庄户是庄园中的农业生产者,占庄园人户的大多数,如史家庄,庄主只史进家一户,庄客也只数十,而庄户有三四百家之多。又如祝家庄,庄主只祝朝奉家一户,庄客一二千,庄户则达一二万家。这些庄户,看来和庄主不完全有经济上的剥削与被剥削的关系,如祝家庄,虽有一二万家庄户,但佃户却少得多。店小二对石秀说道:"这里……庄前庄后,有五七百人家,都是佃户。"(第46回)当然,不能把小说中的数字当作统计材料来看待,不过就此可知,庄户不一定全是佃户。但是,庄主和庄户之间存在一种统属的关系却是很明显的。如上引史家庄户对史大郎说:"我等村农,只靠大郎做主,梆子响时,谁敢不来。……"祝家店店小二对石秀说:"我这主人,法度不轻。"(第 46 回)从钟离老人和石秀的对话中,可知祝家庄一二万庄户,都听庄上行下来的号令(第 47 回)。他如晁盖,"疏财仗义","独霸在那村坊";穆弘弟兄,"杀人放火",成为"揭阳镇上一霸"……都对他们的村庄具有支配的权力,和庄户有一种统属的关系。不过,这种关系远不如庄主、庄客的那样紧密。

庄户在庄中的社会地位也和庄客的颇不相同。第一,不论在任何庄中,都看不到庄户和庄客那样地,为庄主服一切劳役的现象。第二,庄户和庄主的利害关系是比较稀薄的,例如每当庄主弃庄出亡的时候,随之而去的只是庄客,从不见有庄户在内。第三,庄客看来是没有私有经济的,甚至是没有自己的家室的。庄户则不然,他们在经济上有一定的独立性。如操刀鬼曹正对杨志自述身世道:"……为因本处一个财主,将五千贯钱教小人来此山东做客,不想折本,回乡不得,在此入赘在这个庄农人家。……"(第 17 回)后来,他设计夺取珠宝寺,教杨正扮做"近村庄家",同去二龙山骗邓龙说:"我们近村开酒店庄家。……"(同上)由此可见,他们是有自己的家业的。第四,在上引史进准备和少华山朱武等厮杀的故事中,史进邀庄户到家中饮宴,却"教庄客一面把盏劝酒",这说明庄户和庄客的地位不同,也说明庄户、庄客和庄主的关系有所差异。

总括以上所说,《水浒传》中的庄园是这样构成的:庄主居于统治支配的地位;庄客是完全服属依附于庄主的农民;庄户地位较庄客为高,对庄主有一定的依附性,但不若庄客之强。这三者的结合就形成了当时社会的经济细胞——庄园。

4. 庄园中的自然经济及其和外部的关系

说庄园是当时的经济细胞,有两方面的意义。一方面是指庄园的普遍性,它构成当时封建社会的最广泛的基础;另一方面是指它的自然经济性质,它在经济上自成一个独立的整体。前者是从庄园的外部来观察(已见前述);后者是从庄园的内部来了解,试做如下的分析。

《水浒传》对于庄园内部经济活动的描绘,着墨并不多;不过,从下列几点,也可以看出它的自然经济性质是很显著的。第一是它和外界的联系非常稀少。这又可以从两方面看。一方面是它很少需要外界对它供应什么商品。例如史家庄,就只有两件。一件是王进母亲患病,史太公说:"……我有个医心疼的方,叫庄客去县里撮药来,与你母亲吃……"又一件是史进要备礼回奉朱武等,于是"叫庄客寻个裁缝,自去县里买了三匹红锦,裁成三领锦袄子……委两个庄客去送"(均见前)。史家庄是描绘得比较细致的一个庄园,而所能看到的,它对外界的商品需求不过是这么可有可无的一二事而已。至于其他庄园则连这一点影子也见不到。可见庄园和外界的经济联系是十分稀薄的。

其次,它也不供外界以什么商品。庄园中最主要的生产是农业生产,最大宗的生产品是粮食和家畜。所谓"转屋角牛羊满地,打麦场鹅鸭成群""田园广野""家有余粮鸡犬饱"等等,虽然这些是陈词旧调的骈语,但也反映了庄园最普遍的生产情况。可是不论大小庄园主,从未看到有出卖农产品的任何行为。一般庄户,也没有以粮食交易的迹象。梁山泊和祝家庄的战争,虽然由"时迁偷鸡"而启其幕,但战争的可能性早已因"借粮"问题而存在了。祝家店店小二对石秀道:"此间离梁山泊不远,地方较近。只恐他那里贼人来借粮,因此准备下。"(第46回)作者写到梁山泊的财富和祝家庄的殷实……都滋意渲染。可是宋江们解决粮食不足的办法,只有用武力强借之一途,好像他们从未意识到向哪里去购买。祝家庄囤积的粮食,数目大得可惊[①]。可是作者也没有向我们透露半点消息:那些粮食,除供自己消费外,还有什么出路?祝家庄如此,其他的庄园也莫不如此。由此可见,庄园之间、庄园与城市之间,还没有紧密的经济联系,还没有实现这种联系的市场。

为什么这些庄园可以那样地与外界在经济上绝缘呢?这是由于它的自然经济性质所决定的。自然经济下的物质生活是很简单的,因此它易于自给自

[①] 第47回,宋江对晁盖道:"若打得此庄,倒有三五年粮食。"又第50回,宋江"打破祝家庄,得粮五千万石"。《全传》校勘云:"容与堂本、贯华堂本'千'作'十'。"

足，不假外求。反之，它由于生产水平的限制，不能不自给自足，因而也就不能不简单。《水浒传》中的庄园生活正是这样。除上引的买药、买锦等极少数例子外，看不出它们对外边有什么需求，也看不出它们有什么不能自给。它们连喝的酒也是自己酿造的①。当然，庄园生活不是《水浒传》的主要题材，而只是它的背景，它没有详及这一切的必要。不过，根据上面所述，也可以看到那种自然经济的闭锁性了。

这种闭锁性也反映在庄园居民与外界居民的关系上。"吴学究说三阮撞筹"中有这么一番对话："吴用道：'只此间郓城县东溪村晁保正，你们曾认得他么？'阮小五道：'莫不是叫做托塔天王的晁盖么？'吴用道：'正是此人。'阮小七道：'虽然与我们只隔百十里路程，缘分浅薄，闻名不曾相会。'吴用道：'这等一个仗义疏财的好男子，如何不与他相见？'阮小二道：'我弟兄们无事也不曾到那里，因此不能勾与他相见。'……"又在吴用与晁盖的对话中，也同样反映了这种情况。吴用说：他曾和三阮来往，但"今已二三年有余，不曾相见"。晁盖说："我也曾闻这阮家三弟兄名，只不曾相会。"他们几人都生活在百里之内，而关系之疏若此，不是反映了庄园生活的闭锁性吗？

也许有人会说：《水浒传》的这番描绘和另一种情况自相矛盾，那就是刘唐、公孙胜何以又能不远千里来访晁盖呢？答道：这并不矛盾。在《水浒传》的世界中，在庄园外同时存在着两种社会力量。这两种社会力量，互相敌对斗争，冲破了庄园的孤寂生活，把庄园一个个地卷入进去。头一种是统治力量。它冲进闭锁的庄园，要庄主做它的保正、里正；要庄户负担它的科差。第二种是反抗统治的力量。它也冲进闭锁的庄园，企图保存或集结自己的力量。这一力量，因为原来是处于被统治的地位，所以是分散的，无组织的。这便须要有一个凝聚的过程。《水浒传》这部书，可以说便是以梁山泊为中心题材，生动地描绘了这个过程。在这个过程中，个别的反抗力量表现为"跑江湖""做私商""剪径"……的

---

① 第2回，史家庄"庄内自有造下的好酒"。

人物;已经集结起来的反抗力量,则表现为少华山、二龙山、清风山……打家劫舍的强人,而其终极则发展为梁山泊的聚义。刘唐、公孙胜等人就是以反抗力量代表者的身份而闯进晁盖的庄园的。刘唐向晁盖自我介绍说:"小人自幼飘荡江湖,多走途路,专好结识好汉,往往多闻哥哥大名,不期有缘得遇,曾见山东、河北做私商的,多曾来投奔哥哥……"(第14回)公孙胜向晁盖自我介绍说:"……小道自幼好习枪棒,学成武艺多般,人但呼为公孙胜大郎。……江湖上都称贫道做'入云龙'。……"(第15回)由此可见,他俩都是跑江湖的人,都是反抗力量的先进代表人物。

为什么闭锁的庄园要接纳这种冲进来的反抗力量呢?为什么地主阶级中人的晁盖(不仅晁盖,还有史进、柴进、孔明弟兄、穆弘弟兄及宋江……)要和这些江湖好汉来来往往呢?《水浒传》的作者们,没有告诉我们隐藏在最深处的原因。他们的视线被一些触媒性质的偶然事件(如劫生辰纲之类)阻绝了。然而我们看到这样的现象:时代在剧变中,闭锁的庄园再不能长此以往地深闭固拒下去了。庄园外两种力量的激荡,首先使庄园内敏感的年轻人们不能不改变生活的故辙。在《水浒传》作者们的笔下,史太公、宋太公、穆太公、孔太公等人,都是一些勤俭治家、安分守己的庄主,而他们的儿子们(史进、宋江、穆弘、穆春、孔明、孔亮等人)却与他们大异其趣:爱使枪弄棒,结交江湖好汉……意气迥然与上一代人不同。宋江刺配江州牢城,路过揭扬镇,夜宿穆家庄,和两个公人"正说间,听得庄里有人点火把,来打麦场上,一到处照着。宋江在门缝里张时,见是太公引着三个庄客,把火一到处照着。宋江对公人道:'这太公和我父亲一般,件件都要自来照管。这早晚也未曾去睡,一地里亲自点看。'"①这鲜明地刻画出两代人的不同作风。作风的这种转变使年长一辈的人们十分慨叹。史太公向王进道:"老汉的儿子,从小不务农业,只爱刺枪使棒。母亲说他不得,怄气死了,老汉只得随他性子。"(第2回)宋太公向勾追宋江的公人道:"老汉祖代务

---

① 第37回,《全传》校勘云:"贯华堂本'都'作'定','未曾'作'不肯','一地里'作'琐琐地'。"

农,守此田园过活,不孝之子宋江,自小忤逆,不肯本分生理,要去做吏,百般说他不从。"(第22回)这虽是敷衍公人之词,但欺人以其方,自然也反映了当时风尚。穆太公对他的儿子们也是无可奈何的,他听到穆春说,要去叫起穆弘追赶宋江厮打,便道:"我儿,休恁地短命相!他自有银子赏那卖药的;却干你甚事。你去打他做什么?可知道着他打了,也不曾伤重,快依我口,便罢休,教哥哥得知你吃人打了,他肯干罢?又去害人性命,你依我说,且去房里睡了,半夜三更,莫去敲门打户,激恼村坊,你也积些阴德。"(第73回)诸如此类的描绘,都反映出年轻一代是正在转变中,可是这种转变,原不是一来便转变到反抗的道路上去的。典型的例子是史进,他虽然自幼便刺枪使棒,不务农业,但也没有抛弃他那庄园的念头,甚至庄院都毁了,朱武留他做寨主时,他还坚决拒绝道:"我是个清白好汉,如何肯把父母遗体来点污了!你劝我落草,再也休题。"(第3回)而且终于离去了少华山。可见这辈年轻人物的转变原没有放弃庄园的意图。但外在的力量不以他们的意志为转移,它向着闭锁的庄园排闼而入:少华山上忽然出现了朱武、陈达和杨春,东溪村里忽然出现了刘唐、公孙胜和吴用……这都不是史进、晁盖们意志以内的事情。以前只是一种力量——统治力量伸到庄园里,因此他们听天由命地当里正、保正、纳赋、应役……现在另一种力量——反抗力量也伸进来了,他们便不能不在这两种力量的激荡之下,随着时势的推移、自己经济地位的左右和某些偶然事件的影响,而找寻自己的道路。他们对于这条新的道路——反抗的道路,有的是有意识地踏上的(如公孙胜、穆弘弟兄……);有的是最初不过倾向而后来才踏上的(如宋江、晁盖、柴进……);有的是最初拒绝而终于不能不踏上的(如史进、李应……);而有的则是始终都不愿踏上而且对之采取敌视态度的(如祝朝奉、曾长官、曹太公……)。

农民,也受到这股反抗力量的激荡了。他们中的先进分子开始萌芽反抗的要求,最先进的且已采取了反抗的行动,李逵和三阮便是这种先进分子的代表人物。李逵"祖贯是沂州沂水县百丈村人氏。……因为打死了人,逃走出来"的(第38回)。他的身世,从他母亲和他哥哥的口中,可知原是一个农民,他从梁山泊回家,和他母亲重逢时,他母亲道:"我儿,你去了许多时,这几年正在那里安身?你的大哥只是在人家做长工,止博得些饭食吃,养娘全不济事,我如常思量你,眼泪流干,因此瞎了双目,你一向正是如何?"他哥哥向他母亲道:"……当初他打杀了人,教我披枷带锁,受了万千的苦。如今又听得他和梁山泊贼人通同劫了法场,闹了江州,见在梁山泊做了强盗,前日江州行移公文到来,着落原籍追捕正身,却要捉我到官比捕,又得财主替我官司分理……又替我上下使钱,因此不吃官司……"(第43回)他的哥哥因此奔报财主,领了庄客来捉他。由这段描写,可见李逵的贫苦家庭已经分化。李逵是先进的,所以他敢于打杀人,敢于劫法场,敢于上梁山泊……他的哥哥是保守的,所以他忍受千万的苦,忍受财主的残酷剥削……三阮是梁山泊边石碣村渔庄的三个渔民。从吴用和他们的对话中(第15回),我们清楚地看到:虽然"如今泊子里新有一伙强人占了,不容打鱼",夺去了他们弟兄的"衣饭碗"。但是由于"虽然打不得大鱼,也省了若干科差"(阮小二语);由于"如今该管官司,没甚分晓,一片糊涂"(阮小二语);"一处处动惮便害百姓"(阮小五语);还由于梁山泊强人,"他们不怕天,不怕地,不怕官司。论秤分金银,异样穿绸锦。成瓮吃酒,大块吃肉。如何不快活!"(阮小五语)因此他们在这一新来的力量激荡之下,产生了反抗的要求。阮小五道:"……我们弟兄三个,空有一身本事,怎地学得他们!"阮小七又道:"人生一世,草生一秋,我们只管打鱼营生,学得他们过一日也好。"阮小二道:"若是但有肯带挈我们的,也去了罢。"由此可见,庄园外面的反抗力量已经冲击到庄园内广大农民的身边,已经带动了他们中的先进分子。

但是,这股反抗的力量好像只是初起未久的狂飙,海面上虽已被它吹拂得惊涛拍岸,而海底的深渊却还未受到它彻底的激荡。显然,它还没有达到村庄内部的深处;村庄里的广大农民还没有蜂起参加斗争。

从上引例子可以看出:李逵虽然坚决地加入了反抗斗争的行列,但他的哥哥及和他哥哥类似的农民,却没有跟着他走出百丈村;三阮虽然和晁盖、吴用们一道上了梁山,但石碣村、东溪村的农民,也依然留在那里。不仅如此,其他的例子也同样说明了这一问题。例如,史家庄的那三四百庄户,当史大郎和庄客们上了少华山以后,他们怎么样了呢?又如孔家庄、穆家庄、柴进庄、李应庄……当那些庄主们上了梁山以后,庄户又怎么样呢?《水浒传》没有正面描述他们的结局,我们可能替它做出的唯一解答只是:他们仍然墨守成规地生活在那里。这个解答,从祝家庄的情形看来更是明白。宋江打破祝家庄后,只是把祝家庄兵收在部下,对其他乡民,则"所有各家,赐粮米一石,以表人心",便遣之而去。那些乡民,虽然"扶老挈幼,香花打烛,于路拜谢宋江等",却没有一个跟着上梁山的。他们在"自把祝家村坊拆作白地"以后,便从作者们的笔底消失了(第50回)。这反映了什么?这反映广大的庄户农民还很少卷入斗争的巨流;阶级矛盾的激化还没有达到"一呼百诺""揭竿而起"的尖锐程度。这样,便规定了《水浒传》所描写的整个斗争,只能发展到"梁山泊英雄排座次"(第71回)那样的规模,也即是区域性农民起义的规模,而不能更进一步扩大成为全国性的农民战争——像黄巢、李自成所领导的那样的农民战争。从这一点说来,也足见《水浒传》这书不愧是一部伟大的现实主义的作品,它所描写的阶级矛盾和阶级斗争,若合符节地,与历史实际完全一致(参看下篇)。它的艺术的真实性和历史的真实性是高度统一的。

下篇 《水浒》庄园试释

上文曾说:《水浒全传》第82回以上和第111回以下两部分,成书较早,可以反映宋代社会,这有什么根据呢?以往和现在,为了解决《水浒传》的时代问题,不少的文学史家、考据学家、版本学家、语言学家……分别从不同的角度,提出自己的论据和论点。我们很重视他们的研究成果,但是我们的考虑和他们有所不同。考虑到《水浒传》这书在封建主义时期中的处境:一来不受士大夫之流的尊重;二来又为广大人民所欢迎;因之它可能有过很多很古的版本,但都没有被珍藏流传下来。又考虑到《水浒传》的成书,非一人一时之作,在它长期流传的过程中,可能杂入少数晚出的辞汇之类,若即据以论定它的时代,总觉尚嫌不足。由于这种种考虑,所以我们虽然赞同某些文学史家的《水浒》是反映宋代社会之说,但根据却不尽一样。我们认为:既然《水浒传》是一部描写阶级矛盾和阶级斗争的现实主义伟大杰作,那么,最有力的根据莫过于从这里去寻求。最好把它所反映的阶级矛盾阶级斗争和历史上实际存在过的加以具体分析,并且加以比较,看看它所概括的究竟是哪个时代。依照本文作者的初步探索,这个时代就是《水浒》故事所从出的宋代。当然,由于我国封建社会发展的迟滞性,宋代和它以后的元明两代有许多共同之点,我们似乎可以因此说,《水浒》也反映了元明的社会。但是,这并不排斥我们的说法,因为即使如此,宋代仍是它所反映的一部分。事实上,至少也是最主要的部分,因为从全书看来是这样的。例如,书中那么全面地反映社会生活,而蒙古贵族统治政治的影子却一点儿也不见,能说它反映元代社会的成分还会较宋代为多吗?当然,最重要的还是社会阶级矛盾和阶级斗争的问题,以下我们就从这一基本观点出发,试对《水浒》庄园略做诠释吧。

1. 宋代历史上的庄园

从历史文献上考察,像《水浒传》里的那种庄园,在唐代前半期还未能看到。那时所有的,大抵多是达官贵人的别墅式的庄园而已①。到唐中业以后,历史的运动提供了有利的条件,于是那种庄园才逐渐增多起来。所谓有利的条件主要是,社会贫富的日益分化,土地、赋税等制度的改变,农民大起义的失败,以及长期割据战争中依附关系的加强,等等。有了这些条件,一般地主才可能既广占土地,又大量获得劳动人手,建立起那些大大小小的庄园②。这种庄园和封建国家政权有矛盾的一面(主要是兵财的矛盾),因而周世宗曾下诏诸州均田,宋太祖曾厉行度田,甚至后来的宋真宗还一度试行均田(均见《通考·田赋考》)。可

---

① 参考日人加藤繁著《唐代庄园考》,译文载《师大月刊》第2期。
② 关于唐末五代庄园的发展,此处不暇详及,当另文论述。

是他们不像李唐皇朝那样的幸运,有一个伟大的农民战争为之前驱,所以他们的企图都无由实现,庄园仍然继续向前发展。仁宗时,欧阳修指出:

> ……今大率一户之田及百顷者,养客数十家。其间用主牛而出己力者,用己牛而事主牛以分利者,不过十余户;其余皆出产租,而侨居者曰浮客,而知畬田。……夫主百顷而出赋税者一户,尽力而输一户者数十家也。就使国家有宽征薄赋之恩,是徒益一家之幸,而数十家者困苦常自如(一作乏)也。……①

苏洵也指出:

> ……富民之家,地大业广,阡陌连接;召募浮客,分耕其中,鞭笞驱役,视以奴仆;安坐四顾,指麾于其间;而役属之民,夏为之耨,秋为之获,无有一人违其节度以嬉。……②

具体的例,如川蜀。宋《太宗皇帝实录》卷七十八有云:"……巴蜀民以财力相君,每富人役属至数千户。小民岁输租庸,亦甚以为便。……"韩琦说:"西川四路,乡村民多大姓,一姓所有客户动至三五百家,赖衣食借贷,仰以为生……"③《宋会要稿》兵二之十一载:"熙宁元年五月十五日,夔州安抚司勾当公事程之元言:'……本州自来多兼并之家,至有数百客户者。……'"个别庄园的例,这里不能备述,姑举一些庄名于下,以见一斑:

　　李诚庄…………………在汜县,见魏泰《东轩笔录》卷八
　　麻士瑶庄………………在青州,见《涑水纪闻》卷六及《长编》卷九十五
　　青山庄…………………在江宁,王安石子妇所有,见黄溍《金华黄先生文集》卷十三《半山报宁寺记》
　　乌镇庄…………………在湖州乌程县

---

① 见《欧阳文忠公文集》卷五十九《原弊》。
② 见《嘉祐集》卷五《田制》。
③ 见《韩魏公集》卷十八《家传》。

思溪庄	在湖州乌程县
百步桥庄	在秀州嘉兴县
尹山庄	在平江府长州县
东庄	在平江府长州县
横金庄	在平江府吴县
儒教庄	在平江府吴县
新安庄	在常州无锡县
善计庄	在常州宜兴县
石桥庄	在常州武进县
宜黄庄	在常州武进县
乐营庄	在镇江府丹徒县
新丰庄	在镇江府丹徒县
逸泰庄	在太平州芜湖县,以上皆张俊诸子所有,见《三朝北盟会编》卷二三七
天锡庄	在嘉兴,广孝寺所有,见《金华黄先生文集》卷十三,《嘉兴天宁万寿禅寺记》
坪上庄	在抚州
回背庄	同上
竹园里庄	同上
上巴庄	同上
东坑庄	同上
陈城渡黄细乙庄	同上
饶辰家庄	同上
南捷庄	同上
焦坑庄	同上
丁陂庄	同上

康材庄…………………同上，以上均见《慈溪黄氏日钞分类》卷七十八

　　范氏义庄…………………在苏州，见《范文正公集》,《义庄规矩》及《褒贤祠记》

　　毛氏慈惠庄………………在西川洪雅县，见《鹤山先生大全文集》卷四十四

　　举子庄……………………在福建，见《朱文公文集》卷二十九与《赵尚书论举子田事》

　　慈幼庄……………………在建康，见《景定建康志》卷二十三

　　兴贤庄……………………在福建，见《水心先生文集》卷二十三《赵彦倓墓志铭》

这些庄名，只是散见于文献中的一部分。因为它们在那些文献里都是因他事而连类叙及，所以没有提供完备的记述。此外还有官庄以及其他没有列举名称的庄园等等。总而言之，当时的各种土地（国有土地、品官占有的土地、庶人地主占有的土地、寺观的土地、义庄等公有土地……）普遍都以庄园为其占有形态。由此看来，《水浒传》以宋代史事为题材而以庄园为背景是完全符合历史的真实性的。

　　有人以为，唐代的"庄"不过是一定面积田地之名称，根本不是庄园制度；庄主与庄客的关系基本上是租佃的关系……照此说法，那么，宋代的是否也只是一定面积田地的名称呢？不是的。当然，庄园既是一种土地占有形态，就必须具有一定面积的土地。如上举的李诚庄，《东轩笔录》说它，"方圆十里，河贯其中，尤为膏腴。有佃户百家，岁输租课"；王安石子妇的太平青山庄有田千亩，等等。问题在于，在那一定面积田地上的生产关系是一种什么样的生产关系，在那一定面积田地上的直接生产者是一种什么样的农民。依据宋代文献看来，在庄园田地上的直接生产者，是上面引文中所说的浮客、客户，或如其他记载中所说的庄户、旁户、佃客、佃户、租户……这些名称的内容实际都是一样，都是庄园

农奴和依附农民。他们和主人的关系主要有以下几点:

(1) 他们已不是封建国家的正式编户,而是主人的私属。因此,他们不纳赋应役(此据《宋史·食货志》"假佃户之名以避徭役"及"析客户为主户者,虽登于籍,而赋税无所加"二语可证),只交私租。租率是对分、四六分、三七分等等(见王炎《双溪文集》卷十一《上林鄂州书》及洪迈《容斋随笔》卷四《牛米》)。

(2) 因为是私属,所以"为人佃户",须"有契券";这种契券是官府所承认的,主人可以凭借它"经所属自陈收捕"逃亡的佃客(见王之道《王相山文集》卷二十二《乞止取佃客札子》)。

(3) 佃客被束缚于土地,"非时不得起移;如主人派遣,给与凭由,方许别住"(见《宋会要稿·食货一》之二四)。若"被搬移"或"私衷搬走回乡","官司并与追还"或"官为前去差人追取押回,断罪交还"(见《宋会要稿·食货》六九之六六及《朱文公文集·别集》卷十《申监司为赈粜场利害事》)。

(4) 主人买卖土地,有"私为关约""载客户于契书","随契分付"的(见《建炎以来系年要录》卷一六四及胡宏《五峰集》卷二《与刘信叔书》)。

(5) 主人对于佃客,享有法律上的特权。如"佃客犯主,加凡人一等。主犯之,杖以下勿论,杖以上减凡人一等"(见《长编》卷四四五);绍兴初,王居正说:"主殴佃客致死,在《嘉祐法》,奏听敕裁,取赦原情,初无减等之例;至元丰始减一等,配邻州,而杀人者不复死矣;及绍兴又减一等,止配本城,并其同居被殴至死,亦用此法"(见《系年要录》卷七十五);又如"佃客奸主",品官之家加凡奸三等,民庶之家加凡奸二等(见《庆元条法事类》卷八十)。

(6) 主人对于佃客,不仅"役其身",而且"及其家属妇女皆充役作",连"聘嫁"也加以干预(见《宋会要稿·食货六九》之六六)。

这些关系是主人对佃客的超经济强制,其作用在于把佃客"系属"于主人。绍兴年间宋廷一度颁行"买卖土田,不得载客于契书"时,地主阶级的代言人胡宏反对道:

……蜂屯蚁聚,亦有君臣之分,况人为万物之灵乎。是以自都甸至于州,自州至于县,自县至于都保,自都保至于主户,自主户至于客户,递相听从,以供王事,不可一日废也,则岂可听客户自便,使主户不得系属之哉。夫客户依主户以生,当供其役使、从其约束者也,而客户或禀性狼悖,不知上下之分;或习学末作,不力耕桑之业;或肆饮博而盗窃,而不听检束;或无妻之户,诱人妻女而逃;或丁口蕃多,衣食有余,稍能买田宅三五亩,出立户名,便欲脱离主户而去;凡此五者,主户讼于官,官当为之痛治,不可听其从便也。……①

把胡宏这番话和以上所述的合起来看,可以看出,当时的主客不是近代的租佃关系,而是庄园制的依附关系:一个主人"系属"着若干佃客,结合为一个庄园。这个庄园,不仅是当时社会的经济细胞,而且也是当时政治统治和"封建阶梯"的广泛基础。它是相当稳定和牢固的,这从"奴仆主姓"一点可以知之,朱熹说:

自秦汉以来,奴仆主姓。今有一大姓,所在四边,有人同姓,不知所来者,皆是奴仆之类。②

《水浒传》里的史家庄,几百家庄户都姓史;祝家庄,除钟离老人外,那么多庄户都姓祝;而且是那么样地服属于庄主,不正是这种情况的反映吗?由此可见,《水浒传》和宋代社会中的庄,其结构是完全一致的。从实质上说,它们是农奴制的庄园。

其次,说一说庄客。

庄客,在宋代文献中,或称部曲,也是依附农民,不过主要是庄主保卫和统治庄园的武装力量。如上面列举过的麻士瑶,澶渊之役,"率庄人千余,据堡自守,乡里赖之";后为宋廷杖杀,"家僮五十人分隶诸军"。这所谓庄人、家僮即其庄客、部曲。又《涑水纪闻》卷11载,侬智高攻广州,皇祐四年五月,广东转运使王罕到惠州,"召耆老问之,对曰:某家客户十余人,今复亡为贼,请各集兵卫其

---

① 胡宏《五峰集》卷二《与刘信叔书》。
② 《朱子语类》卷一三八《杂类》。

家。罕曰：贼者多，以庄客何以御之"。又李觏《寄上孙安抚书》说："今之浮客佃人之田，居人之地者，盖多于主户矣。许富人置为部曲，私自训练，凡几度试胜兵至若干人，或擒盗至若火者，授以某官。"（见《直讲李先生文集》卷二十八）又幸元龙嘉定七年《上京湖置使赵公谕榆柳书》说："今有人家，庄客环居，恩信素孚，力为屏藩，盗贼不敢窥伺，上策也。"（见《松垣集》卷二）这些史实集中地反映到《水浒传》里，就是史大郎的那支小小的武装力量以至祝朝奉的那股强大的庄兵。其次，庄客也用于庄园内部的统治，秦观说："……本朝至和、嘉祐间，承平百有余年矣……于是大农富贾，或从僮骑，带弓剑，以武断于乡曲。……"（见《淮海集》卷十五"财用"上）又刘克庄《饶州州院申勘南康卫军前都吏樊铨冒受爵命事》说："置买膏腴，跨连邻境，庄田园圃，士大夫有所不如，生放课钱，令部曲擒捉欠债之人，绷吊拷讯，过于官法。"（见《后村先生大全集》卷一九三）这在《水浒传》里就是毛太公所有的那种庄客。又其次，庄客也用于耕种田地，如民族英雄岳飞"少为韩魏公〔琦〕家庄客，耕种为生"即是其例（见《三朝北盟会编》卷二〇七引《岳侯传》）。不过，从一般历史记载看来，他们已不是主要的直接生产者，和《水浒传》里的描写是一致的。

综括以上所述可见，《水浒传》里的庄园，在宋代社会中确乎是存在的；并由此可证，《水浒传》所反映的就是宋代的社会生活。但是，应该特别指出，这还只是从庄园的现象上和静态中去进行观察而已；更重要的是，要从庄园的动态中，即从它的内部矛盾和外部矛盾的运动中，去加以研究。下面就是我们对这方面的初步探索。

2. 释庄园的矛盾

不论是《水浒传》的庄园也好，或者是宋代历史上实际存在的庄园也好，庄主和他的庄户、庄客（或佃客、部曲）都是处于对抗性的矛盾之中。然而这种矛盾，在《水浒传》里呈现那么缓和的状态，在实际历史上也大抵相同（详下），这是什么缘故呢？要解答这个问题，必须从庄园的外部关系说起。

庄园，不是孤立存在的；在它外面，还有其他的社会力量和它并存着，而且是和它激荡着。上文分析《水浒》庄园时,我们已经指出,庄园外有两种力量:一种是统治的,一种是反抗的。在实际历史上也是一样,这两种力量互相对立着,除宋金构兵的时期外,始终都构成当时社会的主要矛盾。这对矛盾是颇为复杂的,它的任何一方面又包含不止一对的矛盾。现在我们仅就有关庄园的诸矛盾述其大略如下。

从等级划分的观点①看宋代社会,它主要有下列的几个等级:

(1) 皇室等级。

(2) 官户等级(包括宗室、勋戚、品官以至于"进纳、军功、捕盗、宰执给使、减军补授转至升朝官者"②)。

(3) 乡村上中户等级(包括乡村五等主户中的上三等户,即庶人地主等级)。

(4) 乡村下户等级(包括乡村五等主户中的下两等户,即农民等级)。

(5) 客户等级(包括庄户、佃客、庄客、部曲,即农奴等级)。

此外尚有包括富商巨贾在内的坊郭上户等级,包括小商贩、小手工业者的坊郭下户等级以及僧道等级等。这些等级,是依据它们的法律地位、社会地位、经济地位和政治地位的差别而划分的③。它们之间存在着许多矛盾;其中的主要矛盾则是皇室、官户两个等级和上中户、下户、客户等三个等级的矛盾,而前者又居于矛盾的主要方面。这对矛盾的主要方面和非主要方面是通过当时的土地问题和赋税问题而互相对立起来的。皇室等级是全国最高的土地所有者,因而同时也是全国赋役的最高支配者和享有者。官户等级,在政治上和皇室等级结合为统治集团;在经济上享有"占田无限"和免役、免科配、免支移等特权;在法律上享有"议、请、减、赎、免、当"等特殊保障(见《宋刑统》)。这两个等级,虽然彼此间也有矛盾,但基本上是一体的。文彦博反对新法时说宋神宗道:"为

---

① 列宁曾说:"在奴隶社会和封建社会中,阶级的区别又为居民的等级划分所固定下来,同时每个阶级在国家中的特殊法律地位也随之确定下来。因此,奴隶社会和封建社会(农奴社会也一样)的阶级也就是特殊的等级。……"依据这一原理,我们研究封建社会必须从等级划分的观点出发。

② 见《宋史》卷一七八《食货志》"役法"下。

③ 本文作者另有《唐宋社会的等级分析》一文,论述较详。

与士大夫治天下,非与百姓治天下也。"(见《通考·职役考》)这两句话最能说明皇室官户二者的关系,也最能说明宋朝政权的特点(当时"士庶"有别,所谓士大夫,实际就是官户)。在皇室和官户的共同统治下,全国绝大部分课役都落到主户身上,而课役又很沉重,据南宋人林勋所说,单两税即已七倍于唐(见《宋史·食货志》)。加上役和科配……则远不止此。因之,终两宋之世,税户役户因不堪重负而破家丧产的一直是史不绝书。一般主户为了逃避赋役,"贫者不敢求富",富者"不敢益田畴"(司马光语);甚至"土地不敢多耕而避户等,骨肉不敢义聚而惮人丁"(吴充语,均见《通考·职役考》)。在这种情况下,有条件兼并土地的当然只有官户等级了,因为他们享有免役免科配等特权,可以肆意兼并而无负担加重的顾虑(宋朝也曾一再颁布过品官限田免税的办法,可是除南宋初期外,都是具文)。然而还不止此,又有所谓的并税并役和阴配暗科,使得问题更为严重。按,宋承唐制,州县赋役皆有常数,不得短少;州县官吏考课的殿最即以能否征足这个常数为重要标准之一;因之,州县官吏为了宽责或升迁,不管人户怎样减少,总要掊克征足,把脱籍人户的赋役并于见存之户。这样,当然更加重见存户的负担,使之更多地向有条件兼并土地的官户出卖田产。英宗时,韩绛说:"有鬻田减其户等者,田归官户不役之家,而役并于同等见存之户。"(见《宋史·食货志》及《通考·职役考》)徽宗宣和初,"河北路转运副使李孝昌奏:'近岁诸路上户有力之家,苟免科役,私以田产托于官户。……等第减于豪强,科役并于贫弱。虽有法禁,莫能杜绝。'"(见《宋会要稿·刑法二》之七七)这样的土地制度和赋役制度,对于官户来说,无异是为渊驱鱼。若令其尽量发展,可以设想,必至一切税户役户都尽为官户所吞噬。事实上也确出现过这样的地方,哲宗元祐初,"谏议大夫鲜于侁言:'开封府多官户,祥符县至阌乡止有一户应差,请裁其滥。'"(见《宋史·食货志》)在这里,官户等级和皇室等级之间产生了一定的矛盾,因为封建皇朝的编户和科役越来越多地被官户等级夺去了。因之,宋朝曾一再限田免科役,并下令禁止并役并税。但是皇室的意图只有通过官户才能实现,所以这些诏令不啻是与虎谋皮:不是"未几即废",便是徒成具文;其结果,官户"占田无限"如故,"免科役"如故;并税、并役则阳奉阴违地变相为"阴配""暗科",也依然如故。因此,到南宋末叶,情况就更为严重,谢方叔说:"豪强兼并之患,至今日而极!……今百姓膏腴,皆归贵势之家,租米有及百万石者。小民百亩之田,频年差充保役,官吏诛求百端,不得已,则献其产于巨室,以规免役。小民田日减,而保役不休;大官田日增,而保役不及。以此弱之肉,疆之食,兼并浸盛,民无以遂其生!……"(见《宋史·食货志》)由此可见,官户和主户之间,在土地占有和赋役负担这两个基本问题上,存在着尖锐的矛盾;而官户由于是统治集团,握有政权和种种特权,所以是矛盾的主要方面,起着主导的作用。

但是,主户是划分为两个等级的:一个是上中户等级;一个是下户等级。关于前者,韩琦曾这样说:"乡村上三等及城郭有物业人户,非臣独知是从来兼并之家,此天下之人共知也。"(见《韩魏公集》卷十八《家传》)据此可知,这是庶人地主等级。可是为什么作为地主阶级里的一个等级,还和皇室、官户处于矛盾的地位呢?这是具体的历史环境所决定的。早在唐代后半期,社会的贫富分化已经日益加深;经五代到宋,分化的程度更增大了,更多的人户陷于贫困,失去负担赋役的能力。试举太祖时二事为例,《长编》载:

(乾德元年闰十二月,)或言上将亲征,大发民馈运;河南民相惊逃亡者四万家。上忧之,丙寅,命枢密直学士薛居正驰传招集,逾旬乃复故。(卷四)

先是流民归业者止输所佃之税,俟五岁乃复故额,以是及五岁辄逃。(开宝九年)夏四月己亥,令再逃者勿得还本贯。(卷十七)

从这种情况不难推知,若果还要加以科率,其唯一结果便是为农民起义催生。因此,宋朝统治者被迫不得不采取缓和矛盾的措施,"通考""职役考"(《长编》卷二十一,《宋史·食货志·役法》上略同)载:

太平兴国三年(埏按,《长编》系于五年),京西转运使程能上言:"诸州户供官役,素无等第。望品定为九等,若于籍,以上四等量轻重给役,余五等免之。后有贫富，随所升降。望令本路施行，俟稍便宜即颁天下。"诏令转运使躬裁定之。

这是宋初一件大事。自此，九等户就变为五等户，因为下五等既然免役，自然没有必要再品定谁是第六等、谁是第七等……了。这一事件的重大意义，在于说明下五等户已贫困到这么一种程度，使得宋朝不得不放弃这大批劳动人手。《通考》又载："宋朝凡众役多以厢军给之，罕调丁男。"这是自然的结果。既然放弃了下五等户的力役之征，不这样又怎么办呢？

这样一来，宋朝只得把主要科役放在上四等户身上，然而第四等户也是贫弱下户，只能给以某些冗役（如"壮丁"）。对于重难大役，他们不唯无力负担，而且没有"陪备"的保证；只有上中等户，"有常产则自重"，"无逃亡之患"，可以差充，所以"上户之役类皆数而重"（均刘挚语，见《宋史·食货志》及《通考·职役考》），中户也担任"弓手"等次等色役。宋朝的役是很重的，时人有"民不苦重赋而苦重役"之语。兹引《通考·职役考》所载韩琦、韩绛的话以见一斑，韩琦说：

> 州县生民之苦，无重于里正衙前。兵兴以来，残剥尤甚。至有孀母改嫁，亲族分居；或弃田与人，以免上等；或非命求死，以就单丁；规图百端，苟脱沟壑之患。……

韩绛说：

> 害农之弊，无甚差役之法。重者衙前，多致破产；次则州役，亦须重费。向闻京东有父子二丁，将为衙前，其父告其子云："吾当求死，使汝曹免冻馁。"遂自经而死。又闻江南有嫁其祖母及与其母析居以避役者。此大逆人理，所不忍闻。……

由此可见，上中户虽然也属于地主阶级，但和官户相比，地位大有悬殊。他们原是地主阶级的一个等级，即一个组成部分，但由于赋役制度的作用，他们和皇室、官户处于对立的地位，这是一个很重大的转变，马端临在《通考·自序》中已经指出：

> 役民有官也，役于官者民也。郡有守、县有令、乡有长、里有正，其位不

同,而皆役民者也。在军旅则执干戈、兴土木则亲畚锸、调征行则负羁绁,以至追胥、力作之任,其事不同,而皆役于官者也。役民者逸,役于官者劳,其理则然。然则乡长、里正非役也。后世乃虐用其民,为乡长、里正者,不胜诛求之苛,各萌避免之意,而始命之曰"户役"矣。唐、宋而后,下之任户役者其费自重,上之议户役者其制日详,于是曰差,曰雇,曰义,纷纭杂袭,而法出奸生,莫能禁止。噫,成周之里宰、党长,皆有禄秩之命官,两汉之三老、啬夫,皆有誉望之名士,盖后世之任户役者也,曷赏凌暴之至此极乎!

马氏为其时代所囿,站在庶人地主的立场,对乡长、里正寄以深厚同情,是很自然的。但若扬弃了这一点,只看他所指出的历史现象,却不能不承认这是他的卓识。由于这一转变,所以在宋代曾出现过这样的特殊现象:即不仅贫弱下户逃亡,就是上户富人也有逃亡的。北宋末,宇文粹中疏言:朝廷支用,"一切取给于民,陕西上户,多弃产而居京师;河东富人,多弃产而入川蜀"(见《宋史·食货志》)。由此我们所以理解,为什么《水浒传》里的那许多庄主会和朝廷(即皇室等级和官户等级)处于矛盾的关系中。《水浒传》在这一个问题的处理上,等级的分野是很鲜明的。史进家是里正,晁盖是保正、"奸顽役户",宋江是押司,其他多是上户、大户,因之他们有可能先后被"逼上梁山"。反之,祝朝奉因为做了"朝奉郎",正七品,属于官户等级,所以便成为梁山泊的死敌,而与官户等级的其他典型人物,如蔡太师、高太尉、梁中书、慕容知府、黄通判……共同处于矛盾的一个方面。其中只有一个是例外,就是小旋风柴进。柴进当然是官户,但是由于"陈桥兵变"的矛盾,使得他能够离开官户等级而与其他反对的等级结合在一起。这些都不是偶然的,而是与历史的真实性若合符节的。当然,这些人物都是伟大艺术手笔所塑造,不能以之和《宋史》列传相傅会,但是从艺术的真实性和历史的真实性二者来看,它——现实主义的伟大杰作《水浒传》,不正是忠实地、美妙地高度概括了宋代的社会生活么?

其次,还得谈一谈下户等级的问题。

上面指出,宋朝统治者为了缓和阶级矛盾,适应下户贫困化的情况,曾采取下五等户免役及给复蠲租等让步措施,不可否认,这些措施都曾起过一定的作用,但他们都是消极性的,无助于下户贫困状态的改变;同时,公税私债、并税并役、支移折变、身丁蚕盐等钱米及官吏的掊克聚敛等,却仍然沉重地落在贫弱下户身上。因此,贫富分化不唯不能停止,而是继续扩大,失去生计的人也越来越多了。当时下户贫困的程度,可以由定他们户等的标准看出来。《宋史·食货志》载,淳熙八年,两淮漕臣吴琚、帅臣张子颜等言:

旧制:物力三十八贯五百为第四等,降一文以下为第五等。

这是多大一个数目呢?据蒙文通先生引王楙《野客丛谈》指出,"宋田价约一亩十贯"①,则具有物力三十八贯五百的人不过等于占有田地四亩而已。而当时一户农民至少需要多少土地才能生活呢?据我的了解,至少得有五十亩。根据是:(1)太宗时,陈靖建议授田,"上田人授百亩,中田百三十亩,下田二百亩"(见《通考·田赋考》);(2)绍兴六年,张浚改江淮屯田为营田,"以五顷为一庄,募民承佃。其法五家为保,共营一庄",平均一家百亩(见《系年要录》《朝野杂记》及《通考》);(3)林勋《本政书》说:"一顷之田,二夫耕之……使一夫占田五十亩以上者为良农,不足五十亩者为次农……"(见《鹤林玉露》)以五十亩与物力三十八贯五百相较,则后者还不到前者的十二分之一。不言而喻,这样的人户,正如北宋吕南公所说"所占之地非能给其衣食"(见下引),必然是经常处于饥饿线上,再受不住任何的剥削的。试以身丁钱米一项为例,岁输不过150文,而福建一带贫民便多因之而溺婴,而生子不举,致时人为设"举子仓"予以救济(见《宋会要稿》及《朱文公全集》等书)。北宋蔡襄说:"伏缘南方地狭人贫,终年佣作,仅能了得身丁。"(见《端明集》卷二十二《乞减放泉州兴化军人户身丁米札子》)由此可见,当时的下户贫困到何等程度!在这种情况下,当然不断地有人户逃亡。早在宋太宗时,陈靖就已指出:"民之流徙,始由贫困,或避私债,或逃公税。亦既亡逋,则乡里检其资财,至于室庐什器、桑枣材木,咸计其直,或乡官

---

① 见《四川大学学报(社会科学)》1957年第2期,第50页。

用以输税,或债主取以偿逋。生计荡然,还无所诣。以兹浮荡,绝意归耕。"(见《通考·田赋考》)逃亡的事例,都是不胜枚举的。如宋太宗至道元年,"开封府言:京畿十四县,自今年二月以前,民逃者一万二百八十五户"(见《通考·田赋考》)。又如元丰三年,"李琮根究逃绝税役,江浙所得逃户凡四十万一千三百有奇……明年除琮淮南转运副使。两路凡得逃绝、诡名挟佃、簿籍不载并阙丁凡四十七万五千九百有奇"(见《宋史·食货志》)。这是赵宋最盛的两朝,而逃亡之众犹且若此,其他虽不备举,也不难想见了。现在要问:这些逃户逃到哪里去呢?综括宋代情况看来,他们的出路主要是逃避到庄园里去,沦为农奴——客户。这种情况,在唐时已出现;就宋而论,自始即见于记载。《通考·田赋考》(《宋史·食货志》同)说:

> 〔太宗淳化时〕知封丘县窦玭上言:畿甸民苦税重,兄弟既壮,乃析居其田亩,聚税于一家即弃去;县按所弃地除其租,已而匿它舍及冒名佃作。……

《宋文鉴》卷四十四载吕大钧《民议》说:

> ……今访闻主户之田少者,往往尽卖其田,以依有力之家。有力之家,既利其田,又轻其力,而臣仆之。若此则主户益耗,客户日益多。……

其他之例不备举。由此可见沦为客户是下户(即主户之田少者)贫困化的前途之一。有的史家据《太平寰宇记》《通考》所载毕仲衍《中书备对》《元丰九域志》和《长编》等书中关于客户的记录加以统计,指出北宋前半期的客户数占主客户总数的32%到41%[1];实则不止此数,仁宗皇祐四年,李觏《上孙安抚书》[2]说:"今之浮客,佃人之田,居人之地者,盖多于主户矣。"神宗时,吕南公《与张户曹论处置保甲书》[3]说:"大约今之居民,客户多而主户少。"可见客户之多。客户

---

[1] 参考张荫麟:《北宋的土地分配与社会骚动》,《中国社会经济史集刊》第6卷第1期(1939年)及李景林:《对北宋土地占有情况的初步探索》,《历史教学》1956年第4期。
[2] 见《直讲李先生文集》卷二十八。
[3] 见《灌园集》卷十四。

之多说明它是贫弱下户的最广阔的前途;同时也说明庄园的普遍,及其所以普遍的条件。《水浒传》里的那许多庄园农奴应该就是通过这条道路来的。典型的具体例子是李逵的哥哥(李达),他因贫弱而做了"财主"家的"长工"。

作为一个庄园农奴,生活是十分困苦的。从上文对他们和庄主的关系的叙述中,已经可以看出。兹再引两条比较具体的记载于下:

吕南公说:

……客户之忧,又其最重。何者,客户之智非能营求也,能输气力为主耕凿而已;则一日不任事,其腹必空。……①

南宋陈淳说:

……客户则全无立锥,惟藉佣雇;朝夕奔波,不能营三餐之饱;有镇日只一饭,或达暮不粒食者。……②

这就是李达的生活。李逵从梁山泊回到家,他的娘道:

我儿,你去了许多时!这几年正在那里安身?你的大哥只是在人家做长工,止博得些饭食吃,养娘全不济事。我如常思量你,眼泪流干,因此瞎了双目。你一向正是如何?

这真是一字一泪!故事接着写道,李逵和娘"恰待要行,只见李达提了一罐子饭来"③。寥寥几字,使我们仿佛若见李达穷困的样子。

这样穷困的生活,为什么李达以及一般的庄园农奴们甘愿忍受呢?李达和他娘的对话回答了这个问题:

……〔李达〕入得门,李逵见了便拜道:"哥哥,多年不见!"李达骂道:"你这厮归来则甚?又来负累人!"娘便道:"铁牛如今做了官,特地来家取我。"李达道:"娘呀!休信他放屁!当初他打杀了人,教我披枷带锁,受了万千的苦。如今又听得他和梁山泊贼人通同劫了法场,闹了江州,见在梁

---

① 见《灌园集》卷十四。
② 《北溪先生全集》卷二十四《上庄太卿论鬻盐事》。
③ 见《全传》第四十三回,第 696—697 页。

山泊做了强盗。前日江州行移公文到来,着落原籍追捕正身。却要捉我到官比捕。又得财主替我官司分理,说:'他兄弟已自十来年不知去向,亦不曾回家。莫不是同名同姓的人,冒供乡贯?'又替我上下使钱,因此不吃官司、杖限追要。见今出榜,赏三千钱捉他。你这厮不死,却走来家胡说乱道!"……

在历史文献上,吕南公的话也回答了这问题。他说:

……所谓主户者又有差等之辨:税额所占至百十千、数千者,主户也;而百钱、十钱之所占者,亦为主户。……百钱、十钱之家,名为主户而其实则不及客户。何者,所占之地非能给其衣食,而所养常倚于营求,又有两税之徭,此所以不如客户。……①

《宋史全文》卷二十六载,南宋孝宗淳熙四年十二月甲戌,臣僚言:

……有田者不耕,而耕者无田,农夫之所以甘心焉者,犹曰,赋敛不及也。……

赋敛之酷,见于文献者很多,这里选录二则。其一是北宋初宋太宗的一段话:

上谓宰相曰:……比令两税三限外特加一月,而官吏不体朝旨,自求课最,恣行捶挞,督令办集。此一事尤伤和气,宜下诏申儆之。

又谓宰相曰:民诉水旱,即遣使检覆;立遣上道,犹恐后时,顾闻使者或逗留不发,州县虑赋敛违期,日行鞭箠……

其二是南宋初监察御史刘长源的一段话:

……公家赋敛、私门租课,一有不足,或械之囹圄,或监之邸肆,累累然如以长绳联狗彘,狱吏执箠而随之;路人洒涕,为之不忍,而州县恬然不恤,为民者何苦而为农乎!……②

---

① 《直讲李先生文集》卷二十八。
② 前者见《长编》卷二十四,后者见《系年要录》卷一○三。

反之,在庄园里情况却有所不同。苏轼曾正确地指出:

　　……民庶之家,置庄田,招佃客,本望租课,非行仁义;然犹至水旱之岁,必须放免欠负、借贷种粮者,其心诚恐客散而田荒,后日之失,必倍于今故也。……①

由此可见,作为一个庄园农奴和作为一个下户农民,虽然生活都是困苦的,但两害相权,后者较前者还要更加厉害。这就使我们得以理解:为什么一个下户农民会宁肯丧失主户身份,而逃向庄园去"忍卑甘贱,为竖为役,效牛作马"(宋末人陈普语)!更重要的是,我们由是而知:庄园内部矛盾之所以比较缓和,乃是由于外部矛盾的激化。可以设想:李达之所以不认识他的庄主即是剥削他的阶级敌人,而反以为是他的庇护者,其原因是由于江州要捉他"到官比捕",而地主替他"官司分理"。在宋朝那样一个远离工人阶级出现的时代,像李达那样缺乏阶级自觉的农民,为数是很多的。史家庄的庄户对史大郎说:"我等村农,只靠大郎做主。"这句简短而朴素的语言里,不知含有多少像李达那样遭遇的辛酸!阮小二道:"我虽然不打得大鱼,也省了若干科差。"金圣叹批语说:"十五字,抵一篇《捕蛇者说》!"确乎是这样的。在农民和朝廷官府的这种矛盾的影响下,农奴和庄主的矛盾暂时降到次要和服从的地位,因而呈现出比较缓和的状态,全部《水浒》庄园的秘密就在这里!

但是,还应再一次指出:庄园农奴的生活并不是不困苦的,他们和下户农民的差别,不过五十步之与百步,界限止于能否"苟延残喘"一点而已。因此,只要庄主的剥削越过了这一点,彼此间的矛盾就会激化起来的。如洪迈《容斋三笔》卷十六(亦见《通考·刑考·赦宿门》)所载:

　　婺州富人卢助教以刻核起家;因至田仆之居,为仆父子四人所执,投置杵臼,捣碎其躯为肉泥。既鞠治成狱,而遇己酉赦恩获免。至复登卢氏之门,笑侮之,曰:"助教何不下庄收谷!"

---

① 见《长编》卷四五一,元祐五年七月;亦见《苏东坡集》卷五十七。

为此,有远见的地主阶级中人对一般地主发出劝告,如朱熹说:

>……佃户既赖田主给佃生借以养活家口,田主亦借佃客耕田纳租以供赡家计,二者相须,方能存立。今仰人户递相告戒:佃户不可侵犯田主,田主不可挠虐佃户!……①

由于主客间的这种矛盾,就使得佃客庄户在庄园的对外斗争中,采取比较消极的态度,如《水浒传》里所表见的那样。但这种矛盾是次要的矛盾,所以在历史文献中既不多见,在描写典型的"水浒传"里也略而不详。

庄客对庄主的态度显然和庄户的不同,这是由于庄客(或部曲)是庄主保卫和统治庄园的力量,所以庄主不能把他们当作庄户一般看待,否则他们就不会为庄主"力为屏藩"了。而且,不仅不能当作庄户一般看待,还要对他们"恩信素孚",这样才能得其死力。从上引《涑水纪闻》所记惠州耆老之言,证明了这一点("客户十余人,今复亡为贼",而以庄客"御之",可见庄客和庄户之对庄主是有不同的)。《水浒传》里写到庄客和庄主的关系多是一种亲昵的样子,与庄户对庄主的疏淡不同。这样的关系也不仅是由于"恩信"而已,按唐宋部曲均为其主私属,没有独立的门户,以主人之户为户(参考《唐律疏议》和《宋刑统》)。这在法律地位上说是卑微的,可是在经济上却把他们和主人系属在一起。经唐末五代的长期战争之后,部曲的实际地位已有所提高(因为主人要依靠他们去从事战争),但这种经济上的联属关系仍未解纽。加以他们是从土地上被抛掷出来的浮客(见上引李觏语),同样受过赋役等的重压,和朝廷官府有不可调和的矛盾,但是,在缺乏阶级觉悟的情况下,便觉得自己和庄主休戚相共,从而和庄主的矛盾也就更为缓和了。

综括以上所述,围绕着庄园的矛盾是这样一些矛盾:(1)主户农民(即下户等级)和朝廷官府(即皇室等级和官户等级的统治形式)的矛盾;(2)庄主(即上中户等级之上层部分)和朝廷官府的矛盾;(3)庄户庄客(即客户部曲等级)和朝

---

① 见《朱文公文集》卷一百《劝农文》。

廷官府的矛盾;(4)下户等级和上中户等级的矛盾;(5)庄户和庄户的矛盾;(6)庄客和庄主的矛盾。这些矛盾交织在一起,但起主导作用的则是朝廷官府的一面。这一面是主要矛盾的主要方面,它通过赋役等制度,把其他几个等级驱使到站在和自己对立的方面,连上中户等级也在内。这几个被压迫的等级自然力图把自己转化为对立的方面。这一转化过程就是梁山泊的斗争,也就是我们下面所要讨论的问题。

3. 论矛盾的斗争

上文说沦为庄园农奴——客户,是贫弱下户最广阔的前途。同时指出,庄园农奴的生活也是十分困苦的。因此,这样的前途虽然广阔,却是异常艰辛,只是为了"苟脱沟壑之患",不得已才踏上去的。北宋仁宗时,李觏说:

……贫民无立锥之地,而富者田连阡陌……贫民之黠者,则逐末矣、冗食矣;其不能者,乃依人庄宅为浮客耳。……①

因此,虽然当时的农民还缺乏阶级的自觉,但不可能人人都是"忍卑甘贱"的驯顺的羔羊,所以自始即有不少人"弃农耕而游惰"(陈靖语),寻求其他出路。从宋代一般情形看来,所谓其他出路不外这样几条:一是上面李觏说的"逐末",亦即韩绛说的"生资不给,则转为工商"。这条路消纳了不少贫民,但是这条路也是崎岖的,因为"生资不给"的人自不可能转为什么富商大贾,而只能成为像卖炊饼武大郎那样的工商;大概宋代的许多坊郭下户(六等以下)就是由此而来,他们都是十分贫困的。其次一条出路是李觏说的"冗食",主要是出家为僧。这条路也消纳了部分人口,但在宋代,这条路是很窄狭的,只有富厚之家才能享受这一个权利。因为为僧必须有官府的特许状——"度牒",而要获得一道度牒是很不容易的。英宗治平后度牒可以出卖,每道价自一百九十千至一千五百缗不等(此袁震先生之说,见所著《宋代度牒考》),当然不是只有物力三十八贯五百左右的下户所能办。在《水浒传》里,鲁智深和武行者,倘若不是那么两次极

---

① 《直讲李先生文集》卷十六《富国策》第二。

为偶然的奇遇,他们怎么能够遁入空门呢?除此以外,在官府所许可的合法范围内,就只有投军的一条路了。这条路,当然也不似沦为农奴那么宽广,但却具有重大的意义。假如说,沦为庄园农奴是第一条路,那么它就是第二条了。宋朝统治者利用募兵的制度,首先把军民中的所谓"失职犷悍之徒"招募了去,以消解农民的反抗力量;接着把他们编练为军队,使之转化为统治工具,反过来作为镇压农民反抗的力量。《通考·兵考》引《两朝国史志》说:

> ……召募之制,起于府卫之废。……收天下犷悍之兵以卫良民,今召募之兵是也。……自国初以来,其取非一途。或募土人就在所团立,或取营伍子弟听从本军,或乘岁凶募饥民补本城,或以有罪配隶给役,是以天下失职犷悍之徒,悉收籍之。伉健者迁禁卫,短弱者为厢军。制以队伍、束以法令,帖帖不敢出绳墨。平居食俸廪、养妻子,备征防之用;一有警急,勇者力战斗,弱者给漕挽,则向之天下失职犷悍之徒,今为良民之卫矣。……

又引欧阳修时论《原弊》说:

> ……古之凡民长大壮健者,皆在南亩,农隙教之以战。今乃大异:一遇凶岁,则州郡吏以尺度量民之长大而试,其壮健者招之去为禁兵;其次不及尺度而稍怯弱者,籍之以为厢兵;吏招人多者有赏,而民方穷时争投之,故一经凶荒,则所留在南亩者惟老弱也。而吏方曰:'不收为兵,则恐为盗。'噫,苟知一时之不为盗,而不知终身骄惰而窃食也!……

已往的读史者,多只从养兵之费甚巨一点而论,指摘宋代统治者之不能更改兵制为无能,现在我们从阶级关系来看这问题,则适见其极阴险毒辣之能事。这种兵制是起了不小的作用的,上引《两朝国史志》又说:"……犷悍之民,奴隶尺籍,以给守卫。兵无常帅,帅无常师;内外相维,上下相制,等级相轧;虽有暴戾恣睢,无所措于其间,是以天下晏然逾百年而无犬吠之惊,此制兵得其道也。……"站在当时统治者的立场来说,确乎是这样的。《水浒传》里的王进、鲁达、林冲、朱同、雷横、杨志、杨雄、戴宗……不正就是这种"失职犷悍之徒"的典型吗?不是原来已经都被"收隶尺籍"之下了吗?

当然,这条路也不可能消纳尽全部的"失职犷悍之徒"。因为不可能天天召募,召募时也不可能募尽。总有一些像刘唐,像李逵,像武松,像石秀,像解珍、解宝,像张横、张顺,像阮氏三雄……由于这样或那样的原因,游离于统治者的"尺籍"之外。那么,他们往何处去呢?既然上述的那些条路,他们或者是不愿走,或者是不能走,其最后归宿当然就只有像当时人所说的"不得已而为盗贼"(韩绛语)。由于宋代的历史环境,自始就具有如本文所述的那种种矛盾,所以这种所谓的"盗贼"也自始即存在于宋代社会之中。试举一例,《长编》卷四十二载:

〔太宗至道三年十一月己巳,〕是日,同干当审官院通进银台司封驳事田锡又上疏曰:"……臣见银台司诸道奏报,自九月初至冬至节前,申奏盗贼不少,今不一一具奏,虑烦圣聪,且据其可言者一二而言之:九月四日,施州奏,群贼四百余人惊劫人户;十月七日,滑州奏,有贼四十余人过河北;十五日,卫州奏,有贼七十余人过河北;十九日,绛州奏,垣曲县贼八十余人杀县尉成柄;西京奏,十月二十三日,有贼一百五十三人入白波兵马都监廨署,并劫一十四家,至午时,夺州船往垣曲,至河阳巩县界;濮州奏,群贼入鄄城县;单州奏,群贼入归恩指挥营;济州奏,群贼劫金乡巨野县郭十九家;永兴军奏,虎翼军贼四十余人劫永兴南庄;今月二日,西京奏,王屋县贼一百余人,白高渡溃散军贼六十余人;七日,陕府奏,集军镇群贼六十余人,并惊劫人户,至午时乘船下去;峡石县贼自河北渡过河南;八日,西京奏,草贼见把截土豪镇,官私往来不得。岂有京师咫尺而群盗如此,边防宁静而叛卒如是。……"

从这里可以看出,这些反抗武装的规模都是不大的,斗争的方式都是流动的,和《宋史·侯蒙传》所记"〔宋〕江以三十六人横行齐魏,官军数万无敢抗者",是同一类型的;其中还有所谓"军贼",即军人叛变起义的,类此的例,散见于宋代文献中的不少,这里不能备举。这里要指出的是,为什么它们具有这些特点呢?从本文以上的分析可知,广大的失业群众已被消纳于那些道路上去了,只有部分的"失职、犷悍之徒"成为反抗的力量，所以它们不能不是这样的规模并采取这样的斗争方式。这样的斗争反映在《水浒传》里，就是少华山、二龙山、桃花山……以及王伦领导时期的梁山泊的斗争。

从宋代历史上看，宋代社会的主要矛盾到仁宗以后有进一步的发展。仁宗庆历时，范仲淹指出："我国家革五代之弊，富有四海，垂八十年。纲纪制度，日削月侵。官雍于下，民困于外。夷狄骄盛，寇盗横炽。不可不更张以救之。"①从这段话以及范仲淹在下文所提出的十事中可以看出，"官"和"民"的矛盾是问题的症结。《宋史·食货志》说："〔仁宗时，〕承平既久，奸伪滋生。命官形势，占田无限，皆得复役。"可见此时官户等级的势力有进一步的扩大。相反的一面则是"近年上户寝少，中下户寝多"（韩绛语），说明上户的情况更为恶化。上户如此，下户当然也不能稳定于他的贫弱景况中，势必有更多的人向上述那些出路上奔驰。以募兵一项而言，仁宗时只禁军已达 120 多万，所以"景祐初，〔仁宗〕患百姓多去农为兵，诏大臣条上兵农得失"，由此可见矛盾发展的一斑。仁宗曾颁品官限田之令，但"未几即废"。神宗时，王安石等代表上中户等级的利益，锐意改革，但终无法扭转局势，矛盾仍继续向前发展，而且愈演愈烈。到徽宗时期，皇室等级和官户等级紧密勾结，势力更为猖獗，公开肆意掠夺（如"花石纲"等）。这时，不仅贫弱下户的处境不堪问，即上户富人也不免于流亡（如上引宇文粹宁所说）。因之，外面招致了金朝的南侵，内部暴发了方腊、钟相等等的起义。在这些起义斗争中，上中户等级的激进分子，由于和朝廷官府（皇室官户）的矛盾，是参加了的，而且由于他们在封建社会里的地位，还常常取得了领导权。据《青溪寇轨》，方腊是一个漆园主；据《杨么事迹》，钟相是一个"土豪"——看来都是上中户等级的人物（宋时所谓的"土豪"，即拥有部曲的庄园主）。其前的李顺和其后的赖文政，也有类似的记述。这些都不是偶然的，而是受矛盾的法则所决定的。《水浒传》把那许多上户庄主安排在故事当中，而且把故事的时代放在北

---

① 《范文正公集》，《政府奏议》，《答手诏条陈十事》。

宋之末,正是合情合理的典型概括。

  在历史上,上述矛盾的发展和斗争的展开是一个很长的过程,但在《水浒传》里则把它们集中成为几年间的事情。这是高度的概括方法。《传》中从少华山的突然出现强人到梁山泊的大聚义,是宋代百多年历史发展的过程。少华山、二龙山、桃花山……到王伦领导时期的梁山泊,前已说过,是徽宗以前的阶级斗争的反映。从晁盖、宋江取得领导权以后的梁山泊,则是徽宗以后的阶级斗争的反映。姑不论梁山泊在当时的实际情况若何,即使全属子虚,在历史实际中也不乏《水浒》故事的张本。如南宋初,杨么在洞庭湖的英勇斗争就可以提供《水浒》故事的作者以丰富的题材(可参阅朱希祖《杨么事迹考证》)。《水浒》故事中的两代人也是两个时代的象征。史太公、穆太公……不仅概括了他们本身,而且也概括了他们的祖若父;史进、穆弘、穆春……也不仅概括了他们的本身,而且也概括了他们子和孙。实际历史的发展,其来也渐,而《水浒传》则抓住突变的关键,把它们缩写成为一个故事,使我们读了这部"现实主义的历史"就可看到宋代社会的缩影。

  从等级的观点来看,《水浒传》是全面地反映了当时的主要矛盾及其尖锐斗争的。试以"智取生辰纲"为例,代表反抗力量而闯进晁盖庄园的刘唐和公孙胜,一个代表的是下户等级(刘唐),一个则代表的是破落的上中户等级(公孙胜)。下户等级的劳动人民是反抗斗争的主力,所以晁盖、吴用们就不得不争取三阮的合作。智取生辰纲的事机泄露后,晁盖率领他的庄客(客户部曲等级)上了梁山,和代表前一时期的反抗斗争力量(王伦)相结合。王伦是"个不第秀才",显然也是属于被压抑排挤的等级,但是晁盖、林冲代表的是新的反抗斗争力量,新旧间的矛盾,使得"林冲水寨大并火,晁盖梁山小夺泊"(第19回),新的终于代替了旧的。自此,反抗斗争跃进到一个新的阶段,山寨日益兴旺起来。四方八面的各种反抗势力,以及各个等级的代表人物,都以梁山泊为中心,逐渐聚集到忠义堂的周围。到了"英雄排座次"之时,聚集的过程完成了,于是矛盾发展到最高阶段:和皇室官户的朝廷展开正面的斗争。在这个尖锐的斗争中,梁山泊获得辉煌的胜利,这说明矛盾的非主要方面已经转化到和主要方面势均力敌,甚至到犹有过之的程度。因之,妥协的时机来了。宋江们接受了这妥协,矛盾便突起质的变化:反抗斗争的力量转过来却去镇压另一反抗斗争的力量("征方腊"),其结果是同归于尽,而宋江本人也就在"黄封御酒"的悲剧中结束了他的一生。

这里,可以略说一说宋江悲剧的根源。从历史上看,上中户等级是地主阶级的一个组成部分;封建国家政权原来也是代表它的利益的,只因在宋代那样一个具体的历史环境里,它和它上面等级(皇室和官户)的矛盾因土地问题和赋役问题激化了,所以它才会和它下面的等级站在一起,共同进行斗争。皇室等级握有封建国家的最高权力。在官户等级和上中户等级二者之间,它原可更多地代表这个等级的利益或代表那个等级的利益。在宋代实际历史中很显然,神宗就是稍多代表上中户等级的利益的,而徽宗则是完全代表官户等级利益的(这里所谓的多寡,是只就官户和上中户两个等级间互相比较而言;若和下户或客户相比,则皇室等级始终也都代表着上中户等级的利益,不过有时多有时少而已,因为它始终都维护上中户剥削役属下户、客户的权益)。因此,上中户等级总是对皇室等级怀着愿望,争取它倒向自己一边,最大限度地维护自己的种种权益。这一等级本性体现在宋江身上,就是他老想着"封妻荫子",接受"招安"。后来,他果然这样了,可是和官户等级的矛盾并未解决,因而在他刚刚"衣锦还乡"之后,高俅等(官户典型人物)制造的悲剧就结束了他,并结束了这一场伟大的斗争(当然,矛盾还是继续存在,而且继续斗争,但怎样斗争,那是另一部小说的题材了)。

不仅宋江一人,就是其他的英雄好汉,也可从等级的观点,对他们做一些个性的分析。例如李逵,人们都指出他是斗争意志最坚决的,因为他是从最受压迫的下户农民等级里分化出来的先进人物(阮氏三雄也类似)。武松,看来是从坊郭下户等级里分化出来的先进人物(这个等级,在宋代,也是一个最贫困的等级),所以也是斗争性很强的。卢俊义显然属于坊郭上户等级,这个等级和皇室官户的矛盾最小（它不负担职役），所受的"逼"不大，因而最不易"上梁山"。杨志是一个破落官户出身的人物，胸中总是横着一个"封妻荫子"的观念，所以直至山穷水尽才上梁山。……当然，等级地位不是决定人们个性的唯一因素，但有着巨大的影响是无疑的。

谈到这里，也许有人要问：既然有那许多不同等级参加了反抗斗争，而它的领导人物（如晁盖、宋江、卢俊义等）又都不是农民出身，那么，这一斗争的性质是不是还属于农民起义的范畴呢？回答是：是的；因为这一斗争主要是为了农民的利益而斗争，它的斗争纲领主要是反映农民的愿望和要求。试举第71回"梁山泊英雄排座次"的一段话为证：

> 看官听说：这里方才是梁山泊大聚义处。起头分拨已定，话不重言。原来泊子里好汉，但闲便下山，或带人马，或只数个头领，各自取路去。途次中，若是客商车辆人马，任从经过。若是上任官员，箱里搜出金银来时，全家不留。所得之物，解送山寨，纳库公用。其余些小，就便分了。折莫便是百十里，三二百里，若有钱粮广积，害民的大户，便引人去，公然搬取上山。谁敢阻当！但打听得有那欺压良善，暴富小人，积攒得些家私，不论远近，令人便去尽数收拾上山。如此之为，大小何止千百余处。为是无人可以当抵，又不怕你叫起撞天屈来，因此不曾显露。所以无有话说。

这段话，很清楚地告诉我们：斗争的锋芒首先是指向"官员"，其次是指向"害民的大户"，又其次是指向"欺压良善〔的〕暴富小人"。可以说，这是梁山泊斗争的阶级路线；也可以说是《水浒传》一书的主旨，因为它不仅体现于大聚义之后，而且也体现于以前，如打击毛太公、打击西门庆……都是其例。从这一斗争路线可以看出，起义力量的主体是下户农民等级。其他等级必须服从农民的意志。只有当它们和农民没有矛盾或矛盾最小时，才能侧身于起义队伍之中；其他等级中人，只有表现出对农民最关怀最平等的，才能取得农民的拥戴。上中户等等级当然是起义力量的一个组成部分，可是"害民的""欺压良善"的则被敌视，这说明为农民的利益而斗争、服从农民的意志，是斗争的主流。因此，梁山泊的政治纲领就是杏黄旗上的"替天行道"四个大字,战斗口号就是宋江所一再说的"保国安民"或"保境安民"一语;而对于内部则是:"各无异心,死生相托,吉凶相救,患难相扶。"(大聚义誓词)远在王伦领导时期,阮小五就说:"他们不怕天,不怕地,不怕官司。论秤分金银,异样穿锦绣。成瓮吃酒,大块吃肉,如何不快活!"(第15回)这些都是反映农民的愿望、体现他们的平均主义的思想,而不是其他等级的愿望和思想。由此可见,《水浒传》里的矛盾和斗争,虽然是错综复杂的,但农民的反抗斗争,在起义力量中,是居于主导地位的;因此,斗争的性质还是农民起义的性质。

也许有人又问:既然斗争是农民起义的性质,农民是起义力量的主体,那么,为什么还听命宋江,接受"招安",而像李逵那样坚强的人也不坚决反对呢?这是不是夸大了上中户等级和宋江个人的作用而低估了农民的斗争性和力量呢?回答是:不然。斯大林曾经正确地指出,农民是拥护好皇帝的。在《水浒传》里也正是这样。就以李逵说吧,他虽然反对"大宋皇帝",但是却希望宋江做皇帝,可见仍然是拥护好皇帝的思想。宋江也是拥护好皇帝的,但不同的是,宋江代表的是庄主的愿望,并不要推翻皇室,而李逵代表的是受苦最深的等级,对旧政权已经失望,所以希望另建新朝,这个另建新朝的希望,当然只能寄托在宋江身上。可是宋江为其等级性所囿,却错误地以为:"今皇上至圣至明,只被奸臣闭塞,暂时昏昧。"(第71回)因而拒绝实现这希望,"只愿早早招安"。李逵,以及和李逵有着共同愿望的人们,既然不能在宋江身上实现自己的希望,而自己又具有拥护好皇帝的思想,忠于宋江,所以毕竟还是跟着宋江接受了"招安"。由此说来,接受"招安"一举,并不完全是李逵和其他的人们屈从宋江个人意志的结果,而是他们自己的思想意识中本来也有着拥护好皇帝的根源。

应该指出:这还不只是一个思想意识的问题,而且也是实际历史的反映。从宋代历史上看,当时的历史环境,对武装起义说来,有这样的两种情况:第一是赋役繁苛,官户猖獗,因而常常暴发人民武装起义的反抗斗争,这在上文已经述及。统治者不可能对那许多此仆彼起的武装起义一一尽行消灭,所以不能不采取"招安"的办法,以求妥协。第二是经济联系性还很薄弱,各地区的矛盾激化程度不一致,因此某一地区的武装起义不易得到其他地区的响应。恩格斯在《德国农民战争》一书中曾说:"虽说农民在可怕的压迫之下被煽动了,然而要怂恿他们暴动却不容易。因为散居各地,想使得到一个共同的了解极感困难;世代相传的服从习惯,在许多地方缺乏武器使用的练习,剥削程度的深浅视其主人之个性而异,凡此一切使农民安静了。"[①]宋代的情况也是这样,因此起义武装多是孤立的或者是各自为战的。而统治者则是全国性的统一政权,区域性的武装起义要把它推翻也是困难的;"孤立的农军不能长期坚持"(亦恩格斯语,见同上书),于是接受"招安"就有了可能。由这两方面情况的结合,"招安"在宋代历史中就数见不鲜了,不必说宋代后期,即在前期统治力量最强的太宗之时已不止一次出现,如《长编》卷三十六载:

> 先是京兆剧贼焦四、焦八等常啸聚数百人,攻劫居民,为三辅之害。上令悬赏招募,待以不死。至是(淳化五年九月)请罪自归……上引对焦四等,各赐锦袍银带、衣服缗钱,并擢为龙猛军使。

同书卷三十九至道二年四月又载:

> 时寇盗尚有伏岩谷依险为栅者,其酋何忠彦集二百余众,止(忠州)西充之大木槽,彀弓露刃,诏书招谕未下……(查道)微服单马,从仆不持尺铁,间关林箐间百里许,直趋贼所。初悉惊畏,持满外向。道神色自若,据胡床而坐,谕以诏意。或识之曰:"郡守也,尝闻其仁,是宁害我者。"乃相率罗兵投拜,号呼请罪。悉给券归农。……

把这种史事和《水浒传》对读,不正是一致吗?由此可见,《水浒传》对宋江接受"招安"的描写,是既不违反思想意识的特点,又符合历史实际的情况的。

最后,附带指出,宋代由于南北经济发展的不平衡和首都以及河北国防上的巨大需要,大运河一线上的纲运最繁、科役最重,从而矛盾也较为尖锐。其间

[①] 生活·读书·新知三联书店版,钱亦石译本,第20页。

又以曹濮一带为最,因其地适当河南、河北中权并具有地形上的优良条件。《宋史·兵志》载:宋神宗与王安石等议府兵,"文彦博曰:如曹濮人专为盗贼,岂宜使入卫?"可见这一地带具有武装斗争的传统。据近人考证,梁山泊在当时确是大泽,位置正在曹濮之间。《水浒传》把起义军的根据地放在这里与史实相合。其次,宋代农民起义的产生和唐末元末的情况有所不同,它不是广大地区内的农民同时揭竿而起,而是一个个从生活重压下排挤出来的"失职犷悍之徒",逐渐聚结,然后形成一支反抗的武装。这当然是有原因的,原因就是矛盾的特殊性,大略已见上述。这种聚结的过程,只有在大运河这带才便于进行。因为矛盾在这里较为激化,交通条件在这里较为便利,所以一个个反抗的先进人物在这里易于同气相求。要不是这样,刘唐、公孙胜怎么可能迢迢远道而去到晁家庄上呢?当然,我们不能把《水浒传》的地名,一一按着地图去探索,那样做是可笑的。但是作为背景来看,《水浒》故事以这一地区为舞台,则决不是偶然的。我们知道,《水浒》故事原来是说话人讲给人民群众听的,假若它所说的矛盾斗争(包括地理环境在内)和历史实际不大致符合,谁爱去听呢?

以上就是我们对《水浒传》里的矛盾和斗争所做的粗略分析。

结　　语

马克思列宁主义的伟大导师斯大林教导我们:"历史科学要想成为真正的科学,便不能再把社会发展史归结为帝王将相底行动,归结为国家'侵略者'和'征服者'底行动,而是首先应当研究物质资料生产者底历史,劳动群众底历史,各国人民底历史。"[①]可惜得很,在我们汗牛塞屋的封建社会历史文献中,关于人民群众历史的记录却是很少,尤其是关于人民群众反抗斗争的历史,要找一部完整的、细致的记录那就更少。只有《水浒传》这样一部洋溢着人民性的伟大现

---

① 《联共(布)党史简明教程》,第153页。

实主义历史,才那么生动地、具体地把它们发生、发展和失败的过程,以及当时的历史环境,详尽地告诉我们。只有从这样一部作品中,我们才能更亲切地看到我国封建社会的面貌和它的有机构成。有人怀疑:我们历史上是否有过农奴制,是否有过庄园制?没有吗,《水浒传》告诉了我们一些什么呢!毛主席在论及我国封建社会的农民时说:"这种农民,实际上还是农奴。"[①]从对《水浒传》的研究看来,这是何等的正确。本文之作,目的不是为研究《水浒传》而研究,而是为了认识我国的封建社会,特别是它的庄园制、农奴制以及在这个基础所产生的阶级矛盾和阶级斗争。指导作者去进行这一研究的,主要是列宁的等级学说和毛主席的《矛盾论》。当然,由于作者对于理论的学习,才是刚刚开始,所以本文中的谬误之处,必然是很多的。而且,对于《水浒传》这部伟大作品和宋代的有关史籍,也未能细加玩索,是否能够做到理论与实际联系,更不敢自信。但是没有错误,就没有正确。把这一矛盾揭露出来,使之通过同志们的指正,得到解决,不正是对自己的提高吗,何乐而不为呢!

1957年5月初稿,翌年1月改作

原载《云南大学学报》1958年第1期

[①] 《毛泽东选集》第2卷,第594页。

关于甲戌本《好了歌解》的侧批

杨光汉

《脂砚斋重评石头记》甲戌本(即曾归刘诠福收藏,后为胡适购得的抄本)第一回《好了歌解》有较详的朱笔侧批。这些侧批出自谁手?它们的可靠性如何?这问题不仅对于推考《红楼梦》一些重要人物的结局大有关系,而且涉及对曹雪芹的政治思想、《红楼梦》的主题、艺术构思的深入研究,亟需弄清。

我们知道,现存各脂本系统的抄本,批语情况极复杂,批者断非一人。除去乾隆以后的批书人如"痴道人"(孙桐生)、"鉴堂"(李秉衡)以及真名不详的"玉蓝坡""绮园"等不必计较外,生活在乾隆年间,甚至与曹雪芹同时的批者,有名号可考的,就有大名鼎鼎的脂砚斋、畸笏叟,以及松斋、梅溪"诸公"。由于各抄本汇集起来的数千条批语多数没有署名,使我们现在已无法精确地一一断定其归属。但据海内专家们多年的辛劳考索,有两点似已取得一致意见:一、未署名的眉批、夹批(句下双行批语)、侧批(行间句侧批语)①多数出自脂砚②之手。二、凡涉及八十回后情节的批语,一般也是脂砚③所作。这部分批语提供了程、高本后四十回伪续的铁证,透露了曹雪芹佚稿的某些构思,是脂批④中最可宝贵

---

① 主要指甲戌本、己卯本、庚辰本而言;其他脂本(如清蒙古王府本)情况更复杂,暂不论。
②③ 这里应再把畸笏包括进去。周汝昌、吴世昌等专家认为脂、畸是一人二名;我认为是两人,脂砚是雪芹的兄弟行,畸笏是雪芹的伯父。参见拙作《脂砚斋与畸笏叟考》(载《社会科学研究》1980年第二期)。
④ 遵从红学界习惯,我们将脂、畸二人的批语,统称为"脂批"。

/720/

的部分。根据这些脂批,我们得以知道:原稿在八十回后还有约三十回书①;佚稿里写到了黛玉夭亡,玉钗成婚,探春远嫁不归,元春早死,贾府被抄,雨村、贾赦、凤姐、宝玉等入狱,凤姐惨死,宝玉贫困至极,撒手出家,湘云早寡,贾家彻底败亡,大观园成为一片废墟,等等。

脂本中的这类批语所揭示的佚稿中的上述内容,未看到有人表示怀疑;批语作者显系脂砚、畸笏,这一点也未见异议。但独是甲戌本《好了歌解》的朱笔侧批,有专家明确表示了不同看法,认为它们不可信,不是脂砚等见过佚稿的人所为,而是出自与曹雪芹不相干的后世人之手(见吴世昌《残本脂评〈石头记〉的底本及其年代》②)。

我以为甲戌本这一页所有的侧批都可信。它们的作者当不出脂砚、畸笏。兹试述如下,以就正于吴世昌先生和其他专家。

吴世昌先生认为甲戌本《好了歌解》的朱笔侧批不是脂砚所为的主要根据是:一、批语中有与前八十回情节全然不符的内容,即在歌词"如何两鬓又成霜"之侧批注为:"贷〔黛〕玉晴雯一干人。"吴先生说:"她们是大观园里最短命的两个美人,晴雯在八十回前已死,不到二十岁;黛玉之死即在原稿中也不会在八十回以后太久,她们二人如何会'两鬓成霜'?"二、歌词"训有方,保不定日后作强梁"之侧,批注为:"柳湘莲一干人。"吴先生说:"柳湘莲在尤三姐自刎后早已出家,从此书中再不见他,怎么又会'还俗'去'作强梁'(土匪)?"根据这些,吴先生认为批者对《红楼梦》的内容无知甚,并断言批者决非脂砚一流。

其实,吴先生提出的这些问题,我们只消认真地、全面地考察《好了歌解》的所有侧批,是不难释疑的。

《好了歌解》的侧批共有十六条。除去尚待讨论的而外,可以一眼看出与歌词不逗榫的只有三条:一、"熙凤一干人"。这一条写作"今宵红灯帐底卧鸳鸯"

---

① 雪芹生前,全书已写完。这个问题,我另有专文考索。
② 吴文原载《文学研究集刊》第一册。1975年7月收入内部编印的北京师范大学学报丛书《红楼梦研究资料》时,作者做了补充修改。

的批注，显然不符作家原意，应下移一行，批于“金满箱银满箱”处。二、“甄玉贾玉一干人”。这条写在“金满箱银满箱”之侧也不够妥当，应下移半行，作“展眼乞丐人皆谤”的批注，才与其他脂批所透露的佚稿情节更相吻合。三、“贷〔黛〕玉晴雯一干人”。这一句批注，诚如吴世昌先生所说，实在是错得太厉害，一望可知。但此批若下移半行，作为“昨日黄土陇头堆白骨”的注文，那就全然没有问题了。（参见图一：甲戌本卷一第十八叶书影。眉批和侧批原为朱笔）

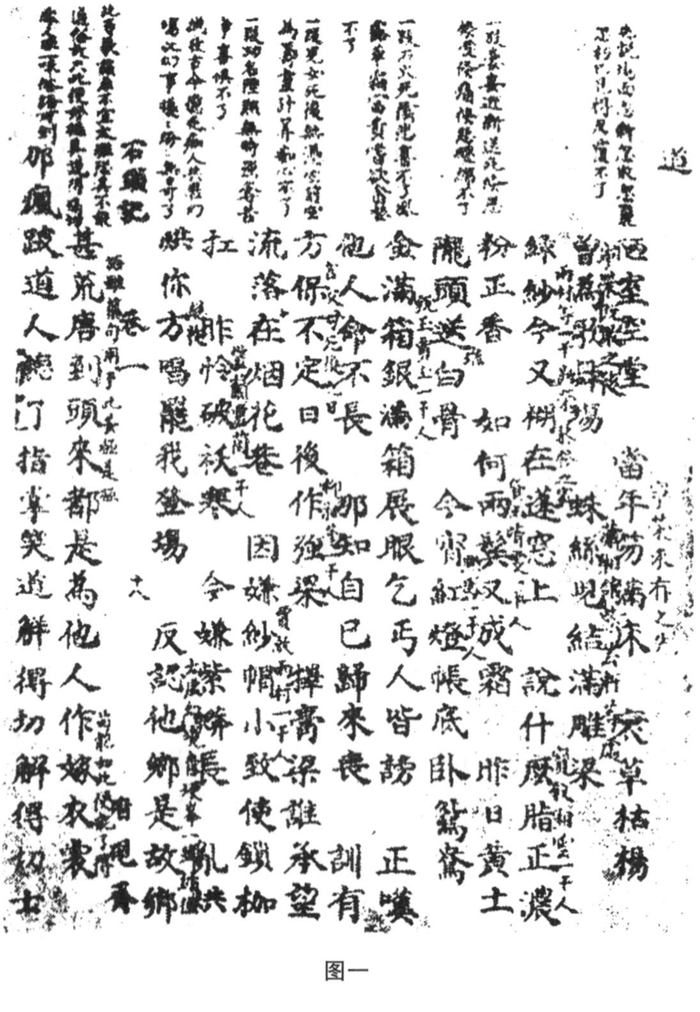
陋室空堂當年笏滿床衰草枯楊
曾為歌舞場蛛絲兒結滿雕梁
綠紗今又糊在蓬窗上說什麽脂正濃
粉正香如何兩鬢又成霜昨日黃土
隴頭送白骨今宵紅燈帳底臥鴛鴦
金滿箱銀滿箱展眼乞丐人皆謗正嘆
他人命不長那知自己歸來喪訓有
方保不定日後作強梁擇膏粱誰承望
流落在烟花巷因嫌紗帽小致使鎖枷
扛昨憐破襖寒今嫌紫蟒長亂烘
烘你方唱罷我登場反認他鄉是故鄉
甚荒唐到頭來都是為他人作嫁衣裳
那瘋跛道人聽了拍掌笑道解得切解得切
石頭記　卷一　十八

图一

造成这些错批的原因是什么呢？是批者对本节无知，乱批一气，还是抄手无知，过录批注时错置了地位？全面分析这位抄手的情况，不难断定：答案是后者。

现存十六个回次的甲戌本是一个乾隆年间的过录本。过录小说正文的抄手不止一人；但过录批语（包括朱笔眉批、侧批、夹批）的抄手则始终是一个人，此人没有参与正文的过录。这位批语的过录者，文字十分工整，每个字都是一笔不苟的正楷，工底虽不厚，态度却是严肃的。但他过录的批语常有错误。纵观全书，造成错误的原因有三：

一是这位抄手不能辨认底本上的一些草书，加上文化水平不高，不熟悉一些常用的文言词语，特别是辞章术语，因而致误。比如卷三第十叶 b 面第九行的侧批，应为"是极恶每日诗云子曰的读书"，他竟将"诗云"误为"诸之"。又如卷八第十一叶 b 面眉批，本应为"是不作开门见山文字"，他竟将"开门"二字错录为"词幻"。有时底本上的字太潦草，实在不认识，他就干脆留下空白不写。如卷六第十四叶 b 面眉批"王夫人数语令余几欲哭出"，其中的"欲"字就是空白。

二是这位抄手对小说的内容无知，或根本没有读过，或虽粗读一过但不熟悉，于是就出现了不少将批语错置的情况。比如卷三第十五页 a 面一条侧批："试问石兄，此一摔比在青峰〔埂〕峰下萧然坦卧何如？"本应录于第七行正文"摘下那玉就狠命摔去"之旁，现在却抄在第六行"岂能人人有的"之旁。再如将黛玉的"黛"字写成"贷"字，也说明此抄手对小说人物不熟悉（这与庚辰本将"黛"字简写为"代"的情况不同）。这类例子较多，不赘。

第三个致误的原因是由下述客观因素造成的：这个甲戌本采用的版式与它的底本的版式不同。底本每一页有几行，不清楚；但每一行有几字则可以推断出来：本书第二回回目之后、正文之前，有与正文同时过录的，字迹大小、墨色都与正文一致的批语 424 字。但这 424 字中，由于抄手的疏忽，造成了 38 个字的衍文（从卷二第一叶 b 面第一行第五字"未"开始，至第三行第八字"一"止。见图二），由此可知在底本中，这三十八个字正好是两行，每行十九字。而甲戌本在这里每行只有十七字。由此可推断底本的版式为：每行比甲戌本多两个字

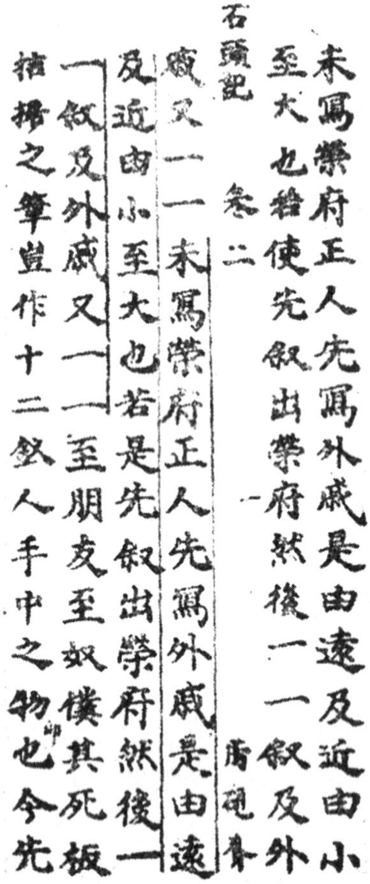
未寫榮府正人先寫外戚是由遠及近由小
至大也若使先敘出榮府然後一一敘及外
石頭記　卷二　　脂硯齋
戚又一一未寫榮府正人先寫外戚是由遠
及近由小至大也若是先敘出榮府然後一
一敘及外戚又一一至朋友至奴僕其死板
拮据之筆豈作十二釵人手中之物也今先

图二　加直线处为衍文

(即在底本中:正文顶格写,每行二十字;回前长批低一格写,每行十九字。甲戌本过录时,将版式改为:正文顶格写,每行十八字;回前长批低一格写,每行十七字)。甲戌本既然比底本每行少写两个字,累积五行就会多出半行来,累积九行就会多出整整一行来。这便是这个甲戌本上若干侧批错置地位(错一行半行、一句两句)的一个重要原因。

根据批语抄手的这些特点,我们再来考察甲戌本《好了歌解》的侧批,对于批语错置的情况就了如指掌了。

关于甲戌本《好了歌解》的侧批

甲戌本中的《好了歌解》是从前后叙述文字中独立出来，低两格抄写的，每行十六字。现依底本每行多两个字之例，我们把这首歌词按十八个字一行重新排抄一遍，就可以将底本中这首歌词的版式还原如图三。底本中这首歌词的版式既明，我们就好来考索底本中朱笔侧批原来的位置了。

按情理和这位抄手的特点推断，他在过录批语时，主要是依据底本行款与此本（甲戌本）相对应的位置落笔的。即在底本上是写于第几行之侧的批语，他也照录于此本第几行相应（比如该行的上端、中部或末端）的位置上，而不去细考其属文是否已有变化。比如卷三第十六叶 b 面侧批："亦是贾母之文章……"这是在评论贾母给丫头取名字的风格，本应写在第六行正文"本名珍珠"之旁，现却误抄到上一行去了。原来是，底本每行多两字，排下来，"本名珍珠"四个字在底本上不位于第六行中部，而位于第五行下部，所以底本批语写在第五行下端之旁，与正文是逗榫的。甲戌本批语与正文不逗榫，正是抄手只着重两个本子的行款对应，做机械的过录，没有再细考属文内容的结果。这类例子很多，足可证明这位抄手的上述特点是确实存在的。

据此，我们在按照底本版式重排《好了歌解》的正文以后，第二步就可以将底本中侧批的原貌也一起恢复过来了。那办法就是将所有侧批按照行次和该行的上、中、下位置补如图三（见图三）。

这样一来，我们就会发现，全部侧批与歌词正文吻合到惊人的程度。比如批语"宝钗、湘云一干人"正好落在"如何两鬓又成霜"之侧；批语"黛玉、晴雯一干人"正好落在"昨日黄土陇头堆白骨"之侧；"熙凤一干人"正好落在"金满箱银满箱"之侧；"甄玉、贾玉一干人"正好批在"展眼乞丐人皆谤"句末；等等①。

---

① 细心的读者若将图一和图三对照着看，会发现我在将侧批补上去时破了一个例：甲戌本的歌词第七行之旁没有批语；图三里我们却消灭了这个空白，并将此后各行侧批都向前挪了一行。这是怎么回事呢？原来，由于甲戌本每行比底本少抄两个字，抄完整首歌就多出了一行，即底本只有十一行，甲戌本却抄成了十二行。那么，底本上十一个行次的批语，过录到这新抄好的甲戌本上时，就不够数了。这是甲戌本必然要有一行空白的原因。而甲戌本批语的抄手所以单空出这一行来，又是情理中事：一、底本中"正叹他人命不长，那知自己归来丧"这两句歌旁边，本来没有批语；二、由于版面的变动、字数的挪移，甲戌本第八、九两行的行端文字已刚好同原底本第七、八两行十分接近。所以，过录至此，抄手跳过一行，以与正文及此后的版式吻合，就是可以理解的了。

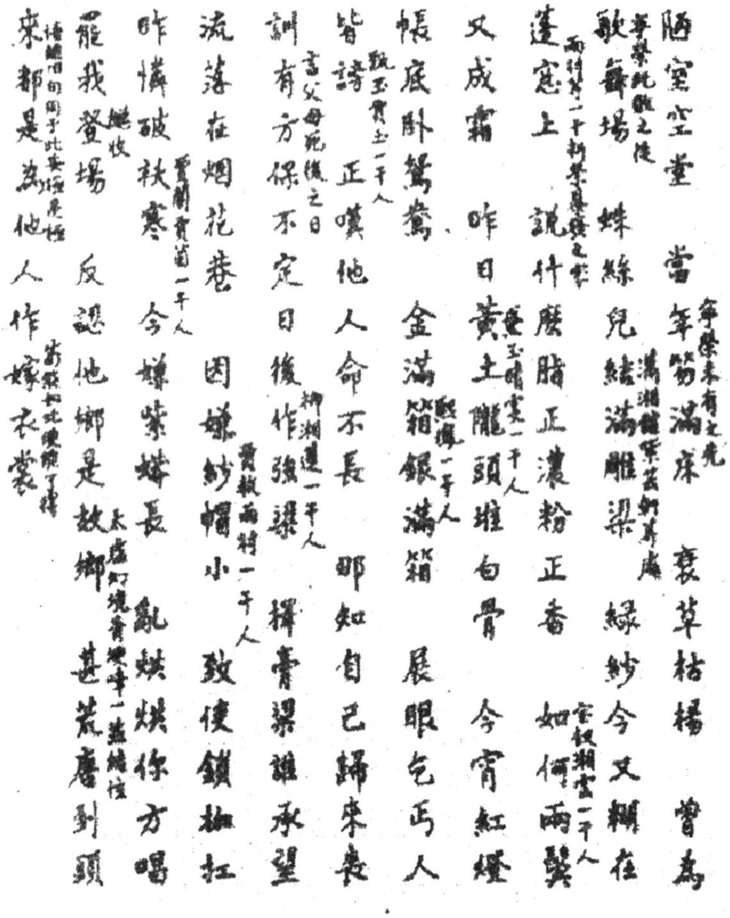
陋室空堂　當年笏滿床　衰草枯楊　曾為
歌舞場　蛛絲兒結滿雕梁　綠紗今又糊在
蓬窗上　說什麽脂正濃粉正香　如何兩鬢
又成霜　昨日黃土隴頭埋白骨　今宵紅燈
帳底卧鴛鴦　金滿箱銀滿箱　展眼乞丐人
皆謗　正嘆他人命不長　那知自己歸來喪
訓有方保不定日後作強梁　擇膏粱誰承望
流落在烟花巷　因嫌紗帽小　致使鎖枷扛
昨憐破襖寒　今嫌紫蟒長　亂烘烘你方唱
罷我登場　反認他鄉是故鄉　甚荒唐到頭
來都是為他人作嫁衣裳

图三

所以，我认为甲戌本上《好了歌解》的侧批存在的部分不逗榫的问题，不是出于批书人的无知和诬罔，而是出于抄手的误置。抄手的误置不能证明批书人无知，正如今日的排字工人由于疏忽而颠倒了行次、句子，决不能算成文稿作者的错误一样。这是两码子事，不言自明。抄本或排印本一旦出现这类错误，只要我们细心地分析致误的原因，是不难恢复原稿的本来面目的。

上面，我们通过分析抄手致误的种种原因，恢复了《好了歌解》的原版式及侧批在原底本中的面貌，下面，我们就可以来考察批书人的特点了。

总起来看，《好了歌解》的批注者有以下三个特点：一、批注的内容毫厘不爽地切合《红楼梦》的情节、人物和构思，说明这位批注者对《红楼梦》很熟悉，决不是那种连晴雯是否已死都不知道的人。

二、他不仅熟悉小说情节和人物，还很理解《红楼梦》的重点在哪里，很懂得这首歌的真谛。比如，对正文"蛛丝儿结满雕梁"，他批道："潇湘馆、紫芸轩等处"，便单突出这两处馆舍来。又如于"乱烘烘你方唱罢我登场"处，他批"总收"二字，说明他不仅看过佚稿，还能得红楼三昧。在"反认他乡是故乡"处，他批道："太虚幻境青埂峰一并结住"，道出了甄士隐这句歌的本来意义："他乡"者，尘世也；"故乡"者，天国也。这就比什么"汉人为满人作嫁衣裳""满人把中原当故乡"之类的梦呓高明多了。

三、批注者不仅熟悉前八十回，也熟悉后数十回佚稿的内容。十六条批语中，最后两条是一般性评语（一条批语评语言艺术，一条发自己的感慨），前面十四条都涉及情节和人物。而在这十四条中，又有十条半讲的是八十回后的内容。其间又分三种情况：一种是有其他脂批可做佐证的。比如黛玉早夭，宝玉贫困至极，全书以"情榜"作结，归结到太虚幻境等。第二种情况是与曹雪芹自己所做的暗示（比如十二支曲子、判词及其他伏线）相吻合的。比如玉钗成婚、湘云早寡、贾兰当官、雨村无好下场、贾府一败涂地等。第三种情况是：作家在前八十回中既未明确暗示过，其他脂批也没有提到的内容。共有三点：一是"陋室空堂"的侧批："宁荣未有之先"；二是贾菌升发，也穿上了官袍；三是柳湘莲日后作强梁。这第三种情况中的教条内容，由于目前只见于这个甲戌本，为其他脂本所无，易使人感到"孤证不立"，这是它的弱点；但也正是它独可宝贵之处。这里小结一下：

由批注者上述几个方面的特点，我们可以断定：他不仅熟悉前八十回，而且看过八十回后的原稿；他对《红楼梦》的理解和认识，虽不如曹雪芹本人，但水平也不在脂砚、畸笏之下；对书中一些人物的结局，他知道的不见得比脂砚、畸笏少,而比起我们今天的任何一个人来,所知都多得多了。因此,我们不好因为抄手过录时将"黛玉晴雯一干人"放错了位置,就断言批书人对《红楼梦》内容无知甚,从而连其他十多条批注也不相信,从而把批者排斥在脂砚、畸笏一流熟知《红楼梦》的诸公之外。相反,上面谈到的那些特点,恰恰可以使我们有理由相信:这位批者是有幸能见到曹雪芹全部原稿的少数人之一,并且全然是一副《脂砚斋重评石头记》的权威批家的架式,他不是脂砚或畸笏,又是谁呢?

总之,甲戌本《脂砚斋重评石头记》的《好了歌解》朱笔侧批是完全可信的,其价值不容忽视。

原载《红楼梦学刊》1980 年第 4 辑

"落了片白茫茫大地真干净"
——从"色""空"观念看《红楼梦》的悲剧意蕴

周婉华

一

《红楼梦》亦名《石头记》,除之,尚有许多别称,《情僧录》即为其中之一。何谓?作者自言,因有一"空空道人"经过"大荒山无稽崖青埂峰下","见一块大石头上面"记有故事,便"实录"下来,"问世传奇";"从此空空道人因空见色,由色生情,传情入色,自色悟空,遂改名情僧,改《石头记》为《情僧录》"。

"道士"缘何变了"和尚",原来,皆因由"空"而"色"而"情";再从"情"至"色"至"空"过程之故。

"色""空"系佛教名词。在佛门看来,人有眼、耳、鼻、舌、身等五种感官,所谓"五根",五官具有色、声、香、味、触等五种辨识功能,即谓"五境";而"色"者,就是人之五官所识别到的一切事物、情况、现象及其变化过程,相当于哲学范畴中的"物质"或"存在"概念;但世界一切现象皆是因缘所生,刹那生灭,没有质的规定性和独立实体,假而不实,事物之虚幻不实,理体之空寂明净,故谓之"空";然而"空"非"虚无",因缘幻化名为假有,否认假有,即是"恶取空"。依上述观点可推知,这里之谓"情",则当能理解为:是"人"认识到事物的发生及变化后而产生的一切心理感受,"情"因"色"而生,是色、受、想、行、识后的精神现象,即所谓

"五蕴",因之,"情"乃物质世界到精神世界的过程。而"空空道人"由"道"为"僧"的历变,就意味着,世界本是空寂明净的,因人有"五根",首先看到事物的颜色、形状、动作,尔后有了受、想、行、识的精神活动,便触景生情(因空见色,由色生情);自然又对事物注贯了"人"的感受和体会,但事物现象皆"假有",刹那生灭,说明物之不实在和不自在,"我"之"不存","色"将焉"附"? 由此又悟到"物""我"皆空的道理(传情入色,自色悟空)。

诚然,笔者不谙佛学,岂敢妄谈佛理! 不过是因了作者的"情""色""空"之名目,于是"追踪摄迹",引发些许猜想和臆断,敷衍成文,试探在"色""空"的"雾罩"下究竟隐含了一种怎样的人生感悟。

作者又云,《红楼梦》"大旨不过谈情"。在这部副名标作"情僧录"的书里,确乎"谈"了许多的"情"。就"情"的对象言,有家庭间的亲情、爱人间的恋情、朋辈间的友情、主仆间的感情、男女间的偷情等;从"情"的性质说,或喜悦之情(如宝玉为香菱"尽心"、为平儿"理妆"而感意外之乐),或惧怕之情(如宝玉之恐见其父),或怜爱之情(宝玉之于众女儿),或哀悼之情(如宝玉为晴雯撰《芙蓉女儿诔》),或凄伤之情(如林黛玉感怀命运的《葬花词》),或痛惜之情(如宝玉对闺阁之友的生离死别),或豪放之情(如史湘云的"英豪阔大"),或妒忌之情(如王熙凤之于尤二姐、夏金桂之于香菱),抑或是"皮肤淫滥"之情(如贾琏的"偷鸡摸狗"、薛蟠的"调笑无厌"),等等。

按佛教观点,"色"因"五根"起,为追求色、声、香、味、触而萌生的五种欲望即谓"五欲",故此,"情"由"欲"来。围绕着人欲的种种表现,《红楼梦》又描尽了世俗情态。如房族之怨(邢、王两房)、正庶之夺(如赵姨娘为贾环),以及贾府上下内外各色人物的欺下瞒上、趋炎附势、恃强凌弱、见利忘义、邀功取宠、"借剑杀人"、两面三刀、妒贤嫉能、声色犬马、推波助澜、"抓乖卖俏"、"争风吃醋"、嫌贫爱富、投石下井、恩将仇报、"倚势霸亲"种种,都不外是情欲的滥觞,仅从小说的回目上,就大致反映出上述概念或内涵。

而形形色色的世情人欲,就生存于"昌明隆盛之邦""诗礼簪缨之族""花柳繁华之地""温柔富贵之乡",包裹着"鲜花着锦""烈火烹油"的华裳;但儿孙满堂、富贵传家的幻影下却掩藏了家族入不敷出、日渐枯竭的危机,子孙不肖、"自杀自灭"终将带来贾府无可逆转的厄运。众女儿的悲剧结局就此渐次凸显,当又引发"情"的宣泄,给人以不同的心理感受:"如可卿之死也,使人思;金钏之死也,使人惜;晴雯之死也,使人惨;尤三姐之死也,使人愤;二姐之死也,使人恨;司棋之死也,使人骇;黛玉之死也,使人伤;金桂之死也,使人爽;迎春之死也,使人恼";"鸳鸯之死也,使人敬";"凤姐之死也,使人叹;妙玉之死也,使人疑"①。还有,悲湘云之父母双亡,哀探春之远离家乡……丝丝愁情,点点别绪,跃然眼底。

俱往矣。所有挥之不去的、浓厚沉郁之"情",随着贾府的最后衰落,"树倒猢狲散"而"灰飞烟灭"。所谓"为官的家业凋零,富贵的金银散尽。有恩的死里逃生,无情的分明报应。欠命的命已还,欠泪的泪已尽。冤冤相报岂非轻,分离聚合皆前定。欲知命短问前生,老来富贵也真侥幸。看破的遁入空门,痴迷的枉送了性命。好一似食尽鸟投林,落了片白茫茫大地真干净"(第五回)。

这就是《红楼梦》以"情"演义的总括,还大地一片干净。如此之"情",是一个从富贵繁华之家堕入穷愁潦倒之境的封建人文知识者在历经沧桑,回首往事之时,抒发出来的难以释怀之情。

曹雪芹不愧为"谈""情"高手,以其如椽巨笔,描尽世间难填之"欲",写毕古今不了之"情"。若以"情"的类属上看,亦不外乎两大分别:或"悲"或"喜"。然则"喜"从何来,"悲"欲何往?这大约就是作者留给后人的一个永远的话题。

"情僧录"的"实录"过程,似乎也就是一个"情"的幻灭过程,而"真干净"则蕴含了一种"彻底了悟"的心态。

据"色""空"之定义细细"考较去",发现"佛门空境"并非"真空"("恶取空"),也讲"有情"("假有");既肯定了"因缘"的存在,也就否认了绝对的"虚

---

① 明斋主:《三家评本〈红楼梦〉》,上海古籍出版社 1988 年版。

无"。"因缘",即得以形成事物、引起认识和造就"业报"等现象所依赖的原因和条件;而"业",指的就是人的烦恼和各种思想行为;"报",称任何思想行为导致的相应的后果,所谓"业因果报"。看来,"因缘"之网皆由人之"有情"编织而成,"有情",就是众生的妄念。所以,佛教要求修行终要达到的最高境界就是彻底超脱妄执,包括我执(不承认自我)和法执(不承认客观世界),从而得到无所不知的、觉行圆满的无上智慧,即"涅槃"("生死"诸苦及其根源"烦恼"的最彻底断灭)之境。换言之,就是"灭情",要消灭一切妄念,解脱一切烦恼,彻底觉悟回到"空"的佛性天国;就是要放弃现实生活,摒除任何欲望和情念,进入到无知无欲的境界中去。在佛门"眼"中,尘世中根本不存在所谓的幸福和满足,幸福和满足表现为种种的幻象,最终要灭寂,像肥皂泡一样消失得无影无踪。雪芹先生或许就是如此地对现实生活绝望之后而靠向了佛教哲理。

作者的"彻底了悟",应该是说,看到了现存的"物"之客观世界是"浊臭逼人"、腐朽丑恶的,作为"我"之主观"情欲"是"谋虚逐妄"、徒劳荒唐的;什么功达名就、金满银流,何谓娇妻美妾、孝儿贤孙,一切的追求、努力、挣扎终将无济于事,"到头来谁见把秋挨过?"最后尘埃落定,万境归"空",只有"空寂"之境,才是干净、纯洁之地。

在佛理的观照下,作者即以"色""空"之概来框架全文。"空"成为一种"意象",就屡屡出现于昭示人物结局或命运的判词中,以及人物自己所吟的诗词曲赋中。如"多情公子空牵念"(晴雯)、"空云似桂如兰"(袭人)、"如冰水好空相妒"(李纨)、"空对着山中高士晶莹雪"(〔终身误〕)、"空劳牵挂"(〔枉凝眉〕)、"死后性空灵"(〔聪明累〕)、"菱花空对雪澌澌"(癞头僧人言词)、"陋室空堂"(甄士隐《好了歌》注)、"人去梁空巢也倾"(林黛玉《葬花词》)、"闲苔隔落门空掩""寂寞帘栊空月痕"(林黛玉《桃花行》),等等。这些字里行间的"空"字,依字面讲,指事物、现象(也即"色")虽存在,但毫无结果或意义,毕竟落了"空"。此外,尚有"空挂""空使""空缱绻""空月""空山""空廊""空栏"等字眼儿散见书中各回;诸如"枉自""枉与""返故乡""赴黄粱""大梦归""湘江水逝楚云飞""哭向金陵"

等词句,其内涵都与"空境"一致或相对应。在《听曲文宝玉悟禅机》一回里,当宝玉听到戏文里一句"赤条条来去无牵挂"时,忽生寂寞,之后写了"参禅偈"云:"你证我证,心证意证。是无有证,斯可云证。无可云证,是立足境。"黛玉随即又续,"无立足境,方是干净"。偈的大概意思是:你"悟"我亦"悟",心也"了悟"意也"了悟",都可说是"醒悟"了,只有到了没有什么"醒悟"可说之时,才真正步入能安身的境界;而黛玉却补充说,连立足之地也不存在,才算彻底干净,这就是"悟彻",就是所谓"菩提本非树,明镜亦非台,本来无一物,何处染尘埃"(第二十二回)的佛门空境。在黛玉与香菱谈诗时亦曾相互引了"大漠孤烟直""墟里上孤烟""依依墟里烟"(第四十八回)等诗句,其意虽相同,但莫不透视出一种象("色")外之境,即"空"的意象。

作者适时编织心念,构建物象,又随处营造"寂灭",设置"空境";掩卷之余,难免使人要飞身于浩瀚的宇宙间,独自体味那漫无边际的空阔;也不禁令你会潜心在悠沉之遐想中,切己思量这永极意义的人生。我们在解读《红楼梦》的时候,曾否油然而生感慨:"逝者如斯夫",生活原来怎样还将怎样,其间悲也罢、喜也罢,生命之流还将一如既往地淌入其周而复始的源头?在忍受生活重压之际是否感悟过生命是如此轻逸、"把玩"曹氏"这一段故事"后"省了些寿命筋力"、抛却点"谋虚逐妄"的念头?而曾是"翻过筋斗"的过来人,作者的"怨而不怒"的心态,是否就如出家人一般无喜无悲、已达禅悦之境?

二

然而,从《红楼梦》的内容表述里反映出,作者绝不是一个虔诚的佛教信徒。一如读者和评家所注意到的,书中有"佛""道"杂糅现象。例如,宝玉读过道教的《南华经》(第二十二回),迎春亦看道宗《太上感应篇》(第七十三回)。还有,书中大量的诗词曲赋,也传达出浓厚的"佛道合一"色彩。如关于惜春的曲词〔虚花悟〕"闻说道,西方宝树唤婆娑,上结着长生果"(第五回)。"婆娑树"生在佛家的"极乐世界",而"长生果"则源于道教传说,芹溪先生"将道教的长生果故意结到佛教的婆娑树上"①。此外,"一僧一道"携手同行的场景,是贯串全文始终的线索;而作者笔下的宝玉竟然还是一位"毁僧谤道"者;至于"好了歌"则完全是道家虚无理念的演绎。"佛""道"确有相通之处。道教亦含有"虚""无""逝""皈"等义项,人要挣脱世事的困扰,不被功名利禄所惑,就要在某种超欲的境界中修仙得道;只有对人生的终极目的有所解悟,才能摆脱物累,保持恬淡、宁静的心灵,从而逍遥自在、长生不老。佛门更注重在心灵中静默修持,即"看破红尘、四大皆空、了却妄执、顿悟成佛"。由此看来,《红楼梦》在借鉴并运用佛门的"色""空"观念来表达对人生的感悟时,又融会贯注了道家的思想意念,以形成是书独特的内涵和韵味。

所以,探究《红楼梦》的悲剧意蕴就不能仅仅留笔于"白茫茫大地"的"空境"之上,而要从悲剧发生的始末中去寻觅;否则,"石头记"的"生存于世"并被视为"永古之作",将是无可理喻之事。

作者在小说的开头自云,"曾经历过一番梦幻之后,故意将真事隐去,而借通灵说此《石头记》一书",又道,"欲将已往所赖天恩祖德,锦衣纨绔之时,饫甘餍肥之日,背父母教育之恩,负师友规训之德,以至今日一技无成,半生潦倒之罪,编述一集,以告天下",还有偈言,"无才可去补苍天,枉入红尘若许年。此系身前身后事,倩谁记去作奇传?"接下来再交待,"其间离合悲欢,兴衰际遇,俱是按迹循踪,不敢稍加穿凿,至失其真"。总之,林林总总地、变换着不同的角度和身份,亦真亦幻,阐明了成书过程和"缘起"。是取材于"亲身实录",还是艺术虚构,都无关紧要,系在历尽世态沧桑和人情冷暖之后,把对生命的思考和体会以"自省"的方式表述出来,却是"真实不虚的"。或玩味,或领悟,或消遣,或警省,全是读者的事,但切不可陷入"身后有余忘缩手,眼前无路想回头"的境地,大概就是写作的初衷吧。那么,我们便随着"顽石"一块儿来咀嚼人生的况味。

---

① 姜志军、陈世澄:《浓郁〈红楼梦〉诗词的佛道色彩》,《红楼梦学刊》1996年第3辑。

一开始,"通灵"尚未幻化为人形,作者便为其抹上一层悲剧的色彩。那女娲炼石补天,共成顽石三万六千五百零一块,"单单剩下一块未用,弃在青埂峰下。谁知此石自经锻炼之后,灵性已通","因见众石俱得补天,独自己无才,不得入选,遂自怨自艾,日夜悲哀"。这里的"悲哀",就因"悟"后而生。"不得入选",有两方面的因素,一是不堪使用,二是不被赏识。显然为后因居多,既"单单剩下一块",即"三万六千五百块"之外的一块,"未用",就有了一种嫌"多余"的味道,此为神话故事的表层含义。其深层之意是,"补天"枉费其功,它不仅是女娲的悲哀,更是人文知识者的"人"之悲哀。这种"悲哀"穿越时空,深压在作者的心头上。那块时乖运蹇的"石头"是作者命运不济的自况。"风尘碌碌,一事无成",确然是人生的一大悲哀。"无功"固可归咎于自身的"不肖",但人生最大的苦痛还在于梦醒了无路可走,因为"天"不能"补"也无从"补"。补天无济于事,"愧则有余,悔又无益,大无可如何之日也"。是故以饱蘸泪水的笔墨,所谓"一把辛酸泪",描绘了封建制度下的人生大悲剧。当这种悲空之感充斥于笔端时,也就嘲弄了世人一生追逐的名利富贵、封妻荫子是多么徒劳,"枉费了意悬悬半世心",以佛家的"色""空"内涵来勘破一切时,人生确像一场荒唐的闹剧,所谓"满纸荒唐言"。

一旦把这种特殊的心情投射在"角色"身上时,贾宝玉注定要成为一个厌世者。"通灵"幻化为人生,一出场,必然就具备其独特的性格特征:"无故寻愁觅恨,有时似傻如狂""潦倒不通庶务,愚顽怕读文章""可怜辜负好时光,于国于家无望"。既然创作者心里潜伏的是绝望与幻灭的悲观情绪,笔下的人物就会因生活方式和社会惯性乖悖,从自然运行的链条中脱落下来,带来无可挽回的精神危机。宝玉的愁、恨、痴、狂,说到底,就是孤独心态的表现和行为,他只能得过且过,消极地走着道家意念影响下的享乐和游戏人生的道路。

作者让"通灵"降生于贾府,使他能身历这个"钟鸣鼎食之家""翰墨诗书之族"怎样由"盛世"走到"末路";目睹一群具有"钟灵毓秀之德"、如花似玉之貌的少女如何从青春步入凋残;最终"飞鸟各投林","万境归空"。

《红楼梦》的悲剧是必然的,源于作者特殊的经历遭际、对生命意识独慎而深沉的历史思考及其创作构想;贾府的败落是不可避免的,根在"儿孙"的"一代不如一代"、"自杀自灭"的内部矛盾及至外力打击(实为事物运动的规律性);双重的必然性导致小说成为"彻头彻尾之悲剧",同时荷深厚的悲剧内涵。令读者首先领略到的,自然是个人之悲剧,这种悲剧产生于自身的缺陷和过失而引起的毁灭,即由"己"之"不肖","愧""悔""一技无成、半生潦倒"的悲怀、虚幻感。个人悲剧反映着传统封建文人生不逢时的命运悲剧。其次是时代的悲剧。《红楼梦》之所以能作为一部具有深刻历史意义的小说来考察,完全在于创作者用现实主义的真实揭示了封建宗法社会的伦理纲常、道德规范已经百孔千疮,"渐渐的弄出那下世的光景来"。在他看来,"荣辱自古周而复始",朝代的兴亡循环、家族的荣枯更替、人世的盛衰际遇、命运的穷通往还,皆出一理,几千年来的中国、人类历史,实在就是一部"乱烘烘你方唱罢我登场"的兴衰更迭史。家族的衰败渗透着作者沉重的时代命运感,其实质,是一种无法把握的历史必然性。再次是精神的悲剧。"情"的"幻灭"表明人世精神在充满悖谬的现实面前束手无策,所表现出来的行为不过是一场荒诞不经的悲喜剧;然在经历悲欢的过程中,又有对于过程本身的意义发现、回味和流连。所以,当笔下的"宝玉"执着于"情"又不能超脱于情的时候,精神上茫无依托的苦恼便到处迫害着"通灵"的"后世"人生。一方面是对于直感生活真切体验的传达、对良辰美景的惋惜留恋、对女儿纯美的歌颂赞叹;另一面则是作者看透红尘的理性思维的表白、对宗教哲理的皈依、对现实的厌倦和绝望。这形成互相制约、此起彼伏的相反主旨,以极大的复杂性、矛盾性和真实性呈现在读者面前。而《好了歌》浮出纸面点醒世人的"要义"在于:忘了今日,没有明天;什么百年旺族、金玉满堂,什么齐眉举案、红袖添香;终归"到头一梦",茫然不见。东坡诗云,"世事一场大梦,人生几度凄凉","悲吾生之须臾,羡长江之无穷"。大凡人生寄托无法落实、理想受阻的封建文人,多会走"出世"或"虚无"一途,无疑就是精神压抑的表现。若从文学审美的层面上看,《红楼梦》在描写贾府这个贵族家庭及其相联系的社会生活、展示 18 世纪中国封建社会的人情世态的同时,塑造了一批性格迥异的典型形象,写出了一个个洋溢着青春、纯洁、爱情、生命之美的生命突遭毁灭,并把一幕幕生命悲剧的过程融进家族的大悲剧中。"美"的被毁灭,冲击着读者的心灵,这些悲剧性格固然引不起真正的"崇高"感,却能引起人们深切的哀怜和惋惜,产生动人心弦的艺术力量。

中国文化中的"天道"思想,最明显的特点就是历史和自然的相交和互证,所谓"古今之变""天人合一"。因而,"乐往必悲生,泰来犹否极"(白居易《遣怀》)。"渥然丹者为槁木,黟然黑者为星星"(欧阳修《秋声赋》),月盈则亏,水满则溢,"天下没有不散的宴席"等积淀着民族文化基因的人生观念无一不是历史循环论的投射与映衬。贾府的命运标示着由盛至衰的"末世"本质,对此如何不泪垂、"长歌当哭"(第八十七回)呢!曹氏以"泪""哭"成此书,表明虽"无才可去补苍天",但仍想醒世、警世,其"情"之"幻灭"中托负着沉重的生命悲剧感,也拂不去被毁灭了的生命理想;经历了人格和精神的自我反思,终使他对"色"的彻底绝望而跌入"空"的喟然长叹。

中国的哲人们一直在追求一种内在自省的精神生命境界,"不以物喜,不以己悲"亦是狷介文人们要努力造就的思想品质,这种注重人格魅力和德性修养的境界追求,孕育了中国文艺的品位,勾勒出深远的生命理想。

但现实生活充满苦痛、绝望与悲凉,"悲"一直是文学作品的主旋律,先秦风骚、汉代乐府、六朝辞赋、唐诗宋词、元人杂剧、明清小说无不以"悲"演"情",以"伤"述"怀";"天尽头,何处有香丘?""周而复始"的"衰盛枯荣"似乎无限循环地在"画"着同一个"圆"的"轨迹",再回头直面惨淡的人生,又"怎一个'悲'字了得"!

宗教就存在于我们周围,它在人类精神需求或感困惑时,仿佛天空中飘来的"木鱼声",点点回响在耳际,它具有"参"破"梦""幻""情""欲"的穿透力和理解力,使人获得哲理感悟和精神寄托,因而被人们虔信和仰崇。佛道思想是中国传统中儒家文化的补充,是"失意者"灵魂的避难所。而《红楼梦》以"色""空"括文,用"梦""幻"点题,并以此来创构情节、评价人生,其核心机制,仍然是植根于源远流长的中国文化传统,站在了历史哲学的高度,来鸟瞰时代的沧海桑田之变。它以循环论看待事物运动的规律,社会盛衰兴亡的自然运行、时序春夏秋冬的自然转化、人情喜怒哀乐的自然感发,"有自然之理,得自然之趣",从而以事物的本征、变化来证其生衍不灭、永无休止的恒定性;它能拨开虚无主义的迷雾,用清晰的笔触,将封建社会生活广阔的世态风景、人情画面充分描示出来,进而在人物形象"情幻""情灭"的过程中,传达出作者从现实生活里悟到的某种哲理。所以,艺术作品中的宗教境界,不是宗教信徒对宗教的愚信和盲从;作者超脱于生活之上的宗教哲理观照,不是对宗教教义的简单阐释;"色""空""梦""幻"的"酝酿"与"挥发",实在是生命主体在其生命价值遭毁灭后对生命理想保留了宗教化的皈依情结。"色""空"之境,是"意象"驰骋之境,是现实再造之境;由"大观园"到"大虚幻境",《红楼梦》故事演绎了从"情"("色")的现实感受至"情"的幻境("空")感受,面对"色"而"感"到"空",就不是万念皆空,因"感"在,曹雪芹决不因自己的虚幻之感,而远离"实在"之生活大地。

一切"情感"的后面,总是跟随着理性的思考。当把有限的人生投入到无穷的宇宙中去丈量时,生命是如此短暂,人类便会去探究"我是什么""我为什么而来""要到哪里去"之类关于生命意义的永古问题。西方学者认为,"我们自己便是悲剧,是已经写成或尚未写成的真正悲剧"。人既然被自然抛出,就注定了悲剧的不可避免。《红楼梦》用"意象"之境烘托并赞叹了生命的永恒之美,又义无反顾地宣泄和袒露出它转瞬即逝的必然之途。因而,体会《红楼梦》的悲剧意蕴,就不能停留在诸如"命运悲剧""爱情悲剧""时代悲剧",或是"家族悲剧"的层面上,而是在历史与自然、人类与宇宙的背景下所写的关于心灵的悲剧。正是"天高地迥,觉宇宙之无穷;兴尽悲来,识盈虚之有数"(王勃《滕王阁序》)。这种弥漫着"末世"苍冷之雾的人生空漠之感已超越了时间和空间,换言之,已超越了个人、家庭、民族、国家、政治乃至道德观念和社会意识,已不是对个人命运、仕途坎坷、爱情理想、家庭没落、腐败统治的哀叹和感伤,而只是探求人生目的之所在却不可得,才产生的一种悲切和凄凉。

悲剧之美,美在"情殇";在悲剧中,最感染人的东西也莫过于情绪。作者将自己独具的悲凉之情蓄于辞章,熔铸在形象。十年辛苦不寻常,在绘制《红楼梦》这部艺术长卷的漫长过程中,曹雪芹自始至终流溢着悲悯的情绪,无限哀惋、忧伤地显现出主人公注定的悲剧命运。作者透露给我们的,不仅是同情和怜悯,还是对主人公悲剧命运深沉的理解和自味。情绪主宰着人物性格的发展,影响着人物的命运,作品决定了人物悲剧结局的无可挽回,其震撼人心的艺术魅力便由此而生。

佛门教义启迪众生云:有求即苦。"求",自当包括主观和客观之间相互对应的需求、精神与物质两个方面的追求。作者因"感"而发端为"书","有感"终归为"有情",有情就有苦恼。记得女作家冰心曾说过这样的话:不希望的不失望,不希冀那不可希冀的,永古无悲哀。那么,"宝玉"的出路究竟在哪里呢?曹雪芹的心态,可曾真的就"理事圆融",已达"彼岸世界"?

"《红楼梦》的结果,是'落了片白茫茫大地真干净',干净,对失去者来说,也许很痛心,但对没有任何历史负担的后来者讲,岂不是获得更多挥洒自如的余地?时间是不停滞的,思想也应该是不停滞的。"[①]的确,人们总在说,曹雪芹的"红楼梦",是说不完的"红楼梦",是永远的"红楼梦",它所带给我们的议论、思考、启示、领悟、探微、发现或猜想,将是永无止境的。探果若何?也许,它带领着读者步入了"高妙深远"的生命层次或境界,以有限的人生去注释生命的终极底蕴;抑或,仍踌躇于历史的无限循环之中,去反复揣摩那"无喜不忧,无乐不悲""福祸相倚、吉凶并存"的微言大义;或者,它干脆就是"悟透了禅机的闲言语"?[②]

---

① 李国文:《楼外谈红》,《花城》2002 年第 1 期。
② 周月亮:《宝黛悲剧是人文知识者无路可走的悲剧》,《红楼梦学刊》1999 年第 3 辑。

总之,联想是由此及彼的,推定是别开生面的,题旨是隽永深长的,结论亦是丰富多彩的。反正,作者提供了宽大的"把玩"空间,作品包容了丰厚的文化信息,布满"契机"与"悬念";任君"纵横遨游",随我"闲庭信步",由某"驰骋翱翔",人们将不知疲倦地一直"解味"下去。生活流程与"红学研究"同步,应该说,"现象"本身,才是《红楼梦》这部"奇书"之所以存在的真正价值和永恒意义。

不过,当我们自以为已经"参透谜底""悟彻禅机"时,切莫要忘了芹溪先生的"苦口婆心"的告诫:"都云作者痴,谁解其中味?"

原载云南大学人文学院中文系编《文化与文学》,
云南人民出版社2003年版,第258—271页

近代经世致用思潮与近代小说

刘 敏

"经世致用"思想是儒家学说中重要的理论组成部分,它既要求文人士大夫在治学、修身之时必须树立济世、治人的远大目标,自觉追求内圣与外王、道德与事功统一的完美人格,同时还包括运用这一原则时所涉及的有关社会理想、道德内容、价值观念,以及经世途径的选择等问题。"经世致用"思想的理论内涵,导源于早期原始儒学"格致诚正修齐治平"的道德政治学说,具有强烈的道德理想主义色彩和明显的务实尚用特征。一方面,政治的根本被强调为每个社会成员——尤其是君主和士大夫——的个人道德修养。在儒家看来,最根本的政治措施,不在于农牧工商兵刑,而在于道德教化,使"自天子以至于庶人,壹是皆修身为本"(《大学》第一章)。孔子虽也讲究"足兵足食民信",但认为"民信"远远重于"兵""食",不得已时,可"去兵去食",而"民无信不立"(《论语·颜渊》)。孟子虽也讲究"先养后教",但却鼓吹国民若修其孝悌忠信,则可使制梃以挞坚甲利兵(《孟子·梁惠王上》)。另一方面,严密翔实的修身理论和一再申述的教化原则,其终极目的是为了维护封建君主制度和上下尊卑的社会秩序。在孔子和孟子的学说中,如何实现道德的外化始终是一个重要的课题,修己应扩展为治人,仁心应落实为仁政,并且将自我修身与博施济众结合起来,提出了"内圣外王"的理想人格。

但由于儒学中重义轻利价值观的制约,使传统的经世理想在实践途径的选择上,明显地倾向于道德教化,而将有关国家行政管理的具体措施放在次要的地位。

这一缺陷随着儒学的发展日益走向极端,到宋明理学,更是片面地发展了"修身"的学问,以至于养成文人士大夫空谈性理,不问政务的积习,而在实际上使"修身"与"治平""内圣"与"外王"割裂开来。针对儒家"外王""事功"之学不断萎缩的状况,历史上曾有许多思想家,如李觏、陈亮以及明末清初实学家等,力倡"经世致用"的思想,强调道德的实用意义,恢复"外王""事功"之学在儒家学说中应有的地位,使儒家道德政治学说中不尚空谈、注重实用的精神一直继承下来。

鸦片战争以来,由于日益加深和迫近的社会民族危机这一严峻的事实,近代思想文化界再一次兴起了"经世致用"思潮①,如梁启超所言:"鸦片战役以后,志士扼腕切齿,引为大辱奇戚,思所以自湔拔,经世致用观念之复活,炎炎不可抑。"(《清代学术概论·二十》)但近代的"经世致用"思潮绝不是传统的简单重复。由于西方资产阶级科学文化的输入,当时学者"于是以其极幼稚之'西学'知识,与清初启蒙期所谓'经世之学'者相结合"(同上),在儒家道德政治学说的基本理论框架中,渗入了具有西方资产阶级政治经济学说和价值观念的新内容,对传统的"经世致用"思想进行了积极的修正与补充。一方面是儒家传统的务实尚用原则、道德理想主义和外王事功之学的发扬光大;另一方面,是立宪共和代替了君主专制的社会理想,新民学说代替了三纲五常的道德体系,义利双行代替了重义轻利的价值观念,使"近代经世致用思潮"形成了独特的学术个性和思想特征,体现出鲜明的时代色彩。

近代小说与"近代经世致用思潮"有着直接的关联,从理论到创作,从思想内容到美学风格莫不因之而发生了深刻的变化。

---

① 参看侯外庐《中国近代哲学史》第一章第三节,李泽厚《中国近代思想史论》"十九世纪改良派变法维新思想研究"等文。

一、小说的社会政治取向更加积极明确——经世文学的对象转向国民大众——小说的地位空前提高

由儒家经世致用的学说,必然引出以文学为政治工具的观点,亦即文学只有当它有助于实现儒家的政治理想的时候,才具有重要的价值。孔子论《诗》,就指出其具有"兴观群怨"的作用,可以"迩之事父,远之事君"(《论语·阳货》)。《诗大序》也说:"故正得失,动天地,感鬼神,莫近于诗。先王以是经夫妇,成孝敬,厚人伦,美教化,移风俗。"从而将这部诗歌总集改造成了儒家经典。自此之后,匡时济世,辅政教民,便成了历代文人对于文学功用的正统观点。一旦文学失去了这一政治取向,那么尽管"文章丽矣,言语工矣",亦"无异草木荣华之飘风,鸟兽好音之过耳也"(欧阳修《送徐无党南归序》),没有多大价值。而那些缀风月,弄花草,遗雅背训,浮华淫靡之作,更在严厉指斥之列。

近代小说继承发扬了儒家文学必须为政治服务的观点,并在西方资产阶级政治经验的支持下,表现出更加明确更加积极的社会政治取向。作家们纷纷以小说作为经世的最有力的文学工具,自觉地将创作与救国存亡联系起来。

梁启超先后发表《译印政治小说序》和《论小说与群治之关系》等重要的理论文章,直接提出"政治小说"的新概念,大声疾呼:"欲新一国之民,不可不先新一国之小说。故欲新道德必新小说,欲新宗教必新小说,欲新政治必新小说,欲新风俗必新小说,欲新学艺必新小说,乃至欲新人心,欲新人格,必新小说。"(《论小说与群治之关系》)号召小说家要担当起时代的使命,自觉以小说为社会政治服务。梁启超的号召得到了小说家们的热烈响应,以至当时的小说理论文章,实际上都不过是《论小说与群治之关系》的演绎和补充。有的更扩而张之,认为小说有"膨胀东西剧烈之风潮,握揽古今利害之界线","影响世界普遍之好尚,变迁民族运动之方针"的"无量不可思议之大势力"(陶祐曾《论小说之势力及其影响》)。于是小说的社会政治作用被尽可能地夸大,"小说救国"的观

点一时流行起来,风发泉涌般出现的各种小说杂志都以"改良社会""裨国利民""救国存亡"为创刊宗旨,许多具有爱国之心的知识分子正是在这样的号召下走上小说创作道路的。

小说创作主体"经世致用"意识的自觉,使近代小说呈现出鲜明的社会政治色彩和强烈的现实批判精神。

在题材选择上,小说家们极力主张:"宜选择事实之于国事有关者而译之著之;凡一切淫冶侈巧之言黜弗庸,一切支离怪诞之言黜弗庸,一切徒耗目力无关宏旨之言黜弗庸。"(天僇生《论小说与改良社会之关系》)至于翻译小说,梁启超也早就提倡宜将"外国名儒所撰述,而有关切于今日中国时局者,次第译之"(《译印政治小说序》)。当时,凡社会小说、政治小说、科学小说、军事小说、教育小说、法律小说、冒险小说之类,均被认为"必有大影响潜势力于将来之社会无可疑",因而得到赞许,而像《西厢》《红楼》《淞隐漫录》,不仅被一些小说批评家视为"旖旎妖艳之文章",甚至宣称应将其"摧陷廓清"(松岑《论写情小说与新社会之关系》)。阿英也曾指出:"两性和生活描写的小说,在此时期不在社会所重,甚至出版商人,也不肯印行。"(《晚清小说史·第一章》)可见近代小说家在改良社会的目的之下,对写何种题材无疑是有所褒贬抑扬的。

在思想内容上,有的"以抉摘社会弊恶自命","对于时政,严加纠弹,或更扩充,并及风俗"(鲁迅《中国小说史略·第二十八篇》),以《官场现形记》《二十年目睹之怪现状》《老残游记》《孽海花》为代表的社会谴责小说蔚为大观;有的仿效"西方魁儒硕学,仁人志士,往往以其身之经历,及胸中所怀政治之议论,一寄之于小说"(梁启超《译印政治小说序》)的做法,借小说发明其政治理想,将小说当作思想的传声筒,如梁启超《新中国未来记》、春驭《未来世界》、佚名《宪之魂》,等等。总之,对于现实社会的批判和对于未来理想的展望,成为近代小说所占比重最大的主题。

此外,小说的时事性也普遍增强,舍去托古讽今、含沙射影的深文曲笔,直指当今,直陈时弊,火力既猛,射程又近,使近代小说揭发伏藏、鼓吹变革的社会政治功能发挥得淋漓尽致。中国古代小说发展到明代末年,虽也产生了一批以揭露魏忠贤奸恶、描写李自成起义、反映辽东战事、叙述明清鼎革为题材的时事小说(见欧阳健《超前于史前编纂的小说创作——明清时事小说新论》,载《文学遗产》1992年第5期),但无论是意识的自觉、创作的规模,还是反映社会生活的广泛性方面,都不可能与近代小说相提并论。近代的小说批评家已有人明确指出,小说"以过去、未来导人,不如以现在导人",认为"小说者,专取目前人人共解之理,人人习闻之事,而挑剔之,指导之者也"(楚卿《论文学上小说之位置》);"小说之妙,在取寻常社会上习闻习见,人人能解之事理,淋漓摹写之,而挑逗默化之"(蜕庵《小说丛话》);"小说者,今社会之见本也"(侠人《小说丛话》),都特别强调小说当以摹写现今社会为主。而在创作上,无论是记庚子事变、华工禁约、工商战争,还是写立宪运动、种族革命、妇女解放,抑或揭露社会黑暗、描述官场腐败,无不取材于当时之事。时事性的增强,使得近代小说更加贴近社会政治生活,从而引起社会更加广泛的关注和更加热烈的反响,在作品与读者之间形成巨大的共鸣,这无疑可以最大限度地扩张作为经世工具的小说的社会宣传效果。

诚然,每当"经世致用"思想得到重视的时候,文学中的政治色彩、批判精神必然会相应地增强,但在近代以前,这主要是通过大量优秀的讽喻诗和政论、史论散文反映出来的,譬如唐代"古文运动"、北宋"诗文革新运动"、明末清初"实学"思潮时期。当然也有一定数量的反映现实政治、批判社会黑暗的小说,但毕竟未能形成一次像近代这样有理论指导的、声势浩大、影响广泛的小说运动,视小说为"小道"的传统观念亦未能发生根本的转变(明中叶以后,尽管有李贽、冯梦龙、袁宏道、金圣叹等人对小说、戏剧的价值有了新的认识,但主要是王学左派人文主义哲学思潮的巨大影响而致,它是当时肯定世俗生活、强调天然人性、追求心灵解放的思想在文学上的反映),文人们仍然使用着雅正的诗文作为经世的工具,谁也没有像近代改良志士那样从开发民智、改良社会的角度高声赞美、热情宣传:"小说为文学之最上乘也!"(梁启超《论小说与群治之关系》)"伟哉！近年译籍东流，学术西化，其最欲动吾新旧社会，而无有文野智愚咸欢迎之者，非近年所行之新小说哉？"（徐念慈《小说林缘起》）近代小说地位的空前提高，小说创作的空前繁荣，从表面上看，是对西方各国以小说为舆论工具的政治经验的模仿，那么，使得近代改良志士产生这种模仿兴趣的深层次原因又是什么呢？

传统的儒家道德政治学说是将国家兴衰存亡之命脉维系于君主一人的，认为只须有仁者德者贤者摄居最高统治地位，通过其道德的示范作用就可以移易天下，达到大治。故孔子曰："上好礼，则民易使也。"（《论语·里仁》）孟子曰："君仁莫不仁，君义莫不义，君正莫不正，一正君而国定矣。"（《孟子·离娄上》）儒家哲人政治的思想使传统的经世文学总是把君主作为主要对象。因此，历代的经世文学主要是"美刺""谲谏""讽喻"，那些吏治大坏的谴责、民生日艰的哀叹、天下鱼烂的暴露都是说给皇上听的，它实际上只是抱笏上书、舆棺强谏的一种补充形式，其目的是希望皇帝励精图治，振刷朝纲，而不在于启迪民智，唤起民众。

近代不然，西方"天赋人权""民权民主"学说的传入，给予改良志士以磁铁般的吸引力，导致了对封建君主专制的猛烈抨击。人们对中国政治主体的看法发生了革命性的变化，决定国家政治前途的力量不再被认为是封建君主，"斯民者，固斯天下之真主也"（严复《辟韩》）的观点广泛传播。虽然改良派"立宪""共和"的政治理想还在很大程度上保留了君主在政治上的合法地位，但国民在国家政治生活中的地位日益提高，人们将国家进化、民族独立的希望由开明君主的仁心仁政转而寄托于最大多数国民智识的开通和道德的更新。近代小说家们也已普遍认识到：

> 夫欲救亡图存，非仅恃一二才士所能为也。必使爱国思想，普及于最大多数之国民而后可。（天僇生《论小说与改良社会之关系》）

> 立宪根于自治，此其事不在一二明达之士夫，而在多数在下之国民……（《月月小说四题·出版祝词》）

> 凡一国之进步,其主动者在多数之国民,而驱役一二之代表人以为助动者,则其事罔不成;其主动者在一二之代表人,而强求多数之国民以为助动者,则其事鲜不败。故吾所思所梦所祷祀者,不在轰轰独秀之英雄,而在芸芸平等之英雄!(梁启超《过渡时代论》)

正是基于这一认识的转变,近代经世文学的对象才得以真正转向了国民大众,小说也才以其浅显俚俗,最适合于略识之无的在下国民等特点,被选择为经世之最理想的文学工具。否则,西方的政治经验也必将无所为用。

二、梁启超的"新民"思想在小说界引起强烈反响——传统的"德化"思想继续得到认可——对国民性的批判也成为热门话题

1902年2月,梁启超开始在《新民丛报》上发表他题为《新民说》的系列文章,计划有系统地阐述自己的道德和政治思想。同年11月,创办《新小说》杂志,于创刊号上发表《论小说与群治之关系》这篇具有纲领性的文章,发动"小说界革命",提出了著名的"欲新一国之民,不可不先新一国之小说"的口号。梁启超以小说而"新民"的号召得到小说界最为广泛的响应,当时如《绣像小说》《月月小说》《小说月报》《新世界小说社报》《小说七日报》《中华小说界》等许多著名的小说刊物都纷纷发表文章,表述"变国俗""开民智""启迪群蒙""涵养民德""醒齐民之耳目""佐群治之进化"一类的办刊宗旨。

梁启超借用《大学》中的古老词汇"新民"来表述他的思想并非偶然,因为《新民说》在原则上仍是对儒家"德化"思想的继承。在梁启超的思想里,国民的道德水平仍然是影响国家政治的根本因素,因此,变法失败之后,他立刻将六十年维新改良事业失败的原因归之于中国国民道德的腐败,他说:"不意此久经腐败之社会,遂非文明学说所遽能移植。于是自由之说入,不以之增幸福,而以之破秩序;平等之说入,不以之荷义务,而以之蔑制裁;竞争之说入,不以之敌外界,而以之散内团;权利之说入,不以之图公益,而以之文私见;破坏之说入,不

以之箴膏肓,而以之灭国粹。"言语十分沉痛愤激,因此大声疾呼"然则今日所恃以维持吾社会于一线者何在乎?亦曰吾祖宗遗传固有之旧道德而已",并号召所有改良派人士:"吾党不欲澄清天下则已,苟有此志,则吾谓曾文正集不可不日三复也。"(《新民说·论私德》)他在1899年以后的著述中反复阐述了同一观点,对儒家以道德教化为经世途径的原则重新给予了充分的肯定。

梁启超"道德救国"的观点实际上反映了当时小说界人士的共识,从近代小说中被鲁迅称之为"谴责"的那一部分来看,绝大多数小说家都将他们的谴责主要地指向了社会的道德腐败。

《官场现形记》《二十年目睹之怪现状》是近代"谴责小说"中最有影响的作品。小说对当时官场和社会上卖官鬻爵、假公济私、趋炎附势、倾轧排挤、贪赃勒诈……的丑恶现象进行了强烈的谴责,愤世嫉俗之情,溢于言表。

谴责小说中还有相当一部分作品是将矛头对准维新人物的,如《文明小史》《新党升官发财记》《上海之维新党》等。小说的作者大都是积极提倡改良维新的,他们所愤慨的只是那些借维新事业而谋私利的道德堕落现象。

以工商界为描写对象的小说也表现出同样的思想观点。《市声》是这类小说中最有代表性的一部。作者对发展振兴民族商业抱着热切的希望,但"无如中国的商人,太没有商业道德,太想不到事业,只会中饱,只会狂嫖浪赌,以至于什么都无成,弄到有心人也裹足不敢前",因此,"他把这一切暴露出来,引起大家注意,希望有所改革"(阿英《晚清小说史·第六章》)。此外,《发财秘诀》《胡雪岩外传》《绘图商界现形记》等,也都以同样的愤慨揭露了工商界的各种道德丑行。

总之,我们在小说家笔下看到的是:道德的败坏,尤其是政府官吏的腐败,不仅破坏了国家管理职能的实施,而且阻碍了一切有利于国家和民族的变革。因此,他们和梁启超一样惊呼道:"今日之社会,岌岌可危,固非急图恢复我固有之道德,不足以维持之,非徒言输入文明,即可以改良革新者也。"(吴趼人《上海游骖录》跋文)近代小说中一片道德的谴责之声及"道德救国"的主张,无疑根源于儒家的道德教化思想,它虽然与传统经世文学中的宣扬仁义礼智,表彰忠孝节义有所不同,但在实践"经世致用"思想的方法上,同样具有强烈的道德理想主义特点。

必须指出的是,梁启超的"新民"思想和小说家们对道德的呼唤虽表明了他们对儒家经世思想在方法和途径上的继承,但并不意味着他们同时全盘接受了儒家旧的伦理道德体系这一经世的思想武器。

梁启超重提的"新民"思想,实际上包含两层意思,一是"使民日新",一是"新的国民"。就后者而言,梁启超所希望的,是那种有道德感、责任心、竞争意识和冒险精神的,既有自由、权利意识又有自觉、自律能力的,既有功利思想又有国家观念,同时又握有科学知识,养成文明习惯的现代国民。梁启超的"新民"理想,不仅要求道德的完善,而且还要求品质、意志、智识的完美,这就已经提出了"国民性"的概念,它与儒家所说的"道德"一词相比,有着更为丰富的文化内涵。

如前所说,梁启超作为"小说界革命"的倡导者,他的"新民"思想得到了小说家们的热烈响应,于是我们看到,在谴责社会道德败坏现象的同时,近代小说家对旧的政治、经济、文化背景下长期形成的国民劣根性同样深恶痛绝。以《官场现形记》为例,书中有这么一段描写:一个跟随丈夫出使外国的钦差太太,为了省钱,每日亲自浆洗一家老少的衣衫,并且将衣物——无论什么——晾在窗户外面,于是"这条绳子上,裤子也有,短衫也有,袜子也有,裹脚条子也有,还有四四方方的包脚布;色也有蓝的,也有白的,同使馆上面天天挂的龙旗一般的迎风招展",结果被当作了外国人的笑谈。钦差太太的举动似乎是无关乎政治与道德的,但李伯元也绝不是在做无聊的恶谑和话柄。因为在作者看来,这是国民愚昧、鄙陋、毫无自尊自爱自觉之意识的劣根性给国家给民族招致了极大的耻辱!除此之外,洪大人喝外国人宴会上的漱口水;童子良发誓要像女人守节一般地坚守"国粹";申守尧一类杂吏随班的穷酸龌龊;萧长贵接送外国兵船时的奴才相;大员小吏一个个吃鸦片吃得满脸发青;中国兵"老的小的,长长短短,还有些痨病鬼、鸦片鬼,混杂在内;穿的衣裳虽然是号褂子,挂一块,飘一块,破破烂烂,竟同叫化子不相上下;而且走无走相,站无站相;脚底下踢哩嗒拉,不是草鞋便是赤脚,有的袜子变成灰色,有的还穿一双钉靴;等到了法场上,有说笑的,也有骂人的。痨病鬼不管人前人后随便吐痰;鸦片鬼就拿号褂子袖子擦眼泪"……这些描写无一处不是在呼唤国民的自尊心和自觉性!近代中国是一个受尽了凌压屈辱的中国,凡有爱国心者,谁不为此扼腕流涕!反躬自省,见同胞如此愚昧、麻木、怯懦、自私……,又有谁不因此痛心疾首!梁启超于1901年作《中国积弱溯源论》,首举国民性之"奴性""愚昧""为我""好伪""怯懦""无动"为祸根,并说:"以上六者,仅举大端。自余恶风,更仆难尽。"其正可与近代小说家对国民性的批判——相对应。

  从理论建设的角度来看,梁启超关于新型国民的理想及近代小说中关于国民性的批判,是近代知识分子对儒家传统道德学说的改造与补充。由经世致用思想激发出来的求实精神,使他们对传统进行了深刻的反思,看到了"旧学之简单而不适于时势",看到了"中国之旧道德,恐不足以范围今后之人心",因此"终不可不求泰西新道德以相补救"(梁启超《新民说·论私德》)。梁启超正是在这样的认识基础之上,一方面抽去了儒家传统道德体系中"三纲五常"的封建伦理基础,将道德从伦理中分离出来,抽象为一种人类高尚的精神追求而保留继承下来;另一方面从西方伦理道德学说中吸收了诸如自由独立意志、公民民主权利、政治参与意识、竞争进取精神、国家功利思想等价值内容,从而在对儒家和西方的伦理道德学说做了适当的选择与综合之后,为中国国民设计了一套新的道德人格体系,并将在国民中宣传这一新的道德人格理想作为"小说界革命"的重要任务。小说家们也普遍提出了"开发民智""启迪愚蒙""使民开化"的口号,这些口号虽然还很朦胧,但已经远远超出了封建道德说教的范畴,比起旧的小说传奇"使世上为子的看了便孝,为臣的看了便忠,为弟的看了敬其兄,为兄的看了友其弟,为夫妇的看了相和顺,为朋友的看了相敬信,为继母的看了必管前子,为徒弟的看了必念前师,妻妾看了不相嫉妒,奴婢看了不相忌害……"(邱潇

《五伦全备忠孝记》传奇第一出)的封建伦理创作意图,无疑闪烁着现代文明的思想光辉。近代思想文化界关于"国民性"问题的提出,不能不说是"西学"与"经世致用"学说结合下的思想成果。虽然它不可避免地打上改良主义懦弱、动摇和不彻底性,然而历史发展中的任何进步,都需付出代价、付出努力,因而任何成果都是可珍视的。

三、功利主义渗入经世学说——"壹以修身为本"的经世途径被突破——小说成了探讨富强之术、救国之策的政治论坛

对传统经世思想中重义轻利价值观的修正,是"近代经世致用思潮"最富于求实精神的表现。

"重义贱利""不患贫而患不均"的价值观念,形成了儒家偏重于"德化""礼治"的政治原则。因此,在如何经世的问题上,儒家传统的观点往往是极力夸大"人心"的作用,贬低客观的物质力量,视食货财用、农工兵商为微末之事,甚至认为根本不必过问。故孟子曰:"何必曰利?亦有仁义而已矣。"(《孟子·梁惠王上》)董仲舒曰:"夫仁人者,正其谊不谋其利,明其道不计其功。"(《汉书·董仲舒传》)在这方面,明末士大夫的表现可以说是最具典型意义的,"坐大司马堂批点《左传》,敌兵临城,赋诗进讲,觉建功立名,俱属琐屑"(李塨《恕谷集·与方灵皋书》),固执地认为"讲学诚今日御敌要著"(冯从吾语,转引自陈宝良《明代文化历程新说》,第168页)。他们虽也讲经世,但其最上乘的表现也不过"如颜习斋所谓'无事袖手谈心性,临危一死报君王'"(见梁启超《中国近三百年学术史·反动与先驱》)而已,于扶危定倾、救民水火完全无济于事。这种迂腐的经世之谈,也同样反映到文学当中,不去剪红刻翠、吟风弄月而能贯彻"致君尧舜上,再使风俗淳"或"不关风化体,纵好也徒然"的创作宗旨的,就是经世的文学了。明代成化年间号为"理学名臣"的邱濬,作过一部《五伦全备忠孝记》的传奇,其中有这样一个情节:主人公因忠君直谏被贬往边塞,途中不幸被夷狄俘

获,其弟便带领家仆前去搭救,他们并不用一刀一枪、一钱一物,只是向夷狄表明,是专来与大哥给主人替死赔命的。这家人的"乾坤正气"终于感动夷狄,遂一起归顺了礼义之邦。兄弟二人为朝廷立下了大功,也算是一番治平的事业。——这完全是对孔子"远人不服,则修文德以来之"(《论语·季氏》)和孟子"孝悌忠信"可使民制梃而挞坚甲利兵的迂腐偏执的图解。

　　历史上曾经有许多有识之士对这种"以不言利为高"的腐儒习气提出过尖锐的批评,主张讲求"足食足兵""富国富民"的功利之事,认为"人非利不生,曷为不可言!"(李觏《直讲李先生文集》)"既无功利,则道义乃无用之虚语耳。"(叶适《习学纪言》卷二十三)这种注重功利的思想到近代再次勃兴起来。当西方列强凭借坚船利炮打开中国国门的时候,几乎所有的改良志士都从失败和屈辱中清醒地认识到,仅仅靠道德的复兴是完全不能够救危存亡的,于是从荀子、李觏、陈亮、叶适及张居正、陈第、徐光启等人的学说中,承继了"义利兼重"的价值观念,同时,学习和借鉴西方的政治经验,将经世思想落实到政治、经济、军事、科学、技术、教育等具体措施上,全力提倡更具实利色彩的治国之方、富强之术。从林则徐、包世臣、龚自珍、魏源对于农政、河工、漕运、边防、商务的一系列内政改革建议,到王韬、郑观应、薛福成、马建忠等人提出"欲制西人以自强,莫如振兴商务"(郑观应《盛世危言》卷三,《商务》三)的经济发展要求,再到康有为、梁启超、谭嗣同呼吁定宪法、开国会、实行君主立宪的政治革新主张,近代改良志士不断要求将加强国家行政管理能力、提高国家经济军事实力和变革政治制度作为经世的重要手段,为传统的经世致用思想输进了功利主义价值观的新内容。特别是变法失败以后的梁启超,在这方面更做出了杰出的理论建树。他在旅居日本期间,对西方文化有了更多的接触与了解,并对托马斯·霍布士和杰里米·边沁的功利主义学说以及本杰明·基德的社会达尔文主义学说产生了极大的兴趣,在深入研究之后,他将两者做了选择性的综合,提出了一种可以称之为"国家功利主义"的新思想(参看梁启超《乐利主义泰斗边沁之学说》《进化论革命者颉德之学说》《霍布士学案》),并直接批评了孟子和董仲舒否定功利主义的价值观,认为"凡立国于天地者,无不以增殖国富为第一要务"(参看梁启超《生计学学说沿革小史》),并且断言:"今日生计竞争之世界,一国之荣瘁升沉,皆系于是。"梁启超还进一步将社会人群划分为生利之人与分利之人两大类别,对从事发明创造、采掘加工、制造流通的劳动者及官吏、军人、医生、教师等职业给予了社会功利意义上的肯定,而谴责那些不唯不能为国家生利,反而"取他人所生之利而坐分之"的乞丐、盗贼、棍骗、浪子、优妓、纨绔子弟、贪官污吏、土豪劣绅为国家之"有害之物","真一国之大蟊贼"。从"生利乃报效国民之道"的见解出发,梁启超认为一个国民应该通过不同的生利型的职业创造财富,为国家做出贡献,而不仅仅是去做一个君子,为社会树立道德的榜样(参看梁启超《新民说·论生利与分利》)。

近代思想界的这种变化,使整个社会形成了倡言功利、喜谈经济的风气。知识分子也一扫徒以道德相标榜的旧习,而充满着事业追求的热情,对学问的兴趣也更加广泛。他们大多像李伯元、吴趼人那样办报纸、编杂志、写小说、当记者、做演讲、开学校,积极以实际行动投身救国事业。《老残游记》的作者刘鹗更热衷于兴办实业,开矿、筑路、经商、办学,甚至开书店、烟草店,还研究算学、测量、绘图等学问。《狮子吼》的作者陈天华亦受当时"喜谈顾亭林、黄梨洲、王船山三先生之学说"的风气影响,"于山川险塞,制度利弊以及行军理财,均反复研究,以求深至。其次比附外国政教故事,以取其益"(《陈天华殉国记》,载《1949—1979中国近代文学论文集》)。近代知识分子不再将自己关在"四书五经"、格致诚正、科举仕宦的牢笼里了。一大批从传统思想中解放出来的小说家个个都慨然有澄清天下之大志,于是纷纷借小说以"发表政见,商榷国计"(梁启超《新中国未来记·序》),提出了废科举、兴学堂、办实业、固边防、破迷信、学西方、立宪维新、排满革命,乃至女子放足、侠客暗杀、戒烟禁毒等五花八门的富强之策、救国之方,小说创作的园地遂被改造成了一个充满新鲜思想的政治论坛,为经世致用的理想开辟了多样的实践途径。

虽然深受儒家文化影响的近代知识分子从来没有批评过"德化"思想,甚至都有一个共同的思想特征,即从个人的道德自信心出发,强调"人心"的力量,高呼"道德救国"的口号,但是他们并没有因此而一直停留在"修齐治平"的老圈子里打转转,他们不赞成"重义轻利",而主张"义利并重",更加深刻地认识到物质力量的雄厚与否直接关系国家民族的兴衰存亡,并由此而形成了一代新的社会风气和人生追求,这无疑标志着古老的中国在近代化的历程上大大迈进了一步。

四、新的社会理想带来小说审美理想的改变——传统的"中和"之美被舍弃,一变而为尖刻泼辣、恣肆豪纵

历来对文学"经世致用"原则的强调,必然使文学家不仅仅满足于抒发出个人的政治见解和情感心绪,而是更关心自己的作品所产生的社会效益,因此,作家也就必然会对反映现实的方式做出合乎目的的选择,于是形成一定的审美理想。一个作家有一个作家的审美理想,一个时代也有一个时代的审美理想,所谓"文变染乎世情,兴废系于时序",而审美理想总是与社会理想相联系的(参看吴功正《小说美学》第四节之三《小说的审美理想》)。

传统的"经世"文学由于其最终的政治目的是维护封建统治秩序,因此不论那些"经世"文学的作者怎样的愤世嫉俗,痛恨政治黑暗窳败、君主残暴不仁,但由于对皇权的敬畏,对专制的认可,以及君臣上下父子夫妇的伦理道德对他们的捆缚,最终约束了他们的反叛性,节制了他们的激情,考虑到不要激化矛盾,以免带来对现行政治制度的破坏性效果,于是也就"发乎情,止乎礼义",变得冷静而有理性。当他们将文学作为政治的辅助工具时,则必然会提出"温柔敦厚""怨而不怒""微言大义""主文谲谏"一类的创作原则,推崇含蓄委婉的艺术风格,形成传统的以"中和"为美的审美理想。即如吴敬梓之《儒林外史》,其"婉而能讽"的艺术风格,无疑也包含着"善善恶恶,不背圣训","为世道人心之一助"(惺园退士《齐省堂〈增订儒林外史〉序》)的深层思想意识。

但是,在近代以抨击封建专制制度,主张立宪共和的政治理想翻开历史的新篇章之后,文学的审美理想也为之一变。近代文学家在新的社会理想的激动下,无所顾忌地批判旧社会的一切黑暗和腐败,如梁启超指出的那样:"仁人志士之言破坏者,实鉴于今日之全社会,几无一部分而无病态也,愤慨之极,必欲翻根柢而改造之,斯固然也。"(《新民说·论私德》)尤其是1900年之后,"群乃知政府不足与图治,顿有掊击之意矣"(鲁迅《中国小说史略·第二十八章》),于是抛开圣君贤相、王道仁政的企盼,热情地从事起变法维新的伟大事业。

为了配合这史无前例的政治斗争,近代知识分子同时对封建的旧文学从思想内容到艺术风格展开了猛烈的攻击。梁启超说:

> 今之所谓儒者,八股而已,试帖而已,律赋而已。上非此勿取,下非此勿习,其得之者,虽八星之勿知,五洲之勿识,六经未卒业,诸史未知名,而靦然自命曰儒也。……又其上者,笺注虫鱼,批抹风月,旋贾马许郑之胯下,嚼韩苏李杜之唾余,海内号为达人,谬种传为巨子。更等而上之,则束身自好,禹行舜趋,衍诚意正心之虚论,剿攘夷尊王之迂说。……(《西学书目表后序》)

不仅在思想内容上反对"文以载道",而且针对旧文学深沉含蓄、温柔敦厚的审美理想,提出要写"其刺激也强,其兴奋也易,读之使人哀,使人怒,使人勇敢"的"热的文章",蒋智由说:

> 以我国时势言之,今以前当用热的文章之时代也。自由乎,民权乎,革命乎,平等乎,以及其他一切新政何乎? 新法何乎? 新学何乎? 凡吾民之所未知者而咸使知之,于暗黑之室而燿之以日火,于昏睡之场而谏之以钟鼓,煌煌煜煜,轰轰阗阗,而人心于是乎一大变。维新史之开部,则热的文章之舞台也。(《冷的文章热的文章》,载《新民丛报》第四年第四号)

这显然是对传统的反叛! 既"失其正",又"害于和"。晚明的徐渭也曾在"王学左派"思潮涌动的时代,和汤显祖、"公安三袁"等人向"中和"之美提出过挑战,掀起了中国文学史上的一股浪漫洪流。他曾说:"果能如冷水浇背,陡然一惊,便是兴观群怨之品。如其不然,便不是矣。"(《答许北口》,《徐文长集》卷十七)然而,对于近代小说家们来说,何止是"冷水浇背"那样的"陡然一惊"!他们要呼唤的是能"号召众籁之瘖喑,披豁群窍之声聩,涤荡筦弦之淫听,张皇金石之雅奏"(金松岑《心声》)的时代强音,追求的是振聋发聩,起懦立顽的社会效果。他们要自己的作品像照耀黑暗的旭日明火,惊醒迷梦的警钟战鼓;他们要自己的作品有强烈的刺激力和巨大的震荡力,以激发国耻,振励末俗。历史的激荡,时代的进步冲击着传统的"中和"之美,欢呼着一个新的审美理想的诞生。

在这个新的审美理想引导之下,小说批评家们提出了新的艺术品评标准,认为优秀的小说应当是"繁"——描写穷形尽相、"今"——选材多取时事、"泄"——手法刻露无余、"俗"——语言以俚以俗、"虚"——开拓新鲜境界五端具备者(楚卿《论文学上小说之位置》)。梁启超也早就谈到小说宜"专用俚语",手法应"穷极异形"(《变法通议》)。虽然当时也有人主张"社会小说愈含蓄愈有味"(浴血生《小说丛话》),但一直得不到普遍的赞同。创作上,尽管有的小说家在主观上还不能摆脱传统经世文学"温柔敦厚""主文谲谏"美学原则的影响,希望能做到"含蓄蕴酿,存其忠厚"(《官场现形记》"叙"),但是一到落笔,却又不自禁地违背初衷。结果,凡"谴责小说"普遍是"辞气浮露,笔无藏锋,甚且过甚其辞","形容时复过度","时或伤于溢恶",甚至"近于谩骂"(鲁迅《中国小说史略·第二十八篇》《中国小说的历史的变迁·第六讲》);而凡"理想小说"则绝大多数是将"胸中所怀政治之议论,一寄之于小说"(梁启超《译印政治小说序》),因此"编中往往多载法律、章程、演说、论文等,连篇累牍,毫无趣味",不免弄得"似稗史非稗史,似论著非论著,不知成何文体"(梁启超《新中国未来记》"绪言四")。"毫无趣味"诚然不好,但慷慨激昂,议论风发,呐喊呼叫,不加检束,或可视为此类小说的一大特色。总之,近代小说不再是中庸、平和、节制、谨慎的了,它厌弃"主文",喜欢暴露,无须"谲谏",尽可直骂,一反传统的温柔敦厚、含蓄深沉,变为尖刻泼辣、恣肆豪纵、浅显通俗、直率发露。前此,中国文学史上尚没有人公开提倡过"谴责"和"呐喊"的文学,有之,则自近代始。

近代小说的审美理想，固然是由多种历史、社会、时代的因素作用而形成的，但近代小说家社会理想的改变，应该是最本质最深刻的原因。由于有了新的社会理想，近代文学的"经世"，对于封建专制制度来说，就是破坏，这种"破坏"文学，尽管因"谴责"和"呐喊"而"失去了许多文艺上底价值"（鲁迅《中国小说的历史的变迁·第六讲》），但其"经世致用"的巨大社会效益却又是显而易见的。

"近代经世致用"思潮及其影响下的"近代新小说运动"，将西方文化与儒家文化做了大胆的选择和综合，改变了中国传统文化的理论结构，作为近代思想启蒙运动的重要组成部分，有力地推动了中国近代化进程。但同时，近代知识分子对儒家道德政治学说基本原则的继承和发扬，亦充分证明，传统儒学在"西学东渐"的文化冲击下仍然具有很强的活力，它在中国近代化进程中，同样发挥着不可低估的作用。这些，对我们今天来说，无疑具有深刻的启示意义。

原载《文学遗产》1995年第3期

《海上花列传》的艺术成就

傅懋勉

《海上花列传》在旧小说中,是《红楼梦》以后一部最有价值的现实主义小说。这部小说是松江韩邦庆(子云)所作,书的写作约在19世纪90年代。韩出身于一个小官僚的家庭,父亲做过清朝的刑部主事,韩的幼年是跟父亲住在北京,中年以后多在上海。韩的家庭出身对他的写作关系不大,他在上海时期的生活对此书的取材有相当的重要。这部书主要是反映了当时的社会的主要矛盾,也就是资本主义和封建主义的矛盾。

本书是通过三个女子的不幸遭遇反映了这个矛盾。其中最主要的是赵二宝,其次是李漱芳和周双玉。赵二宝沦落为娼妓以后,相与了一个官僚地主家庭的公子史天然;起初史天然与赵二宝是如何相爱,史天然满口应承要娶二宝作大老母(即正妻),而二宝也一心一意地想作史三公子的大老母。二宝用自己的积蓄制办好了妆奁,专等史天然来迎娶,但史天然却一去不返,另与官僚家庭的女子结了婚。最卑鄙的是连一千元的局账(即应付给妓女的钱)都骗掉了,使二宝落得一个人财两空,几次晕死过去。第二个是李漱芳,李与陶玉甫相爱,这一对的情况与赵二宝稍有不同。陶玉甫和李漱芳自始至终都是真诚相爱的,陶本人并且执意要娶李漱芳做大老母;但是在封建礼教的压迫下遭受了挫败,以致李漱芳含恨以终。第三个是周双玉,周是和朱淑人相爱,他们两人之间也是有感情的;周双玉想做朱淑人的大老母,朱淑人也愿意娶她,并且是海誓山盟,

/758/

相约同生共死;但朱的哥哥却偷偷地给朱另订了官僚资本家黎篆鸿的女儿。周双玉既不同于赵二宝,也不同于李漱芳,她是一个比较刚强的女性;在她发现了朱另与他人订婚之后,她立刻要朱履行诺言,定要两人一齐服毒自杀。后来经人调停,由朱出一万元,给周双玉赎身了事。这三个人都是以妓女而要做大老母的,但都遭到了失败。

作者对于封建主义所加给人民的残酷压迫是十分痛恨的。在六十二回陈小云把赵二宝再做生意的话,说与洪善卿,善卿鼓掌大笑道:"耐(即指二宝)蛮聪明个人,上俚(俚即他)咾个当!我先起头就勿相信,史三公子陆俚(陆俚即那里)无讨处,讨个倌人(倌人即妓女)作大老母。"双宝在旁也鼓掌大笑道:"为俉几花(几花即很多)先生小姐才要做大老母(先生小姐皆指妓女)。起先有个季漱芳要做大老母,到做仔死,故歇(即现在)一个赵二宝也做勿成功;做到倪搭(倪搭即我这里)个大老母,挨着第三个哉(指周双玉)。"对于陶玉甫和李漱芳的问题,作者是这样写的,在三十七回中钱子刚叹道:"李漱芳个人末(末虚字),勿应该吃把势饭(吃把势饭指开妓院),亲生娘勿好,开仔个堂子(堂子即妓院);倘然玉甫讨去作小老母(小老母即妾),漱芳倒无俉勿肯,碰着个玉甫定归要做大老母;难末(难末即那末)玉甫个叔伯哥嫂姨夫娘舅几花亲眷才勿许,说讨倌人作大老母,场面下勿来。"赵二宝、李漱芳、周双玉为什么做了妓女就不能做大老母呢?朱淑人和周双玉相爱,为什么朱的哥哥偏要给他另定黎篆鸿的女儿呢?陶玉甫和李漱芳的爱情那么真挚,为什么问题不在于他们两人之间,而在那些不相干的人身上呢?这一切现象到底是一个什么问题呢?当然这主要是一个封建压迫的问题。

但是她们为什么做了妓女呢?这就不能不从资本主义的发展来求得解答了。作者是通过赵朴斋这一家的没落,来说明这个问题的。赵朴斋是一个上海附近城乡中的小资产阶级,赵朴斋和他的母妹连一个娘姨四口人过活。他究竟做什么职业,作者没有说明,我们只从赵朴斋的母亲赵洪氏口中知道他的一点经济情况。从卅一回洪氏说道:"四五年省下几块洋钱拨个烂料去撩完哉(拨个即被那个)。故歇倪出来,再用空仔点,连盘费也勿着杠豌!(勿着杠即无着落)。"接着洪氏又说道:"转去是最好哉!不过有仔盘费末,秀英小姐搭借个卅洋钱,也要还拨俚个豌。到仔乡下,屋里响大半年个柴米油盐一点点无拨(无拨即无有),故末搭倽人去商量嗄(搭即同)。"从这种情形看,赵家的生活是相当艰苦的。并且他们到了上海之后,就没有和家中发生什么经济联系,可见他们是没有什么不动产的。因此赵氏这一家不外是一个小生产者的家庭。赵氏这一家是怎样破灭的呢?起初是赵朴斋想到上海做生意,到了上海之后,生意没做成,在都市繁华的引诱之下他堕落了,后来他拉了洋车。他的母亲洪氏和妹子赵二宝听说了,就赶到上海来看他;赵二宝在施瑞生的欺骗之下也堕落了,最后他们一家都开了堂子。赵朴斋为什么要到上海做生意呢?最后又为什么一家人都开了堂子呢?当然这是由赵朴斋的经济地位所决定的。我们从赵朴斋的母亲洪氏口中,知道赵朴斋跑上海,以至他们全家都留在上海,是迫于不得已的。在大半年没有柴米油盐的情况下,怎么能活得下去呢?因此,回家或留在上海对他们说来,总是一样的。也许留在上海比回家还要好些。对于赵朴斋和赵二宝我们还可以说他们是贪恋上海的繁华,像赵洪氏这样又瞎又聋的老太太难道也是留恋上海繁华吗?生活压迫虽然是他们留在上海的主要原因,但是上海社会的黑暗对于他们的堕落,也起着重要的作用。资本主义一方面把这个小资产阶级的家庭拖到了走投无路的地步,一方面又给他们安排了深不可测的陷阱。卅九回高亚白忽问道:"俚(按指赵二宝)自家身体末,为倽做倌人?"史天然答道:"总不过是过勿去。"齐韵叟长叹道:"上海个场花赛过是陷阱(场花即地方),跌下去个人勿少哩!"史天然因说:"俚再有一个亲眷(按指赵二宝的女友张秀英),一淘到上海,故歇也做仔倌人哉!"为什么说上海是个陷阱呢?因为在上海这个地方娼妓制是非常发达的,而娼妓制则是伴随着资本主义的发展而来的。《共产党宣言》说:"现代资产阶级家庭是建筑在什么上面呢?是建筑在资本上面,建筑在私人发财上面的。这种家庭的完满形态只有在资产阶级中间才存在着,而它的补充现象是无产阶级的被迫独居生活和公娼制。"原来在资产阶级的社会里什么关系都是金钱的关系,而娼妓制则不过这种关系的一个方面而已。六十四回在二宝知道娘舅洪善卿奚落她时,二宝冷笑道:"俚看勿起倪(倪即我)。倪到也看勿起俚。俚做生意,比仔倪开堂子也差仿勿多!"这是多么深刻的揭露啊!资产阶级做生意也不过是为了赚钱,在本质上这和开堂子赚钱究竟有什么不同呢?何况资产阶级的自私自利的卑鄙心事还不能和受压迫受玩弄的妓女相比呢!如黄翠凤和罗子富、沈小红和王连生,一方面是借金钱玩弄女性,一方面则生法弄他们的钱。这些现象在资本主义社会中其实是很平常的。但黄翠凤和沈小红又何尝压根儿就是如此呢?哪一个不是经历过和赵二宝相似的命运呢?

作者一面反对封建主义,一面又揭露资本主义,这不是一个矛盾吗?我们应该怎样来分析这个问题呢?列宁对于托尔斯泰的分析对于我们是有启发的。当然中国的社会情形是和俄国当日的情形有所不同的。因为中国资本主义是处于帝国主义和封建主义的双重压迫之下,发展的特别缓慢,比俄国资本主义的发展还要落后得多。但是不可否认,中国和俄国的基本情况是完全相同的。即俄国资本主义的发展也是受到封建主义的阻碍的。列宁说:"如果把俄国前资本主义时代同资本主义时代作比较(而要正确解决问题,这种比较正是必要的),那就必须承认,在资本主义之下,社会经济发展是极端迅速的。如果把这一发展与现代一般技术与文化水平之下所能有的发展速度作比较,那么必须承认,俄国当前的资本主义发展实际上是缓慢的。它不能不是缓慢的,因为没有一个资本主义国家内残存着这样繁多的古旧制度。"(《俄国资本主义底发展》)俄国资本主义虽然比中国发展得快些,但它所受到的封建主义的阻碍却并不比中国少。所以在资本主义和封建主义的矛盾上,俄国和中国是有其共同之点的。因此列宁分析托尔斯泰的方法,正可帮助我们来分析《海上花》的作者。列宁说道:"托尔斯泰观点中的矛盾,不应从现代工人运动和现代社会主义的观点去考量(这样的考量自然是必要的,然而是不够的),而应该从那对正在兴起的资本主义的抗议(这种抗议一定会从家长制的农村中发生出来)的观点去考量。"(列宁《托尔斯泰是俄国革命的镜子》,曹葆华译)列宁又说道:"他那种充满最深刻的感情和最激烈的愤怒的对资本主义的不断的揭发,表现了家长制农民的全部恐怖。因为在农民面前开始出现了一个看不见的和不可解的新的敌人。这个敌人是从什么城市或外国来的,破坏了农民生活的一切'基础',带来了空前未有的破产、贫困、饿死……"(列宁《列夫·托尔斯泰》)由于在资本主义和封建主义的矛盾中首当其冲的是农民,他们做了这样矛盾中的牺牲品;农民们看到的和受到的是封建主义和资本主义所加给他们的灾难,所以他们的恐惧和仇恨也一齐都集中在封建主义和资本主义的上面。在中国特别是靠近大都市的地方,农民们也和俄国一样在封建主义和资本主义的剥削下,纷纷走向破产的道路。上海等大都市人口的飞跃增加就是很好的说明。《海上花》不是直接描写农村的情形,它是从都市的角度来描写的,但农村和都市只是一个问题的两个方面,我们从都市的角度上仍然可以看到这个问题的全部意义。作者揭露了上海附近的一个小资产阶级的家庭如何在资本主义的影响下开了堂子,做了妓女。除了赵二宝以外,像张秀英、周双玉还有无数做了妓女的人,他们哪一个不是做了封建主义和资本主义的牺牲品呢?

　　作者的主要贡献还不在于他反映了中国资产阶级革命到来前广大农民群众的思想情绪,而在于他提出了中国革命的历史任务。列宁说道:"我国革命的一个主要特点就是:当资本主义在全世界达到很高的发展而在俄国达到相当高的发展的时期,我国革命却是农民资产阶级革命。它之所以是资产阶级革命,是因为它的直接任务在于推翻沙皇专制,沙皇君主政体和摧毁地主土地占有制,而不在于推翻资产阶级统治。特别是农民没有意识到后一个任务,没有意识到后一个任务与更急迫和更直接的斗争任务的差别。并且我国革命之所以是农民资产阶级革命,是因为客观条件把改变农民生活根本条件的问题,把破坏旧的中世纪土地占有制的问题,把给资本主义'扫清道路'的问题提到了第一位。"(列宁《列夫·托尔斯泰》)资本主义虽然给农民生活以突然的破坏,但是它也破坏了封建制度的经济基础;在思想意识方面,则破坏了封建依存关系。列宁说道："一切由资本主义所造成的经济底改变,必然会引起人口精神面貌的改变。"(列宁《俄国资本主义底发展》)尽管这些改变在一时间会给人带来很大的痛苦,但这种破坏是必要的。因为如果不在经济基础和意识形态上摧毁封建主义,就不可能为资本主义扫清道路,从而中国人民也必将永远的处于封建主义的压迫之下而不得翻身。因此,中国问题的主要关键并不在于发展了资本主义而在于资本主义并未得到很好的发展。从这个观点看来,农民真正的敌人不是资本主义而是封建主义。所以当时中国革命的任务也就不是推翻资本主义而是推翻封建主义(包括帝国主义)的统治。作者提出了反封建这一重要任务,这是完全符合广大农民群众的利益的。作者通过赵二宝、李漱芳和周双玉的问题,使读者觉得封建主义是如何的摧残着中国人民。而中国人民和这个制度又怎样的处于一种势不两立的地位。

由于中国革命问题(更确切地说是农民的问题)的关键是在于反封建。因而作者也就不能不对资本主义的积极方面予以肯定。如我们在赵二宝、李漱芳、周双玉的问题上看到了封建主义的恶毒残酷,同时也看到了资本主义是如何在向封建主义进行反击。如周双玉的反抗使我们觉得她的做法是比赵二宝和李漱芳正确的。又如周双宝在周家是一个最受气的人,鸨儿周兰虐待她,周双玉也欺负她;但她的结局却比其他人都好。她嫁了一个商店的店员,这个店员虽然没有钱势,但却是一个钟情的人;而且他们的婚姻是自由的,并没有什么叔伯哥嫂姨夫娘舅来干涉。又如黄翠凤和沈小红,作者对他们是有批判的;但我们如果一看封建主义对于赵二宝、李漱芳、周双玉的摧残,我们就会觉得黄翠凤和沈小红的做法也是不足深责的。作者虽然没有公开地为资本主义张目,甚至还严厉地批判了资本主义;但是作者却使我们从书中的人物与人物之间的联系上,从情节的矛盾中,看到了资本主义的积极作用。特别值得提起的是作者正确地反映了中国资本主义的软弱性和中国资产阶级的动摇性。如赵二宝既然开了堂子,为什么又要做公子哥儿的大老母呢?做妓女当然是一件最痛苦不过的事,但总算是摆脱了封建依存关系呀,为什么要再去受人奴役呢?李漱芳既要求爱情自由,为什么不去积极争取而要甘心忍受呢?作者在这些地方,正是指出了中国资产阶级(包括农民在内)的民主局限性和动摇性。

关于帝国主义的问题虽然不是本书描写的主要对象,但作者对这个问题也并未轻易放过。如十三回赵朴斋到义大洋行去找吴松桥,其中有一段写道:"朴斋问:'阿曾碰着歇小村?'松桥忙摇手叫他不要说话,又悄嘱道:'耐坐一歇,等我完结仔事体,一淘北头去。'朴斋点头坐下,松桥掩上门匆匆去了。这门外常有外国人出进往来,屦声橐橐,吓得朴斋在内屏息危坐,捏着一把汗。"又如在廿回中李漱芳病重时有一段说道:"玉甫问:'阿是做梦?'漱芳半日方道:'两个外国人要拉我去呀!'玉甫道:'耐总是日里见仔外国人了,吓哉。'"买办怕外国人,固不足怪,赵朴斋也那么怕外国人,乃至于女子在睡梦里也怕外国人,帝国主义在中国的威势之大于此可见一斑了。而我国人民对帝国主义的这种恐惧心情,则正是日后反抗的基础。从作者著书算起,还不到十年,义和团就掀起了反帝的运动了。作者对于资产阶级民主革命的问题和反帝的问题,虽然都未具体地加以说明,甚至在某些问题上还存在着一些矛盾;但是由于作者把握住了中国社会的主要矛盾,所以在这部作品中丝毫不曾带给读者一些模糊印象,相反的是清楚地把反帝反封建的任务摆在读者面前;特别是对中国资产阶级民主局限性的揭露,更能使请者感到无产阶级及其政党之成为中国革命的领导者,是如何的必要了。今天我们已经彻底地推翻了封建统治,帝国主义也被赶出中国大陆,剥削制度基本上也已被消灭。现在我们再来研究这部著作,就觉得它的意义更为重要,而我们新中国的辉煌成就,也更值得珍视了。

《海上花列传》不但具有重大的社会意义,而且作者在这部书的创作中也表现了很高的艺术才能。文学艺术作品的主题是作者从现实中所选择的一定的生活现象,思想是作者对于这种生活所做出的评价。主题和思想是密切联系着的。海上花的思想主题是通过一个小资产阶级家庭的女子的沦为娼妓,揭露了资本主义和封建主义的矛盾。作者所选择的这一组生活现象是具有典型意义的。这一组生活现象表明着19世纪末叶中国社会和广大的人民群众中间所存在的最迫切最严重的问题。作者通过他的卓越的艺术手法表达了自己的思想倾向,给予读者以极强的感染力。恩格斯说:"但是我认为倾向应当是不要特别的说出,而要让它自己从场面和情节中流露出来;同时作家不必把它所描写的社会冲突的将来历史上的解决硬塞给读者。"(恩格斯给明娜·考茨基的信,曹葆华译)《海上花》的作者就正是这样的。从赵二宝的沦落,一直到她被史三公子抛弃,作者并没有说出自己的意见,但是读者却从场面和情节中看到了他的思想倾向,并且引起了读者的共鸣,特别是对封建主义憎恨到了极点。恩格斯说:"在我们环境中,小说主要是供给资产阶级圈子的读者,即不直接属于我们的人。因此在我看来,一部具有社会主义倾向的小说,如果它能忠实地描写现实的关系,打破对于这些关系的性质的传统的幻想,粉碎资产阶级世界的乐观主义,引起对于现存秩序的永久性的怀疑;那么,纵然作者没有提供任何明确的解决,甚至没有显明地站在哪一边,这部小说也是完成了自己的使命的。"(同上书)《海上花》的作者还不止于粉碎了对于封建依存关系传统的幻想,引起对于封建秩序的永久性的怀疑,甚而是引起对封建秩序的无比愤恨。

《海上花》在人物个性的刻画及典型的塑造上,也达到了很高的成就。小说中人物的个性化是十分重要的,社会主义现实主义的创作方法非常重视这个问题。马克思在给拉萨尔的信中也批评拉萨尔的佛郎茨·封·西金根(编者按,今译弗兰茨·冯·济金根),在性格描写方面没有看到什么特征。恩格斯在给明娜·考茨基的信中也指出每个人是典型,然而同时又是明确的个性。《海上花》的作者在所描写的许多人物中都显示着不同的个性。如赵朴斋是一个"本分"一点的人,也就是说他对资本主义社会那一套骗人的本事还不会。十四回说道:"赵朴斋在吴松桥背后,静看一回,自觉没趣,讪讪告辞而去。李鹤亭乃向吴松桥道:'俚阿做倽生意?'松桥道:'俚也出来白相白相,无倽生意。'张小村道:'俚要寻点生意,耐阿有倽道路?'吴松桥嗤的笑道:'俚要做生意!耐看陆里一样生意末俚会做嗄!'大家一笑丢开。"这是那些资产阶级对于这个"乡下人"的评语。卅五回,二宝向朴斋道:"'耐有洋钱开消,倪开消仔,原到乡下去。勿转去个,索性爽爽气气贴仔条子做生意。随便耐个主意。来里该搭(该搭即那里)作倽?'朴斋啜嚅道:'我陆里有倽主意,妹妹说末哉。'二宝道:'故歇推我一干子(一干子即一个人),停两日勿说我害仔耐!'朴斋笑道:'故是无价(价即这种)事个。'"朴斋退下自思,更无别法,只好将计就计。从表面上看,好像是说朴斋没有主意,但是在那个金钱万能的社会中,有主意又怎么办呢? 又如卅回中说道:"迨洪氏朴斋晚饭吃毕,二宝复打开衣包将一件湖色茜纱单衫与朴斋估看。朴斋见花边云滚正系时兴,吐舌道:'常恐要十块洋钱咪哩!'二宝道:'十六块咪。我勿里呀! 阿姐(指二宝女友张秀英)买好仔,嫌俚短仔点;我看末倒蛮好,难末教我买。我说无拨洋钱。'阿姐说:'耐着来浪,停两日再说。'朴斋不做一声。二宝翻出三四件纱罗衣服,说是阿姐买的。朴斋更不做一声。"我们从这一段话可以看出,赵朴斋这个人并不像某些人所说的那样糊涂。对于施瑞生和张秀英串通起来拖自己的妹子下水,他何尝不明白,只是他自己也想不出别的办法,所以就只好将计就计了。作者对于赵朴斋也只是通过他,说明上海是个陷人坑。

赵朴斋的妹子赵二宝是一个天真纯厚的女孩子。二十九回说:"二宝咳了一声道:'今夜头刚刚勿巧,碰着俚咪姓施个亲眷,倪进去泡好茶末,书钱就拨来施个会仔去,买仔多花点心水果请倪吃。耐说阿要难为情? 明朝再要请倪去坐马车,我是定归勿去!'秀英道:'上海场花阿有倽要紧嗄! 俚请倪末,倪落得去!'二宝道:'耐生来无倽要紧,熟罗单衫才有来浪,去去末哉! 我好像叫化子坍台煞个。'"把内心所想的事情,毫无保留地倾吐出来,这正是二宝的天真处。在同一回中二宝说道:"瑞生阿哥倒蛮写意个人,一点脾气也无拨。听见倪叫无海(即母亲)末,俚也叫无姆,请倪无姆吃点心,一淘同得去看孔雀,倒像是倪无姆个倪子(即儿子)。"作者这些描写,生动地刻画了二宝的性格。因而使读者对于二宝的性格和上海这个环境之间的关系有了更进一步的认识。大官僚齐韵叟称赞二宝有"好人家风范",史三公子喜欢她像"人家人",二宝自己也以"人家人"自许。在堂子中而有好人家风范,也正是二宝的矛盾所在。由于封建依存关系对二宝还有很大的约束力,因而在会到史天然之后,她动摇了,她又想嫁史天然,但是她又怕史天然瞧不起自己。五十五回说:"次日二宝起个绝早,在中间梳洗,不敷脂粉,不戴钗钏,并换一身素净衣裳。等三公子起身,问道:'耐看我阿像个人家人!'三公子道:'倒蛮清爽。'二宝道:'就今朝起,我一径实概(即这个)样式。'说着陪三公子吃了点心。三公子遂令阿虎请了赵洪氏上楼厮见。三公子于靴叶子内取出一张票子交与赵洪氏道:'我末要转去一埭,再等我一个月,盘里衣裳头面,我到屋里办得来。耐先拿一千洋钱去塔俚办点零碎物事。嫁妆末等我来仔再办。'洪氏不敢接受,只把眼瞟二宝。二宝劈手抢过票子,转问三公子道:'耐个一千洋钱末算俉?要是开消个局账,故末倪谢谢耐。耐说就要来讨我个末,再拨倪俉个洋钱嗄?说到仔零碎物事,倪穷末穷,还有两块洋钱来里,也夠耐费心个哉。'"从二宝的这些情形来看,已经完全不像一个开堂子的倌人的行径了。二宝的行动和她的所业越来越对立了。但开堂子做倌人毕竟是一个事实呀,体面怎么装得过去呢?作者这样的描写,只能使读者感到二宝用心之苦,并且她的这一切努力都将成为泡影。

又如李漱芳是一个悲观主义者,她对于做大老母的问题并非不着急。但她却缺乏斗争的勇气,是抱着一种忍受的态度。十八回漱芳道:"耐(按指陶玉甫)肯日日来里看牢仔我!耐也只好说说罢哉!我自家晓得命里无福气。我也勿想俉别样,再要耐陪我三年,耐依仔我,到仔三年,我就死末也蛮快活哉。倘忙我勿死,耐就再去讨别人,我也勿来管耐哉……"从这段话我们看出她的心情是多么沉重,能够多挣得一点眼前幸福也就满意了。至于终身大事,连想也不敢去想了。周双玉则是另一种类型的人,聪明、要强、撒娇、机智、勇敢都有。在二十四回善卿说道:"双玉为俉三日两头勿适意?"双玉道:"耐听俚说呀!陆里有俉寒热,为仔无姆妈欢喜仔了,俚装个病。"后来她知道朱淑人与官僚资本家黎篆鸿的女儿订了婚,她丝毫不动声色地把朱淑人稳住,然后要朱淑人履行诺言,双双服毒自杀。在遭到朱淑人拒绝时,她变得非常果断顽强。六十三回说道:"双玉大怒,欻地起立,柳眉倒竖,星眼圆睁,咬牙切齿骂道:'耐个无良心杀千刀个强盗坯,耐说一淘死,故歇耐倒勿肯死哉! 我到仔阎罗王殿浪末,定归要捉耐个杀坯! 看耐逃到陆里去。'"试拿周双玉和赵二宝、李漱芳做一比较,我们就可以看出周双玉的做法是对的。起初她也是醉心于做大老母的,但她很快地明白过来,立刻予这班封建主以反击,结果总算取得了一些胜利。黄翠凤和赵二宝、李漱芳、周双玉又不相同。她是完全摆脱了封建依存关系的人。资本制下面的那一套诈骗虚伪的把戏,她也完全懂得,连最狠毒的鸨儿都被降伏下去了。第六回(陶)云甫道:"老鸨阿有倽好人嗄! 耐阿晓得有个叫黄二姐,就是翠凤个老鸨。从娘姨出身,做到老鸨,该过七八个讨人(即买来的女子),也算得是夷场上一档脚色哕;就碰着仔翠凤末,俚也碰转弯哉。"黄翠凤那一套本事的确叫人吃惊。她用种种方法把官僚兼商人罗子富笼络住了,然后亲手布置了一个大骗局,硬要敲罗一万块钱的竹杠。一切都由鸨儿黄二姐出面,而自己反像没事人一样越更取得罗的信任。

赵二宝、李漱芳、周双玉的问题,基本上是属于一个问题,即她们在封建主义和资本主义的矛盾中,都是苦闷的、彷徨的;但是她们却各以不同的个性表现出来。她们的环境是不是典型呢? 恩格斯说:"现实主义是除了细节的真实之外,还要正确的表现出典型环境中的典型性格。"(恩格斯给哈克纳斯的信)我们认为《海上花》的人物性格和环境都是典型的。在19世纪末期中国正处于资产阶级民主革命的前夕,反封建(包括反帝)的任务,就要被提到日程表上来了。在上海这样地方,特别是在作为资产阶级生活中心的妓院中,正是矛盾最尖锐的所在。作者所选择的主题是最具有悲剧意义的冲突,他所塑造的人物都代表着一定的阶级和倾向。恩格斯说:"主要的人物事实上代表了一定的阶级和倾向,因而也代表了当时一定的思想。"(恩格斯给拉萨尔的信)我们看到在赵二宝、李漱芳、周双玉、黄翠凤等几个人身上是以不同的角度反映了资产阶级的思想倾向的。像黄翠凤是完全地摆脱了封建主义的羁绊的形象,像赵二宝、李漱芳、周双玉则是要求解放而又不能完全摆脱羁绊的形象。这些思想倾向都是中国资产阶级革命到来前最典型的东西。

《海上花列传》的艺术成就

下面我们再谈一下《海上花》的结构和情节。结构和情节都是为了展示个性的。《海上花》的结构和情节是怎样为这个目的服务的呢？二十九回主人公赵二宝才出场，二十八回以前是叙述赵朴斋流落上海的情形。这些叙述是十分必要的。一方面在这几回中把上海的轮廓全钩勒出来了，这是一个五方杂处的都市，在这里外国人有着无上的统治力量，商人和妓女是特别活跃的人物。在这些人的活动中，充满了资产阶级的丑恶现象。黄翠凤和罗子富的关系，沈小红和王莲生的关系，都是很典型的例子。另一方面把赵朴斋如何流落的情形也描绘出来了。写赵朴斋在很短的时间内，便拉了洋车，并且他是怎样的留恋着上海而不肯回转家乡。十二回说道："（洪善卿）正打算那里去好，只见赵朴斋独自一个人从北首跑下来，两只眼只顾往下看，两只脚只顾往前奔，擦过善卿身旁，竟自不觉。善卿突叫一声朴斋！朴斋见是娘舅，慌忙上前厮唤，并肩站在白墙根前说话。"从这段话可以看出赵朴斋在那种花天酒地的生活中，已经是不能自拔了。又有一次洪善卿叫店家送他上船回家，他却又从半道溜回上海。这几回的描写，与其说是在描写赵朴斋，毋宁说是在描写上海。而描写上海和赵朴斋，也正是为下面描写赵二宝的张本。因此这几回不是和主人公没有关系，而是关系非常密切。特别是二宝到上海之前，对于施瑞生的描写更为重要。因为二宝到上海之后，劈头就碰上这个家伙。所以赵二宝的下水，就成为无可避免的了。二宝到上海之后，故事展开了，从二宝开堂子到受骗是故事的发展；从赵二宝重理旧业到癞头鼋闹堂子，打赵二宝，是故事的高潮；赵二宝做梦，忽而是史三公子做了扬州知府来接自己上任，忽而又从张秀英口中知道史三公子已死，大老母做不了，堂子也开不成，二宝只落得求生不能，求死不得，这是故事的结束。故事的结构和情节是悲剧性的。悲剧的冲突是：既做倌人，就不可能再做封建主的大老母。恩格斯在批评拉萨尔的《西金根》时说道："在我看来，这就构成了历史的必然的要求与这个要求实际上不可能实现之间的悲剧的冲突。"《海上花》的历史必然要求是什么呢？是必须彻底摆脱封建依存关系。但这在赵二宝身上是不可能做到的。为什么呢？因为封建依存关系对赵二宝还有相当的约束力。有人说她像"人家人",又说她有"好人家风范",就是这种封建依存关系在她身上的具体表现。悲剧的契机就是在于二宝既开了堂子又要做大老母。其他如李漱芳、周双玉的问题和赵二宝的问题基本上是一致的,不过表现的方式不同而已。我们认为《海上花》中所构想的冲突是19世纪末期中国社会最悲剧的冲突,亦即新兴资本主义和封建主义的冲突。《海上花》的作者在描写这个冲突上是成功的。三十五回说:"赵二宝一落堂子,生意兴隆,接二连三的碰和吃酒,做得十分兴头。"但是在见了史天然之后,便又决计做大老母了。又如写赵氏一家如何奉承史天然,给史天然送礼,请史天然吃饭,不要史天然的局账;并且写赵二宝如何的故装体面,怕史天然瞧不起自己。开堂子是这样开法吗?这样开堂子能开得走吗?我们看黄翠凤是怎样开堂子的。她把开堂子当作是现金交易,是互相欺骗。你既抱着玩弄女性的目的,我就生法弄你的钱。拿黄翠凤和赵二宝一比,我们就看出赵二宝身上是充满了矛盾的;而且她所走的道路是不正确的,是一条死路。

《海上花》在语言方面,叙事是用普通话,对话则用吴语。由于保留了吴语的对话,使我们更能看到人物的生动形象。

我认为《海上花》所采取的形式,在表现这个社会冲突上是达到了最高的成就的。

原载《云南大学学报(人文科学)》1957年第3期